学文丛书

清华大学文学创作与研究中心 组编

体味诗情

西渡 ◎ 主编

当代诗名篇细读

北京大学出版社

PEKING UNIVERSITY PRESS

图书在版编目（CIP）数据

体味诗情：当代诗名篇细读 ／ 西渡主编 ． — 北京：
北京大学出版社，2024.1
（学文丛书）
ISBN 978-7-301-34457-6

Ⅰ．①体… Ⅱ．①西… Ⅲ．①诗歌研究－中国－当代
Ⅳ．① I207.22

中国国家版本馆 CIP 数据核字（2023）第 180294 号

书　　　　名	体味诗情——当代诗名篇细读	
	TIWEI SHIQING——DANGDAI SHI MINGPIAN XIDU	
著作责任者	西　渡　主编	
责 任 编 辑	高　迪　艾　英	
标 准 书 号	ISBN 978-7-301-34457-6	
出 版 发 行	北京大学出版社	
地　　　　址	北京市海淀区成府路 205 号　100871	
网　　　　址	http://www.pup.cn	新浪微博 @ 北京大学出版社
电 子 邮 箱	编辑部 wsz@pup.cn	总编室 zpup@pup.cn
电　　　　话	邮购部 010-62752015	发行部 010-62750672
	编辑部 010-62767315	
印 　刷 　者	北京中科印刷有限公司	
经 　销 　者	新华书店	
	730 毫米 ×1020 毫米　16 开本　31.75 印张　497 千字	
	2024 年 1 月第 1 版　2024 年 1 月第 1 次印刷	
定　　　　价	149.00 元	

"学文丛书"缘起

　　清华中文学科自 20 世纪 80 年代中期复建以来，在各界友朋的关爱和支持下，学科同人乃以继往开来为职志，同心协力、黾勉从事，经过三十多年的耕耘经营，在学科的基本建设方面取得了较大的进展，为进一步的发展壮大奠定了基础。对学界友朋的关爱和支持，同人感荷无似，常思有以报之，而报之之道，唯有潜心学术、认真学文。故此于今筹划刊行以文学研究为主的清华"学文丛书"。

　　"学文"的古典当然是"子曰"的那八个字："行有余力，则以学文。"明清易代之际的顾炎武则对"学"与"行"的关系有更为剀切的提点："博学于文，行己有耻。"对清华同人来说，"学文"还是一个更为亲切的"今典"：20 世纪 30 年代中期，叶公超曾在清华大学主编过一份名为《学文》的杂志，它为清华以及北大的中外文系师生们提供了一个发表文学创作与文学研究的阵地。据参加编务的闻一多说，刊物之所以取名《学文》，是因为这样"在态度上较谦虚"。《学文》杂志停刊后，原定编者之一的梁实秋又在《世界日报》上开办了《学文周刊》以继之，其谦虚学文的态度一以贯之："我们注重的是'学'字，表示我们是在学习着……我们希望不断的学习，不管年纪到多么大，永远的做'文学的学生'。"在市场力量日渐冲击着文学和道德的今天，先贤们关于学文以至为人的遗教无疑是值得我们特别记取的。作为后来者，我们也非常钦佩先辈们对待文学的那种谦虚朴实而又认真执着的态度。清华"学文丛书"之刊行即兼寓纪念与赓续之意。我们自知能力有限、经验不足，但在严肃地学为文与学为人方面则不敢自我宽假，而愿意学行兼修、勤恳努力，庶几不辜负先贤的遗教，不辱没先辈的垂范。

清华"学文丛书"既刊行清华同人有关古今中外文学的研究论著，也适当吸收海内外学界同行的相关成果。丛书成辑推出，每辑约五六种，希望假之以年，积少成多，次第刊行，渐成规模。本丛书由"清华大学文学创作与研究中心"的王中忱、格非教授负责审定，具体编务工作则由中心执行主任贾立元负责。

前　言

　　本书选题由清华大学文学创作与研究中心提出，作为"学文丛书"的一种。但在整套丛书选题中，本书稍微特殊。1970 年代末以来的当代诗歌取得了很大的成就，产生了大量的优秀诗人和优秀诗作。但说到经典，无论是诗人还是诗作，都还在确立的过程中，哪些诗作可以称为名篇，也充满争议，而且显然在可见的时间内无法解决这类争议。本书涉及的诗篇最早的写于 1980 年代初，大部分写于 1990 年以后，还有若干诗作写于最近几年，可谓名副其实的"新"诗。对本书来说，所谓"名篇"应该是将来时的。我希望本书对当代诗中的那些出色之作起到辨认、发现和正名的作用，而不是对已确认的经典的追捧。

　　朦胧诗以后，新诗写作和批评长期处于紧张关系中。诗人们抱怨批评的驽马远远落在诗人的快骏之后，甚至说"当代中国诗歌批评的状况一塌糊涂，没有一个职业批评家写出过一篇有益的，有见地的，有信息量的，令人耳目一新的，或是文采斐然、脍炙人口的诗歌批评文章"（萧开愚①），以至于诗人们不得不自己包办了批评，由此产生了 1990 年代以来引人瞩目的诗人批评家现象。这一现象也可以从本书作者构成中得到某种映证，本书的文章作者，多数同时兼有诗人的身份。这一现象的形成也和 1990

---

① 亦即肖开愚，本书用"萧开愚"。——编者注

年代以来诗人教育经历的延长有很大关系。朦胧诗一代大多没有接受过高等教育，"第三代诗人"则以恢复高考以后的大学生为主体，1990年代以后的诗人则很多取得了博士学位，且不少诗人就职于高校。对于这些诗人来说，从事诗歌批评和诗学研究既是兴趣使然，也是其职业生涯的要求。受益于诗人批评的进展和诗人、批评家教育年限的普遍延长，1990年代以来，新诗的批评工作取得了突出的成绩，与诗人们频繁抱怨的年代相比，已有霄壤之别。当然，这样的批评绝非诗人和诗歌写作的应声虫，甚至也不是一些诗人所渴望的知音式的回响。归根结底，批评有其自身的任务，对诗歌、文学和人类心灵另有其特定的应许。本书集中展现了当下诗歌批评成果的一个侧面：当代诗歌文本的细读。这是批评中基础的工作，然而也最能检验批评的装备及其性能，读者也最容易从中受益。可以说，本书既是对当代诗的一次检验——在批评的显微镜下，当代诗的成色将在某一程度上被显形——同时更是对批评本身的检验，在诗歌的镜照下，批评也将显示出自身的成色：批评对优秀诗作的辨认和发现能力，批评切入当代诗现场，发现、展开、深入问题的能力，都将在这面镜子中呈现或清晰或模糊的面貌。

　　我先后两次各用半个月的时间通读了本书的全部文稿。一种喜悦的心情一直伴随我的阅读过程。这种喜悦来自两个方面：一方面我通过批评的引介，读到了很多出色的诗作，它们是我之前未加留意，甚至它们的作者对我而言也是陌生的，或者闻其名而并不熟悉其作品。这种情形实际上是我们与当代诗遭遇时经常发生的情形。即使专业的诗歌读者，也经常会惊讶于无名作者的出色之作。相对于我们的阅读量，当代诗的产量太庞大了，优秀的作品太多了。在这种情况下，批评所担当的辨认和发现，让无名的作品和诗人得到彰显的角色，显得尤为重要。这些文章给予我的这种喜悦，也许可以说明当代诗歌批评已经能够承担起这一任务。另一方面的喜悦与这些文章所展现的批评的可能性及其进展有关。这些文章既有缜密的字句和细节的分析，又有基于文化和当下现实的宏阔视野，同时还有一种批评的自由的"想象"。所以，尽管这些文章都是就一首诗或几首诗来展开论述，但其议题并不限于文本的解读或写作技巧的说明（当然一点也不欠缺这些方面的细致、深入的分析），而是把文本作为批评展开自身工作面的起点，致力于完成批评自身的任务，拓展批评的边界。在这一过程中，批评带着自己的意志、心灵和问题意识，深入写作的现场，探测诗和人类心灵的当代处境，勘测诗学、心理学乃至哲学的难题，充分显示了批评自身直面诗学乃至生命难题的能力。盘旋于这些文章之中的具有普遍意义的命题包括：诗、诗人与语言的关系，诗、语言与生命体验、现实、存在的关系（词与经验的关系），美学与伦理学的古老纠缠，诗歌中理性与非理性的关系，元诗意识给当代诗带来的进展及其局限，当代性与现代性、后现代性的关系，当代诗与现代诗、古典诗的关系，诗、诗人乃至普遍意义上的人的当代处境。在这些问题上，这些文章都有极富启示意义的探讨。它们所展现的视野和修养，提出问题的角度，探讨的方法，展开和回转的巧妙，深入的程度，都超出我的期待。就是说，这些文章所揭示的，很多是我自己在阅读同样的文本时，未加思考和设想的。当然，这种探讨无论如何巧妙和深入，也并非答案。正如杜绿绿在其解读陈先发《养鹤问题》的文章中指出的，文学不可替代的功能之一就是激发怀疑，而怀疑也是读者最宝贵的品质，阅读就是为了培养这种品质。这些文章更重要的意义也许正在于此。

本书共收入 21 位作者的 35 篇细读文章，涉及 28 位诗人的诗作 37首。多数文章都是专为本书而作，也酌情收入了一部分有影响的旧作。这个诗人名单当然有偶然性，但多少也可以看出当下活跃的诗人在批评中受关注程度的一些端倪。这些文章的作者都是我特别敬重和看重的诗人、诗歌批评家，他们深谙诗歌这门技艺的奥秘，头脑和精神健全，对诗怀有敬畏之心，在优秀的诗作面前足够谦卑，又有足够的细心、耐心与全面的知识和人文视野。这是他们集结在这本书中的最重要的原因，如果不是唯一的原因的话。萧开愚曾经说，"对于一个诗人来说，他对批评的期待就是遇到一个内行，一个精通诗艺、善于联想的批评家。这个批评家能够充分地发现他的诗作的明显优势和潜藏在一大堆弱点中的狡黠，尤为重要的是，能够同意和赞美他的情感以及他对情感的态度"（《文学批评，关于文学的文学》）。即使用最严苛的标准来衡量，收入本书的这些文章也堪称内行之作；另外还须加上文采斐然的形容——实际上，本书的多位作者称得上批评这一行中最出色的文体家。它们实际上是关于诗的另一种作品。这是我特别乐意把它们推荐给读者的另一重原因。

本书体例参照了我多年前编的《名家读新诗》（中国计划出版社，2005；北京联合出版公司，2017）。全书以诗作者的出生年月排序，同一位诗人若不止一篇作品入选，则以诗的写作时间分先后。诗人简介系编者根据相关材料编写，尽量提供了比较详尽的作品出版信息，以方便读者进一步按图索骥，其他情况则从简。简介里对诗人的创作成就不做主观评价。此点与《名家读新诗》不同。这不是编者偷懒，而是不想给这些未名的名篇强加先入之见。为方便读者对照阅读，除朱朱组诗《清河县》、哑石组诗《青城诗章》因篇幅宏大从略之外，其他诗歌原作，均刊于细读文章前。无论从编辑体例，还是从时间衔接来说，本书都可以看作《名家读新诗》的姊妹篇。故凡已收入《名家读新诗》的文章，本书不再收入。

部分诗人的简介发给他们本人核实过，在此对这些诗人的支持谨表谢意。

另外需要交代的是，编者本人在本书中的作用，仅仅是给出了一个诗作的入选时间范围（朦胧诗或新诗潮以来），以及约请作者。这本书实际呈现的面貌则是由这些作者决定的，他们在选择诗人和诗篇方面都拥有绝对的自主权。作为本书编者，我乐意看到每个作者就他们自己感兴趣的当代诗写出他们独得的秘会，而不希望我的约稿变成"拉郎配"。非常感谢各位诗人、批评家的响应，把他们最新的批评成果贡献给本书。遗憾的是，由于事务繁忙，部分诗人、批评家未能在约稿时间内提交他们的成果，还有个别文章因未能联系上原诗作者而忍痛割爱。希望以后还有机会继续编辑续集，来弥补这次的缺憾。

西渡

2023 年 4 月

目录
CONTENTS

多 多

原名栗世征。1951年生于北京，1969年到白洋淀插队。1972年开始写诗。1982年开始发表作品。1989年出国。旅居荷兰近15年后，2004年回国，担任海南大学文学院教授。现居北京。主要著作有诗集《行礼：诗38首》（漓江出版社，1988）、《里程：多多诗选1972—1988》（首届《今天》诗歌奖获奖作品集，1988）、《阿姆斯特丹的河流》（北岳文艺出版社，2000）、《多多诗选》（花城出版社，2005）、《多多的诗》（人民文学出版社，2012）、《诺言：多多集1972—2012》（作家出版社，2013）、《多多四十年诗选》（江苏文艺出版社，2013）、《多多截句集》（广西师范大学出版社，2019）、《拆词》（江苏凤凰文艺出版社，2022）。还有多种外语译本诗集。曾多次参加世界各大诗歌节，到英国、美国、德国、意大利、瑞典等十多个国家的大学做过讲座和朗读，并曾任伦敦大学汉语教师，加拿大纽克大学、荷兰莱顿大学住校作家。曾获首届《今天》诗歌奖（1988）、第三届华语文学传媒大奖（2005）、纽斯塔特国际文学奖（2010）、墨西哥新黄金时代诗歌奖（2016）、李杜诗歌奖（2017）、昌耀诗歌奖（2022）、十月文学奖（2022）。研究资料汇编《暮晚的向道——多多研究集》（王东东编）2020年由华文出版社出版。

一个故事中有他全部的过去

当他敞开遍身朝向大海的窗户
向一万把钢刀碰响的声音投去
一个故事中有他全部的过去
当所有的舌头都向这个声音伸去
并且衔回了碰响这个声音的一万把钢刀
所有的日子都挤进一个日子
因此，每一年都多了一天

最后一年就翻倒在大橡树下
他的记忆来自一处牛栏，上空有一柱不散的烟
一些着火的儿童正拉着手围着厨刀歌唱
火焰在未熄灭之前
一直都在树上滚动燃烧
火焰，竟残害了他的肺

而他的眼睛是两座敌对城市的节日
鼻孔是两只巨大的烟斗仰望天空
女人，在用爱情向他的脸疯狂射击
使他的嘴唇留有一个空隙
一刻，一列与死亡对开的列车将要通过
使他伸直的双臂间留有一个早晨
正把太阳的头按下去
一管无声手枪宣布了这个早晨的来临
一个比空盒子扣在地上还要冷淡的早晨
一阵树林内折断树枝的声响
一根折断的钟锤就搁在葬礼街卸下的旧门板上
一个故事中有他全部的过去

死亡，已成为一次多余的心跳

当星星向寻找毒蛇毒液的大地飞速降临
时间，也在钟表的嘀嗒声外腐烂
耗子，在铜棺的锈斑上换牙
菌类，在腐败的地衣上跺着脚
蟋蟀的儿子在他身上长久地做针线
还有邪恶，在一面鼓上撕扯他的脸
他的体内已全部都是死亡的荣耀
全部都是，一个故事中有他全部的过去

一个故事中有他全部的过去
一个瘦长的男子正坐在截下的树墩上休息
第一次太阳这样近地阅读他的双眼
更近地太阳坐到他的膝上
太阳在他的指间冒烟
每夜我都手拿望远镜向那里瞄准
直至太阳熄灭的一刻
一个树墩在他坐过的地方休息

比五月的白菜畦还要寂静
他赶的马在清晨走过
死亡，已碎成一堆纯粹的玻璃
太阳已变成一个滚动在送葬人回家路上的雷
而孩子细嫩的脚丫正走上常绿的橄榄枝
而我的头肿大着，像千万只马蹄在击鼓
与粗大的弯刀相比，死亡只是一粒沙子
所以一个故事中有他全部的过去，
所以一千年也扭过脸来——看

一千年回头看"现实"
——多多《一个故事中有他全部的过去》解读

◎ 钱文亮

　　在当代中国诗坛上，多多是罕见的以其诗歌自身的创造力而受到广泛推崇的"诗人中的诗人"。早在 20 年前，诗人、翻译家黄灿然便在《最初的契约》一文中高度评价了多多的诗歌成就，认为多多的诗歌不仅有着"令人炫目的现代感性，尤其是那耀眼的超现实主义"，而且"注意发掘汉语的各种潜在功能"，复活了"传统诗歌中可贵的，甚至可歌可泣的语言魅力"；而在论证多多"跟传统诗歌接上血脉"的强烈而又独特的音乐感时，黄灿然还特别讲述了一些年轻诗人在读过多多《一个故事中有他全部的过去》等诗作之后所表现出的强烈反应。

　　的确，多多诗歌中可圈可点的佳作很多，令人过目难忘的绝品也不在少数，不过，若要选定五首以内的代表作，我认为《一个故事中有他全部的过去》必是不可遗漏的。这首诗既是多多的创作历程从早期走向中期的典范之作，更是多多独特的人性观、诗学观、艺术才华与其青春经验、创伤记忆以及历史想象力的完美结晶，具有多多诗歌最为突出与恒定的艺术个性和风格。

　　首先，这是一首铭刻着一代人集体性的青春经验与创伤记忆的反思之作。其突出的主题就是伤害他人同时也伤害自己的"暴力"之恶。从全诗第一句"当他敞开遍身朝向大海的窗户／向一万把钢刀碰响的声音投去"开始，得到强调、夸张的"暴力"意象就大量而又频繁地出现，如"一万把钢刀"、"厨刀"、"在树上滚动燃烧"的"火焰"、"疯狂射击"、"无声手枪"、"送葬人回家路上的雷"、"粗大的弯刀"、"把太阳的头按下去"……整个世界充满暴力的刀光剑影和劫难的场景。

　　暴力必然会造成伤害、毁坏甚至死亡，也会导致混乱、荒诞以及人心的邪恶，于是，诗歌中同时出现的意象就有：火焰"残害了他的肺"、"而他的眼睛是两座敌对城市的节日"、"而我的头肿大着"、"一列与死亡对开的列车"、"寻找毒蛇毒液的大地"……

可以说，整首诗歌都弥漫着"暴力"以及"暴力"所带来的仇恨、恐惧的紧张氛围，虽然诗歌中并未给出确切具体的历史时间和事件，但联系到多多成长的经历及其多次在访谈中所回忆的"文革"中红卫兵打砸抢和武斗的事件与刺激，这种对普遍性"暴力"的形而上表达实际上是源自"文革"，基于"文革"现实的。特别是如下一节，更是对于"文革"历史的具体而又抽象的隐喻：

> 最后一年就翻倒在大橡树下
> 他的记忆来自一处牛栏，上空有一柱不散的烟
> 一些着火的儿童正拉着手围着厨刀歌唱
> 火焰在未熄灭之前
> 一直都在树上滚动燃烧
> 火焰，竟残害了他的肺

这一节诗句在整首诗歌中堪称"点睛之笔"，使得《一个故事中有他全部的过去》成为书写"文革"历史的当代诗歌经典。诗中"一些着火的儿童正拉着手围着厨刀歌唱"这一令人惊悚的、邪祟的超现实场景，初看也许不明所以，但只要与上下文的"牛栏""火焰""敌对的城市"和"疯狂射击"以及多多同类题材的诗歌相联系，就不难理解其特定的"文革"历史语境，其所象征的正是红卫兵挥舞红宝书、以"革命"的名义对所谓的"地富反坏右"五类分子及其家庭进行批斗、破坏和打砸的暴力行径。短短的一行诗句，既突显了红卫兵年少、无知的生理特点（"儿童"），又结合"着火"和"厨刀"的意象抓取了其因天真、狂热而导致的暴力崇拜（这又证明多多的诗歌不同于残存浪漫主义的朦胧诗），而"拉着手歌唱"则更给人一种原始宗教活动画面般的献祭仪式感，令读者不由自主联想到现代迷信与人类远古蒙昧状态的隐秘关系，从而极大增强和深化了对"文革"的反思与认识。不仅如此，"一些着火的儿童正拉着手围着厨刀歌唱"中违反常态事理的怪诞情景，即使作为单独的诗句也给人留下鲜明的视觉印象，具有

远古岩石图画或出土文物上的图像所具有的强大象征力量和神秘感，也带给人们厚重的历史感。相信这是多多留心其他门类艺术、知识并将其与自身历史记忆和生命体验相融合而独创出的超现实的"真实"，它来自内心，却概括且穿透了历史，远胜于教科书的千言万语，充分体现了唐晓渡所指出的"异质混成的奇幻风格和尖新、精警、'语不惊人死不休'的修辞策略"。

其次，不同于北岛、顾城等朦胧诗人直接批判荒唐历史的宣告式高亢语调，这一首诗采用了疏离者的视角和包含张力的意象以及克制、反讽的抒情语调，表现一代青年及其参与的历史的残酷性、复杂性。虽然在为数不多的几篇访谈中，多多都津津乐道于自己那一代知识分子共同的"左派"气质，认为毛泽东时代培养出的年轻人是具有"勇气、造反、反抗——非常硬的一代"，自己"对毛泽东的个人感情、个人认识是非常复杂的，多面的"。但受萨特等西方现代主义作家对人性恶的认识影响，多多显然对自己那一代青年的命运持有悲剧性的看法。正因如此，《一个故事中有他全部的过去》才出现了这样的诗句：

> 一阵树林内折断树枝的声响
> 一根折断的钟锤就搁在葬礼街卸下的旧门板上
> 一个故事中有他全部的过去
> 死亡，已成为一次多余的心跳
> ……
> 他的体内已全部都是死亡的荣耀

如果结合全诗第一段"他"投身于"一万把钢刀碰响的声音"，而略过中间的一段诗句，那么"他"至此得到了"死亡的荣耀"完全应该是崇高意义上的英雄的赞歌，然而多多的深刻与冷酷实际上就体现在这里，一种与"荣耀"反义的修辞同时也反讽了"荣耀"，使得"他"的"死亡"瞬间变得滑稽与荒诞：

耗子，在铜棺的锈斑上换牙

菌类，在腐败的地衣上跺着脚

蟋蟀的儿子在他身上长久地做针线

还有邪恶，在一面鼓上撕扯他的脸

他的体内已全部都是死亡的荣耀

全部都是，一个故事中有他全部的过去

显而易见，这段以童话拟人手法写出的恶作剧般的诗句，恰恰表达的是"他"这位狂热的左翼青年死亡结局的荒诞和无意义，整段诗歌语义上的似是而非、情感与认知上的极端矛盾，营造出强烈而奇异的张力，从而给读者带来崭新的体验以及对当代历史人生的深刻反思。

所以，多多这首诗从总体情绪结构、段落与段落之间的语言到具体的意象本身，都充满着理性与非理性或理智与情感、幻想与事实、崇高与卑俗、单调与丰富、大与小、冷与热等相互矛盾、冲突、反讽所造成的戏剧性张力，使其最终具有饱满而强大的审美冲击力。

从总体情绪结构而言，这首诗最典型地体现了多多所命名的"冷疯狂"的一种张力巨大的状态。全诗虽然是带有冷静的批判态度来审视一个左翼青年的悲剧命运，但是这种审视也是放置在一种"总体性世界图景"中展开的——例如"大海""太阳""天空""大地"和"一千年"等与之相关的构建外部时空的宏大意象，具有左翼文学所钟情的那种全知全能的视角；而且，全篇以第三人称"他"为主，充分利用诗歌所特有的隐喻、象征、反讽和悖论等修辞艺术，将个人的命运与其所处时代特有的语境结合，进行宏观的、总体的考察和表现，通过语言的奇异组合所创造出的"陌生化"意象，实现了对历史的重新想象和表达，并在巨大的内在张力中激发了读者对于历史、文化、政治、人性、命运与现实等等内容的丰富感受与理解。作为一个曾经的"左派"青年，多多的这首诗还显露了他对语言所具有的特别偏好，表现出一副真理在握、不容置疑与商量的决绝语气，具体说来，就是喜欢使用一些总括式的词语和全称判断，例如"一个故事中有他全部的过去""当所有的舌头都向这个声音伸去""他的体内已全部都是死亡的荣耀"……"这些词语的共同特征是：绝对的肯定或否定，能够强烈地表达出诗人的情感倾向""它们是一种幻想的权力手段"①，不过，在具体展开的描述中，诗人的语气却又在细腻的情节中显得极为冷静和克制，例如：

> 一管无声手枪宣布了这个早晨的来临
> 一个比空盒子扣在地上还要冷淡的早晨
>
> 一个故事中有他全部的过去
> 一个瘦长的男子正坐在截下的树墩上休息
> 第一次太阳这样近地阅读他的双眼
> 更近地太阳坐到他的膝上
>
> 比五月的白菜畦还要寂静
> 他赶的马在清晨走过

特别是结尾的一句"所以一千年也扭过脸来——看"，一下子将"他"的故事置放于漫长的时间中来打量，故而生命的"死亡只是一粒沙子"，不只是"与粗大的弯刀相比"的结果，其实也是在历史长河中的必然。正因如此，以暴烈、狂热的行动开始的"一个故事"最终在永恒的寂静中结束。死亡的确微不足道，这种反思与批判的确冷漠而残酷，痛苦的叙述与追索在形而上的门口戛然而止。

　　最后，必须说说这首诗的"现实"与"超现实"的问题。尽管多多诗歌中的意象往往是人们在现实生活中常见的事物，或为人们常常说到的概念，但当它们重新组合或搭配在一起时，却又带给读者极大的陌生感。例如，"大海"是很多人眼中司空见惯的，然而却又有谁见过喧响着"一万把

---

① 闫文：《"巨型玻璃混在冰中汹涌"：论多多诗歌中的"力"》，《华文文学》2012年第 2 期。

钢刀碰响的声音"的"大海"呢？而"舌头""衔回了碰响这个声音的一万把钢刀"更是匪夷所思的"超现实"。至于"女人，在用爱情向他的脸疯狂射击""使他伸直的双臂间留有一个早晨／正把太阳的头按下去""星星向寻找毒蛇毒液的大地飞速降临""死亡，已碎成一堆纯粹的玻璃"，诸如此类根本无法见诸现实生活的幻想图景的出现，都在在印证了多多在超现实主义艺术方法和童话思维的协助下所发挥出的出神入化的直觉想象力。这种想象力一方面立足于现实世界细节上的精确，另一方面又在形而上的思辨中，经过不合常规逻辑的并列或组合，通过语法上的断裂、省略、移置和重复等，刻意造成语义上的冲突与变化，也强行取消了物理的、地域的等等方面的界限，从而给读者创造了一个个极其怪诞却又极其真实的语言空间。这样的空间就是人们所谓的"超现实"。但按照多多的说法，它们又未必是非现实，因为多多曾经指出，"我也是带着现实的，我从来没有回避现实……但我的现实，不是那个意义上的现实"，"我们的想象，幻觉，梦，种种妄想、疯狂，和很多心理上的东西……它们都是一种存在啊，你不能说它不存在，是吧？它们就是现实的"[1]。这种观点是非常雄辩而透彻的，可以说深得诗歌三昧，非常有助于我们对多多诗歌魅力的领悟。

除了上述特点，读者还需要注意多多这首诗独特的音乐感。这种音乐感既来自诗中句子和语词的复沓、排比等手法，也与诗人在诗句的长短、停顿和语调的起伏上能够很巧妙地配合呼吸和情绪的节奏有关，因而达到了可记可诵甚至可以歌咏的声音效果。这一点，只要认真读过这首诗，读者也就不难享受到多多诗歌所具有的嘹亮爽朗的音乐美感了。

---

[1] 多多、李章斌：《是我站在寂静的中心——多多、李章斌对谈录》,《文艺争鸣》2019 年第 3 期。

他　们

手指插在裤袋里玩着零钱和生殖器
他们在玩成长的另一种方法

在脱衣舞女撅起的臀部间
有一个小小的教堂，用三条白马的腿走动起来了

他们用鼻子把它看见
而他们的指甲将在五月的地里发芽

五月的黄土地是一堆堆平坦的炸药
死亡模拟它们，死亡的理由也是

在发情的铁器对土壤最后的刺激中
他们将成为被牺牲的田野的一部分

死人死前死去已久的寂静
使他们懂得的一切都不再改变

他们固执地这样想，他们做
他们捐出了童年

使死亡保持完整
他们套用了我们的经历。

1991

那发情的田野对我们意味着什么

——读多多《他们》及其他

◎ 李海鹏

对我个人而言，诗人多多的诗歌《他们》长久以来构成了持续的吸引力，甚至诱惑。这种感觉，在经过多次阅读之后非但没有淡化，反而更进一步变成了某种隐秘的召唤。它似乎在向我暗示着什么，可这一切又总是以秘而不宣的方式发生。从语言面貌的角度来看，这首诗两行一节，以十分简练的方式向前推进着，相比于多多其他很多意象繁复、句法复杂的诗歌（如《我始终欣喜有一道光在黑夜里》《我读着》等），这首诗在很大程度上显示出了节制的特征。当然，这是从数量上来做的横向比较，而并非质量上的比较。多多的诗歌意象即使繁复也并不浪费，不夸张地说，多多诗歌中的每个意象都在诗意的推演和意象之间的彼此激发中放射着远大于自身原有储备的能量，用一个比喻，多多的诗歌意象是浓缩铀式的意象。用"奇崛"二字来形容多多的诗歌再合适不过：因为"奇崛"，多多的诗歌常常让人感到费解，花费掉许多思虑之后也未必能给出足够有力的把握；也因为"奇崛"，多多的诗歌让人初次阅读就印象深刻，反复阅读、琢磨之后虽然仍觉费解，但这种费解并不意味着仅局限于费解的厌恶，而是意味着感到了可通向某种风景的诱惑和隐秘召唤。换句话说，多多诗歌意象的费解不是昭示着没有可能，而是暗示着所有的可能。单从《他们》这首诗本身来看，也并不缺少"奇崛"的意象和搭配，这首诗对我形成的诱惑和召唤正是肇始于这些意象和搭配。比如"在脱衣舞女撅起的臀部间／有一个小小的教堂，用三条白马的腿走动起来了""五月的黄土地是一堆堆平坦的炸药""在发情的铁器对土壤最后的刺激中／他们将成为被牺牲的田野的一部分""他们套用了我们的经历"，这六句诗在全诗中留给我的印象最深，也最为费解，在狂喜于这些句子中蕴含的巨大能量和语言狂欢之余，有一些问题也随之浮现："脱衣舞女"充满情欲的臀部间为何会出现"教堂"？"教堂"这个在多多诗歌中反复出现的意象究竟意味着什么？五月的"黄土地"为何如此危险，被引入了死亡的维度？在对农耕行为做了情欲化的比譬之后，正在成长的、性欲旺盛的"他们"为何汇入了"被牺牲的田野"？既然"他们"已"套用了我们的经历"，那么为何他们仍然是他们而不是我们，也就是说，对"经历"的"套用"究竟是要对他者进行混淆还是要进行更为深入的区分？对于今天，我们这些生活于大规模现代化城市中的人来说，那遥远的、几近消失的、在"铁器"的刺激下疯狂发情的"田野"又意味着些什么？

我想，在这首诗的语境中间，这一系列问题来自一个统一的发生场域：田野。毋庸置疑，"田野"在这首诗中显然非常重要，而且值得一提的是，"田野"对于多多的诗歌写作来说意义重大，从很大意义上说，"田野"的有效性决定着多多诗歌的有效性，这与多多的个人经历直接相关。多多在一次访谈中曾说："大自然的意象也是我终身不能忘记的，我十六岁那么痛苦的在田野里，我的大学就是农村就是田野。"[1] 这足以证明"田野"对于多多写作的重要性，联想到苏联作家高尔基自传体小说第三部《我的大学》这一题目，"田野"一词对于多多来说，很大程度上是一个带有自传性的词汇。而且，"大学"一词的暗示性作用使我不禁怀疑，对于多多的写作来说，"田野"是否具有某种本体论的色彩？

"田野"：作为一种本体论

在多多的诗歌中间，"田野"几乎无一例外地被献祭为记忆的聚集地、祖先亡魂的庇护所，就像一座威严、高傲的祭坛，为其诗歌提供着发生的场域和最原始的语言动机。先以多多写于1983年的《北方闲置的田野有一张犁让我疼痛》一诗为例，这首诗在处理上相当见功力，这里摘录出该诗的首尾部分：

---

[1] 凌越：《我的大学就是田野——多多访谈录》，《多多诗选》，花城出版社，2005，第271页。

北方闲置的田野有一张犁让我疼痛

当春天像一匹马倒下，从一辆

空荡荡的收尸的车上

一个石头做的头

聚集着死亡的风暴

······

亚麻色的农妇

没有脸孔却挥着手

向着扶犁者向前弯去的背影

一个生锈的母亲没有记忆

却挥着手——好像石头

来自遥远的祖先······

"犁"这一意象对于我们理解多多的"田野"来说简直是太重要了，它实际上构成了我们打开"田野"，发掘其中聚集的记忆和语言的唯一钥匙。这一极具农耕意味的隐喻，"携带着原始的、农耕记忆的内掘特征"[1]，在语言层面上，与田野之间发生着深刻的、本质性的联系。值得注意的是，二者发生联系的方式并不是温和的、让人舒适的，而正如诗歌中所描述的那样，是"疼痛"的，是一种高度刺激性的方式，这在多多的诗歌中间也别无例外。在犁对土地的挖掘中，一个聚集着"死亡的风暴"的"石头做的头"从田野中暴露出来，从后面的诗句中我们得知这石质的头颅来自记忆，来自祖先，来自时间的秘密。但困难的是，记忆的暴露对我们来说并不意味着记忆的复活，正如诗中"没有脸孔""没有记忆"所暗示的那样，这些记忆的面孔并不是明晰的，或者说，它们被挖掘出来并不意味着我们可以就此一劳永逸地等待它们自行复活，而是需要我们耐心地辨认，用语言去为它们一一命名。对于诗歌来讲，这一工作实际上更重要也更具挑战

---

① 余旸：《"技艺"的当代政治性维度——有关诗人多多批评的批评》，载萧开愚、臧棣、张曙光主编《中国诗歌评论——细察诗歌的层次与坡度》，上海文艺出版社，2012，第9页。

性，因为在现实经验的维度上，消失的祖先与逝去的时光只能长眠地下，永远难见天日，而我们这些活着的人则永远生活于一种"前不见古人，后不见来者"的孤独感之中。然而也正是这种悲剧性的孤独感的存在，使得人类获得了另一种足可慰藉的能力：幻想的能力。而文学（这里主要指诗歌）则承担了用语言对幻想进行再创造的工作。马塞尔·普鲁斯特曾说："单从现实主义观点出发，从心理现实主义出发，这种对我幻想确切的描绘完全可能产生另一种现实主义，因为它的对象是比现实更富有生命力的现实……这样的现实给我们带来无穷无尽的乐趣，而另一种现实使我们无聊，使我们失望……这样的现实是由一页页的篇章组成的，唯有这些篇章能使我们获得这种现实的印象，使我们获得天才的印象。"①也就是说，如何把"田野"中暴露出的记忆发明进语言，赋予这些用幻想之犁挖掘出的记忆以形态，使它们的面孔可供辨认，是多多诗歌语言的核心问题。这说到底，是语言赋予记忆、祖先以曾经的面孔和身体，语言的复活才意味着记忆真正的复活。在多多的诗歌中间，"田野"这记忆的储藏所被转喻为语言的储藏所，因而获得了本体论的意味。语言，是对记忆的思考和再创造，在诗歌中间，因为语言的精耕细作，记忆得到了复活，逝去的许多世纪与数不尽的祖先得到了复活，历史的遗迹在诗歌中剥去沧桑，因获得了新形式而焕然一新。②集祖先的血液、能量于一身，语言也因而召唤回了消失已久的血腥气和活力，以及天才的威严和高傲，这正是多多诗歌最可贵的品质：

　　　　犁尖也曾破出土壤，摇动

---

① ［法］马塞尔·普鲁斯特：《一天上午的回忆——驳圣伯夫》，沈志明译，北京燕山出版社，2006，第191页。

② 这正如在马塞尔·普鲁斯特笔下复活的盖芒特古堡塔楼，用他的话说，"它们什么沧桑都未经历。事物充满生命的时刻是由反映这些事物的思想所固定的，彼时它们受到思考后，获得了思考所带来的形式。它们的形式在其他形式中间存在一个时期，然后成为永久的历史遗物。想想吧，盖芒特古堡塔楼使十三世纪不可摧毁地屹立长空"，见［法］马塞尔·普鲁斯特《一天上午的回忆——驳圣伯夫》，第198页。

记忆之子咳着血醒来

——《当春天的灵车穿过开采硫磺的流放地》（1983）

黑暗原野上咳血疾驰的野王子
旧世界最后一名骑士

——《马》（1985）

在语言本体论的意义上，我们有理由相信，那极具血腥气和生命力的"记忆之子"，正是多多对语言进行的骑士般高傲的命名。有意思的是，这一诗意命名过程本身颇有某种原始巫术的味道：在"田野"的中央，一把极具魔力的"犁"念着古老的咒语召唤出埋藏于土地深处的祖先和记忆，他们借着语言的形式浴火重生，并把千万年积攒下来的能量全部注入语言，语言因而获得了令人震惊、疼痛的野性和活力。这是多多从"田野"中发明出的语言祭祀。

在漂泊海外的岁月里，对多多而言，不谈被复活的记忆，就连"田野"本身也成为消失之物。在语言成为他"唯一的行李"（北岛语）的处境下，诗人无时无刻不感到一种难以排遣的"孤绝"[1]。如果说在这之前，面对"田野"，诗人的孤独和幻想与消逝的祖先、记忆相连接，那么这意味着起码还有一片可供面对的田野，在冥冥中支撑着诗人语言的骄傲与荣耀，但是在异乡的岁月里，连这片"田野"也需要去记忆中搜寻方能显现："田野"隐入了记忆，它的消失带来了言说根基的失落，在这样的困境下，记忆中的"田野"便被发明为代表了故乡的能指，从前在"田野"里直面"祖先"的骄傲，沦为了在异国他乡独自回忆故乡"田野"的巨大压抑：

是我的翅膀使我出名，是英格兰
使我到达我被失去的地点

---

[1] 余旸：《"技艺"的当代政治性维度——有关诗人多多批评的批评》，载萧开愚、臧棣、张曙光主编《中国诗歌评论——细察诗歌的层次与坡度》，第20页。

　　　　记忆，但不再留下犁沟

——《在英格兰》（1989—1990）

　　可喜的是，现实的巨大压抑所造成的巨大能量被多多成功地编织进语言之中，他这一时期的诗歌展现出巨大的感人力量，这正如马斯特里赫特国际诗歌奖在给予多多的授奖词中所说的，1990 年代以来，多多写出了他最好的诗和小说。可以说，漂泊异乡的多多，在"孤绝"之中凭借语言实现了返乡。不同于奥德修斯把返乡指定为走向未来的宏大叙事[1]，多多的返乡时刻走回记忆，徒劳地也因而奇迹般地翻找出记忆深处的"田野"里，那道曾经明晰可辨的"犁沟"：说徒劳，是因为它已然随着"田野"的丢失而丢失；说奇迹，是因为借着语言的巨大能量，它就像一道闪电般地，以"扭身而去"[2]的方式提示着记忆的在场，也允诺着"田野"的依旧有效。在护送一个个流离失所的词返回家乡的时候，多多终于等回了记忆的"麦田间"如其所是的语言：

　　　　走在词间，麦田间，走在
　　　　减价的皮鞋间，走到词
　　　　望到家乡的时候，而依旧是

——《依旧是》（1993）

"田野"：死亡与情欲

　　在对"田野"有了上述的认识之后，我们或许可以返回《他们》这首诗，并尝试着重新打量一下上文中提出的问题。从下面两节诗出发：

---

[1] 参见［德］马克斯·霍克海默、［德］西奥多·阿道尔诺《启蒙辩证法》，渠敬东、曹卫东译，上海人民出版社，2006。

[2] ［德］马丁·海德格尔：《什么叫思想？》（"Was heißt Denken？"），《演讲与论文集》，孙周兴译，生活·读书·新知三联书店，2005，第 139 页。

五月的黄土地是一堆堆平坦的炸药
死亡模拟它们，死亡的理由也是

在发情的铁器对土壤最后的刺激中
他们将成为被牺牲的田野的一部分

在这里，用于耕作的"铁器"（很明显，这是与"犁"具有转喻性的能指）与"田野"之间再次发生了交媾。在经过足够的"刺激"之后，"田野"中压抑已久的情欲被打开，被释放出来。从我们对多多诗歌中"田野"的已有印象中间，我们得知，"田野"代表了记忆与祖先的集合，已经死亡的事物聚集其中，时刻等待着在某个诗意的时刻被语言唤醒，并通过把能量与血液注入语言的方式复生。在这首诗里，它们再次等到了一个诗意的时刻，这"发情的铁器"就像一支笔，或者沿用这里情欲化的比喻，就像语言的坚硬生殖器（这也恰好照应了本诗开头"他们"在玩着生殖器），以高度情欲化的方式再次呼唤着"田野"深处等待复活的祖先那里积蓄的极大生命力，并试图借着这生命力生殖出语言充满活力和血性的新身体。在这首诗中，"他们"被幸运地选中，指定为这些新身体。正值成长期的、玩着自己生殖器的"他们"，对情欲有着蓬勃的冲动和幻想，这样的生命最具活力，体现着生命的极致。而吊诡的是，这样的生命力在语言层面上恰恰与"田野"深处被情欲唤醒的祖先所具有的生命力最为接近，后者来自记忆的力量。就这样，在本诗的语境中，生的"他们"与死的祖先获得了同构性，更进一步，生与死在这里浑然一体。生即是死，死即是生，"成长的另一种方法"就是死亡的另一种方法。祖先的生命聚集在他们身上，拥有着人类所有的时间，"他们"因而不朽；他们的身体也包含着祖先的身体，走向死亡，成为"被牺牲的田野的一部分"。最具生命力的"他们"与死亡最接近，这并不意味着生命的虚无，而是意味着死亡作为记忆的能指，给予我们的生命以巨大的庇护，我们只要懂得去回忆，就懂得了永葆青春、生命永恒的秘诀。正如卡尔维诺所说："储蓄时间是件好事，我们储蓄的越多，就越经得起失去。"① 唯有面对死亡时，我们这些海德格尔意义上的终有一死者（die Sterblichen）才会明白成长的意义，才会明白存在的真正含义。从绝对意义上讲，死亡是对生命的庇护，正如海德格尔所说："死亡乃是无之圣殿（der Schrein des Nichts），作为无之圣殿，死亡庇护存在之本质现身于自身之内。作为无之圣殿，死亡乃是存在之庇护所。"② 因此，"黄土地"炸药般的力量并不是毁灭的力量，它是"平坦的"，这意味着作为对生命的庇护所，它拥有足够的力量给予生命以绝对的平和，这是死亡的力量，是记忆的力量。这力量承载着人类共同的命运，被反复"套用"着：如今的祖先就是曾经的"他们"，如今的"他们"也将隐入"田野"，变成祖先——祖先与"他们"在"套用"中集生死于一身，这样的身体，包藏着"田野"的所有祝福，这样的身体，也是"田野"中永久的居民：

> 他们喝过的啤酒，早已流回大海
> 那些在海面上行走的孩子
> 全都受到他们的祝福，流动
> 流动，也只是河流的屈从
> 用偷偷流出的眼泪，我们组成了河流……
>
> ——《居民》（1989）

　　关于这首诗，还有一个方面不得不提，就是情欲的重要性。情欲在多多的诗歌中间并不鲜见，可以说，情欲化修辞是多多诗歌中非常重要的一种修辞方式。这实际上与多多的诗歌尚谈生死、记忆直接相关。在这首诗中，情欲的作用就很说明问题。根据上面的分析，"铁器"极其情欲化的刺激，使得"田野"不禁发情，进而复活了其中死亡事物的生命力，事实上，情欲本身就是生命力旺盛的表现，比如诗中玩着生殖器的、成长着

---

① ［意］伊塔洛·卡尔维诺：《新千年文学备忘录》，黄灿然译，译林出版社，2009，第 47 页。

② ［德］马丁·海德格尔：《物》（"Das Ding"），《演讲与论文集》，第 187 页。

的"他们"。就这样，生命与死亡因为情欲而勾连在一起，在语言层面上，
是情欲的刺激呼唤出田野中深埋的生命力，借此生殖出语言充满血性、活
力的新身体。也就是说，在这首诗中，情欲构成了生死的中介和语言生成
的原始冲动。罗兰·巴特曾说："礼物是接触、感觉的途径：你会触摸我
摸过的东西；这第三者皮肤将我们连接在一起。"[1] 可以说，情欲，就是生
命被赠予的礼物，它既能让生命欢愉，也能唤醒记忆并将其注入生命之
中，总之，情欲是永恒的中介。这样的话，我们就不难理解这首诗第二节
那"奇崛"的意象组合所暗含的意义了：

> 在脱衣舞女撅起的臀部间
> 有一个小小的教堂，用三条白马的腿走动起来了

"教堂"也是多多诗歌中的重要意象，正如它通常意指的信仰、宗教本身
具备的超越性、永恒性的意义，多多诗歌中的"教堂"也通常与生命的永
恒、记忆的力量相关，比如：

> 街头大提琴师鸣响回忆的一刻
> ……
> 那曾让教堂眩晕的重量
> 现在，好像只是寂静
> ……
> 谁说那一刻就是我们的一生
> ……
>
> ——《一刻》（1992）

无需赘言，"教堂"与回忆和一生关系重大，它意味着对生命恒常性的祈

---

[1]［法］罗兰·巴特：《恋人絮语》，汪耀进、武佩荣译，上海人民出版社，2016，
第 65 页。

祷和保存。返回到上面的那节诗歌中来，"脱衣舞女撅起的臀部"是情欲化甚至带有色情意味的意象，既然如此，与之构成明显反讽关系的"教堂"为何会出现呢？"脱衣舞女"作为"他们"的情欲的投射对象，在诗歌中成为"他们"的情欲的具体形态，这实际上呼应着后面的诗行中，在"铁器"的刺激下复活的祖先的情欲，而走动的"马"的出现则暗示着情欲驮着"他们"的身体，返回祖先复活的场域，即"田野"。第三节诗中"发芽"一词，以对"他们"的身体进行植物化处理的方式把"他们"与深埋地下的祖先的身体合为一体。有意思的是，"三条白马的腿"让人费解，但如果我们狡黠地想象一下的话，这个意象也颇具情色意味：夸张一些，两条腿站立的马的身体轮廓倒是酷似"脱衣舞女"撅起的臀部，那么多出的第三条腿若理解成马的生殖器的话或许并不为过。

　　多多这首诗写于 1991 年，也就是说，这首诗很可能写于国外。照此推测下去，那么"他们"很可能来自多多在国外的经验，而"白马"的走动则染上了一层返乡的色彩，在情欲的中介性作用下，异域的"他们"在语言中返回故乡的"田野"，这实际上拓宽了"田野"本身所具有的包容性，其中贮存的记忆不再只限于国内、汉语的记忆，而是涵盖了人类共同的记忆。不过这仅仅是假设而已，成立与否并不阻碍上面有关情欲的讨论。实际上，漂泊异乡的多多并不总是能在情欲的帮助下使语言返乡，有时候，情欲反倒使多多产生了耻辱感，这在他这一阶段最早的诗歌中有清晰的反映：

> 耻辱，那是我的地址
> 整个英格兰，没有一个女人不会亲嘴
> 整个英格兰，容不下我的骄傲
>
> ——《在英格兰》（1989—1990）

在海外的岁月里，多多丢失了"田野"，因此，在异国所经验到的情欲无法被勾连到"田野"所蕴含的记忆中，以往通过诗歌所建立的骄傲感在这样的困境下确实面临着危机，这一焦虑在这首诗中有着明显的体现。但无论如何，我们必须承认，即使在这样的境况下，情欲化修辞仍然未缺席于多多的诗歌，它对于多多诗歌写作的重要性由此可见一斑。

"田野"：在"后田野"时代

从海外归来之后的多多也对国内的现实语境进行了一定程度的关怀和把握，这在他一系列近作中有着清晰的体现。但是必须指出，对于最近二十年来一直生活在国内，对国内环境的更新演变有着更深的见证的许多读者来说，多多的处理并不让人感到足够亲切和有力，甚至与我们的经验之间存在着不小的疏离感。余旸对此曾批评为"深具异国气象，仿佛发生在嬉皮士身上"[1]，也就是说，国内的经验在多多的诗歌中并未呈现出国内的感觉，我们读到这些诗句就仿佛置身于国外一样。余旸接着谈到，这样的诗歌面貌，"一再确凿地表明了多多捕捉当下中国具体生活经验的无力，但也许是不屑"[2]。我个人认为，"无力"和"不屑"这两个词恰到好处地揭示出造成多多近作如此面貌的原因：一方面由于久居国外的多多对国内的近况缺少足够的了解，造成了他面对国内经验的陌生，是为无力；另一方面，长期形成的语言观念和语言惯性已经让多多对自己的写作足够自信，他所谙熟的象征主义、深度意象这些技艺如果说不足以面对国内语境，却似乎足以面对多多自己。因此，"不屑"归根结底是个语言问题，对多多这代诗人中的大多数来说，语言问题远远重要于外部问题，在二者的取舍中，往往是后者落败。当然，我们不能忽视"无力"给多多诗歌带来的危机、缺陷以及由此引发的批评声音，因为这些声音的出现说到底是基于多多作为最优秀的中国抒情诗人曾带给我们的震撼和启发，这些声音在表象上呈现为批评，但实质上却暗含着巨大的期待。与此同时，我们更应该注意到，让漂泊海外的多多朝思暮想、魂牵梦绕的故土实际上并非指涉如今已成为最重要经验的城市生活，而"依旧是"曾经离他最近的田野，在

---

① 余旸：《"技艺"的当代政治性维度——有关诗人多多批评的批评》，载萧开愚、臧棣、张曙光主编《中国诗歌评论——细察诗歌的层次与坡度》，第46页。
② 同上。

海外的岁月里，是升华为一种语言本体论的"田野"苦苦支撑着多多的生活和写作。因此，祖国，或曰田野，在多多那里不是个经验问题，而是语言问题。也只有循着这样的思路，我们才能在多多的诗歌中得到最多的触动。城市经验固然重要，但它并不是所有诗人的使命和兴奋点，对于多多就是如此。或许，我们对多多的阅读还是多些宽容，少些苛责，返回让人熟悉的田野之中更好。

　　那么，对我们这些生活于大规模现代化城市中的人来说，那遥远的、几近消失的、在"铁器"的刺激下疯狂发情的"田野"意味着些什么？而这个问题又暗含另一个问题：即使多多的诗歌中从未真正地拥有过国内当下的城市经验，但是对于我们这群深深羁绊于此经验的人来说，多多的"田野"是否仍然是有效的，它能否为我们提供某种参照从而让我们对自己置身的城市语境有更多的认识和觉察？

　　其实就个人而言，恰恰是这个问题才冥冥之中构成了《他们》这首诗对我最隐秘的召唤。从表面上看，如今的我们在经验着与旅居海外的多多相同的经验："田野"的消失。所不同的是，多多的"田野"因为政治原因而丢失，而我们的"田野"则因为经济原因而丢失。二者之间有着本质性的不同。统治以政治化的面目示人时，意味着统治是可见的，其统治下的人们可以感受到它所造成的压抑。在这样的现实语境下，通过回忆与幻想，去释放出记忆的土壤中由于压抑而积蓄的巨大能量或许构成了触手可及的反抗方式。多多的诗歌通过这种反抗，在那个并不十分遥远的岁月里，"把词的暴政变成了词的风景"[①]。压抑越明确，越巨大，反抗也就越具有合法性。然而随着最大规模现代化的进程，社会的政治形态发生了巨大的变化，统治方式也发生了改变："它们越来越变为技术的、生产的甚至有益的统治；因此在工业社会的最发达地区，人们同统治制度的协调与和解已达到了前所未有的程度。"[②]社会形态的急剧变革，对反抗造成了一

---

① 余旸：《"技艺"的当代政治性维度——有关诗人多多批评的批评》，载萧开愚、臧棣、张曙光主编《中国诗歌评论——细察诗歌的层次与坡度》，第7页。

② ［美］赫伯特·马尔库塞：《爱欲与文明》，黄勇、薛民译，上海译文出版社，2008，"1961年标准版序言"第1页。

种悲剧性的结局，即使是在语言的现实中间："与日俱增的压抑的合理化似乎也反映了与日俱增的权力的合理化。统治在使个体继续作为劳动工具并强令其从事苦役和克制时，已不再单纯是或主要是为了维护某些特权，而是为了更大规模地维护整个社会。于是反抗的罪恶被大大加强了。"①统治退居幕后，把社会推到前台，通过操纵社会来操纵统治本身。原有的"压抑—反抗"模式被成功改装为"社会—财富"模式，从启蒙现代性的角度看，这确是巨大的进步，与此同时，"进步"及其所包含的朝向未来的宏大叙事却不幸地成为这个时代唯一的神话。生活于这一神话中的个人，"只是把自己设定为一个物，一种统计因素，或是一种成败"②。面向未来，人类蜕化成了不会扭头的动物，只知道直视现实，不懂得回看记忆；而现实，就像美杜莎一样，把每个直视她的人瞬间变为石像。现实生活中，人们真正的勇气（珀尔修斯）就在于"拒绝直视，但不是拒绝他注定要生活于其中的现实，他随身携带着这现实，把它当作他的特殊负担来接受"③。也就是说，唯有懂得回忆，懂得死亡的召唤，把"成长的另一种方法"指认为死亡的另一种方法，把死亡当作最大的礼物去领受，人们才可能真正地成长，才可能打破自己的身体在现实中不断石像化的宿命。获得祖先的记忆并不是泯灭自己的个性，恰恰是不断努力把祖先的生命力纳入自己的身体中，才确保了"他们"成其为"他们"。在如今的时代里，这才是最高级的个性，而刻意的标新立异，正如阿道尔诺所说："人们越是在每种情况中显露出与众不同的独特个性，那么他们就越是与他人有着共性。"④在"田野"不断流失的时代里，记忆也逐渐流离失所，缺席于人们的生命之中，未来从未许诺什么却一向被人们崇拜着，记忆因此变得可怕而面目可憎。但我坚信，记忆在这种窘境里虽然颠沛，却从未真正离去，从未放弃对人们布施以至高的庇护，每当我们意识到这一点时，它就立刻向我们显现。这个宏大的时代里，返回记忆的"田野"，我们在生命中总会有一些

① ［美］赫伯特·马尔库塞：《爱欲与文明》，第57页。
② ［德］马克斯·霍克海默、［德］西奥多·阿道尔诺：《启蒙辩证法》，第22页。
③ ［意］伊塔洛·卡尔维诺：《新千年文学备忘录》，第4页。
④ ［德］马克斯·霍克海默、［德］西奥多·阿道尔诺：《启蒙辩证法》，第9页。

时刻能够真正地看见我们自己，真正地成长为让人艳羡的"他们"——多多用语言复活了已然消失的发情的"他们"，这对于生活在"后田野时代"的我们来说，是生命中弥足珍贵的礼物。

2013 年 9 月 4 日于北京，中央民族大学

翟永明

1955 年生于四川成都。1974 年高中毕业下乡插队，1976 年回城。1980 年毕业于成都电讯工程学院，供职于西南技术物理研究所，1986 年离职。1981 年开始发表诗作。1984 年完成组诗《女人》。1986 年参加《诗刊社》青春诗会，发表组诗《女人》。1990 年赴美旅居。1992 年参加荷兰鹿特丹国际诗歌节、伦敦大学"中国当代诗歌研讨会"。1997 年参加法国国际诗歌节。1998 年在成都开设白夜酒吧文化沙龙，策划举办了一系列文学、艺术及民间影像活动。2002 年参加西班牙第七届世界女性诗人研讨会。2004 年参加法国"诗人之春"诗歌项目、丹麦诗歌节、德国波恩大学"中国文化节"。2009 年参加美国旧金山国际诗歌节。著有诗集《女人》（漓江出版社，1988；作家出版社，2008）、《在一切玫瑰之上》（沈阳出版社，1992）、《翟永明诗集》（成都出版社，1994）、《黑夜里的素歌》（改革出版社，1997）、《称之为一切》（春风文艺出版社，1997）、《终于使我周转不灵》（河北教育出版社，2002）、《十四首素歌》（南京大学出版社，2011）、《翟永明的诗》（人民文学出版社，2012）、《大街上传来的旋律》（江苏凤凰文艺出版社，2015）、《行间距》（重庆大学出版社，2013）、《随黄公望游富春山》（中信出版社，2015）、《全沉浸末日脚本》（辽宁人民出版社，2022）；随笔集《纸上建筑》（东方出版中心，1997）、《坚韧的破碎之花》（东方出版社，2000）、《纽约，纽约以西》（四川文艺出版社，2003）、《正如你所看到的》（广西师范大学出版社，2004）、《天赋如此》（东方出版社，2008）、《白夜谭》（花城出版社，2009）、《女儿墙》(鹭江出版社，2010)、《完成之后又怎样》(北京大学出版社，2014)、《以白夜为坐标》(中信出版社，2018)、《毕竟流行去》(生活·读书·新知三联书店，2019)、《水之诗开放在灵魂中》(花山文艺出版社，2020)；诗文集《最委婉的词》(东方出版社，2008)、《潜水艇的悲伤》(作家出版社，2015)。译为外文的诗集有：德文版诗集《咖啡馆之歌》(2004)、法文版诗集《黑夜的意识》(2004)、英文版诗集《更衣室》(2011)。2005年入选"中国魅力50人"，2010年入选"中国十佳女诗人"。曾获德国对外学术交流协会写作奖金(2000)、意大利Civitella Ranieri Center写作奖金(2005)、"中坤国际诗歌奖·A奖"(2007)、意大利Ceppo Pistoia国际文学奖(2012)、美国北加州图书奖(2012)、华语文学传媒大奖年度杰出作家奖(2013)、"金玉兰"国际诗歌大奖(2019)。

在古代

在古代，我只能这样
给你写信　并不知道
我们下一次
会在哪里见面

现在　我往你的邮箱
灌满了群星　它们都是五笔字型
它们站起来　为你奔跑
它们停泊在天上的某处
我并不关心

在古代　青山严格地存在
当绿水醉倒在他的脚下
我们只不过抱一抱拳　彼此
就知道后会有期

现在，你在天上飞来飞去
群星满天跑　碰到你就像碰到疼处
它们像无数的补丁　去堵截
一个蓝色屏幕　它们并不歇斯底里

在古代　人们要写多少首诗？
才能变成崂山道士　穿过墙
穿过空气　再穿过一杯竹叶青
抓住你　更多的时候
他们头破血流　倒地不起

现在　你正拨一个手机号码
它发送上万种味道
它灌入了某个人的体香
当某个部位颤抖　全世界都颤抖

在古代　我们并不这样
我们只是并肩策马　走几十里地
当耳环叮当作响　你微微一笑
低头间　我们又走了几十里地

"想念传统"与当代诗中的"今古"观照

——细读翟永明《在古代》

◎ 周　瓒

　　翟永明，当代独具创造活力与持久性的诗人之一，考察她诗歌写作的每一个阶段，可以看出她对诗歌主题开掘的深入与对打破既有风格的自觉。翟永明 1955 年出生，1980 年代初开始写作，迄今写作已近四十载，这首《在古代》写于 2004 年，完成于她四十载写作的中间阶段。纵观翟永明写作的总体面貌，我倾向于将其分为五个阶段。前三个阶段我曾专门在一篇文章中谈到过[①]：1985—1989 年，是第一阶段。在这个阶段里，她完成了两部组诗（《女人》和《人生在世》）、四首长诗（《静安庄》《死亡的图案》等），并将她所开创的女性诗歌的"独白"风格发挥到极致。后两年她旅居美国，暂辍写作，归国后写作进入新一阶段，即第二阶段（1992—1996）。在这个阶段里，她突破了上个阶段沉郁激越的独白诗风，增强了叙事与场景等形式因素以及内容上冷静反讽的世情观察，而原先紧张敏感的口吻也被克制沉着的语调所取代。这一阶段的代表作品如《祖母的时光》《十四首素歌》等，显示了翟永明从书写个人家族史的向度开拓女性诗歌内在空间的努力。

　　1997—2008 年，可视为翟永明写作的第三个阶段。在那篇写于 2002 年的关于她写作的阶段性的文章中，我对她第三个写作阶段的描述尚处于未完成的状态。现在，我之所以把这个阶段确定为长达十一年的时间跨度，原因在两个方面：其一，是她的诗歌语调中融入了更为耐心与从容的社会观察、内心沉思与艺术想象，诗人的视野和诗歌主题也因此愈加开阔和深切，在写诗的同时，翟永明还写下大量的随笔，后者总体上有着相对明确的主旨（记述和评介诗人、艺术家友人与同行的生活，阅读札记，旅行、观影随记等），因而在艺术气质上与她的诗歌写作相辅相成；其二，

---

① 周瓒：《简评翟永明写作的三个阶段》，《星星》2002 年第 7 期。

这个时间段的她正值壮年，个人生活也发生了一些变化，从原先长期定居成都，到旅居德国一年，后又在北京安家，漫游的经验与"随时间而来的智慧"使得她的写作无论是在思想还是艺术上都臻于完善，表现为一种耐力与爆发力的持续积蓄状态。在这个阶段，她出版了诗集、诗文集四种，随笔集五种，可谓非常勤奋高产的时期。

第四个阶段（2009—2015）延续了第三阶段的写作主题，显示了翟永明的诗艺综合与提炼的成果，从新诗集《行间距》到长诗集《随黄公望游富春山》，诗人有意识地将《行间距》（2013）最后一首诗作为《随黄公望游富春山》（2015）的"序诗"，以"循环"与"生长"来构想其写作的整体性与连贯性。自2016年始，翟永明进入写作的第五个阶段，五年过去了，从她最近编成的新作集《灰阑记》（54首）来看，翟永明将当代诗的戏剧性技艺发挥到极致，无论是诗中经常出现的"舞台"空间，还是人物的"角色"状态，抑或诗人的观看视角，都鲜明地呈现了诗人与这个她创造的世界的距离感。

《在古代》这首诗是翟永明的写作进入第三个阶段的作品，因此，我有必要在此描述一下翟永明这一时期诗歌写作的总貌，包括诗歌主题的开掘和风格的自我突破等。首先，从总的社会生活和文化状况上来看，这十余年正是中国经济腾飞，在国际上的影响力不断增强的一个时期。从诗人的个人生活来看，1998年，翟永明在成都的玉林路开了白夜酒吧，在脱离其曾供职的体制内单位若干年后，成了一名自食其力的经营者。2008年，玉林路的白夜营业十年之际，翟永明又在成都的窄巷子开办了新白夜店。白夜不仅是翟永明赖以谋生的一个场所，更是她开辟的一个与普通大众交流文学、文化艺术与社会话题的公共空间，在成都可谓一个文化地标。其次，这个时段也是互联网技术在全球迅猛发展与普及的时期，网络所带来的冲破了距离与阻隔的人际交往方式及其新鲜感，也刺激了诗人的感受与想象。再次，这一时段内发生的"知识分子写作与民间写作"的诗歌论争和大众文化影响下的诗歌边缘化等文化现象，也触动了翟永明关于诗歌议题与文学的文化处境等的思考，她写下的大量随笔佐证了这一点。当然，最后，从诗人写作与生活的背景来看，我们也不应忽视，2008年5

月 12 日发生在四川汶川地区的大地震，很大程度上也影响了诗人对生命和写作的省思，而其结果主要体现在 2008 年之后的写作阶段中。

在诗歌写作的第三阶段里，翟永明充分扩大了那个传统抒情诗中作为抒情主人公的"我"，在现实、历史和想象的不同层面，将主体的身份认同建构为一个拥有坚实女性意识的观察与思考者。如果说，之前翟永明诗歌中的"女性意识"强调了一种"生命意识"的存在主义式的价值观，那么现在，她更注重的，是一种主动的、进击的对于女性生存命运的观照与社会观察的记录。早在 1995 年，她曾颇带预感地说过，"女诗人将从一种概念的写作进入更加技术性的写作"。[①] 如果我们结合诗人的写作实践，细究一下"概念的写作"和"技术性的写作"这两个概念，就可发现，翟永明是用"概念的写作"来评说 1980 年代的女性诗歌（乃至第三代诗歌，以及稍前的朦胧诗）的写作理念和面貌，而"技术性的写作"则指向了诗歌语言和现实关系的多样的可能性。在短文《面对词语本身》（1997 年 8 月）中，翟永明将诗歌写作赖以运用的语言与人的身体联系起来，"面对词语，就像面对我们自己的身体"，一种坦诚与内省的融合，曾经的词语对诗人的"重负"被卸下了，如今的诗人觉得"过去不为我所注重的口语、叙事性语言，以及歌谣式的原始语汇，都向我显示出极大的魅力和冲击力"，"一切诗歌的特性，以及这个时代的综合词语都变得极具可能性。我在写作中，力图搅拌和混合，使它们成为进入诗歌作品内部的一种方式"。对词语可能性的相关体认，意味着诗人视野的开阔与诗歌题材和主题的丰富化。在这个阶段，诗人翟永明回到了那个具体的"她"：一位诗人，白夜酒吧的经营者，酷爱阅读和观影的她，有许多诗人与艺术家朋友的她，满世界漫游的她……这些身份带着她或观察或描绘或省思，那个她竖起的"框子"所构成的风景，也塑造着她的快乐、忧虑和惆怅。

互联网的兴起不仅带给它的使用者快捷而方便的沟通与交流体验，而且也触发了敏感多思的诗人与艺术家们对高科技所引发的人的感受方式变化的思考，诗人由此自然地生发出今昔对比、兴叹时空的诗情，而正如我

---

① 翟永明：《再谈"黑夜意识"与"女性诗歌"》，《诗探索》1995 年第 1 期。

们所看到的，《在古代》即借助了爱情诗的壳，传达了这一今古对照、时空感嬗变的主题。

《在古代》是一首七节三十行的自由体诗，以"在古代"的场景构想开始，四节刻画"古代"的情形，三节描述"现在"。诗人用"现在"而不是"现代"来与"古代"对应，暗示了当前情形的短暂与不确定性，时空之对照也因此出现了一种不均衡感，似乎"古代"是一个巨大的空间，其中的一切任由诗人想象自由驰骋，而"现在"中的行动明确而客观，游离于诗人的身体之外。首先，翟永明构想了一个古今相同的情境：相爱的人天各一方。中国古典文学传统中的"思远""怀人"的相思主题，换到了现在就是置身所谓"异地恋"的状态。在互联网中，"异地恋"被描述为当代的恋爱方式之一，指"相处异地的恋爱"，"人之恋情中，唯有异地恋的维系，最为艰难。随着时代的发展，越来越多的人由于求学、工作等原因，不得不'背井离乡'"，"因此，势必造成情侣的分离"，"一般异地恋比较稳重，有着深厚的感情。维持异地恋需要更多的忍受与煎熬，当然，也会收获更多美满与希望"。试想一下，在古代中国，由于礼教的约束，大多数女性（尤其是未婚女性）并没有社交自由，相恋之情侣若相隔遥远，唯有通过书信往来寄托相思。《在古代》里，翟永明选择了书信这一媒介进行古今观照。

诗的开始，诗人写道："在古代，我只能这样／给你写信"，仿佛置身"穿越"情境，诗人附体于一位古代的女性，"这样写信"（而不是"那样写信"）显然是一个拉近距离的自陈。当然，现在的人也完全可以"这样写信"（的确是写着信，而不是"这样写电子邮件"），所以这个自陈是古今同构的。但是"下次见面"的未知感只有古人有，因此，"写信"特指一种情侣间寄托思念与交流的古代方式，下节中的"往你的邮箱／灌满了群星"（写电子邮件）则是同构却异质的寄托相思和交流的新方式。在电脑上（用五笔字型）打字，写一封电子邮件，发送到对方的邮箱，虽然里面的内容可能与古人写的信是相同的，但其抵达的方式却让普通人产生了异样感及幻想。诗人想象群星般的汉字在天上"奔跑"，飞向爱人身边，它们或许也会（因为跑累了）"停泊在天上的某处"呢。由此，读者还可以倒推脑补，在古代（其实也包括电报和互联网出现之前的现代），书信是由人的肉身递送的，传送距离相对固定，即便使用车马舟船，运送途中书信中的文字也难给人以飞来飞去之感。无论是不知道下次在哪里见面，还是汉字在网络系统中奔跑、停留，古今不同方式的两相对照虽然都有不确定性，但是诗人的态度却微妙地倾向于古代：对于古代的方式，诗人是无奈而介意的（"只能这样"寄托了惆怅之感）；而对于现在电子邮件发送途中的情况，诗人明确地表示"我并不关心"。

诗人对待今古情侣生活和交流方式的不同态度（近乎一种厚古薄今），也发生在以下两组对照中。第三、五两节，诗人构想了相爱之人的离别和写诗寄情两种典型的古代生活场景。虽"人生自古伤离别"，然"只不过抱一抱拳　彼此／就知道后会有期"，这样一种信念衬托的是爱情的坚定与从容；无论男女，以写诗寄情（如若连寄信的可能都没有），在古代都是一种近乎绝望的相思方式，就像修炼穿墙术的崂山道士，不应有丝毫的懈怠与自矜，否则就不能够让这份思念之情抵达对方心中（撞墙而致"头破血流　倒地不起"）。而"现在"无论在空间、距离还是交流状态上，都与古代截然不同了。"严格"的"青山绿水"中的离别场景与坐飞机"在天上飞来飞去"的现代人的生活方式，苦吟写诗的孤独、专注和拨手机号码通电话的随时随地，对照对比，显示了古今变化之剧。第四节沿用了第二节的"群星"意象，既是诗内部的一种呼应，也是思念中童话意境的展开。如果前一个"群星"是五笔字型构成的汉字，是寄托了情思的电子邮件，那么后一个"群星"则既像是上文中"停泊在天上的某处"的那些，又仿佛夜航飞机的星图背景，飞机在移动，远远望去好像会和群星相碰，并且，群星又像补丁（同样是远望所见），不是补天的补丁，而是"堵截"一个（电脑的）蓝色屏幕，意即电子邮件抵达了收信者那里。在这个过程中，人的感受发生了根本变化，电子邮件的"群星""碰到疼处"是提醒有一个疼处，被碰到也只会再疼一下，这是一种生理状态，大约状摹电子邮件抵达时电子邮箱的提示音让人心头一喜或一惊之类。拨动手机号码，"发送上万种味道""灌入了某个人的体香"，则也将高科技与人的感觉直接嫁接，使人进入了通感状态。抽象的号码（数字）与"人的体香"，人的身体部位与"全世界"共同处于的"颤抖"，协同构造了身处异地的现时代恋人们所拥有的，一种通过想象达成的欲望满足感。

相对而言，"抱一抱拳"或以写诗寄情，就如同祈求相爱的双方获得心灵感应，是一种更内在而肯定的灵魂交流方式；而写电子邮件和打手机电话，在"云端"传输的数据（群星）则是一幅神奇也不无神秘的交流图景，却也"不歇斯底里"，甚至可以唤起人们一些身体的基本感受形式的变化。古之"深情"变为今之"意欲"，在古代必须投入全部身心经历的一切，如今只需想象即可满足。这大概也说明了为什么互联网对科"异地恋"的释义中，要强调这种恋情维持的艰难了。今古对比，现在人们之间的交流的确是更为快捷和直接，但可能也失去了那份坚定、刻骨铭心与信赖，更难有诗的最后一节所描述的"只是并肩策马""你微微一笑"的那种含蓄、痴情与美好。

纵观全诗七节，一、三、五、七节，构想的是在古代恋人们写信、离别、写诗和相聚的四种场景，每一个场景都可以在我们的文学传统（特别是古诗）中找到相应的主题，二、四、六节描绘了互联网时代的"现在"，身处异地的情侣通过写电子邮件、乘坐飞机、打电话相互联络，那感觉快捷而神奇，是甚至能够化距离的遥远为恋人间亲昵的新形式。在今古比较时，诗人有意为古代情境多写了一节，看似是不匀称的比照，依照诗的主旨却是更完整、更稳实的表达。从第一节第一行的"我只能这样"，到第七节第一行的"我们并不这样"，两个"这样"的呼应和运用显示了诗人在审美态度上对于"古代"的倾心。由于距离的阻隔，相恋者生活的每一刻、每一个行动都有意义，写信、抱拳相别、写诗和相见之后的策马同行、耳环的响声、微笑、低头……每一个细节都清晰而明确，人在自然中，在风景中，空间确定而人的内心笃定，因而时间不知不觉流逝（"低头间　我们又走了几十里地"）。与之相对的"现在"，虽然恋人们也处在两地相隔，通过写信寄托思念之情的状态，而借助电子邮件、飞机和手机，本身可以移动的便携式空间变得不再确定，人也似乎不复专注于内心，而对可视、可触、可抓住的气味更有兴趣。在古代，思念的空间被时间填满，而现在，时间弥散成了空间中的虚空。

　　上文提到，此诗用了爱情诗的壳，实乃抒写今古对照，传达新媒介引发的感受方式的变化，这一归纳是基于诗的形式推断，事实上，无论能否从今古比较中推断出变化的内容，我们也不能完全忽略贯穿整首诗的情爱这一主题。跳出直接表现思念，抒发坚贞和寻求理解等传统爱情诗主题的内涵，《在古代》是以谈论爱情文学中的传统议题展开的，全诗采用的是一种情人之间的谈话语调，亲昵、温柔，透出甜蜜与幸福感。从这一意义上讲，以谈论相思的方式展开今古比照，进而抒发相思之情，构成了这首短诗回环复沓的双主题。诗人在诗行之间探讨得出的内容（古今相思表达之异同）和整首诗呈现的恋人之间的融洽感情，叠合出《在古代》对于文学和文化传统的追怀、认同和对琴瑟相和的爱恋关系的向往，而这一向往本身又是古今一致的。至此，我们有必要将翟永明的这首诗再次放回她个人的诗歌写作历程中，同时，也将之与当代先锋诗人对于传统议题的关注和书写思潮联系起来考察。

　　在她写作的第三个阶段，开酒吧谋生，丰富交游，持续阅读并漫游各地，翟永明打开了诗歌写作的视野；她一贯关心的性别议题也不断增容，由专注于内心情绪和生命体验的直抒，转向了对现实现象的观察、对历史情境的代入和对理想的性别观念的构建。《编织与行为之歌》（1998）是写于这一阶段，较早以今古对照的视角，展现女性诗歌中性别议题的历史与现实交织延续的作品，全诗通过"编织"这一行为串联出三位女性——花木兰、苏蕙和一位当代无名女子，在战争、艺术与爱情等恒久的文学议题视角下，观照女性为争取爱情、平等与幸福而付出的艰难努力。《菊花灯笼漂过来》（1999）带领读者进入一个当代的聊斋情境，亦梦亦幻，诗中明确"这就是沧海和灯笼的故事"，透露了在男权社会中女性一以贯之的被压抑的处境，而当代的"我"坐在地板上与坐在沙发或床头的不同体验，则暗示了对这种处境可能的挣脱与超越。《传奇》（2002）、《英雄》以传统的侠客形象在当下网络与影视中的再现，反思了历史书写的当代性中蕴含的权力话语与文化消费特征。这个时期更多涉及古代题材的诗歌都被诗人赋予了当代的视角与价值考量，表现为对原型故事中的结局的反转思考与对其所包含的人生经验部分的质疑和想象重构，这些叙事性的诗歌包括

《鱼玄机赋》《哀书生》《前朝来信》《皇帝的采药笔记》等。

当代先锋诗人对于古典诗歌和文学传统的兴致由来已久，但在不同时期和不同的诗人身上表现为各异的诗学诉求。这里的先锋诗人指的是"第三代诗人"中的一部分，如张枣、翟永明、柏桦、钟鸣、萧开愚、宋琳、赵野、欧阳江河等，在1980—1990年代以他们时值盛年的写作奠定了"90年代诗歌"的知识图谱与对诗歌技艺的关切，他们均不同程度地将中国古典诗歌传统的元素植入早年的新诗文本中。如果说，从张枣的《镜中》到柏桦的《在清朝》，是对传统的人文气质、生活方式与审美趣味的复刻，钟鸣、宋渠宋炜兄弟以及赵野等以身体力行隐士作风，践行某种传统士绅的书写与生存之道，那么，翟永明、萧开愚、欧阳江河和宋琳等则是以积极介入现实的姿态，不仅将今古元素融合于具体的诗歌写作中，而且也自觉地把传统作为诗歌主题，以诗歌转化、再创造出可能让我们耳目一新的"传统"来。2007年春天写下的《在春天想念传统》三首诗，是翟永明以"一颗望山的心"，"怀着去不掉的古意"观照今古，想念"传统"之情的抒发。诗人借中国传统绘画中的技法词汇，描绘自然风景，并不无谐谑地讽刺今人砍伐山林、修造高速路和新城市的举动："高速公路杀进了初春／杀尽了十几二十座森林／是杀风景　不是煞风景"，同时，诗人相信"纸上也有足够的高度／可供攀援　可供仰视／心中也有足够的留白　可供渲染"，哪怕是"凝视古代足足一个小时"，亦能"在某个时刻／凝神守气　望成了另外一座山"，并且"观察自己的眉心／胜过观察远方的城市"。所谓"念念不忘，必有回响"，翟永明用了"想念"一词来接近"传统"这个略抽象宏大的观念词汇，使得浸淫在自然之中的现代人拥有了与古人相通的心意。

及至2015年出版的长诗《随黄公望游富春山》中，翟永明将这种今古对照的意旨发挥到淋漓尽致。她以黄公望的长卷《富春山居图》作为接通自然与艺术、古代与现代、传统与新声的中介物，赏画卧游，实地探幽，浮想联翩，短句长吟，连缀成篇。在总体的今古主题内，有着对现实多向度与深层的开掘。从《编织与行为之歌》到《在古代》再到《随黄公望游富春山》，翟永明逐步将"今古"对比与传统思考融汇在一起，从她的写作中，我们能够清晰地看到 T.S. 艾略特所描述的"一个艺术家的前进是不断地牺牲自己，不断地消灭自己的个性"[①]的状态。艾略特提及的这种为了"获得或发展对于过去的意识，也必须在他的毕生事业中继续发展这个意识"，而"随时不断地放弃当前的自己，归附更有价值的东西"[②]的"逃避个性"的说法，在批评界阐释不一，结合具体诗人的表现也各个不同。在瞿永明那里，从早期诗歌中对女性意识的彰显，到后来的写作中持续扩大和拓展她对性别议题的思考，将历史和现实并置、容纳和压缩至一首诗中，进而置身伟大的传统之中，一方面试图以古人的眼光打量"唯一不变的变化"本身，另一方面又用今人的身心感受这一切。而读她的诗歌，今天的读者也能一次次体会古人所说的"物我两忘"之境。

2021 年 5 月

---

① ［英］T. S. 艾略特：《传统与个人才能》，卞之琳译，载赵毅衡编选《"新批评"文集》，百花文艺出版社，2001，第 31 页。
② 同上。

柏　桦

1956 年 1 月生于重庆。现为西南交通大学教授。1977 年考入广州外语学院英语系。1979 年开始诗歌、随笔、批评写作，同时从事英美文学翻译。大学毕业后先后任职于中国科学技术情报研究所重庆分所、西南农业大学、四川外语学院。1986 年考入四川大学中文系攻读硕士学位，1987年退学。1988 年 8 月起任职于南京农业大学，1992 年辞职。著作有诗集《表达》（漓江出版社，1988）、《望气的人》（台湾唐山出版社，1999）、《往事》（河北教育出版社，2002）、《水绘仙侣》（东方出版社，2008）、《山水手记》（重庆大学出版社，2011）、《史记：1950—1976》（台湾秀威资讯科技股份有限公司，2013）、《史记：晚清至民国》（台湾秀威资讯科技股份有限公司，2013）、《秋变与春乐》（华东师范大学出版社，2016）、《别裁》（北方文艺出版社，2014）、《为你消得万古愁》（北岳文艺出版社，2015）、《袖手人》（台湾秀威资讯科技股份有限公司，2016）、《革命要诗与学问》（四川文艺出版社，2016）、《惟有旧日子带给我们幸福》（江苏凤凰文艺出版社，2017）、《竹笑》（北京十月文艺出版社，2019）、《夏天还很远》（北岳文艺出版社，2020）；诗文集《演春与种梨》（青海人民出版社，2009）；随笔和批评集《另类说唐诗》（经济日报出版社，2002）、《今天的激情》（上海人民出版社，2006）、《一点墨》（北方文艺出版社，2013）、《蜡灯红》（广西师范大学出版社，2017）、《白小集》（安徽教育出版社，2018）、《橘颂：致张枣》（江苏凤凰文艺出版社，2022）；回忆录《左边：毛泽东时代的抒情诗人》（江苏文艺出版社，2009）等。另有英译诗集《风在说》（2012）、法译诗集《在清朝》（2016）。曾获安高诗歌奖、东吴文学奖、《上海文学》诗歌奖、柔刚诗歌奖、红岩文学奖等。

表　达

我要表达一种情绪
一种白色的情绪
这情绪不会说话
你也不能感到它的存在
但它存在
来自另一个星球
只为了今天这个夜晚
才来到这个陌生的世界

它凄凉而美丽
拖着一条长长的影子
可就是找不到另一个可以交谈的影子

你如果说它像一块石头
冰冷而沉默
我就告诉你它是一朵花
这花的气味在夜空下潜行
只有当你死亡之时
才进入你意识的平原

音乐无法呈现这种情绪
舞蹈也不能抒发它的形体
你无法知道它的头发有多少
也不知道为什么要梳成这样的发式

你爱她，她不爱你

你的爱是从去年春天的傍晚开始的
为何不是今年冬日的黎明？

我要表达一种细胞运动的情绪
我要思考它们为什么反叛自己
给自己带来莫名的激动和怒气

我知道这种情绪很难表达
比如夜，为什么在这时降临？
我和她为什么在这时相爱？
你为什么在这时死去？

我知道鲜血的流淌是无声的
虽然悲壮
也无法溶化这铺满钢铁的大地

水流动发出一种声音
树断裂发出一种声音
蛇缠住青蛙发出一种声音
这声音预示着什么？
是准备传达一种情绪呢？
还是表达一种内含的哲理？

还有那些哭声
那些不可言喻的哭声
中国的儿女在古城下哭泣过
基督忠实的儿女在耶路撒冷哭泣过
千千万万的人在广岛死去了
日本人曾哭泣过
那些殉难者，那些怯懦者也哭泣过

可这一切都很难被理解

一种白色的情绪
一种无法表达的情绪
就在今夜
已经来到这个世界
在我们视觉之外
在我们中枢神经里
静静地笼罩着整个宇宙
它不会死，也不会离开我们
在我们心里延续着，延续着……
不能平息，不能感知
因为我们不想死去

1981 年 10 月

"表达"之难

——柏桦《表达》的创作情态与语言意识

◎ 李海鹏

　　1981 年 10 月，秋天的广州城并不寒冷，这南国重镇历来藏龙卧虎，从不缺少各式各样的激情与意外。文学，自然也在此之列。这一年，柏桦二十五岁，来粤读书求学已逾三年，其间对中外现代诗歌都发生了浓厚兴趣，并"以罕见的精神投入抄诗和写作的丰收期，特别是抄诗，几乎抄了厚厚 30 本"，抄写范围包括波德莱尔、魏尔伦、兰波、里尔克、菲利普·拉金等，也包括北岛。然而即便有此积累，严苛地说，此时的柏桦作为一个诗人还不成立，遑论作为日后所谓的"巴蜀五君"之一与"后朦胧诗"重要代表。在这个意义上，1981 年 10 月，无论对于柏桦个人，还是当代新诗来说，都构成了一个重要的时间节点：

　　　　1981 年 10 月一个晴朗得出奇的夜晚，我独自游荡在校园的林荫道上，来回不安地徘徊的我不知不觉走到一块草坪的中央。突然一个词跳出来了——表达。它正好是一首英文诗歌的标题；当时我对这个词立刻产生了感应，久久地注视着这个孤零零的单词，竟然忘了读这首诗。此时，耳边又响起了这个词。是什么东西再次触发了它……南国秋天的温度柔婉而湿润，语词却在难受中幸福地滚动，从我半昏迷的头脑直到发烫的舌头，终于词语与所有的声音融洽汇合了。我听见自己吐出顺利的第一句："我要表达一种情绪……"①

　　这就是柏桦成名作，也是作为"后朦胧诗"当之无愧的诗学宣言的《表达》被创作时的情景。柏桦这段回忆性的表述，我们仅从"独自游荡""来回不安地徘徊"等词句中便可看到里尔克《秋日》的影子。柏桦本人也坦言，

---

① 柏桦：《左边：毛泽东时代的抒情诗人》，江苏文艺出版社，2009，第 76—77 页。

这首诗是首哀歌，它哀婉的气质受到了里尔克、马拉美、瓦雷里作品的影响。然而这首诗得以发生的最根本性动机，甚至说柏桦作为一个诗人，得以成功调试出自己与语言之间的准确性关系，则是来自他对法国象征派大诗人波德莱尔的阅读。在柏桦的回忆里，"波德莱尔——一个莫测的幽灵"，是他"白得炫目的父亲"，这是一种总体性的印象，但更重要的是，《表达》之所以能够发生，是因为他从这父亲总体性的身躯上发现了一种母亲般的细节，就仿佛从亚当的身躯上发现了那根诞生夏娃的肋骨：这便是波德莱尔的那首《露台》。

"我在决定性的年龄，读到了几首波德莱尔递上的决定性的诗，因此我的命运被彻底改变。"在同一篇文章里，他回忆道，初次读到波德莱尔的这首《露台》是在 1979 年，他的同学王耀辉把一本徐迟主编的《外国文学研究》（华中师范大学出版）传到他手里，里面发表了法国汉学家程抱一翻译的几首波德莱尔诗歌，其中就包括这首"母亲般"的《露台》。然而查阅这本刊物在 1979 年的发表情况，其中并没有程抱一的名字，这一年唯一与波德莱尔相关的文章是刘自强的《波德莱尔的相应说》，发表在该刊 1979 年第 4 期。而程抱一这几首诗的发表则是到了翌年 4 月，实际上是一篇名为《论波德莱尔》的文章（开头处，徐迟还专门写了一段简短而激赏的编者按），里面引用了几首他的译诗，其中就有《露台》，不过，程抱一将其译为《凉台》。因此，柏桦说初读到这首诗是 1979 年，当为记忆之误。在程译的《凉台》里，有这样几行：

> 我有追叙那欢乐时刻的才能。
> 我的过去卷伏在你的双膝前。
> 无需到他处去寻觅你的美质，
> 它在你肉体上，也在你柔情里！
> 我有追叙那欢乐时刻的才能。

这几行诗无论从语调还是诗意上，都会让人联想到柏桦《表达》中哀婉的几行：

我知道这种情绪很难表达

比如夜，为什么会在这时降临？

我和她为什么在这时相爱？

你为什么在这时死去？

在波德莱尔这首诗里，诗人的语言劳作过程，被指认为诗人的"欢娱"与"苦差"，其能指是诗人在夜晚的凉台上苦苦寻觅，等待着"情人中的情人"显现并与自己欢爱。也就是说，这一显现的时刻与状态，构成了言说经过艰辛劳作后所抵达的理想状态，这便是诗人口中的"才能"，"情人中的情人"由此在这首诗里获得了命名性意义。波德莱尔的许多诗歌都是对这种理想状态的言说与追问，只是在不同的诗里，这理想状态有着不同的命名，时而是上帝，时而是深渊，总之没有确定性，只有不停的追问与命名。这样的语言意识，实际上彰显了现代性的内在精神："它被挣脱现实的欲求折磨至神经发病，但却无力去信仰一种内容确定而含有意义的超验世界或者创造这一世界。"①

　　诗歌的书写过程，成为对理想状态的追寻过程，除此之外，诗歌与一切目的无关，语言由此获得了本体论的地位。诚如波德莱尔所说："诗除了自身之外没有其他目的；它不可能有其他目的，唯有那种单纯是为了写诗的快乐而写出来的诗才会这样伟大，这样高贵，这样真正地无愧于诗这名称。"②王光明认为 1930 年代中国现代派诗歌的出现，"是一次从'主体的诗'到'本体的诗'的美学位移……后者，诗人为诗而存在，彰显的是诗歌文本的独立性"。③其实笼统地讲，从"朦胧诗"到"后朦胧诗"，也整体上呈现出一种从以人为主体到以语言为本体的变化。《表达》实际上谈

---

① ［德］胡戈·弗里德里希：《现代诗歌的结构》，李双志译，译林出版社，2010，第 35 页。

② ［法］波德莱尔：《论泰奥菲尔·戈蒂耶（节选）》，郭宏安译，载黄晋凯、张秉真、杨恒达主编《象征主义·意象派》，中国人民大学出版社，1989，第 4—5 页。

③ 王光明：《现代汉诗的百年演变》，河北人民出版社，2003，第 295—296 页。

论的正是主体的消解，是"表达之难"的本体问题。连续三行追问，极具浓缩性地展现了诗人对语言自身理想状态的追求，对命名性的渴望，总之是诗人获得了对语言本体论的认知与确信。在谈论这几行追问时，张枣的看法构成了极好的佐证："对这一切不会存在正确的回答，却可以有正确的，或者说最富于诗意和完美效果的追问姿态。"[①] 在当代先锋诗歌的叙述谱系里，《表达》通常会被视作"后朦胧诗"的代表，并具有诗学宣言的地位。究其原因，其实正是在于这首诗中所包含的与"朦胧诗"一代之间语言观念的差异，其语言本体论观念的确立，后来则构成了"后朦胧"诗最重要的整体性面貌与核心诗学策略、语言意识。因此，本文对柏桦1980年代初期创作《表达》的考据与分析，正是要从源头上观照"后朦胧诗"萌蘖期的历史情态与语言观念选择。

柏桦这首著名的《表达》写于1981年10月的广州。是年5月，他曾去拜访过老前辈梁宗岱，其间"班门弄斧"地谈到波德莱尔。但可惜的是，梁氏直到1983年去世，都未读到过《表达》，这也被柏桦视为平生之憾。

---

① 张枣：《朝向语言风景的危险旅行》，《张枣随笔选》，人民文学出版社，2012，第176页。

张曙光

1956年9月生于黑龙江省某县城。1978年考入黑龙江大学中文系。1980年开始发表作品。大学毕业后任职于媒体和出版社。后调入黑龙江大学文学院，现已退休。著有《小丑的花格外衣》（文化艺术出版社，1998）、《雪或者其他》（剃须刀丛书，2005）、《张曙光诗歌》（太白文艺出版社，2007）、《张曙光诗选》（《诗歌与人》总第18期，张曙光诗歌专号，2008）、《午后的降雪》（重庆大学出版社，2011）、《闹鬼的房子》（人民文学出版社，2014）、《看电影及其他》（广西人民出版社，2017）、《窗子》（长江文艺出版社，2019）；评论随笔集《上帝送他一座图书馆》（哈尔滨出版社，2004）、《堂·吉诃德的幽灵》（北京大学出版社，2014）、《从艾略特开始：美国现代诗14课》（广西师范大学出版社，2022）。曾与萧开愚、臧棣主编《中国诗歌评论》。译作有《切·米沃什诗选》（河北教育出版社，2002）、《神曲》（广西师范大学出版社，2005）等。曾获刘丽安诗歌奖（1995）、"诗歌与人·诗人奖"（2008）、"诗建设"诗歌奖（2013）。

尤利西斯

这是个譬喻问题。当一只破旧的木船
拼贴起风景和全部意义，椋鸟大批大批地
从寒冷的桅杆上空掠过，浪涛的声音
像抽水马桶哗哗响着，使一整个上午

萎缩成一张白纸。有时，它像一个词
从遥远的海岸线显现，并逐渐接近我们
使黄昏的面影模糊而陌生
你无法揣度它们，有时它们被时间榨干

或融入整部历史。而我们的全部问题在于
我们能否重新翻回那一页
或从一片枯萎的玫瑰花瓣，重新
聚拢香气，追回美好的时日

我想象着老年的荷马，或詹姆斯·乔伊斯
在词语的岛屿和激流间穿行寻找着巨人的城堡
能否听到塞壬的歌声？午夜我们走过
黑暗而肮脏的街道，从树叶和软体动物的

空隙，一支流行歌曲，燃亮
我们黯淡的生活，像生日蛋糕的蜡烛
我们的恐惧来自我们自己，最终我们将从情人回到妻子
冰冷而贞洁，那带有道德气味的历史

1990

尤利西斯的当代境遇

——张曙光《尤利西斯》导读

◎ 王　璞

尤利西斯，也即奥德修斯——他不仅仅是古希腊神话人物，更是归程的象征。一提到这个名字，人们当然首先会想到荷马史诗《奥德赛》。《奥德赛》讲述的是英雄奥德修斯在特洛伊战争结束之后历经海上的漂泊而终于返回家乡的故事。这部史诗通过奥德修斯的经历和性格反映了古希腊古风时代的价值观，而由于它的丰富内涵和在西方文学和文化传统中的重要地位，奥德修斯的归乡故事也经常作为典故出现在后世的文学作品中，并时常被用来隐喻人的精神境遇和命运。一提到奥德修斯或尤利西斯，我们总会想到奥德修斯的勇敢、坚韧和机智（乃至狡猾），想到他的斗争和妙计，想到他的奇遇和历险，想到他的妻子、儿子和王位。这部古希腊史诗的经典意义从古代辐射到现代。在《小说理论》这部关于"史诗"形式的"历史—哲学"大作中，20世纪最伟大的中欧批评家之一格奥尔格·卢卡奇以赞美希腊世界开篇，他所谓的"希腊心灵"对应于"史诗时代"的"完整文化"，处处都有奥德修斯的影子："心灵远行去探险，在探险中生活，但它其实并不知道寻觅的真正痛苦和发现后的真正危险。一颗这样的心灵是不会将自己作为赌注孤注一掷的。它既不知道自己会迷失自我，也从未想过要去寻找自我。这样的年代就是史诗的年代。"[1] 同样，在20世纪比较文学研究的跨时代作品《摹仿论》中，奥尔巴赫对西方文学现实再现的溯源，也始于《奥德赛》。富于心机的奥德修斯乔装回家，以探妻子是否忠贞、王权是否旁落，洗脚时露出腿上疤痕，被老女仆认出——奥德修斯的小小腿疤，于是成为西方文学"真实感"的一大端倪。

但是，卢卡奇的赞叹也是哀叹，因为"完整文化"已经一去不复返，"希腊心灵"已经烟消云散。现代心灵为历险而历险，因为无论它在何处，

---

[1] ［匈］卢卡奇：《卢卡奇早期文选》，张亮、吴勇立译，南京大学出版社，2004，第5页。译文有改动。

都没有家园感，又都充满无解的乡愁，它不断"迷失自我"，又不断"寻找自我"，不仅承受寻找的"痛苦"，哪怕找到了，也必然面临发现后的"真正危险"。乔装打扮也不怕失去本相，以历经岁月洗礼的痕迹而得到辨认，并且由此赢回本就从未失去的王位——这样的自我，在现代性的条件下，和"真正的史诗"一同变得不再可能。于是，《尤利西斯》代之而起。詹姆斯·乔伊斯的这部长篇小说是我们立刻会联想到的另一部以尤利西斯为名的文学著作，也是公认的 20 世纪现代主义文学杰作。T. S. 艾略特在《尤利西斯：秩序与神话》一文中曾说，它是现时代所找到的借以表达自身的最重要的作品。小说《尤利西斯》的"首要独特性"就是其与《奥德赛》并行的办法，乔伊斯使用神话，构造出了"当代和古代之间的一种连继性并行结构"，但他要展现的是"当代历史"的"庞大、无效、混乱的景象"，因而，这里已没有了古希腊的英雄传说，而是"现代尤利西斯"布卢姆，以及小市民莫莉和寻找精神之父的斯蒂芬，一天中在都柏林的"漫游"。乔伊斯"戏仿"了荷马史诗，赋予其小说以《奥德赛》的形式，但是，荷马史诗所代表的那些永恒不朽的希腊价值都被消解了，我们在乔伊斯那里只能看到现代生活的空虚、无聊、芜杂和现代人的深深无助。这是一个不能容纳尤利西斯这样的英雄的时代，乔伊斯的这部现代史诗也可看成反史诗。

从《奥德赛》到《尤利西斯》，从史诗到反史诗，从"完整文化"到"当代史的无效"——那么，再到张曙光的这首《尤利西斯》，一位中国诗人是否在 20 世纪的最后十年给出了现代自我的境遇的新解读呢？

在 1990 年代以来的诗坛上，张曙光往往给人"沉潜"的印象，被看作一位"安静的诗人"。正像许多批评家已指出的那样，其实早在 1980 年代中后期，他的写作就开始"侧重于对个体当下经验的开掘"（这也是姜涛在对张曙光进行书面提问时的提法 [①]），并且，张曙光也较早和较自觉地开始关注和锤炼诗歌的叙事技巧，触及了 1990 年代的"叙事性"这一问

[①] 详见张曙光《关于诗的谈话》，载孙文波等编《语言：形式的命名》，人民文学出版社，1999，第 235 页。

题。从那时到新世纪初，他在写作中其实一直关心的是"诗歌怎样才能容纳更为广阔的经验"①，而在这种对个人经验的书写中，又体现了显著的历史意识。在谈到"表现诗的肌理和质感，最大限度地包容日常生活经验"时，他曾使用"陈述性"这个词。②进入1990年代，这位默默写作的诗人在北国的哈尔滨，写出了"生活研究"的优秀诗篇，而他所追求的也正是一种陈述性的、具体的且富有现代感的诗风，更使其作品带有一种沉思的、内省的、节制的调性。同时，当张曙光让诗歌向广阔的人生经验或个人化的历史生活敞开时，写作也同时必然向丰富的文本敞开，文本也转向文本间性和互文。我们将细读的《尤利西斯》涉及所有这些问题，很有代表性。它的丰富关联，给出了多种阐释可能性。在此，我愿沿着尤利西斯的当代境遇这一角度，提供进入作品的意义空间的一条路径。虽然这只是阐释的一种可能，但也许通过尽量细致的解读，由这首诗联系到其他作品，我们可以观照张曙光1990年代的整体成就和中国当代诗歌的探索。

在《小丑的花格外衣》中，这首诗的写作时间未加注明，据了解，它作于1990年，也就是说是诗人在1990年代的最初创作，也的确代表了他在1990年代的基本倾向。必须注意到的是，在张曙光的诗歌中，荷马史诗里的情节、意象和细节的出现的确相当频繁。在较早的作品《我们为什么活着》中，有这样的诗句："学会了战争，据说是为了女人和荣誉"，这里显然有荷马史诗《伊利亚特》的影子。后来的诗作中，荷马史诗的内容和意象仍然屡次出现，直接写到尤利西斯的就有多处。如《陌生的岛屿》，再如《罗伯特·洛厄尔》中的"想象着尤利西斯驶过一个个危险的岛屿／最终发现了什么？……"又如《小丑的花格外衣》中所写到的"尊敬的尤利西斯阁下／欢迎你再来巨人岛"。另外，稍加比较就会发现，在其他诗作中，尤利西斯的形象是具体出现的，而《尤利西斯》这首诗，"尤利西斯"这一名字却反而只出现在题目中，而在诗中并没有再直接出现，我们后面

① 张曙光：《垃圾箱》,《小丑的花格外衣》，文化艺术出版社，1998，第161页。本文以下所引张曙光诗均出自此诗集。

② 张曙光：《关于诗的谈话》，载孙文波等编《语言：形式的命名》，第235—236页。

会看到，这恰是因为尤利西斯作为寓象贯通全诗，而且成了一个关于"意义"和"历史"的"问题"。同时，张曙光对从荷马《奥德赛》到乔伊斯《尤利西斯》的精神变化显然有着一份历史体认，并加以利用。对他而言，尤利西斯在危险的岛屿之间历险并探寻人生的归乡之路的形象一般象征着人的精神历程和遭遇，甚至也象征着写作中的诗人自己。所以，回到这首诗的题目，我们已经感到一种隐隐的张力，即由古代英雄传说和当代生活——也就是由两个不同的尤利西斯——所构成的时间、历史和精神命运的张力，并为作品留下了展开空间。另一方面，面对尤利西斯作为一个不断被重写的"题材"，张曙光这个中国当代诗人也将赋予他和这两种经典写作不同的意义，否则这种"重写"便会"失效"。后面的阅读则给予了这些猜测一定程度的印证。

诗的第一句："这是个譬喻问题。"和他其他许多诗作一样，张曙光用了一个结构简单的陈述句来开头，没有复杂的语法，没有巧妙的修辞，这甚至可以算是他的特色：简洁而深沉的陈述性。"譬喻问题"的出现还确立了带有沉思色彩的整体语感，同时，也确立了诗歌写作的反身自指的姿态。因为，我们无法立刻理解"譬喻"和"譬喻问题"到底指的是什么，但可以猜想，譬喻或许和诗人的写作活动有关，也许诗人是指"尤利西斯"这一题目所具有"譬喻"的意义，甚或尤利西斯正可以比喻诗人的某种生存状态或某种写作——换言之，尤利西斯这一形象的寄寓所在，成了一个"问题"。这一直截了当的"问题化"动作以及随之而来的猜想，也推动我们接着读下去。"当一只破旧的木船……"——"木船"显然将史诗的场景引入了这首诗，代表了尤利西斯的海上历险，而《奥德赛》中尤利西斯的"木工手艺非常精湛"的"坚固"的"宽大的筏船"[1]在此却变成了"破旧的"，无形中消解了英雄形象。为什么木船是"破旧的"呢？这既可理解为尤利西斯式的人物在今天的不幸处境，也可理解为尤利西斯寻找家园的历险旅程一直在茫茫大海上继续着，至今没有结束，以至木船破败。"拼

---

[1] ［古希腊］荷马：《荷马史诗·奥德赛》，王焕生译，人民文学出版社，1997，第95、86、92页。

贴起风景和全部意义"，这一句承接木船所代表的历险中的尤利西斯，似乎暗示着他存在的价值；也让我联想到了诗人的写作活动，它在很大程度上就是喻指写作。"风景"和"意义"是张曙光诗中频频出现的词汇，"风景"还多次出现在诗题之中，他曾写到"人生不过是／一场虚幻的景色"（《在旅途中，雪是唯一的景色》），他的写作有时确实就是对人生"风景"和"更深的风景"的观察和"拼贴"，去"燃亮／生存和风景隐秘的秩序"（《小丑的花格外衣》），而拼贴"全部意义"更是诗人写作的一种性质。他写过这样的诗句："而在一张稿纸上／你找到了需要的一切。"全部意义或许正是"需要的一切"。由此我们可以大体上确定，尤利西斯的追寻旅程比喻着诗人的精神境遇与写作活动本身，今天的诗人仍乘着"写作"这只"破旧的木船"去发现风景和意义。另一方面，这毕竟仅仅是拼贴而已，诗人似乎对其价值有怀疑和保留。

后面，"椋鸟大批大批地／从寒冷的桅杆上空掠过，浪涛的声音／像抽水马桶哗哗响着，使一整个上午／／萎缩成一张白纸"。"椋鸟大批大批地／从寒冷的桅杆上空掠过"，是对航行在"苍茫喧嚣的大海"中的尤利西斯的进一步描写，"寒冷"强化了"破旧"所产生的那种破败感和令人沮丧的气氛，也同样消解着史诗的英雄主义。"浪涛的声音／像抽水马桶哗哗响着，使一整个上午／／萎缩成一张白纸"，"浪涛的声音"无疑来自尤利西斯的大海，诗人在这里用一个比喻将现实生活的情景引出，并和来自史诗的尤利西斯的场景相连，构成了反差的张力，而将涛声比作抽水马桶声，更反衬出当代的现实生活的庸俗、无聊、委琐和缺乏意义。"一整个上午／／萎缩成一张白纸"，也强化了这种印象，"萎缩"增重了沮丧感，"白纸"的意象既和写作有关，又和时间相关（"上午"），但白纸是没有内容的，也就是说，生活和写作归于无意义的空白或窘境。到这里，我们可以看到，通过上面这个长句，诗人暗示着漂泊的尤利西斯在当代历史中已不再具有英雄的意义，也说明今天那些漂泊者和现代的尤利西斯们——例如诗人自己——以及他们的探寻在日益庸俗的历史现实中的境遇（包括写作）充满了艰难、荒谬和挫败，这也正是诗人和诗歌写作的当今命运的折射。同时，我们能感受到一种悖谬和隐痛，不仅古代英雄的形象被"颠覆"了，"拼贴"本身甚至也体现了诗人自我怀疑的态度。尤利西斯虽然没有具体出现，但他已经作为某种象征被放进了当代人尤其是处在写作中的诗人自己的精神遭遇中了，诗人所说的"譬喻问题"也就是指向于此吧。

接下去，诗人写到"有时，它像一个词……"，这个比喻句很短，其前后都是含有"使"字结构的长句，起到了一种舒缓的作用，诗意也由此进入了另一层；但这一句又颇为费解，读者尤其难以确定"它"的所指，而我们还发现，在后面还有"它们"的出现，这些代词的指代都一时无法落实。往下读，"从遥远的海岸线显现，并逐渐接近我们／使黄昏的面影模糊而陌生"——"遥远的海岸线"是海上历险的场景的继续，也代表了浩渺的远方。处在航行之中，在海岸线显现的应是岛屿，我们不妨猜想"它"就是指在精神漂泊与诗歌写作中出现的"陌生的岛屿"。一个岛屿或一个词在极远处"显现"，然后"接近我们"，这既是命运在内心中的降临，也可以看作对写作活动中的现象的比拟。而代词"我们"是首次出现，后面一直被使用，表明诗人的言说代表了一种普遍性，也使得全诗具有了一种深沉有力、箴言般的声音。"模糊而陌生"的"面影"，在张曙光的诗歌中也不止这一次表达，如在《致雪飞》中有"我在梦中阅读着你的脸它开始／变得模糊而陌生"，《记忆》中有"一张脸从意识深处浮现"，等等。因而我认为"黄昏的面影"既和海上漂泊的场景相连，又是指内心深处的意识活动、写作和语言有关。下面，"你无法揣度它们"，"你"显然来自"我们"之中，由于"我们"具有共同性，这里说"你"，也是在说"我"，说诗人自己；"它们"作为"它"的复数，喻指我们在尤利西斯式的当代命运中的种种遭遇和写作中浮现的词语；"无法揣度"，意味着我们没有能力对现实、对我们自身的命运和写作本身加以把握，加以控制，我们是不能自主的。"有时它们被时间榨干／／或融入整部历史。"这一句也很重要。"被时间榨干"，意味着我们在当代的种种精神遭遇，乃至我们的写作，在线性时间的永恒流动中都将失去价值，变得抽象且没有意义。"或融入整部历史"，因为历史具有强制的力量，不能为我们所左右，我们个人的写作、境遇和命运最终也将"融入"历史，成为历史中微不足道的一部分，丧失其独立性，总之，写作和个人的处境在庞大混杂的当代历史面前是卑微渺小的。在这里张曙光触及了当代人的一个重大的问题，即个人和历史的关系——也包括诗歌写作与当代历史的关系，个人的价值也只能融入强大的历史的"无效"之中。

于此我想提醒大家关注的是这一句中的连接词"或"，如果你在读张曙光的诗集时稍加留心的话，你就会发现这个也许不太显眼的词是他的作品里出现频率最高的词之一，而且，我认为，这个词蕴含着张曙光惯用的语言方式和写作技法，即用"或"来展开叙事，连接并衍生诗意，制造省思的或然性效果。"或"代表了多种可能，代表了不确定，诗人通过它展开内省和怀疑，展开多重的思考，扩展意义空间，形成意义的递进。如《春天的双重视镜》中的"因为你在一个词语中静止，／或你变成了一个词语"，又如他的代表作《岁月的遗照》中的"我们已与父亲和解，或成了父亲，／或坠入生活更深的陷阱"。张曙光还习惯于用"或"在诗句的推进中不动声色地制造微妙的转折，表现感受的复杂性和自我否定式的矛盾，如《给女儿》中有这样的句子："……展示着／死亡庄重而严肃的意义／或是毫无意义。"在《尤利西斯》这里，他也是用"或"来完成其意涵的推进，从"它们被时间榨干"到"融入整部历史"，诗意确实递进了一层。同时，"或"字前后也构成了一定的对比与转折。前面是命运在时间中失去意义，后面是个人只能成为历史的一部分；前面的分句是"被时间榨干"，是一个被动句，而后面则变成了主动句，这就形成了一种对比，也就是说，个人（或诗人及其写作）一方面在时间的长河中是被动受制的，另一方面虽看似具有主动性，也只能别无选择地"融入历史"，其中或许有诗人对个人的悖谬处境的感悟。此外，我也发现，张曙光还经常将"或"放在分行的句首，这样可以产生一种诗行转换和诗意转折的顿挫节奏，产生语义空间中的张力，形成一种特殊的效果。在这里，他更是用"或"来分节，让它出现在节首，在阅读中确实隐含了一种阅读的顿感。

进入第三节后，诗人又以"而我们的全部问题在于"一句承接了上面的思考，而转向了新的一层。"我们能否重新翻回那一页"，显然延续了对个人和时间的思考。"一页"和上面的"白纸"有隐隐的呼应，"重新翻回"则意味着让一去不返的往昔重现。在"或"字后面，这层意思得到了更明确具体地表达："或从一片枯萎的玫瑰花瓣，重新／聚拢香气，追回美好的时日"。这一意象和主题在他的诗中也不是第一次出现，如"经历，是否贮入永恒的记忆／……如同花儿／枯萎或凋谢，而在另一个空间／却仍然留存着它的香气／或者，在某个交叉点上，仍会／还原出它的姿容和美丽……"（《序曲——致开愚》）美好的时日已经逝去，正如玫瑰已经"枯萎"，然而那残留的花瓣仍能唤起我们对往昔和"香气"的回忆，我们总希望在回忆中找回过去，正如尤利西斯怀着思念踏上返乡之旅。但我们只拥有记忆，时间的流逝永远是单向的，我们也分明知道，"重新翻回""追回美好的时日"是不可能的，诗人怀念着消逝的岁月，希望在记忆中抓住去者，但最终只能沦落于时间永不停息的流逝中，只能漂泊在时间的单调的波涛中，像大海上的尤利西斯一样。这也是诗人以及"当代心灵"的矛盾处境。

于是，诗人又从自身的境遇联想到尤利西斯，全诗进入了第四节。"我想象着老年的荷马，或詹姆斯·乔伊斯……"从本诗标题到这一句，老荷马和乔伊斯的文学传统序列得到了最终确认：历尽沧桑仍然继续漂泊的尤利西斯和现代生活的无效性之中的尤利西斯，古典价值的光芒和现代派式的消解，共存或混杂于 1990 年代的中国写作之中；同时，二者又代表了两种经典的写作，代表了两种不同的文学语言。而当代中国的尤利西斯们，比如诗人自己，正"在词语的岛屿和激流间穿行寻找着巨人的城堡／能否听到塞壬的歌声"。读到这里，我们很自然地联想到了《奥德赛》中的情节。尤利西斯踏上归程，一路在海上不断遇到未知的岛屿，遭遇巨人，而在船上他更以希腊式的克制力抵挡住了塞壬的强大诱惑。一方面，其中有在极大的诱惑与极大的克制中保持平衡等古希腊价值观。另一方面，在阿道尔诺和霍克海默的《启蒙辩证法》的解读中，尤利西斯让划桨奴隶堵住耳朵，听不到塞壬歌声，自己又被绑在桅杆上，尽享仙乐之魅，同时又延迟欲望的满足，该情节体现了西方自我的狡诈和欲望主体的诡计。而它出现在张曙光诗中，意义似又有所不同。它和当代的现实联系在一起，构成诗人的自况。写作就像是"在词语的岛屿和激流间穿行"，经历种种精神上的痛苦但又寻求探险（"巨人的城堡"），而当今的时代也确实有太多的诱惑，太多新式的媚俗的塞壬变体。在问号之后，诗人的描写又一次从类似于史诗的场景转到了日常生活的现实，从荷马的尤利西斯转到了乔伊斯的尤利西斯，或者更严格地说，转到了当代中国的尤利西斯："午夜我们走过／黑暗而肮脏的街道，从树叶和软体动物的／／空隙，一支流行歌曲，燃亮／我们黯淡的生活，像生日蛋糕的蜡烛。"这两段描写构成了鲜明的对比，也就是史诗与现实的对比，以及精神世界和当下处境的对比。尤利西斯不再穿行于岛屿，而是中国北方城市"黑暗而肮脏的街道"，高大的巨人已在中国市场经济时代的物质世界中萎缩变成了"软体动物"，"塞壬的歌声"和它所代表的诱惑已沦为"流行歌曲"，这里蕴含着吊诡的连续性，也当然有强烈的反差。在这样的现实中，生活当然是"黯淡"的，也只能被流行歌曲所"燃亮"，而我们知道，生日蜡烛的光是同样微弱的，这种"燃亮"更反衬出"黯淡"，生日蛋糕的烛光虽然带来了温馨，但当这温馨和时间、回忆联系起来后，却又一次暗示着人生时光冷漠地消逝，并通过"生日"呼应了前面时间的主题。张曙光诗中经常出现的"生活毫无意义"式的思考在此又得到了体现。史诗的时代已经远去了，古典时代的那些崇高的价值观也已崩溃了，作为英雄的尤利西斯已不存在了，"我们"在肮脏的地方继续着漂泊，但没有了英雄式的勇敢，而是面对黯淡的生活充满了恐惧。

那恐惧来自哪里呢？"我们的恐惧来自我们自身，最终我们将从情人回到妻子／冰冷而贞洁，那带有道德气味的历史。"这一结尾正如西渡所说，"关于尤利西斯的比喻被导入对历史处境的深刻观察中"[①]。"我们的恐惧来自我们自身"成为一句看似突兀但水到渠成、非常坚实的格言。正如胡续冬所说，"90年代诗歌"很少有提供箴言的作品，而这首诗的结尾两句却成为难得的箴言典范。它具有很强的"可解释性"，但另一方面，格言却又无需解释。"我们"的恐惧或许在于，处在当代历史中的"我们"，已经丧失了精神的力量和勇气，已经无力去改变命运或和命运抗争，甚至

---

① 西渡：《凝聚的火焰——90年代诗歌案例之一》，《守望与倾听》，中央编译出版社，2000，第129页。

从写作中叛逃，只能遵从这缺乏意义的生活。"从情人回到的妻子"虽和《奥德赛》的情节相符，但已不是归乡的伟大事迹，更多地是让读者联想到乔伊斯的《尤利西斯》中，布卢姆结束一天的游荡，回到那并不幸福的家中，回到庸俗的妻子身边，一种对生活和命运的无奈感在这一句中油然而生。"冰冷"正产生于这种无力改变的恐惧和生活的失败感，也彻底粉碎了回家的温馨；"贞洁"这个词已经带有了"道德气味"，而在这里，道德反讽地指向生活对我们有形无形的精神及情感约束，"我们"最终也无奈地接受了这种约束。由此，结尾历史的主题重新出现。"带有道德气味的历史"显然是这首诗反讽的重音，我甚至认为，张曙光的这一反讽达到了历史哲学的程度。当代日常生活所构成的伦理世界，并不能提供任何"完整文化"，并不能安顿自我、心灵、人与人之间的关系。而约束我们的，正是构成并维持这种生活的"社会关系的综合"，也即我们存在的历史条件。我们所接受的约束，也是我们自己的逃避，其中并没有任何道德决断和伦理意义感，却仍套着一层道德外衣，散发道德气味，甚至在市场、物欲和价值解体的世纪末，充当着聊胜于无的慰藉乃至最为贫乏的自欺。这可谓反讽之反讽，今天读来，仍可以感到其力道和切身性，最终也指向写作本身。虚空的个人和"无效"的历史之间的反讽性矛盾，是1990年代汉语诗歌的一个核心命题。带着这一矛盾，张曙光诗中的"我们"又回到了"带有道德气味的历史"之中，继续"黯淡的生活"，写作也并没有抵抗住外在的、冰冷的、冒充意义实体的时间秩序。这既沉重又乏力，甚至凡俗可笑的回返，也正是诗人所要写出的当代尤利西斯和当代诗人的写作的宿命。

在结束这篇文章之前，我必须承认，我所提供的解读思路有显著的薄弱之处。我以上的诗意阐释，是把当代精神个体和写作者合在一起来谈的，但前者带出的是一种普遍性的历史境遇，而后者指向写作行为内部的"问题"。我的读法，是不是把二者混为一谈了？在2001年，我第一次提出对这首诗的细读时，诗人、诗歌研究者胡续冬和冷霜等前辈就及时提醒道，《尤利西斯》应该被理解为一首"关于写作的诗"，"它的母题就是写作"。诗人所处理的当代历险是置身于从荷马到乔伊斯的文学传统之中的遭遇。如果按照这一路线来读，那么，尤利西斯形象并不关系到当代的历史处境，而的确是一个纯粹的"譬喻问题"，即写作如何理解自身并展开自身的"问题"。"巨人的城堡""塞壬的歌声"乃至"软体动物"也都是诗歌语言在自我指涉中不断延异的产物，而非针对现实的反讽性修辞。进而言之，这又是一首诗歌反身自指的"元诗"，代表了1990年代汉语写作的另一典型。我当时惊叹于这一更有切入力度的读法，而它背后更藏有对当代诗歌的一种整体性的内在领悟。同时，我又觉得，即便把这一"关于写作的写作"的视角贯彻到底，那么，全诗的结尾，"我们的恐惧"和"带有道德气味的历史"，也仍然可以理解为从语言内部的写作行为抽身而出，回返到一种个人的历史处境。仅仅视这里的"历史"为语言内部的历史或从荷马到乔伊斯的文学史，或许也还不够。在我看来，这样的回返，从诗歌写作的困境回到日常生活的空洞，既加重了写作行为本身的反讽性，又为个人化的历史反思提供了新的角度和强度。所以，我在自己原有的思路和"元诗"视角之间有所犹豫。而另一个让我遗憾的地方是，在修辞方面，我的分析是否流于琐碎呢？余旸当年就提到，张曙光的语言追求一种坚实，有强硬感，直抵经验的修辞。那种"直接抵达的方式"，会不会因为我刻意的解剖而变得过于缠绕呢？

我想，这些疑难更加证明了张曙光诗歌的丰富魅力。本文仍然延续我早年大而化之甚至有些凌乱的解释方式，恰恰是因为，最初我读到张曙光1990年代这一系列重要诗作时，心灵所受到的震动也是全方位的，这样一个新的意义空间，当时还来不及精确把握。今天回看，这一意义空间的轮廓也许更明显了，但重新将阅读置于其敞开的状态，仍不失为一种体贴"90年代诗歌"的方法。在今天，我仍想强调，张曙光《尤利西斯》等诗作代表了1990年代汉语诗歌的转变和探索。这种探索的丰富性至今不容低估（而且至今也未必穷尽），或者用当代新诗研究名家洪子诚老师的话说，这样的"90年代诗歌""表达了在另外的文学样式中并不见得就很多的精神深度"。

2020年疫情中，基于《在北大课堂读诗》中的细读报告增订修改而成

岁月的遗照

我一次又一次看见你们，我青年时代的朋友
仍然活泼、乐观，开着近乎粗俗的玩笑
似乎岁月的魔法并没有施在你们的身上
或者从什么地方你们寻觅到不老的药方
而身后的那片树木、天空，也仍然保持着原来的
形状，没有一点儿改变，仿佛勇敢地抵御着时间
和时间带来的一切。哦，年轻的骑士们，我们
曾有过辉煌的时代，饮酒，追逐女人，或彻夜不眠
讨论一首诗或一篇小说。我们扮演过哈姆雷特
现在幻想着穿过荒原，寻找早已失落的圣杯
在校园黄昏的花坛前，追觅着艾略特寂寞的身影
那时我并不喜爱叶芝，也不了解洛厄尔或阿什贝利
当然也不认识你，只是每天在通向教室或食堂的小路上
看见你匆匆而过，神色庄重或忧郁
我曾为一个虚幻的影像发狂，欢呼着
春天，却被抛入更深的雪谷，直到心灵变得疲惫
那些老松鼠们有的死去，或牙齿脱落
只是偶尔发出气愤的尖叫，以证明它们的存在
我们已与父亲和解，或成了父亲，
或坠入生活更深的陷阱。而那一切真的存在
我们向往着的永远逝去的美好时光？或者
它们不过是一场幻梦，或我们在痛苦中进行的构想？
也许，我们只是些时间的见证，像这些旧照片
发黄，变脆，却包容着一些事件，人们
一度称之为历史，然而并不真实

1993

挽歌叙事中的"历史对位法"

——读张曙光的《岁月的遗照》

◎ 张伟栋

一

《岁月的遗照》是张曙光写于 1993 年的一首诗歌，也是"90 年代诗歌"的代表作品，程光炜主编的 1990 年代诗选，即以此诗标题为书名。这首诗读起来并不费解，但要想完整地解释，也并不容易，我将逐行来阅读这首诗，以期对诗人的写作有更好的理解。

我们读一首诗，最先注意到的是诗作的情感和意义层面，它带有什么样的感情基调，描述了什么样的事件或是主题，总是第一时间被捕捉和理解；敏感的读者也会马上理解诗人所使用的语调、修辞和诗歌结构，这样的读者往往对诗歌有着较长时间的投入，并且对诗歌的写作类型有着较为全面的认识；最后才能看清的是诗人与母语、传统、世界所建立的契约关系，这属于诗歌中真理层面的问题，一个真正的诗人最终会通过写作建立这样的契约，在这个契约当中他回答了他的诗歌写作与大的诗歌系统的关系，以及与他存活过的世界的关系。

我所说的"并不费解"，指的是这首诗的情感和意义层面，诗人通过旧照片，回到拥有年轻的朋友和美好时光的大学时代，写作、争论、追逐女人，为虚幻的影像而着迷，而结尾处的变调则表明，这一切已经无法指认，甚至追忆，使得全诗带有挽歌的味道。简单地说，这首诗的主题是关于时间和记忆的，这也是张曙光大部分诗作的主题，但不是普鲁斯特那种对逝去的时光失而复得的追忆，而是对记忆的哀悼，对消失岁月的挽歌叙事。这些都不难理解，有的人用"怀旧"一词来辨认张曙光的诗歌，其实这个词与张曙光的写作是完全不相干的，如果我们能认真地倾听弥漫在他的诗作中的语调，那种缓慢、犹疑、耐心的辨认，有时被迫中止的沉默，低音的无回声的发问，我们会发现诗人已经将他的主题带到了这首诗之外的远景之中，这一远景的面貌，无论我们怎样辨认，也无法完整地讲出。

所以在这个意义上，帕斯捷尔纳克说："诗歌中语调就是一切。"[1]语调所连带出来的、所指涉的、所关联的、旁敲侧击的、意犹未尽的，恰恰才是一首诗的核心。黑格尔对语调的定义更为准确，他说："由于受到精神性观念的充实，音调变成了语调。"[2]也就是说，语调背后最终关联的是诗人与传统和世界的契约关系。《岁月的遗照》并不是张曙光最好的作品，细心的读者会看到，他1990年代的写作呈现出颇为丰富的多种路向，单从语调方面讲，大致有近似叶芝的沉思语调、洛威尔的独白语调、阿什贝利的元诗语调、奥哈拉的反讽语调，他最好的诗作往往融合这些语调于一体，如《尤利西斯》。《岁月的遗照》偏重叶芝的路向，在这首诗当中，张曙光成功地将叶芝式的沉思转变为低语式的诘问，他这种转换方式是值得我们给以理解和注意的。

在具体解读这首诗歌之前，关于张曙光的写作，有一点还需要给以交代，就是他1990年代的大部分写作，是属于那种"经典式的写作"，这包括对诗歌经典主题的重写改写，对文学经典段落的互文式回应，对诗歌经典文本的发展，等等。我们也可以说，这类诗人是属于文学上的保守主义者，他们大多博学多思，才能全面，这也需要我们耐心地反复阅读。

二

首先，这首诗的题目《岁月的遗照》就给我们出了一个难题。如何理解它？诗人使用这样一个带有判断意味的标题，所指认的是什么？当然，我们可以说，"岁月的遗照"，就是指我们生活中的旧照片，或者是已经在慢慢消失的记忆，这些当然是没有问题的。但我要提醒读者注意的，是"遗照"一词本身所具有的挽歌修辞和结构。里尔克曾写过一首很著名的挽歌《安魂曲》，张曙光也曾将这首诗翻译成汉语，从他的一些诗作来看，

---

① 转引自 Robert Lowell, *Collected Poems* (New York: Farrar, Straus and Giroux, 2007)，第 195 页。

② ［德］黑格尔：《美学》第三卷下册，朱光潜译，商务印书馆，1996，第 8 页。

他也很精通这种诗体的写作。我们只以里尔克这首对张曙光影响较大的《安魂曲》为例，来看挽歌所处理的主题。里尔克的这首诗是写给一位过世的女友，他的诗句通过对具体的死亡的哀悼，对"永不再"的死者与我们的关联的处理，而指认了也将要离世的生者的处境。张曙光的《岁月的遗照》，也包含着这样的修辞结构：过去的时光，渐渐变成一场梦幻，像是记忆的假象，而我们所剩下的时光，最终也不过是无法证明的假象。我想，这才是《岁月的遗照》这个标题所指认的一个事实。

　　就像我前面提到的那样，将普鲁斯特的《追忆似水年华》与《岁月的遗照》这个标题并置起来对照，可以更清楚地看到这一点。普鲁斯特的"似水年华"，一旦展开将永无止境，正像本雅明所说："普鲁斯特戏笔似的开头后来变得异常严肃。已然开启记忆之扇的人永不会到达记忆片断的尽头。"[1]而对"遗照"的书写，一开始就设置了一个终点，那就是当下的现在，因为在这种挽歌叙事当中，它所遵循的是一种"历史对位法"。那么，让我们在这个标题的指引下，来阅读这首诗。

> 我一次又一次看见你们，我青年时代的朋友
> 仍然活泼、乐观，开着近乎粗俗的玩笑
> 似乎岁月的魔法并没有施在你们的身上
> 或者从什么地方你们寻觅到不老的药方
> 而身后的那片树木、天空，也仍然保持着原来的
> 形状，没有一点儿改变，仿佛勇敢地抵御着时间
> 和时间带来的一切。

开篇的第一句，"我一次又一次看见你们，我青年时代的朋友"，容易让我们想到叶芝《1916年复活节》的第一句，"日暮时分我看见他们"，两句诗的重音都在"看见"上，叶芝接下来写的是，他真实地看见自己的

---

[1]［德］本雅明：《莫斯科日记·柏林纪事》，潘小松译，东方出版社，2001，第202页。

朋友，从房间、办公室走出来，他们相遇并寒暄地点头，而张曙光的诗句中，另一个重音的加入，"一次又一次"，则将全诗置于一个"虚幻"的时空当中，使得他要讲述的事物，和我们保持着一个有效的距离。这种"距离"的设置，有时决定了一个诗人风格的面貌，它显示出一个诗人看待事物的视角和理解事物的方式。比如超现实主义诗人，他们往往将这种"距离"无限地放大，把几种不相关的事物并置在一起，而造成一种悖论的风格，像布勒东那种，将缝纫机、蜥蜴、落叶写入一个句子，以形成强烈的反差效果。张曙光的写作对这种"距离"的要求是接近古典主义的，他所写的事物和我们之间的距离，必须是可以直接感受到的，能立即调动我们的情感，而不需要马上诉诸反思力，同时，其所写的事物又不能与我们太过接近，而导致现实的丧失，它又必须是可以想象和反思的。他曾多次援引陶渊明和《古诗十九首》来说明自己对诗歌的看法，和这种距离感是有关系的。也就是说，开篇的第一句确立了这样一个视角，我们可以真切感受到诗人的情感，并唤醒我们自身的情感，"看见"是具体可感的，但是"一次又一次"则把这种具体变得不那么容易辨认，我们只能说诗人带着强烈的情感来捕捉过去的时光。

接下来，诗人所做的是为我们讲述"看见"的内容。第二个诗句的重音，由副词"仍然"来承担，这个副词的情感效果，也决定了这个诗句的重量。我青年时代的朋友，仍然活泼、乐观，这并不是今天的现实，即使在回忆当中，这样的描述也应是打折扣的，但诗人固执地坚持"仍然"。这是悖论式的修辞，新批评派的批评家大多都认为，悖论是现代诗歌的核心内容，就像布鲁克斯所断定的："即使是最直率朴素的诗人，只要我们充分地注意他创作的方式，我们就会发现，他被迫使用的悖论，比我们所想到的要频繁得多。"① 张曙光的写作并不追求悖论的风格，我印象中，只有一首写于 2003 年的短诗《雪》，是这种风格的，而他的大部分诗作在风格上和传统抒情诗的旨趣较为接近，虽然他大量使用叙事和场景式的衔

① ［美］克林斯·布鲁克斯：《精致的瓮》，郭乙瑶、王楠、姜小卫等译，上海人民出版社，2008，第 12 页。

接。对此，我的理解是，这种做法只不过是为了减弱传统抒情诗中纯粹的主观情感和令人生厌的呼喊式的抒发，他要求诗句并不仅仅是情感刺激的分泌物，而是要通过情感去阐释和分析世界，正如艾里克·海勒对里尔克的诗歌所做的分析："在欧洲传统的伟大诗歌中，情感并不阐释什么，它们只是对被阐释了的世界作出反应。在里尔克的成熟的诗歌中，情感会对世界加以阐释，然后又对自己的阐释作出反应"①。这也是"90 年代诗歌"所暗中遵循的"叙事"法则。我们看到，这句诗中悖论的使用，即达到了这一效果，它的使命在于阐释和分析，时间或者是记忆对于生命本身最终意味着什么。我们可以感受到诗人对时光倒流的欣喜情感，诗人也从事件的描述表层，通过"致命的一跳"而进入生命的精神秩序当中。

　　随之而来的几句就顺理成章了，诗人的"看见"仍在继续，"似乎岁月的魔法并没有施在你们的身上"，照片上的树木和天空的形状也没有发生改变，诗人对这些阐释的反应是，这些人和物都"仿佛勇敢地抵御着时间／和时间带来的一切"。至此，这首诗的第一个段落完成了，而这个段落里所积聚的全部能量都汇入了最后一句当中，"仿佛勇敢地抵御着时间／和时间带来的一切"，这里的时间是最终会取消我们，裹挟我们而去的洪流，"仿佛勇敢地抵御"，其实就是无法抵御。

> 哦，年轻的骑士们，我们
> 曾有过辉煌的时代，饮酒，追逐女人，或彻夜不眠
> 讨论一首诗或一篇小说。我们扮演过哈姆雷特
> 现在幻想着穿过荒原，寻找早已失落的圣杯
> 在校园黄昏的花坛前，追觅着艾略特寂寞的身影
> 那时我并不喜爱叶芝，也不了解洛厄尔或阿什贝利
> 当然也不认识你，只是每天在通向教室或食堂的小路上
> 看见你匆匆而过，神色庄重或忧郁
> 我曾为一个虚幻的影像发狂，欢呼着

---

① 转引自［英］奥登《诗人与城市》，薛华译，《译文》2007 年第 2 期。

春天，却被抛入更深的雪谷，直到心灵变得疲惫

从第二个段落开始，诗人将"看见"的形式转变为"回忆"，也就是说，从眼前的照片回到了时间断层当中，过去的一切如昨日重演，诗人也从"观察者"变成了"主人公"。马拉美关于诗歌的一个看法，颇为精准，他认为诗歌是以斜向的光线来捕捉事物的，比如他的一首短诗《圣女》[①]，所写的内容其实用一句话就可以概括：一个苍白的圣女在窗口弹奏竖琴。但诗通过不断地变化圣女周围的事物，不断地折叠诗歌中观看的"视角"来不断展开圣女的形象。还有一个例子是瓦雷里的《织女》，这首诗和马拉美的如出一辙，也可以用一句话概括：一个织女在窗口纺纱，整首诗固定在这一个动作上，在这个动作里，花园、天空、玫瑰、林苑等交替出现，并扮演着结构整首诗的角色。在诗歌中，诗人并不出现，甚至是沉默的，或者仅仅是观察者。米沃什曾批评这种写作是神秘主义的，语言封闭、矫揉造作、晦涩、不透明，是纯粹主观的衍生物，与之相对的是一种客观写作，诗人应该在事物本来的样子、事件本来的次序当中去寻找存在的真理。这两类诗人的争论从未停止过，我在此所做的描述并非要参与这个争论，而是要通过这样一个视角，来阅读张曙光的这段诗歌，显然张曙光是站在米沃什一边的，他的大部分写作都是在事件本来的次序中完成的，即使是为了达到戏剧化的张力而进行的虚构，也多半会"模仿"生活的本来面目。在这种写作原型中，驱动诗行的力量，并不是史蒂文斯所说的"必要的天使"，而是诗中的"抒情主人公"和"戏剧化角色"的相互转换。

在这个段落，"看见"与"回忆"之间的转换，其实是"抒情主人公"和"戏剧化角色"的转换，所以这个段落读起来更像是戏剧独白诗。开始的"哦"，像是表演时为了提醒观众注意的一个响亮的停顿。熟悉张曙光的读者，会发现"哦"这个感叹词的使用频率非常之高，它几乎没有太强的感情色彩，而只是一段戏剧独白的前奏而已。紧接着，"我"与"年轻的

[①] 关于这首诗的具体分析，参见胡戈·弗里德里希《现代诗歌的结构》，李双志译，译林出版社，2010，第83—87页。

骑士们"一起登场，时间围绕着文学、写作、不眠的时光、饮酒、女人而旋转，这是 1980 年代典型的文学场景。在这个场景中，"虚幻的影像"如神秘的咒语控制着场景的布局和换场，所以诗中出现的叶芝、艾略特、洛威厄尔（又译洛威尔）和阿什贝利的名字，并不仅仅是对文学的指代，而是咒语本身，诗人试图通过这个咒语，塑造一个历史的镜像，它是真实的现实处境的映照，也是对个人命运的观照。如果我们按照诗人提供的线索，将这段时光称为"辉煌的时代"，那就大错特错了。诗人其实在这里设置了一个非常隐秘的密码，这个密码才是解开这段诗歌的关键，这也是米沃什所说的客观写作中常用的一种修辞，我把它称为"历史对位法"。也就是诗人在对事件本来的次序进行书写时，会在一个隐秘的位置寻求历史的解释，因为在诗人看来，现实就是历史，而历史是个人存在的根本。熟悉米沃什诗作的人，会对这一点深信不疑。这也是理解张曙光写作的一个关键点，比如《1965 年》的结尾处："我们的冰爬犁沿着陡坡危险地滑着／滑着。突然，我们的童年一下子终止。"在这句诗中，历史和诗歌完成了一次准确的对位。所以，这里的童年的中止，根本不是自然意义上的中止，因为诗人前面已经交代了，"那一年，我十岁，弟弟五岁，妹妹三岁"，在自然的意义上，诗人和弟弟、妹妹仍处于童年，它只是确切地指认了"文革"的到来。

这个段落里的"历史对位法"是在最后一句中展开的，这也是诗人设置的密码。"春天，却被抛入更深的雪谷，直到心灵变得疲惫"，这句诗可以简单地理解为诗人情感的自我抒发，对一种心灵状态的自我描述，但在"历史对位法"中，它必须在 1980 年代的历史背景中才可以得到真正的理解，它关涉一代知识分子的精神走向，以及诗人对时间和未来的确认。所以当诗人写道，"被抛入更深的雪谷"，这里面就有了太多的意味。对于时间和历史，或许黑格尔一直是对的，我们一直是"理性的诡计"的玩物，历史是由亚当·斯密所说的"看不见的手"所操纵的，而非人的意志和努力，人的处境不过是历史的结果。我们一向认为，张曙光是一个虚无主义者，因为他的诗作大量描写了现代人的无聊感和空虚感，实际上他更可能是一个艾略特主义者，因为在"历史对位法"中，尤其是这种对位法所对照的是 20 世纪的灾难史，我们或者选择站在艾略特一边，或者站在马拉美一边。

> 那些老松鼠们有的死去，或牙齿脱落
> 只有偶尔发出气愤的尖叫，以证明它们的存在
> 我们已与父亲和解，或成了父亲，
> 或坠入生活更深的陷阱。

在第三个段落里，诗人的视角从"回忆"转到了"现实"，但"历史对位法"的效应仍在继续："那些老松鼠们"，以一种双关语的样子来告诉我们，在历史和时间当中，我们不过是那些短暂存在的"老松鼠"，已经死去，或者幸存下来，也不过是"偶尔发出气愤的尖叫"，而这些就是我们的存在意义。下面一句中的"父亲"一词，也是一个双关语，诗人更想要表达的是，那些我们曾经反对，曾经不齿的，甚至与之斗争的事物，也指代具体发生的事件，所以，我们也可以将之理解为诗人对 1990 年代所做的判断，或者是提前的总结。"我们已与父亲和解，或成了父亲"，也更像是一种哀悼，是对诗人的"此时此刻"的哀悼。

> 而那一切真的存在
> 我们向往着的永远逝去的美好时光？或者
> 它们不过是一场幻梦，或我们在痛苦中进行的构想？
> 也许，我们只是些时间的见证，像这些旧照片
> 发黄、变脆，却包容着一些事件，人们
> 一度称之为历史，然而并不真实

这首诗到了结尾，挽歌的味道愈发浓重。我曾在一篇访谈里，问张曙光对这个世界的期待，他回答我说："怕是又让你失望了，我对这个世界越来越不抱期望了。你最好也不要让我抱有期望，因为有了一旦所谓的期望，

最后肯定会是失望。"①在这结尾的段落,我们的确看到这种失望,也是我们必须要面对的。诗人突然置身在"生活的陷阱"中,发现生活的代价最终换来的是虚幻的回忆。最后,他以反讽的语调,将这些一笔勾销,"然而并不真实",同时也指出了生活中我们念念不忘的"缺席之物",也就是那最终的"真实",其实并不存在。

三

至此,我差不多对这首诗的每一行都给出了阐释,但这并不意味着,我们可以完整地把握这首诗作,我想,会有读者在这首诗里读到其他的意思。一首经典的诗歌,一般都会有一个开放的结构,就像一座教堂一样,每个人都可以出入,不论是信徒还是观光的游客,但却带回不同的印象。我比较欣赏布罗茨基解读诗歌的方式,他的名篇《析奥登的〈1939年9月1日〉》,应该算是诗歌文本细读的经典之作,但即使如此,对于理解奥登或者从奥登那里学习写诗而言,并不能提供最好的帮助。所以,我倾向于认为,诗歌批评是属于知识生产系统的,而诗歌写作则是与之不同的另外一个系统,批评所做的工作与弗洛伊德的精神分析有些相像,它首先是一种解释的技术,也相信在诗歌文本当中存在着一种"无意识",但无法完全捕捉。布罗茨基有一首写给洛威尔的挽歌,题目叫作《挽歌:献给罗伯特·洛威尔》,其中有一句写道:"直至闪出多余而耀眼的光芒。"这句诗描写的是箭猪金色的刺,其实用来描述诗歌的写作也是恰当的,诗歌中多余的光线,或许只有诗歌的语言才能把握。

张曙光的写作,从最初发表作品到现在,我们可以粗略地将之分为三个阶段:1981—1984年为第一个阶段,这个时期的作品带有某种神秘气质,语言端正优雅,而又略带唯美的底色,比如《月夜雪地上的玄思》《大海》《逃避》《梦》等作品,这个时期大概可以算作他的诗歌学徒期;

---

① 相关访谈可参阅张伟栋、张曙光《记忆与心灵——张曙光访谈》,《中国诗人》2009年第一卷,吉林大学出版社,2009,第33页。文字有改动。

1985—1998 年为第二个阶段，这个时期的作品大多收录在他的第一本诗集《小丑的花格外衣》中，风格成熟稳健，语言细腻而又有较强的综合能力，具有"经典式写作"的特征，他这个阶段的作品，比如《1965 年》《给女儿》《尤利西斯》《岁月的遗照》等等，流传较广；从 1999 年到现在为第三个阶段，张曙光试图完成一种更具包容性的写作，比如《蓝胡子城堡》《纪念我的外祖母》《我早年的读书生活》等作品，这些作品试图建立一种与世界相匹配的诗歌模型，从而更好地理解世界和世界对人的安排。

《岁月的遗照》虽然属于他第二阶段的作品，但我认为差不多可以算作理解他整个创作的一把钥匙，这首诗保留了他第一阶段抒情诗的某些特点，比如语言上的细腻优雅，而其中的"历史对位法"又在第三个阶段得到了发挥，尤其在他书写"个人历史"这个部分，这也是我选择解读这首诗的原因。

2013 年

欧阳江河

1956 年 9 月生于四川泸州，原名江河。下过乡，当过兵。1979 年开始发表作品。1986 年进入四川省社会科学院。1993 年 3 月赴美参加亚洲研究年会，4 月至 10 月在加州大学戴维斯分校做访问学者。在美国一直居留到 1996 年冬。1995 年赴欧参加一系列文化活动。1997 年以"写作奖助金获得者"身份居德国斯图加特 SOLITUDE 古堡半年后返国。现为北京师范大学莫言国际写作中心特聘教授。著有诗集《透过词语的玻璃》（改革出版社，1997）、《谁去谁留》（湖南文艺出版社，1997）、《事物的眼泪》（作家出版社，2008）、《凤凰》（香港牛津大学出版社，2012）、《如此博学的饥饿》（作家出版社，2013）、《黄山谷的豹》（辽宁人民出版社，2013）、《手艺与注目礼》（台湾秀威资讯科技股份有限公司，2013）、《大是大非》（重庆大学出版社，2015）、《长诗集》（江苏凤凰文艺出版社，2017）、《宿墨与量子男孩》（北京十月文艺出版社，2023）、《删述之余》（南京大学出版社，2023）；评论集《站在虚构这边》（生活·读书·新知三联书店，2001）。此外，还有中德双语诗集《速食馆》（2010）、中英双语诗集《重影》（2012）、中法双语诗集《谁去谁留》（2012）。曾获华语文学传媒大奖年度诗歌奖（2011）、十月文学奖（2015）、英国剑桥大学诗歌银叶奖（2016）、华语文学传媒大奖年度杰出作家奖（2017）、《芳草》杂志年度诗歌奖（2019）等。

时装店

从封面看不出那模特儿的腿
是染上香港脚的木头呢还是印度香
在旅途中形成的伦敦雾。海关在考虑美。
官员摘下豹纹滚边的墨镜：怎么连乌托邦
也是二手的？撕去封面后，模特儿的腿
还在原来那儿站着没动，只是两条
换成了四条。跛，在某处追上了跑。

那快嘴叫了辆三轮去逛女人街，
哦一气呵成的人称变化，满世界的新女性
新就新在男性化。穿得发了白的黑夜
在样样事情上留有绣花针。你迷恋针脚呢
还是韵脚？蜀绣，还是湘绣？闲暇
并非处处追忆着闲笔。关于江南之恋
有回文般的伏笔在蓟北等你：分明是桃花
却里外藏有梅花针法。会不会抽去线头
整件单衣就变成了公主的云，往下抛绣球？

云的裤子是棉花地里种出来的，转眼
被剪刀剪成雨：没拉链能拉紧的牛仔雨，
下着下着就晒干了，省了买熨斗的钱。
用来买鸭舌帽吗？帽子能换个头戴，
路，也可以掉过头来走：清朝和后现代
只隔一条街。华尔街不就是秀水街吗？

秧歌一路扭了过来。奇遇介乎卡其布
和石磨蓝之间，只能用一种水洗过的语言
去讲述，一种晒够了太阳的语言。
但丝绸的内衣却说着从没缩过水的

吴侬软语——手纺的，又短了两寸的风
一寸一寸在吹：没女人能这般女人。

　　礼貌刚好遮住了膝盖，不过裙摆
却脱了线，会不会是缝纫机踩得太快？
你简直就不敢用那肺病般的甩干机
去甩你的湿衬衣。皱巴巴的天空
像是池塘里捞起来似的晾在那里，
晾干之后，叠起来放成一叠。
没有天空能高过鞋带，除非那鞋
系不紧鞋带，露出各种脚趾的手电光。

　　难怪出过国的小女人把马蹄铁
往脚后跟钉。在内地，她们嫌卫生脏，
手洗过的衣裳，又用洗衣机重新洗。
但月光是肥皂洗出来的吗？要是衣裳
是牛奶和纸做的衣裳，哦要是
女人们想穿但必须洗一遍才穿。

　　请准许美直接变成纸浆。是风格
登台表演的时候了，你得选择说"再见"
还是说"不"。美貌在何种程度上是美德，
又在怎样的叫好声中准许坏？没有美
能够剩下美。因为时间以子弹的精确度
设计了时尚，而空间是纯粹的提问，被
扳机慢慢地向后扣。美留有一个括弧，
包括好奇心，包括被瞄准的在或不在，
全都围绕着神秘的"第一次"舞蹈起来。

　　而那也就是最后一次。想想美也会衰老
也会胃痛般弯下身子。夜晚你吃惊地看到
蜡烛的被吹灭的衣裳穿在月光女士身上
像飞蛾一样看不见。穿，比不穿还要少。

是不是男人们乐于看到那脱得精光的
教条的裸体？而毫不动心的专业摄影师
借助于性的冲突，使一个冒名和替身的世界
像对焦距一样变得清晰起来。但究竟是
看见什么拍下什么，不是拍下什么
他才看到什么：比如，那假钞，那钥匙？

　　突然海关就放行了。哦如果
港台人的意大利是仿造的，就去试试
革命党人的巴黎。瞧，那意识形态的
皮尔卡丹先生走来了，以物质
起了波浪的跨国步伐，穿着船形领
或 V 字领的 T 恤衫。瞧那老派
殖民主义的全副武装，留够了清白
和体面，涂黑了天使，开口就讲黑话。
那敌我不分的黑，那男女同体的黑，
没有一个人能单独晒得那么黑。

　　太阳待着像个哑巴。

1997 年 5 月 3 日于斯图加特

失陷的想象

——欧阳江河《时装店》解读

◎ 姜　涛

　　在 1990 年代的诗人群落中，欧阳江河通常被认为是一个纯技术主义的诗人，即他的价值和成就，主要体现在惊人的修辞能力上。他的诗歌技法繁复，擅长在多种异质性语言中进行切割、焊接和转换，制造诡辩性的张力，将汉语可能的工艺品质发挥到眩目的极致。这种特征一方面为他赢得了声誉，另一方面也不断成为他人诟病的口实，尤其近年来，类似的技巧被广泛模仿，而"复杂性"的追求又面临来自公众和新诗人的普遍敌意。然而，从另一个角度看，欧阳江河也是一个主题意识极强的诗人，从早期的《手枪》《汉英之间》到具有转折意义的《傍晚穿过广场》，再到这里要谈论的《时装店》，对公共生活的兴趣——政治、性、文化——一直支配着他的想象（当然，欧阳江河的诗中也常常出现一些经典的抒情性因素，但不是推动性的力量），他技艺上的翻新，往往也伴随着写作主题的扩张。因而，在挑剔"炫技过程"的同时，还应当关注这个过程是怎样发生、展示的，又与诗人特定的主题意识有着怎样的关联。《时装店》一诗，在欧阳江河的诗作中肯定不是最好的，但在解读他的诗歌特征方面，却又是最具代表性的。

　　《时装店》写于 1997 年，在欧阳江河的写作年表上，应该属于较晚近的作品之一。标题本身，就设定了一个基本的主题范围。在《89 后国内诗歌写作：本土气质、中年特征与知识分子立场》这篇著名的文章中，欧阳江河在描述 "89 后"诗歌走向的变化时，提出了一个重要的说法：近年来国内诗人笔下的场景大多具有中介性质，即哈维尔所说的介于私生活和公众生活之间的场景，比如翟永明的咖啡馆，西川的动物园，孙文波、萧开愚的小城、车站等，并且将其与以家园、麦地等所谓非中介场景为中心的写作进行比照。虽然上述场景，在不同的诗人那里，具有的内涵和实现的功能是迥然不同的，但欧阳江河还是敏锐地抓住了某种似乎出于偶然的共性，表达了一种"90年代诗歌"的独特抱负。具体到欧阳江河的这首诗，"时装店"与其说是一个实体性的场景，不如说是一种全球化时代的文化想象，诗歌并没有描述一个现实的时装店，而是在抽象的隐喻层面上，构筑了一个虚拟的存在：当代世界在本质上，就是一个时装店。

在结构上，全诗没有分节，几十行诗句一贯到底，再加上语义和意象的密度很大，转换速度又极快，由此造成了一种密不透风、眼花缭乱的阅读效果。如稍加注意，却不难发现，诗人其实用首字缩进的方式，暗中设置了九个诗歌单元，虽然并非各自封闭、独立，但在彼此的替代、衍生间，还是显出了诗歌空间的转移。

> 从封面看不出那模特儿的腿
> 是染上了香港脚的木头呢还是印度香
> 在旅途中形成的伦敦雾。海关在考虑美。
> 官员摘下豹纹滚边的墨镜：怎么连乌托邦
> 也是二手的？……

起始的一段，似乎给出了诗歌发生的场景和动机：在通过海关时，一本时尚杂志遭到检查，从杂志封面上"无名"的模特腿，诗人展开了一系列联想："香港脚""印度香""伦敦雾"三个词，首先在一种殖民主义的反讽氛围中，暗示了不同的、具有标志性的地域或文化间的相关性，"模特儿的腿"不再属于一个具体的个人，它的"无名"源自吹得地球辨不清东西南北的一体化浪潮，而"旅途"作为背景，更突出了这种"跨越边界"的印象。其后的若干诗行不过在强化这一主题，"海关"既是联想发生的现场，也是跨界之处，"海关在考虑美"一句以及随后出现的"乌托邦"一词，将对"模特儿的腿"的盘查引申了，诗歌主旨被巧妙地烘托出来：在一个跨越边界的复合空间里，一切都变得不确定了，即使是美和乌托邦这样的终极性存在。

"模特儿的腿"虽然丧失了确定的身体（身份），但并不安于无名的状态，在下面的几行，由"两条换成了四条"，静态的画面开始活动起来，向外部伸张。在这里，"跛，在某处追上了跑"一句体现了欧阳江河的典型修辞，他习惯于在一系列的对位中把玩诡辩的关联，"跛"与"跑"成为互换的动作，除造成一种反常识的悖论张力外，某种借以评价、观照生活的尺度也随之被动摇。借助"腿"这一形象的衍生，一个花花绿绿又矫揉造作的服饰世界展现于诗歌的第二段中。"逛女人街"，成为想象力运作的最佳隐喻。不用多说，"女人街"自然让人想到汇集的时尚、小巧的饰物、无聊却深奥的闲暇，以及不指向购买的目光消费。但与高级时装店相比，这里的一切又是廉价的、仿制的，没有优选的特权，恰好应对于诗人理解中的世界的本质。随后，一系列对位关系，"女性"与"男性"、"白"与"黑夜"又在被无情地玩弄，但技巧和主题发生了奇妙的交错，某种洞察力的介入，使得对位关系的颠覆和扰乱在轻巧中不失机智："满世界的新女性／新就新在男性化。"

> ……你迷恋针脚呢
> 还是韵脚？蜀绣，还是湘绣？闲暇
> 并非处处追忆着闲笔。关于江南之恋
> 有回文般的伏笔在蓟北等你：分明是桃花
> 却里外藏有梅花针法。

这一段诗行又在大幅度地转换：由"女性"联想到刺绣，又由"针脚"与"韵脚"的谐韵，将书写活动纳入与服饰世界的对照中。"你迷恋针脚呢／还是韵脚？"两个问句，其实不是在提问，而是提示读者和诗人自己，"想象"可以在"形象"间如针、如线般自由穿行，将文本世界（"闲笔""伏笔"）与服饰世界编织在了一起，恍惚间一切都只是装饰性的风格呈现。

　　从第二段结尾到第三段，作为"华彩"部分的意象"变形记"出现了，从"单衣"到"公主的云"，从"云"到裤子、剪裁以至"牛仔雨"。读者看到的，是一个意象生长出另一个意象，一个动机里变化出另一个动机，其间依靠了意象间的相似性或逻辑关系。表面上看，这里只是技艺的炫耀，欧阳江河强大的联想能力也真是让人叹服，但事实上，诗人又完成了一次空间推移：将服饰世界与自然世界进行类比，在诗人笔下，自然也不过是可由时尚、风格任意剪裁、拼凑的材料而已。这种推进方式，其实也就是整首诗的展开方式，欧阳江河不像有的诗人（如王家新）那样，通过缓慢的独白，趋近一个主题，或是自由地发展一个主题，获得意外的惊喜（如臧棣），而是在一个既定的主题层面上，穷尽想象力的可能。在这里，一种奇特的共生、同构关系发生了：诗人的想象力开始代替时尚的逻辑，君临并加工这个作为"服饰原料"的经验世界。

在第三段的末尾，诗歌空间又发生了一次转移，"帽子"——"头"——"掉过头来走"，实现了语义的过渡。"清朝和后现代／只隔一条街"一句很容易解释，前面在地域、服饰、文本、自然间建立的转移关系，推进到了时间轴上：在时尚的逻辑中，不同的时代也可任意穿越，只有一街之隔。而从"街"，诗人又搬出了华尔街、秀水街，这两个具有标志性的街名，表明地域的差异已被时尚的一体化作用替代。从某种角度说，这又是主题的重复。因而，与其说诗人是在传达一个主题，不如说在卖弄一个主题，享受它带来的诡辩的力量。如此的"伎俩"，一直持续到第六段的末尾，在各类不同的经验空间中的游走，在饶舌的把玩中，勾画出一个无所不包的总体性时尚空间。在这个空间中，自然、生活、性别、语言都抽离出来，扬弃了差异，变成可由风格任意摆布的材料。有趣的是，这一点不仅是诗人所要表达的对"时尚逻辑"的认识，同时也是诗人想象力运作的主要方式。换句话说，它既是主题的揭示，又是技巧的展演。

经过了湍急的意象流动，在第七段中，我们会发现，诗歌峻急的速度慢了下来，视觉形象也变得稀疏了，追问和讨论的口吻替代了意象的变形，成为内在的推进力。诗人开始直接检讨他的主题——美、风格、时尚——似乎到了该总结的时候了。值得注意的，是最后对"美"的解说：

> ……美留有一个括弧
> 包括好奇心，包括被瞄准的在或不在
> 全都围绕着神秘的"第一次"舞蹈起来。

美是空无的（"括弧"），只与好奇心和时间的"瞄准"（时尚的更替）有关，但这一切背后存在的是一个不能被把握、认识的神秘的"第一次"。作为本源，它抗拒时间的改写，处在想象力之外，没有人能消费，却又暗中左右着一切。更重要的是，这个"第一次"在诗里没有被形象化，只是一个抽象的存在，但在"她"周围环舞的世界，却沉沦到形象之中，只能在替换中找寻瞬间的快感。这一行，似乎引入了一种超越性的形而上话语，表达了一种本体性的思考。但从写作的角度看，其实，它还是修辞性的，目的与整个第七段一样，在于引入一种玄想的因素或语调，来中和前面的密度和速度，提供一种语义上的缓冲，也由此与超级市场般的时尚世界拉开一定的距离，形成些许的反思、批判，即便只是轻描淡写的一笔。

但诗人还是忍不住让"美"肉身化，从"美"也会衰老开始，一位女士的形象最后出现了——她在历史的封面上，虽柔弱依旧，却已是多病之体："想想美也会衰老／也会胃痛般弯下身子。"借助一个悖论，"穿，比不穿还要少"，诗歌视角发生了有趣的变化，具体而言，前面的几段诗行都是以女性为中心的，在时尚中，她们既是主宰，也是奴隶。但这里，一种男人观看的视角出现了：

> 是不是男人们乐于看到那脱得精光的
> 教条的裸体？而毫不动心的专业摄影师
> 借助于性的冲突，使一个冒名和替身的世界
> 像对焦距一样变得清晰起来。但究竟是
> 看见什么拍下什么，还是拍下什么
> 他才看到什么

色情的因素，起到了一种黏合的作用，"看"最终也不是主动的，也是受摄影镜头支配的。在时尚的世界中，没有了施动者，对世界的认识取决于"拍"的角度。最后一段，"海关就放行了"，最初的场景重新浮现，让诗歌首尾有了意味深长的照应，刚才的一切，不过是某种"停顿"中的浮想联翩。在处理现实经验的当代诗歌中，往往会出现这样一种类似的"时

刻"。在这一时刻,现实的法则和生活秩序突然终止,另外一个世界顿悟式地出现。在张枣、多多等诗人那里,这个世界可能是一个自主的、神秘的世界,与某种脱序后存在的领悟相关。在某种意义上,欧阳江河也采纳了这一模式,但把"一刻"变成了一个庞杂的联想世界的入口。而且,当"现实"回复,海关放行,他的联想仍没有中断:"港台人的意大利是仿造的,就去试试 / 革命党人的巴黎。瞧,那意识形态的 / 皮尔卡丹先生走来了……"纷至沓来的名词,正好与通过海关中匆匆走过的各色人等对应,形成一种视觉上的可感性。在此处,我们会发现,诗歌中真正的中介性场景是海关,是各种政治、语言、人种汇集之处,在跨越或穿行的边界,风格上的仿制决定了一切,海关成了时装店的替换物,时尚不仅瞄准了美,伴随着也同样左右了政治生活和殖民的历史。这些不相关的事物,迈着"跨国步伐"向前席卷一切,不可阻挡。

黑与白,是全诗抛出的最后一项对位:在这里,显然指称着一种肤色上、人种上的差异。如果将"黑"与殖民主义的文化内涵联系起来,可能的解释是:"白"对"黑"的殖民,只是老派的文化逻辑"清白"又"体面"的往事,当"黑皮肤"成为一种风行的健康时尚,"黑"与"白"之间的老关系被新的时尚同一性取代,而且这"黑"的时尚是集体性的、强制性的,泯除了背后实际的种族差异的,更与自然的本质无关——"太阳",被晾在一边,成了一个无能为力的哑巴。

由上面的解读可以看出,《时装店》一诗,在主题意识上并不复杂;相反,在一个庞杂的时尚世界,所有事物都脱离了自然的归属,卷入一个不断替换、流动和复制的全球化旋涡,正是当前许多文化批评关注的问题。但欧阳江河的特殊之处在于,他不仅在诗中谈论了自己的主题,而且在想象力上不断回应、验证它,诗歌中意象的彼此推进、互换,对位关系的不断把玩,所遵循的正是时尚的法则。他的技巧像是从主题中分泌出来的,而诗歌的主题也最大限度地修辞化了,二者互为表里,难以区分。似乎可以做如下假设:在一个由时尚逻辑支配的总体化世界中,即使是作为批判力量的诗歌想象,也难逃时尚逻辑的渗透。一方面,诗人检讨着这个世界,另一方面,他又戏仿着这个世界,享受其中无穷的乐趣。这种暗中的"共谋"关系，从伦理的角度看，自然可以成为责难的口实，但诗人的创造力却不会黯然失色，因为他的职责不在于提供清晰的道德观，在风格的探索中，把想象的含混和尴尬展示在世界面前，反而可能更是他的优长所在。无论是"中介性"场景的凸显，还是对"时尚世界"的翻检，道德的、历史的关怀更类似于一个活塞，为封闭在"修辞成规"中的语言活力启动一条出路，激活一个舞台，满足想象力的热情。在这个意义上，《时装店》中的"花花世界"并不是诗歌的"宾词"，它或许只是一个"状语"，真正的主语和宾语都是"写作"本身，虽然作为某种质询的力量，其位置仍暧昧不明。

宋 琳

1959年生于福建厦门。1983年毕业于华东师范大学中文系。1991年移居法国，曾就读于巴黎第七大学远东系，先后在新加坡、阿根廷居留。长期担任《今天》文学杂志诗歌编辑、《读诗》与《当代国际诗坛》编委。2003年以来受聘于国内几所大学执教。现居大理，专事写作与绘画。著有诗集《城市人》(合集，学林出版社，1987)、《门厅》(北岳文艺出版社，2000)、《断片与骊歌》(法国MEET出版社，2006)、《城墙与落日》(法国巴黎Caractères出版社，2007)、《雪夜访戴》(作家出版社，2015)、《告诉云彩》(台湾秀威资讯科技股份有限公司，2015)、《口信》(江苏凤凰文艺出版社，2016)、《宋琳诗选》(太白文艺出版社，2019)、《兀鹰飞过城市》(北京联合出版有限公司，2021)、《〈山海经〉传》(华东师范大学出版社，2021)；随笔集《对移动冰川的不断接近》(北京邮电大学出版社，2014)、《俄尔甫斯回头》(北京大学出版社，2014)。编有诗选《空白练习曲》(合作，牛津大学出版社，2002)。曾获得鹿特丹国际诗歌节奖(1990)、《上海文学》奖(1987、2000)、东荡子诗歌奖(2014)、昌耀诗歌奖(2018)、南方文学盛典"年度诗人"奖(2020)等。

夜　读

月亮的船桨划过墙壁
空中弥漫梦幻之蓝
书房像轻轻合起来的巨蚌

海豚说着我听不懂的语言
把自己举出水面。高高的水柱
击碎群星变幻的字母
醉人的、形而上的亮光涌入
头颅，一些奇异的黑矿物
唱起元素之歌

今夜，飞鱼撞击钢板的声音
响彻世界。而我仿佛置身水底
仿佛一个幸福的幽灵

1992 年巴黎

"海豚说着我听不懂的语言"

——宋琳《夜读》试析

◎ 颜炼军

一

近四十年来，当代汉语诗人写下了大量优秀作品，其中不乏杰作，但由于种种原因，当代读者却对它们相当陌生。古人诗云"只缘身在此山中"，我们对自己时代的认知，反而最破碎、最不清楚。好作品不但需要认证和阐释，也需要足够的参照，才能确定。经典作品被无数前人认证过，代表文明和文化的积累，读经典为的是温故而知新；而面对当代作品，尤其是那些依然在书页间沉睡的作品，则需拨开浮蔽，法眼识之。判断很难，但也是考验批评能力的时机，因为没有"权威"意见的干扰。宋琳写于 1992 年的这首《夜读》很少被注意，却值得细读。

这首诗节奏舒缓，字词句之间回旋着隐约而轻盈的共鸣，当然，也弥漫着意义的迷雾，简言之，它与日常语言有明显区别。读汉语古诗时，其形式告诉读者这是诗；现代诗除了分行，或遵循特定诗体形式（比如十四行诗）之外，常常也有隐蔽的形式设计，让读者直觉这是诗，而不是简单的散文分行。比如面对这首诗，细心的读者一定会发现其中镶嵌着许多同韵字，如下表所列：

	ang	an	u	i	ing	e	ong
第1行	亮、桨、墙	船		壁			
第2行		漫、幻、蓝					空
第3行	房、像、蚌		书		轻		
第4行		言			听		懂
第5行		面	柱	己			
第6行		幻	母	击	星		
第7行	亮、光		入		形		涌

	ang	an	u	i	ing	e	ong
第8行			颅、物	一、奇、异			
第9行	唱	元	素	起			
第10行		板		击		夜	
第11行	响		佛	底	界		
第12行	仿		福		幸、灵		

上表列出的这些字，明显地影响着诗的阅读感，它们生成了独特的听觉效果。其中有些是诗人精心安排，有些则可能是诗人写作过程中的语感所致。全诗共四节，每节三行，各节内容上相对独立，而几组同韵字形成的内部音调，让疏离的诗节之间形成音响上的呼应；不同的韵之间此起彼伏，回环交响，进而促成全诗的金声玉振。总之，这些字在节奏、音调和想象力上帮助了诗歌主题的实现。

初步辨明诗的音响特征后，再看诗的主题，就更有滋味。标题之外，哪些词表明这是一首关于"夜读"的诗？细察之，全诗始终不直接写读书，而是以看似无关之动作或意象来替代。这有点像悬疑小说里的密码设定和破解，比如 A 给 B 传递了六位阿拉伯数字，只有他俩知道数字跟某本书相关：头两位数字代表该书页码，中间两位数字暗指该页第几行，最后两位数字默示该行第几个字。这一隐藏的规则，甚至是一次性的。诗歌写作有时也类似密码编写，用看似无关的词语或物象蕴藏想要表现的意思。但不同的是，读者可根据某种文化公约领悟其中的替代原则。"替代"其实是一种普遍的语言现象，无论用一物替代另一物，还是以某人或某物的局部特征来指代其整体，不一样的替代逻辑和替代者代表不同的语用意图。相较而言，诗歌比日常语言更专注于这类替代游戏，诗人常常思考如何以独特的替代规则，与读者达成诗意的默契，有时甚至以发明新的替代游戏为目的。

在这首诗里，首先进入读者视野的是大海："我"在海底，被船桨、巨蚌、海豚、飞鱼等事物环绕。诗人想用这些替代物来告诉读者，此"夜读"非等闲之夜读，诗人的处境也非同一般，总之，诗人有特殊的表达目的。这很像某些日常的语言策略，比如某君给恋人写信，会想方设法以言辞打动对方；再比如，一个政治家发表演说时，需考虑如何达到最好效果。一首好诗，同样包含表达的策略，它用尽可能少的语言，完成词语表里的意义组装，它要具备神奇的言语光晕和能量，才能与不同读者乃至不同时代的读者形成共鸣。质言之，一首诗不可能只表达字面意思，各种花样的替代，目的正是突破日常语言或字面意义圈禁。

二

　　第一节第一行给读者展现了夜晚的情景。"船桨"暗示月亮是缺的，以残月喻船，船桨是月光之喻。月光照壁，月影斑驳，徐徐移动，恰如船桨轻轻"划过"。由此可想见主人公处境：孤寂之人才会留意月亮的轻轻走动。诗人的意思似乎是残月之光照进主人公的书房，但他却说"月亮的船桨划过墙壁"，因为后者包含更丰富的信息。第一，在汉语文化里，月亮不圆，暗示主人公"我"可能在旅途中（诗尾显示：这首诗1992年写于巴黎）。无数古诗名句像"露从今夜白，月是故乡明""今宵酒醒何处？杨柳岸，晓风残月"等等，都是写羁旅离愁，而船在海上漂泊的形象，也加强了此意。第二，汉语古诗文里的月亮，也是打破室内封闭感的常见意象。比如李白《玉阶怨》云："却下水晶帘，玲珑望秋月。"从院子回到室内的寂寞女性，透过水晶帘望见秋月，因此说"玲珑"；而此月可能也正在被远方被思念的人看。个体情感被客观化，如冷寂秋月置于天地之间。

　　"空中弥漫梦幻之蓝"，这应是一个很美的夜晚。欧洲空气污染少，夜晚弥漫的蓝，恰似无边大海，也如羁旅梦幻。"书房像轻轻合起来的巨蚌"，这个比喻奇异，却可解。诗歌写室内时，常会构置连通室外的修辞。就像房间都需要窗户，即使无窗户也会放一面镜子。朋友室内饮酒闲聊，亦喜坐近窗户，恰如陶诗之云"有酒有酒，闲饮东窗"。读书逐渐专注，与世界逐渐疏离，有点像巨蚌慢慢合起来的过程。每一间书房，都需闹中求静，需要"合"起来。另外，把书房比喻为海底的巨蚌，再次表明隔离故土的漂泊状态，因为大海就是无限流动漂泊的象征。

羁旅之夜是汉语文学的常见主题，比如杜甫名作《旅夜书怀》："细草微风岸"写岸上的微动，"危樯独夜舟"写夜栖孤舟，二者皆有摇动之感，合起来就是漂泊的孤苦。杜甫的伟大之处在于，他旋即转到宇宙意象："星垂平野阔，月涌大江流。"天地之大美超越了前一句里个体的消极情绪。接下来的"名岂文章著，官应老病休"，直接表达不遇的悲愤，末了再次荡开，写"飘飘何所似，天地一沙鸥"，眼前似乎真有一只沙鸥在天地间飘飞，但沙鸥又是对诗人自身状态的隐喻。总之，微风、河岸、星辰、月亮、沙鸥等有序的客观物象群，与诗人自身处境形成了微妙的博弈关系。宋琳此诗里也有类似结构：月亮、弥漫之蓝、海底、海豚、群星、飞鱼和书房中人，其间编织着宇宙整体与个体处境之间的张力。在宇宙整体的参照下，个体才能觉察爱恨情仇、悲欢离合、文章仕途等彻骨的虚无；而虚无又以宇宙万物的玄妙与美丽安慰着个体，天地因此有无言之大美。诗歌对作为个体处境象征的书房或室内空间的处理方式，常常有近似的逻辑。比如当代诗人陈先发的短诗《不可多得的容器》，也是写书房：

> 我书房中的容器
>
> 都是空的
>
> 几个小钵，以前种过水仙花
>
> 有过璀璨片刻
>
> 但它们统统被清空了
>
> 我在书房不舍昼夜的写作
>
> 跟这种空
>
> 有什么样关系？
>
> 精研眼前事物和那
>
> 不可见的恒河水
>
> 总是貌似刁钻、晦涩——
>
> 难以作答
>
> 我的写作和这窗缝中逼过来的
>
> 碧云天，有什么样的关系？

多数时刻

我一无所系地抵案而眠

2016 年 1 月

这首诗写的是诗人在书房的工作状态。书房有几个空钵，原先种过水仙花，后来都清空掉了，因此说它们"有过璀璨片刻"。"璀璨"一般形容发光体，比如星辰、烟花等，用璀璨来形容水仙花，是用视觉的激动与鲜明，来比喻花带给室内的香味和生机。面对这般精细的表达，读者自然地会联想其深层寓意：诗人以前写过一些好诗句，为此兴奋过，但它们却无助于解决诗人此刻的写作之"空"，所以才说"书房中的容器都是空的"。空的容器，似乎是被诗人用旧的词语，恰如英国现代诗人 R. S. 托马斯所言："形容词累了，/ 动词犹豫不决，只有事实 / 依旧新鲜，破土而出。"[①] 但机警的诗人假装要推翻读者自然联想到的暗喻："我在书房不舍昼夜的写作 / 跟这种空 / 有什么样关系？"然后再抛给读者一个更圆满的暗喻："精研眼前事物和那 / 不可见的恒河水。"精研眼前事物，像工匠做手艺活，像作家磨砺语言。"不可见的恒河水"是关于远方的隐喻，恒河在印度文化里有特别隐喻，它是圣洁之河，是生命源泉，它既有"逝者如斯夫"的意味，也是关于无限的隐喻。"精研眼前的事物"是室内的工作，而"那不可见的恒河水"则像"星垂平野阔，月涌大江流"，是宇宙意象。"总是貌似刁钻、晦涩——/ 难以作答 / 我的写作和这窗缝中逼过来的 / 碧云天，有什么样的关系？"这几行不仅继续了前面假装的质疑，也再次展示了室内与室外、个体卑微工作与远大世界的关系。总之，"璀璨片刻""恒河水""碧云天"这三个细节相互呼应，让这首诗包含了一种室内外的联通形式，远近取譬，于是乎个体与无限、过去未来与此刻汇聚于此。就此而言，陈先发这首诗与宋琳的诗，可以说具有某种同构性。

宋琳诗里的"蚌"字很关键，需重点解释。"蚌病成珠"常用来比喻优

---

① [英]R. S. 托马斯：《R. S. 托马斯晚年诗选：1988—2000》，程佳译，重庆大学出版社，2014，第 569 页。

秀作品的坎坷孕育过程。比如刘勰《文心雕龙·才略》云："敬通雅好辞说，而坎壈盛世，《显志》《自序》，亦蚌病成珠矣。""巨蚌"之喻暗示读者，诗人把自己去国离乡的处境，比喻为正在孕育珍珠的蚌，换言之，诗人试图把艰难的生活处境，转换成关于写作的隐喻。诗人的时代和世界，具象成为一个巨蚌，按纪伯伦的话说，这个蚌就像一座巨大而痛苦的庙宇；而诗歌则像其中正在被孕育的珍珠。珍珠以其纯粹，包含和消化了复杂的痛苦。

第二节三行诗的视角特别值得注意。"巨蚌"书房在海底，所以在"我"的上方，可以听到"海豚说着我听不懂的语言"，可以看到海豚"把自己举出水面。高高的水柱／击碎群星变幻的字母"。为何是"击碎群星变幻的字母"？水面可能是平静的，但"巨蚌"里的观看者抬头看见海豚往上喷射水又落下，水面的涟漪，让本来透过水可看到的清晰的群星影像破碎了。在梦幻之蓝里安静夜读，如聆听万籁；而字母之破碎，如空山叶落，如突破言筌，也是对阅读之茫茫静夜的譬喻。

海豚这一形象很别致。"海豚说着我听不懂的语言"，可能暗指诗人刚到国外的语言隔阂。海豚很聪明，可视为海洋文明的象征，或者说被1980年代以来的中国知识分子大量阅读的西方的象征。诗人进入所阅读和向往的文明，一时听不懂或难以融入，这是一种身份上的孤独和尴尬。当然，海豚也可以理解为诗人写作身份的象征。据说海豚可迅速对险境作出反应，并形成避险方案，这里包含了诗人的自我勉励和期待。从古至今，中国常识体系里缺乏海洋知识，汉语诗人也很少细写海生动物，但在这首诗里，宋琳对海豚的书写却有其精思细虑。事实上，后来的诗人宋琳因为各种机缘，渐渐成为一个诗人旅行家，有机会接触到各种域外文化，细读宋琳后来的作品，可见其写作取材广阔。

到第三节，诗歌视角发生变化。上节从水里望天空，写水柱击碎群星变幻的字母，到这一节则从上往下，写"形而上"的亮光从上方涌入头颅。"一些奇异的黑矿物／唱起元素之歌"，此句微妙，从字面看，似乎是由于光芒涌入头颅，头颅里的一些奇异矿物因此唱起了元素之歌，恰如夜读至酣引起玄览与遐想。"形而上"和"元素"两词为诗眼。"形而上"有两个来源：《易经》的"形而上者谓之道，形而下者谓之器"；"形而上学"是亚里士多德一本书的汉译名。亚里士多德认为学问大致分为两种：一种是关于我们眼见之物的学问，亚里士多德称之为物理学；另一种是关于超验、本质的学问，亚里士多德称之为"物理学之后的学问"，近代日本人翻译亚里士多德时，恰切地用了《易经》里的"形而上"这个词。"黑矿物"之"黑"，不仅是矿物的颜色，也意味着看不清，而亮光涌入之后就被看见了。语言照亮了被隐蔽的事物，让它们唱起元素之歌。"元素"一词的最初含义是构成物质的基本单位，不但与关乎本质和规律的"形而上"有某种对应，也另有深意：比如不同元素构成一个杯子，但因为这些元素形成了某种因缘，杯子才不会裂开、燃烧或消失不见，所以这个杯子也可以说是一首元素之歌。任何物从本质上看都是形而上与形而下、器与道的合一，都是元素之歌。由是观之，"元素之歌"乃是事物微观的歌唱，事物的沉默中，都有一支休眠的、沉醉的元素之歌，它吐纳宇宙的浩大，也抱守自身的微妙。诗歌的首要功能，正在于命名或聆听事物包纳巨细的歌唱。另外，汉语里"元"为起始之意，"素"乃本真状态。《论语》里孔子说"绘事后素"，意思是任何彩色绘画都有赖于一个朴素的、纯色的底板。总之，"元素之歌"可以引起丰富的语义联想。

最后一节里，前面隐藏的"夜读"之意渐渐浮现。"今夜，飞鱼撞击钢板的声音／响彻世界。而我仿佛置身水底"，终于说出"仿佛"，"海底"与之前"海豚"和"元素之歌"等相关意象缝合。飞鱼是很特别的鱼，它的鱼鳍很大，每当遭遇强敌比如鲨鱼的吸食时，能飞很快很远。飞鱼有趋光性，夜里看见光就会飞上去，诗里写它们撞击钢板，正是因为船上有光。

回顾全诗，诗人似乎有明确的空间设置。第一、二节，主要方向是从下至上，第三、四节主要是由上往下。感官重心上也有设计：第一、三节偏于视觉，第二、四节偏于听觉。时间上，全诗有一种不知今夕何夕之感。沉迷的夜读，夜蓝如海似梦，残月之舟漂泊，时间模糊，感官放开，世界幻变着。

三

　　飞鱼是逃生者，趋光者，甚至会殒命于勉强的飞翔，它们根本上不是飞鸟，只是飞鸟的模仿者，它们沉重的飞翔已经包含死亡。这首诗末句"而我仿佛置身水底／仿佛一个幸福的幽灵"，散发着死后复活的气息，有内敛的英雄主义气质。无论在古希腊还是中国，英雄往往能以某种形式复活。

　　"幽灵"一词值得细察。汉语古典诗里这个词似乎不常见，却多"幽人"之说。唐代诗人韦应物有首很美的诗，写秋夜怀想友人："怀君属秋夜，散步咏凉天。山空松子落，幽人应未眠。"（《秋夜寄丘二十二员外》）"幽人"一词很美，指山中隐居修道的朋友。苏东坡贬黄州期间也有"时见幽人独往来"（《卜算子·黄州定慧院寓居作》）的句子，东坡此句里的"幽人"，可能是隐居者，也可能是夜间看到人，恍惚如幽人一般。西方关于"幽灵"最有名的比喻，是《共产党宣言》第一句："一个幽灵，共产主义的幽灵，在欧洲游荡。"在莎士比亚悲剧《哈姆雷特》里，老哈姆雷特幽灵出现的场景描写，有一种哥特式的恐怖之美，也非常迷人。简言之，幽灵主要有三层意思：一是离群索居的人，二是已死之人的灵魂，三是一种顽强而隐蔽的存在。诗人为什么觉得自己像幽灵？作为流亡国外的诗人，初入西方文化世界，俨然离群索居——张枣在《跟茨维塔伊娃的对话》一诗里用过"幽人"一词，"你再听不懂我的南方口音；／等红绿灯变成一个绿色幽人"，亦涉及"听不懂"的漂泊处境。漂泊者的过去正在死亡，而"现在"尚未诞生。诗人携带母语而行，有某种文化使命感，堪称顽强的存在。

　　因此"幸福的幽灵"既是反讽，也有强打精神，自我勉励之意。正如宋琳在一次采访中所讲："旅居的孤独，长期的孤独中养成的与幽灵对话的习惯，最终能否在内部的空旷中建立一个金字塔的基座，譬如，渐渐产生一种信仰的坚定？"[1]在给友人的信里，他也表达了类似的意思："域外

---

① 宋琳：《俄尔甫斯回头》，北京大学出版社，2014，第280页。

的写作就仿佛在跟隐身人交谈，那个隐身人是多重声音的替身，既是异质的，又是同源的。重要的不是弄清楚他是谁，而是把已经开始的交谈继续下去。"①宋琳曾细谈过他刚出国时的状态，下面这段话可帮我们更好地理解他诗里"幽灵"：

> 我是 1991 年 11 月 11 日抵达巴黎的。这天正好是第一次世界大战停战纪念日，下着绵绵秋雨，我的妻子怀着身孕到机场接我。她是法国人，我们在上海认识近一年后结了婚，她当时还在巴黎高师读书。我移居法国主要是个人原因，当时的环境对我确实很不利，几乎没有别的选择。当时我虽然回到学校，但被取消了讲课的资格，这种境遇让我觉得有机会去一些陌生的国家，结识当地人和不同的文化，这是一种幸运。
>
> 异乡生活在我心理上的影响之大一言难尽，它是始料未及的，我感受到巨大的文化差异。在抵达的最初兴奋过去之后，问题也就真正出现了。由于与过去生活的无限期阻断，对于写作而言随之而来的便是失语症，不仅因"异乡物态与人殊"使然，还有阻隔与漂泊造成的"此恨绵绵无绝期"的那种挥之不去的孤寂与焦灼。②

苏联诗人布罗茨基对"流亡"有一段经典描述，跟宋琳诗里的"巨蚌"可以视为同构：

> 一位流亡作家，就像是被装进密封舱扔向外层空间的一条狗或一个人（自然是更像一条狗，因为他们从来不将你回收）。而这密封舱便是你的语言……我们称之为"流亡"的状态首先是一个语言事件，即他被推离了母语，他又在向他的母语退却。开始，母语可以说是

---

① 宋琳：《俄尔甫斯回头》，第 129 页。
② 同上书，第 252—253 页。

他的剑，然后却变成了他的盾牌、他的密封舱。①

前面讲过，宋琳《夜读》一诗把夜读的处境比喻成海底，也暗指他置身于海洋文明或欧洲文明。从《荷马史诗》到史蒂文森的通俗幻想小说《金银岛》，欧洲文学以海洋故事为大宗，我们甚至猜测：主人公夜读的书，就是一本海洋故事？许多旅居欧洲的当代汉语诗人都写过漂泊的痛苦，比如张枣 1992 年的诗《夜半的面包》写下了令人惊心的场景：

> 十月已过，我并没有发疯
> 窗外的迷雾婴儿般滚动
> 我一生等待的唯一结果
>
> 未露端倪。如果我是寂静
> 那么隔着外套，面包也会来吃我
>
> 是谁派遣了这面包
> 那少年是我，把自行车颠倒在地
> 当他的手死命地摇转脚蹬
> 我便大吃那飞轮如水的肌肉
>
> 是谁派遣了灾难，派遣了辩证法
> 事物鸡零狗碎的上空
> 死人的眼睛含满棉花
>
> 我会吃自己，如果我是沉默

---

① ［美］约瑟夫·布罗茨基：《悲伤与理智》，刘文飞译，上海译文出版社，2015，第 33 页。

张枣此诗奇特而惊悚，这"夜半的面包"到底是什么？十月、迷雾、夜晚、寂静、外套、面包等构成的现实情景，与少年、自行车、飞轮、肌肉等之间奇异的联想方式，到结尾"我会吃自己"，把夜晚的孤寂和痛苦，转化为修辞上的强力。漂泊与否，各有痛苦。漂泊途中，异文化的刺激，孤独的处境，对于诗歌也许是好的，这是艺术残酷的一面。无论如何，对一个诗人来说，最大的事，最困难的事，是把体验或经验转换成作品，正如德语诗人里尔克所说：

> 为了一句诗，我们必须去看很多城市，很多人，很多事物，必须了解动物，必须感觉鸟儿如何飞翔；必须知道每朵小花在清晨绽放时的姿态。我们必须能够回想起那些在异乡走过的路，回想起那些不期的相遇和早已预见的离别。必须能够回想起那些懵懂的童年时光，回想起我们不得不惹其伤心的父母，他们带给我们一种欢乐，而我们却不理解这种欢乐（那是一种对于另外一个人而言的欢乐），回想起童年的疾病，病症总是离奇地发作，带来那么多深刻而沉重的变化，必须能够回想起在安静沉闷的小屋里度过的那些日子，回想起海边的早晨，回想起海本身，回想起所有的海，回想起旅途中万籁寂静、繁星点点的夜晚。而就算是能够想起所有这些也还不够，还必须回想起许许多多爱情的夜晚，每一个夜晚都与另一个不同，回想起女人临产时的叫喊和分娩后柔弱、苍白的熟睡。还必须陪伴过临死的人，必须曾经坐在死去的人身旁，在敞开的窗口边聆听一阵阵时有时无的嘈杂声。而仅有回忆也还是不够，如果回忆太多的话，我们还必须能够忘却，并且怀着极大的耐心，静静地等着它们再次到来。因为记忆本身并不真正地存在。直到它变成我们身体里的血液，变成我们的眼神和神态，无名无状地和我们自身不可分离的时候，才会出现一种情形，就是在一个罕见的时刻里，一行诗的第一个单词从它们中间浮现，而后脱颖而出。[1]

---

[1] ［奥］里尔克：《布里格随笔》，徐畅译，载李永平编选《里尔克精选集》，北京燕山出版社，2005，第329—330页。

四

夜晚是作家钟爱的主题，现代以来犹然。夜晚让人回到一种松弛的、反思的、玄想飘逸的状态，的确有如幽灵。如鲁迅所言："人的言行，在白天和在深夜，在日下和在灯前，常常显得两样。夜是造化所织的幽玄的天衣，普覆一切人，使他们温暖，安心，不知不觉的自己渐渐脱去人造的面具和衣裳，赤条条地裹在这无边际的黑絮似的大块里。"（《夜颂》）裹在大块里，意味着夜晚也有法国哲学家巴什拉说的那种梦幻气质："当一个梦想者排除了充斥着日常生活的所有'忧虑'，摆脱了来自他人的烦恼，当他真正成为他的孤独的构造者，终于能沉思宇宙的某种美丽的面貌而不计算时间时，他会感到在他的身心中展现的一种存在。一刹那间，梦想者成为梦想世界的人。他向世界敞开胸怀，世界也向他开放。"①

作家夜晚工作的兴奋、孤独、劳累以至枯索和疯狂，常见诸文字。我们只需看看卡夫卡的夜的独白就够了："今晚在写作中不觉又到了夜深人静的时候……我常常在想，对于我来说，最好的生活方式也许是一个人呆在宽大而又幽闭的地下室里最靠尽头的一间小室，只身伴着孤灯和写作用的纸笔。吃的东西叫人给我送来。让地下室的大门的启闭老是离我远远的。我唯一的散步就是穿着睡衣，经过地下室里一个一个的拱顶去取别人给我送来的饭食。然后很快回到自己的书桌旁，一边默思一边慢慢地用餐，然后马上又拿起笔来写作。那我将会写出什么来啊！我会把我内心最深处的东西都写出来！而且毫不费力！因为最高度的集中就不知道什么紧张了。不过我也许不能这样坚持太久，也许在这种情况下一开始我就会遭到不可避免的失败，而这必然会导致我神经错乱。"②许多诗人写过有关夜读的诗。俄国诗人曼德尔斯塔姆的《失眠。荷马。高张的帆。》，写的是夜读《荷马史诗》：

---

① ［法］巴什拉：《梦想的诗学》，刘自强译，生活·读书·新知三联书店，1996，第217页。
② ［奥］卡夫卡：《致斐丽斯》，刘小枫译，载刘小枫编选《德语诗学文选》下卷，华东师范大学出版社，2006，第267—268页。

失眠。荷马。高张的帆。
我把船只的名单读到一半：
这长长的一串，鹤群似的战船
曾经聚集在希腊的海面。

如同鹤嘴楔入异国的边界——
国王们头顶神性的泡沫——
你们驶向何方？阿卡亚的勇士，
倘若没有海伦，特洛伊算得什么？

哦，大海！哦，荷马！爱情推动一切。
我该听谁诉说？荷马沉默无言；
黑色的大海发出沉重的轰鸣，
喋喋不休地来到我的枕畔。

（汪剑钊译）

俄国作家有特别的古希腊情结。因为俄国的部分文明继承了东正教，而东正教长期是以希腊文为主的基督教分支。公元4世纪东、西罗马帝国分开之后，基督教渐渐分为拉丁语天主教和希腊语东正教。后来的俄国接受的是东正教，沙俄甚至自认为是拜占庭帝国的继承者。读俄国诗人的作品，无论普希金、曼德尔斯塔姆还是布罗茨基，都能看到他们笔下大量的希腊题材。这首诗，在失眠夜读与荷马史诗中的大海之间，建立起非常精妙的共振关系。诗人对标点符号的使用，也堪称绝妙，第一行里的三个句号，令人难忘。美国现代诗人史蒂文斯也写过一首《夜读》：

彻夜我坐着读一本书，
我坐着，读着，仿佛置身在书的
庄严的纸页中。

这是秋天，星星坠落，
覆盖那些匍匐在月色中的
皱巴巴的形体。

我的夜读无灯陪伴，只有
一个声音在嘟囔"万物
回归冰冷，包括

那些麝香葡萄串，
甜瓜和光秃秃园圃里
红亮的梨"。

庄严的书页没有字迹，只有
焚烧的星星的痕迹
密布在霜天里。

（张枣译）

这首诗很精美，有神秘感。夜读与宇宙天地融为一体：围绕着夜读者的"秋天"、"月色"、"果园"、"回归冰冷"的"万物"、"焚烧的星星"、"霜天"等，似乎是庄严书页的宇宙化。

中国古人写夜读也很有意思，比如宋人蔡沈，他是朱熹的弟子，一个理学家，流传的诗不多，但他的《夜读苏州诗》一诗写得好："夜读苏州诗，襟怀尽冰雪。飘飘关塞云，微微河汉月。秋兰南窗前，清香静中发。怀我千载心，岁晚更幽绝。"苏州指代中唐诗人韦应物，因他在苏州当过刺史。蔡沈这首诗，风格上与韦应物一些诗接近。与史蒂文斯一样，蔡沈也写到香气："秋兰南窗前，清香静中发。"跟上面列举的诗相似，空间维度上，此诗亦在阅读情境里置入宇宙形象，写到月亮、云、河汉、星辰，"飘飘关塞云，微微河汉月"，这与史蒂文斯诗里面写宇宙意象的方式可视为同构。时间维度上，夜读者感慨的"千载心"，一是因"生年不满百，常怀千岁忧", 一是欣喜于古今之共鸣, 曼德尔斯塔姆与荷马史诗的共鸣, 就是千载心。"岁晚更幽绝", 读书至深夜, 倍感幽静孤独, 这与宋琳笔下的"海底幸福的幽灵", 与曼德尔斯塔姆笔下"喋喋不休地来到我的枕畔"的大海, 与史蒂文斯笔下嘟喃的天籁, 可视为诗歌对读写之夜的静默与汹涌的不同呈现。

孙文波

1959年12月生于四川成都。童年曾在陕西华阴农村生活，在成都读完中学。1973年到农村插队。1976—1978年在陕西等地服兵役。1979年退役，当过工人、编辑、记者。1985年开始诗歌写作，1986年开始发表作品。1990年以后亦从事诗歌批评的写作。著有诗集《地图上的旅行》（改革出版社，1997）、《给小蓓的俪歌》（文化艺术出版社，1998）、《孙文波的诗》（人民文学出版社，2001）、《与无关有关》（重庆大学出版社，2011）、《新山水诗》（人民文学出版社，2012）、《马峦山望》（台湾秀威资讯科技股份有限公司，2015）、《洞背夜宴》（中国艺文出版社，2019）、《长途汽车上的笔记》（长江文艺出版社，2020）、《洞背集成》（自印，2022）；文论集《在相对性中写作》（北京大学出版社，2010）；诗学笔记《洞背笔记》（长江文艺出版社，2019）。曾主编《当代诗》，与萧开愚合编《九十年代》《反对》，与萧开愚、臧棣主编《中国诗歌评论》。1998年6月受邀参加第29届荷兰"鹿特丹国际诗歌节"，2002年参加德国柏林文学馆"中国文学节"。曾获首届刘丽安诗歌奖（1996）、珠江诗歌大奖（2009）、首届畅语诗歌奖（2011）。

窗前吟

我可以坐这里一天时间看，
看没有风景；太阳左边移右边，
枯树明亮转黯淡。早年我也看，
一双眼睛盯住太多事，还有物；
心中起波澜。现在我不看那些，
我等着太阳落下，看不看。

2003

向　晚

◎ 秦晓宇

　　萨义德在与《知识分子论》的中译者单德兴对谈时提到，他正在写一本书，探讨所谓"晚期风格"，即艺术家在艺术生涯最后阶段的风格。当时萨义德亦处于自己的"晚期"，这令我对这部被轻描淡写提及的著作，充满期待和想象。

　　晚期大概会始于厌倦，对早年及周遭喧嚣的厌倦，对娴熟的厌倦，并伴以某种"尽头"之感。《窗前吟》这首小诗是孙文波 2003 年的作品。枯燥，或者说一种近于佛教精神的空寂，是该诗的主题。第一句的一般写法应该是"我可以一天时间坐在这里看"，这样更符合语言习惯，却是一个平庸的句子。诗人言说的重点是"看"，长时间看，而非久坐，故"一天时间"断不可提前。那么换成"我可以坐在这里看一天"如何？也不好。诗人旨在对比三种"看"的境界，所以第一、三、六行均以"看"字收尾。若是"看一天"，"看"字不突出，无疑会削弱对比的效果。"坐这里"也是个"硌涩"的说法（把通顺留给"美文"吧），我们一般会说"坐在这里"，我猜诗人的潜台词可能是：我坐而不在这里。熟悉老孙的人都知道他惯于神游八极、胡思乱想，一如藏传佛教高僧米拉日巴在《道歌集》中描述的那样："我虽凝身不动，却心如野马。"别说在窗前了，就是开车时老孙也敢心不在焉，"我的心思不在车里"（《走神》）。不久前他险些把车开到树上，人没事，但那辆在江湖上行走多年满身创伤的奥拓终于报废了。"不在"是个"晚期主题"，孙文波最近有首诗，题目就叫《不存在主义》。

　　接下来诗人写道："看没有风景；太阳左边移右边，／枯树明亮转黯淡。"这是实录。诗人住在北京昌平上苑村的宅院，窗外的景象的确很难称得上风景。但没有风景并不意味着不值得看。孙文波的晚期写作有一个转向，从那些壮丽的、美妙的、吸引无数人眼球的"风景"意义上的风景撤退，回到平凡生活，以无景为景，从一些往往被他人忽视的事物中捕捉诗意（他的《反风景》提示了这一点）。这句诗也透出无聊，一种诗意的无聊。深切的虚无感，侵蚀着诗人的晚境，也萦绕于他的诗篇："攀登不是征服不是占有，／只是一次向虚无的行进"（《冬日登黄山有感》）；"如此一来，我的心空，比天空还空"（《一二三四五六七》）。正如鲁迅在《求乞者》中所写："我将用无所为和沉默求乞……我至少将得到虚无。"太阳与枯树之变，是诗人目睹的一个自然过程，太阳的左右变迁决定了枯树的明暗变化，这个过程容易让人联想到人生轨迹，以及随之而来的心态变化。在这个意义上，枯树未尝不是诗人本人，站在流逝的时间中。从"太阳左边移右边"可以判断诗人坐在朝南的房间，因此时间对他而言是从左向右流逝的。如果说时间的左派是青春的"明亮"，那么时间的右派就是老之"黯淡"——这可是被岁月打成的，谁也无法平反的右派。诗人看着一日之早晚，想到了一生之早晚："早年我也看，／一双眼盯住太多事，还有物；／心中起波澜。"

为什么不说"一双眼盯住太多的事物"？这涉及老孙的价值观。他很关注历史的、社会的、政治的、文化的、生活的种种大事小情，对"物"却不大上心。据说对物的讲究是品位，是格调，甚至是一种雅。然而不管诗里诗外，这种雅无论如何都不属于老孙。路边排档，毛豆扎啤，三二好友，百八话题，就是他的极乐世界。相应地，写作上他也坚决反对穷奢极欲，过度修辞。当然老孙并非一点都不关注物，他和海子一样，至少"关心粮食和蔬菜"。而"现在"，他对许多事物都失去了兴趣，在另一首诗里孙文波也写到这种"衰变"：

我对一些事物丧失兴趣。
眼前的风景：静之湖、桃峪口。
曾几何时，我散步在这些地方，
被它们的美搞得心如蔷薇。

——《告别之诗》

现在的老孙，可谓"禅心已作沾泥絮，不逐东风上下狂"，于是"我等着太阳落山，看不看"。什么叫"看不看"？漆黑的夜里，"看"就是一种"视而不见"，不仅如此，黑夜就是一面镜子，透过它，"我"可以看见"我"的

"不看"；或者说，在"太阳落下"后的黑暗中，"我"能看见"我"与世界的空无。

据说新诗是写出来的，旧诗是吟出来的。那么这首《窗前吟》就是用旧法作新诗了。该诗"看""边""淡""澜"地押着"前"韵，亦符合吟之短。全诗形式比较整饬，其形制看上去就像诗人枯坐一天所面对的那扇窗户。也不妨说，诗就是一扇窗，透过它，能看到生命的三个境界。第一个境界是早年之看——看好看的，看得多；第二境界是现在之看——看不好看的，看得久；最后看不看。

与《窗前吟》类似，宋末词人蒋捷的《虞美人》是用"听"来展示人生的上中下三境，可以与《窗前吟》对照阅读：

少年听雨歌楼上，红烛昏罗帐。

壮年听雨客舟中，江阔云低，断雁叫西风。

而今听雨僧庐下，鬓已星星也。

悲欢离合总无情，一任阶前，点滴到天明。

这大概就是中国诗人的宿命了，对宗教的不依不傍，使得中国诗人的向晚之诗，饱含对时间的迷惑与悲凉。

萧开愚

1960 年生于四川省中江县。1979 年从四川省绵阳地区中医学校毕业后在家乡行医。1986 年开始发表诗歌。1987 年到成都《科学文艺》杂志社做科幻小说编辑。1992 年到上海。1997 年到德国，居柏林，专事写诗，其间曾在柏林自由大学兼课。2005 年回国，先后担任上海音乐学院作曲系客座教授、河南大学教授。长期担任刘丽安诗歌奖、安高诗歌奖评委。与孙文波合编《九十年代》《反对》，与臧棣、孙文波、张曙光等主编《中国诗歌评论》。著有诗集《前往和返回》（自印，1990）、《动物园的狂喜》（改革出版社，1997）、《学习之甜》（中国工人出版社，2000）、《联动的风景》（重庆大学出版社，2011）、《内地研究》（广东人民出版社，2014）、《二十夜和一天》（华东师范大学出版社，2017）、《陟岵之歌》（华东师范大学出版社，2018）；诗文、译作自选集《此时此地》（河南大学出版社，2008）。

下　雨
——纪念克鲁泡特金

这是五月，雨丝间夹着雷声，
我从楼廊俯望苏州河，
码头工人慢吞吞地卸煤
而碳黑的河水疾流着。

一艘空船拉响汽笛，
像虚弱的产妇晃了几下，
驶进几棵杨槐的浓荫里；
雨下着，雷声响着。

另一艘运煤船靠拢码头，
"接住"，船员扔船缆上岸，
接着又喊道："上来！"
随后他跳进船舱，大概抽烟吧。

轻微的雷声消失后，
闪出一道灰白的闪电，
这时，我希望能够用巴枯宁的手
加入他们去搬运湿漉漉的煤炭，

倒不是因为闪电昏暗的光线改变了
雨中男子汉们的脸膛，
他们可以将灌满了他们全身的烧酒
赠送给我。

但是雨下大后一会
停住了，他们好像没有察觉。
我昔日冒死旅行就是为了今天吗？
从雨雾捕获勇气。

巴枯宁的手

◎ 姜　涛

一

多年来，有首短诗，一直放在我心上，还时不时拿出来温习。这就是诗人萧开愚的《下雨——纪念克鲁泡特金》，它写于1990年代初。第一次读到这首诗，我就被深深吸引，觉得其中有种说不出的力量，让人欲罢不能。这力量是什么，我也曾试图解释，但一直没有满意的答案。表面看，它是一首标准的"90年代诗歌"，具有清晰的叙事特征，这种特征后来被追认为那个时代基本的诗歌风尚。在诗的开端，诗人漫不经心地勾勒出了一个具体的时空：那是在上海，苏州河畔，五月里一个阴沉的雨天，有人在劳动，有人在旁观。

写作此诗的时候，诗人正在上海，住处是华东政法大学的教工宿舍，他的妻子毕业于那所学校并留校任教。政法学校毗邻著名的苏州河，从诗人所住的二层木楼的二楼楼廊望下去，河上的一切大约可以尽收眼底，而这一切大约也十分平凡，并无多少奥秘。但为什么诗人要将这首日常叙事的诗歌献给克鲁泡特金呢？诗中陡然闪现的"巴枯宁的手"一语，更是强化了我的疑问。当然，只要粗通历史就会知道，克鲁泡特金与巴枯宁的名字，代表了久违的无政府主义传统，它曾对中国现代知识分子影响颇深。（据讹传，作家巴金的名字就是取自两人名字的首尾。这只是一种讹传。）然而，在污浊的苏州河畔，在一个瞬间的空想中，两位无政府大师的出场，或者用诗人的话来说，他们的"加入"，究竟又意味着什么？我隐隐地感到，这不仅关乎一首诗的解读，而且可能还是一个契机，能将相关的思考凝聚。

几年前，我曾试着从细读的角度，对这首诗做过一些分析。比如，我关注了诗歌节奏、情绪的变化，前三节平缓，第四节突变：先是"一道灰白的闪电"撕破雨丝的网罗，既而"巴枯宁的手"一语，带来一种超现实的、乖戾的揭示力。诗人像个熟练的拳手，在一瞬间凶狠地打出了组合拳。此外，我还注意到了词语之间潜藏的隐喻性，像"巴枯宁"这三个字，在汉语中别有一种枯瘦与狰狞之感，这恰好与"闪电""手"的形象形成一种语义的共振。这样的"细读"或许不差，甚至可能说到了点子上，但我自己并不满意，因为单纯着眼于修辞的枝节，并不能解释内心感受到的古怪力量。要抓住这首诗，进而能够真正"加入"它，我知道应该要做的，是首先将它从它自身中解放出来。

二

开愚自己有个说法：当代诗与现代诗不同。二者究竟如何不同，在不同的场合，我也听过他的表达，但始终没有很完整的把握。但我敢断定，这首诗一定属于他所谓的"当代诗"，而不是那已被美学化、经典化了的"现代诗"。当然，这两个范畴之间并非没有连续性，从此诗潜在的模式上就可看出这一点。刚才说了，它是站在华东政法大学的楼廊上写就的，河水虽然不洁，卸煤的劳动也不够壮丽，但毕竟可以算是一道风景，一道当代风景。"我在楼上看风景"，这样的"看风景"视角，让人本能地联想起卞之琳的名作《断章》："你在桥上看风景 ／ 看风景的人在楼上看你 ／ 明月装饰了你的窗子 ／ 你也装饰了别人的梦。"

作为现代诗的精品，《断章》短短四行，化绝对为相对。此诗问世以来，相关的解读很多很多，其中不乏洋洋万言的长文，细致阐述其中镜花水月的幻美悲情。在泛滥的读解中，有一种我觉得相当别致，那就是将这首短章（断章）意识形态化，认为风景之中无奈的观看，其实是卞之琳这样的自由主义知识分子，在历史面前一种疏离的态度的表现。换句话说，抽象的桥并没有架在虚空里，它不过是一群人唯一可能的历史位置。这样的解读显然是要刻意升华，但至少将《断章》解放了，风景里有了烦琐的历史和人事。现代诗的趣味化、情调化，正配合了它的经典化，普通读者期待普遍人性，好在阅读中安放日常的失意感、挫败感，他们喜欢那些感受空阔但又能轻易转化为经验的诗歌。但现代诗的起点恰恰与此不符，它要求的是在瞬间的紧张中提取新的激情，将失意或挫败转化为醒觉的可能，回到经验的目的恰恰是为了粉碎它、重建它。在这个意义上，"当代诗"距"现代诗"可能并不遥远，立异求变，或许只为了恢复那个曾有的起点。

回到上面的解读：卞之琳所代表的群体，说小一点，是 1930 年代活跃于北京的一小撮现代派的诗人，说大一点，其实是自由主义的京派知识分子。这个群体出自后人的追溯，内部的差异也大过了共性，但在特定的位置上，他们确实不得不分享了某些态度，其中就包括对所谓"风景"的偏爱。当年，在给诗人徐玉诺的散文诗《寻路的人》中，周作人曾解释过这种好尚的由来：

> 我曾在西四牌楼看见一辆汽车载了一个强盗往天桥去处决，我心里想，这太残酷了，为什么不照例用敞车送的呢？为什么不使他缓缓的看沿路的景色，听人家的谈论，走过应走的路程，再到应到的地点，却一阵风的把他送走了呢？这真是太残酷了。
>
> 我们谁不坐在敞车上走着呢？有的以为是往天国去，正在歌笑；有的以为是下地狱去，正在悲哭；有的醉了，睡了。我们——只想缓缓的走着，看沿路景色，听人家的谈论，尽量的享受这些应得的苦和乐；至于路线如何，或是由西四牌楼往南，或是由东单牌楼往北，那有什么关系？①

这长长的一段，传达的不仅是一种虚无的人生观、美学观，也包含了对现代历史的特定忧惧感。历史不仅充满暴力，而且从本质上也无法信任，既然任何选择都属虚妄，在这个时候，智慧的、人道的心灵只能无奈地敞开，在自然性的伦理安宁中，享受刹那的永恒。这似乎是一种典型的现代主义美学，自波德莱尔以降，高调的现代主义将"刹那"提升到了原则的高度，而在现代中国，这种美学似乎也不乏回响。朱自清在 1920 年代就写作长诗《毁灭》，盘根错节地阐发他的所谓"刹那主义"。但和周作人的

---

① 周作人：《寻路的人》，《晨报副镌·文学旬刊》1923 年第 7 期。

历史忧惧感一样，当年中国作家的颓废或虚无，与波德莱尔们的城市经验并无太多关联，它们更多是内发于中国的社会政治生活之中，在普遍的现代主义脉络中其实很难得到说明。

这似乎有点扯远了，还是说京派。从上面一段话里，可以搜寻出周作人后来思想的线索，而京派的圈子也大致被这种情绪笼罩。卞之琳、朱光潜、沈从文、何其芳、冯至等一干人的文学，都多少与此牵连。既然血雨腥风的历史难以参与，又不想沉沦于其中，只好先将一切看作风景，然后再做打算。由此可见，《断章》中对时空相对性的把玩，出于佛家的理路，玄妙无限，但最终还是落进了现代人的处境。有西方学人将1930年代京派的文学立场，比喻为"倾斜的塔"。"你在楼上看风景"，"塔"在我们便宜的傻瓜相机里，其实也就是"楼"而已。当然，"看"的偏好，或者说"看"的诗学，有相当的弹性：在朱光潜那里，它演化成两种基本历史态度的对立——演戏与看戏。前者，指的是政治人物与历史的肉搏；后者则属于审美的、知识的静观，不远不近的"非利害关系"座位，对于学院里头脑发达、心思敏锐的教授们非常适合。在卞之琳的眼中，风景既是骨肉丰满的西洋油画，又是一些轻描淡写的中国线条。人生在世，感官经验会扑面而至，像巨大的蜂群让人难以招架，诗人的想象是捕获形式的容器，让风穿过、水穿过、鱼和鸟穿过，剩下的则是空灵的心智，而大小、远近、古今、你我之类的诡辩只是一种容纳并淘洗的技巧，这解释了为什么像元宝盒、白螺壳一类容器形象，一时间遍布了卞之琳的诗歌。如果说这种将历史不断玄学化、抽象化的做法，来源于象征主义的"结晶"立场，那么深受德国浪漫主义影响的冯至，对这个问题的处理则更为优雅，诗歌的容器先是被比喻成泛滥的流水赋形的"水瓶"，继而变形为一面旗帜，以飘动变化的自己来把握那些把握不到的事物。变化中有持久，有形中蕴无形，歌德的古典主义结合了中国的通变观。无论怎样，在芜杂流变的历史当中，诗歌的想象作为一种造型与抽象的能力，总是能脱颖而出，又将一切作为"风景"容纳。诗人的身份也从先知、情种、斗士或莽汉，一次次校正为智者。他在忍耐与观察中可以进行超越性的思考，获取内省的存在深度，通过心智的成熟，来消化、对抗外部世界。中国现代诗可能的道路，也就此告一段落。

三

与《断章》相比，《下雨》当然不再是现代诗，即便是再业余的批评家，也不至于将其情调化、玄学化。"看风景的人"与"风景中的人"，都有了确定的社会属性：一个是脱离乡土，被抛入全球化航路的当代诗人，一群是懒散劳动兼寂寞休闲的工人，风景也被明确落实为1990年代污浊的苏州河畔。关键是，看风景的人此刻渴望"加入"了，他们湿漉漉的劳动里也没有精致的相对性。

当历史的巨兽贸然闯入，不仅是这首短诗，整个"90年代诗歌"都试图走出现代诗的风景，后来被广泛命名又备受争议的诗歌转型，也就发生于其中。许多充满活力的当代诗人，刚刚从1980年代拥挤、热闹的"诗歌菜市场"中挤出身来，或者如开愚一样，经历昔日"冒死的旅行"，抵达了写作和人生新的站台。相比于1980年代，这些诗人都有了一定阅历和年龄，他们中有的发了横财，有的彻底消失于人海，有的则更有名气、更博学了，而且学会了反思的技术，能够口若悬河地解说自我与未来。但无论怎样，这个先锋的群体终于一劳永逸地被市场时代边缘化了，许许多多原本可资依赖的东西，都瞬时成了"岁月的遗照"：启蒙者的角色刚刚遭遇挫折，逐渐兴起的大众趣味还没赢得广泛尊重，左翼的激进态度因历史的缘故，正被普遍地不信任并严重地遗忘。唯一可能的方式，只有不反抗、不顺从、不诅咒、不讨好，也不放弃了。这需要一种外交式的分寸感，介入但不承担责任，"见证"但不需要"作证"。我们都是在场的局外人，不光诗人如此，一整代人文知识分子都被迫或自愿地回到看台上。

在保持独立性前提下对历史审慎地开放，这种自由主义的态度在一段时间内，有很大的说服力，因为在某种意义上，它也是唯一可能的态度。如果伴随足够的伦理紧张，这样的态度确实不失风度，在所谓"关怀的神话"与"自由的神话"、"见证的迫切性"与"愉悦的迫切性"之间维持一种活力和平衡。但问题是，这样的态度也容易变成漂亮的"平衡木"体操，在伦理上，它可能发展为犬儒主义，在美学上，它的底牌则是享乐主义，两重主义的叠加使"虚无"也变得肉感。于是，这一时期的写作变得丰厚、深邃又迷人。当然，1990年代的自由主义与当年京派的自由主义，已经有了很大不同，诗人们已没有那么多的书生气和娘娘腔，他们接受了时代的教训，更多容纳了现实的不洁与混乱，增强了对差异和变化的敏感。然而在骨子里，"看风景"的诗学虽然经过了后现代语言观的洗礼，但并不等于说它就终结了，接纳现实的目的，不过是将其转换为一套可自由组织的符号，诗人张枣就敏锐地将当代诗歌的走向比喻成"朝向语言风景的旅行"。十字街头的"塔"或"楼"自然不足为据，这些空间过于封闭、局促，诗人们于是纷纷外出，或者置身于咖啡馆、广场、火车站等公共场所，或者搭乘火车、汽车、飞机，或者干脆骑车、徒步，像回收垃圾那样，将当代生活大面积扫描到诗中。不过，这一切终归服务于骄傲的心智展开，最终是为了将个体从历史中赎回，赎回他不可化约的经验，赎回他不能与人雷同的语言。这些可燃垃圾也源源不断地为1990年代的语言活塞提供了崭新的能量。历史的"风景化"意味着对现实利害关系的超越，历史的"个人化"则意味着甩脱历史担当后的轻逸，二者虽然不同，但仍可以看出大致相似的取向。

《下雨》似乎也属于这个类型，诗中的只言片语暗示了某次旅行，在楼上俯望的位置，也显示了"我"与"他们"、"我"与历史实践之间不可消除的距离，显示了诗歌可能的社会位置。但这首诗古怪的力量在于，它在属于上述类型的同时又包含了对该类型的抵拒，"我"不仅是一个观望者，而且也想"加入"其中。灰白闪电之中一只手的形象，使得"加入"的动作也切实可感了，不能仅仅将外在的历史看作被语言轻易消化的风景，它像一种阴沉沉的实在，就搁在那里，有它的节奏和时间，显示出一种自足，排斥着"我"妄想中的参与。与此不一定必然相关的是，在那几年间冒出的"90年代诗歌"的各种表述中，开愚的声音也显得有几分异样。他著名的《九十年代诗歌：抱负、特征和资料》一文，现在已是"90年代诗歌"神话建立的一篇重要文献，其中他也提到自己在1989年对"中年写作"的发明。作为"90年代诗歌"的子概念之一，"中年写作"和"中年气质"的说法影响不小，后来也颇受诟病。但在开愚的表述中，所谓"中年写作"既针对以往"青春写作"不成熟、放纵的一面，希望以成人的智商和经验来校正，同时还指向了一种成人的担当意识、责任意识。换用韦伯的说法，"责任伦理"与"意图伦理"在他那里是兼重的，正是诗人一厢情愿的道德感，而非秋风迟暮之中的沧桑世故之感，构成了他笔下"中年写作"的核心。对于现代艺术而言，从辩护中发展出来的傲慢哲学，倾向于对具体的伦理问题抱不置可否的态度。可以说，这是某种更高级的文艺伦理的起点，但开愚的看法显然与此有些不同。

当然，对社会伦理虚张声势的承担，可能会使诗歌写作变得笨重、粗俗而又狡狯。还好，诗人内在的责任意识与媒体世界里的维权意识并不是一回事。《下雨》中，对"劳动"的想象性参与，似乎有些许的暗示，但一切只是隐含着，伸出的手与其说是现实性的，不如说是概念性的、思辨性的，诗行最终还是落回内心挣扎的自我戏剧。楼上的眺望与想象的加入，似乎又重复了在张力中把玩"平衡"的文化体操。然而，正像远处的奇异布景和两个突然冒出的陌生人，"克鲁泡特金"与"巴枯宁"的出现，决定了这出内心的戏剧已发生在不同的框架之中。

四

2008 年夏天，在青海西宁的一个路边摊上，我和开愚等几人喝酒谈天。我借机向他提问，《下雨》中的"克鲁泡特金"和"巴枯宁"，到底有无具体的含义。他的回答让我略略吃惊。

本以为，请出两位大师的名号，只是出于诗人的任性。剥去特定语境和所指，在诗中随意拼贴、掺杂一些固有的历史表述，是当代诗一种常见的技巧。由此，历史便可碎片化、波普化，转化成为供创造力吞噬的饵料。"克鲁泡特金"与"巴枯宁"这两个名字，由于连接了遥远的无政府记忆，正好可以为楼廊上的眺望提供一种阴郁的背景。将历史消化为一种特定的风格，是"90 年代诗歌"的一大特征，这恰恰又是博学的犬儒主义最迷人的地方。但开愚却说，所谓"纪念克鲁泡特金"，是一件有根有据的事。在 1980 年代初或者更早，他的确一度热衷于阅读无政府主义的著作。因为一个偶然机会，他曾闯入家乡的县图书馆，在里面得到过这方面的书籍。为了印证这段记忆，他还提到了一些具体的书目，比如巴枯宁的《面包与自由》等。除此之外，他似乎还谈到了《下雨》另外的背景：他根据"上海无政府主义、社会主义和工人运动方面的史料"，去找过无政府主义者当年在上海的活动据点。他对他们曾展开工人运动的地方不一定有上海诗人熟悉，但他带着外地人的多重好奇将某种假设的处境关联了进去。因而，在一个雨天里，几种记忆和经验耦合了，于是便有了这首诗。

开愚所说的无政府主义者的据点，具体在哪里，或者是否存在，我无意去做专门的考证。苏州河的两岸，遍布着诸多工商业遗迹，历史上诸多工人运动也确实一次次从这里燃起。至于他到底阅读过哪些无政府主义的书籍，对我来说，其实也并不重要。重要的是，知识、记忆和具体的时空场景，在这里有了一种新的关联感，这让我意识到《下雨》中"看"，或许并不发生于卞之琳的现代诗传统，反倒是贴近了 20 世纪中国文学的另外一种传统。1930 年代，社会剖析派文学的代表作家茅盾，在他的"1930 年代的 romance"《子夜》的开头，也如此眺望过苏州河的风景：

> 苏州河的浊水幻成了金绿色，轻轻地，悄悄地，向西流去。黄浦的夕潮不知怎的已经涨上了，现在沿这苏州河两岸的各色船只都浮得高高地，舱面比码头还高了约莫半尺。风吹来外滩公园里的音乐，却只有那炒豆似的铜鼓声最分明，也最叫人兴奋。暮霭挟着薄雾笼罩了外白渡桥的高耸的钢架，电车驶过时，这钢架下横空架挂的电车线时时爆发出几朵碧绿的火花。从桥上向东望，可以看见浦东的洋栈像巨大的怪兽，蹲在暝色中，闪着千百只小眼睛似的灯火。向西望，叫人猛一惊的，是高高地装在一所洋房顶上而且异常庞大的霓虹电管广告，射出火一样的赤光和青燐似的绿焰：Light, Heat, Power!

在这段文字中，小说家隐含的"看"的位置，自然与诗人不同。他"看"到的是苏州河与黄浦江的交汇处。在那里，一个畸形都市的现代景观，更为集中地展现出来。而且，小说家站得显然更高，看得也更远，他发展出一种末世论的纵深视野。在这种视野中，1930年代疯狂投机、买空卖空的上海，处于资本与欲望的旋涡之中的上海，各种矛盾交错激化、革命潜能热烈奔突的上海，被想象成一个某种"利维坦"式的巨大存在。它"蹲在暝色中"，释放出电光与火焰，正等待着作家举起思辨的文字长矛，冲入它的内部，挑破暮霭中隐秘的历史逻辑。作为写作当代诗的诗人，开愚是站在自家的楼廊上的，那种提供纵深视野的至高位置不可能再有，他看到的风景也只是日常生活的局部。同时，人、风景与历史，也都封闭于自身，排斥着任何史诗性阐释的可能。即便如此，至少有一点开愚与茅盾相同：风景里仍然充满了政治，蕴含了一个时代可以称之为奥秘的东西。"看"的过程不是为了无利害地静观，从而再次确认自身智力与情感的完满，"看"的过程实际上也是一种搏斗和角力的过程。它要求破除那喀索斯式的封闭自我，它要求一只挣扎着伸出去的手。

　　茅盾不仅伸出了手，而且他相信自己抓住了历史的枢纽，这源于他对一整套唯物主义世界观和认识方法的信任。而开愚"看"的位置，以及想要伸出的手，显然借助了另外的传统，这一传统似乎更早就已退出了历史。上面已提到，"克鲁泡特金"与"巴枯宁"代表的无政府主义思潮对中国知识分子一度产生了很深的影响。从晚清到五四，它的影响力可以说是覆盖性的，不仅为皇权秩序的颠覆提供了理论基础，也开启了社会改造、伦理改造以至个体改造的具体门径，新村主义、工读主义、泛劳动主义等等，都呈现于无政府的背景中，中国早期的一些思想领袖和革命领袖，也无不曾沾染无政府主义的色彩。诚然，当马克思主义经济决定论显示了更明快的说服力，当列宁主义提供了切实有效的先锋政党方案，无政府主义在一系列论战中，逐渐失去了历史的可能性，成为一段被"克服"的历史，但它的一些基本理念，如对乡村共同体的关注，对知识与劳动结合的强调，对社会互助与合作的重视，对权力合理化的反对等等，仍融入了20世纪中国的历史进程中，并构成一种历史内在的批判性力量。

　　在《下雨》中，诗人暴露了自己对这段被"克服"的历史的偏爱，但相关的文章中，他似乎没有正面谈过无政府的理念，他表露出的政治思考和社会理想，好像更多带有儒家的成分。在《回避》中，他曾这样道白：

> 我年少时身上疯狂着一个慈悲的万能皇帝，"他"后来降级为官僚。帮助我国诗人成熟性格和风貌的唯一位置是官僚位置，承担职权的位置，儒家传统挥之不去；不是皇帝和人民（人民是皇帝的嘴脸），不是无所顾忌的超专业知识分子（我国的超专业知识分子如同官僚，斟酌实用价值），只是斡旋实效的官僚。[①]

官师合一的政教系统瓦解后，儒家的基本命题之一就是如何形成一种社会性的伦理关联，个体的修养不是凌空地化鹤与成圣，而是朝向了人伦日用。这种理念依托于关系的、人伦的社会基础，与现代民族国家框架下孤独的自由主义有根本的不同。据说，诗人年轻时作为本地知识分子和上进青年，在仕途上曾颇有一番前景，但后来考虑到自己单打独斗，恐无太多机会，所以专心于文学生涯了。尽管如此，一个地方的官员位置曾是唾手可及的，这段经历也潜移默化成为他日后观察、思考世界的视角。

在上面的表述中，诗人的理想区分于两极化的政治模式：一边是精英的政党和专业知识分子，一边是可以通过口号与传媒操纵的芸芸众生。他的理想不仅是反集权的，也是反抽象的形式民主和普遍性的，他的自由主义是被传统经验过滤过的，他似乎更看中某种地方性中生发出的政治可能。在这一点上，他的位置或许与无政府立场为邻。因为，在无政府主义者看来，"从下而上"的自发性合作，是社会改造的前提，拒绝"从上而下"的组织或灌输，这也需要一个斡旋的中间层，对此，柯尔曾有如下的描述：

> （他们所追求的）是一种建立在自然合作基础上的社会。这样，

---

① 萧开愚：《回避》，《此时此地：萧开愚自选集》，河南大学出版社，2008，第384页。

社会才会鼓舞而不会压制人要求"互助"的自然倾向。……他们希望
用自由联合的方法代替从上而下地组成的国家来达到这个目的；通
过这种自由联合，地方性的或者职能性的小单位就会为采取共同行
动而团结起来。[①]

一般说来，地方出身的诗人，讨论"洋气"和"土气"，往往敏感于城乡、
南北、中西之间的差距，从而为自己的出身辩护。在开愚这里，所谓地方
性有另外的所指，那不是方言、民俗、怪癖组成的奇观特征，也不是对普
遍中央集权的反感，而是在抽象的人际关系和观念统摄之外，一种对于有
限的公共生活的兴趣，一种对于与他人休戚与共生活的可能性的思考，一
种可以共同执守的信用价值的发明。这种思考方式偏离于文学的现代主义
与政治的现代主义，儒家的遗风融进了革命时代的互助理想。在这个意义
上，古代的官僚兼诗人，不是风流雅趣的典范，而是代表了那种能将文学
生活与人事关联、社会实践打成一片的传统，洋气的无政府观念与土气的
小官僚理想，上海的工业记忆与县城里的旧事秘闻，就这样可以在他的诗
中如雨中的幻影一样相互转化了。

五

作为"改革开放"的历史产物之一，当代诗是随着"改革开放"的深化
而被边缘化的，但换一个角度，它又是这段历史的受益者。最初，作为
"抗议文化"出现的写作，天然具有意识形态的合理性，为了寻找自己的
身世，为了使这个身世更具英雄色彩同时也更洋气，诗人和批评家们也一
直在努力，不断追溯起当代诗可能的资源。从1930—1940年代现代诗有
限的努力，到"文革"时期"地下的写作"，到黄皮书代表的阅读特权，再
到一连串西方大师的名录：普希金、叶赛宁、卡夫卡、帕斯捷尔纳克、艾

[①] ［英］G. D. H. 柯尔：《社会主义思想史（第二卷）　马克思主义和无政府主义
（1850—1890）》，何瑞丰译，商务印书馆，1978，第338—339页。

略特、庞德、史蒂文斯、奥登，溯源而上甚至到歌德、荷马。这个想象的"谱系"当然不限于文学，哲学的、宗教的、美学的，前现代的与后现代的，自 1980 年代开始，诗人们吞咽着各种稀奇古怪的知识和传统，以形成自己秘密的营养系统。从效果上看，这种广泛的涉猎以及对伟大"谱系"的发明，的确使当代诗在具有历史合理性的同时，又具有了美学的正确性。

然而，主动追忆也就是一种主动的遗忘，上述知识从总体上看，或许构成了一种"告别"的知识，与 20 世纪中国的一段历史告别，与革命时代的思维方式和感受方式告别。在整个社会喜气洋洋的转型中，这种告别显得激情饱满又耐人寻味。诗人欧阳江河的名作《傍晚穿过广场》将这一"告别式"演绎得最为精彩：被告别的"广场"（历史）布满了集权主义的梦魇，它是英雄站起又躺倒的地方，而"我"最终穿过了它，作为幸存者和见证者，最终只能以"内心的影子广场"对抗新时代的喧嚣。所谓告别式也就是一种成人式，目的是从历史中拯救出个体，获得一种与现实保持反思性张力的自我存在。这首诗在阅读中引起的普遍震动，除了激情、诗艺、思辨的完美结合外，也因为它恰好说出了多数人对历史变化的可能理解。

在告别之后，这个自觉成年的诗歌主体，虽然还带着苦闷的面具，但沉浸于"影子的广场"中，这感觉其实还不错。渐渐地，语言的自信滋生出了自满，在各种朗诵会与酒会上，都能见到他的身影，他的名字也出现在选本和课堂上，他的"告别式"与"成人式"甚至被写进了文学史里，成为稳定常识的一部分。政权的合法性依赖经济的稳定增长，各种流行的批判哲学和娱乐哲学，又乐于拆除各种各样的关联和纽带。渐渐地，他的傲慢与孤僻被推崇风格多样性的时代容忍以至欣赏，他与周遭一切的反思性关联，也因日久年深而逐渐失去了弹性。除了一如既往地怨怒于读者的平庸外，诗人的自由主义没了真实的对手，他靠着惯性在语言的可能性中滑翔，无意间错过了对世界做出真正严肃判断和解释的机会。

在这种氛围中，《下雨》在我阅读中引起的震动，或许与某种"不告别"的状态相关。一方面，诗人的"看"发生于现代诗歌无奈的历史位置之上；另一方面，它又似乎保有了新中国成立后到改革开放前那一时代，甚至前社会主义时代文字生活的政治性。这种"不告别"多少有点怀旧色彩，但绝不是感伤兮兮的，而是暴露了某种挥之不去的记忆的在场，它不仅在场，而且仍潜在地支配了自我的意识。巴枯宁与克鲁泡特金两个名字的前后对峙，就像一柄铁钳，紧紧地夹住了这首诗，也强化了意识深处的结构：不是从他人那里赎回自我（当代诗歌的基本主题之一），而恰恰是在一种"加入"意识中获得自我更生的勇气。在这个意义上，"不告别"恰恰不是怀旧的，而是指向了一种挣脱当下的可能，一种重建主体的可能，无政府主义的记忆提供了这种结构，它唤醒了诗歌语言内部沉睡的政治性。正如接通了密布于历史深处的电网，这首短诗一下子从它的 1990 年代里挣脱出来，一气呵成，迂回盘曲，又张力弥漫。

有关诗歌政治性的讨论，并不是一个新的话题。包括开愚在内，不少当代诗人早就强调中国历史、政治作为诗歌资源的重要性，如果不被想象力兑现，像一笔封存的财产未免可惜。但诗歌的政治性，不单是一个题材的问题，不单是读什么样的书、采取什么样的风格、援引什么样典故的问题。（与小说、电影等方式相比，诗人无论有怎样的史诗性抱负，诗歌也毕竟是一种"轻"的文体，这限制了它处理当代生活的能力，但也给了诗歌以另外的机会。）或许更为重要的，是怎样看待诗歌的位置，怎样重构它的社会场域，怎样置身于现代中国的历史当中思考语言的可能性，怎样在"成人"的仪式之后仍保持主体真实"触着"的问题。即便如《下雨》这首短诗，虽然包含了某种介入（加入）的意图，但它终究不是一首鼓吹社会互助的诗歌，而是仍发生于"现代—当代"文艺对个体意识高度关注的线索之中，它所唤起的政治性也不可能直接兑换成行动。

克服现代社会的分化，恢复文本与行动、知识与实践之间的关联，曾是 20 世纪诸多革命文化和先锋艺术的伟大构想。这种构想不仅体现在激进的口号之中，还依托于一系列具体的社会运动和政党政治，而它能够达成的前提，则是某种实践性主体的重塑。茅盾在《子夜》的开头，之所以能够为苏州河两岸提供一种纵深的视野，不仅与他掌握的社会理论相关，也源于他对中国社会性质论战之类现代重大问题的真实参与。如今，当整体性的社会运动失之阙如，在一个"去政治化"的年代，一个文化公共性全面萎缩的年代，诗歌可能的政治性，或许仍与街头的、网络的、环保的、维权的、救灾的、扶贫的事件或行为相关，但从根本上说，诗歌乃至文学的处境已根本不同了，历史的"风景化"成为更突出的当代宿命。如果不清醒地认识到这一点，一味想恢复革命年代的实践功能，在动机上或许令人尊敬，但并不能真正改变语言与历史的分裂，结果可能倒是进一步复制、强化了这种分裂。从某种"妥协性"的角度看，诗歌能否唤醒潜在的政治性，还是要寄托于对自身位置及历史脉络的沉思，诗歌社会场域的重构不仅要考虑写作的外部功能，它同时也应在写作内部发生。它必须提供一种关于文学生活的全新理解，必须有能力置身于当代精神生活的危机之中，而不只是一如既往地陷入伦理与美学的习见冲突。在这个意义上，《下雨》这首短诗，它的魅力恰恰在于体现出了某种挣扎而不能的结构。从自我审视的角度，那只伸出的巴枯宁的手，或许正因为是概念性的，才能形成一种真实的"加入"或参与。

其实，文化公共性的丧失已酝酿了对公共性新的期待。在当下中国的思想和文艺领域，如何在自由主义、现代／后现代的资源之外，构筑一种新的理论视野，已成为不少人思考的焦点。这不是说儒家的、左翼的、无政府的资源可以直接派上用场，而是意味着我们至少应该挣脱当代的逻辑思考，当代的思想和艺术才有未来。正如一代又一代人的实践所显现的，文化创造力来自"时势"的挤迫及观念的重释，需要一种"斡旋实效"的智慧，审时度势，别立门户，以求关键时刻的瞬间出手。这一过程，不是某个领域的苦心孤诣可以设计出来的，而是需要更广泛的心智联合。当代诗并未因为自身的边缘化，就丧失了对话的可能，其实践性品质的重塑，关键是看它是否有意愿且有能力"加入"进去，加入当下价值重构的戏剧之中。至少在《下雨》一类写作中，我可以读出创造价值、重建主体"触着"的努力，它对无政府传统的援引，也暗示出当代诗原本也可以有另外一套引擎。

当然，一首短诗装不下太多的历史。从华东政法的楼上走下，苏州河畔早已改换了风景。1990年代中后期以后，经过政府投资治理，污浊的苏州河已变得清亮，垃圾和搬煤的工人不见了，城市换上漂亮时髦的新装。随着过往历史的痕迹被整治、被抹去，所谓历史的总枢纽也更为隐晦了。即便如此，作为一种文化实践的当代诗，仍可能面临它的选择：是在默认的文学秩序和利益秩序中，将一切放进语言的搅拌机中，混合成情色的或烦恼的风景，以便让藤萝一样复杂的内在意识无限攀爬，还是试着回到人的脉络、实践的脉络、劳动与恐惧的脉络里，从暧昧的历史和雨色中，试着伸出一只手来，哪怕这只是为了成就一首诗，为了唤回曾经失掉的勇气。

安静，安静

（一）

不一样呢！狗练习着狗叫。
小村子只讲一句英语，
Sorry, I don't understand it。
我被恐吓着，开始跑。

水塘正是眼中的水塘，
枯干了；栅栏、栅栏、
栅栏，已被樱花砸烂。
雀雀儿在树枝和地上，

竞相指点，吵吵闹闹。
封闭的捅破，门窗打开。
一个亲戚送一切进来。

很多迷惑去而又来也。
此季节修好了此楼梯，
你是我的亲戚，慢一些。

（二）

眼下这所房子是安全的。
它的昂贵价格迫使它卖不出去。
只有一人知道它空室以待，
是为一个老少年否定哭泣。

他并不欣赏二十公里以外
湛蓝的湖水所掀动的理论，
让自己停下来，一下子停下来，
物群就兴奋，就扑过来。

他终于可以大喊大叫，终于可以
两只脚上同一座楼梯，两只眼睛
看同一个花瓶上的少女。

横在草坪边的山脉
果然雕琢了一园锦绣，
果然寒冬划一了两个世界。

（三）

自暖气片、吊灯、桌面
自破得不能使用的字典
自缥缈图像滑翔而过的
摊开的白纸

灰光的安宁灌进我的背脊。
自盥洗室、偏烫的洗澡水
自宽床、方枕、薄被
自睡眠泛出的独身的甜意

漆黑的安全感涨满我的脚趾。
我不再需要我脑侧的排风扇
抵制你的痛苦。

我不再嚷嚷和嘀咕。
既不享受拒绝之硬，
也不享受逃避之软。

（四）

楼里早就空无一物。
我睡一觉，猝倒、消失了的
就醒转来。黑白两色皮球
瘪在墙角。我找到气枪。我打气。我踢。

小足球翻腾黑白色
摩擦初春的冷空气，弧飞向
远处的灰暗，矮树丛
乱点在光曦中。

有些心愿埋得太浅。
有些疑问没有腐烂。
女孩儿领着男孩儿。

她们脱下了花内衣。
她们从新乳房捧出
新秘密。且卖且送。

（五）

间谍们留主要面具在外国
和京城的一间密室里。
又疲惫，又轻松，晕着头，
在郊区扮演丈夫或妻子，

或孩子们的好玩的父母。
他们想不到危险把世界
从他们的照相机里撤走。
地窖和锦囊空空如也。

大自然一再施展僵死
或春天的变脸术；而必然，
从电话里开出来大卡车，

落下这三更夜剃头的
第一刀。长老们在钞票上，
笑嘻嘻的，招呼一切。

（六）

很像一双胎儿手间歇地剥着。
一锅稀粥原来是一锅雪呀，
可电饭煲热气腾腾，是呀，
超市里的模糊上帝行善了。

救急车忙乎，忙乎。
一股暖乎乎、融化的，
因熟悉而例外的亲和力，
抓住我的女性胸膛。

几乎忘掉了那另外的，
那深深地挖过的地区。
搬呀搬，一次又一次。

扔呀扔，几乎干净了。
可是记得江南的更珍稀的春雪。
可是撕破了这里的安静。

（七）

我们的长电话砍伐着分离我们的市区森林。
我搜索，搜索，四川的农田自沉默中展开，
来啜饮你的眼泪；我一再看见四川，
干涸的河床重新蓄水；其实没看见。

你去过那里。山路蜿蜒而下。那时你骄傲地
宽恕了一个离婚妻子的火热。
那时一张寄自上海的明信片，
胜过本地女子十年赤身震颤。

去年夏天在 Petershagen 的池塘边
你找到四叶草，我在路边找到。
我们需要一个证明。

当我独自回到四川，我感到
只有灰色——飞机轰地起飞——帮助我领会
而且我像我感觉到：回到了丛林。

（八）

真，拎着一袋脂粉。
红色下面最好黑色。
男人体内妖着女性。
即使散乱在

秤和尺子之外，
悔悟和怜悯之外，
当然和想当然之外。

我在一面小圆镜里。
出来了一个，还有。
出来了一伙，还有。

即使删除了
这个被删除过的村子，
这座被删除过的房子，
这些被删除过的日子。

（九）

下午了，一切坐在我肩膀上。
好一座大湖，被铁丝网捆绑。
一切张嘴，打哈欠，
而轻风、斜阳，

在湖面竖起墓碑又推倒，
空，空空地回响。
我们已经交谈过。
我们的语言不同。

你不喜欢路边湖。
不喜欢铁道劈成两半的。
不喜欢捆绑起来的。

它们就是喜悦——
自曲向湖心的圆木桥，摇摇摆摆，
乌有乡向着乌有。

（十）

被燕子尾巴差减为二。
负数的无穷尽的宇宙。
蝴蝶的花翅贴着窗户
和无限，度过礼拜六。

乌嘴提起城市、公寓，
就像错误吃掉了账单。
而蝴蝶脸忙坏了妻子，
她的狐狸心和老虎胆。

本来没有 Petershagen。
一位女士将要把别墅
搬进记忆中的小村子。

她请我进梦里做减法。
她大睁着警察的眼睛：
……我，一闪。

1999 年春　Petershagen–Wiepersdorf

减法所不能删除的
——细读萧开愚《安静，安静》

◎ 冷　霜

　　萧开愚的诗在 1990 年代以后得到广泛的注意和赞誉，由他提出的"中年写作"以及他对诗的"及物性"的主张也在这一时期产生过较大的影响。同时，他的变动不居的写作活力，也使他成为至今仍给予更年轻的诗人以持续启发的诗人中的一个。1997 年旅居德国之后，他的写作在旨趣上相比此前又有所变化，按照他在一篇文章中的说法，较之 1980 年代他的诗关注自我，1990 年代关注命运与社会，旅德之后他更侧重于诗本体。《安静，安静》就是其中比较重要的一部作品。

　　这组诗标明写于 1999 年春，是由十首意体十四行及其变体（第八首）组成。我们先来看第一首。"不一样呢！狗练习着狗叫"，起句就勾画出一个极度陌生的环境，以及初次进入这个环境时的紧张心理。在进入陌生环境时，我们总是会首先对环境和自我加以确认或重新确认，这里，"狗练习着狗叫"以一种反向修辞使这种高度紧张的辨识活动传达出一种喜剧感。其中"练习"这个词让我们联想到辨识行为中很重要的一部分，即语言的习得与沟通。可是，对于诗中的"我"，这种沟通却是失败的："小村子只讲一句英语，/Sorry, I don't understand it."在这个幽僻的，使用一种"我"所不能把握的语言的村子里，唯一可能用于交流的英语只被用来说明它的无用。这是一个令人过目难忘的喜剧化的开头，甚至在形式上也体现出对这种喜剧性的一种微妙的呼应：我们可以发现，第一节的四行诗虽然遵循了意体十四行正统的 abba 韵式，然而中间两行却是用英语中的"it"一词与汉语中的"英语"一词押出的一个诡谲的半韵。

　　接下来，第二节，"水塘正是眼中的水塘"，辨识还在继续，嘴巴不行就靠眼睛。对于"我"要去的地方，已经找到了一个标志性的景物。后面两句，"栅栏、栅栏．/栅栏，已被樱花砸烂"，点染出的是一处荒凉、阒寂、近乎朽败的居所。樱花砸烂栅栏，极言此地的安静，这种安静的腐蚀性经由时间的压缩处理，凸显出它在听觉、视觉等诸般身体感觉中的张力。"栅栏"一词重复使用三次，恰好在听觉上模仿了"砸"的动作和声音。不过，在这个夸喻里还包含着更深一层的意味，像第一节的二、三行那样，诗人在这里也设置了一个语言的机关。假如想到诗人是四川人，并且我们尝试着用四川方音来重读这一部分，会发现"栅栏"一词的四川方音恰好是普通话中"砸烂"的读音。这并非一个无意的巧合，因为——几乎像是为这个机关特意留下的暗记——在随后的第八行中，诗人又用了一个明显属于四川方言词汇，而极少见于普通话的"雀雀儿"。我们以后还能看到这样的例子。利用这样一个巧合，一个小小的难以觉察的语言游戏，诗人透露出他的语言身份的具体性：他使用的不仅仅是汉语，而且内在地使用着它的某种方言。萧开愚在他的诗论《南方诗》中曾经提出这么一个观点，由于四川话的特殊性——它"既被称作四川方言，又属于北方语系"，或者更确切地说，它的一般表述与普通话差异很小，可是它的地方性发音、地方性词汇和地方性语法又层出不穷——使得四川诗人可以用四川话思考和写作，不像南方其他地区的诗人在写作时不得不告别他们在日常生活中所使用的各种方言，而必须借助于普通话。在这里我们可以看到一个有趣的例子，它使得这首诗在语言层次上隐秘地变得丰富和立体起来。

在前八行里，我们已经看到一个地理上偏僻，更被一种陌生语言所封闭起来的村庄，它的安静对"我"来说，几乎有种令人不安的、暴力的味道。但同时，我们也发现由于"我"的进入，从另一个角度来说，这里已不再安静。它至少出现了这么几种声音：英语，某种陌生语言（我们可以猜到是德语，很可能是它的某种地区口音），汉语和它的四川方言，尤其是后者，"捅破"了这里的封闭和安静，就像在诗的第三节的第一行，也就是在十四行的"转"的位置上这一句"竞相指点，吵吵闹闹"给予我们的感觉那样。在这首形式上相当规整的——就韵式而言是整组诗中最为整饬的一首——诗中，这个唯一的跨行句还不由得让我们跳回到第八行，让我们注意到这首诗真正的转折是由"雀雀儿"这个词开启的。假如我们在这里代之以任何其他同义或近义的普通话词汇（"麻雀""鸟儿"等等），似乎都难以获得在这个方言词汇中含有的那丝熟悉、狎昵以至喜悦之感。在这个陌生的新环境中，这种处处可见、平素无甚可观的普通生灵有了不同于以往的意义：它们不但打破了此地的安静，而且是比水塘更为重要的心理标志，使这个环境开始变得亲和起来。而到了第三节的末尾，"亲戚"一词的出现，就完全扭转了先前所凸显的陌生感。"一个亲戚送一切进来"，不同于现代汉语中较常使用的处置式结构（"把一切送进来"），连同前一行被动句中同样的对笨重的被动词"把"的取消，呼应着第八行和第九行，建立起一种喜悦、轻快的调子。整首诗像是跳着一支小步舞曲，它洋溢着当代诗中少见的喜剧感。它交代出一个过程，同时也布下了这首诗的一些要素和线索。在第四节的起句"很多迷惑去而又来也"中，我们看到了进入下一首诗的一节楼梯。

　　在第二首的第一节里，最引人注目的是第四行："是为一个老少年否定哭泣。"显然，这里暗示出一个精神回忆或者说有关于生命认识的主题。它无疑是上一首诗中"迷惑"的主题句的延伸和加强。这一句就修辞本身而言，已有着强烈的语义效果，同时，超过半数而又大多集中在词的后部的仄声字又强化了这种效果。我们还应注意到，它在这一节中所在的位置，空间和声音上的位置：在这一节的前两行，我们可以感到这首诗的节奏和第一首已经有了明显的不同，它不再那么轻逸，但好歹还算舒缓。第三行，"只有一人知道它空室以待"，从第一个词到最后一个词，从语义到音响，都陡然一紧，为这个跨行句的后半准备了多重的落差。在第一首中，"栅栏"和"砸烂"押出了一个古怪的，在声音上互相追逐的多音节韵，在这一节里，第四行的"哭泣"与第二行的"出去"再次押出一个双音节韵，使"哭泣"一词沉重而响亮的音色成倍地加强了；同时，处在一节最末的位置，又使这个词如同一道水坝，上游蓄积的落差沿着这一行倾泻至此，同样撞击出巨大的能量。当我们考察这句诗给我们带来的鲜明印象时，不能不把这些因素考虑在内。当代诗总体来说较少对诗韵的讲求，这当然是因为自由诗体本身有足够大的空间可以驰骋，但是这一节诗是一个很好的例子，说明合适的诗韵不仅不是束缚，反而是一种爆破，它也不是一种局部的刻意经营，而是对语言的完整关注的结果。换言之，在自由诗中（这组十四行就总体而言，也没有依循十四行的基本韵律格式），恰到好处的诗韵正如我们的古语所言——"巧夺天工"。

　　这一句诗已经把我们的好奇心调到了最强，我们且看它如何展开。接下来一节："他并不欣赏二十公里以外／湛蓝的湖水所掀动的理论。"诗人并不打算解除他在上一节给我们带来的情感和心智上的重压，他似乎已经开始诉说，但同时又在反对和间离这种诉说。我们看到，第一行使用了一个否定句式，并且，从第一个字就挑开了在上一节中模糊未明的人称上的变化，第一首诗中的"我"一变而为此处的"他"。到此为止，就这一首诗的前半段而言，它在节奏、语气和人称上较之前一首诗的多重变化已经开始让我们预感到，这组诗将会是极不规矩、极不安分的。再来看第二行，"湛蓝的湖水所掀动的理论"，它显然是上一节的主题句的一个分支，与这样一个主题相关联，因而极有可能意指一个我们所熟知的比喻的传统，就是把心比作湖水，把心灵视为某种平静的、有待的、反映并受动于外物的东西。不过，这一句的结尾的逗号使得第三、四行"让自己停下来，一下子停下来，／物群就兴奋，就扑过来"和前两行之间的关系多少显得有些含混：它究竟是一个中顿、转折（就像一个分号那样），还是一个扩展、说明（承担着一个冒号的功能）？在这里，"自己"一词加深了这个逗号所造成的模棱两可，我们似乎既可以将这两行诗视作对这个"二十公里以外"荡漾的湖水重新平静下来时的一种观察，也可以发现，它们刚好可以用来描述"我"／"他"的现状：来到一个安静的时空之中，而很多迷惑却又跟着扑了过来。然而，这两种意味重叠起来，似乎却在实际上验证着那种他"并不欣赏"的理论。

　　我们在这里遇到了一个复义的例子，就这一节的表层意义而言，显然，诗人并不认同那种对心灵的简单的看法，以及它所包含的心物对立的观念。这样一种认识方式很有可能正与"哭泣"所指代的那种生命态度有着内在的关联，如果认同于它，也就难以达到"否定哭泣"的目的，但是在诗行内部似乎又蕴含着反向的可能。现在又到了十四行的第三节："他终于可以大喊大叫，终于可以／两只脚上同一座楼梯，两只眼睛／看同一个花瓶上的少女。"这个潜在的反叛受到了削弱，我们看到内心与外界，以及内心世界自身的分裂得到了弥合与和解；接着，第四节又对称性地使用了两个"果然"，整首诗的最后一句，"果然寒冬划一了两个世界"，对这个和解添之以有力的强调："终于"和"果然"，正是诗人此前所期待，而此地的安静所允诺的。不过，我们仍然能够感受到张力的存在，它甚至是更具结构性的：在反复出现的"两"字中我们体味到这一点；再者，人称上的变化已然透露出分裂，这种分裂与前面的含混无疑有关。可以说，这"两个世界"，正是"我"与"他"的世界："我"是"他"的取景器和行李寄存处，而"他"则是"我"的变焦，是"我"随身携带的一个问号。矛盾并没有解决，而是被更深地呈现出来了。

第三首实际上是由五个句子构成。在前九行中，我们得知的是由环境带来的身体的感受。我们也已从栅栏经由楼梯，逐渐从房间的外部进入它的内部空间。稍可留心的是第九行的"安全"这个词，它曾经出现在第二首的第一句中，现在又出现了。如此强调意味着什么？如果这里换一个词，比如说，作者显然熟知的四川话中近似的"安逸"，较之现在，少了的是什么？我们可以先把这个想法搁置在这里。接下来两句，"不再"延续的是第二首中的"终于"，自我的分裂也从第二首中的"我—他"关系转为"我—你"关系，一种更具对话性的关系。而从"抵制你的痛苦"一语来看，这个"你"对于"我"来说，曾经是个强大而不胜其烦的存在。第四节的第一句中，"嚷嚷和嘀咕"一般用于表达不满的意思，现在，在这种空室以待的安静里，无论精神上如何，身体却首先感到了安全与满足。与前两首诗相比，可以看到，这首诗在节奏和语气上仍然在变化。

第四首："楼里早就空无一物。／我睡一觉，猝倒、消失了的／就醒转来。"这里，"醒转来"又是一个四川方言词汇，它出现在这个位置上，似乎暗示这些"猝倒、消失了的"，而在梦中重新活跃起来的事物也隐秘地携带着语言经验与记忆自身的口音。这一句与第三、四节中的"心愿""疑问"和"秘密"，再次与前三首诗中的"迷惑""哭泣"和"痛苦"这样一条主题线索联结起来。从第十一行起，以一个隐喻，某种自我认知的心愿诱导着重重困惑。

"间谍们"，第五首诗的第一个词显得格外凶险。它通常让我们联想到的是意识形态的角逐和对立，是冷战格局以及这一格局之下的各种政治小动作；它也让我们想到，冷战的一个最重要的标志物——柏林墙，就在作者旅德所长期居住的城市。而这一首诗的后两节也仿佛突然被压紧了，无论是在意象还是在语意转换的节奏上，都仍然延续着那股凶险的味道。比如，"落下"一词使"剃头"有了"砍头"的意味。而"长老们"这个词的出现，又使"剃头"有可能指涉"剃度"。假如我们考虑到剃度所包含的洗心革面的意思，那么我们还可以把它和前面出现的"变脸术"联系起来，等等。到了这里，这组诗已经有了不少难明之处，即使我们有意保留诗的意义的不透明和多解性，也仍然需要去询问：这组诗的"核儿"是什么？如果有，是单一的还是互相缠绕的一丛？它（或它们）又是如何得到表现和发展的？如果从前四首诗中我们可以不太费劲儿地得出一个欲言又止的关于自我认知与内心变化的线索，那么接下来的第五首诗与它又是什么关系？

很多时候，一个力图统一的解释容易成为一种强制性的解释；何况，诗中之"思"的力量，不在逻辑推演的深度，而是要靠语言形象的妙构。不过，如果不能在"解释的循环"中寻绎出一个总体的把握，对个别字句的随兴体玩也就缺少必要的依附。只是这种把握得到的常非循序渐进的结果，而是一种感受的迸裂。我在此给出的是非常个人化的理解，而我的解读沿用了老式的逐篇依次的形式，或许给了这种理解一个并不恰当的外貌。这首诗的第一句以"间谍们"开头，最后一句则以"长老们"开头，这是一个有趣的对照，这两种角色不无相似之处，他们都意味着一个与"此地"相异的世界，都需经历长期的磨炼，可以说都具有隐秘的双重身份。最后一句所蕴含的拜物教含义，以及这首诗的第六句到第八句，都使我们感受到明显的意识形态嬗变的意味。这种意味，对当代中国读者来说并不陌生。再回到第一句："间谍们留主要面具……"在这首诗里有不止一处谈到了"变脸"，这使我们回想起前几首诗里涉及的自我的分裂的主题，从某种意义上说，间谍所从事的职业就是自我的分裂，就是在不同的身份之间变换。我们还应想到，现代诗中很重要的一个发明是面具理论，对此作者非常熟悉，那么这首诗里的间谍们的命运除了可能让作者勾起社会生活记忆之外，是否也让他反省到自己的"主要面具"——诗人的身份，并由此引申出一些认识呢？

第六首的第一节，是冬春之间的一个场景：窗外下着雪，室内熬着稀粥，两种声音在想象中交织在一起。第二节大概要和诗人的一个一度作为他"主要面具"的身份，即他曾经作为一个医生的经历联系起来，这种熟悉而在此时此地显得意外的记忆使他变得温情。下面两节是记忆的延伸。"搬呀搬，一次又一次"，这一句，涉及中国当代城市生活中很多人都非常熟悉的疲惫的不由自主的缺乏安定感，在某些时候甚至缺乏安全感的身体经验，这让我们再次想到此前两次出现的"安全"一词。在萧开愚的另外一首诗，写于 1997 年 5 月的《跟随者》中，他和他的朋友孙文波一样，都敏锐地触及这种现代化过程中极为重要的普遍性的个人经验，不妨把那首诗的结尾两节拿来与本诗作个对照："而我（我们）的出路就是搬家，／搬呵！搬呵！／当我们抛弃多余的东西／木椅，字典，挚爱，／生命好像有了一点意义。／当我们抛弃身体的时候，／（我们乘过的飞机都腐烂了）／也许有人会点一点头。／／而市政工人还在街上，／挖啊，挖啊。"这两节和本组诗第六首的后两节一样，除了"搬"之外，都触及两个相关的经验，就是"扔"和"挖"。注意这里的形式：第十一行和第十二行用一种重复性的短句，传达出一种疲惫之感。再细心一些，还可以体味这里的两个"呀"字和第一节的两个"呀"字之间的情绪对比。另外，"几乎忘掉了"和"几乎干净了"都涉及记忆。和对江南的雪的记忆一道，似乎已经被遗弃，却好像和前面提到的"心愿"和"疑问"一样，"埋得太浅"，"没有腐烂"，趁着一个偶然的、不可预料的契机，重新回来，穿透了眼前这暂时和脆弱的安静。因为记忆，最后两句从此前几首这一首前两节中那种宁谧的调子突然一转，连用两个"可是"，音色变得高昂起来。最后一个词"安静"唯一一次出现在诗中，却和"撕破"共同传达出内心的动荡。

第七首和第六首一样，在异国的情境中展开和交织回忆，这些回忆极为私人化，但似乎并不难理解，作者的叙事能力在此又一次充分展示出来，具体而简劲，为诗中的情感恰到好处地勾勒出必需的线条。这里的"你"和第三首中的"你"不同，很明显是一个爱侣。从第二句"我搜索，搜索"以及此后的词汇可以看到，第六首末尾升起的音调仍在继续爬升，或许高音总是容易变得单调而令人厌倦，第一节的末尾分出一支降调。但是这个高音还在上升，到了第二节的后两行，无论是意象、节奏，还是情感浓度，甚至从视觉上，振幅都达到了最大，也是整组诗的最高值，而且难以察觉的是，那个降调的声音在这里也被融合了进去。这两行诗中的情感成分复杂、微妙，如同岩浆，既含纳着巨大的激情，在"那时"一词中又透露出无限的追挽。而与第一次出现的"那时"不同的是，我们或许还能体察出一种深蕴着的反讽的意味，它使这两行诗中的情感变得难以确定，令人不安。可以说，它"撕破了这儿的安静"。假如我们没有忘记这些记忆始终跟前面已经提到的那个自我的分裂的主题相关的话（正如这一首诗最后一行所写到的："我像我感觉到……"），那么，从这里已经可以明白这个组诗的标题所包含的两重意思：它既有由身体所获得的安全感而发出的感叹，也是内心对自我的直面与哀恳。

笼统地说，以上七首可以分作两个部分，前四首勾画出一个背景，同时不断给我们一些诱惑；后三首都在现实与记忆之间展开，但并没有随之满足我们的期待：诗人此前所提及的"迷惑"与"疑问"究竟是什么？他既未明言，似乎也没有什么迹象表明它们得到了解决，以至于它们也成为我们在阅读时的疑问与迷惑。我们当然可以把这些诗简略地读为一段相对完整的时空中对情景与心境的记录的松散集合，不过，这些疑问和迷惑毕竟还是会来纠缠我们，我们可以感到，它们来自个人的经历，然而又包含观念性的内容。它们使读解有时陷入晦涩，但这与诗人在这组诗的篇幅内注入的容量及其方式有关。到第八首诗中，诗人就开始展示与此迷惑相关的认识本身。这首诗因此显得和其他各首都不一样，它明显地分成两部分，因而在形式上也成为一个变体十四行。第一节中的"脂粉"一词让我们回想到第四首诗中的"花内衣"，同时，也可以和第五首诗中的"变脸术"联系起来。化妆不也是一种小小的"变脸术"吗？除美容之外，它也往往意味着身份的微妙转换。很有意思的是，在两次涉及认识这个主题时，作者都使用了性的意象。显然，诗人认为在二者之间存在着不仅仅是隐喻性的，而且是本质性的关联：对性的认知与其说要穿过种种面具和装饰来达成，不如说这些面具和装饰本身恰恰构成了性的最迷人的内容。那么，存在着某种绝对的、无视角无身份的"真"吗？用客观、主观这样的范畴（"秤和尺子""悔悟和怜悯""当然和想当然"）能够框限它吗？在这里，作者把它肉身化了。

再来看后半部分。第三节中的"小圆镜"，和第二首诗中的"湛蓝的湖水"存在着一个呼应关系，二者都适合用于比喻心灵，不同于后者的是，前者总是被用来指涉自我认知。"我在一面小圆镜里。／出来了一个，还有。／出来了一伙，还有"，这里写到了自我之面具的不可穷尽。为什么呢？在前面的几首诗里，我们已经注意到，自我的分裂的主题，总是和记忆有关，就像在这首汉语诗中，隐秘地包含着一种特定的方言口音。或者也可以说，在从四川到上海再到德国的这个不断"搬呀搬""扔呀扔"的过程中，身份也在经历着迁徙和增殖（比如，身处海外，对"汉语诗人"身份的感受自然会与在国内时不大相同），而自我在这种挑战和压力下，也在经历裂变。这首诗的前后两部分对称性地谈论了"真"与"我"这"两个世界"，但其实这是同一过程的两个侧面。我们还可以注意"小圆镜"这个词，它不是一个一般性的词汇，比如"镜子"，它有某种特指，它和第一行的"脂粉"，恰好构成女性"变脸术"的两个基本道具。综合"小圆镜"这个意象内蕴的多重含义，我们体察到这首诗里的这样一种观念：一种"变脸术"的欲求，一种面具性，就内在于我们的认识和自我认知过程中。这样，我们可以意识到它和前面谈到的"真"的肉身化互相说明的关系。也可以回头去理解第二首诗中，为什么"他"并不欣赏"湛蓝的湖水所掀动的理论"，他所要否定的"哭泣"也就比较容易把握了。

前文说到这首诗在整组诗里相对比较特殊，它所表达的是很具观念性的内容，但是它又不是通常意义上所说的那种哲理诗，显得更为丰盈。换句话说，即使不能洞晓它所说为何，它说的方式也非常迷人，似乎穿着一件"花内衣"。如果依照上面的分析，那么后者才是诗歌更重要的内容。

第九首第三节里有一种我们都熟知的情感经验，对某种绝对的自然状态的渴望。第四节的"喜悦"与组诗前半部分的"安全"对应，是与精神以及认识上的领悟相关的。这种喜悦与第八首中所表达的内容有关，在这里，它被浓缩在最后一句中："乌有乡向着乌有。""乌有乡"这个词让我们想到诗人在这首诗中所设置的环境，一个陌生、封闭、安静的处所，但是，如我们所已经看到的，经验、记忆却不断地将之捅破，无论是"真"还是"我"，都不存在一种乌有乡的状态。

第十首的第二行，道出了乌有乡的组织法则，即任何对于乌有乡的想象，无论其中多么应有尽有，暗中却是以减法原则组织起来的，即靠对现实世界的丰富性的减缩来实现。比如诗中的女士，记忆和梦本应是丰饶之物，就像我们在分析第四首第一节（"我睡一觉，猝倒、消失了的／就醒转来"）和第六首第三、四节时所看到的那样，但当她"要把别墅／搬进记忆中的小村子"时，它们变成了一种减号，或者说"删除"。"我"的"一闪"，让我们回想起第三首结尾的"既不享受拒绝之硬／也不享受逃避之软"，无论是"拒绝"还是"逃避"，都发自一个中心，因而也会带上其对象的部分色彩，那么如果这个对象就是请你"做减法"呢？如果把最后两首放在一起来读，可以注意到，一种喜悦、轻逸之感重新回到诗中，与组诗的开头遥相呼应。

由此可以把这组诗看作一出认识的喜剧，就像它写作的时间"冬春之际"，也可以被视为自然的喜剧一样。它包含了诗人以往诗中对自我以及对命运与社会的探索（尤见第五至八首），同时也可以从中见出他对诗歌自身的理解：诗，乃是对一切"做减法"的邀请的轻盈"一闪"。从这一意义上说，这组诗对诗人以往的写作有某种总其成的意味。这组诗的难能可贵之处也在于它将这种种探索与理解打成一片，并且以令人难忘的方式呈现出来。它创造性地使用一种各首之间不匀齐（形式不统一、节奏不一致）的十四行诗组的形式，并赋予整组诗一种迥乎不同的节奏、气韵和结构，在组诗与其中各首诗各自的节奏运动中使诗的空间达到最大。而这种独特的形式，与诗所展示的认识之间，也显示出微妙的呼应和交流。

冯 晏

1960 年 4 月生于内蒙古包头市，曾居武汉，后随母迁居哈尔滨。1980 年代开始诗歌写作并在国内外发表作品。应邀出席国内外多种诗歌节、诗歌学术活动、演讲、朗诵等。参与策划出版黑龙江《九人诗选》《飞鸿踏雪——龙江新诗与版画七十年巡礼》（获第 28 届"金牛杯"优秀美术图书金奖）。2020 年 1 月中国人民大学文艺思潮研究所和《作家》杂志社在广东召开冯晏诗歌创作研讨会。作品被翻译为英、日、俄、瑞典等多种文字。著有诗集《冯晏抒情诗选》（长江文艺出版社，1990）、《原野的秘密》（中国华侨出版社，1995）、《看不见的真》（哈尔滨出版社，2004）、《冯晏诗歌》（太白文艺出版社，2007）、《纷繁的秩序》（重庆大学出版社，2009）、《镜像》（商务印书馆，2016）、《碰到物体上的光》（人民文学出版社，2018）等。另有自印诗集《与从前有关》《边界线》《小月亮》《意念蝴蝶》《焦虑像一列夜行火车》《并非米勒的"晚钟"》。先后获《十月》诗歌奖（2007）、第二届"长江文艺·完美（中国）文学奖"（2009）、首届苏曼殊诗歌奖（2010）、《芳草》汉语诗歌双年十佳诗人（2012）、首届中国长诗奖（2018）、第十二届澳门文学奖散文一等奖（2019）。《镜像》入选商务印书馆冬季十大好书。

航行百慕大

第一夜

船尾奔跑，一只白狐吸光了空气，
我感到耳鸣，脚步穿过甲板，
尘埃跟来。水滴和盐分裂着。
一场暴雨划过时空，黑夜的某一处，
几根头发点燃星光，从眉间
被风带走。百慕大三角，
让我的虚弱通过这道窄门。

目光被银河拦截，即便你是未来的自己，
一只白鲸弓起脊背，鳞片映出弦月。
海浪，芙蓉花飞溅，
每一滴水都被海藻和未知的气息放大了。
一支香烟被浪花熄灭，
错觉比空寂更深厚。
我转身，瞬间，辽阔被移除了。
幼鱼降生，几朵漩涡与轮船周旋着，
生与死我不确定。

爱，说不出来。犹如错误和怀疑。
远离是一种接近，那些无法治愈的，
刻进了骨缝和暗礁。
波纹平息不了文字深处的熔岩。
我辨认星座，任凭头顶、肩膀和心愿
在夜空下移动，每经过一朵云，

预感都在变幻。

巨浪，向胆怯致歉吧，
坚强是软弱的。存在感来去匆匆，
变成嘲弄者。嘲弄活着吧，
躯干，变形主义还在绘制中。
甲板，升高的土，海风画我
轮廓和凝视，画皱纹，
送灵魂去飞行的线，
牵动着幻灭或者重生。月光，
一份清白，随时都有人急需！

时间慢下来，并不等于思维
已经穿越。边界没有周围，
秒针在手腕上空转。眩晕，
耳朵听到颗粒袭来。
我迷失已知胜过无知，
迷失生活胜过空。变轻了，
放下了，何止欲念以及暴躁的频率，
何止现实和非现实。

海风转动一件米色长裙，
丝绸之舞在路上。神秘信息
事先躲进眼底和右脑。
激情改变了来源。一些细胞飞出身体，
这个茫夜始终存在。飞鱼，
一把银剑往返于空中和水下，
偶数气泡浮起——海面的超现实。
在空寂中，冷风停在第几感？

骨髓再次升高恐惧的体温。

船头剪开海面，对于无人，
偶然在哪里？身体之外露着神经，
避不开触碰的手。面对消失，
所有避免都显得老旧，
萤火虫挤出人群，词语好像受风的左肩。
我躲海水射击，子弹穿过杯子，
犹如清晨我穿过梦境来到餐桌。
时间，一种习惯而已。

第二夜

时间隧道在海底比梦境还深，你衣袖纽扣的金属边从三维空间的顶层划破浮云碰碎了贴在你脸颊上酷似吻别的高纬度海水的冰冷。你于海面幽静处垂落的思念在天际洞开的轴心点又乘上两枚即将起飞的新词。你被巨浪撞击船舷的白银零落声惊醒借夜色降落到平面凸起的白色床单漩涡中刹那间又立即卷入另一种锈迹飘摇的风雨所蕴涵的白色恐惧，听焦虑重新归来在古老嘈杂的集市上奔跑逃脱中庸的枫叶身影，并以此证实你的又一份幻觉或者预言随风袭来正以高调姿态伴随着窗外橙色日出照亮你睡意退去仅存一叶薄丝的潜藏之躯以及与肺叶毗邻的隐蔽之心一并还原到日耕月息的传统中间去聆听人们依靠经验来判断万物沉浮所陷入的那种即使从不忘记提醒思维打开而事实却长久突破不了习俗半寸的原始频率。

第三夜

我为引力对无人说：晚上好。

我因词语向空无漫游，为了踪影，
对航行说：谢谢你。深夜，
我听见泡沫熄灭，啤酒
在嘴唇沿岸流淌。还有时光，
漏尽了人类，爱情还在发生。

远处，流星溅起几只西伯利亚雪雁，
划破冥想；犹如在非洲，羽毛眷恋宁静，
成片白鸥瞬间藏起整条河流。
在西澳，幽谷百合划过车窗，
毒素放过了另一种毒素的携带者们，
我穿越灌木丛，从白日梦返回现实，
各种缝隙，通往内心、三维？
四维，或者更多空间。

轮船撑开繁星的油纸伞，
在西大西洋漫游地球，
意念之蛇盘旋盲夜，
黄色披肩闪烁着静电。
百慕大三角，消失本身就是进入真相，
或者永生。此刻，我手扶船栏，
犹如轻握一支狼毫，神秘而涌动，
每一种惊恐坠掉一枚胸前的扣子。

在宇宙探寻一个疑问，如同翻一堆名片，
找一个外星人。我来到酒吧，
找到一个证实预感的空座位。
米花和烈酒，膨化不愿睡去的，
追问不能说的。今夜，影子下面，

潜能中一棵老树落光了叶子，
裂缝，在梦境里是通透的，
犹如光芒是孤独的。

血隐藏着出生，就像古树隐藏着根，
秘密是永远的，即使被看破了。
看到不被看见的，我拿起镜子，
星星从耳朵两侧袭来。纬度和方向
我拿出手机测试，左岸又肥了几公里。
船向百慕大中心行驶，
灯塔亮起失眠的骨头。

消失是恐惧本身，体内自带的。
看不见，城市的颜色被视野
关掉了，犹如海的蓝色被夜关掉，
语言之光被深邃关掉。
已知被未知击碎了。此刻，
生活被晕船吐出，只留下意义，
海水推动语感，甚至放弃了船。
我迷恋远眺，为了幻觉。

静物在光中留住平静，这并非印象派本意，
虚无斩断了每一天，而踪影还可以触摸。
百慕大消失的飞机、轮船和生物
轻功雕刻着伤口密码，
消失的人没有皱纹。一条虚线，
伸向地球半径之外，水里，
几只章鱼伸出感知，空灵淹没了杂念。

第四夜

海底隧道的墙上挂着时间倒流的钟摆以及两枚银质
秒针，你穿越在红光绿海的夹层之间依次找见爱你
的逝者只是你没想到这需要沉痛的重新告别。你还
要往前追溯那掏空了海水把一艘紫红色木漆帆船从
远古留在百慕大首府汉密尔顿让你贴近拍照的英雄们。
只是你不了解他们生存在诞生勇士的源头并被宇宙
锻造肉身的智慧来源，你见了说什么？你还会继续向前
深探找见你精神之上的古希腊和古罗马再找见你不认
识但偏爱名字的人，你依然不了解他们哲思如虹怎
样精炼词语与灵魂倾诉。事实上你只认识他们的箴
言和文字以及被还原的图影。你在他们的文字未来中深
陷沉迷，仿佛承担了被塑造的宏大预知尽管你感觉自
己突破甚微，整个旧时光似乎依然在你新发现的真理中重
复。除了在百慕大海域的神秘消失人类那种无声大过有声。

第五夜

白色水母在你的手心里逃跑，
枷锁诋毁着你。星光倒挂，
虚幻通向远方，死者也挤在光柱上。
水被倒影刺穿，感官只是虚惊一场。
在这里，你被灵魂信赖，
超过以往任何一次爱，真心蒸发掉隐秘。

船尾，一对情侣正面对南方默念，
带你回到经验疤痕上，停留了一分钟。
此刻，你听见神经在呼唤中挣脱，
被骨头挡住。有一片黑暗依然指向
暴政那一年，你还没被救赎。

又一场风暴，在不远处移动，
螺旋桨加大孤独的轰鸣，正与雷声合奏。

彩鱼，海水深处的火药在船边发射，
礼花点亮天堂。你从水声出发，
前面通向哪儿？一艘船，假如上升到
思想之巅，蒸发是什么？
就像你离开生活，身体何为？
宇宙避谈隐藏的，你非要破解？

在路上，听觉、视觉和味觉相互阻碍，
你确信活着并被刁难。地球半径，
黑点——你的身影，红色衣襟时而飘动一下，
掀起混乱。为了飞行，
每晚能出入梦境已经足够了，
细胞里睡着什么？
你问脑际以及词语，冥想搅动着。
听，最大的声音——空灵，只要静下来。

上下楼梯，你反复证明身体
可以挥霍。黑暗记录下你正乘船经过，
与弦月一起。你的矛盾
遇见了和谐？海浪，
野兽的脚，踢向白色地平线。
除了这片盲夜，倾听跳跃的，
还有大陆板块。此刻，
你被时空袭来袭去。

掏空了一艘漏船的海水，拯救依然存在，

犹如爱还没被爱，一切还没开始。
未来，我们是否存在，
只有词语知道。将发生的，
在哪一枚笔画上？
茅屋和殿堂你都描述过了。
文身一对凤凰翅膀暗示着
被折断的羽毛和疑问，
面对无限，失恋不是你最疼的伤口。

你呼吸宇宙微粒有些咳嗽，
幻觉耗尽了负氧离子。
孤独犹如一把暗箭，反讽活着，
胆怯、疼痛和爱似乎更真实。
你的指纹，积聚着海洋和山峦，
你按下生命地理，为此，
你保留永恒和远视。
葡萄的壳，鼓满蓝色季风

词语紧追诗绪或一个隐蔽的诗学问题
——细读冯晏的《航行百慕大》

○ 敬文东

百慕大，窄门

百慕大（Bermuda），一个神秘无解的地方，一个令人恐惧的所在。它是死亡的乐园，是消失的天堂。无数的船只和飞机在那里失踪，海量的无辜者葬身大海。原因何在？至今没有答案。与此同时，百慕大又是激发诗绪，惹人遐想与瞎想，撩拨想象力和灵感的尤物。它对人的好奇心充满了诱惑力。2015年，当代中国诗人冯晏写就了长诗《航行百慕大》，算得上对这个著名区域的诗学回应，也算得上对这个优质诱惑的承诺与推崇。《航行百慕大》源于作者的一次真实航行。冯晏对此有过供述：她对百慕大实在是觊觎已久，渴望亲自前去拜谒；虽然临行前做了精心准备，但登船出发的那一刹，内心仍然摇摆不定。最后，是箭在弦上的那种旅行状态，促使冯晏裹挟着恐惧心理，在船上很是待了好几天，饱览了百慕大三角的奇"风"异"景"。在此，存在着一系列尾随着恐惧而来的伴生物[1]：恐惧激发了诱惑，诱惑成全了诗。《航行百慕大》则是冯晏对其诗歌写作边界的一次重要突破[2]，诗人对此似乎也乐于承认[3]。

《航行百慕大》共有五个组成部分，每部分都以"夜"命名，从第一夜按顺序铺排到第五夜：夜是《航行百慕大》的背景，也是全诗的底色，为的是突出航行地的神秘色彩与恐怖性。第一夜（即长诗的第一部分）的第

---

[1] 想想大卫·休谟（David Hume）的名言："尾随发生的只有变化，岂有他哉（Nothing follows from following except change）。"（参阅［加］麦克卢汉《理解媒介》，何道宽译，译林出版社，2011，第22页。）

[2] 关于冯晏诗歌写作的整体情形可参阅罗振亚、刘波《超越中的思想之旅》，《中西诗歌》2008年第2期。

[3] 参阅冯晏《诗的格局》，《作家》2015年第11期。

一节出现了"窄门"一词，似乎在暗示或申说某种不同寻常的东西，一下子和诗绪隔岸相望，却跟百慕大随身携带的恐怖特性短兵相接——

　　　　百慕大三角，让我的虚弱通过这道窄门。

在此，"窄门"是一个值得玩味的词语，也是一个来得恰到好处，既不早又不晚的词语，如此低调，但又如此打眼和醒目。从比喻的角度观察，百慕大以其极端性，以其地形学上的顽劣特征，算得上西方人眼中的"窄门"。"窄门"原本是个宗教术语，《圣经》至少两处言及它，两处都出现于福音书："你们要进窄门。因为引到灭亡，那门是宽的，路是大的，进去的人也多；引到永生，那门是窄的，路是小的，找着的人也少。"（《新约·马太福音》7：13—14）"你们要努力进窄门。我告诉你们：将来有许多人想要进去，却是不能。"（《新约·路加福音》13：24）从神学角度或上帝语义出发，窄门是这样一种性质的门：既可以通向死亡，也可以通往永生。对于毁灭，这个门是极宽的，绝大多数人都要经过它，奔赴自己的狗屎运；对于永生，这个门是极窄的，只有少之又少的人能通过它，奔赴天堂，享受极乐和永恒。我敢担保：《航行百慕大》中的"窄门"一词肯定不存在任何神学含义。《庄子》有言："人生天地之间，若白驹之过隙，忽然而已。"我们的人生，宛如小白马途经某个狭窄的缝隙，短暂到若合"符"契般"符"合"忽然"的内在语义。在褪去神学色彩后，"窄门"的含义之一，大有可能就是庄子的"白驹""忽然"经过的那道小"隙"。考诸《航行百慕大》形成的整一性语境，窄门不仅意指短暂，更应当意指生与死之间的那道门槛，那条没什么面积可言的切线：窄门是集短暂之语义和生死交汇点之语义于一体的词语，极具包孕性和率性色彩。与"窄门"搭配的"虚弱"与"通过"，正好从词性上暗示了这一点；但这种极具匠心的搭配方式本身对此的暗示反倒更为有力。

　　鉴于"窄门"的如许语义，为《航行百慕大》考虑，此处有必要仿照或根据"濒死"的构词法杜撰一个新词："濒生"。将死而未死的瞬间叫濒死，将生而未生的临界点则叫濒生。无论从神学的角度看，还是从世俗的角度观察，"窄门"都只能意味着：濒生的可能性远远小于濒死的可能性，就更不用说永生与濒死之间令人不安的修正比。《航行百慕大》更愿意将"窄门"理解为生与死的重合地：濒死意味着濒生，濒死或濒生皆有可能，只是概率不同而已。似乎还可以换一种表述：濒死与濒生重叠在同一个刹那、同一个"忽然"间，只是奔走的方向各不相同。道理十分简单，航行百慕大时，或生或死只在一线之间，濒生和濒死是重合的，端看命运和百慕大怎么安排——每一个来此冒险的旅行者，都知道这个公开的秘密。所以，《航行百慕大》一开篇就破题："虚弱"的来源是恐惧，恐惧的来源则是百慕大的顽劣特征和极端性。恐惧带来的"虚弱"在战战兢兢地、心虚地"通过""窄门"；"虚弱"在没有多少自信地渴望濒生，却根本不可能渴望神学意义上的永生，因为"虚弱"本身就因恐惧而没多少自信。这种含金量不高的自信必须从濒死的角度去定义，方才有效，只因为"窄门"的内在语义始终在要求——而不是在吁求——对它做这样的理解。冯晏只在世俗的层面使用"窄门"一词；而在"窄门"处，"犹如爱还没被爱，一切还没开始"（第一夜）。濒生与濒死的濒临特性，"窄门"对濒临特性的整体包纳，都让"犹如爱还没被爱"很自然地引出了一个结论："一切还没开始。"但"一切还没开始"并非意味着不开始，仅仅意味着"濒始"，亦即将开始而未开始的临界点，或那个"忽然"与瞬间，呼应了"窄门"一词对濒临特性的整体包纳。而"一切还没开始"中的那个"一切"，就包括了"犹如爱还没被爱"。或者换一种表述：在"一切"形式的"濒始"中，有一个"濒始"就是"犹如爱还没被爱"。它仅仅是"濒"于"爱"，但它居然在"濒"于"爱"！

所谓诗绪及其逻辑

《航行百慕大》以四两拨千斤的方式，让百慕大激发并且突出了人的"窄门意识"，让人的存在状况的危机性瞬间凸显，并逼人直视，根本就不容商量。从表面上看，"窄门意识"或存在状况的危机性好像是随百慕大的出现而突然出现的，但对于冯晏，或冯晏那类天性敏感者，却早有心理上的准备：它就藏在他（或她）的心之一隅，只差某个看似神秘的，或机缘巧合之中到来的外部刺激，宛若彼得·伯克（Peter Burke）所言，"正确的梦迟早会出现"①。中国古典时期的文论家对于心、物、诗三者间的关系，有过精辟并且恰切的说明。钟嵘有言："气之动物，物之感人，故摇荡性情，形诸舞咏。"（《诗品·序》）他的意思是：人只有感于外物，方有诗一类的东西（亦即"舞咏"）呈现出来，但前提是内有可感之物。否则，无论看似神秘之"气"有多大的力"气"，都将全无用处——没人能唤醒一个装睡者。刘勰说得更铿锵："岁有其物，物有其容，情以物迁，辞以情发。一叶且或迎意，虫声有足引心，况清风与明月同夜，白日与春林共朝哉！"（《文心雕龙·物色》）刘勰把钟嵘言及的"物"具体化了："物"大到天地、四时，小到人能看到的所有物体，以及人的皮肤能感觉到的所有东西，比如空气、雾气、水蒸气……钟、刘二公都意在强调：只有胸中自有丘壑时，百慕大一类的外物才有可能激发人的"窄门意识"，以开启具有动力学特性的诗绪。T. E. 休姆（Thomas Ernest Hulme）之言理应得到钟、刘二氏的高度首肯。此人在面对加拿大北部大草原的壮美景色时，情不自禁地说："我第一次感到诗的必需性和不可避免性。"②在这里，和诗之"兴"一样（即与"赋""比"并列的那个"兴"），诗绪也具有被动性：它只有在绝对的被动中，方能主动地达致自身③。正是在这样的情况下，冯晏才说——

> 目光被银河拦截，即便你是未来的自己，
> 一只白鲸弓起脊背，鳞片映出弦月。
> 海浪，芙蓉花飞溅，
> 每一滴水都被海藻和未知的气息放大了。
> 一支香烟被浪花熄灭，

① ［英］彼得·伯克：《文化史的风景》，丰华琴等译，北京大学出版社，2013，第 29 页。
② ［英］彼得·琼斯编：《意象派诗选》，裘小龙译，漓江出版社，1986，第 4 页。
③ 参阅敬文东《兴与感叹》，《首都师范大学学报》2016 年第 3 期。

错觉比空寂更深厚。

我转身，瞬间，辽阔被移除了。

幼鱼降生，几朵漩涡与轮船周旋着，

生与死我不确定。

（第一夜）

拜百慕大所赐，恐惧和虚弱看起来在同步增强，只是未曾明言，但隐藏在字里行间。尤其需要注意的，是如下两句："每一滴水都被海藻和未知的气息放大了""生与死我不确定。""窄门"对濒临性的整体包纳，在此得到了暗示。但只有胸中有"水"（观念之"水"与实体的百慕大之"水"相混合后得到的那种"水"，亦即杨政诗作《雪》中所谓的"不是水，是水的灰"），"水"才有可能被"放大"，并且，还会一路"放大"到结论性的"我不确定"。从"水"到"放大"再到所谓的结论，这中间隐藏着一个不易觉察的诗学秘密。这个秘密，乃现代诗绪自身的逻辑延伸导致的结果，而现代诗绪自身的逻辑延伸所依附的道理，只在可见和不可见、存在与不存在之间，需要读者拥有特殊的悟性。这是现代汉诗——而非古典汉诗——特别需要的悟性，超过了"诗有别趣，非关理也"（严羽《沧浪诗话·诗辨》）所昭示、所要求的那种感悟力。陆机有吟："驱马陟阴山，山高马不前。往问阴山侯，劲虏在燕然。"（《饮马长城窟行》）很容易分辨：陆氏的诗绪是线性的，是时间性的，整个动作、行为直到事件呈直线铺陈，诗绪的逻辑延伸看得见摸得着，条理分明，不容错乱。这在早期的新诗，亦即胡适们提倡的白话新诗中很常见，但也很快遭到了深切的质疑[1]。唐人常建有一名联："山光悦鸟性，潭影空人心。"（《题破山寺后禅院》）和陆机的诗相比，此处的诗绪是点性或面性的，亦即空间性的，诗绪的逻辑延伸被较好地隐藏起来了，山光、鸟性、潭影、人心之间的逻辑关系，悦、空之间的承续线路，需要这种诗绪逻辑要求的特殊悟性从中作伐，才能得到破译

---

[1] 对此，今人江弱水有过很完备的检讨与审视，参阅江弱水《文本的肉身》，新星出版社，2013，第33—50页。

或品味。古诗里的对仗、骈文里的四六，就是要延缓情绪的发展，就是要
让读者停下来，慢慢和细细地欣赏语言，品味诗绪要求读者必须感受、感
知到的那种逻辑。这种空间性的诗绪，新诗里也有很多，只是表现得更隐
蔽，也因语言方式、句式、语气的更多变化，显得关节更为众多，因而
转渡更加繁杂，直至增强了新诗的晦涩程度——至少从"水"到"放大"再
到结论的全部秘诀，需要有悟性的读者细细吟哦、慢慢品尝，才会终有
所悟。

　　每个优秀的诗人对词语、句子、语气，甚至在何处断句、何处歇息、
何处跨行，都非常考究，有时还乐于同读者捉迷藏、躲猫猫。他（她）在
暗示读者的同时，会把自己的意图藏起来。诱惑之妙，正在于你看不见诱
惑，却能感觉到诱惑无处不在，这与初恋时的互相试探大有异曲同工之
妙，也和阴谋高手间点到为止的过招方式颇为神似。和古典性的诗绪逻辑
相比，现代汉诗必须仰赖的诗绪逻辑在大多数时刻不仅需要点、线、面维
度上的持续转换，更需要心理空间上的大幅度转折。而后者的转折总是与
前者的转换程度很深地交织、交融在一起，肌肤相接，含舌入媾。更重要
的是，它们总是倾向于彼此隐藏对方：点、线、面维度上的转换，必须让
心理空间上的转折在消失中显现自身；反过来，心理空间上的转折，也
乐于让点、线、面维度上的转换在隐藏中现身。这既是诱惑和诱惑之妙，
也正是新诗被诟病为晦涩的原因所在，毕竟新诗至少在面对诸如"窄门意
识"一类的书写对象时，确实显得比古诗任务重、时间紧、心态急促。而
从"水"到"放大"再到所谓的结论（亦即"生与死我不确定"），就是在这
种双重的"现身"或"显现自身"中得以生成，唯有合格的、有特殊悟性
的、经过专门训练的新诗读者，才能将之分辨清楚。

死的现代性

　　"窄门意识"指称的，更主要是濒死，它突出的是存在状态的危机性，
但也时时影射与死两相厮守的生或濒生，亦即从死的方向求得定义的那种
生。在冯晏处，百慕大极有可能是现代社会的同义语，但似乎更应该说是

现代社会的极端形式①。它为现代主义诗歌提供了登台亮相的好机会，因为文学上一切形式的现代主义，都更乐于凸显事物的极端性或人间社会的顽劣特征。似乎嗜痂之癖或寻找暗疮、阴沟（而不是桃花与泉水），更有可能成为文学现代主义的真脾性。在凶险十足的空间和时间里（比如百慕大以及它隐射的现代社会），危机、危险意识一旦被激活，自然会逻辑性地促使"窄门意识"跃迁为某种生死相依的"显"意识（而不是"潜"意识）。正是在这个似乎是显而易见的维度上，冯晏和她的前辈与同辈诗人一道，再次发现并强化了死的现代性。

在笃信基督的国家，每个人濒死之时，理论上都有神职人员为其祷告。这是死的古典性，它将死理解为自然事件，也许足够令人哀痛，但不值得特别惊讶，仅仅如乔治·赫伯特（George Herbert）所言："祈祷是颠倒的雷霆。"② 对于没有宗教信仰的汉民族来说，医生是和死神签约，不是和生命签约③——《黄帝内经》至少从语调上很好地暗示了这一点④。和笃信基督的民族相比，汉族人更乐于将死理解为自然之事。"有生必有死"无论是作为一个命题，还是作为一种无法被抹掉的现实，都被他们判定为没有讨论的必要。从古至今，汉族人普遍相信，死并非不可接受，它仅仅是人生在世最后一件需要完成的事情，是义务，甚至是责任。不用说，永恒更靠近神学或宗教，它意味着时间被取消了，意味着某个灵魂因此凌驾于时空之上以便永远存在；不朽更靠近世俗，它意味着时间被无限延长，意味着某种精神因此深陷于时光的绵延并得以永存。汉民族对永恒没兴趣，它更乐于追逐不朽。不朽无关乎某个特定的肉身，却与这个特定肉身的血缘延续有染，所谓"立身行道，扬名于后世，以显父母，孝之终也"（《孝经·开宗明义章》）。因此，它强调"不孝有三，无后为大"。这种理解生死的方式，当然是非现代性的，在现代社会——尤其是它的极端

---

① 参阅敬文东《艺术与垃圾》，作家出版社，2016，第3—35页。
② 转引自［加］麦克卢汉《理解媒介》，第78页。
③ 参阅敬文东《对几种常见病的时间分析》，《天涯》1997年第5期；《关于请假的三个片段和三首小诗》，《东方艺术》1998年第3期。
④ 参阅费侠莉《繁盛之阴》，甄橙译，江苏人民出版社，2006，第45—90页。

形式——到来之前，中国人对死的理解很开通。虽然古典中国的诗词歌赋里，有对死亡的哀恸，但更多的，却是对光阴流逝的深沉叹息[①]。非自然死亡与现代器物、现代社会的消费特性联系在一起，比如，穿越百慕大需要借助飞机、轮船等古典时期绝不存在的物件——那顶多是他们想象中的尤物。而非自然死亡在数量上的暴增、在"质量"上的惨烈，凸显了"死之荒谬"[②]，而非死之自然性。人也许对自然到来的情、事、物并不恐惧，却对不知何时突然降临的东西深怀疑惧，尤其是当他（或她）对此有了自觉意识的时候，比如，航行百慕大有可能遇到突然到来的死。大体说来，死就在这种情形下获得了它的现代性，并给予人以折磨心性的焦虑感。或许，这就是冯晏有意将濒死和濒生叠合在一起的原因：百慕大突然点亮了死及其现代性，使之更加醒目和打眼，就像平庸的书页上突然出现了一行黑体字。冯晏为此写道："消失是恐惧本身，体内自带的"（第三夜）；"面对消失，／所有避免都显得老旧"（第一夜）。自古以来，死当然是人"自带"的，却因它在现代社会上的防不胜防特性——而非自然消逝——被重新定义了。它使所有型号的避免方式不仅显得很搞笑，更显得很"过时"。而与生命的自然消逝相比，"死是如此不祥之词，也是如此不洁之物，用它去定义消逝的过程和消逝本身，无异于玷污了消逝的纯洁性"[③]。现代性定义下的死，是对死本身的侮辱，但归根到底是对人的侮辱[④]。《航行百慕大》之所以选择夜晚作为背景（或底色），是因为夜晚乃白天的中断，乃白天的反面，夜晚因掩盖和屏蔽所有事物（包括危险）而令人恐惧。吊诡的是，正因为被掩盖、被屏蔽，危险反而显得更醒目，至少在心理上显得

---

① 比如"人生天地之间，若白驹之过隙，忽然而已"（《庄子·知北游》）；"河清不可俟，人命不可延"（《后汉书·文苑列传·赵壹传》）；"四时更变化，岁暮一何速"（《古诗十九首·东城高且长》）；"人生处一世，去若朝露晞"（曹植《赠白马王彪》）；"人生譬朝露，居世多屯蹇"（秦嘉《赠妇诗》）；"感朝露，悲人生！逝者如斯安得停"（陆机《顺东西门行》）；"丧车相勾率，鬼朴还相哭"（王梵志《夫妇相对坐》）。诸如此类，不绝如缕。

② 钟鸣：《涂鸦手记》，上海人民出版社，2009，第104页。

③ 敬文东：《艺术与垃圾》，第149页。

④ 参阅田松《死亡是一种能力》，《读书》2017年第1期。

更耀眼。就这样，夜晚强化了"窄门"对濒临性的整体包纳，并让这种包纳在力量上加倍，以至于在经历过心理空间大幅度转折的人那里，恐惧感得以双倍化——

> 我为引力对无人说：晚上好。
> 我因词语向空无漫游，为了踪影，
> 对航行说：谢谢你。深夜，
> 我听见泡沫熄灭，啤酒
> 在嘴唇沿岸流淌。还有时光，
> 漏尽了人类，爱情还在发生。
>
> （第三夜）

在此，被隐藏起来的双倍恐惧感似乎让一切事物都戛然而止，很有些地老天荒的感觉，超出了"山静似太古"表征着的那种肃穆境界，一如诗人在向无人处问候，却听到无人处自有喧嚣；也一如诗人所说，即便时光漏尽了人生，该发生的依然还在发生——比如爱情。但考诸《航行百慕大》所形成的整一性语境，生生不已的爱情不过是濒死的对生物，因其珍贵，反倒更能彰显死之现代性的狰狞面孔。但也因死之狰狞，更能彰显"爱情还在发生"中那个"还在"蕴含着的昂贵性。《航行百慕大》因此有理由数次提到死——

> 百慕大三角，消失本身就是进入真相，
> 或者永生。此刻，我手扶船栏，
> 犹如轻握一支狼毫，神秘而涌动，
> 每一种惊恐坠掉一枚胸前的扣子。
>
> （第三夜）

> 百慕大消失的飞机、轮船和生物
> 轻功雕刻着伤口密码，

消失的人没有皱纹。一条虚线，

伸向地球半径之外……

（第三夜）

特别值得注意的是这句："百慕大三角，消失本身就是进入真相，／或者永生。"作为一个漂亮的诗句，它突出了"永生"和"死亡"之间的张力关系，或者说悖论关系："消失"以其饱含的损毁语义，既和"真相"联系在一起，因为损毁本来就是事物与生命的唯一"真相"；又和"永生"联系在一起，因为损毁正好从反面构成了"永生"——"永远长眠"就是"永生"的另一种表述，却不必是它的谩骂形式或贬低形式，因为这不仅是修辞，更是事实。但修辞装饰了事实。

在此，有必要再次比较一下作为词语的"消逝"和"消失"。仅仅是从直观洞见的角度也不难发现：生命的过程和时光流逝联系在一起，因此，死亡总是同消逝相关。消逝必将是时间性的，意味着逝去的一切将永不再来；消失与空间相关，遵循物质不灭定律，亦即一个东西消失后，总是存在于某个地方，从理论上讲，人们有可能将它找到，即便是大海捞针也概莫能外。《航行百慕大》的作者深通词语之经络，熟悉词语的任督二脉，却故意将消失——而非消逝——与死亡相连，此中当有深意存焉。正如冯晏的理解，现代性定义下的死亡是空间性的，它强调突然性和非自然性——空间性正好有能力满足现代死亡强烈的嗜痂之癖[1]。将死亡与时间性的消逝联系在一起所表征的，正好是死亡的古典性；突出的，则是它的自然性征。冯晏依靠读音几乎完全相同的两个词，恰切而非碰巧地定义了死亡的现代性，亦即"窄门"强化过的那种现代性，并轻而易举地区分了两种不同性质的死。词语对诗歌写作的致命性，在这里暴露无遗，但它们都自有其生长过程，既非人力所能强行，亦非无本之木、无源之水。

但冯晏还是继续写道："你穿越在红光绿海的夹层之间依次找见爱你

---

[1] 参阅包亚明主编《现代性与空间的生产》，上海教育出版社，2003，"前言"第9—11页。

的逝者只是你没想到这需要沉痛的重新告别。"（第四夜）在此出现的，居然是"逝者"，不是看上去本该出现的"消失者"。时间性的、原本不可能再现的"逝者"，居然矛盾性地存乎于空间性的"红光和绿海的夹层之间"，这是一个值得玩味的诗学情节。在这里，就像一个人被分成两半，其中的一半是另一半观察、呼唤、吁请的对象。《航行百慕大》的偶数诗篇（即第二夜、第四夜）之所以迫切需要以"你"为称谓，绝不似奇数诗篇（即第一夜、第三夜、第五夜）以"我"为称谓，就是要在两个一半之间，建立一种对话关系（"你"），而不是独白关系（"我"）。"你"能自相矛盾地在特定的空间中，找见原本不可能再现的"逝者"；这种不可能的情形仅仅是在吁请性、观察性或呼唤性的对话关系中化为了想象性的现实，也才能化为想象性的现实。而这样做，就是要在点、线、面维度上的转换中，在心理空间的大幅度转折中，尤其是在二者的相互隐藏中，表达某种不可遏止的执拗之情：死亡早已被"现代性"了，消逝之物将永不再现，虽然这一切看上去是难以撼动的事实，但事实有时候本来就不是为了被尊重而存在，恰好是为了被冒犯而设置，尤其是当这种僵硬的事实冒犯了人之心愿的时候。出于不可更改的宿命性，对事实的冒犯只能寄存于对词语的转换上，但词语的转换急需心理空间上的大转折——对诗人来说，根本就不存在没有心理体温的词语。

诗绪和词语

所谓诗绪，就是从人类的所有情绪类型中，被推举出来用以揭示存在状况的某种（或某类）特殊的情绪——但情况并未运行到此便戛然而止。准确地说：拥有刘勰所言"应物斯感"之能力的"七情"（亦即俗语所谓的喜、怒、忧、思、悲、恐、惊），仅仅是诗绪的表皮，它们在指向对象时的那个"指向"本身（亦即某种类似于现象学中之"意向性"［intentionality］的东西），才是诗绪的内里。[1] 是过程性、中介性的"指

---

[1] 参阅赵毅衡《形式之谜》，复旦大学出版社，2016，第 3—4 页。

向"，而非原初性的"七情"，造就了诗篇，就像马克思暗示过的，是革命的中间人成全了革命[①]。诗绪（内里伙同其表皮）是现代汉语诗歌的秘密之所在。唯有它，才能催促、怂恿诸多词语快快上路，才能渴望并要求词语达致自身，亦即让词语向诗绪靠拢，并以此成就诗篇。而在诗绪和词语之间，存在着某种追赶和被追赶、拉拢与被拉拢的角力关系。现代汉诗的内在张力，现代汉诗被感染而来的现代性，大部分将落实在词语和诗绪的关系上；正是这种张力，直接构成了现代汉语诗歌写作的动力学原则。对于新诗，这是一种本质性的，亦即生死攸关的原则，却又不幸是一种在许多汉语诗人那里普遍缺失的原则。这种缺失正是当下汉语诗歌写作中不幸被隐藏起来的问题，更是一个被忽略、被轻视，以至于被认作不存在的问题。当下绝大多数的现代汉语诗人，总是倾向于把"以其自然方式存在着 (to be as it is)"的东西视为无物 (nothingness)[②]。而在高质量的新诗写作中，词语和诗绪总是倾向于相互较劲：诗绪，尤其是它的内里，因渴望成就诗篇而竭尽全力拉拢词语，词语因其自身的惰性或迟钝造就的大体重，却倾向于抵消诗绪的大部分拉力。越是优秀的诗人，或者，优秀的诗人越是处于其高阶性的创造时刻，也就越难调和但又必须尽力调和词语和诗绪间的矛盾。

为《航行百慕大》的整一性语境考虑，冯晏似乎有必要在"红光和绿海的夹层"与"逝者"之间，设置一种点性（或面性）维度上而非线性层面上的联系。这是诗绪逻辑针对诗篇的最终成型必须直面的任务，也是它必须承担的义务。但让空间性的"红光和绿海的夹层"与时间性的"逝者"彼此搭配，却类似于将驴弄成鸡的老公，或者，"目"居然"能坚"，"手"居然"能白"[③]。似乎是在诗绪面临重任而突然现身的一刹那，突破了词语的极限，冒犯了词语的惰性，甚至在公开嘲笑词语自身的迟钝，进而迫使词语就范并追随诗绪的步伐，方能令诗篇的屋宇完形、竣工。这种性状奇

---

① 参阅《马克思恩格斯全集》第八卷，中共中央马克思恩格斯列宁斯大林著作编译局编译，人民出版社，1961，第241—256页。
② 赵汀阳：《每个人的政治》，社会科学文献出版社，2010，第163页。
③《公孙龙子·坚白论》原文是"目不能坚，手不能白"，此处是反用其意。

异的诗绪，是诗人的内心有感于百慕大的极端性和顽劣特征，突然间让
"窄门意识"显得特别醒目而导致的结局。此时此刻，诗绪的内里和表皮
都显得颇为紧张，因此必须意念集中、凝神闭目，需要词语紧紧追随诗绪
的步调，方能在诗篇或成或败的那个生死一线天奋力挽救诗篇。冯晏仰仗
高超的诗歌技艺，将词语和诗绪之间的矛盾化于无形；而不解风情的读者
或没有能力的同行，还以为这里边没有任何问题可言，甚至根本不存在诗
歌的动力学原则。在此，词语紧追诗绪是个重大的现代诗学问题。词语跟
不上诗绪的情形，《航行百慕大》中有过"明"确的"暗"示——

> 爱，说不出来。犹如错误和怀疑。
> 远离是一种接近，那些无法治愈的，
> 刻进了骨缝和暗礁。
> 波纹平息不了文字深处的熔岩。
>
> （第一夜）

乔治·斯坦纳（George Steiner）说得好："人类拥有了语言……就挣
脱了寂静"，"在先前的寂静中，人类声音收获的是回声；但在冲破寂静
之后，人类的声音神奇而愤怒，神圣而亵渎。这是从动物世界的陡然割
裂……"[1] 这是说语言具有超强效用，能促使人类脱离自然界，免于成为
它的一部分。但此人还在另一处数落过语言："日常经验经常验证，语言
的不足才使得欠缺能具体存在。"[2] 相对于现代人千变万化的复杂经验，比
如经由现代性定义过的死及其濒临特性，语言（词语）永远是滞后的，正
所谓"那些无法治愈的，／刻进了骨缝和暗礁"。最近十几年间兴盛起来

---

① ［美］乔治·斯坦纳：《语言与沉默——论语言、文学与非人道》，李小均译，
  上海人民出版社，2013，第44页。培根的有趣言辞在此可以作为参照："据说
  潘或山野之神专拣回声女郎厄科为妻（而不爱任何别的言语或嗓音），因为只
  有回声才是真正的哲学，哲学忠实地翻译世界的词语……"（转引自［加］麦克
  卢汉《理解媒介》，第80—81页。）
② ［美］乔治·斯坦纳：《斯坦纳回忆录》，李根芳译，浙江大学出版社，2012，
  第81页。

的一个词叫"无语"，很是贴切地表达了在急剧变化的经验面前，语言的无能和无力。"无语"就是词语和经验不相称，没有充分表述、刻画经验的本领，几几乎沦为言说上的太监。[①] 情形恰如斯坦纳数落过的：语言的不足，只会反过来使原本的欠缺显得更醒目，宛若百慕大强化了"窄门意识"，强化了死亡的现代性。在现代社会，濒死几乎是随时的，濒生几乎没有可能，甚至没有任何一个人敢从逻辑上保证自己明天早晨还活着，因为空间化的现代之死不仅具有突然性，甚至本身就是"突然"的同位语。面对这种"突然"，共分五个组成部分的《航行百慕大》有分教：词语追赶得确实很"吃力"，虽然它也确实追赶得很"卖力"。

李洱说过："我常常感到这个时代不适合写长篇，因为你的经验总是会被新的现实击中，被它冲垮……现代小说中，使用频率最高的词大概是'突然'。突然怎么样，突然不怎么样。"[②] 很显然，李洱是在数落因经验不断变化而显得吃力、费劲的词语。这种数落指称的，乃是词语的匮乏特性。匮乏特性来自词语自身的惰性：词语在很多时候并不主动前进，它更愿意以逸待劳，以不变应万变。匮乏特性昭示（而非暗示）的是：从现有的词汇库中，很难直接挑出准确并且语义清晰的词语，去丝丝入扣般或描述或供养因现代经验而变得无比复杂的诗绪，尤其是它复杂的内里（亦即类似于意向性的那个"指向"）。因此，"爱，说不出来。犹如错误和怀疑"。说不出来的爱就是错误，但这暗示的是词语的错误，并且这错误本身就是件值得怀疑的事情。就是在如此这般之间，诗绪总是倾向于在前边开路，或者，诗绪总是被新诗赋予了必须在前边开路的重任，但要完成诗篇，还需要词语紧随诗绪之后，不得掉队，而词语就像衣服追赶着人，要将自己加诸人身，并力求在绝对的不合人身中，努力合于人身。这就是说，每一个诗人最终只有仰仗现有的词汇库；诗绪必须以其内里伙同表皮为方式牵引词语，像欢爱方面的女高手牵引第一次和她欢爱的小男人，一次又一次更新现有的词汇库存；词语的匮乏特征必须由此得到克服，并被

---

① 参阅敬文东《占梦术的秘密》，《西部》2012 年第 8 期。
② 李洱：《问答录》，上海文艺出版社，2013，第 39 页。

注入新的语义。

虽然骑着毛驴四处寻找诗意的李贺抱怨过"长歌破衣襟，短歌断白发"（《长歌续短歌》），我们的古典汉语诗人终归是幸运的。在"天下"性的中国，在被"天干、地支"长久浸泡过的华夏神州，数千年以来的农耕经验几乎没什么变化，因农耕经验而来的情感模式也几乎没什么变化。大致说来，古典汉诗因此不存在词语紧追诗绪、衣服追赶主人的情形。《说文》《尔雅》定义过的词汇库存基本管用，数千年来被诗绪、诗心千锤百炼的各色词语早已各从其类，枕戈待旦，随时准备起立、提胸，为古典诗绪效命。词语和诗绪错位，是新诗独有的情形，是文学现代性的一部分。陈世骧说："诗人操着一种另外的语言，和平常语言不同……我们都理想着有一种言语可以代表我们的灵魂上的感觉与情绪。诗人用的语言就该是我们理想的那一种。那末我们对这种语言的要求绝不只是它在字典上的意义和表面上的音韵铿锵，而是它在音调、色彩、传神、象形（不只是一个字样的象形）与所表现的情思绝对和谐。"[1] 很容易看出，陈氏之言专为新诗而发。对于优秀的诗人来说（不优秀的诗人在此必须剔除在外），虽然词语和诗绪错位的问题很难解决，但又并非没有希望。面临险境的冯晏说到底还是乐观的，她似乎有的是自信：

> 波纹平息不了文字深处的熔岩。
>
> （第一夜）

在百慕大，在"窄门意识"被凸显出来的地方，在濒生和濒死同时存在的刹那，在经历过点、线、面维度上的转换后，在心理空间得到大幅度转折时，冯晏抹去夜色和迷雾，终于看清了词语（文字）拥有自我生长并丰满自己的欲望：连百慕大无垠的"波纹"，都没能浇灭文字（词语）的胸腔中饱满的激情。看起来，"生生之谓易"（《易·系辞》）不仅可以称颂天、地、人，也可以称颂从来就不乏惰性的词语，那些被拙劣的诗人认为

---

[1] 陈世骧：《对于诗刊的意见》，《大公报·文艺》1935 年 12 月 6 日。

可以随意搬迁的僵尸，可以任意摆布的锅碗瓢盆。而任何一个优秀诗人，不仅要面临词语错位于诗绪的凶险之境，还须顺势而为、因势利导，满足词语自身的愿望，以期尽力减小词语和诗绪间的距离。他（或她）必须尊重并听凭词语的心愿，像让庄稼破土那般，让词语自己生长。虽然有时候"词语好像受风的左肩"（第一夜）那般羸弱无力，但词语还有一个很重要但也许隐藏起来的特征：它总是在其自身的惰性中，渴望着能让人"又乘上两枚即将起飞的新词"（第二夜）。

看起来，冯晏很清楚自己需要面对，以及需要解决的诗学问题："未来，我们是否存在，／只有词语知道。"（第五夜）她的意思或许是：只有神，或只有像神一样富有预见性的词语，才可以也才配知道我们的未来。冯晏似乎在暗示：词语总是处于成长之中，甚至能在我们之外成长。如果我们稍有悟性，听凭词语自身的心愿，我们就有可能让走向未来的词语重新回访此时的我们，预先向我们报告未来的情形，这正反讽性地意味着"目光被银河拦截，即便你是未来的自己"（第一夜）。此时，词语不仅赶上了诗绪，并且超过了诗绪，还反过来在牵引着诗绪。你可以说冯晏也许过于乐观，但似乎更应该说她对词语有母亲般的胸怀，有母亲期待儿女成长的那种柔软心理。但情形的另一面也很可能是：词语实际上并不"知道"什么，它必须在被使用中，在一次次地刷新语义的过程中，被赋予"知道"的特性。而放牧词语的诗人（比如冯晏），必须让词语获取它的自我意识，以至于让它脱胎换骨，成为新词。所谓新词，就是浴火重生的那个词，就是被刷新语义的那个词，就是成长起来的那个词，其目标，就是走向它前面的诗绪。而词语的未来和现实、来世和今生，都深藏于简单的一句话："未来，我们是否存在，／只有词语知道。"

罗兰·巴特（又译罗兰·巴尔特）有言："古典语言永远可归结为一种有说服力的连续体，它以对话为前提并建立了这样一个世界，在这个世界中人不是孤单的，言语永远没有事物的可怕重负，言语永远是和他人的交遇……现代诗摧毁了语言的关系，并把话语变成了字词的一些静止的聚集段……自然变成了一些由孤单的和令人无法忍受的客体组成的非连续体，因为客体之间只有着潜在的联系。"①江弱水对巴特之言有过很好的解读："现代写作摧毁了语言的连续关系，将诗的语言从时间的序列中解放出来，置于以视觉为主导的空间中来。"②尽管罗兰·巴特申说的，很可能是法语古典诗和法语现代诗，但这段话碰巧可以描述古典汉诗与现代汉诗之间的差异③。现代汉诗的语言方式不是"连续体"而是"聚集段"，也许原因很多，但词不称物，词与诗绪总是倾向于错位，无疑是更值得追究和深究的原因。如果一位新诗写作者居然没有领悟到词语和诗绪间的错位关系，那一旦取消其作品的分行，最好的结局，不过是些看上去还不错的小说片段或散文片段④。正是在词语和诗绪的错位感及其凸显和解决中，新

---

① ［法］罗兰·巴尔特：《符号学原理》，李幼燕译，生活·读书·新知三联书店，1988，第89页。

② 江弱水：《文本的肉身》，第35页。

③ 这种巧合很可能是因为汉语新诗的主要观念来自西方文学，而法语诗歌无疑是其中的重中之重（参阅张松建《抒情主义与中国现代诗学》，北京大学出版社，2012，第8—59页），只是此处无法展开论述。

④ 此处可以以著名诗人雷平阳的著名作品《杀狗的过程》为例。以下内容就是取消了分行的《杀狗的过程》，无一字增减："这应该是杀狗的惟一方式。今天早上10点25分，在金鼎山农贸市场3单元靠南的最后一个铺面前的空地上，一狗依偎在主人的脚边，它抬着头，望着繁忙的交易区，偶尔，伸出长长的舌头，舔一下主人的裤管。主人也用手抚摸着它的头，仿佛在为远行的孩子理顺衣领，可是，这温暖的场景并没有持续多久，主人将它的头揽进怀里，一张长长的刀叶就送进了它的脖子。它叫着，脖子上像系上了一条红领巾，迅速地窜到了店铺旁的柴堆里……主人向它招了招手，它又爬了回来继续依偎在主人的脚边，身体有些抖。主人又摸了摸它的头仿佛为受伤的孩子，清洗疤痕。但是，这也是一瞬而逝的温情，主人的刀，再一次戳进了它的脖子，力道和位置，与前次毫无区别，它叫着，脖子上像插上了一杆红颜色的小旗子，力不从心地窜到了店铺旁的柴堆里，主人向他招了招手，它又爬了回来——如此重复了5次，它才死在爬向主人的路上。它的血迹让它体味到了消亡的魔力。11点20分，主人开始叫卖。因为等待，许多围观的人还在谈论着它一次比一次减少的抖，和它那痉挛的脊背，说它像一个回家奔丧的游子。"但分行之于诗或汉语新诗的重要性很复杂、暧昧，远不是艾青或威廉斯（William Carlos Williams）认为的那么简单（参阅袁忠岳《心理场、形式场、语言场》，《诗刊》1992年第6期；张隆溪《二十世纪西方文论述评》，生活·读书·新知三联书店，1986，第117—118页）。但此处也无法对这一主题开论述。

诗的表达才不再是连续的，而仅仅是一组组"聚集段"。诸多"聚集段"之间的空隙，只有心理空间上的大幅度转折方可填充。语言方式的不连续，刚好是新诗现代性的重要指标之一。可以还原为小说、散文片段的"新诗"，则是对新诗现代性的严重冒犯——

> 城市的颜色被视野
>
> 关掉了，犹如海的蓝色被夜关掉，
>
> 语言之光被深邃关掉。
>
> 已知被未知击碎了。此刻，
>
> 生活被晕船吐出，只留下意义，
>
> 海水推动语感，甚至放弃了船。
>
> （第三夜）

"语言"被"深邃"关掉，"海水只推动语感"，这简直就是在直接针对新诗说话，在直接针对词语紧追诗绪这个诗学主题——亦即新诗的现代性——发言。"语言之光被深邃关掉"意味着：如果一个诗人想满足词语自我成长并丰满它自身的愿望，他（或她）的任务之一，就是要从"深邃"中，再度把"语言之光"提取出来，让它重新照亮事物，照亮走在前边的诗绪，不让诗绪打滑，不让诗绪遭遇绊马索。所谓"深邃"，依语言哲学的ABC，正好是语言自身的本性之一。在此，冯晏从诗学的角度对语言本性的发现很可能是重大的、有趣的：语言有时候有自己囚禁自己的癖好，它像自恋的那喀索斯，只有俊美如斯者，才有资格在自己迷恋自己的当口，将自己毫不犹豫地囚禁起来。冯晏很清楚，语言有此癖好，为的是跟最好的那类诗人开玩笑，因为一般性的诗人，甚至看起来很不错的诗人，根本就意识不到语言的这种顽皮性。他们能感受到的，更多是语言"一根肠子通屁眼"的直率脾气——这当然是他们在无知中对语言的诬陷，对语言的栽赃和藐视。

　　"语言之光"从"深邃"中被提取出来后，也就是从自我囚禁中被解救出来后，"海水"推动的，不再只是"语感"，而是和"语感"连为一体的语义——它们分别是语言这枚硬币或这只手掌的正反两面，恰合蒲柏（Alexander Pope）所言："声音必须与意思相呼应。"[1] 如果只有语感，语言就没有意义——它跟猿猴的叫声没多少差别。这情形，多多少少类似于卢梭（Jean-Jacques Rousseau）或哈维兰（W. A. Haviland）认为的，即使是作为神秘之物的语言，也不过是这种激烈情感的伴生物[2]。所谓"这种激烈情感"，就是某个优秀的诗人渴望从"深邃"之中，也就是从语言自身的囚牢中，把"语言之光"给解救出来。这种渴望如此强烈，以至于冲破了语言的边界，但更多的是修改了语言内部蕴藏着的意义。对于新诗写作，因其面临着复杂、晦涩、多维度的现代经验，词语必须随时处于创世状态，才有能力追赶甚至能够追赶上不断变迁的诗绪；一个只能针对过往经验的词语，必须历经多次"创世"，演化为能够言说被演化而来的新经验的词语。词看起来还是那个词，但它摇身一变，刷新了语义，克服了惰性，成为新词，甚至还是冯晏期待中的未来之词。现代性强调的是"变"，是不断的"变"，是永远的"变"，唯有"变"自身永远处于不"变"的状态中[3]，因此，词的创世，词的演化，就将是一个永不休止的过程。而作为一个重大的诗学主题，词语追赶诗绪如何被《航行百慕大》淋漓尽致地表达，则需要回到长诗本身的结构上来。

　　《航行百慕大》的奇数诗篇（即第一夜、第三夜、第五夜），书写抒情主人公航行百慕大时在甲板上的所见、所思，以及由此带来的真实思绪。这思绪显然是独白性的，是冥思式的，所以得是"我"，因为那只能是"我"的独白、"我"的冥思，而"我"的独白和冥思只有"我"才能"看见"，仰仗的乃是内视之眼。在神秘并且与"濒死"靠得更近的百慕大，才

① 转引自［美］韦恩·布斯《隐含作者的复活：为何要操心？》，载［美］詹姆斯·费伦等主编《当代叙事理论指南》，申丹等译，北京大学出版社，2007，第 76 页。
② 参阅［法］卢梭《论语言的起源》，洪涛译，上海人民出版社，2003，第 60—70 页；［美］哈维兰《当代人类学》，王铭铭等译，上海人民出版社，1987，第 290 页。
③ 参阅［法］安托瓦纳·贡巴尼翁《现代性的五个悖论》，许均泽，商务印书馆，2013，第 3 页。

有这样的真实思绪：是百慕大打眼的极端性和顽劣特征而不是其他，凸显了关于死的现代经验，才诱发了诗人（或抒情主人公）的独白和冥思。这首诗的偶数诗篇（即第二夜、第四夜）写甲板上的"我"看到沉思中的那个"我"的意识流部分，那是对"我"的恐惧的意识流部分的描摹。这就是奇数诗篇步伐从容、吐气若兰，偶数诗篇絮絮叨叨、宛若"话痨"的原因之所在。因此，甲板上的"我"，有必要将被他看见的那个沉思之"我"称作"你"。偶数诗篇因此有能力在两个"我"之间，建立起一种"我—你"关系。很显然，"我"对"你"有双重进入：首先进入那个人，也就是"你"。在此，所谓进入就是看见，一种内视性的看见，冥思中的看见。其次，是进入"你"关于恐怖的意识流部分。在此，进入依然意味着看见："我"看见"你"脑海中关于恐惧的意识，它在流动，偶尔在翻滚，偶尔有些语无伦次，呼应于濒死带来的疑惧，还让濒临性被"窄门意识"所包纳。

　　如果将奇数诗篇看成《航行百慕大》的正面，偶数诗篇看成它的背面，那么二者正好组成了一个剧场或舞台。正面是独白（想想舞台上独行的哈姆雷特王子），是关于濒生、濒死和"窄门意识"的沉思；独白与关于恐惧的意识流部分相交织，"我"和"你"遥遥相望。《航行百慕大》在读者的心理空间的转折中，就这样转瞬间被戏剧化了，亦即诗篇自己为自己，并且自己以自己为模板，搭建了一个舞台或剧场。更为打眼的是，《航行百慕大》既充当剧情的展示平台，又充当演员。正面的旁白，背面的来自意识深处的絮叨，使舞台上声部众多。正是在多声部中，作为诗学主题和新诗现代性重要指标的词语紧追诗绪，不仅成为剧场或舞台的主角，还得到了多侧面的揭示，以至于无所遁形。

　　有理由再次强调一个常识：新诗写作者每创造一首新作时，都担负着发明一种新诗体的任务。对，不是发现，是发明，是"无中生有"——这是新诗现代性的又一个指标。这种不断被发明的新诗体就像不断被创世的词语，必须体现词语对诗绪的紧追以及词语与诗绪间的张力，这种紧张感必须被敏感的读者所察觉。否则，读者就有理由认定这首诗是失败的，或有可能是失败的。借用张枣的观点，《航行百慕大》是一首元诗（metapoetry）：它是关于诗的诗，是谈论诗学主题和新诗现代性的一首诗。因此，《航行百慕大》有两个主题：一个是明面上的，它是对"窄门意识"的深沉书写，这是《航行百慕大》的表皮；另一个是深层的，它是对词语紧追诗绪这个诗学问题的反复强调，这是《航行百慕大》的灵魂。正是主题上的这种多声部，促成了、成就了一首不同凡响的诗作。《航行百慕大》不仅成为冯晏个人诗歌写作史上的突破之作，也为浅薄有加的当代新诗写作提供了难得的范本。

2016 年 5 月 17 日 19:00–21:00，中央民族大学文化楼西区 807 室

录音整理：张皓涵

骆一禾

1961 年 2 月生于北京。1969—1972 年随父母下放河南信阳。1979 年考入北京大学中文系。1983 年毕业后任北京《十月》杂志编辑，主持西南小说、诗歌专栏。同年开始发表诗作和诗论，作品散见于《青年诗坛》《滇池》《山西文学》《花城》《诗刊》《青年文学》《上海文学》《绿风》等刊物。1988 年参加青春诗会。海子去世后，撰写了多篇重要文章阐释海子诗歌。1989 年 5 月 31 日死于脑出血。生前未出版诗集，1990 年春风文艺出版社出版了其长诗《世界的血》。其后陆续出版的作品集有：《海子、骆一禾作品集》（南京出版社，1991）、《骆一禾诗全编》（上海三联书店，1997）、《骆一禾的诗》（人民文学出版社，2011）、《骆一禾、海子兄弟诗抄》（江苏文艺出版社，2014）、《骆一禾诗选》（太白文艺出版社，2019）、《骆一禾情书》（东方出版中心，2019）、《春之祭：骆一禾诗文选》（广西师范大学出版社，2020）。曾获北京建国四十周年优秀文学作品奖（1989）、《十月》冰熊奖（1990）。

为美而想

在五月里一块大岩石旁边
我想到美
河流不远　靠在一块紫色的大岩石旁边
我想到美　雷电闪在这离寂静不远的地方
有一片晒烫的地衣
闪耀着翅膀
在暴力中吸上岩层
那只在深红色五月的青苔上
孜孜不倦的工蜂
是背着美的呀

在五月里一块大岩石的旁边
我感到岩石下面的目的
有一层沉思在为美而冥想

1988 年 5 月 23 日

工蜂背负的生命之美

——骆一禾《为美而想》细读

◎ 西　渡

　　这首诗是骆一禾的名作。名作也者，并不单是因为它有名，而是它代表了诗人的某种根本倾向，可以为我们寻索海德格尔所谓诗人性命所系的"那首唯一的诗"提供重要的线索，并向我们透露关于诗人生命和诗歌美学的那些最重要的信息。这首《为美而想》就是这样一首诗。

　　《为美而想》这个标题表明了这首诗的主题，它是关于美的，而且是关于美的一种"想"，一种思索、沉思、冥想。骆一禾是一个倾心于美，并在其短暂的创作生涯中不断思索美的真义的诗人。诗人写过多首题为《美丽》的诗（《骆一禾诗全编》收入《美丽［一］》《美丽［三］》，没有《美丽［二］》），光"美丽"一词就在《骆一禾诗全编》中出现了近百次，他最重要的一篇诗论题为《美神》。骆一禾早年的一首《美丽》（1984）以少年独有的温情把女性青春之美表现得特别纯净："又闻雨声／那水里的浪花盛开／你那葱青的小屋顶依旧／／阳光晒暖后背／飘着春雪／一种早早的感觉／使我期待你／你是才惠的青草／初通人性"。这是一个年轻的诗人对于女性之美的领悟，这种领悟汇入了诗人关于美的不断思索中。当然，诗人后来关于美的思想在上述直觉领悟的基础上增加了很多新的成分（我们在这首《为美而想》中可以清晰地观察到这种增持），但这一领悟始终是诗人独特的美学和诗学思想的底色。我们可以说，诗人后来对于"美"的各种增持也正是为了捍卫这一最早领悟的"葱青"之美的权利。

　　第一行"在五月里一块大岩石旁边"点出诗人关于美的沉思的背景。五月处于春夏之交，是鲜花盛开、万物生长并不断走向繁盛的季节，也是自然之美得以充分展现的季节。"大岩石"是大地的一个缩影，也是人和众生的生存背景的一个缩影。岩石是坚硬的，甚至是尖锐的，它倾向于固持自己，抵触生长（包括众生和自身的生长），拒绝生命。然而，"岩石"却恰恰是生命展开自身之美的大背景。"大岩石"之"大"，指示着大地之辽阔，指示着众生生存背景的宏大、深远，也指示着人作为生存者的辽阔胸怀："人生　雷刑击打的山阳，那途程上／一个人成长／另一个人退下如消逝的光芒。"（骆一禾《辽阔胸怀》）实际上，"大岩石"就是"雷刑击打的山阳"，是人"成长""退下"的背景。这个背景将在下一行得到明确。骆一禾在散文中曾经描述过云南德宏附近某个"雷击区"的情形："当闪电游走而来时，一团火球带着'咣——'一声雷响，第一高度就消失了，于是又轮到第二高度成为第一，再一次雷击又打光了它，常年的轰击，旺盛的雨季降水，把这片雷击区打得光秃秃的。我挺立而作沉思，体味道：这便是你我的人生。"（《水上的弦子》）而作为众生之灵长，人必能于此际如此诉说："谁不能长驻辽阔胸怀／如黄钟大吕，巍峨的塔顶／火光终将熄灭……"（《辽阔胸怀》）所谓辽阔胸怀就是在这样的生存背景中生长起来的。

　　第二行"我想到美"四字单独成行。这个"美"来自正在第一行的"五月"中展开自身的那种生长（大地万物）、燃烧（天上的太阳）的具体的"美"，又用一个"想"字做了概括、抽象的处理。诗人所关心、萦怀、一意要探求的乃是这具形的万物之美背后的本质。第三行"河流不远　靠在一块紫色的大岩石旁边"是对第一行的延展、开拓。"河流"是大地的血脉，也是大地上一切生命的根源，是生存的另一个背景。在这一行中，诗人用"紫色的"取代了第一行的"五月"，同时也就以"紫色"呈示着五月，因为正是五月里生命的运行赋予了坚硬的岩石一种最奢华的色彩——"紫色"。这一色彩也是生命意志对自身的宣扬。生命覆盖了生存的背景，"软化"了坚硬的岩石，把它转为生的一部分，美的一部分。

　　第四行前半行重复了第二行"我想到美"，进一步强调本诗的主题，并在音节上营造复沓的效果。后半行"雷电闪在这离寂静不远的地方"，也是所谓"雷刑击打的山阳"，是众生的背景。"雷电"是生命的摧毁者（"雷刑击打"），但同时也是护生者（它带来雨水、灌溉和生长）。作为护生者，雷电也是生命意志的体现，是辽阔胸怀的武装，也就是诗人在另一首诗里所写到的，"一路平安的弦子／捆绑在暴力身上"（《黑豹》）。说到底，生命要在严酷的环境中获得生长，必要有雷霆的意志。"寂静"是一种死的、停止的境界，然而就在这死的境界之上，雷电闪烁，万物生长。这是生和死的交汇和融合。这句诗的断行各本不同，《骆一禾诗全编》把"地方"两字单独断为一行，《上海文学》发表稿、《海子骆一禾作品集》《太阳日记》将"不远的地方"断为一行，只有《青年文学》发表稿合为一行。我以为《青年文学》的排法最好，其他排法都是源于抄写、排版中转行造成的误排。因为这一行从句法上讲和上一行对应，都是一气连贯的长句，无论从何处断开，都会影响到气的连贯和语调的贯通。

以上四行，概其大意无非是说，诗人在五月里一块大岩石旁边想到美，但诗所表现的内容却远比我们概括的这"大意"丰富、深厚、深刻。这个丰富是通过诗中意象、语词的暗示和象征作用来达到的。通过"大岩石""五月""雷电""寂静"这些意象和语词，诗人暗示了美所根植的巨大背景，在这背景中严酷的生存搏斗，以及生死的轮回替换。在这里，"美"和生存获得了联系，也和生命意志获得了联系。显然，这里所说的"美"早已不再是《美丽》中那种纯净的"青葱"之美。

五、六、七三行通过"地衣"形象对美的内涵做进一步阐扬："有一片晒烫的地衣／闪耀着翅膀／在暴力中吸上岩层"。"地衣"是最卑微，最无足称道，也最为人所疏忽怠慢的。然而，诗人却举出它作为美之沉思的第一对象。在诗人看来，作为生命，地衣和世间生存着的万物一样，和人一样，体现了生之壮怀和生之意志，因而同样表现着生命的至美。地衣之被"晒烫的"是一种灼热的胸怀，也是一种灼热的意志（这种热同样根源于头顶灿烂的太阳）。地衣展示自己生命之力的姿态，在诗人看来，也是一种生之飞翔，和蝴蝶、飞鸟之飞翔（这是"翅膀"一词的根据），和人之生存搏战，是同一生命意志的表现，于暴力中闪耀光芒。"闪耀"，《骆一禾诗全编》作"闪烁"。"闪烁"是同声词，但有动摇、不定之意。"闪耀"于声音上更响亮，而且是一种连续而爆发的光芒，用在这里显然更贴切。"在暴力中吸上岩层"，"暴力"在这里指示着生命内在的洪荒之力，"吸"则是这一"暴力"的运行和运作。通过"暴力"，通过"吸"，诗人把地衣对岩石的缓慢的入侵过程变成了生命对死亡的迅速征服。就这样，静止的地衣在诗人笔下不仅获得了闪耀、飞腾、"吸上"的腾跃之姿，而且被赋予了强悍的生命意志。"晒烫""闪耀""翅膀""暴力""吸上",这些词强烈地更新了我们对地衣的日常观感,也丰富了有关"美"的内涵。从日常语言的使用规则来说,这些词在诗中的用法都属于破例,至少也是夸大其词。它们在诗中的合理性源于诗人独特的生命诗学。从这一生命诗学出发,这些用法都是最恰当的、具有发明之效的、诗意的活用。事实上,诗人的遣词造句是以其整个的诗学为依据的。所以,即使从微观层面考察诗人的用词、句法是否恰当,也必须联系诗人整个的诗学进行,否则斤斤于字句上的得失,必不能得出正确结论。另外,这三行显然也呼应了第三行的"紫色",让这个"紫色"落到了实处。

八、九、十三行通过"工蜂"的形象继续阐扬"美"的内涵:"那只在深红色五月的青苔上 / 孜孜不倦的工蜂 / 是背着美的呀。"工蜂同样是一类卑微的生物,它们一直被赋予劳作、奉献和牺牲的形象。对这样一个形象,诗人用"孜孜不倦"四字做了概括。显然,在诗人看来,"美"是和劳作、奉献和牺牲联系在一起的。"深红色五月的青苔上","深红色"的青苔是开花期的青苔,它所开的花也就是"苔花如米小,也学牡丹开"的那个苔花。这个苔花可以看作前面地衣形象的延伸。地衣、苔花代表了植物界的生命和生命之美。工蜂则作为动物界生命的代表被诗人特别提出。最引人深思的是这一意象组合的第三行"是背着美的呀。""是背着美的呀"六字被单独列为一行,显示了诗人对这一表达的重视。从骆一禾整个的诗歌写作来看,诗人一直有一种强烈的"背负"的意识,这一意识构成了诗人生命意识中非常重要的一环(这一意识在某一程度上也为海子所共享)。兹举数例:

> 我背起善良人深夜的歌曲
> 玉米和盐
> 还有一壶水
>
> ——《生为弱者》

> ……大自然

背负着人的灵魂

灵魂又背负着这个世界的苦难

……一些人

背负着罪名，一些人背负着辛劳

一些人背负着我们的欢乐。

这些东西总要有人背着

——《和声：柴可夫斯基主题》

每一个人都背负着一份痛苦

就像背负着天赐的良机　火石和淡水

——《和平神祇》

我背着世界来到世界

——《夜宿高山》

是这些粗人背着生存的基础

——《诗歌》

我承受等级　背起泥土　穿过人性

——《世界的血·飞行》

在骆一禾那里，大地和泥土需要背着，苦难和罪需要背着，自由和人性需要背着，欢乐悲伤需要背着，美也需要背着。工蜂是小的、轻的，所"背"的东西却是沉的、重的。事实上，正是工蜂这种看似渺小的、柔弱的存在，背负着这个世界的重量。从另一方面讲，因为是工蜂背负着世界，所以它又是最强大、最坚韧的存在。因此，工蜂的存在最醒目地呈现了生命飞腾之美。工蜂因为"背着"而"美"，"美"也因为工蜂之"背"而获得了它的定义：作为生命意志和力量的表现。"工蜂"某种程度上也可以说是诗人的自我形象。

　　最后三行把视角从外界（地衣、工蜂）收回抒情主体。从文字和音节看，是对前两行的反复而有所变化调整。第十一行是对第一行的重复，只在"大岩石"后加一"的"字。这一调整使音节更趋于舒缓，缓解了中间因"暴力""闪耀""吸上"等尖锐用词带来的紧张。最后两行"我感到岩石下面的目的／有一层沉思在为美而冥想"是对第二行"我想到美"的扩展。"我感到"弱化了"我想到美"的主体视角，并在下一行进一步转化为无主体视角。"有一层沉思"是谁的沉思？当然可以说是"我"的沉思。但诗人为什么不直接说"我在为美而冥想"，而偏说"有一层沉思在为美而冥想"？我想诗人是要通过这一无主体的处理将这一种美的沉思提升和普遍化。当然，我们更不能略过"岩石下面的目的"这一表达。"岩石下面的目的"指什么？从信仰的角度，这个目的也许就是神的意志，它赋予生命存在的形式和意义。骆一禾虽然不是一个信徒，但他在整个诗歌创作生涯中一直在探索信仰的可能。因此，在这首沉思美、沉思生命根本性质的诗中，闪现信仰的视角并不令人意外。而如果我们假定骆一禾是一个无神论者，这个"岩石下面的目的"就只能用自然或生命本身的意志来解释。骆一禾也许不是神学意义上的目的论者，却大抵是生命哲学意义上的目的论者——他那与时代氛围、与同侪格格不入的使命感概源于此，其倾心新生的心理取向也与此有关。海子在《太阳·诗剧》中的追问——"我们　活到今日总有一定的缘故　兄弟们／我们在落日之下化为灰烬总有一定的缘故"（《太阳·诗剧》），也带着目的论的影子。但海子带着他的追问匆忙地回溯到了"孕育天地和太阳"的原始时刻，而骆一禾所萦怀的却总是未来。因此，骆一禾这个"岩石下面的目的"也是向着未来，向着生命之未来的：自然的存在从未来取得它的意义，岩石的存在从生命取得它的意义。此处的"岩石"由此获得了与第一行的"岩石"不同的内涵。如果说第一行的"岩石"是拒斥生命的，这里的"岩石"却获得了对生命的理解和同情，站到了生命一边。骆一禾说："个人生命的自强不息，乃是唯一的'道'。"（《水上的弦子》）也就是说，生命的意义高于一切，它是其他一切意义的根源。似乎"岩石"最后也同意了这一点。所以，那个"有一层沉思"也是属于岩石的，属于倾向于生命的岩石的。

从这首诗，我们可以看出诗人所沉思的"美"，首先是和生命相联系的。简言之，"美"就是生命。在诗人看来，"美"在根本上是生命的一种性质，是生命之力、生命之意志在其生存背景上的一种展示。在此基础上，"美"的内涵密切联系着生命的意志、力量，密切联系着劳作、奉献、牺牲的生命品质。在那篇题为《美神》的诗论中，诗人说："我所要说的并不是我自己或我自己的诗，而是情感本体论的生命哲学。"正是基于这一生命哲学和生命诗学，骆一禾要求"诗歌成为一种动作"[①]。显然，在诗人心中，"美"绝不是那种仅能带来感官愉悦的东西——这种美在《美丽》中曾经得到清晰的展示——而是另一种内涵更为丰厚、深邃的东西。这样的"美"也就不是一种单纯的"美观"。在长诗《大海》第十三歌中，骆一禾说："在漆黑的深海／美观是非常无足轻重的一端""古风可以是不美观的　而是一种至美。"（《大海·第十三歌》）在本诗中，诗人还没有完全否定"美观"——因此，诗仍然在五月这样一个"美观"的季节中展开——但已经赋予"美"更加丰富、深刻的内涵，这些内涵就其本性而言，是内含于生命之本质的。有意思的是，诗人选择了地衣、工蜂两种最卑微的生物分别代表动、植界来展现生命之美。这当然也是有深意的。卑微如地衣、工蜂尚有如此飞扬壮美之生命品质，况他者乎？况人乎？

[①] 骆一禾《为〈十月〉诗歌版的引言（一份短提纲）》，《骆一禾诗全编》，生活·读书·新知上海三联书店，1997，第 855 页。

陈东东

1961 年 10 月生于上海。1980 年考入上海师大中文系，开始写作。1986 年开始发表诗作。1987 年出席第七届青春诗会。曾参与创办和主编《WM》（1982—1984）、《倾向》（1988—1991）、《南方诗志》（1992—1993）等"民刊"。1994—1997 年担任海外人文杂志《倾向》诗歌编辑。1996—2000 年担任刘丽安诗歌奖、安高诗歌奖评委。2005 年以来参与策划和组办"三月三"诗会。现居深圳和上海。著有诗集《明净的部分》（湖南文艺出版社，1997）、《海神的一夜》（改革出版社，1997）、《即景与杂说》（中国工人出版社，2000）、《夏之书·解禁书》（重庆大学出版社，2011）、《导游图》（台湾秀威资讯科技股份有限公司，2013）、《流水》（华东师范大学出版社，2018）、《海神的一夜》（增订版，江苏凤凰文艺出版社，2018）、《组诗·长诗》（《夏之书·解禁书》增订版，长江文艺出版社，2019）、《陈东东的诗》（人民文学出版社，2019）、《略多于悲哀——陈东东四十年诗选》（上海三联书店，2023）；随笔集《词的变奏》（东方出版中心，1997）、《短篇·流水》（解放军文艺出版社，2000）、《黑镜子》（北京邮电大学出版社，2014）、《只言片语来自写作》（北京大学出版社，2014）、《我们时代的诗人》（东方出版中心，2017）等。曾获 Hellman-Hammett 奖（1996）、《上海文学》诗歌奖（2000）、张枣诗歌奖（2012）、"三月三"诗人奖（2013）、李笠诗人摄影奖（2015）、天问诗人奖（2017）、华语文学传媒大奖（2019）、北京诗歌节金葵花奖（2019）等。

全装修

诗是这首诗的主题

　　　　　　　　——W. 史蒂文斯《弹蓝吉他的人》

1

来自月全食之夜的沙漠
那个色目人驱策忽必烈
一匹为征服加速的追风马

他的头盔显然更急切
顶一篷红缨，要超越马头
他的脊椎几乎弯成弓

被要求斜对着傍晚的水景
上足了釉彩的锁子甲闪烁
提醒记忆，他曾经穿越了

浅睡和深困间反复映照的
火焰山之梦，他当胸涂抹
水银的护心镜，把落日之光

折射，如箭镞，从镶嵌在
卫生间墙上这片瓷砖的
装饰图案里，弹出舌尖去舔

去舔破——客厅里那个人
却正以更为夸张的霓虹腰身

将脑袋顶入液晶显示屏

2

一个逊于现实之魔幻的
魔幻世界是他的现实
来自月全食之夜的沙漠

在帝国时代里，他的赤裸 [①]
被几个无眠黄袍加身
茅庐变城邦……一枚银币

往返于海盗和温州炒房团
之间的无间道——重又落入他
抽离内裤，赶紧去一掬虚无的

手中之时，那个人已经用
追风马忽必烈装潢了赤裸
锁子甲闪烁，高挂于卫生间

浴缸的弧度则顺从着腰身
而一抹霓虹斜跨人工湖
没于灯海，令夜色成

夜色笼罩小区
令一番心血
不会以毛坯的名义挂牌

---

① 帝国时代：一款电脑游戏。

3

这情形相当于一首翻译诗
遛着小狗忽必烈的那个人
将一头短发染成了金色

他如何能设想他被设想着
脑袋退出了电脑虚拟的
包月制现实，并且用赤裸投身

超现实，镶嵌进卫生间墙上
这片瓷砖画装修的悠远
披上浴袍像披上锁子甲，凭窗

望星空，构思又一种
魔幻记忆——他曾经穿越了
浅睡和深困间反复映照的

火焰山之梦？或许他只不过
自小区水景和不锈钢假山
择路返回。这情形相当于一首

翻译诗：它来自沙漠的
月全食之夜，不免对自己说
——天哪，我这是在哪儿

（2003 年，写给波波）

一首诗又究竟在哪儿

——"全装修"时代的"元诗"意识

◎ 姜　涛

一

一直以来，如何在不同历史时段之间，建立起某种反叛、断裂或纠正的关系，始终是当代诗歌批评的重点，诸如后朦胧诗相对于朦胧诗，1990年代相对于1980年代等。借助这种批评策略，一茬又一茬的诗人确立了自我的形象、身份，当代诗歌的成长脉络也清晰可见。当然，近年来不少批评家也对此表示质疑，认为这种说法流畅有余，但或许深刻不足，容易忽略现象的交错以及历史惯性的缓慢沉积，并且容易被居心叵测地利用，服务于诗坛内部粗俗的权力游戏。在诸多质疑当中，诗人张枣的文章《朝向语言风景的危险旅行——当代中国诗歌的元诗结构和写作姿态》，便值得注意。此文在一开头，就提出这样一个问题：朦胧诗与后朦胧诗的代表性诗人，年龄差距其实不大，在历史记忆与意识上亦无本质区别，因而"真的有着两种从写者姿态意义讲时代精神不同的人吗"？在惯常的文学史区分之外，张枣进而提出第三种可能，正是它"像一朵玫瑰的芳香一样，将每个有着严肃预感的写作者围结成一体"，构成了多元状态之下内在的统一，"忽略对这统一性的揭示，也就不可能真正揭示我们今天的写作"。这"第三种可能"或内在统一性，被他概括为一种新的写作姿态的出现，即"将写作视为是与语言发生本体追问关系"，一种"元诗歌"结构得以从中涌现。[1]

所谓"元诗歌"，依照诗人的说法，是一种"诗歌的形而上学"："诗是关于诗本身的，诗的过程可以读作是显露写作者姿态，他的写作焦虑和他的方法论反思与辩解的过程。"[2] 从朦胧诗到后朦胧诗的"断裂"神话，在此

---

[1] 张枣：《朝向语言风景的危险旅行——当代中国诗歌的元诗结构和写作姿态》，载陈超编《最新先锋诗论选》，河北教育出版社，2003，第455—458页。

[2] 同上。

无疑被拆解了，但这却是为了建立一种更大规模的"断裂"，即"对语言本体的沉浸"的态度，在中国新诗的历史记忆中是相当陌生的，它构成了当代中国诗歌写作的独特性所在。诚然，张枣的判断在多大程度上吻合于历史实际，又在多大程度上不是一种个人的解剖和表白，是可以讨论的，但他无疑敏锐地捕捉到了当代诗歌的核心气质：对写作过程的关注，似乎凝聚于许多当代诗人的表达之中。因而，"元诗"不仅作为一种诗歌类型（以诗论诗），更作为一种意识，广泛地渗透于当代诗歌的感受力中。在这种意识驱动下，诗人们挣脱了"真实性"的规约，普遍相信人类的记忆、经验、思辨，在本质上都是一种语言行为，现实也不过是一种特殊的符号关系。

即便是到了1990年代，"向历史的幸运跌落"似乎构成了对1980年代激进的语言实验和"纯诗"倾向的反拨，一种广义上的"时事诗"的风行，增强了诗歌对当代日常生活、世俗经验的"介入"感。但实际上，1990年代出现的种种叙事性、及物性的写作方案，在根本上仍属于瑞恰慈所言的一种"伪陈述"，语言本体论的立场非但没有被放弃，反而可能变得更为极端了。诚如另一位诗人批评家所概括的："历史的个人化"与"语言的欢乐"构成了"90年代诗歌"的两大主题。[①]这两个主题其实已合成了一个主题，因为只有在独特的文本组织中，"历史"才能真正被个人把握，只有站在词语的立场上，现实才能被想象力吸纳为风景。在这个意义上，"90年代诗歌"对诸多人文主题的接纳，也往往是围绕"元诗"意识展开的，道德的追问、历史的关怀，最终仍会落回对写作本身的检视。诗人张曙光在他的名作《尤利西斯》中就这样写道：

> 这是个譬喻问题。当一只破旧的木船
> 拼贴起风景和全部意义，椋鸟大批大批地
> 从寒冷的桅杆上空掠过，浪涛的声音
> 像抽水马桶哗哗响着，使一整个上午

[①] 臧棣：《90年代诗歌：从情感转向意识》，《郑州大学学报（哲学社会科学版）》1998年第1期。

萎缩成一张白纸……

写作者的当下历史境遇问题，其实成了一个譬喻的选择问题，"生活的世界"的展开，也只发生在一张空白的纸上，这一点强烈地构成写作的虚幻性和现实性。诗歌对历史的"介入"，因此也只能是一种奠基于语言本体论的象征式"介入"，体现为西默斯·希尼所阐述的一种诗歌的"纠正"。①

宽泛地说，从浪漫主义开始，现代诗歌作为一种"感伤的"文学类型，自我反思的因素就包含在其中，浪漫派的开山之人施莱格尔就曾提到一种"超验诗"（transcendental poesies）的存在，它要求："把现代诗人里屡见不鲜的超验材料和事先的练习，与艺术反思和美的自我反映结合起来，造就一种诗论，讨论诗的能力。……在这种诗创造的每一个描绘中同时也描绘自己，无论在什么地方都既是诗，又是诗的诗。"②在现代主义的诗学传统中，对语言与现实关系的沉思，也是一个最常见的模式，无论是马拉美言及的"终极之书"，还是史蒂文斯笔下君临荒野之上的那只"田纳西的坛子"，都是经典的"元诗"表达。由此看来，当代中国的先锋诗人，似乎只是"迟到"地领受这一传统。在张枣的文章中，"元诗"意识的涌现也被看作是对"寰球后现代性"的参与，并最终导致了一种"文化身份"的危机。

对普遍主义的批判，在今天已经是知识界的时尚，当代中国诗歌对现代主义原则的狂热屈从，也是它为人所诟病的"原罪"之一。但应注意的是，"屈从"是发生在中国特定的思想、历史情境当中的，包含着特定的诉求和隐衷。无论是说"对语言本体的沉浸"，还是说将"当代诗歌的本质

---

① 所谓诗歌的纠正，是指用想象力抗衡外部压力，它的效应来自一种"一闪而逝的替代物"，"是一种仅仅可能被想象而仍然有其重量的现实，因为它在实际的重负作用下被想象，进而能够把握住它自身并抵抗这种历史局面。"（［爱尔兰］西默斯·希尼：《诗歌的纠正》，周瓒译，《希尼诗文集》，作家出版社，2001，第280页。）

② ［德］施莱格尔：《雅典娜神殿断片集》，李伯杰译，生活·读书·新知三联书店，1996，第95—96页。

寄托在写作的可能性上"①，在这些诗人的表述中，不难听到一种激烈的抗辩意识，以及对一种新的文学秩序的渴望，这恰恰暗示"元诗"意识本身就是一种政治意识。如果说它真的被普遍分享的话，那么它最大的功效，不简单地等同于语言活力的激发，而是通过对一种自明的、绝对的"现实"的瓦解，在与既定意识形态秩序的疏远中，建立了当代诗歌可贵的"场域"自主性。与此同时，诗人的社会身份也得到重新塑造，不再扮演公众舞台的主角或社会法庭上一个吃力的自我辩护者。在文学自律的现代想象庇护下，他们通过放弃大写的自我而获得专业的自我，成为一群"词语造就的亡灵"。

然而，问题的复杂性也由此产生了。随着时间的推移和社会环境的变化，当现代性承诺的幻境，以全球化的消费现实从天而降，当既定的意识形态秩序已灵活多变，与社会大众的趣味一道容忍了诗人的冒犯，甚至暗中纵容，将这种冒犯吸纳为一切的原则的时候，诗人们对"语言本体的沉浸"是否还能如此高调，是否在暗中也变得暧昧不明，则是一个应该继续追问的问题。

二

有关当代诗歌中的"元诗"意识，张枣从批评的角度进行了说明，他的诗歌写作也以此为前提来展开，这一点已有年轻的批评者予以细致的阐发。② 在当代诗人中，同样纠缠于这一话题的并不鲜见，陈东东就是另一个颇为典型的例子。

由于将写作自觉定位于"演奏内心的音乐"，陈东东的名字已成为某种标志，代表了当代诗歌在语言"不及物"性方面的超卓努力。在他的手里，诗歌不是内在经验的线性表达，而是一种语言配置、雕刻的艺术，他

---

① 臧棣：《后朦胧诗：作为一种写作的诗歌》，《中国诗选》总 1 期，成都科技大学出版社，1994，第 340—341 页。
② 关于张枣"元诗"意识的细致解读，参见余旸《张枣诗歌中元诗意识的历史变迁》，《新诗评论》2005 年第 2 辑，北京大学出版社，2005，第 151—164 页。

通过词、意象，标点、语气乃至空白的精心演绎，夯筑出一个"纸上的乌托邦"。对语言非现实性的执着体认，使得"解禁"一词，在他的写作和生活中成为一个核心的概念，用他的话来说："把一座由意义警察严加管束的语言看守所，变成哪怕只片刻的虚无，以获得和给予也许空幻却神奇邈然的解禁之感，是我常常求助于诗歌的一项理由。"[①] 相对于日常逻辑的呆板、单调，写作使物化的、沉沦的世界得以自由敞开，甚至飞升起来。与之相应，在他的很多诗作中，也存在着一种特殊的势能感，如同阳光照在大海上，世界在书写中被卷入升腾的气流，不断变得透彻、清明。[②] 这种"势能"，吻合于经典的"元诗"图式：在语言的作用下，世界向着超现实的维度运动。

近年来，诗人的面目当然也有了一些变化。如果说在过去，陈东东主要是一个高调的、"饮日"型诗人，在他笔下浮现的是一个由阳光、海洋、钻石、水晶、飞鸟构成的熠熠闪光的世界，那么在《解禁书》等1990年代后期的作品之后，世界的混沌与嘈杂大面积地侵入，或袅然或高亢的独白，也更多地为不同场景、文体的戏剧性展现所替代。这似乎是另一重意义上的"解禁"，从神话的、纯诗的世界，向尘世的经验敞开。这在读者的接受中也造成了一种印象，似乎高蹈的诗人也难免趋时，参与了1990年代的叙事性浪潮。对于这种皮相的认识，陈东东是予以否认的，他曾重申自己仍致力于一种"抽象"，只不过从"语言的抽象"转向了"本地的抽象"。[③] 有意味的是，在对"抽象"（语言非现实性）的坚持中，一种更复杂的"元诗"意识也随之浮现。在《窗龛》这样一首标准的"元诗"中，诗人这样写道：

---

① 陈东东：《把真相愉快地伪装成幻象》，《诗林·双月号》2009年第4期。

② 曾有人指出，他的很多诗作以"飞升"的意象开篇。出于一种高傲和对主题学阐释的拒绝，诗人自己对此说似乎并不认同。（陈东东：《二十四个书面问答》，《明净的部分》，湖南文艺出版社，1997，第237页。）

③ 蔡道：《陈东东访谈录——它们只是诗歌，现代汉语的诗歌……》，蒋浩编《新诗》第6辑（民刊），2004年12月。

> 现在只不过有一个窗龛
> 孤悬于假设的孔雀蓝天际
> ……
> 窗龛如一个倒影，它的乌有
> 被孔雀蓝天际的不存在衬托
> 像幻想回忆录，正在被幻想

在"孔雀蓝"的背景中，"窗龛"不过是诗人拟想的存在，它的乌有是叠现在"天际"这个更大的不存在之上的，"乌有"或"不存在"因而也是有层次的，相互嵌套的。这有一种诡辩的意味，但"窗龛"的视角，显然就是诗歌的视角，它的超现实性毋庸置疑。然而，与以往"解禁"的向度不同，在这里语言之所以超越现实，不是指向另外一种秩序，而是因为它正混同于现实本身。写作只是提供了一个契机，让"你透过窗龛／看见自己"，看见内室的幻象，并进一步看见整个世界已彻头彻尾地陷落于词语的镜像之中："语言跟世界的较量不过是／跟自己较量——窗龛的超现实／现在也已经是你的现实……"在近年来的写作中，这一"窗龛"的视角，或者说从某一高悬之处俯瞰的视角，对于诗人而言，似乎是支配性的。它也曾出现在《下扬州》等作品中，为那个站在天幕里的杂技演员分享。只不过对幻觉的体认，换成了俯瞰广大"下界"时的眩晕之感：

> 他站在杂技场最高的天桥上
> 光着膀子，仿佛云中君
> 为下界繁华里一丝
> 寂静而低眉……神伤

相类似的还有《导游图》中攀登者在山梯上的不断"回望"，《New York Public Library》中天使"探身"向下的阅读，以及《蟾蜍》中作为"俯瞰"视角颠倒的井底之向往。与此相伴随，上面言及的那种飞升之势，也愈来愈多被下降、回落的势能取代。在俯瞰与回望、上升与降落、攀爬与沉沦的交替中，诗人像是拥有了一种深度幻视的能力：从"窗龛"里望下去，"下界"的实在无论怎样繁华、绚烂，也不过是一堆庞杂的幻象。世界在词语中被"解禁"的同时，也似乎深深地以另一种形式被拘禁起来，陷入了一种循环往复、自我反复的白昼梦中。

在当代诗歌中，"元诗"意识的渗透，带来的往往是对语言"解禁"力量的信任，如臧棣《猜想约瑟夫·康拉德》一诗的结尾所表明的：

> 一群海鸥就像一片欢呼
>
> 胜利的文字，从康拉德的
>
> 一本小说中飞出，摆脱了
>
> 印刷或历史的束缚……

在这一"欢乐颂"般高亢的表白中，语言非但没有使世界封闭在"成规"中，反而将它拯救出来，在风格化的书写中使其焕发出清新的感性。通过这一表白，诗人无疑参与进"为诗一辩"的伟大传统中：当世界被写进一首诗里，它也获得了解放。陈东东也主动置身于这一传统中，去构筑他"超现实"的现实感，但他的想象力，似乎更倾向于书写这一"传统"幽闭的一面。"解禁"同时又是一种"被禁"，在"写作高寒的禁地"（《解禁书》），诗人在享用语言欢乐的同时，一种挣脱不得的苦闷和压抑之感也弥漫在他笔下。这种特殊的"元诗"意识，直接化身为那些反复出现的循环句式：

> ……实际上，他们循环在 // 循环游戏里……（《途中的牌戏》）

> 循环系统为循环循环着……（《幽隐街的玉树后庭花》）

> 空旷以空旷容纳着空旷。（《马场边的幽灵别墅》）

> 他纯粹的一生，在每个七天里循环周行（《梦不属于个人》）

一个逊于现实之魔幻的／魔幻世界是他的现实（《全装修》）

　　这种"幽闭症"的感受，往往伴随着语言挥霍的激情。譬如在海子的诗中，作为王者的诗人，在命名万物的同时，也为一种深深的弃绝感所围困。在陈东东这里，语言的幽闭则与一种南方文人的享乐主义气息相连。在超级情色之诗《幽隐街的玉树后庭花》中，那种曲尽其妙又苦苦沉溺的情调，被发挥到了极致，诸多感官被诗人既云卷云舒，又古奥生涩的句法拖曳着，混入一个细颈的烧瓶，剧烈地化合出无穷。但在语言放纵的背后，暗藏的却是一种深深的无力感，一种文人纤细的矜持感，二者相互勾兑，终于使得那"反应不至于更化学了"。

　　诗人的幽闭感受，或许可以归因于上述颓废的文人情调，又或许还与诗人的生活状态相关，因为长年与文字为伍，书写行为对日常生活的剥夺，已成为诗人基本的生存感受。[①] 但从批评的角度看，它更应看成是当代"元诗"意识的症候表现。陈东东诗歌的奥妙，在于能够发展出一种洞察力，让语言的幽闭包含时代生活的隐喻。换言之，在当下的社会场景中，对于语言与现实的崭新关系的体认，对于诗歌社会位置的艰苦思辨，已介入当代诗人的"元诗"意识中。对陈东东另一首诗《全装修》的细读，将有助于将这种社会关联进一步揭示出来。

三

　　《全装修》写于 2003 年，诗的结尾标明此诗"写给波波"。"波波"，指的是杭州诗人潘维，据陈东东自己交代，当时他正在装修家里的房子，听说潘维也正忙于装修，故成此诗。在诗的开头，诗人还引用史蒂文斯《弹蓝吉他的人》中的名句"诗是这首诗的主题"作为题记。首尾呼应之间，

[①] 对于当代诗歌已成为"一种空前的、不及其余的，以自身为目的的写作"，陈东东有着明确的体认，他曾将此比作一个吞噬诗人真实生活的"寄儿之梦"。见陈东东《有关我们的写作》，《明净的部分》，湖南文艺出版社，1997，第247 页。

无疑形成了一种强烈的阅读提示：这不仅是一首朝向公众阅读敞开的诗，同时它还是发生在两个诗人之间的隐秘对谈，要分辨其中的真意，需要同行之间的默契。但有意味的是，"元诗"的话题又展开在"装修"这个日用的层面，在两个诗人的对话中，生活世界与诗歌世界形成了一种微妙的重叠。

在结构上，此诗由三个段落组成，每一段落分六节，每节三行，整饬、有序的展开方式，显示了诗人在修辞上良好的自控能力。全诗以一个没有来由的、具有魔幻色彩的场景开始："来自月全食之夜的沙漠／那个色目人驱策忽必烈／一匹为征服加速的追风马。"在空漠的背景中，一个色目人独骑奔驰，"来自月全食之夜"一语，则烘托神异的氛围，并让人联想到一种精神上的分裂或臆想（"月全食"似乎是陈东东的偏爱，曾以一首长诗专门演绎）。在诗行随后的展开中，诗人像一个画匠那样，工笔描绘了这个色目人的衣着、身形以及周遭落日的光线，由于头盔、红缨、梭子甲、护心镜等一系列意象过于鲜明，一种超级写实的效果由此产生了：在落日之光的反复折射中，一切仿佛被镀上了釉彩，由于过于逼真而接近了幻觉。如果不是后面的诗行马上告知读者，这是卫生间瓷砖上的一幅图案，那么读者似乎是被引领到一个"窗龛"的位置上，窥视到的是窗外的"超现实"，而月色全无的沙漠，也不过是为了衬托乌有之乡的无垠。

果然，在第一段的结尾，描绘的视角终于拉开了：一人一骑的魔幻之旅，不过是装饰一片瓷砖的图案，"装修"的主题第一次在诗中得到了确认。随着视角的拉开，"卫生间""客厅"的相继出现，勾画出一个更大范围的私生活场景。然而，这并不等于诗句已从"超现实"转入"现实"，因为一个沉溺于电脑游戏的主人公随即出现了：当瓷砖上色目人胸前折射的光线已"舔破"图案、照入了现实，"客厅里那个人"的脑袋也正"顶入"他的超现实。在这个意义上，客厅里的"液晶显示屏"也就是另一片"瓷砖"，因为它也类似于某种"窗龛"，正朝向另外的世界敞开。

如果说在第一段，"瓷砖上的图案"与"液晶显示屏"的出现，已在"装修"和"电脑游戏"之间建立了关联，那么在第二段落，诗人似乎已按捺不住了，请看第一节："一个逊于现实之魔幻的／魔幻世界是他的现实／来自月全食之夜的沙漠。"可以说，这是全诗的点题之句。在上文引用的循环的句法中，"现实之魔幻"与"魔幻之现实"虽有所区别，但毕竟循环自指，暗示生存从内到外都处于梦魇的螺旋中。

　　点题之后，诗人稍显拘谨的写法终于得到某种解放，在随后的诗行中，工笔的描绘被眼花缭乱的意象组接所替代，诗人发挥了他在不同类型的经验、语言缝隙间的游刃能力，在电脑游戏（"帝国时代"）、社会百态（"温州炒房团"）、娱乐资讯（"无间道"）之间自由地穿梭、出入。在这场戏剧中，我们似乎读到了两个主角：一个是赤裸着身体、彻夜无眠的游戏者，另一个是用"锁子甲""追风马"掩盖生活之赤裸的"装潢者"。两个男人的形象，飘忽于纸上，实际上也可看作同一个人，同样孤独，同样自闭，同样沉溺于一场游戏无边的仿象。这意味着，现实与魔幻的辩证，不仅是数码的重叠，也不仅是私生活中的一场"火焰山之梦"，同时它也是更大范围内生活世界的法则。正如室内的装潢之于室外的霓虹与灯海，"夜色"原来也是另一种釉彩，让世界全面沦入一种装饰。这或许是"全装修"这一术语，在家居之外的更深含义，它接近于一种鲍德里亚式的命题：我们的"生活世界"其实已成为无边的仿象，它从来不会"以毛坯的名义挂牌"。

　　"这情形相当于一首翻译诗"，第三段起始劈空而出的一句，中断了前两段关于生活仿象的铺陈。一方面形成节奏上的突变，另一方面，第一次在"装修""电脑游戏"的主题之外，引入了"写作"的维度，诗人之间关于日用装修的对话，终于露出了"元诗"的底牌。下面出现的是一个典型居家男人的形象，诗歌的视角也从更广泛的社会视野，又回到私生活的领域："遛着小狗忽必烈的那个人／将一头短发染成了金色。"而当被遛着的小狗"忽必烈"与瓷砖上那匹追风马同名，主人的金发也未尝不可鲜明地闪耀，如同画中色目人的头盔与红缨。果然，在单身夜奔的色目人与孤独自闭的"那个人"之间，诗人的想象力持续地展开了。上面两个段落，探讨的主要是"现实之魔幻"与"魔幻之现实"的关系，在这一段中，话题则集中在了置身于魔幻与现实交界之处的"人"身上。"他如何能设想他被设想着"，我们又一次读到了循环的句法，诗人在这里提醒读者，沉溺于无边仿象的"那个人",实际上也被诗行深深地拘禁,他或许已意识到了(设想)自己也只是一个虚构的存在,只是另一个人笔下的想象。

在另一人的笔下,在另一个人的想象中,"那个人"的生活场景虽不出客厅、卫生间与小区水景,但"他"其实也像画中的色目人那样,不断穿越着他的"火焰山之梦":当他从"虚拟的包月制现实"退出,赤身走入卫生间,也就是再一次投身于或将身影"镶嵌"于超现实。在"浅睡和深困"之间,在"小区水景"与"不锈钢假山"之间,两个世界虽一实一虚,但互为倒影,而且穿行的路线相同。这情形,是否就相当于同一个梦境被两种不同的语言、符号书写,或者说这情形是否就"相当于一首翻译诗"?答案当然是肯定的。

当墙上的"月全食之夜"与私生活中的"包月制现实",最终被揭示为一首诗的两个不同版本,读者也似乎被引入了一个《黑客帝国》式的终极网络,"——天哪,我这是在哪儿",这是诗人代替诗中的"那个人"、瓷砖上的"色目人"以及所有阅读此诗的人,发出的最后一声惊叹。

四

在魔幻与现实、自我与非我、毛坯与装修、浅睡与深困之间,诗人轻巧地来往于诸种事物的边际,编织了一个复杂的意义迷宫。表面上看,在一个全民装修时代,诗人玩味的是一个关于现实与魔幻的哲学命题。但请注意,作为一首"元诗",在"装修""游戏""写作"之间,一种螺旋在曲折展开。在螺旋之中,诗人的语言"幽闭症"不仅没有被化解,反而扩大成一种无边无际的生存梦魇。作为诗人,也作为一个居家男人,那个飘忽的主体一样被困于符号、影像的囚牢中,无法找到自身。在颓废而迷人的玄学气息背后,一种强烈的现实隐喻不言自明。

试想一下在经典的"元诗"模式中,诗歌会以什么样的形象出现呢?它或是济慈的"希腊古瓮",或是史蒂文斯的"田纳西坛子",或是冯至《十四行集》中那面"把住一些把不住的事体"的风旗,或是布罗茨基的"蝴蝶"。这些形象虽各不相同,但有一个共同的前提,那就是基于词与物的现代分离之上的诗歌对现实秩序的挣脱。从这种挣脱出发，语言能够在惰性的现实之外，发展出一种更高、更自由的秩序。在《全装修》中，"装修"则成了一种新的写作类比物。在"全装修"的世界中，复制的、仿真的现代性逻辑统摄了一切，也为一切抹上了幻想的釉彩，支撑语言"解放"神话的一系列二元区分，如原本与模仿、虚构与实在、词与物、现实与超现实等，都纷纷被动摇了，代之以一种崭新的经验。用诗人欧阳江河的话来说，在这种新的经验中，"不仅词是站在虚构一边的，物似乎也在虚构一边"。[①] 显然，消费时代的生存现实，为"写作"与"装修"的类比提供了历史依据。在数码、图像、广告的覆盖下，消费的神话将一切变成商品，又接着将商品变成迷人的符号。"生活世界"的各个领域，无论是公共的政治、经济、文化，还是私人的欲望、游戏、起居，都被卷入"与符号的搏斗中"，正像一首诗卷入"与语言的搏斗中"。这情形相当于一首诗吗？新的灵感当然会产生，请看欧阳江河《时装店》一诗的片段：

> ……你迷恋针脚呢
>
> 还是韵脚？蜀绣，还是湘绣？闲暇
>
> 并非处处追忆着闲笔。关于江南之恋
>
> 有回文般的伏笔在蓟北等你：分明是桃花
>
> 却里外藏有梅花针法。会不会抽去线头
>
> 整件单衣就变成了公主的云，往下抛绣球？
>
> 　　云的裤子是棉花地里种出来的，转眼
>
> 被剪刀剪成雨：没拉链能拉紧的牛仔雨，
>
> 下着下着就晒干了，省了买熨斗的钱。
>
> 用来买鸭舌帽吗？帽子能换个头戴，
>
> 路，也可以掉过头来走：清朝和后现代
>
> 只隔一条街。华尔街不就是秀水街吗？

[①] 欧阳江河：《站在虚构这边》，生活·读书·新知三联书店，2001，第 135 页。

蒙太奇的原则，曾是现代艺术的"金科玉律"，但如今也扩张成全球化的消费时代的原则，不同地域、不同时空、不同性质的经验被穿插、并置在一起，形成刺绣、衣着、时尚的繁复流变。在世界这个无边的"时装店"中，诗人裸露的语言器官，显然也兴奋起来。他不仅在谈论时尚，而且用自己的语言回应、效仿着时尚的原则，在诸多元素间穿走、编织，使得一首诗同构于这个"花花世界"。

在陈东东的近作中，读者也会不止一次接触到"魔幻化的现实"，但他显然没有那么兴奋，《全装修》中飞奔的色目人也罢，客厅里电脑的沉迷者也罢，私生活中狂热的装修者也罢，连同在语言中"设想"万物的诗人，他们的命运何其相似，都被封闭在这样一个审美的却也是吊诡的幻境里。诗人在最后的惊叹之外，或许还隐藏了另一重的疑问：当诗歌的原则成为一切的原则，那么"一首诗又究竟在哪儿？"当文学的自主性被大幅削弱，文学性却作为一种"幽灵"，散播于生活的各个角落之时，已有批评家欢呼在这样一个泛文学的时代，凭着原来的专业技巧，蜕变为"文化研究"的批评仍大有可为。那么对于诗人来说，当想象的原则不战而胜，这是诗人的胜利吗？

作为一个消费时代的抒情诗人，他不可能拥有明确的答案，也没有义务和能力去承担诗歌之外的道德批判，但如果他仍然有某种妄念，想使诗歌成为一种进入现实的独特方式，那么如何打破修辞与现实的合谋，如何挣脱"无边的仿象"的囚禁，或许仍是清新的诗歌感性得以脱颖而出的关键。在这个意义上，陈东东写作中的元诗意识，的确发生于"为诗一辩"的传统中，因为它仍然涉及诗歌位置、形象的艰苦辨认。但那种高调的现代诗歌神话，却被转换成一种语言"幽闭症"。这意味着，当代诗人对"语言本体的沉浸"，曾针对着写作自由的被剥夺，但当剥夺变得更为隐晦、更为内在的时候，"元诗"意识指向的，不应再是语言的无穷镜像，而恰恰是指向循环之境的打破。

张　枣

1962 年 12 月生于湖南长沙。1978 年考入湖南师范大学英语系。1982 年大学毕业后任教于湖南株洲工业学校。1983 年考上四川外国语学院研究生，其后结识柏桦、钟鸣、欧阳江河、翟永明等，并称"四川五君子"。1986 年赴德。1987 年进入德国威茨堡大学比较文化学专业。1989 年转入德国特里尔大学攻读文学博士。1990 年间在卢森堡大学进修一学期，8 月至 11 月为美国迈阿密市驻市作家。1990 年《今天》复刊，任编委，1992 年开始担任《今天》诗歌编辑。1992 年 4 月至 8 月为美国俄勒冈大学驻校作家，6 月参加伦敦大学"中国当代文学研讨会暨诗歌朗诵会"，同月应北岛邀请参加鹿特丹国际诗歌节，并采访诗人艾基。1994 年起任教于图宾根大学。2004 年回国，先后任教于河南大学文学院（2004—2005）、中央民族大学文学与新闻传播学院（2007—2010）。2010 年 3 月病逝于德国。张枣去世后，《今天》于当年推出《张枣纪念专辑》，宋琳、柏桦编辑了纪念文集《亲爱的张枣》（江苏文艺出版社，2010；中信出版社，2015）。研究资料汇编《化欧化古的当代汉语诗艺》（颜炼军编）2020 年由华文出版社出版。著有诗集《春秋来信》（文化艺术出版社，1998；北京十月文艺出版社，2017）、《张枣的诗》（人民文学出版社，2010 年初版，2017 年再版）；随笔集《张枣随笔选》（人民文学出版社，2012）、《张枣随笔集》（东方出版中心，2018）。译作有：《最高虚构笔记：史蒂文斯诗文集》（与陈东飚合译，华东师范大学出版社，2009）、《张枣译诗》（人民文学出版社，2015）、艾纳尔·图科夫斯基绘本《月之花》《暗夜》（江西科学技术出版社，2010）。德国汉学家顾彬翻译的张枣中德双语诗集《春秋来信》1999年由德国 Heiderhoff Verlag 出版社出版。其博士学位论文《现代性的追寻：论1919年以来的中国新诗》（亚思明译）2020年由四川文艺出版社出版。《张枣诗文集》五卷本（诗歌卷、译作卷、讲稿随笔卷、书信访谈卷、诗论）2021年由四川文艺出版社出版。曾获斯图加特艺术学院"理论散文"奖（1999）、安高诗歌奖（2000）、《作家》杂志年度诗歌奖（2000）、《上海文学》评论奖（2002）。

跟茨维塔伊娃的对话

C'est un chinois, ce cera long.

——Tsvetajeva

1

亲热的黑眼睛对你露出微笑，
我向你兜售一只绣花荷包，
翠青的表面，凤凰多么小巧，
金丝绒绣着一个“喜”字的吉兆——
两个？NET，两个半法郎。你看，
半个之差会带来一个坏韵，
像我们走出人行道，分行路畔
你再听不懂我的南方口音；
等红绿灯变成一个绿色幽人，
你继续向左，我呢，蹀躞向右。
不是我，却突然向我，某人
头发飞逝向你跑来，举着手，

某种东西，不是花，却花一样
递到你悄声细语的剧院包厢。

2

我天天梦见万古愁。白云悠悠，
玛琳娜，你煮沸一壶私人咖啡，
方糖迢递地在蓝色近视外愧疚
如一个僮仆。他向往大是大非。
诗，干着活儿，如手艺，其结果

是一件件静物，对称于人之境，
或许可用？但其分寸不会超过
两端影子恋爱的括弧。圆手镜
亦能诗，如果谁愿意，可他得
防备它错乱右翼和左边的习惯，
两个正面相对，翻脸反目，而
红与白因"不"字决斗；人，迷惘，

照镜，革命的僮仆从原路返回；
砸碎，人兀然空荡，咖啡惊坠……

3

……我照旧将头埋进空杯里面；
你完蛋了，未来一边找葬礼服，
一边用绷紧的零碎打发下午，
俄罗斯完蛋了——黑白时代的底片，
男低音：您早，清脆的高中生：
啊——走吧——进来呀——哭就哭——好吗？
尊称的面具舞会，代词后颤"R"
马达般转动着密约桦林和红吻。
巴黎也完蛋了，

    我落座一柄阳伞下
张望和工作。人在搭构新书库，
四边是四座象征经典的高楼，
中间镶嵌花园和玻璃阅读架。

人，完蛋了，如果词的传诵，
不像蝴蝶，将花的血脉震悚。

4

我们的睫毛，为何在异乡跳跃？
慌惑，溃散，难以投入形象。
母语之舟撇弃在汪洋的边界，
登岸，我徒步在我之外，信箱
打开如特洛伊木马，空白之词
蜂拥，给清晨蒙上萧杀的寒霜；
陌生，在煤气灶台舞动蛇腰子，
流亡的残月散发你月经的辛酸，
妈妈，卡珊德拉，专业的预言家，
他们逼着你的侧影吸外国烟，
而阳光，仍舒展它最糟糕的惩罚：
鸟越精确，人越不当真，虽然

火中的一页纸咿呀，飒飒消失，
真相之魂夭逃——灰烬即历史。

5

阳光偶尔也会是一只狼，遍地
转悠，影子含着回忆的橄榄核，
那是神，叫你的嘴回味他色情的
津沫，让你失灵，预言之盒
无力装运行尸走肉，沐浴在
这被耀眼的盲目所统辖的沙滩。
看见即说出，而说出正是大海，
此刻的。圆。看的羊癫疯。看。

生活，在哪？"赫克托，我看见你
坐在一万双眼睛里抽泣，发愣"——
你站在这，但尸体早发白。等你
再回到外面，英雄早隐身，只剩

非人和可乐瓶，围观肌肉的健美赛，
龙虾般生猛的零件，凸现出未来。

6

樱桃，红艳艳的，像在等谁归来。
某种东西，我想去取。下午，
我坐着坐着就睡了，耳朵也倦怠，
我答应去外地取回一本俄文书。
你坐在你散发里，云雀是帽子。
笔，因寻找而温暖。远方，来客。
梦寐之中，你的手滴落着断指，
我想去取：人，铜号，和火车；

樱桃，红艳艳的，等的纯粹逻辑，
我心跳地估算自己所剩的时光；
没有你，祖国之窗多空虚。呼吸，
我去取，生词像鲟鱼领你还乡；

你去取，门锁里小无赖哇吐静电——
痛，但合唱惊警地凌空，绝缘。

7

你回到莫斯科，碰了个冷钉子，

而生活的踉跄正是诗歌的踉跄。
除夕夜，乌鸦的儿女衣冠楚楚地
等钟声，而时间坏了，只好四散。
带担架的风景里躺着那总机员，
作协的电话空响：现实又迟到，
这人死了，那人疯了，抱怨，
抱怨的长脚蚊摇响空袭警报。
完美啊完美，你总是忍受一个
既短暂又字正腔圆的顶头上司，
一个句读的哈巴儿，一会说这
长了点儿，一会说你思想还幼稚，

楼顶的同行，事后报火，他们
跛足来贺，来尝尝你死的闭门羹。

8

Wenn Du wirklich mich sehen willst, so muβt Du handeln!

——Tsvetajeva an Rilke

东方既白，经典的一幕正收场：
俩知音一左一右，亦人亦鬼，
谈心的橘子荡漾着言说的芬芳，
深处是爱，恬静和肉体的玫瑰。
手艺是触摸，无论你隔得多远；
你的住址名叫不可能的可能——
你轻轻说着这些，当我祈愿
在晨风中送你到你焚烧的家门：
词，不是物，这点必须搞清楚，

因为首先得生活有趣的生活，
像此刻——木兰花盎然独立，倾诉，
警报解除，如情人的发丝飘落。

东方既白，你在你名字里失踪，
植树的众鸟齐唱：注意天空。

9

人周围的事物，人并不能解释；
为何可见的刀片会夺走魂灵？
两者有何关系？绳索，鹅卵石，
自己，每件小东西，皆能索命，
人造的世界，是个纯粹的敌人，
空缺的花影愤怒地喝彩四壁，
使你害怕，我常常想，不是人
更不是你本身，勾销了你的形体；
而是这些弹簧般的物品，窜出，
整个封杀了眼睛的居所，逼迫
你喊：外面啊外面，总在别处！
甚至死也只是衔接了这场漂泊。

无根的电梯，谁上下玩弄着按钮？
我最怕自己是自己唯一的出口。

10

我摘下眼镜，我愿是聋哑人的翻译——
宇宙的孩子们，大厅正鸦雀无声：
空气朗读着这首诗，它的含义

被手势的蝴蝶催促开花的可能。
真实的底蕴是那虚构的另一个，
他不在此地，这月亮的对应者，
不在乡间酒吧，像现在没有我——
一杯酒被匿名地啜饮着，而景色
的格局竟为之一变。满载着时空，
饮酒者过桥，他愕然回望自己
仍滞留对岸，满口吟哦。某种
悲天悯人的情怀，和变革之计
使他的步伐配制出世界的轻盈。
大人先生，你瞧，遍地的月影……

11

……是的，大人，月亮扑面而起，
四望皎然，峰顶紧贴着你腮鬓：
下面，城南的路灯吐露香皂气，
生活的她夜半淋浴，双眼闭紧，
窗纱呢喃手影，她洗发如祈祷，
回身隐入黑暗，冰箱亮开一下；
永恒像野猫，广告美男子趸到
彗星外，冰淇淋天空满是俏皮话……
……夜莺啊正在别处，

是的，您瞧，
没在弹钢琴的人，也在弹奏，
无家可归的人，总是在回家：
不多不少，正好应和了万古愁——
呵大人，告诉我，为何没有的桂树
卷入心思，振奋了夜的秩序？

12

九月，果真会有一场告别？
你的目光，摆设某个新室内：
小铜像这样，转椅那样，落叶，
这清凉宇宙的女友，无畏：
对吗，对吗？睫毛的合唱追问，
此刻各自的位置，真的对吗？
王，掉落在棋局之外；西风
将云朵的银行广场吹到窗下：
正午，各自的人，来到快餐亭，
手指朝着口描绘面包的通道；
对吗，诗这样，流浪汉手风琴
那样？丰收的喀秋莎把我引到
我正在的地点：全世界的脚步，
暂停！对吗？该怎样说："不"？！

1994

茨娃密码
——张枣诗歌的微观分析

◎ 张光昕

一

让我们的故事从异国他乡的一个邮局柜台开始吧。在有条不紊的工作气氛中，一个中国小贩和一位法国邮局小姐在为一件中国货讨价还价，前者要价三个法郎，后者只想出两个，相持不下。站在他们身边的是准备邮寄手稿的茨维塔伊娃（Tsvetajeva，又译茨维塔耶娃），她兴致勃勃地走过去充当了两人的翻译。"他是个中国人，他有点慢"，这位俄国女诗人用一种极为郑重的口气，为那位讲法语的买家找到了一条充足理由，仿佛这个迟缓、狡黠的天朝子民是茨维塔伊娃的老朋友一样。[①] 交易成功终止于双方的妥协，而这个令人莞尔的场景则进驻了中国诗人张枣创作于1994年的一首组诗的开场：

　　亲热的黑眼睛对你露出微笑，
　　我向你兜售一只绣花荷包，
　　翠青的表面，凤凰多么小巧，
　　金丝绒绣着一个"喜"字的吉兆——

（1：1—4）[②]

张枣将一只精致的"绣花荷包"佩戴在了这组名为《跟茨维塔伊娃的对话》的十四行组诗的"光洁的额头"，或许也是"我多年后的额头"（张

---

① 关于茨维塔伊娃与中国人交往的故事可参阅［俄］茨维塔耶娃《中国人》，《茨维塔耶娃文集·回忆录》，汪剑钊等译，东方出版社，2003，第302—312页。
② 这里的数字标明所引诗句在组诗中的位置，"1：1—4"表示组诗第1首第1—4行。下同。

枣《姨》）。按照张枣的创作意识，一切文本都具有互文性。作为邮局轶事的互文，《跟茨维塔伊娃的对话》转而以一种中国视角重新讲述了一段发生在异国他乡的故事。在这里，"我"，是一个带有南方口音的中国小贩（张枣会把他想象成自己吗？），虽然与"广告美男子"（11：7）相去甚远，却是一个古典意境的兜售者。在盈盈笑意间，"我"用缓慢的民族节律细数着"绣花荷包"风华绝伦的图案，抚摸着它柔软的金丝绒，迷恋着它"'喜'字的吉兆"——这些都是纯粹的中国手艺。而原本在一旁承担翻译工作的茨维塔伊娃，如今成了"我"的兜售对象——"你"，这位女诗人被她邻国的同行擢升为这场漫长对话的主角之一。于是，"我"和"你"围绕着"绣花荷包"（绘有小巧的凤凰）酝酿着言辞，又被古典意境包围（"喜"字洋溢的完美想象），刚好凑成一个封闭的圆。这情形，令人想起张枣后来写出的《祖母》，在这首诗的最后，出现了一种微妙的格局：偷桃木匣子的小偷、祖母和我，"对称成三个点，协调在某个突破之中。／圆"（张枣《祖母》）。

在"绣花荷包"散发的古典意境中，这秩序井然的四行诗统一采用了"通韵"的写法："笑"—"包"—"巧"—"兆"，一以贯之，在另一种意义上画出了一个"圆"。然而，这种自给自足的诗艺免不了将自己"协调在某个突破之中"，它如同一颗潜藏在诗卷缝隙里"屏息的樟脑"，时刻准备着"紧握自己如同紧握革命"（张枣《夜色温柔》）。然而革命的螺丝刀就在顷刻间旋开了"通韵"的长钉。当"我"向茨维塔伊娃宣讲完那段自恋般的"广告语"之后，在一个斩钉截铁的破折号之后，在重复了刚才那番有趣的讨价还价之后，"我"登时被革命"紧握"了一下：

> 两个？ NET，两个半法郎。你看，
> 半个之差会带来一个坏韵，

$$(1：5—6)$$

此言一出，还没等读者发难，眼疾手快的"我"就略带娇嗔地率先抱怨起来，向着茨维塔伊娃，也向着读者：瞧，就因为你跟我争执，这里出现了一个"坏韵"！古典式的"通韵"秩序被一个从天外飞来的"NET"（"不"）击中了七寸，因"半个之差"而形成一个断裂，并且令此后的韵法为之一变，封闭的"圆"被打破了。如果我们再向后耐心地读上几行就会发现，"交韵"和"抱韵"的格式开始相继出现，并合力统治着该诗其后的韵律样式。关于这一点，张枣在后面的诗句中做过一个生动的对比：古典式的"通韵"就好像一个浑厚的"男低音"（3：5）抛出了一个"既短暂又字正腔圆"（7：10）的"您早"（3：5），并且"代词后颤'R'"（3：7）；而充满破坏力的"坏韵"则类似一个"清脆的高中生：／啊——走吧——进来啊——哭就哭——好吗"（3：5—6），这种既绵延又震颤的韵律，如同"马达般转动着"（3：8），跌宕而快速。诗犹如此，历史是否也仿照着诗歌被一个莫名的"坏韵"撞了一下腰呢？

这个"坏韵"让绣在荷包上那个"喜"字尴尬万分，像一把匕首挑开了说谎者身上仅剩的一条底裤。为了尽快修复这个"坏韵"，弥合上这个"圆"，也为了能够适时地与茨维塔伊娃押上韵，此刻的"我"仿佛一下子撕掉了那副小贩的皮囊，露出了一个诗人的本来面目，以便与这位女主人公两相对称。因为"我"现在已经不那么关心价钱了，反而对诗歌本身的问题更加认真起来，一种与茨维塔伊娃对等的诗人身份，被这突如其来的韵法转换召唤而来，在这里，我们依稀听到了张枣本人的声音。"通韵"被破坏了，新的身份格律也随即建立起来。"我"要跟茨维塔伊娃对话，就是要像一个伟大诗人那样坐在她的对面，用一口浓重而轻滑的湘音楚语与她娓娓倾谈，"让她坐到镜中常坐的地方"（张枣《镜中》），与她重新组成一个"圆"。

可以想见，对话双方在此时组成了一个最基本的"圆"，即一种原始的、直接的、面对面的对话格局："我"—"你"。这是古典形式的恩惠，信息在"我"和"你"组成的一个封闭的"圆"中发出、接收又反馈回来，形成一个闭合线路。在从小贩到诗人的身份转换中，为了实现这种伟大对话的可能，"我"扮演了一个诱惑者的角色：像一个善解风情的绅士主动搭讪一位女孩那样，"我"用一只神秘的"绣花荷包"来向茨维塔伊娃炫耀，诱惑她讲出内心的价码和她不为人知的生活（也许是一种窘迫潦倒的生活），用一个故意为之的"坏韵"，来让这位充满热情却时运不济的女诗人中计（也许是命中注定的），以便让她面对面地出现在"我"的眼前。

在本诗的另一处，"我"的这种愿望继续升级，从一个诱惑者变成了偷窥者："城南的路灯吐露香皂气，／生活的她夜半淋浴，双眼闭紧，／窗纱呢喃手影，她洗发如祈祷……"（11：3—5）"我"的偷窥行为不带有任何色情含义，而是只想恢复一种原始的对话格局，希望能实现与"生活的她"面对面的交谈，可是这种面对面的对话也许就像历史本身一样，仅仅是一次性的。"我"在这里只能采取"看"的姿态，看一个受难的女人在寂静的夜里伫立在氤氲水汽中沐浴，这一场景令人顿生宗教情怀，它在一定程度上为我们提供了一种对完美的"圆"的想象，就像那只精致的"绣花荷包"上的"喜"字带给我们的"吉兆"。

按照张枣暗地的设计，这只"绣花荷包"其实是个潘多拉盒子，里面装着一个呼之欲出的、魔鬼般的"坏韵"，它被无辜的茨维塔伊娃打开，并永久地携带着这个坏韵（或称"坏运"）颠沛流离。张枣在这里不但创造性重构了一个"我"与茨维塔伊娃发生对话的契机、一个崭新的"圆"，而且为后者追认、描述了一个"坏韵"发生的症候或曰起源。这个起源既来自诗歌内部（即语言的、形式的、结构的因素），也来自诗歌外部（时代的、个性的甚至命运的因素），它们被来自异邦的"绣花荷包"悄悄裹挟，配制成一个充满玄机的"坏韵"，强塞给了茨维塔伊娃，同时也成就了茨维塔伊娃。

二

茨维塔伊娃曾在一封信中对里尔克说："您的名字不能与当代押韵——它，无论是来自过去还是来自未来，反正都是来自远方。您的名字有意让您选择了它（我们自己选择我们的名字，发生的一切永远只是后果)。"① 如果茨维塔伊娃对里尔克的判断有道理的话，那么它同样适用于张枣对茨维塔伊娃的判断，这或许也是他对诗人（也包括张枣本人）这一职业的总体判断：诗人先天携带着一个属于自己的"坏韵"，诗人与时代之间总存在着"半个之差"，这或许也成了诗人的原罪。他们的名字都来自远方的一个乌有之乡，这"半个之差"的"坏韵"正是横亘在诗人之名与时代之名中间的一处幽灵地带，它永远地折磨着诗人，召唤着他们踟蹰行进在朝向远方的路上，像"一个英雄正动身去千里之外"（柏桦《望气的人》）。

> 像我们走出人行道，分行路畔
> 你再听不懂我的南方口音；
> 等红绿灯变成一个绿色幽人，
> 你继续向左，我呢，蹀躞向右。

（1：7—10）

与其说"坏韵"的发生让"我"与女主人公的关系由密转疏，不如说全诗内在韵法的改弦易辙暗示了对话的双方需要拉开一段距离，"分行路畔"，借以让"半个之差"（此处的"畔"与"音"形成一个"半韵"）翻一个身，继续沉睡在这片幽灵地带。在这里，"南方口音"渐行渐远，路口的"红绿灯"复活为"绿色幽人"，为两位萍水相逢的诗人指明各自离去的道路："你继续向左，我呢，蹀躞向右。"这个对称的动作仿佛有一扇镜子树立在路的中央，树立在两人分手的地点："你"向左，"我"向右，本来是一回事，我们都互为对方的幻影，"你""我"都走不出这面镜子。

　　张枣深知，跟茨维塔伊娃对话，其实是在与他体内的另一个自己对话，这"另一个自己"在镜中呈现为茨维塔伊娃的形象，一个他乡的知己。这一切，对于茨维塔伊娃也同样成立。或者干脆，"我"和女主人公各自

---

① ［俄］茨维塔耶娃：《致莱纳·里尔克》，《茨维塔耶娃文集·书信》，汪剑钊等译，东方出版社，2003，第416页。

在镜中呈现出的形象，被张枣重构出的崭新的"圆"圈拢在了一起，合二为一，再通过镜像的复制、颠倒和反转等作用，最终汇成一个"多元决定"的第三者。这个神秘的第三者既来自外部世界，与 T. S. 艾略特所谓的"客观对应物"有些类似，也同时接受当事人内心意识的调遣，带有一定的幻觉色彩。因此，它在全诗中现身为一连串复杂多变的、极不稳定的、暧昧不明的形象。在"我"与茨维塔伊娃对话的过程中，这些亦人亦物、非人非物的形象，这些"万变不离其宗的化身"（张枣《色米拉恳求宙斯显现》），会一直伴随在对话者左右，串联起一条潜伏的形象链，或形成一个场景，时刻准备与"我"和茨维塔伊娃"对称成三点"，缔造一种崭新的"圆"形对话格局："真实的底蕴是那虚构的另一个，／他不在此地，这月亮的对应者，／不在乡间酒吧，像现在没有我——／一杯酒被匿名地啜饮着，而景色／的格局竟为之一变。"（10：5—9）

正如张枣有言在先："你和我本来是一件东西／享受着另一件东西：纸窗、星宿和锅。"（张枣《何人斯》）在这首依照《诗经》原作进行创造性改写的作品中，诗人指明了自己的这种造型方式，即预先设置一面隐形的镜子，将"我"的言说对象与镜中的自己化为一体。紧接着，继续利用这个合体和这面镜子来构造出一系列第三者形象，这些形象成了一条不稳定的、活跃的、具有开放性的所指链。作为二度镜像，它们介于存在与空无、真实与虚幻之间，充满了多种可能的意义阐释途径，因而是一种多元决定的产物："上午背影在前，下午它又倒挂。"（张枣《卡夫卡致菲丽丝》）

于是，我们在《跟茨维塔伊娃的对话》中看到，在"我"与"你"甫一转身之际，那个第三者形象来了："不是我，却突然向我，某人／头发飞逝向你跑来，举着手……"（1：11—12）一个既非"我"，又非"你"，既向"我"，又向"你"狂奔而来的形象，头发飞逝，举着手，自我塑造成一个亦真亦幻的人形。"某人"的片刻闪现在这里构成了一个第三者，构成了这一时刻的对话格局："我"—（"某人"）—"你"。但这里出现的只是一个不稳定的第三者形象，该格局随即又发生了更迭：

某种东西，不是花，却花一样
递到你悄声细语的剧院包厢。

（1：13—14）

"某人"携带"某种东西"而来，像一个风尘仆仆的信使捎来了乌有乡的消息。如果说，全诗是从那段茨维塔伊娃亲身经历的邮局轶事起始的（对于这个故事本身而言，存在一个对话格局：中国小贩—［绣花荷包／茨维塔伊娃］—邮局小姐），那么作为互文，在组诗《跟茨维塔伊娃的对话》的第一首中，同样也会找到那个中国小贩（非"我"）或者邮局小姐（非"你"）的影子，但那并不是某一个确切的形象，张枣只能将他／她抽象化、模糊化，称其为"某人"。同理，"某人"高举之物也有可能是邮局轶事里的"绣花荷包"，但张枣又同时指出，它"不是花，却花一样"，因此我们只能称它为"某种东西"。从"某人"到"某种东西"，第三者形象发生了改换，正符合了它变动不居的属性。此刻，正是"某种东西"充当了那个圆形对话格局中飘忽不定的第三极，现在的情形则是："我"—（某种东西）—"你"。

"某种东西"从一个未知之地被蒙面邮差递进了茨维塔伊娃的"剧院包厢"，似花非花，异常神秘。如果按照本诗女主人公对里尔克所讲的那样，这件不明物体莫非就是诗人那个来自远方的名字？这个名字像一封信笺那样千里迢迢地被送到它的所有者手中，从而让这个名字的所有者、这个诗人承担下选择这个名字的一切后果——"你在你名字里失踪"（8：13）。他／她被指定下一种命运，就像那只绣着"喜"字的"绣花荷包"给茨维塔伊娃带来了真实的"坏韵"。在这些动作的背后，定然有一种更为强大的幽暗力量，一个玄奥的偷窥者，它躲在流变的第三者身后，靠咒语推动着这个"坏韵"在诗歌迷宫中的传递，也推进着诗人在现实世界的跋涉。"永恒像野猫"（11：7），正是在这种幽暗力量的凝视之下，我们的女主角获得了一个属于自己的名字——"玛琳娜"，一个典型的西方人的名字；而与之相对，张枣在传统的中国语境中为这种法力无边的幽暗力量拣了个好听的词——"万古愁"。

三

> 我天天梦见万古愁。白云悠悠，
> 玛琳娜，你煮沸一壶私人咖啡，
> 方糖迢递地在蓝色近视外愧疚
> 如一个僮仆。他向往大是大非。

（2：1—4）

"我"在白云悠悠间梦回唐朝，时间停滞；而茨维塔伊娃坐在"剧院包厢"里，悄声细语。这很可能就是上演过她心爱的戏剧《雏鹰》的那家剧院，因为初恋的失败，少女时代的茨维塔伊娃曾决定在这里开枪自杀。[①]尽管这次行动并没有成功，但呼啸而过的死神却将置身于剧院中的女诗人反转为舞台上的剧中人，一个戏剧角色，让茨维塔伊娃倾其一生都投入到一出跌宕的、充满"坏韵"的戏剧当中。如今，她坐回包厢，"某种东西"已经递到了她的手中（或许就藏着一个"坏韵"），就像多年以前她带进剧院的那把手枪。玛琳娜的戏剧开场了，茨维塔伊娃凝视台前，这情形，令人想起让·雅克从他的名字里跳出来声色俱厉地审判卢梭。舞台成为一个开放的场域，充当了那个活跃的第三者，它轻而易举地施展穿越时空的本领，让茨维塔伊娃的"悄声细语"，搭乘这块飘向云间的魔毯，化为"我"每日叨念的"万古愁"。

由于"我"和女主角受"绿色幽人"的指派已经各分东西，甚至受时空阻隔，不再谋面，二人的对话格局也由先前那种"在场"的对话（尽管有时以"某人"或"某物"为中介）彻底转换为如今这种"不在场"的对话。这里的对话格局可表示为："我"—（戏剧）—"你"。戏剧具有召唤时间、重组空间的再现能力，作为对话格局的中间项，它已经发育成熟，并衍生出一套相对独立的符号系统。在戏剧舞台上，被演员表演出的戏剧内

---

① 参阅汪剑钊《诗歌与十字架（代序）》，《茨维塔耶娃文集·诗歌》，汪剑钊等译，东方出版社，2003，第 2 页。

容构成了"我"与茨维塔伊娃对话的介质和发生场，由于这个第三者仰仗着一种强大的幽暗力量做后台，它便具有了一种混淆真实世界与虚幻世界的法术。为了保持通话，"我"和茨维塔伊娃有时也不得不一同卷入这个光怪陆离的世界，不断地改变着自己的位置，改换着自己的形象，就像掉入井中的爱丽丝闯进了那个迷局般的仙境。

　　于是我们看到，玛琳娜——茨维塔伊娃的镜像——"煮沸一壶私人咖啡"，这是一个来源于日常生活的、具象的动作；而"方糖"却如同一个头脑简单的"僮仆"一样"愧疚"，这又是一个爱丽丝幻象。"方糖"与"咖啡"搭配成一个"坏韵"，"像黑夜愧对白昼"（张枣《罗密欧与朱丽叶》）。"咖啡"已煮沸，供玛琳娜独饮，在酽浓的气息里，她"用紧绷的零碎打发下午"（3：3）。"咖啡"代表了现代西方人有序而无趣的生活程式，就像 T. S. 艾略特描述过的那样："我用咖啡勺把我的生命作了分配"（《J. 阿尔弗瑞德·普鲁弗洛克的情歌》）；"方糖"在远处的"愧疚"暗示着玛琳娜的生活中"甜"的缺席和物的贫瘠。对于一个诗人来说，这些现实生活的"坏韵"也的确堪称"万古愁"。

　　这些戏剧动作充满了丰富的象征性。利用这种象征性，本诗将"我"与茨维塔伊娃的对话格局内嵌进戏剧情节的微观结构中（如"方糖"和"咖啡"间的"坏韵"）。在这里可以参照米哈伊尔·巴赫金（Mikhail Bakhtin）的一个区分，他认为作家在自己的作品中应当反映人类生活与人类思维本身的对话性，因此整个作品将被构造成一个大型对话，作者只是这个对话的组织者和参与者，不仅要有作者的音调，而且还要有"剧中人"（包括所有赋予生命的事物）的音调，每句话都是双重声音的，都听得见争论，这就是微型对话，它是大型对话的回声。[①] 在本诗中，在幕后的幽暗力量使这种对话性逐步"向内转"的过程中，大型对话不断地激起层层微型对话，从而导致了一派众声喧哗的戏剧氛围。在这种持久的争论中，张枣势必会带领我们触摸到这一系列对话的核心成分，那便是直接面

---

① 参阅［俄］米哈伊尔·巴赫金《陀思妥耶夫斯基的诗学问题》，刘虎译，中央编译出版社，2010，第80—81页。

对诗歌本身的问题：

> 诗，干着活儿，如手艺，其结果
> 是一件件静物，对称于人之境，
> 或许可用？但其分寸不会超过
> 两端影子恋爱的括弧。

（2：5—8）

由戏剧这种自足的符号系统充当发生场的对话格局，会从一种本体的意义上揭示对话性的含义，这同时也是一种诗歌的本体论。张枣是"元诗"（metapoetry）理论的倡导者，这种"诗歌的形而上学"告诉我们："诗是关于诗本身的，诗的过程可以读作是写作者姿态，他的写作焦虑和他的方法论反思与辩解的过程。因而元诗常常首先追问如何能发明一种言说，并用它来打破萦绕人类的宇宙沉寂。"①"元诗"就是关于诗的诗，就是让诗歌自说自话，就是在诗中探讨写作本身，这是一个标准的"向内转"。比如在以往的对话中，"我"略带责怪地指出："你看，／半个之差会带来一个坏韵"，或者充满惋惜地说"你再听不懂我的南方口音"，这些诗句实际上已经带有十分明显的"元诗"色彩。作为"元诗"语素，"坏韵""口音"等自辩式的词汇成为诗歌核心地带开向外界的一扇扇气窗，有了它们，才可能保证整个诗歌机体的顺畅呼吸。

茨维塔伊娃在一部名为《手艺》的诗集中宣称："我知道，维纳斯是双手的事业，／我是手艺人，——我懂得手艺。"（《去为自己寻找一名可靠的女友》）同玛琳娜煮沸一壶咖啡一样，写诗也是"双手的事业"，是一门不折不扣的手艺。鉴于一切文本都具有互文性，善于锤炼诗艺的张枣对此赞同地点了点头，并唱和式地强调："诗，干着活儿，如手艺。"在"元诗"理论的观照下，张枣开始郑重其事地提出关于诗歌本身的命题，表达

---

① 张枣：《朝向语言风景的危险旅行——当代中国诗歌的元诗结构和写者姿态》，《上海文学》2001 年第 1 期。

了一个诗人的"写作焦虑和方法论反思与辩解"。也就是说，全诗对话格局不断"向内转"的主要目的，是为了实现张枣与茨维塔伊娃在"元诗"这一母体之上的对话，即关于诗歌本身的对话。于是，仰仗文本的对话性，一种"张枣—（元诗）—茨维塔伊娃"的对话格局诞生了。

四

张枣认为，作为一项工作，诗歌"干活"的结果是"一件件静物"。"静物"具有两面性。一方面，它诠释了诗歌写作的一个安静的本质，这个本质培养了诗人对永恒的向往之心，从而与世俗世界保持着距离，与"人之境"遥相对称。对称是对话的必要条件，就像先前的"我"为了跟茨维塔伊娃对话，从小贩变成了诗人；就像"你继续向左"，"我踉蹡向右"。对称的诗与人之间是押韵的吗？会不会也存在着"半个之差"的原罪？对于"人之境"来说，诗歌能否揭示并解释人类的困境？是否有用？"或许可用？"（2：7）——张枣，或茨维塔伊娃都在进行着这种内心争论，向自己，也向对方发问——"但其分寸不会超过／两端影子恋爱的括弧。"（2：7—8）诗人在这里立刻清醒地为诗歌的功用划清了界限，把诗歌放进了一个"恋爱"的小天地。恋爱是一种自给自足的、美妙和谐的押韵状态，诗歌天然适合生存于其中，像它天然适合被放入象牙塔："人在搭构新书库，／四边是四座象征经典的高楼，／中间镶嵌花园和玻璃阅读架。"（3：10—12）在这个典雅的"括弧"之内，诗人修习着一种永恒的知识，维持着一种天长地久的完美梦想。

另一方面，由于"静物"缺乏自主性，容易受到外力的操纵，因而暴露了诗歌在客观世界面前的消极性。这种消极性会演变为诗歌对客观世界的一种颠倒的、错误的表述，类似阿尔都塞（Louis Althusser）意义上的"意识形态"概念。由于这种消极性具有相当强大的自我复制能力，在某种程度上，它也再生产了人类的历史。在本诗中，作为静物之一的"圆手镜"为我们展示了这种消极性的巫术：在自己的括弧里复制出一个颠倒的世界，犹如"黑白时代的底片"（3：4）。它可以不费吹灰之力"错乱

右翼和左边的习惯"（2：10），让"两个正面相对""翻脸反目"（2：11），
挑起"红与白"的"决斗"（2：12）……诗的功能显然已经溢出了括弧的
边界，知识衰变为意见，词架空了物在滥用特权，世界成了符号化的产
物，"哦，一切全都是镜子！"（张枣《卡夫卡致菲丽丝》）茨维塔伊娃成为
了"静物"的牺牲品。这位极端浪漫的俄国女诗人因"红与白"（红军和白
军）的"决斗"吃尽苦头，"圆手镜"的巫术让她在政治立场上忽左忽右，
却从未被哪一边真正地接纳，导致了她一生的苦难和孤独。因此，诗的消
极性最终带来的是人的"迷惘"（2：12）：

> 我们的睫毛，为何在异乡跳跃？
> 慌惑，溃散，难以投入形象。

（4：1—2）

"静物"的消极性引发了一场关于"看"的危机，就像"抱怨的长脚蚊摇响
空袭警报"（7：8）。在一个逐渐被符号化的世界里，人，尤其是诗人，应
该如何去"看"？如何去从事写作？更为重要的是，我们究竟该如何在一
种良性的"看"中还原那些消极的"静物"？"静物"对世界进行了消极性
改造之后，让习惯"照镜"和习惯"被照"的人们生成了一种"歧视"，这
是一种病态的"看"，是充满敌意的"看"："人周围的事物，人并不能解
释，／为何可见的刀片会夺走魂灵？／两者有何关系？绳索，鹅卵石，／
自己，每件小东西，皆能索命，／人造的世界，是个纯粹的敌人……"
（9：1—5）这种来自日常世界的巨大的消极性，在一点点戕害着我们原
初的愿望，干扰着我们的判断，让我们看不到"亲热的黑眼睛"露出的
"微笑"。相反，在这一危机下，"我"只能"摘下眼镜"，充当"聋哑人的
翻译"（10：1），而"夜半沐浴"的"她"只能"双眼闭紧"（11：4），"回
身隐入黑暗"（11：6）。

　　由"看"的危机引发的最为显著的精神灾难便是预言的失效。在词与
物和谐共振的时代，诗歌可以看成是一种预言，它引导人们憧憬幸福的
生活，勘探人类灵魂的深壑，它言辞间布满了魔力，是一幅为人类心灵

绘制的地形图。按照柯勒律治（Samuel Taylor Coleridge）的说法，诗歌行为本身是一种"神的创造行为幽暗的对等物"[1]。对于大半生流落他乡的茨维塔伊娃来说，她从很早开始就将诗歌看成自己的一种命运："像一群小小的魔鬼，潜入／梦幻与馨香缭绕的殿堂。／我那青春与死亡的诗歌，／'不曾有人读过的诗行！'／／被废弃在书店里，覆满尘埃／不论过去还是现在，都无人问津，／我的诗行啊，是珍贵的美酒，／自有鸿运高照的时辰。"（《我的诗行，写成得那么早》）然而，在残酷的现实世界中，这个珍贵的"鸿运"却被一个强悍的"坏韵"无限期地向后拖延着，茨维塔伊娃被迫尝尽了世间的苦难，一直期待实现她的诗歌预言：

> 流亡的残月散发你月经的辛酸，
>
> 妈妈，卡珊德拉，专业的预言家，
>
> 他们逼着你的侧影吸外国烟，
>
> 而阳光，仍舒展它最糟糕的惩罚

（4：8—11）

在这里，"月经"仿佛是"残月"吐露的一句消极预言，两者也构成一个"坏韵"，不但酿造了女人身体内部的"辛酸"，而且暗示了她在外部世界的"流亡"宿命（人类学家在这方面有更精彩的阐释）。张枣将自己隐藏在了一个低矮的儿童视角当中（或许是人类的童年？），称她的谈话对象为"妈妈"。紧接着，他浓墨重彩地召唤出了特洛伊城的女祭司"卡珊德拉"，这位"专业的预言家"、悲剧的神话女主角。张枣不但将笔锋朝向对"元诗"的探索，而且把此刻的对话格局改写为："我"（敏感的儿童）—（神话）—"你"（受难的母亲）。卡珊德拉成为玛琳娜的一个神话镜像，玛琳娜则是卡珊德拉的现实"侧影"——她正在流亡的途中被迫吸着外国烟。作为童年期的人类对世界的解释方式，神话告诉我们一个关于"预言

---

[1] 转引自［美］肯尼斯·勃克《济慈一首诗中的象征行动》，载［美］哈罗德·布鲁姆等《读诗的艺术》，王敖译，南京大学出版社，2010，第 63 页。

家"的预言：卡珊德拉将遭受"惩罚"！由于她在阿波罗那里获取了预言的能力，却拒绝了阿波罗的求爱，后者在请求和她接吻的时候沾湿了她的舌头，让卡珊德拉的预言无人相信："影子含着回忆的橄榄核，／那是神，叫你的嘴回味他色情的／津沫，让你失灵，预言之盒／无力装运行尸走肉，沐浴在／这被耀眼的盲目所统辖的沙滩。"（5：2—6）

预言的"失灵"是一个十足的"坏韵"，是神嫉妒般的惩罚，也形成了诗歌的原罪。作为神力"幽暗的对等物"，诗歌承担了预言失效的灾难性后果，让它制造出的"一件件静物"成为"预言之盒""无力装运"的"行尸走肉"，被"耀眼的盲目"所"统辖"，引发"看"的危机。这种"看的羊癫疯"（5：8）始终折磨着茨维塔伊娃，让她深陷于一个"静物"杂陈的迷局当中，忍受着"一项最危险的事业"（海德格尔语）带来的"惩罚"："不是人／更不是你本身，勾销了你的形体；／而是这些弹簧般的物品，窜出，／整个封杀了眼睛的居所，逼迫／你喊：外面啊外面，总在别处！／甚至死也只是衔接了这场漂泊。"（9：7—12）"看"的危机让那些"弹簧般的物品""封杀了眼睛的居所"，不但逼迫在"漂泊"途中的玛琳娜"吸外国烟"，而且逼迫她"喊"出："外面啊！别处！"

五

　　照镜，革命的僮仆从原路返回；
　　砸碎，人兀然空荡，咖啡惊坠……

（2：13—14）

爱伦堡（Ilya Ehrenburg）回忆说："对于通常被称为政治的那种东西，茨韦塔耶娃是天真的、固执的、真诚的。"[①]如同一个"向往大是大非"的"僮仆"，茨维塔伊娃压根不懂政治，相反，她遵从于另一套规则的调

---

① ［俄］伊利亚·爱伦堡：《人·岁月·生活——爱伦堡回忆录》上卷，冯南江、秦顺新译，海南出版社，1999，第241页。

遭，它们被放进括弧内，造成了"政治的美学悬置"（克尔凯郭尔语），那个被悬置起来的部分就是诗歌的、美的逻辑，是向往永恒的逻辑，也就是诗歌表达出的那个安静的本质，茨维塔伊娃显然遭遇了"看"的危机，她只专注于括弧内的唯美化狂欢，忽略了更重要的判断："完美啊完美，你总是忍受一个／既短暂又字正腔圆的顶头上司，／一个句读的哈巴儿，一会说这／长了点儿，一会说你思想还幼稚。"（7：9—12）

然而苏联当时的时代逻辑却要根本捣烂这个括弧，清洗对话的发生场，从而让全民接受一个历史的"大他者"的检阅，将这种"看"的危机普泛化。在斯大林治下，所有参与政治生活的人无一幸免。难怪齐泽克（Slavoj Zizek）把斯大林主义定义为一种"性倒错"①，这可以被认为是一种"静物"的消极性灾难。在那个"性倒错"的年代，"圆手镜"骇然肆虐，那个一度"愧疚"的"僮仆从原路返回"，站在了"革命"的一边——她原来立场的对面，一个外面，一个别处。

即便是这样，茨维塔伊娃也并没有挽救自己，这或许缘于她先天携带的那个"坏韵"，或许归咎于"看"的危机。这个"坏韵"既让她以全部的热情迷恋诗歌写作，崇尚静物（永恒）里那个安静的本质，与现实生活拉开"半个之差"，又让她遭受诗歌消极性的摆布，在静物（镜子）面前迷失自己，丢掉名字，用美学判断代替政治判断，用词代替了物，无可救药地酿成她大半生的厄运。茨维塔伊娃告诉帕斯捷尔纳克："要知道，词比物大——词本身也是物，物只是一个标志。命名——使其物化，而不是分散地体现……"②她当初的这种"物化"观点，正说明了诗歌的结果是"一件件静物"，她在"看"的危机下选择了"静物"的消极性，这让她走火入魔。

茨维塔伊娃的尴尬境遇也暗示着整个人类历史发展的"坏韵"："真相之魂夭逃——灰烬即历史。"（4：14）纯正之物已然消逝，赝品虚像横行市井："非人和可乐瓶，围观肌肉的健美赛，／龙虾般生猛的零件，凸

---

① 参阅［斯洛文尼亚］斯拉沃热·齐泽克《幻象的瘟疫》，胡雨谭、叶肖译，江苏人民出版社，2006，第68—69页。
②《茨维塔耶娃文集·书信》，第394页。

现出未来"。(5：13—14)如果诗所制造出的这"一件件静物"走向极端，这种消极的"围观"便会弥漫整个世界，成为"看"的世界性危机，那结果便是——"完蛋了"(3：2，4，9，13)！就像张枣说："如果词的传诵，／不像蝴蝶，将花的血脉震悚。"(3：13—14)与"咖啡"和"方糖"的"坏韵"不同，"蝴蝶"和"花"在这里构成了一种微观的对话格局，人与"静物"却没能达到那种和谐的押韵关系。在"看"的危机之下，"词的传诵"最终导致了人的迷惘和历史的疯狂，也就是说，"词"的自渎酿成了"物"的悲剧。张枣在"元诗"的括弧里推导出了这个不幸的结论，但他紧接着又警醒我们："词，不是物，这点必须搞清楚。"(8：9)为了救赎诗歌的原罪，为了克服"静物"的消极性以及"看"的危机，在搞清楚了"词"不是"物"之后，我们必须尝试用一种方式——哪怕是一种革命的方式——"砸碎"那面妖言惑众的镜子，哪怕镜中的人影"兀然空荡"。咖啡杯猛地坠地，是不是某种哗变的信号？"我们每天都随便去个地方，去偷一个／惊叹号，／就这样，我们熬过了危机。"(张枣《枯坐》)

身处异乡的她，由于在政治上亲近了马雅可夫斯基而又一次陷入孤绝。对此，她痛心疾首地总结道："我不是为这里写作（这里的人不理解——因为声音），而正是为了那边——语言相通的人。"① 在付出了高昂的代价之后，茨维塔伊娃终于摸清了"分清敌友"这个"政治的首要问题"（施米特语），她分清了"这边"和"那边"，她清楚自己必须洞穿政治的迷雾，找到自己真正的栖身之所。作为一名俄罗斯诗人，她必须回归母语的怀抱，然后向全世界宣称："俄语是我的命运。"(张枣《德国士兵雪曼斯基的死刑》)

"如果你真的想亲眼见到我，你就应该行动……"② 茨维塔伊娃终生都未与里尔克谋面，这让她每一次这样热情洋溢的邀约都显得意味深长。"咖啡惊坠"警示我们"经典的一幕正收场"(8：1)。是时候请我们的女诗人走出"剧院包厢"了，走出去就是走出"洞穴"（柏拉图语），就是面

---

① 苏杭：《致一百年以后的你——茨维塔耶娃诗选·前言》，《致一百年以后的你——茨维塔耶娃诗选》，苏杭译，外国文学出版社，1991，第8页。
②《茨维塔耶娃文集·书信》，第444页。

对世界的真相，因为"她等待刀尖已经太久"（茨维塔耶娃《生活》）。这是
茨维塔伊娃在艰难抉择之后做出的决定——行动：

> 你回到莫斯科，碰了冷钉子，
> 而生活的踉跄正是诗歌的踉跄。

（7：1—2）

在写作《跟茨维塔伊娃的对话》之时，张枣已去国八年，个中滋味可想而
知："母语之舟撇弃在汪洋的边界，／登岸，我徒步在我之外，信箱／打
开如特洛伊木马，空白之词／蜂拥，给清晨蒙上萧杀的寒霜。"（4：3—
6）对于这位始终依靠母语写作的中国诗人，写诗是他语言上的还乡。在
这种文化乡愁的蛊惑之下，茨维塔伊娃顶着"兀然空荡"的危险，决定付
诸行动，她最终回到了危机四伏的莫斯科，回到了她的祖国，因为她听
到"那边"在说："没有你，祖国之窗多空虚。"（6：11）茨维塔伊娃成了
张枣放飞的一只"夜莺"，她代替张枣先行实现了还乡的梦想，让诗人回
到母语，如同"生词像鲟鱼领你还乡"（6：12）一样，是一种知行合一的
梦想。于是，本诗在"元诗"的层面上形成了这样一种对话格局：张枣—
（母语）—茨维塔伊娃。母语如"樱桃，红艳艳的，像在等谁归来"（6：
1），它的等待成为一种"纯粹逻辑"（6：9），我们只有仰仗行动，才能抵
达那里，抵达知行合一，像"木兰花盎然独立"（8：11）。

　　那个"纯粹逻辑"永远等候着行动，如同"一面镜子永远等候她"（张
枣《镜中》）。行动就是敞开诗歌的胸怀，使它们"被手势的蝴蝶催促开花
的可能"（10：4），让"词"有效地匹配上"物"；行动就是通过诗歌聆听
预言，在诗歌中挽救它的失灵，就是让自己的作品甩掉"坏韵"；行动就
是去想方设法化解"看"的危机，摆脱"静物"的消极影响，力图在写作
中证明"看见即说出，而说出正是大海"（5：7）；行动就是对话，就是
让"谈心的橘子荡漾着言说的芬芳"（8：3），就是"生活有趣的生活"（8：
10）。在茨维塔伊娃的世界中，行动就意味着还乡，名副其实地回归母语，
回归存在之家。

六

在一次诗歌课上，张枣沾沾自喜于翻译了勒内·夏尔（Rene Char）。据说，这位在"二战"时做过阿尔卑斯地区游击队长的法国诗人，在一次危急关头，将一首即兴诗写在纸片上，瞒过了敌人的十面围困，成功地把情报传递给了前来援助的战友，赢取了这场战斗的胜利。很奇妙，正是诗歌，这种看似无用的语言，帮助人们克敌制胜，获得生存的喜悦和尊严。这就是张枣在诗歌中呼唤的知行合一，一条辉煌的法则。

这种梦想也召唤着渴望触摸母语的茨维塔伊娃回国，用她无比热爱的母语在祖国的土地上写作。那是她人生中最难以忍受的一段日子，也是她最后的日子："作协的电话空响：现实又迟到，／这人死了，那人疯了……"（7：6—7）母语之舟驶回港湾，搭载着它受难的女儿走向一个逼仄的终点。行动的茨维塔伊娃回到祖国，就像多年以后，张枣用他"亲热的黑眼睛"在中国的讲台上"露出微笑"一样，两位辗转半生的诗人终究都选择了祖国。"这些必死的、矛盾的／测量员"（张枣《卡夫卡致菲丽丝》），都试图在行动中兑现那些反复萦绕着的文化乡愁，借此我们方才明白，"生活的踉跄正是诗歌的踉跄"，不论是对于茨维塔伊娃，还是对于张枣，这一定是刻骨铭心的。

左与右，红与白，生与死……没有哪一个地方是安定、永久的居所。"踉跄"才是生活的本来面目，我们从诗歌中瞥见了它——诗歌是一种行动。那些充满了不确定的指认，那些"看见"后的"说出"，才是行动的诗歌告诉我们的："手艺是触摸，无论你隔得多远；／你的住址名叫不可能的可能——／你轻轻说着这些，当我祈愿／在晨风中送你到你焚烧的家门。"（8：5—8）在茨维塔伊娃的生命中，诗歌这种"手艺"赋予了她潜在而强大的行动力，去无限地靠近那个不可能的"住址"，一个多年以后踏进的门扉，在那里，诗人期待实现一种"珍贵的抵达"（张枣《在夜莺婉转的英格兰一个德国间谍的爱与死》）。

钟鸣从张枣诗歌中提取了一种特有的写作方式，或语法关系，即"设局——迷失——寻找主体和客体的对偶及倒置关系——最后，岐间，悬念——也就是斯芬克斯之谜的伎俩。答案其实尽管简单，不过，弯弯绕，还是孳乳了环境，隔离出了某种距离，让人有所期待"①。张枣诗歌中遍布着这样的迷局和疑问，他也等待着我们递出的答案。在张枣的诗歌行动中，他一边探测着自己的最佳位置，一边又对它加以否定："对吗，诗这样，流浪汉手风琴／那样？丰收的喀秋莎把我引到／我正在的地点：全世界的脚步，／暂停！对吗？该怎样说：'不'？！"（12：11—14）"我"回来了，然而"我"在哪里？在落叶纷飞中，"我"与那街边无家可归的行吟诗人其实走着同样的路，尽管我们擦肩而过，"分行路畔"，他却始终在体内与"我"为伴："饮酒者过桥，他愕然回望自己／仍滞留对岸，满口吟哦。某种／悲天悯人的情怀，和变革之计／使他的步伐配制出世界的轻盈。"（10：10—13）

在经过了几番"踉跄"的追问后，笛卡儿告诉我们，只有"不"是永恒的。"有什么突然摔碎，它们便隐去／／隐回事物里……"（张枣《卡夫卡致菲丽丝》）张枣与茨维塔伊娃的对话就定格在这个永恒之词上面。让行动的诗歌行使"还乡"的使命，无论如何，他们、我们，都愿意停留在这一刻：

　　　　没在弹钢琴的人，也在弹奏，

　　　　无家可归的人，总是在回家：

　　　　不多不少，正好应合了万古愁——

　　　　　　　　　　　　　　　　　　　　　　　（11：11—13）

茨维塔伊娃终生携带着一个诗人特有的"坏韵"，她此生热爱诗歌，却因诗歌受难，在绝望中结束了自己的生命，"作为一个人而生，作为一个诗人而死"②。而天才般的张枣感叹道："我最怕自己是自己唯一的出口。"（9：

---

① 钟鸣：《诗人的着魔与谶》，《今天》2010 年夏季号（总第 89 期）。

② 茨维塔伊娃评价马雅可夫斯基语，见［俄］伊利亚·爱伦堡《人·岁月·生活——爱伦堡回忆录》上卷，第 243 页。

14）然而他却恰恰中了自己诗歌的"谶"①，在自己的世界中迷途，爱于镜中，死于镜中，一生都在飘零中追寻着一个美丽的"空址"。他回国教书，查出绝症，又返回图宾根，接受治疗。躺在万般痛苦的病床上，张枣随手抓起儿子的作业本勾画着："搁在哪里，搁在哪里∥老虎衔起了雕像／朝最后的林中逝去。"（张枣《灯笼镇》）

"最后的林中"，美丽的"空址"。弥留之际，他喊出了一句"救命"②，这个"空袭警报"没能搭救自己，祖国没能搭救自己。和茨维塔伊娃一样，他们这些"兀然空荡"的灵魂只能回归"万古愁"，一种"世界的轻盈"，一种无边的幽暗力量。如果可以，张枣同他隔着时空之岸的知己——玛琳娜·茨维塔伊娃——会在"万古愁"中、在他们身后传诵的诗歌中持久地互望，像两座等待被"老虎""衔起"的"雕像"。

里尔克死后，悲伤的茨维塔伊娃写道："我与你从未相信过此世的相见，一如不信此世的生活，是这样吗？你先我而去（结果更好！），为着更好地接待我，你预定了——不是一个房间，不是一幢楼，而是整个风景。"③对于张枣，这个在本命年里被"老虎"衔走的诗人（张枣属虎，享年48岁），我们同样可以说，你先我们而去，为了更好地接待我们——这些平凡的对话者——你不但预定了整片风景，而且邀约了风景中的美人，"诱人如一盘韭黄炒鳝丝"（张枣《大地之歌》），在轻盈与微醺之中与我们彻夜长谈。

2010年11月7日，完成于北京法华寺

---

① 参阅钟鸣《诗人的着魔与谶》，《今天》2010年春季号（总第89期）。
② 张枣在去世前几个小时给他的国内友人发过短信，内容是"救命"，以及一个未知的英文地址。
③《茨维塔耶娃文集·书信》，第447页。

悠　悠

顶楼，语音室。
　　　　　秋天哐的一声来临，
清辉给四壁换上宇宙的新玻璃，
大伙儿戴好耳机，表情团结如玉。

怀孕的女老师也在听。迷离声音的
　　　　　　吉光片羽：
"晚报，晚报"，磁带绕地球呼啸快进。
紧张的单词，不肯逝去，如街景和
喷泉，如几个天外客站定在某边缘，
拨弄着夕照，他们猛地泻下一匹锦绣：
虚空少于一朵花！

她看了看四周的
新格局，每个人嘴里都有一台织布机，
正喃喃讲述同一个
好的故事。
每个人都沉浸在倾听中，
每个人都裸着器官，工作着，

全不察觉。

1997

"正喃喃讲述同一个好的故事"：
中国新诗的古典性与现代性

——以张枣《悠悠》为例

◎ 王东东

　　长期以来，"传统"与"现代"的关系一直是笼罩在新诗之上的结构性话语，甚至带有二元对立的色彩。虽然有不少新诗和诗人被指认为流露了传统的气息或味道——作为一种不断消逝的"灵晕"（本雅明语）而存在——但并未从根本上改变这种二元结构。另一方面也必须承认，这种二元结构默许甚至纵容了新诗批评中常见的傲慢与偏见，要么厚古薄今[①]，要么唯"现代性"马首是瞻。相较而言，一种更为强调中西融合也即"交融的美学"的论述方式更为可取，并有一些斩获。[②]然而，它似乎容易忽略传统与现代性的差异和各自的"质的规定性"。实际上，二者之间复杂的张力与辩证关系仍需不断展开。

　　本文以张枣的《悠悠》为例来探讨这一问题，不仅仅因为张枣在传统与现代的"融合"方面堪称优异，而且因为这首诗多重的指涉以及"互文性"形成了一个开放的阐释空间，从而为讨论问题带来了便宜。

　　可以看到，张枣的《悠悠》构成了一个多重的"套盒"空间，其中至少涉及了鲁迅（《野草》中的《好的故事》）、王献之（《世说新语》《初学记》），这就要求对不同文本之间的关系进行考察。然而，对文本间性或主体间性的考察，除了可以勾勒出不同时代的诗人的灵感的变形记，更可以分析汉语诗歌精神也即传统的流变及其在古今的不同形态。尤其，

---

① 来自新诗内部的最突出的一个例子是诗人郑敏在 20 世纪末对新诗与传统关系的反思，见郑敏《世纪末的回顾：汉语语言变革与中国新诗创作》（《文学评论》1993 年第 3 期）、《中国新诗八十年反思》（《文学评论》2002 年第 5 期）等。从根本上否定新诗的学者则有邓程，见邓程《论新诗的出路》（中国社会科学出版社，2004），不过这是一个极端的例子。

② 如李怡《中国现代新诗与古典诗歌传统》（北京大学出版社，2008），江弱水《中西同步与位移：现代诗人丛论》（安徽教育出版社，2003）。

当我们将目光投注于《悠悠》这一首新诗，可以发现它同时包含了古典性与现代性并呈现了二者的辩证生成关系，而不仅仅在二者之间完成了绝妙的平衡或"语言游戏"。一种经过更新的有意义的论述，也许有助于稍稍"挪动"甚或改变新诗的批评和阐释模式，而不仅仅是挑战了批评和阐释常规。

引言：一首诗的阐释

欧阳江河在《站在虚构这边》一文中阐释了张枣的《悠悠》。可以说，由于欧阳江河的堪称典范的"细读"（close reading）功夫，《悠悠》在张枣"后期诗歌"中变得尤为著名，在这个方面欧阳江河的阐释可谓功不可没，然而，时至今日，这篇文章或有的"过度阐释"（overinterpretation）的危险特征也逐渐呈现出来。一个值得注意的问题是，在欧阳江河个体诗学的强力意志下，被阐释后的张枣获得了一种"后现代"的形象，甚至陷入了后现代理论的泥潭。让我们回顾一下欧阳江河的阐释逻辑。

让我们回顾一下欧阳江河的阐释逻辑。欧阳江河说："《悠悠》一诗为读者提供的诗学角度，简单地说就是坚持文学性对于技术带来的标准化状况的优先地位，同时又坚持物质性对于词的虚构性质的渗透。"[1] 第一条，文学性的优先地位，也许是在强调美学现代性与社会现代性之间的张力，这是马泰·卡林内斯库的经典命题[2]，但第二条就有点含糊甚至不知所云。欧阳江河在另一处则表达得更为清楚，并且直指支配 20 世纪诗歌写作的两条诗学方案："第一个方案把诗的语言与意指物区别开来，它向自身折叠起来并获得了纯属自己的厚度，按照福柯《词与物》一书的观点，在这种情况下它'越来越有别于观念话语，并把自己封闭在一种根本的非及物

---

[1] 欧阳江河：《站在虚构这边》，载西渡编《名家读新诗》，中国计划出版社，2005，第 277 页。此文收入欧阳江河同名论著集《站在虚构这边》（生活·读书·新知三联书店，2001）。

[2] ［美］马泰·卡林内斯库：《现代性的五副面孔》，顾爱彬、李瑞华译，商务印书馆，2002。

性之中……它要讲的全部东西仅仅是它自身.'在第二个方案中，词失去了透明性，它把自己投射到物体之中并听任物象把自己通体穿透，词与现实成了对等物。"① 欧阳江河进一步援引了莫瑞·克里格的仿型原则，出人意料但妙趣横生地解读了诗中的"磁带"意象，它如何象征了时间的圆形结构，因而可以至大无外至小无内："磁带绕地球呼啸快进。"然而，过度解释的地方也很明显，比如对"如几个天外客站定在某边缘，／拨弄着夕照"的解读："那些个美学上的老牌帝国主义者，日薄西山，已无中心可言。"② 法国结构主义者的语言学应该是欧阳江河阐释的中心或主要理论依据，欧阳江河的结论是，和叶芝的《再度降临》一样，《悠悠》这首诗"意在描述某种'意指中心'的空缺和溃散"③。这一解读虽然植根于德里达、巴特等人的语言学理论，但却并不能让人耳目一新，甚至有些突兀，可以说落入了理论的窠臼，就如用波德里亚的理论反过来解读诗歌一样，而波德里亚关于象征的论述在一定程度上其实在模仿马拉美的诗歌。只有对那些对于理论不太熟悉的读者才会有醒目的效果。

很显然，只有像欧阳江河所宣称的站在虚构这边，才能做到词的自由（虽然其实可能是自我指涉的自由）以及词的对称（词与现实的对等）。欧阳江河的《站在虚构这边》在整体上是一篇妙文，虽然其中有不少瑕不掩瑜的随意联想，比如对"虚空少于一朵花"的解读，其实这句诗可能与史蒂文斯的《我们季候的诗歌》有关，而碰巧张枣也翻译过这首诗：

> Cold, a cold porcelain, low and round,
>
> With nothing more than the carnations there.
>
> ——The Poems of Our Climate

> 冷瓷器本身，低低的浑圆，

---

① 欧阳江河：《站在虚构这边》，载西渡编《名家读新诗》，第 281—282 页。

② 同上书，第 283 页。

③ 同上。

> 盛着不多于康乃馨的空白。

（张枣译）

追踪这些不同的意象，会使我们逼近这首诗隐藏的主题，毕竟，作为一首"诗中的诗"，张枣的"元诗"与众多诗歌形成了互文性关系。欧阳江河也提到这首诗中的"好的故事"与鲁迅有关，但却忽略了其中隐藏的含义，而这一关联实际上蕴含了解开这首诗的钥匙。

张枣与鲁迅："好的故事"套层之一

鲁迅《野草》中即有一篇《好的故事》，开头说：

> 灯火渐渐地缩小了，在预告石油的已经不多；石油又不是老牌，早熏得灯罩很昏暗。鞭爆的繁响在四近，烟草的烟雾在身边：是昏沉的夜。
>
> 我闭了眼睛，向后一仰，靠在椅背上；捏着《初学记》的手搁在膝髁上。
>
> 我在蒙胧中，看见一个好的故事。

"好的故事"不断回荡在散文诗中，并且给出了一个有关故事发展演变的诗性情节："这故事很美丽，幽雅，有趣""我所见的故事也如此""我所见的故事清楚起来了，美丽，幽雅，有趣，而且分明。青天上面，有无数美的人和美的事，我一一看见，一一知道""我真爱这一篇好的故事……""但我总记得见过这一篇好的故事，在昏沉的夜……"这一好的故事只能是一种奇幻性（fantastic）的诗的虚构（ficition），可以说，鲁迅有意将和小说（novel）有关的故事（story）转化为了一种诗的虚构（poetic fiction），一种词语的传奇，在其中一种想象性的场景或曰情景替换了可能的情节：

　　这故事很美丽，幽雅，有趣。许多美的人和美的事，错综起来像一天云锦，而且万颗奔星似的飞动着，同时又展开去，以至于无穷。

　　我仿佛记得曾坐小船经过山阴道，两岸边的乌桕，新禾，野花，鸡，狗，丛树和枯树，茅屋，塔，伽蓝，农夫和村妇，村女，晒着的衣裳，和尚，蓑笠，天，云，竹，……都倒影在澄碧的小河中，随着每一打桨，各各夹带了闪烁的日光，并水里的萍藻游鱼，一同荡漾。诸影诸物：无不解散，而且摇动，扩大，互相融和；刚一融和，却又退缩，复近于原形。边缘都参差如夏云头，镶着日光，发出水银色焰。凡是我所经过的河，都是如此。

　　现在我所见的故事也如此。水中的青天的底子，一切事物统在上面交错，织成一篇，永是生动，永是展开，我看不见这一篇的结束。

语言运动，同时也就是梦与无意识的运动，在这篇散文诗中合二为一了。可以猜测，正是鲁迅的语言意识和写作意识引起了张枣的注意。张枣在博士论文《1919 年以来中国新诗对诗性现代性的追求》中已将鲁迅视为"诗性现代性的先驱"，论鲁迅《野草》的专章在结尾部分又完整引用了这一篇散文诗。张枣认为，《好的故事》提供了一个"诗意的视景"，即使与《世说新语》一类古典文本存在着互文性，但也只是一个并无实指的"语言唤起的乌托邦"。[1] 也就是说，最终"成为人们心中代表江南美好风景和事物的一种历史积淀的符号"[2]。在国内大学的一次演讲中，张枣更如此说："对言说危机的克服就是对生存危机的克服，对自我的分裂和丧失，对受

---

[1] Zhang Zao, "Auf der Suche nach Poetischer Modernität die Neue Lyric Chinas nach 1919", Universität Tübingen, S.61–62. 该文中文版已由四川文艺出版社出版（《现代性的追寻——论 1919 年以来的中国新诗》，亚思明译，四川文艺出版社，2020）。

[2] 孙玉石：《现实的与哲学的——鲁迅〈野草〉重释》，北京大学出版社，2010，第 125 页。

损主体的修复，只有通过一个绝对隐喻的丰美勃发的诗歌语言花园才有可能完成。这个好的花园就是一个《好的故事》所幻化的词语化园，那儿词变成了物，言说的锋芒变成了生存的锋芒。"①很显然，张枣赋予了鲁迅的《野草》以崇高的意义："这是中国新诗所缔造的第一个词语工作室，我们今天所有的写者第一个内在的空间。从这里出发，好几代诗人都缔造和守护这个既是个人又是公共的词语工作室，在这里，中国现代人的主体和心智得到了呈现，唯美的活动成了对生存意义的追求，对怎么写的冥想和反思，也变成了对怎么活的追问。"②鲁迅在《两地书》书中也说过"今日言路之难，正如生存之难"③，那么语言意志也就同时是一种生存意志。《好的故事》是一个词与物相互交流和转化的场所，在这个场所中，生存意志终得以体现为一种美学意志，而美学意志又反过来加强了生存意志，它"以梦幻中山水风物抒发深意"④，除了"斗争的激情"⑤，同时对现代诗歌的美学特征和美学样式还具有启示意义。

鲁迅与王献之："好的故事"套层之二

鲁迅对"山阴道"的想象，自然与《世说新语·言语篇》中的一段话相关："王子敬云：从山阴道上行，山川自相映发，使人应接不暇。若秋冬之季，尤难为怀。"然而，正如《好的故事》中提示的，《初学记》于鲁迅对山阴道的想象也有过激发作用。"《初学记》是一部由唐人徐坚等人编辑而成的类书，共30卷，取材于群经诸子、历代诗赋及唐朝初年诸家的作品"，其中的一段话可能影响甚至决定了鲁迅想象的细节："《舆地志》：'山阴南湖，萦带郊郭，白水翠岩，相互映发，若镜若图。'故王逸少云：

---

① 张枣：《文学史……现代性……秋夜》，《新诗评论》2011年第1辑，北京大学出版社，2011，第158页。
② 同上书，第159页。
③ 张枣引《两地书》，见张枣博士论文"Auf der Suche nach Poetischer Modernität die Neue Lyric Chinas nach 1919"，第61页。
④ 孙玉石：《〈野草〉研究》，北京大学出版社，2010，第58页。
⑤ 同上书，第59页。

'山阴路上行，如在镜中游。'"这点孙玉石先生已经有过详细的论述。[①] 其实，山阴道作为一个和鲁迅故乡绍兴有关的文化记忆，引起鲁迅的创作欲望，是可以理解的。

实际上，"山阴道也成为代表江南文化的一个典型的文学性形象，在历代的文学作品中得以流传和发扬"[②]。李白诗"我欲因之梦吴越，一夜飞渡镜湖月"，杜甫诗"越女天下白，镜湖五月凉"，也都和山阴道有关。清代诗人王慧在《山阴道中》这样写道："纷纷红复碧，相引呈异姿。心目所应接，人各领其私。"最后两行颇能代表人们对山阴道的看法，这"私"不仅是生机的含义，而且含有每个人从山阴道可能获得的诗性领悟，或者诗性启示。古人注云："'人各领其私'，正以私见公。从少陵'欣欣物自私'化出。"[③]同样的含义近代马一浮《山阴道中》也表达过："昨夜灯前听雨声，朝来出郭趁新晴。花时已过游人少，如此溪山独自行。"更晚的顾佛影的《山阴道中》则赞颂了山阴道的风景："船底山光弄晚晴，船头凫鸭导人行。金檀未倒心先醉，处处清溪作酒声。"以山阴道为题材的诗一直不绝如缕，某种程度上甚至可以说，鲁迅的《好的故事》只是山阴道传奇中的一环。

然而，从另一方面来看，《好的故事》本身充满了现代性，并且使山阴道的典故也奇异地呈现出一种现代性。这是值得讨论的。简单地说，山阴道构成了一个文学和心理象征，在表面上通过一种梦或者回忆的方式表现出来，而在深层，则是鲁迅对山阴道典故的改写以及在这种改写中呈现的互文性。"'瘦削的一丈红'，也和《秋夜》里的'极细小的粉红花'、《失掉的好地狱》里的'惨白可怜'的'极细小的花'一样（更进一步说，也和《雪》里的'江南的雪'、《风筝》里的'故乡的风筝'一样），恐怕是象征着

---

① 孙玉石：《现实的与哲学的——鲁迅〈野草〉重释》，第126页。《世说新语》《初学记》诸文转引自此书。

② 张洁宇：《独醒者与他的灯——鲁迅〈野草〉细读与研究》，北京大学出版社，2013，第149页。

③ 沈德潜编、李克秋等校点：《清诗别裁集》，岳麓书社，1998，第980页。

作者眷爱和憧憬的事物。"① 这样一个文学行为充满精神含义："这里有努力跨越'虚无'、'寂寞'、'颓唐'的精神运作。"② 鲁迅甚至借之完成了一种精神寄托，"《好的故事》憧憬和渴望爱情的题旨更为隐蔽，它建立在一个整体的象征框架之中而不易识别"③。与作者感情经历的联系虽然难以坐实，但也同样表明《好的故事》的精神关切性，可以说，因为鲁迅，"山阴道"的典故本身已经发生了质变，而变成了一个全新的"好的故事"。

张枣与王献之："好的故事"套层之三

当张枣写作《悠悠》时，很显然他不仅需要抵抗来自鲁迅的压力——这一点欧阳江河在他的阐释中也或多或少触及了——更需要经受王献之目光的注视，后者同样有可能构成一种"影响的焦虑"。从王献之到鲁迅以及张枣的变异，不仅仅是文本的变异，同时还是精神的变异。对这种变异的考察，自然需要注意鲁迅对原典的重写，这种重写本身即构成了一种中介，张枣很显然是通过鲁迅才接触到了王献之。然而，通过对鲁迅的考察，可以进一步确认张枣书写的异质性，这种异质性虽然受惠于鲁迅，但却进一步与之化离，在这个过程中，张枣与王献之的联系虽然变得隐蔽，但却无法被忽略不计。从王献之到鲁迅再到张枣的三次书写，并非一个简单的意义缩减的过程——虽然，我们应该肯定这种意义缩减，因为它意味着现代性愈趋尖锐甚至呈现出一种"自反性"——在这个过程中，同样也生成了更多的诗性内容。可以说，在关闭一个文化空间的同时，也打开了另一个诗性的空间。在王献之这里，很显然存在着一个和宗教习俗有关的文化空间，但这个空间在张枣的诗里丧失了，至少隐而不见。

山阴道之所以成为一个具有文化意义的典故，和另一场更为著名的

---

① ［日］片山智行：《鲁迅〈野草〉全释》，李冬木译，吉林大学出版社，1993，第62页。

② 同上书，第63页。

③ 李天明：《难以言说的苦衷——鲁迅〈野草〉探秘》，人民文学出版社，2000，第145页。

文化事件"兰亭修禊"有关，抑或说，山阴道属于兰亭修禊典故的一部分："王羲之召集的春游聚所兰亭一带，更是江南一处莺飞草长、林幽泉清、美不胜收之地，历来饱受文人墨客青睐。特别是从今绍兴城往兰亭的那段山阴道，更是嶂清林秀，波光如镜，人行其间，恍入太虚境，有如画中游。"① 同类的典故还有山阴禊饮、山阴醉、山阴亭畔、山阴修禊帖，从这些典故在古诗文的使用中可以看出，山阴道与兰亭修禊二者实际上可以混用甚至互换。其实，王羲之七子王献之对山阴道的感怀，就发生在兰亭修禊的路途中。除了"情趣盎然的娱乐性特征"和"高雅别致的笔会性特征"，兰亭修禊更具有"源远流长的民俗性特征"和"虔诚热烈的宗教型特征"。② 对于这一盛会，历来歌咏不绝，宋人曾宏父有诗云："暮春浴罢振春衣，正是流觞修禊时。世事藏机应落落，人情忘我总熙熙。醉能辞醉元非醉，诗到无诗乃是诗。伟矣兰亭众君子，不将文字立藩篱。"(《题凤山书院修禊图》)而修禊这种周人上巳节的宗教性活动，也一直延续下来并获得新的内容，如杜甫《丽人行》诗云："三月三日天气新，长安水边多丽人。"

然而，这一切在张枣的诗里几乎荡然无存，剩下的只有一个虚幻的抒情主体。习俗的空间变成了诗歌和语言的空间，且进一步抽离了其中的宗教文化内涵。而且，抒情主体降格成为一个语言主体。究其原因，是宗教文化内涵在现代社会难以避免的衰落命运，于是强调"诗之为诗的过程"的元诗应运而生，正如张枣描述的那样，"沉潜语言本身将生活与现实的困难和危机转化为写作本身的难言和险境"，随之而来的就是一个消极和否定的主体，而不得不"围绕'消极主体性'（negative subjectivity）这一寰球性现代主义文学核心意识形态"③，"这个忧郁的主体含带着许多

---

① 屈小强：《山阴道上画中行》，《文史杂志》2013 年第 1 期。该文还引用了鲁迅的《好的故事》并评论说："山阴道上的诗情画意到了现代文人鲁迅先生笔下，则变成对故乡山水的一段刻骨铭心的缱绻记忆。"

② 陈勤：《兰亭雅集：历史悠久的文化空间》，载浙江省书法家协会编《首届中国书坛兰亭雅集兰亭论坛文集》，中国美术学院出版社，2007，第 94—95 页。

③ 张枣：《朝向语言风景的危险旅行——中国当代诗歌的元诗结构和写者姿态》，《上海文学》2001 年第 1 期。

消极特征，以至于文学现代性最早最明锐的观察者如 Hugo Friedrich 和 Michael Hamburger，都干脆把它称为'消极主体'（negative subject），因为它生成于现在生存的一系列的主要消极元素中：'空白，人格分裂，孤独，丢失的自我，噩梦，失言，虚无……'"①从王献之到张枣的转变过程，就是从文化主体缩减为语言主体的过程，但中国诗歌的抒情主体却一直隐现其中而并未消失。而且，语言主体可以只以一种索引的方式提示文化主体的存在，王献之的感怀，经过鲁迅的中介之后，在张枣的诗中只变成了四个字："好的故事"，一个诗的索引，诗的专有名词。

诗的灵感，来自文化的恩赐

然而，"好的故事"还有没有其他可能的解释？如果我们注意到前边这两行：

> 她看了看四周的
> 新格局，每个人嘴里都有一台织布机，

织布机的意象如此醒目，这里的她难免会让人想起帕涅罗帕，那么，张枣也许在暗示，这里的好的故事同样只是一个类似帕涅罗帕的骗局？她在白天织晚上拆，以骗过求婚者。这个解释也行得通，而且并不与那个源自中国传统的好的故事相悖，抑或说，即使这首诗当中有帕涅罗帕的潜在形象——与怀孕的女教师重合或叠加起来的形象，这个好的故事也并不指向尤利西斯的返乡之旅，而是更多指向了好的故事的诗性的虚构，指向了诗的虚构性原理。尤其，帕涅罗帕的情节故事，经常被用作"文本"虚构也就是文本编织的隐喻，熟悉西方文艺理论的张枣不可能不注意到这一点。而从张枣对鲁迅的无限推崇，以及对鲁迅的《好的故事》的多次援引和批评，可以觉察到，他更多是在以鲁迅式的好的故事来填充这种诗的虚构，

---

① 张枣:《秋夜的忧郁》,《张枣随笔选》, 人民文学出版社, 2012, 第118页。

实现和表演这种诗的虚构。帕涅罗帕的好的故事只是形式，或者说是文本编织／虚构的原理，而鲁迅的好的故事才是内容，是对文本编织／虚构的一次个案实现。由于张枣本人无比看重鲁迅"好的故事"文本，这里的阐释就并非我们的主观性阐释或过度阐释，而是具有真实性，并且，由于王献之、鲁迅和张枣的"视域融合"，我们从中甚至观察到了一种阐释学循环。

然而，这种阐释学循环还可以放在符号学领域来观察。如果说，"好的故事"在兰亭修禊的原始场景中，仍然有其文化宗教内涵，那么在张枣这里，"好的故事"只剩下了一个象征符号，虽然，在阐释的意义上，它仍然可以指向前现代的崇高内涵。耿占春在描述现代汉语诗歌时谈到，这样一种有关象征的现代语言观，"一端是作为社会实践的象征图式，尤其在前现代社会，自然秩序被转换为社会象征秩序，人们的实践活动总是遵循着某种象征图式"，另一端是借助、依赖社会表征或社会象征图式并与之构成紧张关系的"个人的感受性及其话语形态"，他指出前者也就是"语言共同体的象征图式"，后者"既是对共同体的象征图式的分解，又是一种象征意义的建构，尽管它仅仅涉及个人的、微观的意义视阈"，它就是诗歌话语，"忠实于感受性、敏感性，不断开启对意义新的感知方式，同时忠诚于隐秘的象征秩序，致力于未完成的象征主义视阈的建构"。[①] 在某种意义上，语言共同体的象征图式存在于文化传统逐渐累积的语言学—地质学深度中，一位现代诗人，尤其是张枣这样无限怀恋汉语传统的诗人，也必须依赖这一象征的地质学深度，虽然在他们的诗中它呈现为一个表面，一种被诗人的天才发明出来的短暂、偶然甚至奇零的象征符号。

但是，最终，却是诗的虚构的胜利。正如帕涅罗帕的骗局生效，她也成功地等到了尤利西斯归来，张枣的这首诗也能唤醒我们对文化传统的记忆。在这里，即使诗人的"私人语言"也被纳入了公共语言或语言的"家族相似"当中，正如维特根斯坦所说，想象一种语言就是想象一种生活方式，张枣这首诗中的超越之思，以及那些明显包孕了兰波式的通灵

---

① 耿占春：《失去象征的世界》，北京大学出版社，2008，第13—14页。

（Epiphany）或顿悟显灵的内容的诗句，例如：

> 紧张的单词，不肯逝去，如街景和
> 喷泉，如几个天外客站定在某边缘，
> 拨弄着夕照，他们猛地泻下一匹锦绣：
> 虚空少于一朵花！

显然也应该来自汉语文化共同体的恩赐。总之，文化的护佑已经被转化为诗的灵感，尤其是诗的形象的新奇性。即使诗的虚构，也仰赖于文化的真实。这几行诗也可以以一种德里达的方式来理解，尤其是德里达对声音高于语言的逻各斯中心主义的揭示[1]，"语音室"就是这样一个语言和意义空间，张枣很显然将德里达眼中的拼写文字转换成了作为象征文字的汉语，从而以一种拟德里达的方式——但又与德里达不同——让逻各斯中心主义发生了变形，而最高的道或逻各斯可以毫无障碍地流向现在，流向语音室的空间，高于或内含于"语言"（"紧张的单词"）的"道"应该指向一种自然和人文空间（"街景""喷泉""夕照"），这里有一种隐含的浪漫主义的诗学程序，"天外客"就是浪漫主义诗人的形象，要不就是他们感知到的"天使"或缪斯一类的形象，抑或就是浪漫主义诗人和他们感知对象的黏合或复合物，他们从自然中获得美学启示（aesthestic illumination），进而形成一种独特的人文空间——而"锦绣"则再一次指向了文本的制作。从这个角度也可以说，《悠悠》整篇描述了一个高级的美学文本被读者或大众分享的过程，或者说，一个文本建构和解构的过程，"锦绣"指向了后面"每个人嘴里都有一台织布机"，而诗的后半阙几乎全部都在描述这一美学分享的快乐场景。在美学类型上，《悠悠》中的现代主义也要依赖于"天外客"代表的浪漫主义；虽然这是一种"打了折"的浪漫主义，但其中仍然保留了浪漫主义的崇高性（sublime）。

---

[1] ［法］德里达：《声音与现象》，杜小真译，商务印书馆，1999。

结论：中国新诗的古典性与现代性

张枣的《悠悠》其实提供了一个绝佳的案例，以考察中国诗歌的古典性与现代性，此处的古典与现代均指美学的价值而非社会学价值。正如这首诗的题目"悠悠"所示，它包含了诗人有关时间的思考，以及相关的美学启示。而张枣也被认为是一个中国当代最具有古典气质的诗人，不仅"融合"了中西诗艺，更是"连接"了古典和现代。但迄今为止，在汉语诗歌界，对这种古典和现代的性质以及二者的辩证性关系却思考甚少，抑或被看作一个不言自明的问题而被忽略。

实际上，我们仍然首先需要回答，对于中国诗歌来说，何谓古典性，又何谓现代性？然后才可以致思二者的关系。不言而喻的是，此处的古典性首先是一个时间概念，与"中国古典（古代）诗歌"相联系，然后，它才意指某种美学的品性，尤其那种与中国古典诗歌相伴随的美学品质，在某种"厚古薄今"的眼光下，中国古典诗歌的美学品质或曰古典性几乎与永恒同义。在此，借用一下波德莱尔的观点并非多余，波德莱尔曾提出美的两重性，一种是永恒的、普遍的美，而另一种是暂时的、特殊的美："如同任何可能的现象一样，任何美都包含某种永恒的东西和某种过渡的东西，即绝对的东西和特殊的东西。绝对的、永恒的美不存在，或者说它是各种美的普遍的、外表上经过抽象的精华。每一种美的特殊成分来自激情，而由于我们有我们特殊的激情，所以我们有我们的美。"[1]接下来的观点则更为有名，一向被视为美学现代性的起源："现代性就是过渡、短暂、偶然，就是艺术的一半，另一半是永恒和不变。"[2]可以简单认为，在张枣的《悠悠》中也存在着这两种美，一种是古典性的美，另一种则是现代性的美。

然而，真正的问题在于，在张枣的《悠悠》中，现代性这种现代时间更多是一个场所，在其中，美发生了，而时间却被抽空了。也就是说，其

---

① ［法］波德莱尔：《一八四六年的沙龙》，《波德莱尔美学论文选》，郭宏安译，人民文学出版社，1987，第300页。

② ［法］波德莱尔：《现代生活的画家》，《波德莱尔美学论文选》，第485页。

中的时间被空间化了，古代时间与现代时间以并列的方式呈现出来，王献之所代表的古典性也出现在"语音室"这一可能的空间，甚至可能成为这一空间的内核。这是因为，张枣诗中的现代性或现代时间被最大程度地缩小，以容纳一种古典性或古典时间的到来，张枣是一个从现代性中寻求和塑造并转向古典性的诗人，究其原因，可能正是他的诗歌——至少在这一首《悠悠》中，对现代人的处境，尤其是这种处境中的困难和紧张关系关注较少，而让它急遽上升到了一个古典性的空间当中，同样可以参照波德莱尔的论述："构成美的一种成分是永恒的，不变的，其多少极难加以确定，另一种成分是相对的，暂时的，可以说它是时代、风尚、道德、情欲，或是其中一种，或是兼容并蓄，它象是神糕有趣的、引人的、开胃的表皮，没有它，第一种成分将是不能消化和不能品评的，将不能为人性所接受和吸收。"①在《悠悠》中，张枣将现代性处境中的"时代、风尚、道德、情欲"的因素压缩到了最小，这在很大程度上就造成了诗歌的神秘难解，也使这首诗中的现代性倒向了古典性。在某种程度上也可以说，张枣在现代性的美学中关注和强调的"消极主体性"（negative subjectivity）也是他大胆省略"时代、风尚、道德、情欲"的产物。

　　《悠悠》中的古典性恰好来自某种宗教文化，这一点奇异地符合波德莱尔的推论："永恒美的部分只是在艺术家所隶属的宗教的允许和戒律之下才得以表现出来。"②重要的是，这种永恒部分并不能离开暂时的部分而单独存在，"美的永恒部分既是隐晦的，又是明朗的，如果不是因为风尚，至少也是作者的独特性情使然"③。应该说，二者之间存在着一种辩证关系，"无论人们如何喜爱由古典诗人和艺术家表达出来的普遍的美，也没有更多的理由忽视特殊的美、应时的美和风俗特色"④。"过去之有趣，不仅仅是由于艺术家善于从中提取的美，对这些艺术家来说，过去就是现在，而且还由于它的历史价值。现在也是如此，我们从对于现在的表现中获得

---

① ［法］波德莱尔：《现代生活的画家》，《波德莱尔美学论文选》，第 475 页。
② 同上书，第 475 页。
③ 同上。
④ 同上书，第 473 页。

的愉快不仅仅来源于它可能具有的美，而且来源于现在的本质属性。"①可以说，每一个时代都有自己的"古典性"与"现代性"，从时代的特殊性中"提取的美"构成了永恒性，古典性深植于现代性之中。正如伊夫·瓦岱提示的那样："过去和现时属于同一个精神空间，不应当再把现代性视为古代性的对立面或把古代性视为现代性的对立面。"②这就要求我们从一种历时性的眼光转向共时性，不妨认为，古典性更多是一种共时性存在，就如在张枣这首诗中，我们看到，中国新诗的古典性和现代性并非对立的关系，而是一种辩证关系，并以这种方式奇异地交织在一起。

---

① [法]波德莱尔：《现代生活的画家》，《波德莱尔美学论文选》，第 474 页。
② [法]伊夫·瓦岱：《文学与现代性》，田庆生译，北京大学出版社，2001，第 113 页。

宋 炜

　　1964 年生于四川成都。曾任职于沐川县文化馆。1984 年与诗人石光华、万夏、刘太亨、张渝等发起"整体主义"诗歌。与上述同人编撰《汉诗：二十世纪编年史》(1986 卷、1987—1988 卷)。早年受江河、杨炼影响探索史诗写作，与兄宋渠合署宋渠宋炜。1990 年代曾为独立出版人。喜美食，主编《中国美食地理》。诗作发表不多，也未结集。宋渠宋炜合署的主要诗作有《大佛》(1983)、《黄庭内照》(1987)、《家语》(1988)、《戊辰秋与柴氏在房山书院度日有旬，得诗十首》(1988)、《户内的诗歌和迷信》(1988) 等。宋炜单独署名的主要诗作有《下南道：一次闲居的诗纪》(1988、1992、1996、1998)、《留备过冬的十首诗》(1989)、《女：十首颠倒的或背时的诗》(1989)、《春天的唱诗》(1990)、《妖精：歌曲十章》(1990)、《譬喻品》(1991)、《方天画戟》(1991)、《形意集》(1996)、《土主纪事》(2003)、《桂花园纪事》(2003)、《明月沱纪事》(2003)、《还乡记》(2004)、《雨中曲》(2005)、《自度曲》(2007)、《万物之诗》(2012) 等。2018 年以发表在《红岩》杂志的《宋炜诗集》获得"红岩文学奖·中国诗歌奖"。

还乡记

其一

其实我从来不曾离开，我一直都是乡下人，乡村啊
你已用不着拿你的贫穷和美丽来诱拐我。
我想也许你丰收的时候更好看。
其实我有的也不多，数一数吧，就这些
短斤少两的散碎银子，可我想用它们
向你买刚下山的苦笋，如果竹林同意；
我要你卖满坡的菌子给我，如果稀稀落落的太阳雨同意[①]；
让我的娃儿去野店里打二两小酒吧，如果粮食同意；
我老了，我还想要小粉子的身体，如果她们的心同意；
（其实我也想说：我要小粉子的心，如果她们的身体同意）。
如今这些急切的愿望把我弄得不成人形，
我何不索性就再往下一点，直接变成泥，如果
是泥地就能长出我想要的东西？假如天遂人愿，
我也好自己迁就自己，我也想看一次自己丰收的样子。
但有人并不同意，说伟大的国家不打小规模战争，
我想，是不是伟大的乡村也不发国难财？乡村啊
我知道这么说的时候，有很多植物
都认为我的脾气变坏了，因为它们的绿叶子
变黄并且飘零。我估计你对此也有相近的看法，
因为船在疾行，鱼在追赶，河水却凝滞不前；
你的头上，一只风筝静止，天空不知飞去了哪里……
我早已活得如此疲赖和踏实，连抬头的动作都省去了：

---

① 沐川人把在出太阳时下着的雨称为太阳雨。只有在这种天气里，菌子才会大面
积生长。

此间和此际，除了我自己，就是你浑身上下的泥。

其二

我已经说过了，乡村，我们从此用不着
拿一场灾难来相互吸引。富裕即是多余。
上帝也没有用第二次在水上散步来吓唬我。
和你一起，坐在田埂上，与鱼腥草的浓香一道
让周围的空气过敏，难道不是要胜过伐木造纸？
发呆可以成为我们下半生的事业，既然
路已经越来越好走，罐头已经越做越多，我们俩
想要变孬都已经很难。我喝酒，我始终要喝酒，
山色映入眼帘的时候，酒正好过了我的头。
酒在我的头顶，满眼的山色仰望着我头顶的小酒，
什么也看不清楚，但你知道这已经够明白的了。
还有什么来打扰我们的兴头，还有什么能高过我们的兴头？
既然连天都没有了，"更高"也就再也没有了。
只是在以前，雨曾经一直下进我的身体里，把血液弄稀，
让我在比"曾经"更早的一些年里显得清白而浅。
但我并没由此而走得更轻快，正相反，是轻和慢
让我一路上感觉不到自己的存在。我白活了多少年？
如今所有的泥掩埋了我的脚跟，我再次重了起来，
或者说，我终于活转了过来，用我的泥腿子
在田埂间跋涉，甚至跌了一个筋斗：一下子看见了你。
乡村啊，我总是在最低的地方与你相遇，并且
无计相回避——因为你不只在最低处，还在最角落里。

其三

你都看到了，我的算术比结绳者的还要简陋：

几匹山，几条河，几条路，几个人，没有天空。
因为天空已蜷成一团，要等到某一天有了一本好书时
才被几个看书的人在一些分散的页面上展开。
第一遭，我们四个，排排坐，吃果果，来翻开这本书。
黑暗之中，你像一个领座员用手电让我们对号入座。
啊，这么多的鸡坶，这么多的鸡不吭一声，一齐忍住了禽流感；
这么多的敝猪儿，这么多的甩菜，这么多的脆臊面！
过了凉桥，从一个制香的作坊往北，一百多级石阶上
终于看见了光——我们看见的新天空是一张太大的亮瓦，
雨水还在上面流淌，细而红的沙线虫至今还长得像云彩。
而我们是向你借光的人，并就着光在上面写一些
闪烁其辞的字。你看我的：小学生的格式，一通篇
都用"如果……""因为……"来造句。啊，我想要
得到一个什么样的结果？答案在你那儿，还是在风中飘？
我从没写过任何一本乡村之书，只有怀乡的人
才会写。我有时更像一个抟泥的匠人，妄想过
在开天辟地之前就预制一个模子，也许就是你贫穷又
丰收时的样子。但这也从没发生过，因为连盘古
也没有用再造天地这类的地震或泥石流来吓唬过你。
乡村啊，只有我来冒犯过你，因为我从来就口无遮拦，
说"回家并不意味着抵达"。现在就算我们一道
往更早的好时光走，过了天涯都不定居，
此成了彼，彼成了此，我们还是一生都走不回去。
看呀，千百年后，我依然一边赶路一边喝酒，
坐在你的鸡公车上，首如飞蓬，鸡巴高高地翘起！

2004 年 2 月 23 日，沐川归来初记，26 日重抄于解放碑

在最低的地方与你相遇
——读宋炜的《还乡记》

◎ 江弱水

  宋炜生长于川南靠近滇北的沐川县。他与哥哥宋渠 1980 年代合作写诗。有一段时间他在沐川县文化馆做文化干事。1990 年代下海做书商，到成都和北京过了一段酒肉穿肠的荒唐日子。进入 21 世纪又沉静下来，回到了诗。这个经历已经先在地构成了《还乡记》一诗的传记学背景了。

  还乡，就是回家。T. S. 艾略特在《四首四重奏》里说："家是我们出发的地方。"那么，既然出发了，走了很远很远的路了，为什么又要回家？钱锺书《说"回家"》一文中说得好："回是历程，家是对象。历程是回复以求安息；对象是在一个不陌生的、识旧的、原有的地方从容安息。"我曾经将陶渊明《归去来兮辞》（405）与屠格涅夫《贵族之家》（1858）第十八至二十章写拉夫烈茨基回家的文字放到一块儿对照，只见两个相距一千四百多年的诗人，还乡的心路历程吻合程度极高，简直是互文，彼此能互注。可见，在人类还乡或回家的路上，真正是心理攸同。

  宋炜要还的乡，是川南滇北一带的乡村。对于 21 世纪的中国人来说，还有乡村和田园让我们回得去吗？回去了会怎么样？"在那桃花盛开的地方，有我可爱的故乡"，天真者这样唱；"每个人的家乡都在沦陷"，忧愤者如是说。这种爱恨交织的复杂感受，还乡途中的屠格涅夫已经体会甚深：

  这空气清新、土壤肥沃的草原荒地和偏僻荒凉的地方，这绿色的原野，这些长长的丘陵，长满矮小柞树丛的沟壑，这些单调乏味的小村庄，稀稀落落的白桦——所有这一切，他已经有很久没看到的俄罗斯景色，在他心中引起一种既甜蜜，同时又几乎是悲哀的感觉，仿佛有某种让人觉得愉快的压力压在他的胸膛上，使他感到忧郁。

            ——屠格涅夫《贵族之家》

鲁迅的《故乡》中也已经深深失望过一回：

> 阿！这不是我二十年来时时记得的故乡？
>
> 我所记得的故乡全不如此。我的故乡好得多了。但要我记起他的美丽，说出他的佳处来，却又没有影像，没有言辞了。仿佛也就如此。于是我自己解释说：故乡本也如此，——虽然没有进步，也未必有如我所感的悲凉，这只是我自己心情的改变罢了，因为我这次回乡，本没有什么好心绪。

《还乡记》里的情感，比这些还要复杂纠结得多。

一

诗一开头就拈出一个悖论：

> 其实我从来不曾离开，我一直都是乡下人，乡村啊
> 你已用不着拿你的贫穷和美丽来诱拐我。

与无数对乡村无保留的赞美相比，宋炜打量乡村的眼光已经历练出一番世故。乡村，通篇都被拟人化的"你"字所取代，这是诗人与乡村的"老友记"般的对话，不瞒你说，也瞒不了你，你我彼此知根知底。因此一开头，诗人就挑明了说：你的美丽不可能诱拐我成为一个纯情的田园诗人，你的贫穷也不可能把我诱拐得愤怒而反抗。宋炜眼中的乡村，有令人震惊的贫穷，和让人绝望的美丽，长久地在丰收和歉收之间摆荡。

"我想也许你丰收的时候更好看"，这里隐含了对乡村的祈愿。多少人只关心乡村的美丽，却不大理会是不是丰年。他们单知道乡村是好看的，他们也只需要乡村的好看。"其实我有的也不多"，言外之意是"其实你有的也不多"。这两句看似不经意的话，潜台词都很丰富。

"数一数吧，就这些／短斤少两的散碎银子"，用银子这样的通货是

一个时代错误，但诗人是故意错的，为了应和"千百年后，我依然一边赶路一边喝酒"的时间主题。千百年前如此，千百年后亦然。但是用"短斤少两"来修饰散碎银子却总有点不妥，因为一旦论"斤"就不能说"散碎"了。应该换个形容词，该叫"成色不足"吧。当然，诗人不在乎这个词成色足不足，因为他马上要写到他得意的句子了：

> 可我想用它们
> 向你买刚下山的苦笋，如果竹林同意；
> 我要你卖满坡的菌子给我，如果稀稀落落的太阳雨同意；
> 让我的娃儿去野店里打二两小酒吧，如果粮食同意；
> 我老了，我还想要小粉子的身体，如果她们的心同意；
> （其实我也想说：我要小粉子的心，如果她们的身体同意）。

一种娓娓的语调，有商有量，分外动人。重复中有变化，变化中有重复，呈现出现代汉语最柔韧的节奏和旋律。一连五个"如果……同意"，真叫是天遂人愿啊。二两小酒，苦笋，菌子，诗人掰着指头在数。加上后文"这么多的敞猪儿，这么多的甩菜，这么多的脆臊面"，就是乡村暴露在我们眼前的全部"底细"。特别是后面两行，小粉子的身体与小粉子的心，颠之倒之，我们哪里见到过，爱的情和欲给表达得这样文雅，这样不害臊？

"如今这些急切的愿望把我弄得不成人形"，我是被情欲烤伤了的人，荒于酒，荒于色，在城市里浪荡，然后回到故乡。既然还乡意味着疗伤和恢复元气，就是回复以求安息，那何不索性憩息在大地的怀抱里。"我何不索性就再往下一点，直接变成泥，如果／是泥地就能长出我想要的东西？"我想要成为我想要的我。而且，人是泥土，必将归于泥土。安息在某种语境里即意味着长眠的死。而想要成为我想要的我，则意味着转生，在最后抟泥的匠人预制的模子里转生成一个新人。

如今的我，是被急切的愿望弄得不成人形。那么换句话说，乡村，你，是不是也因为某些急切的愿望，不成你原来的形貌？难道不是吗？船在疾行，鱼在追赶，伐木造纸的事业在进行中，罐头也已经越做越多。你本不屑于这样吧？你不会迁就自己吧？"我早已活得如此疲赖和和踏实，连抬头的动作都省去了"，还有必要自己迁就自己，朝更高的方向抬升那么一下吗？你，伟大的乡村，也省省心好了，不要想发什么财吧。

"我知道这么说的时候，有很多植物／都认为我的脾气变坏了，因为它们的绿叶子／变黄并且飘零。"世上有一种神秘的感应，据说在油菜花地里你不能说榨油的事，否则油菜花就一定会结瘪籽儿。在竹林里也不能说做竹席的事，要不竹子也不肯长。在乡村不要说与丰收相反的事情，绿叶子立马就蔫了。乡村是充满了这样一种原始的敬畏的。

但是，乡村，你，我知根知底的老友，"我估计你对此也有相近的看法"，你凝滞的河水，你静止的风筝，都说明你我精神上的同构。我们都是退步论者，只希望世界依旧是原来的样子。时间在疾行，在追赶，但世界依然如故。在宋炜的《桂花园纪事》里也有这个意思，他提到小粉子被中止了的、再不能增长的年龄："塞弗尔特说：'世界美如斯。'世界美就美在／它的停顿。"诗人想说的是，尽管今天的乡村正面临数千年未有之变局，但是无论我们看到怎样的变化，最终一切都将恢复如初："千百年后，我依然一边赶路一边喝酒。"

你的头上，一只风筝静止，天空不知飞去了哪里……

天空在整首诗里出现过很多次，它的不断出现让我们满腹狐疑。一个意象重复出现，它可能是象征。当然，如果一个意象只出现一次，而力度够大，也可以是象征。而这个天空处心积虑地在诗中不断出现，我们就不由得不多想一想。姑且认定这里的天空代表理想吧，而这个理想坍塌了，"天空不知飞去了哪里"，第二节也提到，连天都没有了，"更高"也就再也没有了。到了第三节，"没有天空。／因为天空已蜷成一团"。理想不在了，我们索性更往下一点。

这是一首世故的诗，历练的诗："我早已活得如此疲赖和踏实，连抬头的动作都省去了。"抬头即所谓仰望星空吧？然而天空都没了，还抬头干什么？"此间和此际，除了我自己，就是你浑身上下的泥。"过去新批评论者讲求一首诗得精心设置一些相反的倾向，一些异质的冲动。这一分析法对复杂的诗来说永远有效。这首《还乡记》，天空与泥，一个向上，一个向下，更高和更低始终形成一种贯穿的张力。但是，它们表现得比一般的诗更隐蔽，更纠结，因为世故和历练已经使诗人弃绝了一般意义上的崇高。

二

　　第二节一开头呼应第一节："我已经说过了，乡村，我们从此用不着／拿一场灾难来相互吸引。"什么意思呢？诗人不会落魄到让乡村用温暖的胸怀来予以接纳，乡村也不必贫穷衰败到让诗人看到而为之垂泪。双方只以一种平和的姿态，素心素面相对，因为"富裕即是多余"。"上帝也没有用第二次在水上散步来吓唬我"，出自《马太福音》第十四章："船在海中，因风不顺，被浪摇撼。夜里四更天，耶稣在海面上走，往门徒那里去。门徒看到他在海面上走，就惊慌了，说：'是个鬼怪。'便害怕，喊叫起来。"类似的说法第三节也有："因为连盘古／也没有用再造天地这类的地震或泥石流来吓唬过你。"诗人和乡村不需要这些夸张。那需要什么呢？只需要——

　　　　和你一起，坐在田埂上，与鱼腥草的浓香一道
　　　　让周围的空气过敏，难道不是要胜过伐木造纸？

整首《还乡记》对工业化给乡村造成损害的批判只用了两个意象点到即止地完成，一个是伐木造纸，另一个是做罐头。"既然／路已经越来越好走，罐头已经越做越多，我们俩／想要变孬都已经很难"，有点反讽，但绝不会那么痛心疾首，因为如果用千百年的时间量度，这些都是些癣疥之疾而已。

　　"发呆可以成为我们下半生的事业"，真正的姿态是没有姿态，非常平

实，甚至疲赖、踏实：

> 我喝酒，我始终要喝酒，
> 山色映入眼帘的时候，酒正好过了我的头。
> 酒在我的头顶，满眼的山色仰望着我头顶的小酒，
> 什么也看不清楚，但你知道这已经够明白的了。

我们可以发觉这里有多少戏拟：什么"相看两不厌，唯有敬亭山"啊，什么"我见青山多妩媚料，青山见我应如是"啊，现在却只是"满眼的山色仰望着我头顶的小酒"。

> 还有什么来打扰我们的兴头，还有什么能高过我们的兴头？
> 既然连天都没有了，"更高"也就再也没有了。
> 只是在以前，雨曾经一直下进我的身体里，把血液弄稀，
> 让我在比"曾经"更早的一些年里显得清白而浅。

这里用"更高""曾经"两个抽象词来做名词，很贴切，也很自然。与清白而浅相对的，是重浊而深。从诗人的人生历程来看，也是成熟的上岸。是泥土让他复活了。《还乡记》写乡村的再造之恩于焉凸现：

> 我白活了多少年？
> 如今所有的泥掩埋了我的脚跟，我再次重了起来，
> 或者说，我终于活转了过来，用我的泥腿子
> 在田埂间跋涉，甚至跌了一个筋斗：一下子看见了你。
> 乡村啊，我总是在最低的地方与你相遇，并且
> 无计相回避——因为你不只在最低处，还在最角落里。

宋炜的诗，经常对一个意念、一个主题反复书写。《土主纪事》一诗中就有与此相关的互文："田地间到处都藏满了惊奇。随便跌一跤／我顺

口啃到嘴里的泥都这么干净、好吃。"还有《小泉纪事》:"一个失足,就踏进了他的地盘,进了他的模子,全都变成了泥。"其实对乡村的赞美也无过于这样的句子了。而关于"低"与"高",他也有一段非常好的说法在《上坟》一诗里:

> 这正如我的写作,
>
> 来源于生活,并且低于生活。我知道你死后的生活
>
> 也与此相同:不可能等于、更不可能高于生活。

这样的写作信条,当然拒绝各种各样的渲染和夸张。对于一些把我们的写作从卑微上升到伟大而崇高的理论,都要有所警惕,因为可能虚浮不实。整个《还乡记》就是低、更低。这就是诗人的哲学,疲赖而踏实。诗往往是刹那的感觉,是生命突然的醒来,但我们不要被所谓的诗意蒙蔽。不要把诗意挂在嘴上,一挂在嘴上就成为谈资,成为口实。所以存在主义哲学的"诗意的栖居"已经被弄坏了。"泥土"最卑微也最重要,我们不能拿它作为清淡的对象。英国玄学派诗人约翰·邓恩(John Donne)有一段话,简直可以作为《还乡记》的题词:

> 人不过是泥土;是的;但泥土却是中心。那些居于斯土、谙于斯土的人,是安息在他真正的中心。
>
> (Man is but earth; 'tis true; but earth is the centre. That man who dwells upon himself, who is always conversant in himself, rests in his true center.)

所以,乡村是在最低处、最角落里,因为我和你乃是一体。

三

> 于是转入最后一节:

> 你都看到了，我的算术比结绳者的还要简陋：
> 几匹山，几条河，几条路，几个人，没有天空。

"结绳"云云，是回到"人之初"，回到"天地之始"的意思。第三节忽然
出现大量稚拙的意象，"排排坐，吃果果""小学生的格式"等等，都是抟
泥制模再造新人的意象的贯穿。

> 因为天空已蜷成一团，要等到某一天有了一本好书时
> 才被几个看书的人在一些分散的页面上展开。
> 第一遭，我们四个，排排坐，吃果果，来翻开这本书。

天空将展开在一本好书分散的页面上，自然是一种重拾的理想、重建的
信仰的隐喻。所以我们说诗中的天空是一个象征，绝不等于自然的天空。
"黑暗之中，你像一个领座员用手电让我们对号入座"，"黑暗"也是一个
时代的概括，而你，乡村，重新认领了我们，指引我们到达指定的位置。

> 啊，这么多的鸡埘，这么多的鸡不吭一声，一齐忍住了禽流感；
> 这么多的敞猪儿，这么多的甩菜，这么多的脆臊面！

不能用"鸡窝"，得用"鸡埘"，从《诗经》里的"鸡栖于埘，日之夕矣，牛
羊下来"里出来的，才是亘古如斯的乡村。

"敞猪儿"就是"游猪"，是王小波写的"一头特立独行的猪"。陈福桐
《梧山文稿》里有一则趣事，说是抗战时期，黄侃的弟子朱穆伯在西迁到
遵义的浙江大学做图书馆馆长，有位下江来的教授见到永兴镇上农家放
敞猪儿，嗤笑这是原始社会人畜同居的落后方式。朱穆伯便说：乾隆皇
帝下江南有御制诗云"夕阳芳草见游猪"，这"游猪"我们贵州叫作"放敞
猪儿"，只是这头猪不晓得怎么会游到贵州乡下来了。引得大家一阵哄笑。
乾隆这句御制诗相当有名，胡适有一回说古来猪不入诗，梁启超就说出这
句诗，使胡适大窘。

"甩菜"是以沐川"羊角菜"为主要原料，采用民间特有的工艺腌制而成的，鲜、香、脆、嫩，风味独特。

"脆臊面"的脆臊类似油渣，是用五花肉，将肉末入锅炒散，再加点料酒和红糖，小火慢炒到焦而不煳，黄而且香，吃起来又酥又脆。

> 这么多的敝猪儿，这么多的甩菜，这么多的脆臊面！

都是农村的吃食，毫不起眼，却是乡村的小丰收。诗人很喜欢罗列家乡的物事，如《土主纪事》，写集市上兜售的清明草、鱼腥草、地丁叶、酸浆草；写细鳞纤肌的白鲢、猪口中抢来的苕尖，以及可以打成草鞋的牛皮菜……这都是一些"最卑微的东西"。爱罗列家乡物事的，头一个要数汪曾祺。他的小说一开头就喜欢介绍一家家的小店铺：这家卖烧饼的，那家卖香油的，再往南点是卖丝线绒花的。又喜欢列数菜蔬果品，什么菱藕、芡实、茭白、佛手。那有滋有味的口气，用汪曾祺《我的家乡》里引老师沈从文常爱说的话说，"这一切真是一个圣境"。用宋炜《土主纪事》一诗里的话说："这是连神仙也看不尽的人间。"宋炜的意象与口吻，像极了汪曾祺。

> 过了凉桥，从一个制香的作坊往北，一百多级石阶上
> 终于看见了光。

与前面的黑暗相对应，因为前面没有光，所以乡村像一个领座员用手电让我们对号入座。"我们看见的新天空是一张太大的亮瓦。""亮瓦"在《土主纪事》里也曾被提到。但这是雨水在上面流淌，四垂着的不是云彩而是细而红的沙线虫的"新天空"，是天空的变了质的替代物。情景十分可怕。可以说，写于《还乡记》之前的《土主纪事》和《桂花园纪事》是非常美丽的田园诗话，但在《还乡记》中情况复杂，局面变得不可收拾起来，没有那样相对单纯的一往情深，讲乡村对我的接纳，既引领我上升，也引导我下沉，而下沉也就是上升。他把这种引领刻意地非神圣化，成为普通的领

座员用手电让我们对号入座，而我们是向你借光的人。

我们是向你借光的人。当蜷成一团的天空现在整张地铺开在我们面前，我们就着光在上面写一些闪烁其词的字。"小学生的格式，一通篇／都用'如果……''因为……'来造句。""小学生的格式"又是一种自我指涉，第一节一连五个"如果……同意"，而"因为"的句式整首诗也出现过五次。

接着，"啊，我想要／得到一个什么样的结果？答案在你那儿，还是在风中飘？"这里用了鲍勃·迪伦唱的有名的歌《答案在风中飘》。一个诗人真要有十八般武艺，从《诗经》到摇滚，都用得着，用得恰到好处。

> 我从没写过任何一本乡村之书，只有怀乡的人
> 才会写。我有时更像一个抟泥的匠人，妄想过
> 在开天辟地之前就预制一个模子，也许就是你贫穷又
> 丰收时的样子。但这也从没发生过，因为连盘古
> 也没有用再造天地这类的地震或泥石流来吓唬过你。

只有怀乡的人才会写一本乡村之书。这话意思很丰富，但表面上不过回应和再证实整首诗开头的"我从来不曾离开，我一直都是乡下人"。怀乡的人以置身事外的角度打量，赞美或批判。"我有时更像一个抟泥的匠人，妄想过／在开天辟地之前就预制一个模子，也许就是你贫穷又／丰收时的样子。""抟泥的匠人"更早出现于《小泉纪事》：

> 他看着这些，抟着手上的泥巴，感觉自己像造物主，而他老婆
> 至少像女娲。好在我们早已经成了形，面目齐楚，五内俱全……

在这个越变越孬的地方，在这个越变越糟的世道，许多东西都坏下去了，我们对人性会怀疑了，就像康德讲的，人性是一根弯曲的木头。如果抟泥的匠人在天地之始，在人之初，就预制一个模子，使直的永远不会弯曲、新的永远不会堕落，不是很好吗？让我们回到泥土，从泥土再出发。"但

这也从没发生过，因为连盘古／也没有用再造天地这类的地震或泥石流来吓唬过你"，回应第二节说的："上帝也没有用第二次在水上散步来吓唬我。"这首《还乡记》的历练与世故就在于，诗人没有把解决不了的问题丢给神去解决，就像古希腊戏剧里用机关请出神（God from the machine）来解围一样。问题无从解决，诗也没有让任何事情发生：

> 现在就算我们一道
> 往更早的好时光走，过了天涯都不定居，
> 此成了彼，彼成了此，我们还是一生都走不回去。

这里有一个时光的问题。前面写过，人事在疾行追赶，时间仍凝滞不前。问题是，时光的千百年之恒久是从整体来讲的，局部的已经不一样了，因为你我都有比"曾经"更早的好时光，像天涯永远在前方退缩，我们永远走不回去。我们要还的乡，要回的家，已经是永远失去的乐园。同样关于故乡，鲁迅《朝花夕拾》小引里有一段话可以与此诗相互发明：

> 我有一时，曾经屡次忆起儿时在故乡所吃的蔬果：菱角、罗汉豆、茭白、香瓜。凡这些，都是极其鲜美可口的；都曾是使我思乡的蛊惑。后来，我在久别之后尝到了，也不过如此；惟独在记忆上，还有旧来的意味存留。他们也许要哄骗我一生，使我时时反顾。

"时时反顾"是记忆中的还乡。乡愁永远只是一种实现不了的冲动。现实中回得了的家乡，还是宋炜《上坟》一诗末句所谓"这没有根部的、热气球一般漂流的兜率天"。兜率天是欲界的第四天："此第四天，欲轻逸少，非沉非浮，莫荡于尘，故名知足。"（《弥勒上生经宗要》）到此离成佛也快了，然而无根，仍旧是一个在风中飘的答案。

整首诗的结尾令人咋舌，是太史公说的"其文不雅驯，荐绅先生难言之"（《五帝本纪》）：

> 看呀，千百年后，我依然一边赶路一边喝酒，
>
> 坐在你的鸡公车上，首如飞蓬，鸡巴高高地翘起！

真是狠，大有孤注一掷的意思。《诗经》里典雅的语辞，与粗口并置，形成强烈的反差。作者的意图令人困惑。也许不过是要表明，早已活得如此疲赖和踏实的我，何不索性就再往下一点？于是干脆就下到下半身。另一方面，全诗总是在用千百年的时间来量度亘古如斯的乡村。千百年前，一如千百年后；我非我，但依然故我。这是对乡土终极的爱与信。至于为什么要这样出语惊人？我想拿英国诗人菲利普·拉金（Philip Larkin）的话来打个圆场。拉金在给斯帕罗的信里说，自己在诗中爆四字粗口，有时是因为找不到别的词，有时是为了滑一大稽，而有时仅仅只是吓人一跳，因为我们生活在一个奇怪的时代，可以拿话吓吓人，但也只是吓人而已，它不能经久。①

四

这首《还乡记》的抒情姿态和声音之成熟，在当代中国诗里是少见的。
很多人非常喜欢宋炜 1980 年代写的组诗《家语》，因为里面写到一种现代化进程中即将湮灭的人生哲学和生活方式，但那时候他的声音还带有未曾矫正过的矫情。他一再地说自己：

> 于是不出一言，独处厅堂：
> 静待他们久居生厌，
> 无心与我同列本族清贫的门墙。
>
> ——《无为》

> 我无心细听，但觉万境通明，

---

① Andrew Motion, *A Writer's Life: Philip Larkin* (London: Faber & Faber, 1993), p. 444.

世事从容无虑。

——《风城的居事》

我顿时醒转，头脑清明，
复又回转厅堂，点校家谱，
从此惜命如金，相守粮食，
精心安排一日三餐。

——《内心生活》

这组《家语》里，诗人要给出安逸平实的人生哲学，而且总是要点醒题旨。到了《还乡记》，他不点了，不提供答案了。在《家语》里宋炜有很多"高贵的厌倦"，而《还乡记》里他是低到最低。《家语》里的抒情主人公总是清醒明白，《还乡记》呢？酒正好过了他的头。

《家语》组诗大约属于所谓新古典主义的诗歌吧。我一直认为，这类新古典的解决方式是非常糟糕的，那就是把一切淡化掉，留点禅意，留点道心，因为道家和佛家早已经教会了我们这样一个秘诀。但如今这首《还乡记》只纠结，不解决，所以我说它保持了一种不加渲染、不加夸张、消弭了自我戏剧化，并非刻意放低而是本来就低的姿态。

回到我们开头所说的乡村书写的两种基本模式上来。新文学伊始，乡土文学不外乎两种写法，一种是鲁迅式的批判，一种是废名式的赞美。迄今为止，很少有乡土写作越得出这两种框架，其关键就在于"隔"。我们不妨对下面两段话做象征性解读：

河里驶过文人的酒船，文豪见了，大发诗兴，说，"无思无虑，这真是田家乐呵！"

——鲁迅《风波》

时候既然是深冬，渐近故乡时，天气又阴晦了，冷风吹进船舱中，呜呜的响，从篷隙向外一望，苍黄的天底下，远近横着几个萧索的荒村，没有一些活气。我的心禁不住悲凉起来了。

——鲁迅《故乡》

船上与岸上总是有距离。乡村在此被对象化了，不管作为批判的对象，还是审美的对象。今天的作家仍然不脱这种对象化视角。也举一个小小的例子。宋炜说"我从没写过任何一本乡村之书，只有怀乡的人才会写"。怀乡的韩少功就写了一本《山南水北》的乡村之书。里面有一篇写到老公路。韩少功说，奔驰在全封闭的、直平如泻的高速公路上，生活在目眩的车窗里，并不总是很美妙。所以没有什么急事的时候，他宁愿走老公路，弯曲、颠簸，但是——

> 开车人想慢就慢，想停就停，想逛店就逛店，想撒尿就撒尿，看见一片好林子，还可倒在树阴里睡上片刻——高速路所抹去的另一个世界在这里重新展开，一种进入假日的感觉油然而生。

——《老公路》

"进入假日的感觉"？对不起，这还是一个船上文豪、城里知青、车中小资的眼光，是偶尔到乡村一游的观光客的眼光。这种"这真是田家乐呵"的眼光，如此隐蔽深固，令人防不胜防。比如陈村的小说《蓝旗》是这样的一个结尾：

> 我没想到，当我抬起头来看你时，你这块曾经被我千百次诅咒的土地，竟是这样美丽！

宋炜已经告诫了我们，"乡村啊，你已用不着拿你的贫穷和美丽来诱拐我"，但是陈村就是要说：请诱拐我吧，用你的美丽！还有张炜，他的乡村书写已经僵固为一种大而化之的二元对立：

> 我站在大地中央，发现它正在生长躯体，它负载了江河和城市，

让各色人种和动植物在腹背生息。令人无限感激的是，它把正中的一块留给了我的故地。我身背行囊，朝行夜宿，有时翻山越岭，有时顺河而行；走不尽的一方土，寸土寸金。有个异国师长说它像邮票一般大。我走近了你、挨上了你吗？一种模模糊糊的幸运飘过心头。

——张炜《融入野地》

城市就是罪恶，乡村就是善良和尊严，这种对乡村的赞美很容易陷入一种民粹主义，就像赫尔岑严肃批评过的俄国知识分子对乡村不加选择的膜拜。其实乡村有美好和善良的一面，也有其重大局限。宋炜是深知这种局限的，他所理解的乡村是一种既单纯又复杂的"simplexity"，他笔下的文本也是个"simplexity"。这个生造词，2010 年被全球媒体评为十大热词之一，正好拿来做我们写作人的理想。王国维《人间词话》说："客观之诗人不可不多阅世。阅世愈深则材料愈丰富、愈变化，《水浒传》《红楼梦》之作者是也。主观之诗人不必多阅世。阅世愈浅则性情愈真，李后主是也。"但现代生活如此繁复，现代诗还是要抒情，但再也不能用抒情的方式抒情了，得向小说、戏剧、电影靠拢。所以，现代诗人既要性情真，又要阅世深，他必须既 simple 又 complex，既单纯又世故，这会儿幼稚得"排排坐，吃果果"，用"小学生的格式"造句，那会儿又老成得感慨"我早已活得如此疲赖和踏实……"伟大的国家不打小规模的战争，伟大的诗也不会是小资的诗。在我看来，在中国当代文学的语境里，这首《还乡记》是一首伟大的诗。

对于这样的诗人，富裕即是多余，夸饰与矫情即是多余。乡村就在那儿。诗人对乡村没有给一个惊叹号，但我们知道这里有深沉的爱，不事张扬的爱。乡村给予了一切，但是它是低的。所以诗人重复讲一些时间的问题、高与低的问题，其实是在讲一种活法的问题。诗人经历过曾经的天空的坍塌、曾经的乐园的失去，所以是活过一回的。我白活了很多年，但我现在活转过来，因为我跟你又见面了。我跌了一跤，然后碰见了你。这首诗如果也属于乡土写作的话，它使我们耳目一新。而且整首诗语调平和、舒展，徐徐谈开，娓娓道来。正如诗人另一首《雨中曲》所说的："我的诗因此而／不复喧闹，少有这么安静。"

臧　棣

1964 年 4 月生于北京。1983—1990 年就读于北京大学中文系，1987 年获学士学位，1990 年获硕士学位。1990—1993 年供职于中国新闻社。1993 年 9 月回北大中文系攻读博士学位。1997 年 7 月获博士学位，留校任教至今。1999—2000 年为美国加州大学戴维斯分校访问学者。著有诗集《燕园纪事》（文化艺术出版社，1998）、《风吹草动》（中国工人出版社，2000）、《新鲜的荆棘》（新世界出版社，2002）、《宇宙是扁的》（作家出版社，2008）、《空城计》（台湾唐山出版社，2009）、《未名湖》（海南出版社，2010）、《慧根丛书》（重庆大学出版社，2011）、《小挽歌丛书》（台湾秀威资讯科技股份有限公司，2013）、《红叶的速度》（飞地书局，2014）、《骑手和豆浆》（作家出版社，2015）、《必要的天使》（中国青年出版社，2015）、《就地神游》（黄山书社，2016）、《最简单的人类动作入门》（广西人民出版社，2017）、《臧棣诗系：沸腾协会·尖锐的信任丛书·情感教育入门》（广西师范大学出版社，2019）、《臧棣诗选》（太白文艺出版社，2019）、《诗歌植物学》（江苏凤凰文艺出版社，2021）、《非常动物》（北岳文艺出版社，2021）、《世界太古老，眼泪太年轻》（长江文艺出版社，2021）、《精灵学简史》（广西师范大学出版社，2022）、《世界诗歌日》（南京大学出版社，2023）、《臧棣的诗》（人民文学出版社，2023）等；诗学随笔集《诗道鳟燕》（陕西人民教育出版社，2017）。译为英文的诗集有《仙鹤丛书》《慧根丛书》。编有《里尔克诗选》（中国文学出版社，1996）。曾获《南方文坛》杂志"2005 年度批评家奖"、"中国当代十大杰出青年诗人"（2005）、"1979—2005 中国十大先锋诗人"（2006）"中国十大新锐诗歌批评家"（2007）、珠江国际诗歌节大奖（2007）、"当代十大新锐诗人"（2007）、"汉语诗歌双年十佳诗人"（2008）、第七届"华语文学传媒大奖·年度诗人奖"（2009）、《星星》诗刊年度诗人奖（2015）、扬子江诗学奖（2017）、《广西文学》2017 年度诗歌奖（2017）、天问诗人奖（2017）、山花文学双年奖（2018）、人民文学诗歌奖（2018）、昌耀诗歌奖（2022）、鲁迅文学奖（2022）、漓江文学奖（2023）。2015 年 5 月应邀参加德国柏林诗歌节，2016 年 5 月应邀参加德国不来梅诗歌节，2017 年 5 月应邀参加荷兰鹿特丹国际诗歌节，2017 年 10 月应邀参加美国普林斯顿诗歌节。

万古愁丛书

在那么多死亡中，你只爱必死。
其他的方式都不过是
把生活当成了一杆秤。其实呢，
生活得越多，背叛也就越多。
稍一掂量，诗歌就是金钱——
这也是史蒂文斯用过的办法，
为着让语言的跳板变得更具弹性。
有弹性，该硬的东西才会触及活力。
围绕物质旋转，并不可怕，
它有助于心灵形成一种新的语速。
发胖之后，你害怕你的天赋
会从黑夜的汗腺溜走。
你想戒掉用淋漓左右灿烂，
但你戒不掉。你偏爱巧克力和啤酒，
但是，天赋咸一点会更好。
莴笋炒腊肉里有诗的起点。
小辣椒尖红，样子可爱得就像是
从另一个世界里递过来的一双双小鞋。
你猜想，无穷不喜欢左派。所以说，
干什么，都难免要过绝妙这一关。
不滋味，就好像雨很大，但床单是干的。
做爱一定要做到前后矛盾，
绝不给虚无留下一点机会。
没有人能探知你的底线。
心弦已断，虎头用线一提，像豆腐。
但是你说，我知道你在说什么。

我确实说过，我可不想过于迷信——

凡不可知的，我们就该沉默。

而你只勉强赞同诗应该比宇宙要积极一点。

人不能低于沉默，诗不能低于

人中无人。从这里，心针指向现实，

一个圆出现了：凡残酷的，就不是本质。

而一个圆足以解决缥缈。

稍一滚动，丰满就变成了完满，

晃动的乳房也晃动眼前一亮。

一个圆，照看一张皮。像满月照看

大地和道德。从死亡中掉下的

一张皮，使我再次看清了你。

凡须面对的，不倾心就不可能。

而一旦倾心，万古愁便开始令深渊发痒。

2010 年 3 月

死亡的非形而上之维

——析臧棣《万古愁丛书》

◎ 张桃洲

这几乎是一个公开的秘密：这首《万古愁丛书》是为诗人张枣逝世而作的悼亡诗，写于张枣去世的当月。不过，由于某种无以明言的因素，这首诗并未见诸那一年出版的各类纪念文集，只是寻常而安静地置身于臧棣近些年陆续完成的众多"丛书"诗中，没有引起太多的关注和相应的讨论——虽然它以罕见的迅捷回应了那位富有传奇色彩的诗人的离世，却由此避开了其所激发的悲情氛围。

在中外诗歌中，一位诗人为另一位诗人而写的悼亡诗不计其数。不管出于何种动因，这类悼亡诗总会涉及诗人之间的交谊、对已故者的评价，尤其是诗人之间隐秘的诗学关联等题旨。这首诗同样如此。诗的标题中的"万古愁"提示了某些信息：不难发现，它直接源于张枣的著名组诗《跟茨维塔伊娃的对话》："我天天梦见万古愁"（第二首），"没在弹钢琴的人，也在弹奏，／无家可归的人，总是在回家：／不多不少，正好应合了万古愁"（第十一首）。诗人朱朱显然也留意到了"万古愁"应该是张枣诗歌的关键词之一，在他所写的《隐形人——悼张枣》一诗中便有"梦着／万古愁"之句作为呼应。当然，这个词更悠远的来源是为人所熟知的李白的《将进酒》："五花马，千金裘，呼儿将出换美酒，与尔同销万古愁。"正如李白那首名诗所寓示的，"万古愁"集结着人类与生俱来的、亘古不变的某种忧惧——因时间（流逝）、死亡而引发的难以排遣的"愁绪"。《万古愁丛书》以此为题，除了与张枣诗作构成互文关系（此诗与张枣诗作的互文甚多，下文将详析）外，其意旨无疑也包含了对死亡的忧惧这一古老的主题。

诗的首句"在那么多死亡中，你只爱必死"将死亡的议题和盘托出，其中的"必死"出自张枣的另一著名组诗《卡夫卡致菲丽丝》的末节："从翠密的叶间望见古堡，／我们这些必死的，矛盾的／测量员，最好是远远逃掉。"这就是现代诗中的"用典",这种用典情形在这首短诗中频现,竟达近20处之多(当然,为一位诗人写悼亡诗,不用典几乎是不可能的)。显然,就此诗而言,"必死"是臧棣与张枣共同关注的议题。事实上,"必死"也是古今哲学研究的重要命题之一,按照西方哲学家海德格尔、阿伦特等人的观点,"必死性"(mortality)正是人之为人的"禀赋"或"条件"。在《卡夫卡致菲丽丝》中,张枣借用卡夫卡的口吻陈述了"必死"之人的现代性境遇。[①] 据说,该诗末节里的"测量员"在希伯来语中与"弥赛亚"谐音[②],这似乎暗示着"弥赛亚"也是"必死"的,最终不得不"远远逃掉"。此外,张枣在《德国士兵雪曼斯基的死刑》一诗中有这样的句子:"我死掉了死——真的,死是什么? / 死就像别的人死了一样。"其《哀歌》一诗中也说:"死,是一件真事情"。可见他对死亡议题有着持续而深入的思索。《万古愁丛书》开门见山就言说"死亡",既陈述张的去世这一事实,又指出后者诗歌中对死亡的书写。

　　"其他的方式都不过是 / 把生活当成了一杆秤。"相较于"必死",其他看待死亡的方式或态度莫不过于实用。此句中的"秤"关联着张枣短诗《边缘》里的"秤,猛地倾斜"一句,臧棣在解读《边缘》时认为:"'秤',不是一个随意选择的意象,这个词指涉着现代社会里已经高度制度化对人的规范:每个人都随时处在被衡量的状态中,并且衡量的出发点又是功利主义的,有时,甚至是相当机械与冷酷的"。[③] 以"秤"来面对或处理生活,患得患失之际难免会遭遇"背叛",所以"生活得越多,背叛也就越多"。"稍一掂量"的"掂量"显然是随着"秤"这个词而来,即制度化社会中无处不在的算计。"诗歌就是金钱"由美国诗人史蒂文斯的一句名言"Money is one kind of poem"转化而成,史氏是一个长期处在并行不

---

① 诗人钟鸣认为,《卡夫卡致菲丽丝》表达了一种既是个人的、又是普遍的世界的观念,他通过自己的生存处境,对一切'准现在'的东西都加以置疑"(《笼子里的鸟儿和外面的俄耳甫斯》,见钟鸣《秋天的戏剧》,学林出版社,2002,第66页。

② 宋琳:《精灵的名字——论张枣》,《今天》2010年夏季号(总第89期)。

③ 洪子诚主编:《在北大课堂读诗》,长江文艺出版社,2002,第7页。

悖的双重世界里的人：在世俗生活中，他一直担任一种精于"算计"的职位（一家保险公司的副董事长）；而在繁杂的世俗事务之外，作为诗人的他则是一位语词的探险者、元诗的倡导者。对于这样一位元诗倡导者而言，"Money is one kind of poem"无疑是对语词和想象力的挑战，它意味着将任何世俗生活融入诗歌的能力，"诗歌就是金钱"的说法当然也构成"让语言的跳板变得更具弹性"的一种方式。

值得一提的是，张枣极为推崇史蒂文斯，曾与人合译、出版了《最高虚构笔记——史蒂文斯诗文集》①，受史氏的"元诗"观念的影响很深。"让语言的跳板变得更具弹性"其实也是张枣的写作理想，在其论文《朝向语言风景的危险旅行——当代中国诗歌的元诗结构和写者姿态》中张枣提出："当代中国诗歌的关键特征是对语言本体的沉浸，也就是在诗歌的程序中让语言的物质实体获得具体的空间感并将其本身作为富于诗意的质量来确立"②。也只有当语言获具"弹性"，"触及活力"后，才"有助于心灵形成一种新的语速"。"弹性""硬"和"活力"这些词也是针对上文中"秤"的"机械与冷酷"来说的。"围绕物质旋转，并不可怕／它有助于心灵形成一种新的语速"，此二句中的"物质"与"心灵"相对，体现的是"金钱"与"诗歌"之间的史蒂文斯式悖论和"办法"。而"围绕物质旋转"中的"旋转"，应该源自张枣《灯芯绒幸福的舞蹈》里的"我舞蹈，旋转中不动"和《悠悠》里的"绕地球呼啸快进"的"磁带"。此外，张枣在诗学观念上还接受了史蒂文斯的矛盾诗观，这一点也在《万古愁丛书》中被作为一个中心议题得到展现。

至此，这首悼亡诗算是完成了全诗的第一段落（尽管没有分节）：借助于由死亡事实引起的对逝者死亡态度的谈论，进入关于张枣诗艺和诗学观念的探讨。实际上，这也是这首诗的两个主要题旨——死亡与诗艺，而关于诗艺的探讨及评价又是贯穿整首诗的核心。这部分着意提及史蒂文斯，不仅指明张枣与史氏诗学上的亲缘关系，而且具有一种类比效果，似

---

① 华东师范大学出版社，2008 年版，他在译序中称史氏为"沉溺于'语言之乐'的享乐主义者"。

② 文载《今天》1995 年第 4 期。

乎以史氏的双重性暗示张枣于世俗生活与诗歌之间的纠缠——接下来，从"发胖之后"到"从另一个世界里递过来的一双双小鞋"这一段落勾画的正是世俗生活中的张枣（"巧克力和啤酒""莴笋炒腊肉""小辣椒尖红"等颇具张的个人特征）。世俗生活的展现使这位诗人的死亡变得具体，变得形而下。不妨说，这首悼亡诗呈现了两个张枣形象：一个是陷入世俗生活中的张枣，一个则是栖居于语言里的张枣，既展示了其在现实生活中的景况，又揭示了他执着而幽邃的诗学理想，二者不断交叉重叠。自然，与史氏相比，张枣的境遇要不同得多，后者至少还面临着地域（空间）、文化、身份和语言的迁移与跨越。在此，张枣或许恰好是能够被用以在诗学范围之内谈论这些话题的一个范本。成名甚早、去国也甚早的张枣，一直是 1980 年代诗歌神话的重要组成部分，他的诗歌"天赋"为人所公认。不过，当多年后他再度进入人们的视野时，给人的普遍印象是反差明显的：意气风发的英俊少年变成了臃肿邋遢的中年人（所以悼亡诗中提到"发胖之后"）。这种变化除有个人的原因外，更多是由于与上述话题相关的时代语境的变迁，其间隐藏着对他造成巨大戕害的销蚀性力量。令人惊异的一点是，在长达二十余年的写作生涯里，张枣的诗学信念一以贯之，那就是相信写作的最终使命乃是经营语言。同时，他也不否认世俗生活对诗歌写作的意义，认为任何芜杂的现实材料都能够被转化为诗歌。①

　　"发胖之后"中的"发胖"语出张枣《地铁竖琴》："年近三十／食指拼命发胖"，既是变化后张的生理表征，又隐约昭示着张的某种精神状态，即其内心里产生了"天赋"（这是一个得到普遍认可的关于他的说法）"溜走"的危机感。"你想戒掉用淋漓左右灿烂"，其中"淋漓"出自张枣《何人斯》里的"鲜鱼开了膛，血腥淋漓"，"灿烂"出自张枣组诗《历史与欲望》之《丽达与天鹅》里的"那些灿烂的动作还住在里面"（杨黎编有一部关于

---

① 张枣评述史蒂文斯的诗观说："尽管现实能够升腾跃进成'秩序的激昂'，诗歌却不是现实的对立物，而是它的内蕴物……生存，这个'堆满意象的垃圾场'，才是诗歌这个'超级虚构'的唯一策源地。"见张枣《序："世界是一种力量，而不仅仅是存在"》，载［美］华莱士·史蒂文斯《最高虚构笔记——史蒂文斯诗文集》，陈东飚、张枣译，华东师范大学出版社，2008，第 4 页。

第三代诗运动的书亦名《灿烂》），"用淋漓左右灿烂"大概喻指展示写作才华（天赋）的不同取向——是淋漓尽致还是灿烂夺目？"天赋咸一点会更好"中的"咸"出自张枣《猫的终结》里的一句："猫太咸了，不可能变成／耳鸣天气里发甜的虎"，并与该句中张所偏爱的"甜"相对照，指向迥然有别的写作趣味。"莴笋炒腊肉里有诗的起点"点出了张枣对世俗生活与诗歌之关系的认识，张枣曾自言组诗《跟茨维塔伊娃的对话》的主题就是诗中的一句——"首先得生活有趣的生活"①，该组诗中还有"词，不是物""生活的踉跄正是诗歌的踉跄""人，完蛋了，如果词的传诵／不像蝴蝶，将花的血脉震悚"等句，大概也能表明张枣的某种诗观。应该说，张枣虽然是一个语言至上论者，却并非狭隘的纯诗主义者；虽然意识到语言的自律性，却并不过分强调语言的封闭性。因此，说"莴笋炒腊肉里有诗的起点"，是符合张枣将生存视为诗歌之"策源地"的想法的。

从"你猜想"到"虎头用线一提，像豆腐"构成这首悼亡诗的第三段落，主要辨析张枣的矛盾诗观。"无穷"连接着张枣《望远镜》里的"无穷的山水"；"绝妙""滋味""矛盾""虚无"都是能体现张枣诗歌取向和观念的语词，其中"滋味"被运用较多，如《祖父》里的"用／盐的滋味责怪我"，《希尔多夫村的忧郁》里的"嘴角留着乌云的滋味"，其作用不仅仅是风格化的；"矛盾"较早出现在《刺客之歌》里的反复句中（"'历史的墙上挂着矛和盾，／另一张脸在下面走动'"），也出现在组诗《卡夫卡致菲丽丝》的结尾（"我们这些必死的，矛盾的／测量员，最好是远远逃掉"）和《春秋来信》里（"我深深地／被你身上的矛盾吸引"），对"矛盾"的体认被认为是张枣诗观的另一侧面，既可看作其对现代性生存处境的觉识，又是其诗歌技巧与风格之暧昧性的表现；"虚无"分别见于《椅子坐进冬天……》（"风的织布机，织着四周。／主人，是一个虚无，远远／站在郊外，呵着热气"）、《空白练习曲》（"那男的，拾起这非人的轻盈，亮相／滑向那无法取消虚无的最终造型"）、《一首雪的挽歌》（"火说：我存在，

---

① 见傅维《美丽如一个智慧——忆枣哥》中张枣的信，《今天》2010 年夏季号（总第 89 期）。

我之外／只有黑暗和虚无")和《到江南去》("寻找幸福,用虚无的四肢")等诗篇,可以说"虚无"的意识在张枣诗歌里十分醒目而且重要(他曾自称"极度的虚无主义"①)。"绝不给虚无留下一点机会"意味着,在张枣那里,"虚无"与其说是遁入悲观主义的托词,不如说是获得某种"文学品质"②的动力,造就了其诗歌的鲜明的"虚幻"特性——那是在《镜中》里即已显现,以语词之"镜"折射而成的。

　　这一小节中的"心弦已断,虎头用线一提,像豆腐"一句,值得细细品味。其中"豆腐"除暗含脆弱之意(与"断"接应),还令人想到张枣《厨师》里"他把豆腐一分为二"这一关乎技艺(其实也是诗艺)的描写。"心弦已断"至为重要,此语关涉的乃是张枣的"对话"诗学或"知音"诗学:"心弦"与弹奏相关,勾连着那个关于"知音"的古老传说;"已断"意味着这种"知音"或"对话"可能性的丧失。众所周知,张枣有效地承续了中西的"知音"("对话")传统与理论。③张枣与臧棣一度交往密切,两人曾共筑一段"知音"佳话:臧棣以一首《解释斯芬克斯》相赠,张枣回赠那首有名的《春秋来信》,这二首赠诗都述及各自对诗歌的理解。两人最大的相通之处在于,他们都是"元诗"的信奉者和大力实践者,颇有点"惺惺相惜"的味道。对此钟鸣的解释不无道理:"两人的亲近,倒不完全是因为他们都是60年代出生的诗人,而在于物以类聚,出于对话和知音那内在的渴求,更重要的是,他们对广义的成诗过程——风格有着知性的体验和理解的一致,尝试着不把对话当作构造手段(就像不把抒情当作特

---

① 见张枣致钟鸣的信,《张枣诗文集·书信访谈卷》,四川文艺出版社,2021,第81页。

② 张枣在《当天上掉下来一个锁匠》中说:"流亡或多或少是自我放逐,是一种带专业考虑的选择,它的美学目的是去追踪对话,虚无,陌生,开阔和孤独并使之内化成文学品质。"见颜炼军编《张枣随笔选》,人民文学出版社,2012,第35—36页。

③ 详细讨论可参见Susanne Gösse《一棵树是什么?——"树","对话"和文化差异:细读张枣的〈今年的云雀〉》,商戈令译,载孙文波等编《语言:形式的命名》,人民文学出版社,1999,第338—349页。

权），而在于一种领悟力的自然流露。"①当然，两人在后来的诗歌写作中都对"元诗"观念有所反思。

接下来，从"但是你说"到结束是这首悼亡诗的第四（最后）段落，进一步诠释了张枣的诗观。这部分最值得留意的是"宇宙"一词，张枣的宇宙观念是对其"元诗"观念和对话诗学的一种补充②，故这个词密布于他的诗作中，如"如此刺客，在宇宙的／心间"（《椅子坐进冬天……》）、"宇宙充满了哗哗的水响"（《天鹅》）、"她们牵着我在宇宙边"（《合唱队》）、"花开花落，宇宙脆响着谁的口令"（《一个诗人的正午》）、"落叶，／这清凉宇宙的女友"（《跟茨维塔伊娃的对话》）、"他觉得他第一次从宇宙获得了双手，和／暴力"（《在森林中》）、"一片叶。这宇宙的舌头伸进／窗口"（《云》）、"清辉给四壁换上宇宙的新玻璃"（《悠悠》）等。"你只勉强赞同诗应该比宇宙要积极一点"，显示的正是张枣观念中诗与宇宙的关联性，在他看来，"元诗常常首先追问如何能发明一种言说，并用它来打破萦绕人类的宇宙沉寂。"③显然，其元诗观念和宇宙意识的产生，与他感受到的处境及由此迸发的对话欲求有关。此外，这部分还有两个能彰显张枣诗观的词——"沉默"和"圆"。前者包裹着语言的秘密；而后者，当它突兀地成为《祖母》一诗的结句，镶嵌于《跟茨维塔伊娃的对话》里某一句子的中间（"此刻的。圆。看见羊癫疯。看。"）时，张枣的"诗歌即是树、空气、风、宇宙的圆满"的说法便在耳畔响起。在此，"圆"（指向"完满"或"圆满"）也可被解读为"死亡"的另一称谓。正是在这一对世俗生活实施终结的极端仪式中，萦绕于心的"万古愁"烟消云散，其绚烂的极致姿态有如诗人体验到的诗之悦、语言之乐。

可以看到，在1980—1990年代的中国诗歌中，"元诗"观念有一条相

---

① 钟鸣：《秋天的戏剧（关于诗人对话素质的随感）》，《秋天的戏剧》，第20页。

② 诗人宋琳指出："他（张枣）的心智对'至大无外，至小无内'的宇宙模型怀着最迷狂的激情，无论阻隔之墙多么厚实坚固，他总能找到突破点。"见《精灵的名字——论张枣》，《今天》2010年夏季号（总第89期）。

③ 张枣：《朝向语言风景的危险旅行——当代中国诗歌的元诗结构和写者姿态》，《今天》1995年第4期。

对清晰的发展路径。"元诗"在词与物、诗歌与现实的纠缠中确立了语言自身的界限。然而，在当前变幻多端的背景里，曾经作为文学自律性观念的一部分，发挥过重要功用的"元诗"观念，其有效性究竟如何，值得重新检视。包括张枣、臧棣在内的诸多"元诗"倡导者，一度相信"语言能够在惰性的现实之外，发展出一种更高、更自由的秩序"，然而"当现代性承诺的幻境以全球化的消费现实从天而降，当既定的社会意识秩序已灵活多变，与大众的趣味一道容忍了诗人的冒犯，甚至将这种冒犯吸纳为一切的原则的时候，诗人们对'语言本体的沉浸'是否还能如此高调，是否在暗中也变得暧昧不明，则是一个应该继续追问的问题"。于是，"元诗"激发下的语言意识的扩张及其惯性——"不仅在谈论时尚，而且用自己的语言回应、效仿着时尚的原则，在诸多元素间穿走、编织，使得一首诗同构于这个'花花世界'"——在当下的错杂语境中出现了明显不足，因此，"'元诗'意识指向的，不应再是语言的无穷镜像，而恰恰是指向循环之镜的打破"。① 在此意义上，这首悼亡诗在悼念故人的同时，或许也隐藏着对诗本身的哀悼？

---

① 姜涛：《"全装修"时代的"元诗"意识》，《文艺研究》2006 年第 3 期。

颐和园
——给清平

多么幽美，但是
画廊不迁就余生，
如同拱桥插足烟波，
连续十七下，才歇一口气，
但不负责漂白国家。
一大半历史都只顾恍若
江湖的有情有意。不裁决成年
是否合乎地方口味——
蝴蝶提着小风筝
兜售春意，忽左忽右。
每细心一次，就大胆一回。
每骄傲一下，就完美一小会儿。

2003 年 5 月

奇境、心象，或诗歌宇宙的形状
——读臧棣《颐和园——给清平》

◎ 周　瓒

　　这首诗只有短短十二行，依据标点共五句话，第一句最长，占了全诗
五行，第三句占了四行，第二句占了两行，而最后两行也分别是两个句
子。之所以留意它的断句与分行特征，是因为在默读几遍之后，我意识
到，我不仅需要通过断句辨认清楚贯穿整首诗的口吻、语调下的内在层
次，而且，诗的不同句子间相似的用词和句式也结构了它的紧致感与情绪
的舒张度。当代诗人中，臧棣有着自觉的现代汉语实验意识，是运用和
活用虚词及虚词结构的高手。《颐和园》一诗中，表示转折的"但（是）"
出现了两次，表示否定的"不"组合出三个短语——"不迁就""不负
责""不裁决"，而最后两行句式相同，都是"每……，就……"的结构。
这些相近的虚词和结构组合成的短语和句子，显示了诗人通过不合汉语语
法常规的搭配而产生的新鲜言语效果，并进而形成一种独特的诗意。如果
说"不迁就余生"尚可理解，那么，"不负责漂白国家"就不能让人立刻意
会。全诗中还有最为令人费解的一个句子："一大半历史都只顾恍若／江
湖的有情有意。"而如何解读它，包括解读整首诗，需要我们换个思路与
角度，进入诗人臧棣为我们创造的诗的奇境与心象之中。

　　"多么幽美"，这样的兴叹确乎配得上春天的颐和园，然而，对于游
客而言，穿行于如今作为风景区的清代皇家园林中，仅止于赞叹美景当
然是不够的，更何况游园者（可能）是两位诗人呢——假如我们设想诗人
与诗的受赠者一同去了颐和园春游。我们在传统文学中熟悉的"发思古之
幽情"作为一种民族潜意识，大概如同血液般流淌在了今日诗人的血管里
吧。这样，我们在第一句中就读到转折句式以及"不迁就余生"和"不负
责漂白国家"时，也就有了夯实诗情的依据。游览古迹，思古伤今，且在
文化的情理之中，然而，诗人却对此斩钉截铁地使用了"但是"和"不"，
诗人的意思是，他要在这老祖宗遗传下来的思古伤今的文化思维定式中进

行一次偏移。"画廊不迁就余生"中的"画廊"概指颐和园景点之一的"长廊",绘景画图,含经典故事与雅趣各种,"余生"此处可从两个方向理解,劫后余生的"余生",或一个人余下的生命。综合起来,我们可以这样理解:眼前所见长廊美图终究幽美,但它兀自幽美着,并不会成为幸存者与后来之人所仰赖之物。昆明湖上,那座连接南湖岛与湖岸的"十七孔桥"也没有责任和义务参与对一个国家(耻辱史)的洗濯。"虽为人造,宛自天开"的颐和园,在历史上,曾两次遭遇来自列强的侵略破坏,后经数次修缮,成为今天北京的著名景点之一,其所负载的历史记忆与文化意涵不可谓不多。与画廊一样建造工艺绝佳的"十七孔桥",在诗人眼中,成了一个活的形象,如童话或奇幻文学中的人格化角色,诗人描述它连接湖岸与小岛,将其在湖面的造型称为"插足烟波",并且"连续十七下,才歇一口气"。画廊与拱桥,作为人造之艺术品,已在自然中获得了精灵般的生命,而它们独立于人的生活,在家国历史之外。

(诗)人看风景,触景生情,而由自然与人造物共同构成的风景有着自己的生命与形态,这是这首诗第一句话(前五行)所暗示的基本意义。那么,人当如何生活呢?这个问题听上去与这首诗关系不大,且略显空泛,却是由这首诗的内在紧张感带出来的。作为一首游园诗和题赠诗,里面究竟有多少因素涉及了具体的人呢?或者,作者与受赠者是怎么出现的?游园是一个人的行为?还是诗人与诗的受赠者同游或是众游?诗人是在处理曾经有过的一次游园的回忆,还是新近游玩过,然后写下此诗?抑或,根本没有实地游,全诗只是基于诗人的想象,一次想象的游览?

从对风景之美的兴叹和对风景之外的"余生"与"国家"的态度,我们可以隐约构想一个沉浸于思辨中的诗人,以及他与这首诗的倾听者(友人,受赠者)的诚心交谈。与其说风景被镀上了人的气质而被拟人化,不如说诗人其实是以景写人。"不迁就余生"的和"不负责漂白国家"的,乃至辛辛苦苦地"连续十七下,才歇一口气"的,更多指向诗人心目中那个受赠者(友人清平)的精神气质。古诗中的情景交融,到了当代诗中,被臧棣转化成为一种"人景交融",风景即人的心象,而诗本身实为一个奇境。由此,我们也才能较好地理解那句从语法与逻辑上来看,都令人费解的诗句：

> 一大半历史都只顾恍若
> 江湖的有情有意。

"历史"与"江湖"，这两个人文概念关乎颐和园与今人共同的处境，是国家与民间存在形态的另一种谈论方式。江湖可以由风景来代称，人在江湖总可以被想象成人在风景中游走，一种远离庙堂和体制的自由自在，可是，历史则一本正经地试图勾勒曾经的一切，包括人与风景。臧棣在这里用两个虚词"只顾"和"恍若"连接"历史"与"江湖"，巧妙地承接了开头五行诗的意涵，通过游园所见、所感、所想中的人与景的混同和交融，本身负载着沉重记忆的"一大半历史"，主动（"只顾"）而又被动（"恍若"）地转化为一种可以共享的精神空间（"江湖的有情有意"）。宏大叙事中沉重的历史，在每一个人那里都必然（"只顾"）也偶然（"恍若"）地被江湖化地理解，被"有情有意"地讲述。这句也颇贴合臧棣在描述"90年代诗歌"写作特征时所提出的"历史的个人化"。

　　诗的前七行（准确是说是六行半，也即前两句诗）可以理解为一个小段落，从看风景到思考历史，承接又冲破了古典诗歌中"发思古之幽情"的写作传统，建构了一处想象的奇境：人与景融合，史与思交织，这是一种极其高超的现代诗歌写作技巧，在一个词、一行诗中，读者能同时读出情景互现之感。这种情景互现的写法也延续到诗的后半部分中。

　　上文提到，第一句诗中的"余生"可以指"劫后余生"的"余生"，若如此，"画廊不迁就余生"表达的也即颐和园（包括其中的著名景点"长廊"亦即诗中的"画廊"）在历次劫难中的幸存，那么，这首诗的第一句中并未涉及具体之人，只是在文化记忆中清点与思索风景和国家之间的关系。而从"江湖的有情有意"开始，具体的人有了显身的机会，但我们通读下来，诗的后半部分并没有交代那个人到底指的是谁。会不会是诗人自己呢？结合题赠诗的文类特征，一般而言，读者会把隐藏在诗句中的那个人理解为诗的受赠者——诗人清平。作为作者的友人、同道，清平在作者心目中是怎样一个人？在写下这首题赠诗的时候，清平四十一岁，长臧棣两岁，正值他们的诗歌写作最具活力的年龄，也是互联网普及、当代中国诗人活跃于互联网的时期。两位生活在北京的朋友应该会经常见面交流，相约去颐和园春游也是情理之中。那么，作为交谈对象、诗的受赠者，也是诗人想象中的这首诗的倾听者，诗人清平既可以是诗中描述的那个人，也可以成为诗人臧棣的交谈伙伴，他们共同谈论着诗中出现的那个人（既可能是诗的作者自况，也可以是指他们两个人，即我们）。

我倾向于将这个人理解为那个复数的也是泛指的"我们"。首先，这首短诗中，没有出现过一个包含人称主语的句子，除了明确以风景建筑（如画廊、拱桥等）和其他事物（如历史、蝴蝶）为主语的句子外，全诗有四个句子省去了主语，但其中两个句子可以从上下文和句子的内容推断出主语来。"多么幽美"的主语自然是指颐和园的风光或春光，根据上下文，"不裁决成年／是否合乎地方口味"的动作发出者或许是"蝴蝶"（提着小风筝的蝴蝶，其实是成年的生物）。剩下最后两句，其主语既可指蝴蝶，也可为暗示的某个或某些人。因为后三行行末都是句号，故我们在理解后两个句子时出现歧义也在情理之中。其次，就像中国古典诗歌通常省却主语一样，《颐和园》中的末两行可以泛指"我们"。一个熟悉的例子，当陶渊明写下"采菊东篱下，悠然见南山"的时候，他并不是在强调作为采菊者的主体"我"，而是突出一种悠然从容的生活态度，而这种生活态度反映的是一类人的认同。

由于这种物与人兼而有之的泛称，"蝴蝶"既是实写，也是沿用庄周之蝶的隐喻。由对自然之状摹延伸至人的精神、心理世界的捕捉，轻灵飞舞的蝴蝶提示了丰满而自由的生命状态。对成语"胆大心细"的拆分再组，对"骄傲"与"完美"这两个在形容人的精神气质时意涵对立的词语的并置运用，尤其是用"一次""一回""一下"和"一小会儿"作为这些形容词的限制后缀，令"细心""大胆""骄傲"和"完美"等形容词有了动词的性质，凡此种种均体现了诗人臧棣高妙的语言技艺，不仅因为这些形容词都涉及"心的动作"，体现的是人的精神情态，也因为这两句有一种书写形式与诗之声韵上的匀齐特征。

　　通观整首诗，由风景到历史到个人，构成全诗较为清晰的联想线索。而通过将所有景物人格化，同时又将人隐身于事物之中，诗人臧棣构造了一个诗的奇境，在其中，人与物交融，景与思叠印，而以凝结着诗人"心的动作"的心象凸显，作为诗的主旨的呈现方式。在通常不围绕主题元素开掘深化或展开铺陈的这一类现代汉语诗歌中，短诗《颐和园》既体现了臧棣高超的诗歌技艺，挑战了读者的解诗能力，同时也提示了我们诗人臧棣为当代汉语诗歌所开创的一种新的类型：非总体象征的心像直呈，人物隐身于自然，而使万物获具人性的言说。在这样的诗中，诗歌或宇宙或诗歌宇宙的形状，正如诗人在一首诗中所称"是扁的"（《宇宙是扁的》）。"宇宙是扁的"一句意不在于这个判断的正确与否，而是提示人在把握无从把握的对象时的一种"随物赋形"的意识，这种意识的呈现就是诗。

哑 石

1966年生，四川广安人，1987年毕业于北京大学数学系。现居成都，供职于某高校数学学院。1990年开始诗歌创作，出版诗集《哑石诗选》（长江文艺出版社，2007）、《如诗》（阳光出版社，2015）、《火花旅馆》（台湾秀威资讯科技股份有限公司，2015）、《Floral Mutter（花的低语）》（中英双语，Nick Admuseen英译，香港中文大学出版社，2020）、《日落之前》（北岳文艺出版社，2022）等。曾获首届华文青年诗人奖（2003）、刘丽安诗歌奖（2007）、《星星》年度诗人奖（2017）、"第一朗读者"年度最佳诗人奖（2018）、苏轼诗歌奖（2019）、《诗东西》年度诗歌奖（2019）、《诗收获》季度诗歌奖（2021）等。2022年中国人民大学文艺思潮研究所、作家杂志社联合主办了"朱朱、哑石诗歌创作研讨会"。

青城诗章（存目）

同构异质，或知觉的修辞学
——读哑石《青城诗章》札记

◎ 一　行

一

　　《青城诗章》写于 1997 年。对诗人哑石来说，这首大型组诗是其早期诗艺的集中体现，是泉水在山间汇聚而成的"第一个深潭"。它既是一个阶段的总结（哑石通过这首诗完成了对"童年起就在身上烙下印记的'自然'一词"[①]的清算），其自身又构成了一个新的起点（诗人觉得"自己向周遭世界学习的生涯刚刚开始"[②]）。在其中，包含着哑石早年所秉持的诗学理念对语言风格的选择和净化，由此带来的丰富、单纯和微妙性，使得这首诗几乎是甫一发表便成为名篇，被许多人视为哑石的"代表作"，并在近二十年来不断地入选各种诗歌选本。

　　从诗歌分类学的角度看，在这些选本中主要有三种对《青城诗章》的归类方式。多数编选者认为其主题是对"人与自然"之关系的书写，因而将其归入"自然诗"或"风景诗"的行列；在亚伯拉罕·蝼冢编选的《第二届"神性写作"作品集》（2004）中，《青城诗章》作为"头条"发布（在总序列中是"八号作品"），俨然被当成"神性写作"的代表作品之一，因而属于"大诗"或"（准）宗教诗"的类型；而在谭克修编选的《明天·中国地方主义诗群大展专号》（2014）中，《青城诗章》则被编者视为"地方主义"诗学理念的一次实践，因为其中呈现了"人与地方"的诗性关系。公允地说，这三种归类方式都有其合理性（尽管精准度有所区别），它们瞄

[①] 哑石：《哑石诗选》，长江文艺出版社，2007，第 130 页。
[②] 同上。

准的是《青城诗章》的不同侧面。《青城诗章》确实是一首"自然诗"，甚至可能是迄今为止中国新诗中对"自然"主题处理得最为丰满的作品，人们从"生态"或"环保"方面来阐发其意蕴也并不牵强。另一方面，由于它所书写的是诗人在道教圣地青城山上的居住经验，这一激荡着身体—灵魂的经历与道教修真有密不可分的关系，因而它也确实具有宗教性或神性维度。同时，《青城诗章》锚定的是诗人在一个具体地方的生活场景和感受，诗中出现的所有动物、植物、矿物和人的行为都有着明确的"属地性"，将其归入"地方主义"也并非没有道理。然而，尽管这三种不同的归类方式有助于我们理解《青城诗章》的多重层次，但它们都无法充分说明《青城诗章》的独创性和杰出之处何在，因为它们都只是着眼于这首组诗在大体上的类型化特征，而不能深入其内在的诗学肌理和特质之中。

在我看来，《青城诗章》的卓异之处在于，它以一种集群性的规模和密度，一种新鲜有力的修辞，来呈现知觉的饱满性与冥想的深邃性，以及知觉与冥想之间互相生成、相互渗透的转换关系，这在新诗中是极其少有的。可以认为，《青城诗章》对新诗或现代汉语的贡献在于，它创造或发明出了一整套"知觉的修辞学"——当然它也是"冥想的修辞学"，但由于"知觉与冥想"在《青城诗章》中阴阳相生般的一体性（知觉是阳，冥想是阴；知觉是显，冥想是隐），在后文中我将主要从知觉的角度来讨论这种修辞学的机制。这一特质使《青城诗章》在二十余年后的当代语境中仍未失效。尽管我们如今回过头来看这首组诗，也会发现其明显的局限：在《青城诗章》中，"社会现实"被一种高度净化的语言给屏蔽、过滤掉了，由此生成的那个纯净的，没有被现代性（比如旅游业）中介过的"自然"，看上去就像是一个梦境或神话，它不是或不再是我们所面对的自然。《青城诗章》中对"自然"的理解和处理方式在如今显得不够充分，它需要引入必要的"中介性"来作为补充和修正。[①] 但是，这首组诗的优点却并没

---

① 哑石本人很早就充分意识到了《青城诗章》的局限性，因此他 1998 年后的诗歌风格有了很大转变，将现实世界的混杂性和相对性作为中介补充到了对自然和社会的理解之中。哑石后来的诗作在理解力的宽广与复杂方面，肯定要超过《青城诗章》。正因为如此，现在的哑石并不认为《青城诗章》是他的代表作。

有随着时间的推移而淡化，相反，现在我们可以很清楚地意识到，它对"山谷—灵魂"这一"生活世界"（life-world）或"球体"（sphere）的书写，是新诗第一次真正"具体"地书写自然：它的具体性不仅体现在每一事物／事件在地点、时间方面的限定上，更重要的是体现于诗的知觉性质上。

二

　　知觉在《青城诗章》中处于首要位置，可以说，整组《青城诗章》就是一场"知觉的盛宴"。哑石试图在每一行中都让事物在观看、倾听和触摸中与人遭遇并打开其自身。为此，哑石不仅在诗中广泛采用了诸如比喻、联觉和通感等常用的知觉修辞法，而且发明出了一套独有的隐喻系统和修辞方法，来显示、增强知觉的现场感和强度。《青城诗章》中的每一事物在天空下、山谷中仿佛是浸在一种透明发蓝的溶液里，它们自身变成了某些元素和某些微知觉的汇聚、化合与结晶。那么，诗的知觉究竟是如何发生的？它是"同"在感受"同"（因同构性而能感知），还是"异"在感受"异"（因异质性而能感知）？如果我们将这一问题限定于《青城诗章》之中，那么我们就会发现，《青城诗章》似乎同时支持这两种相反的知觉原理。不仅如此，这首组诗还更进一步，将这两种原理上升为根据性的诗学原理——可以认为，"同构映射关系"与"异质生成关系"是《青城诗章》中的双重原理（它们既是经验或知觉的原理，又是语言或修辞的原理），恰如向心力与离心力共同构成了球体运动一样。

　　不难看到，《青城诗章》的书写建立在一系列的同构映射关系之上：灵魂与山谷的同构，自我与事物之间的同构，事物之间的同构，事物与身体的同构……所有这些同构性展开为一种原型意义上的隐喻关系或象征关系："山谷"是"灵魂"的象征，也是"身体"的象征（尽管在另一种意义上这"山谷"又不是"象征"）。知觉之所以可能，是因为"自我"与"世界"之间这种同构关系的存在，在这一意义上，我们说知觉就是自身在他者中认出了自己，是"同"认识"同"。对这种同构关系的最常见的解释，是中国传统中的"天人合一"观念。不过，《青城诗章》中的知觉书写并不能仅仅被理解为"天人合一"观念的衍生物，相反，其中的几首重要的诗表明了它还有着另外的精神来源，例如《岁月》：

> 晚上　我像一团静谧的火光躺着
> 听石屋外时近时远的虫鸣
> 如果是初春　空气就收缩
> 盖住虫鸣的将是新叶绽放的噼啪声：
> 经过山风日复一日的拍打
> 这石屋的颜色已愈来愈黯淡、沉稳。
> 嗡嗡响的屋顶会有某物窜过
> 双眼绿莹莹的　在月光下舞蹈
> 它是否领略过山谷无限循环的过程呢？
> 当一切若有所思　我会奉献出什么
> 一如畅饮过的山泉在腹腔中回旋、
> 升腾　并化为山谷广阔的体温……
> 哦　能保持自然流畅的谦恭真好
> 我躺着　听万物隐秘的热力火光沉沉

这首诗的首尾之间存在着呼应和同构关系，这种关系是由"火光"一词建立起来的。自我内在的火光，与万物之中的火光形成了某种共振谐响。卢卡奇《小说理论》中的一段话可以作为这一同构关系的注释："在那幸福的年代里，星空就是人们能走的和即将要走的路的地图，在星光朗照之下，道路清晰可辨。那时的一切既令人感到惊奇，又让人觉得熟悉；既险象环生，又为他们所掌握。世界虽然广阔无垠，却是他们自己的家园，因为心灵深处燃烧的火焰和头上璀璨之星辰拥有共同的本性。尽管世界与自我、星光与火焰显然彼此不太相同，但却不会永远地形同路人，因为火焰是所有星光的心灵，而所有的火焰也都披上了星光的霓裳。"①精神之所以能够清晰、饱满地感知世界，是因为世界与精神本来就是同构的。进一步说，这种同构关系体现在：一切事物都由某些基本元素构成，都是元素的汇聚与变形，因此它们具有一种深层的相通性。这种同构不是形式性的同构，而是质料性的同构。

从这里我们可以通向巴什拉式的"元素（水、火、土、气）的诗学"（用巴什拉来解释《青城诗章》会是非常有趣的），但《青城诗章》所立足于其上的元素论却是中国式的"五行论"和"气论"。木、水、火、土、气这五种元素在诗中的分布是显而易见的：比如第一首《进山》中，"山"即是土，接着就出现了气息、水和草木（"而吹拂脸颊的微风带来了玲珑的／泉水、退缩的花香　某种茫茫苍穹的／灰尘"），最后一句中出现了火（"火焰真细密"）。"金"这一元素在诗中出现的方式值得仔细考察。在《进山》中，"一只麻鹬歇落于眼前滚圆的褐石／寂静、隐秘的热力弯曲它的胸骨／像弯曲粗大的磁针。"这里的"磁针"还不能算作真正意义上的金，它还带有石头的性质。《交谈》和《音柱》中出现的"钨矿"也还没有完全脱去"石"的状态。不过，当诗人写道"山体里潜伏的钨矿正沙哑地／悸动　其额头润泽、坚韧……"时，这种半"石"半"金"的元素获得了生命、身体和嗓音。在《日常生活》中，诗人将金属性引入了听觉之中："这是生活；夜读　感受石屋的／阴凉　以及犁铧翻开的铁灰色寂静。""犁铧"的出场是想象性的，它是作为"铁灰色寂静"这一通感性的声音的动因出现。而在两首写鸟的诗中，"金"仍然以喻体的方式出现："它簌簌颤晃而又寂若不动的羽毛／仿佛正从另一个梦中长出来／这么鲜亮，散发出红铜才有的忧郁"（《琴鸟》）；"一头幼鹰滑过澄朗的山谷……／阳光摩挲着青灰色的钢铁尖嘴"（《幼鹰》）。与此相似的还有"乌鸦略带金属气味的尾音"（《音柱》）和"譬如沉钟的幼兽心脏"（《抒情》），都是用金元素来修饰活的生命之物。而"金"的直接出场，是在最后一首《象征》中，"山谷的眼神"变成了"刀子"，这是"会吱吱叫"的，发出"牛蒡花的

---

① ［匈］卢卡奇：《卢卡奇早期文选》，张亮、吴勇立译，南京大学出版社，2009，第3—4页。

声音"的刀子，它与动物和植物的形象混合在一起。可见，《青城诗章》中的"金"元素基本与动植物有关。这是否意味着，真正的金深藏于生命自身之中？①

元素与知觉的联系在于，人类对生活空间中的元素的理解一开始就是以知觉作为定向的："水、火、土、气"与"冷、热、干、湿"有一种基本的对应性。因此，当这些元素性的词语在一种受到恰当限定的句子中出现，知觉就立即被唤醒；而如果我们用一种元素修饰一样事物时，事物的某些内在特征也变得可知觉了（例如前文中引用的"红铜才有的忧郁"）。由此，《青城诗章》以"知觉诗学"的方式恢复了元素在诗歌中应有的位置：在每一事物中，诗人都展开对"金木水火土气"等元素的遐想，赋予这些元素以新的活力和位置。正如"山谷"是各种元素相生相克之后产生出的汇聚与融合物那样，诗人也通过这些对元素的遐想来造型，并形成自己特有的语言场域和词的分布状态。

同构关系带来的知觉修辞法主要是基于相似性和类比而来的拟人、比喻，以及基于联觉而来的通感。这样的例证在《青城诗章》中俯拾皆是。而《青城诗章》的独特之处却在于，其知觉修辞具有强烈的身体性，因为同构发生于身体与山谷、身体与事物之间。身体的事物化和事物的身体化，身体内在空间与山谷空间的相互重叠，是《青城诗章》中的大部分诗作都采用的修辞原理。在《满月之夜》中，诗人写道："曾经　我晾晒它于盈盈满月下／希望它能孕育深沉的、细浪翻卷的／血液　一如我被长天唤醒的肉体／游荡于空谷　听山色暗中沛然流泄。"这里出现了繁多的身体词汇。诗人无论谈论哪种感知，都常常赋予它一种身体性的位置或喻

---

① 另一种可能的解释是，《青城诗章》中的元素论与"炼金术"或"炼丹术"有关。整个"山谷"就是一个巨大的丹炉或炼器炉，一切生灵和物质都是其中的材料，都具有五行方面的属性，在离火与坎水的运作之间不断变化（最后铸造成一把"刀子"）。基于同构关系，人的身体也是丹炉，修真就是要将精气神炼成"金丹"或道果。在这里，真正的金元素的出场肯定是艰难的，这是一个"点石成金"或"结成金丹"的过程，因此《青城诗章》几乎从来不让金元素直接地作为实在的金属之物出场（最后的"刀子"仍然是一个想象物），而都是作为矿石或喻体出现。

体。而且，身体性还有一个内在的层面（身体内部的感知），它作为喻体可以在事物之中打开一个内在空间，或者把外部空间发生的事情挪移到身体内部。例如，在《无题》这首诗中，就出现了这样的句子：

> 当然　更不可能有心如死灰的人
> 走过香樟　满嘴野葡萄温热的
> 汁液　颅内却降下凛冽的白霜

"颅内却降下凛冽的白霜"这句诗在山谷的气候与人的心境之间建立起了一条通道。温热与寒凉的对比，在这里是外部与内部的对比，正是我们的身体、皮肤划分出了内与外的边界。我们不仅感知外部，还感知内部；不仅感知事物，还感知自身。这种"内视"的能力既与道教修真有关，也与哑石早年练习的内家拳法（大成拳）有关。而我们在感知事物的时候，事物也在感知我们，正如梅洛－庞蒂所说，知觉本身具有一种"可逆性"。在《青城诗章》中，我们可以感到山谷本身变成一种拥有肉身的东西（类似于梅洛－庞蒂所谈的"世界之肉"），我们在感知到山谷的同时，山谷也在以某种方式感知我们。因此，有时会出现"一根充满静电的手指"，它缓缓地抚摸着我们，抚摸着"万物包裹的细小灵魂"（《雷雨》）；而在谦恭的空气中，不仅有山谷的体温或"肉体移动的温暖"（《激流与峭壁之间　有一棵松树》），还有"朴拙而深沉的脉动"（《抒情》）。

三

《青城诗章》中的第二种构成性原理，是异质之间的相互生成。与同构映射关系带来的元素诗学和身体诗学不同，异质的相互生成不是描述性的或现象学性质的（巴什拉和梅洛－庞蒂都是现象学家），而是发明和创造。用德勒兹的话来说，文学和诗的使命在于"创造出新的感知"。诗歌的语言不是描述、再现感知或事物之间的联系，而是发明感知，发明事物之间的联系，是生成感知的运动。以前不存在的感受，经过语言说出之后就成为一个事实，一种新的感受模型，正如浪漫主义发明了一些现代人才有的情感一样 [①]。在文学与诗之中，所有的事物都变成别的东西。事物不再是它自身，而向着其他的事物生成。在这里，同一性不再起作用。我们不再在一种同构性的关系中去感知事物。在这样一种理解中，知觉或感知之所以可能，是由于异质性，由于这种异质性在不断地生成。严格来说，这与古希腊人所说的"异认识异"并不相同，它并不是两个现成的互为他者之物的遭遇，而毋宁说是在生成运动中生命自身的不断差异化。

我们看到，《青城诗章》的许多篇章中，知觉正是通过不断地深入到各种类型的异质性之中，从而产生出新的感性。例如，第一首诗《进山》开始于"请相信黄昏的光线有着湿润的／触须"，在同构性原理看来，"光线"与"触须"的比喻是基于相似性产生的。但我们也可以认为，这本来是两样完全不同的事物（无生命的和有生命的）。"光线"变成"触须"且有了湿润感，这只能通过一种生成运动而获得——此时我们强调的是相异性。

第一种异质性是事物之内或身体内部的异质性。同样在这首《进山》中，"一只麻鹬歇落于眼前滚圆的褐石／寂静、隐秘的热力弯曲它的胸骨／像弯曲粗大的磁针"，这是鸟体内的异质之物（"热力"）在弯曲它的胸骨。并且，这里还发生了"胸骨"向"磁针"的生成。动物体内有一种异质性，我们体内也是如此：那就是我们之中的"幼兽"或"幼神"。兽性和神性，都是人内在的他者，却往往比我们自己更是自己。用尼采的话来说，生命或自我乃是一个多种潜能在争夺支配权的"议会"或"角斗场"，一切向内的开掘都会发现，这种异质性正是生命本身的原始状态。

第二种异质性是事物之间的异质性。在实际世界中，异质事物之间的遭遇，多数时候是彼此忽略，有时是暴力性的，极少数形成了共生关系。而在诗歌中，异质事物的相遇会产生出全新的、不可思议的感性。尤其是，诗歌可以使彼此毫无关系的事物摩擦出闪亮的修辞火花，并使

---

① 参阅［法］柏格森《道德与宗教的两个来源》，王作虹、成穷译，译林出版社，2011。

得一件事物获得与自身完全相反或悖谬的属性。在《交谈》这首诗中，诗人写道：

> 而当我试着与周围彻夜地交谈
> 那双宏大之手就会使一切变得简拙
> 像流泉　轰的一声将星空、微尘点燃。

这里出现了三种不同的事物：流泉、星空和微尘。它们本来是互不相关的，但它们在诗中发生了修辞意义上的相遇：在这一刻，"流泉"引燃了"星空"，因此"流泉"成了一根"着火的引线"与一条"天河"的重叠体，"星空"变成了炸药包或军火库，而"微尘"作为极其细小之物，在与"星空"的对照之中似乎具有了"纳须弥于芥子"的内部空间性，它在这一瞬间好像也被打开了。在这一"点燃"事件中，"流泉"自身可以说立刻生成为"火焰"，即变为与自身相反的东西。

　　异质之物在修辞层面的相遇，构成了我以前称为"质感重叠"的修辞手法的要义。当然，除了这种修辞意义上的相遇，异质性的事物之间还可以发生伦理性的相遇，其主要形式是交谈或对话。《交谈》一诗涉及的就是这种相遇：灵魂与山谷间的诸事物之间，进行着一种相互敞开或打开式的对话。如果我们把整首《青城诗章》都看成这种相遇和对话，那么我们可以认为，知觉作为自我与他者的遭遇，本身就是人、矿物、动植物之间的相互对话和相互生成。所以，我们可以看到"矿脉"拥有"乌黑的心跳"，这是矿脉向着人生成（在后来写下的《打开》一诗中，哑石还谈到"微风与星云的交谈，睡眠与雷电的交谈，数与空的交谈"）。此外，还有一种与面容、眼睛的相遇。如《小动物的眼睛》中所写的："老实说　对于山谷中的小动物／我心怀愧疚　无法直面它们的眼睛／那里面有紫色的雾（沙沙流曳着）／有善意的、并将在胆怯中永恒存在的／探询。"这之中有列维纳斯所说的对他者之"面容"的经验。

　　第三种异质性，是时间或绵延的异质性。我们的经验是三重时间（"曾在—当下—将来"）的综合。而所有的事物都是在这种时间意识中被给予我们的，因此，在事物和空间中包含着时间的遗留和凝结物，它们之中寓居着往昔的灵魂，也包含着朝向未来的期待。用巴什拉《空间的诗学》中的话来说："我们无法重新体验那些已经消失的绵延。我们只能思考它们，在抽象的、被剥夺了一切厚度的单线条时间中思考它们。是凭借空间，是在空间之中，我们才找到了经过很长的时间而凝结下来的绵延所形成的美丽化石。"① 在《青城诗章》中，诗人也以空间化或事物化的方式经验到了两种（其实是三种）"完全不同的时间"：

> 想一想　在蒙昧的心灵和微尘间
> 山谷奉献出比落日还要金黄的舞蹈
> 奉献出尺度、两种完全不同的时间：
> 雨后腐叶覆盖的山路经不起响声
> 却代表童年　缄默　不可触摸
> 它没有任何秘道通向混沌的现在
> 一如阴影难以接近焚烧的清泉。
> 想一想　只有它们才是真实的。
> 三十年后有人会蒙着脸找到这里来
> 看见和岩蝶大声交谈的仍是那个影子
> 多么奇异　仿佛一切都来不及改变。

第一种时间是童年的时间，它的喻体是"雨后腐叶覆盖的山路"和"阴影"，意味着不可触摸和接近的过去；第二种时间是"混沌的现在"，其喻体是"焚烧的清泉"（泉水向火焰的生成），一种悖谬性的存在（因为"现在"既存在又不存在）；第三种时间是"三十年后"，其喻体是"蒙面人"。当然，或许这里还出现了另一种异质性：最后出现的"岩蝶"和"那个影子"，作为"永恒"的喻体，是非时间性的存在。在这些段落中，时间的异质性被知觉化或可见化，而知觉本身的时间性也在比喻关系中被显示

---

① ［法］巴什拉：《空间的诗学》，张逸婧译，上海译文出版社，2009，第 8 页。

出来。

这里再转回到道教的"修真"上来。所谓修真，就是在体内孕育出一个他者，这个他者比自己更是自己。这个他者被称为"元婴"或"元神"。修真，即是孕育异质性，而后再用它来扩展和纯化自己。《真实》这首诗所写的就是修真者内在的异质性的生成：

> 可能　我体内有一面孔淡红的婴孩
> 希冀着在这样的夜色中苏醒——
> 它是仁慈　一粒乌亮紧缩的坚果
> 或是那永远都无法面世的丰盈、无名？

此外，《青城诗章》中还有一种特殊的异质性：其开篇的"题记"引自荷尔德林的诗句，在组诗中还有名为《哦，海伦》的诗节。作为一首以"青城"为题、以道教精神为根据的中国诗歌，诗中包含着这样的外国名称让人诧异。异域名词的介入，表明《青城诗章》的感受力具有"亦中亦西"的性质。不难发现，西方史诗（荷马）和颂诗（荷尔德林）以及里尔克的影响在诗中都有痕迹。如果我们把《青城诗章》的知觉形态放到中国新诗的发展脉络中去观察，就会发现这种感受力来源本身的异质成分，它与新诗历史中出现过的很多条线索都有关联。它对"自然"与"事物"的处理，从较近来说与顾城、多多那种具有"幼童性"或"纯真兽性"的自然诗有一定的关联，往较远来说则接续了冯至以来的、基于对里尔克之吸收的内向或冥想诗学，以及与之相关的"物诗"传统。它所涉及的修真、神性主题，与海子、骆一禾所倡导的"大诗"诗学也不无关系，而由于它诉诸的是一种强调场景的具体性和地方限定性的诗学理念，因而与新诗在1990年代以来的发展也有深层相关性。可以说，《青城诗章》汇聚了新诗中若干来源和支脉的水流，然后自身又成了新的源头。

正是由于《青城诗章》综合了这多种不同来源的感受力，其经验和语言的形态才获得了我们所看到的丰富性。在异质性的生成之中，《青城诗章》重新回答了前面的问题："什么是诗人的感知？"它不再是同构关系中的连接和交通，而是诸种异质潜能的运动路径的积分，正如无尽的微知觉的积分构成了知觉那样①。诗，作为对语词潜能的激活，也是要在词的运动路径的相互干扰的积分中，发明或生成出新的感性。《青城诗章》的最后一首诗《象征》完美地诠释了何谓"诗歌中的生成运动"：

> 这山谷绝非象征
> 因为我触摸到了
> 这山谷绝非象征
> 因为我触摸到了它忧郁的眼神
> 这山谷绝非象征
> 因为有一瞬我触摸到了它忧郁、热烈的眼神
> 这山谷绝非象征
> 因为这一瞬即是眼神变成刀子的一瞬
> 这山谷绝非象征
> 因为刀子埋进肉里　有一生那么长
> 这山谷绝非象征
> 因为刀子会吱吱叫　发出牛蒡花的声音
> 哦　这山谷绝非象征
> 因为刀子终将熔化　且化为血流、沉静。

"这山谷绝非象征"，这句诗有双重含义：首先，这"山谷"是在一种受到限定的具体性之中出现的，而这种具体性是触摸和感知的具体性；其次，一切象征都是建立在"同构"关系之上的，而这首诗在同构性的外表之下，潜藏着真正溢出同构性的生成运动。这山谷生成为一个人或一只眼睛，而后，通过通感，我触摸到（而非看到）它的"眼神"。之后，眼神又生成为"刀子"，刀子埋进肉里，并变化出"吱吱叫"的声音，这是一种活的、动物性的声音，却与一种植物"牛蒡花"相互混合、相互生成。最终，它

---

① 参阅［法］德勒兹：《福柯　褶子》，于奇智、杨洁译，湖南文艺出版社，2001。

生成为我们身体的一部分，变成我们身上的血液和沉静之力。这是"山谷"对我们的教育和塑造。通过同构关系我们也能够解释"山谷"对"灵魂"的教育，但在这种解释中一切教育都无非是自我教育，是灵魂或山谷自己（经过异化和扬弃）的觉醒；而只有在异质性的生成关系中，教育才能被理解为他者对自我同一性的解构，理解为"我"与一个无法被"我"同化的他者的遭遇，理解为他／它对"我"的改变和"我"朝向他／它的生成运动。

四

无论是由同构关系而来的"元素诗学"和"身体诗学"，还是由异质关系而来的"生成诗学"，《青城诗章》中几乎所有的知觉都是通过冥想来推动和进行的。没有冥想，《青城诗章》是不可能的。山谷与灵魂、身体与事物之间的同构关系，本身就是一个伟大的冥想，而要发明新的感性，或者说让异质在诗中相遇并产生火花，冥想的作用也必不可少。知觉与冥想的互相生成和相互渗透，以及它们通过修辞而产生的结合效果是这首诗的主要特征。在每一个知觉后面，我们都能发现某种冥想活动；而在每一个冥想之中，知觉也必定已经在场。不过，在《青城诗章》中，我们仍然可以说冥想是比知觉更根本性的、更深层的力量，因为冥想乃是包含着更加混沌、黑暗和模糊的经验之深海，而知觉不过是被阳光所照亮的那一层浅海。

冥想的首要作用，是"穿透"或者不如说是"参与"到事物之中，以某种方式经验事物的内部。单靠知觉我们永远也不可能进入事物的内部。在《进山》中，麻鹬的"胸骨"被体内"隐秘的热力"所弯曲，这既是一种知觉，也是一种冥想，而且主要是冥想。对事物内部的力的感知，已经不只是感知。或者说，进入到事物之中的感知，是被冥想所推动的。

我们不能把《青城诗章》中大量出现的对事物内部与身体内部的书写仅仅理解为一种想象性的修辞。事实上，哑石诗歌中经常会出现的"骨骼""骨髓""热力""婴孩""核""气流"之类的词语，与他曾经习武练内家拳的经历是分不开的。这些身体性的、内在空间性的语词，既与里尔克的"物诗"对事物的理解方式有关，也与强调身体骨骼和内劲的拳法经验有关（它与修真中的"内视"经验也是相通的）。我们不可忘记，《青城诗章》是一个练过内家拳法的人写出的诗。因此，《青城诗章》的主要修辞方式，并不是建立在视觉形象的相似性之上的，而是以冥想的内在性、元素性和异质性为出发点的修辞学系统。这是一种进入事物内部观察其骨骼与气脉运行的观照方式。所以，我们会读到《满月之夜》中的如下段落：

> 有人说："满月会引发一种野蛮的雪……"
> 我想　这是个简朴的真理：在今夜
> 在凛冽的沉寂压弯我石屋的时候。
> 而树枝阴影由窗口潜入　清脆地
> 使我珍爱的橡木书桌一点点炸裂
> （从光滑暗红的肘边到粗糙的远端）
> 曾经　我晾晒它　于盈盈满月下
> 希望它能孕育深沉的、细浪翻卷的
> 血液　一如我被长天唤醒的肉体
> 游荡于空谷　听山色暗中沛然流泄

如果说《青城诗章》的最后一首诗《象征》显示的是知觉的生成，那么，倒数第二首诗《守护神》就是冥想的生成。在这里，从形象出发，诗的目光越来越内在化，所有的变形都是冥想中的变形。在冥想中，"月亮"生成为"橙子"，月光成为橙子的汁液（第一次变形）；然后，"月光"变成草根中的"电流"，人变形为"幼兽"且"骨节叭叭直响"（第二次变形，内在化，像在修习内功）；随后，月亮变成"我"的守护神，变成一团火光，而我则死去变形为"众神品尝的甜橙"，继而变形为"尘土深处的微型月亮"（第三次变形，上升到命运与死亡的视野）；最后，"我"的手指变形为"春草"，这是块茎式的重生。在这四次变形中，天空中的月亮、人类的食物甜橙、献给众神的祭品、冥界的死者和重生的春草之间，形成了既可以解释为"同构"又可以解释为"异质生成"的关系。人在劳作、孤单与死亡之间的命运，由此就被月亮所规定。

哑石在很多年前就讨论过"语言的良知"，后来在《诗论 1》中，他又谈起"语言良知的清澈与晦涩"。在我的理解中，"语言的良知"就是语言自身的潜能。这种潜能并不只是道德或伦理方面的潜能，最重要的是在揭示事物、发明新感性方面的潜能。按照罗伯特·佩恩·沃伦的说法，"一首诗读罢，如果你不是直到脚趾都有感受的话，那不是一首好诗"①。而要使得一首诗产生"神经突触颤栗生电反应"（哑石《诗论 96》）的效果，当然需要条件：诗必须"只写那些你熟悉的"，但又必须写得让我们感到无比的陌生。这除了动用"极速回旋但又湛寂的想象"之外，还必须忠实于我们自身的生命经验，特别是其中的知觉和冥想经验。知觉负责清晰地呈现事物和事物之间的关联，即使这一"呈现"是被创造出来的；而冥想则负责进入事物，去倾听其心跳。冥想不是想象，它的到来往往是被动的、不可预期的。被冥想所推动的知觉，则是事物在我们的生命深处激荡起的波纹和回声。在这一意义上，《青城诗章》作为对现代汉语在知觉和冥想方面之潜能的盛大展现，就其有可能唤醒我们血液中的"隐秘热力"和"火光"来说，值得我们一再细读和品味。

---

① ［美］罗伯特·佩恩·沃伦：《"诗歌就是生活"》，载金笺、史志康、陈沛芹译编《鹰隼的目光》，上海文化出版社，2000，第 310 页。

戈　麦

1967年8月8日生于黑龙江省萝北县宝泉岭农场，在农场子弟学校完成小学和中学教育。1985年考入北京大学中文系古典文献专业，1987年秋转入中国文学专业，同年开始写诗和小说。1989年毕业后在外文局中国文学出版社任编辑。1990年与西渡合办《厌世者》诗刊，其后与臧棣、西渡等合办《发现》，参与创办《尺度》。1991年9月24日自沉于京郊万泉河。戈麦生前发表作品极少。去世以后，由友人整理出版的诗集有：《彗星：戈麦诗集》（漓江出版社，1993）、《戈麦诗全编》（上海三联书店，1999）、《戈麦的诗》（人民文学出版社，2012）、《戈麦诗选》（太白文艺出版社，2019）。2000年日本书肆山田出版社出版了是永骏翻译的《戈麦诗集》。研究资料汇编《拯救的诗歌——戈麦研究集》（吴昊编）2022年由华文出版社出版。《戈麦全集》将于近期出版。

献给黄昏的星

黄昏的星从大地的海洋升起
我站在黑夜的尽头
看到黄昏像一座雪白的裸体
我是天空中唯一　一颗发光的星星

在这艰难的时刻
我仿佛看到了另一种人类的昨天
三个相互残杀的事物被怼到了一起
黄昏，是天空中唯一的发光体
星，是黑夜的女儿苦闷的床单
我，是我一生中无边的黑暗

在这最后的时刻，我竟能梦见
这荒芜的大地，最后一粒种子
这下垂的时间，最后一个声音
这个世界，最后的一件事情，黄昏的星

1990 年 4 月 11 日

历史的终结与最后的人
——细读戈麦《献给黄昏的星》

⦿ 西　渡

　　戈麦的《献给黄昏的星》写于 1990 年 4 月 11 日。在我看来，这是新诗中最有力的作品之一，一首伟大的短诗，从艺术的创造和生命哲学的内涵两方面，都可以媲美于唐诗巅峰时期以杜甫律诗为代表的一代杰作。能够与之匹敌的也许只有杜甫《登高》《登岳阳楼》这样的完美之作。这首一共十四行的短诗典型地表现了一个时代知识分子的内心冲突和精神状态，代表了那个时代最痛苦也最富尊严的声音。与杜甫的那些杰作一样，这是一首关于历史的诗，也是一首关于存在的诗，同时，在最高的意义上，它也是一首哲学的诗，触及加缪所说的"真正严峻的哲学问题"的核心。

　　本文的标题借自福山的同名著作，但我并非在福山的意义上使用这两个概念。作为一个关于历史的观念，"历史的终结"的概念来自黑格尔，福山用它来描述 20 世纪末期冷战结束以后的历史情境；"最后的人"的概念来自尼采，被这位"超人"的鼓吹者用来描述自由民主制度下的典型公民，"他们由于受到现代自由主义奠基人的驯化，为了舒适的自我保存而放弃对自己的优越价值的自豪信念"，成为"有欲望和理性却没有激情"，长于盘算的"没有胸膛的人"。[①]在这篇小文中，我将用"历史的终结"来指认一个特殊时刻，在这个时刻，某种曾经开始的东西被终结，这个"终结"与汪晖所说"短 20 世纪的终结"有一定关联，也与某种历史可能性及其终结有关。我所谓"最后的人"就是经历了这个开始的时刻，目睹了它的终结，并把自己祭献给了这个时刻的一代人，也就是所谓"在希望的田

---

① ［美］福山：《历史的终结与最后的人》，陈高华译，广西师范大学出版社，2014，"代序"第 21 页。

野上"的"80年代的新一代"。①笼统地说，他们就是改革开放、恢复高考以后进入大学的一代。在1980年代的开端，他们被视为天之骄子，注定要创造奇迹和光荣。戈麦和他的朋友属于这代人。一位年长的朋友曾用"最后的士"来概括这一代人的精神性格，我觉得不一定十分确切。但"士"这个名词里隐含的某种骄傲、高贵、持守和这代人的精神和心理气质确有某种契合之处。我这里所说的"最后的人"，和尼采所说终日萦怀于种种琐念的历史终结时代的人毫无共同之处，而和"最后的士"的某种悲壮意味暗通款曲。但这个"最后的人"终究不是"士"，他所萦怀的并非"士"心目中的社稷、家国、丹心、汗青。实际上，他虽然渴望建功立业，并对民族的复兴寄予热望，但他所萦怀的对象主要集中在其自身内部。然而，这个内部并非孤立，它联系着某种文明的前景。在和戈麦同时代的诗人中，骆一禾、海子都倾向于把个人的可能、文学的创造与文明的前景相联系，戈麦也深受这种抱负的感召。因此，当某种"终结"到来的时候，其悲痛是大的，其绝望是深的，其心事是浩茫的。

戈麦写下《献给黄昏的星》这首诗的时刻：1990年4月11日，它属于1980年代已经结束，而我们用"1990年代"来称呼的那个时代还没有完全展开的时刻。在这个"最后的时刻"，一代人意识到曾经自我期许的可能性遇到了历史的黑洞。在这样的情形中，他们被迫面对哈姆莱特曾经面对的问题：To be or not to be? 对于绝大多数人，虽然在历史的机遇和个人的遭际中也会不时遇到类似要求一个人独自去"成为"（to be）的问题，但他们一直有一个现成的、以不变应万变的方式：拖。拖的结果虽然无法改变问题的性质，包括问题一直隐含的那种紧迫性，但它消化了，或者从内部溶解、掏空了面对问题的人，把他变成了另一种人。这被描摹为一代人的转向："国内的知识分子不得不重新思考他们所经历的历史事变……大部分人文和社会科学领域的知识分子放弃了1980年代启蒙知识分子的方式，通过讨论知识规范问题和从事更为专业化的学术研究，明

①《在希望的田野上》（1981，施光南曲、陈晓光词）；《年轻的朋友来相会》（1980，谷建芬曲、张玫同词）。《年轻的朋友来相会》歌词中有"创造奇迹要靠谁""光荣属于80年代的新一辈"之句。这两首歌在1980年代非常流行。

显地转向了职业化的知识运作方式……1980 年代的那个知识分子阶层逐渐地蜕变为专家、学者和职业工作者。"①转变后的一代人成了那种萦怀于琐念的人，作为成功的商人、文化名流。转变的另一可能是出国，朦胧诗一代基本上都迁移到了海外，年轻一些的，如孟浪、雪迪、吕德安也出去了。戈麦没有选择出国。②他在现实中看到了这种选择的压迫，预感了人的前景的死亡，而发出撕心（噬心）的呼喊："人啊，我为什么会是你们中的一个？"他说："人类啊，我要彻底站到你的反面，／像一块尖锐的顽石，大喊一千次／不再理会活的东西。"面对那个即将来临的以欲望和算计规训一切的时代，他要成为"一排指向否定的未来的标记"，这是他在《我要顶住世人的咒骂》里说的。这首诗写于 1990 年 4 月 28 日，比《献给黄昏的星》晚十七天，是同一种激越的心灵状态的产物。1980 年代末，戈麦还写有一首《誓言》。他在这首诗中说："我现在接受全部的失败／全部的空酒瓶子和漏着小眼儿的鸡蛋"。酒已经喝完，鸡蛋已经变成臭蛋，再没有孕育未来的希望。"对于我们身上的补品，抽干的校样／爱情、行为、唾液和远大理想／我完全可以把它们全部煮进锅里／送给你，渴望我完全垮掉的人"——这是失去希望在心理上酝酿的后果，自我变成了自我的废弃物。补品、校样本来就是过渡性的中间物，废弃就是它们的命运，然而，爱情、行为、唾液、远大理想这些人自身所有的、目的性的事物也成了中间物和废弃物。这就是诗人所说的"分裂"。他拒绝这样的

---

① 汪晖：《当代中国的思想状况与现代性问题》，《去政治化的政治——短 20 世纪的终结与 90 年代》，生活·读书·新知三联书店，2008，第 59—60 页。汪晖在文章中说，"1980 年代的知识界把自己看作是文化英雄和先知，1990 年代的知识界则在努力地寻求新的适应方式，面对无孔不入的商业文化，他们痛苦地意识到自己已经不再是当代的文化英雄和价值的塑造者"。这种描述也许符合 1980 年代前期已经活跃于文化现场的知识人的一般状况，但对戈麦这一代诗人来说并不适合。实际上，戈麦和他的同伴们从未期待在当代的文化场中呼风唤雨，获得某种当下的效应。他们的文化事业寄托于更高远的目标——如果说他们确实对"文化英雄"的身份有所认同，那也是未来的文化英雄。

② 戈麦有过出洋的打算。1990 年前后，他曾动员我一起走。我的答复是：诗人不出国。此后，他就没有再提出国的事。戈麦去世后，我一直为此感到内疚。也许他应该走。

废弃物："所以，还要进行第二次分裂／瞄准遗物中我堆砌的最软弱的部分／判决——我不需要剩下的一切／哪怕第三、第四、加法和乘法／／全部都扔给你。还有死鸟留下的衣裳／我同样不需要减法，以及除法／这些权利的姐妹，也同样送给你／用它们继续把我的零也给废除掉。"（《誓言》）鸟是飞行的生物，鸟死去，留下羽翼，但飞行的能量已永远失去。诗人说他不要这些"飞行"的遗迹，因此要把剩余的"零"也废除掉，不要留下任何曾有的痕迹。在1980年代末的另一首诗里，他说："人，是靶子，是无数次失败／磨快的刀口，没有记性的雾／塑料，泥，无数次拿起／又放下，狂笑着的鸡毛掸子／脱产，半脱产，带着奶瓶子／走进技术学院的，半个丈夫。"（《叫喊》）这些诗行写出了人性堕落的前景。失败磨快的刀口是向内的；雾没有记性，没有性格；塑料是化工品，没有生命的无机物，却常常冒充生命，塑料花、塑料果、塑料人；泥来自土地，但却琐碎、干枯，隐藏在鞋子、衣物和各种缝隙里，变成类似虱子的东西，而当它聚集变成泥途、泥坑、泥潭，就专注于拖人后腿；鸡毛掸子挥舞时和指挥棒相似，却只爱跟灰尘打交道。最后出现的是半吊子的人：脱产，半脱产，带着奶瓶子，走进技术学院的半个丈夫。这个人和尼采所说的"最后的人"有相近之处，虽然产生的背景大不相同甚至可说完全相反：他是技术的人，陷于琐碎的生活；没有男子气概，女性化，但也无法成为真正的女人，只能靠"奶瓶子"来冒充女人的哺育功能。

　　从这几首诗，我们大致可以了解戈麦写作《献给黄昏的星》之际的时代状况和他本人的精神、心理状况。有了这些背景知识，我们现在可以来读这首《献给黄昏的星》了。我认为这首诗正是表现了戈麦这一代人在一种历史终结时刻的内在状况，其剧烈、动荡、尖锐的内心冲突跃然纸面。整首诗塑造了一个特定时刻的情景，一个夕阳西沉，黄昏星亮起来继而没落的时刻。"黄昏的星"属于一天的最后的时刻，这个时刻的特征是光明和黑暗交替，黑暗即将全面接管大地人间。诗人以高超的手段——天上地下的万事万物在诗里被高度概括为"三个相互残杀的事物"——呈现了这个时刻的"自然的戏剧冲突"，并以之象征地表现了诗人作为存在者的内心冲突——这一冲突的根源则在于诗人所处的特殊的历史时刻和历史境遇。无数诗人、无数诗篇写过这个时刻，但只有戈麦这一首最为强烈地揭示了这个时刻作为存在的意义，并把它和当代的历史处境联系起来，从而赋予其丰厚的生命哲学和历史哲学的内涵。个人的、历史的境遇和自然的现象，历史的时间、物理的时间和心理的时间在诗里熔铸成了一个艺术的整体，好像青铜的雕塑一次注模成型，那些熔化的原料在艺术的成品中再也不能还原了。自然、个人、历史的三位一体，成就了这首诗的丰富内涵。

> 黄昏的星从大地的海洋升起
> 我站在黑夜的尽头
> 看到黄昏像一座雪白的裸体
> 我是天空中唯一　一颗发光的星星

这是这首诗的第一节。值得特别注意的是，第一节诗中同时出现了抒情主人公和表现的对象："我"和"黄昏的星"，它们分别出现在第一行和第二行。第一行"黄昏的星从大地的海洋升起"，略过具体的、日常的事物，让"黄昏的星"直接从大地、海洋升起（它不是从山顶、屋顶、原野、平原升起），把表现的对象置于一个巨大、壮阔的背景中。实际上，这个背景也是全诗展开的历史—心理戏剧舞台。"大地的海洋"，从修辞上说是一个暗喻，大地在这里被比喻成海洋，海洋动荡、不安、变化和不稳定的性质被赋予了稳固的大地。这是由于叙述者内心的激烈动荡改变了他眼中的事物，固体的大地溶解了，变成了液体的、永远动荡的大海。不止于此，这个暗喻在诗里还有一个功能，它让海洋同时作为一个实体现身。在散文中，比喻的功能是让读者通过喻体去认识本体，喻体只具有过渡的、工具的功能。但在诗里，喻体往往也是实体，它的功能是让喻体和本体以一种浓缩的方式同时现身。"大地的海洋"，不仅是以海洋来比喻大地，而且是大地、海洋的双头怪，诗人所站立的地方，既是大地，也是海洋。接下去的一行，"我站在黑夜的尽头"，这里的"我"也被略去了具体的背景，"站在黑夜的尽头"。"黑夜"和大地、海洋一样也是巨大的事物，甚至是更大的事物。在"黄昏的星"从大地和海洋的背景中升起之后，"黑夜"的背景赋予了"我"与"黄昏的星"进行对话的均势。第三行，"看到黄昏像一座雪白的裸体"。谁看到？"我"看到。"黄昏像一座雪白的裸体"，初看起来有些突兀。我们都习惯了"黄昏"是黄的，或者是绚丽的（在有霞光的时候）。但戈麦说，它是雪白的，是某个人的巨大的裸体。然而，你去仔细观察吧，你会发现黄昏在某一刻真是"雪白"的。我们一直没有发现它是白的，是因为我们被习惯和修辞欺骗了，没有真正用自己的眼睛观察过。"一座雪白的裸体"："雪白的裸体"暗示了人，"一座"又把它取消了。这一行推出了另一个物象"黄昏"，它仍然是巨大的事物。实际上我们可以看到，选择宏大的事物，把表现的对象置于巨大的背景，忽略、无视背景中众多琐屑的事物，正是这首诗在构思和选择物象上的一个主要特色。显然，这种选择关乎这首诗的重大主题。在这三行诗里，我们看到"大地／海洋""黄昏的星""我"构成了一个三角，它们之间形成了一个充满张力的戏剧场。在下面的两节里，我们会继续看到这个戏剧场的变形。从几何学讲，三角关系是最稳定的；从心理学讲，三角关系却是最具张力，冲突最为激烈的，所以它也成为戏剧冲突的经典设计原则。实际上，这个三角关系及其变形也构成了这首诗的强烈的戏剧性的基础。第四行，"我是天空中唯一　一颗发光的星星"。这一行的出现相当突兀，全盘颠覆了我们在前三行中建立起来的"我"和"黄昏的星"的对峙印象，"我"和"黄昏的星"变成了"二位一体"。我们的视角也发生了颠倒，从"我"站在大地／海洋上仰望天空的位置，变成了"黄昏的星"从空中俯瞰的位置。这样，它迫使我们重读之前的诗句，赋予这些诗行双重的意味。就是说，它让我们以不同的视角和心理把同一件事情经历了两次：先从"我"的视角看到了"黄昏的星"从大地／海洋升起，看到了黄昏像"一座雪白的裸体"，接着从"星"的视角看到了一个人站在大地上仰望天空，看到"黄昏像一座雪白的裸体"。尤为重要的是，"我"和"黄昏的星"的合体把诗人的感受，诗人内心的苦闷、矛盾、焦虑、冲突都赋予了"黄昏的星"，从而把它变成了抒情主人公内心状态的一个外化，自然的物由此变成了心理的物和历史的物。这颗星和这个人交相辉映，一个时刻由此被赋予了存在的意味和历史的内涵，获得了巨大的心理和精神的势能。

> 在这艰难的时刻
> 我仿佛看到了另一种人类的昨天
> 三个相互残杀的事物被怼到了一起
> 黄昏，是天空中唯一的发光体
> 星，是黑夜的女儿苦闷的床单
> 我，是我一生中无边的黑暗

第二节直接出现了指示时间的短语"在这艰难的时刻"。"黄昏的星"本来自带时间的意味，但在第一节中这个时间被空间化了。大地／海洋、黑夜的尽头都是空间化的表达，"黄昏"也被空间化为"一座雪白的裸体"。第二节一开始就有意强调了时间的意味，"艰难的时刻"是诗人给这个特殊的时间所做的性质界定。接下来诗人说："我仿佛看到了另一种人类的昨天。"这里的"另一种人类的昨天"应该断为"另一种／人类的昨天"，而不是"另一种人类／的昨天"。诗人的意思是，它在此刻的天空中看到了人类的昨天。也就是，看到了人类的历史。那么，这个人类的历史是什么样的呢？它不同于教科书向我们描绘的进步的乐观主义的历史，所以它是"另一种"。它是："三个相互残杀的事物被怼到了一起。"戈麦对人类历史、对人性的认识是悲观的。他喜欢的作家包括鲁迅、北岛、卡夫卡、陀思妥耶夫斯基、博尔赫斯等有显著悲观气息的作家。他曾经要我向他推荐"世界上最悲观的作家"。而结束的时刻本身为这种悲观提供了历史的、经验的和心理的依据。在1980年代向1990年代的演变过程中，戈麦充分目睹了人性的阴暗、自私、卑琐与残忍。这也导致他对人性抱有悲观的看法。这种认为人类的历史就是"相互残杀"的观念，也可能与斯宾格勒、汤因比的历史哲学有关。斯宾格勒的《西方的没落》、汤因比的《历史研究》一度是1980年代文化讨论的热点。斯宾格勒认为，文明也有类似生物体的生老病死的演变过程，而汤因比认为文明的演变不是以和平的方式，而是以剧烈搏杀的方式进行的，文明演化的历史是一个充满了生死搏斗的神秘剧。这是戈麦把"人类的昨天"看作人们"相互残杀"的剧场的原因之一。此外，最重要的，戈麦意识到他所处的时刻正在发生深刻而重大的变化，而这个变化在戈麦看来就是光和希望的消逝。这个时刻虽然还没有完全沉入黑暗，但是"我"已经感到无边的黑暗无可挽回地来临。"三个相互残杀的事物被怼到了一起"正是这种黑暗与光明交战的胶着状态。"黄昏，是天空中唯一的发光体／星，是黑夜的女儿苦闷的床单／我，是我一生中无边的黑暗"，在这里，我们再次看到了一个三角关系："黄昏""星""我"。这三者仍然是从黄昏时刻的众多具体事物中抽象出来的，抽象的依据就是这个几何关系的心理学原则。这几行诗用到的修辞手法也值得注意。黄昏本来指一段时间，是没有形体的，但诗人却说"黄昏，是天空中唯一的发光体"，把"黄昏"变成了一个具备物理质量和形体的事物。"唯一的"点出了某种隐藏的危机，在光明与黑暗的竞技中，"黄昏"的光处于守势，正面临被剥夺、被吞噬的地位。"星，是黑夜的女儿苦闷的床单"，初看似乎比拟不伦。从日常经验来说，"星"和"床单"相去甚远，几乎说不上有什么相似之处。然而，从平面的视角看，大地之上平展的星空和床单之间具有一种抽象的形似。另外，确实也常有用星的图案装饰的床单。此外，我们不要忘了第一节的那个比喻："黄昏像一座雪白的裸体"。遮盖这裸体的正是星空。那么，用床单来比喻星空就再恰当不过了，而下一行的"黑夜的女儿"又给我们交代了"雪白的裸体"的所有者。在最好的诗里，成功的比喻都不是孤立地出现的，而总是和上下文有紧密联系。这首诗里的比喻就正是如此，彼此层层照应，构成了一个贯通、密实的整体。这种文本内部细密的针脚联系，正是需要阅读去揭示的文本的秘密，而这一工作也是阅读的主要乐趣所在。诗人另外的高明之处在于，他并没有止步于利用前述几何学上的形似组织一个巧妙的比喻，而是进一步在这个比喻之上叠加了心理学的成分。诗人说："星，是黑夜的女儿苦闷的床单。"床单怎么苦闷呢？如果你有过失眠的经验，就会知道"床单"的苦闷了——床单的苦闷实际上是说人的苦闷。这行诗实际是说星作为黑夜的抗议者、对峙者、揭示者（没有星星之光，完全同一的黑夜就无以显示自己），代表了黑夜无法遮盖的苦闷，诗人却说它是"黑夜的女儿苦闷的床单"，将这一层意思表达得非常曲折，又因为这一形象联系着我们具体的生活经验，可引起我们丰富的感受和联想，使诗歌的形象变得饱满了，也具体可感了。"我，是我一生中无边的黑暗"，这一句进一步点明"星"的苦闷的来源，我们也再次看到"星"和"我"的一体性。"我"所面临的无边黑暗，也是"星"所面临的；"星"的苦闷，也是"我"的苦闷。

> 在这最后的时刻，我竟能梦见
>
> 这荒芜的大地，最后一粒种子
>
> 这下垂的时间，最后一个声音
>
> 这个世界，最后的一件事情，黄昏的星

诗的最后一节，特别强调了这个时刻的"最后"的性质。这一节的四行里都出现了"最后"一词。上一节是"艰难的时刻"，到这一节变成了"最后的时刻"。"我"也从站在黑夜的尽头，浩叹一生的无边的黑暗，进入了梦乡，而他梦见的恰是这首诗的第三个三角关系："最后一粒种子""最后一个声音""最后的一件事情／黄昏的星"。可以说，这首诗正是通过三个三角关系，层层递进地完成了对这个时刻的命名。在第一个三角关系中，"大地／海洋""黄昏""我"之间的关系虽然充满紧张，但还隐含了一种对话：一方面，"我"站在大地／海洋上仰望着"黄昏的星"；另一方面，"黄昏的星"也俯瞰着"大地／海洋"。到了第二节，冲突愈发激烈，"黄昏""星""我"的关系变成了相互残杀，而且被怼到一起近身肉搏。到了最后一节，实际上黑夜已经全面接管，"我"堕落梦中，所以"最后一粒种子""最后一个声音""最后一件事情"都只是我梦中所见、所闻、所想。如果这是一出悲剧，我们看到所有的人物都已经死去，武器扔在一边，血从死人的伤口、嘴角渗出。这个时候，舞台的大幕徐徐拉上，在一片漆黑中，观众将瞥见主人公独自一人在舞台上梦见过去的好时光，死人们依次上场，与观众告别。但在诗里，我们看到的是时间的死亡和告别。大地荒芜，"我"仅能梦见"最后一粒种子"；时间终止，"我"仅能梦见"最后一个声音"；世界结束，"我"仅能梦见"最后一件事情"。而这"最后一件事情"乃是"黄昏的星"。"黄昏的星"在结尾处的再次现身，赋予了它最后的光明守护者的形象，体现了光明的最后的尊严。从结构上说，结尾的"黄昏的星"与开篇的"黄昏的星"形成了一个闭环。最后的，最后的，最后的……黄昏的星，下垂的时间，荒芜的大地……诗人以决然的方式命名了这个"终结"的时刻：光明消逝，时间死亡，大地荒芜。"这下垂的时间"也是一个奇特的说法。时间如何下垂呢？这是从太阳沉入地平线，黄昏落入黑夜的经验得来的联想。夕阳西沉是和时间有关的意象，夕阳的下垂也可说时间下垂了。时间由此获得了它自己的形体。

　　最后我们需要回到这首诗的标题："献给黄昏的星"。通过上面的阅读，我们意识到标题中的这个"献给"并不简单——它不是简单的题献。诗的题献一般都是献给某个人，但诗人献给的对象是"黄昏的星"。在诗里，我们确认了"我"和"黄昏的星"的一体性，那么诗人是把这首诗献给自己吗？显然不是。可见，这个"献给"不是简单的"题献"。这个"献给"的"献"，我认为应该理解为"祭献"的"献"。而"黄昏的星"也不是泛指黄昏时刻出现在天空的星星，而是特指黄昏时出现在西天的金星，也即长庚、太白。"我是天空中唯一　一颗发光的星星"，这里的单数身份验证了我们的看法（第二节中"星，是黑夜的女儿苦闷的床单"是泛指，与"黄昏的星"所指非一）。长庚是全天中除太阳和月亮之外最亮的星，其特征是黄昏时出现在西天，随着真正的黑夜来临而沉落。也就是说，"黄昏的星"专属于白天终结这个特定的时刻，它的使命就是守护这个时刻，推迟黑夜的来临，并把自己祭献给这个时刻。它是为太阳断后的。同时，它也为最后的时刻维护了尊严。诗中"黄昏的星"和"我"的合体性质，意味着诗人决心如"黄昏的星"一样把自己祭献给这个时刻，守卫这个时刻最后的尊严。这是我所说的"最后的人"的意义。在写出这首诗的三个月之后，诗人写了另一首《献给黄昏》（1990 年 7 月 17 日）。这后来的一首把这种祭献的意味表达得更为明朗："无限的痛苦，是无限的荣光／痛苦是荣光。"面对黄昏，诗人说："黑夜将不再降临人世。"我以为这一行诗正是表明了诗人拒绝进入黑夜，拒绝与历史媾和的决心。在《献给黄昏》的结尾，诗人直接表明了赴死的决心："让该逝去的不再回来。"就在写出《献给黄昏的星》后十七个月、《献给黄昏》后十四个月，诗人戈麦在京郊万泉河自沉，最终完成了他对这个"终结"时刻的祭献。实际上，这个祭献的决心在这首《献给黄昏的星》中已经有含蓄的表达。这也是这首诗强大的心理能量的来源。我曾经说，《献给黄昏的星》以一首短诗的篇幅而达到了悲剧的强度。事实正是如此，这首诗整个是一出心理的悲剧，而且其强度在中国式的悲剧作品中从未达到过，因为它们的作者从未在这样猛烈、尖锐、极端的冲突中生活过哪怕十分钟——他们要么在此之前已经奔溃，要么已经屈服。

这首诗里的情绪大致来说，和我们一开始提到的《我要顶住世人的咒骂》《誓言》相近，非常紧张、尖锐，但表现的手法和那两首区别很大。《我要顶住世人的咒骂》《誓言》都用了直抒胸臆的写法，那种紧张、尖锐几乎是直接喊出来的。当然，它们都用了相当多的具有象征意义的意象，但它们不是象征诗，而仅仅是用到了象征的手法，也可以说它们的象征仅仅停留在意象的层面。《献给黄昏的星》也紧张，也尖锐，但这种紧张、尖锐是含蓄的，引而不发的，它隐藏在形象中。最大的不同在诗的形象。这首诗的形象不是用来表现的手段，而是诗意本身。这个形象是整体的，它不能像在前面那两首诗里一样分解为一些单独的意象——当然，这个形象是由一些不同的元素构成的，但这些元素是在一个整体里发生作用，脱离这个整体，我们不能单独谈论它的意义。这里也涉及古典诗歌的意象和新诗意象的一个重要分别。按照李心释的看法，古典诗歌用意象来写诗，其意象具有延续性和因袭性，新诗则通过一首诗来发明、完成一个意象，这个意象是独特的、一次性的，不能被因袭和重复。[①]在这首诗里，"黄昏的星"就是这样一个被发明和创造的意象，它存在于整首诗的特定语境中，仅属于这首诗。另外的诗人使用"黄昏的星"这个意象，并不能自动获得它在这首诗里所生成的特定意义。当然，这个区分仅就大致的倾向而言。实际上，新诗人中也有人沿用旧的意象来写诗，旧诗人中最具原创性

[①] 参见李心释《当代诗歌的意象问题及其符号学阐释途径》，《学习与探索》2013年第7期；《语象与意象：诗歌的符号学阐释分野》，《文艺理论研究》2014年第3期。

的作品和诗人也总是"意象"的发明者。

说到形象，我们往往把它等同于诗歌中用文字所描绘的形象、意象，而忽略了诗歌最重要的形象——它的声音。《献给黄昏的星》这首诗的声音完美地配合了诗中表达的激情，这也是需要特别提出并加以观察的。与整齐的外形给予我们的印象相反，这个声音是不安的、动荡的乃至激越的，其不断加快的节奏配合了诗情和心理冲突的发展，在高潮处戛然而止。在第一节里，这个声音还是比较克制的，语调是叙述性的，节奏大致处于中速范围。这一节中冲突的三角关系也是隐含的。第二节前三行基本保持了第一节的叙述语调和速度，后面三行突然加速："黄昏，是天空中唯一的发光体／星，是黑夜的女儿苦闷的床单／我，是我一生中无边的黑暗。"这三行的排比句式改变了此前的叙述语调，变成了激烈的抒情语调。三角冲突关系不但直接呈现，而且通过排比句式得到强化。"黄昏""星""我"后面的三个逗号也有强化三角关系的作用，同时把每一诗行割裂为前短后长的两半，起到加快节奏的作用。这三行诗在"是"字之后的部分都是类似的偏正结构，而在"偏正"之"正"的名词之前都有几个连续出现的限制成分，这也加快了节奏。因为偏正结构的重心总是落在最后出现的名词成分上，前面的限制成分越多，就意味着语言的势能越大，它向名词成分下落的速度越快。这几行的音组构成如下：

> 黄昏，／是／天空中／唯一的／发光体
> 星，／是／黑夜的／女儿／苦闷的／床单
> 我，／是我／一生中／无边的／黑暗

可以看出，这里的排比在整齐中又有变化。第一行、第三行是五个音组，中间一行六个音组；第一行以双音节词开始，下面两行则以单音节词开始；前两行中"是"单独构成一个音组，第三行中"是"则与"我"一起构成一个双音节音组；第一行"天空中唯一的发光体"连续三个三音节音组，第二行在语法功能上与其对应的位置是四个音组，组合方式是三二三二，第三行中则是两个三音节音组和一个双音节音组。这种整齐中

寓变化的声音结构，节奏非常灵动，具有一种活泼的口语风格，使得激越的情绪的传达保持了一种自然本色的特征。最后一节，"在这最后的时刻，我竟能梦见／这荒芜的大地，最后一粒种子／这下垂的时间，最后一个声音／这个世界，最后的一件事情，黄昏的星"，速度进一步加快。这个加速一方面是借助后三行的排比句式和三角关系（这一点与第二节类似），另一方面是借助语词／声音的重复。"在这最后的时刻"复制了上一节"在这艰难的时刻"的声音模式。这一节内部，"最后""这"在每一行重复了一次，"一粒""一个""一件"三个量词也是重复，还有韵的重复（不限于尾韵），如"竟""梦""声""情""星"。此外，重复中也有变化："这最后的时刻""这荒芜的大地""这下垂的时间"三个三音组之后出现的是两音组的"这个世界"，"这最后的时刻"之前的"在"也是变化，"一粒""一个""一件"也是重复中的变化，最后一行的"黄昏的星"从本节来看，是变化，从全诗来说，又是回应和重复。从全诗范围看，"黄昏""星""我"在每一节都得到重复。从声音的控制和节奏的调度上，这首诗的技艺也达到了无可挑剔的程度。因此，无论从内容的表现（历史学、心理学、哲学的内涵），还是形式（声音、形象的创造）的完满上，这首《献给黄昏的星》都是毋庸置疑的杰作，值得我们一再深究。

罗伯特·佩恩·沃伦认为，一首好诗就像鲍伊亚多《奥兰多》里那个永远杀不死的怪物奥里罗，阅读和批评都无法穷尽它的奥秘，它总是能够以全新的面貌出现在一个合格的读者面前。[①] 这是诗的神奇的还原能力。对于我来说，《献给黄昏的星》就是这样一首杰作。每次读它，都会让我重新回到那个终结时刻的历史现场，重温戈麦当年的绝望、痛苦、内心的搏斗和激荡的情怀。它从灰烬中的不断重生，本身就是一个关于诗的寓言。所以，我从不相信什么"诗歌死了"的聒噪，那不过是无法感受到诗歌魔力的无知者的谰言。

---

① 参见［美］罗伯特·佩恩·沃伦《论纯诗与非纯诗》，张少雄译，载潞潞主编《准则与尺度——外国著名诗人文论》，北京出版社，2003，第354—355页。

西　渡

1967 年 8 月生于浙江省浦江县。1985—1989 年就读于北京大学，获文学学士学位；2010—2015 年就读于清华大学中文系，获中国现当代文学博士学位。从 1980 年代开始写诗和发表诗作。1990 年代初与戈麦合办《厌世者》诗刊，与戈麦、臧棣等合办《发现》，兼事诗歌批评和诗学研究。大学毕业后长期在出版社工作，2018 年调入清华大学。2020 年 8 月中国人民大学文艺思潮研究所、《作家》杂志社在广东召开西渡诗歌创作研讨会。著有诗集《雪景中的柏拉图》（文化艺术出版社，1998）、《草之家》（新世界出版社，2002）、《连心锁》（中国友谊出版公司，2005）、《鸟语林》（海南出版社，2010）、《西渡诗选》（太白文艺出版社，2019）、《天使之箭》（上海教育出版社，2020）、《钟表匠的记忆》（北岳文艺出版社，2020）；诗论集《守望与倾听》（中央编译出版社，2000）、《灵魂的未来》（河南大学出版社，2009）、《读诗记》（东方出版社中心，2018）；诗歌批评专著《壮烈风景——骆一禾论、骆一禾海子比较论》（中国社会出版社，2012）。其诗作被翻译成英、法、俄、西、日、韩等多种外语，中法双语诗集《风和芦苇之歌》2008 年由法国 Éditions Fédérop 出版。其他编著作品有《太阳日记》（南海出版公司，1991）、《北大诗选》（与臧棣合编，中国文学出版社，1998）、《先锋诗歌档案》（重庆出版社，2004）、《现代语文》（中国计划出版社，2004；漓江出版社，2012）、"名家领读系列"（中国计划出版社，2005；北京联合出版社公司，2017、2018）、《大学语文》（浙江人民出版社，2008）、《访问中国诗歌》（汕头大学出版社，2009）、《诗歌读本·初中卷》（广西师范大学出版社，2010）、《北大百年新诗》（与臧棣合编，四川人民出版社，2018）、《未名诗歌分级读本·中学卷1》（江苏凤凰少年儿童出版社，2020）等20多种。曾获刘丽安诗歌奖（1997）、《诗林》天问诗歌创作特别奖（1999）、新大陆世纪诗奖（2000）、《江汉大学学报》现当代诗学研究奖（2012）、《中国现代文学研究丛刊》论文奖（2012）、十月文学奖（2013）、澳大利亚汉语国际文学大奖（2013）、东荡子诗歌奖批评奖（2014）、扬子江诗学奖（2017）、昌耀诗歌奖（2020）、草堂诗歌奖（2021）、十月诗歌奖（2022）等。研究资料汇编《诗歌中的声音——西渡研究集》（王东东编）2019年由华文出版社出版。

在黑暗中
——致臧棣

在黑暗中他看起来像一堆
庞然大物，镇纸一样
把黑暗压在身下。或者说黑暗
像坐垫一样垫在他的屁股下

他在黑暗中静坐的形象，像拿着
一根针，努力把什么东西串起来
他一拖，便有一根线被一下拉直
然后像吐丝一样从里面引出

更多的线。他像一个穿针引线的高手
在黑暗中缝缀一件无缝的天衣
然后他突然跃起，像被黑暗
从椅子上弹起来。他转身走到阳台上

从那里俯视着黑暗。他伸出手
像要从他的体内捧出什么
已经成熟的事物，一下子房内一片光明
他说："我终要给世界贡献出一样东西。"

1998 年 10 月 14 日

光明之子
——细读西渡《在黑暗中——致臧棣》

◎ 桑　克

　　写诗的悲哀大抵有两种，一种是写了没人看，还有一种是写了有人看，却把诗的基本意思"整拧了"。"整拧了"的意思不仅包括与诗歌本意相反，还包括偏离本意太远（甚至远到荒谬程度）。这和接受美学的所谓误读并不是同一回事。还有一种小悲哀，就是一首不错的诗写出经年，关注者却不多见。也许问题终究不是出在诗上，而是出在传播链条以及阅读注意力等其他方面。这也算不得抱怨。

　　《在黑暗中——致臧棣》，是西渡写于 1998 年 10 月 14 日的诗，距离现在二十五年。在这二十五年里，我们的生活和文化中都发生过什么事情？记性好的人或许记得，而记性不好的甚至有意忘记的人，他们眼前大约只有模糊的花云。这些事情本来包含着对读者理解此诗有所助益的有机因素，却非常可惜地被弃置于街衢之中。我向来觉得，一个渴望读到深处的读者不能指望作品表面提供一切。真正好的作品都有一样优异处，就是不仅能唤醒读者心中隐藏的某种情愫，也能吸纳运转于时间长河之中的诸般秘密。

　　此诗的写作正值秋天，在中国传统文化里秋主刑名，那么从敏感的时间角度来说，它与黑暗的关联度较为密切。此时写诗的西渡三十一岁，收诗的臧棣三十四岁，他们都是刚刚步入中年的诗人。中年与青年最大的差异之一就是适应性，还有就是一种坦然的清晰。此时他们对人、对社会、对写诗从观念到行为都已深有体会，就是说他们已有使命感。

　　此诗主标题是"在黑暗中"，字面意思可以理解为在黑夜之中，也可以理解为在阴影之中，或者直接以黑暗的象征性阐释它。大多数诗人写黑暗都倾向于从这种象征性出发，比如一行的《黑暗之诗》，或者阿什伯利的诗句"……正当黑暗开始时／道路回来找他们"（少况译）。此诗副标题，西渡采用"致＋某某（人名）"形式，这是赠诗形式，同时也是书信体形式，即此诗可能是写给臧棣的一封诗体书信。

　　全诗一共十六行，分为四节，每节四行，四乘以四，结构匀称。每行字数保持相对均衡，每行十二字和十三字的各四行，十五字三行，十一字三行，八字和十六字的各一行，视觉上相当整饬。音韵似乎松散，但是仔细观察则会发现若干端倪。尾韵和句间韵（分句尾韵）总共二十七个字，韵母字数分布分别是：四字的 an/i，三字的 u/ang，两字的 a/e/en/ai/ou，一字的 ui/ing/uo，耳朵听起来也会舒服。

　　在阅读此诗之前，应该强调两个非常重要的词，一个是"黑暗"，此诗必与黑暗关联；另外一个是"臧棣"，此诗必与臧棣关联。把握住这两个词，读者也就能够建立起有效的阅读范围。这仅仅是相对而言的。

　　我们先看第一节——

　　　　在黑暗中他看起来像一堆

　　　　庞然大物，镇纸一样

　　　　把黑暗压在身下。或者说黑暗

　　　　像坐垫一样垫在他的屁股下

第一行出现的主语是第三人称"他"。这就需要补充阐释前面所说的诗体书信的形式问题。因为在书信形式中，写信人都是第一人称"我"，收信人都是第二人称"你"；而在此诗中频繁出现的却是第三人称"他"（只在第四节第四行"他"说话的引语中才出现过一次第一人称"我"，然而这个"我"实际仍是指第三人称"他"而不是写信人的）。这可能会给读者造成一种困惑，这个诗体书信是怎么一回事？

　　事实就是书信形式已经全部隐蔽在此诗的正文之中。

　　写信人"我"这个第一人称和收信人"你"这个第二人称没有直接出现在诗中，而是集体选择隐身，那么全诗通篇都在描述的事件即"他"这个人如何如何，又是谁讲述的呢？又是讲述给谁听的呢？当然就是缺省的"我"（讲述者／写信人）和缺省的"你"（聆听者／收信人）。由此可知，讲述与聆听的书信过程是由诗中始终缺省的"我"和"你"共同完成的，而我你之间的书信内容则由诗中实存的"他"及其相关事件构成。"他"是书信内容的主语，而不是书信形式的主语。因而此诗的书信方式就是这样的：缺省的"我"写信给缺省的"你"，讲述诗歌现场之中"他"的状况。

那么缺省的"我"是谁呢？可能是西渡本人，也可能是西渡在此诗中创造出来的一个写信人形象（诗歌人物）。前者倾向实写，后者倾向虚构。也可能不是这样。

那么缺省的"你"是谁呢？可能是臧棣，也可能是读者。前者倾向实写（不论是西渡写给臧棣还是创造出来的诗歌人物写给臧棣），后者略微复杂，需要分为两个侧面分析：一是西渡写给读者，是实写还是虚构主要看西渡的主观表达目的是什么；二是诗歌人物写给读者，如此就不限于实写与虚构及其比例问题，可能还包含其他的指向。

假设此诗是西渡写给臧棣的书信，那么诗中的"他"又会是真实世界中的谁呢？技艺精湛的奥登还是诗思深刻的艾略特？从一般书信角度合理推测，这个"他"必是西渡和臧棣二者之外的他人。因此这个"他"对西渡和臧棣来说就会具有一种殊异的客观性，就会形成一种能够被读者理解的阅读效果——西渡写信：老臧啊，我对你说说这个人是怎么一回事，"他"是这样这样的。"他"对西渡尤其是臧棣本人究竟意味着什么？这就需要开放的思考。仔细琢磨，读者也许又会发现，存在"他"是他人的可能性，但是可能性会比较小。也就是说，如果从特殊书信角度推测，这个"他"就是臧棣本人，那么西渡对臧棣谈"他"／臧棣就会产生一种机巧与幽默混合的气息——西渡写信：老臧啊，我对你说说臧棣是怎么一回事，"他"是这样这样的，虽然讲得通，但是有点儿怪。

由此分析，只有判断此诗是西渡写给读者的谈论臧棣的书信，才是更加合理的。

回过头来说，此诗副标题"致臧棣"主要还是赠诗之意，同时隐藏着形式方面的书信格式和内容方面的致敬含义（如果副标题直接标明致敬，那么诗体书信的形式感就会弱化）。文学分析的虚实终须落在实处。我们由此确立诗中的"他"就是臧棣的线索。当然，如果有机会，我们会把每条线索之路都蹚一遍，那就更有意思了。

凡是见过臧棣的读者都知道，臧棣从生理／身体角度来说是个大块头。

虽然臧棣身高体壮，但是在严格的生物学意义上绝对不能把他和"庞然大物"混为一谈。和臧棣相熟的西渡为什么这么写呢（且不说西渡严格地将之定义为"看起来像"）？这就需要向读者讲讲这里面的文学道理。这个道理就是诗歌修辞。西渡在此处应用"庞然大物"的比喻来描述只是一种诗歌修辞方式，它可能指向实存的身体（具有事实基础性的夸张），也可能指向精神的他处（具有本质真实性的延伸），而他处被包裹在身体之中，并不能被肉眼直接看见，需要我们睁开心眼并认真地打量它。

有一处需请读者注意，那就是西渡对"庞然大物"使用的量词是"堆"字而不是"个"字。"个"字笼统而且数量少，"堆"字具体而且数量多。肉眼看过去，将诗人描述为"庞然大物"是一次生理升级，而应用"一堆"限制"庞然大物"则使升级加倍。这可能只是为了更加突出诗人这种精神"庞然大物"的体积感。

"看起来像……"是一个经典比喻句式。今天中文比喻句式发展得比较充分和臧棣、西渡这一代诗人的实验有关。他们不仅提高了比喻的新鲜度（看过太多陈词滥调），而且把喻体的征服领域扩张到政治、社会、科技以及其他层面。这不仅增加了比喻的表现力，而且由此吸纳了个人经验之外的其他经验、知识与信息。《在黑暗中——致臧棣》把一个比喻句作为一首诗的开始／开端／起点，就率先获得了一个适于展开的写作契机。万事开头难，写诗也是如此。找到一个发动机般的比喻句，就等于在混沌宇宙之中挖掘出了一条可以让词语自由出入其间的隧道入口。而对于新鲜的比喻或者基本的比喻，读者都会存在一定的好奇心，为什么会这样比喻？有的诗写完比喻就走，留下读者原地咀嚼／拒绝；有的诗则会把这个比喻展开来写。西渡此诗采用后一种方式。在这句比喻中，"像"前面的限定词语或者短语是"看起来"，它既指向视觉性（我们看见了什么），也可能指向不确定性（看起来是这样其实未必是这样）。我个人倾向于前者。读诗有时就是做选择，我们选择什么就进入什么。这里面也包含着综合经验。

西渡赋予诗人臧棣的第一个喻体是"庞然大物",第二个喻体是"镇纸"。二者的相似之处就是它们都具有稳定性。"庞然大物"位于任何地方都会岿然不动,而"镇纸"的基本功能就是压住轻浮之物。只是"镇纸"不再突出"庞然大物"外部的庞大,而是强调其自身内部的定力,它压得住混乱的事物或者场面。同时,"镇纸"是中国书房的常用物品,由此便顺带揭示出诗中人物的身份与环境,人物是知识分子,环境则是书房。

"把黑暗压在身下"。这里的"黑暗"既是指身体下面实际存在的黑色暗影,同时也可能是指具有象征性的黑暗(前文分析此诗主标题时曾经论及。再者,在一句具体诗行中,黑色(black)和黑暗(darkness)从字面到内里都存在明显的修辞差异)。这种状态的象征性与"庞然大物"的本质真实性相应。如果读者试图锁定与黑暗对应的具体事物或者事件名称,那就需要在时间长河之中耐心寻找、延伸与沉思。

把"黑暗"和"庞然大物"/诗人臧棣相互联系,其实就已构成一组对抗模式,或者以此向读者揭示一种严肃的社会态度与一种痛苦的人生认知,我们应该采用什么样的方案应对黑暗?西渡或者臧棣选择直截了当的"压"方案。把黑暗"压"在身体下面。这个"压"是打压也是克制,说得已经非常清楚了,但是西渡犹嫌不足,因为现在提供的"压"方案还不能充分释放情感的温度。接着西渡写到"或者说黑暗/像坐垫一样垫在他的屁股下",理想的"压"方案被替换成"垫"方案——既是一种全新方式(独立于"压"外),也是一种解释方式(只是把"压"解释成"垫")。这里其实仍是在延续使用并发展着喻体"镇纸",只不过是将主体和客体互相交换(人压黑暗/黑暗垫人)而保持本质不改。原来是从镇纸角度讲,现在则换成黑暗角度再讲。这就清晰地描绘出两种事物的化身是什么(从修辞来说就是喻体),诗人是"镇纸",黑暗是"坐垫",诗人对抗黑暗就是镇纸压制坐垫,对抗方式就是压制。虽然此前我们一直视黑暗为主要敌人,但是喻体"坐垫"让我们发现"黑暗"并不具备对抗者的身份,或者说它从不具有与"庞然大物"/诗人平等对抗的资格。这种认识和写法是出于一种乐观精神,也是出于一种价值观。把黑暗"垫"在身体下面,而且是垫在"屁股"下面。用口语"屁股"一词是使黑暗本就不高的格调更加降低到尘俗层面，强调黑暗的通俗功能以及鄙俗性质。别看黑暗在社会上以及其他领域里耀武扬威，但是在诗人这里它始终被蔑视得抬不起头来，被镇压得抬不起头来，根本没资格和正常人类／诗人对抗。

　　第一节的四行诗是从与黑暗对比的角度来确认臧棣精神面貌的阳光特征。我一向认为，从人的本质到诗的本质，臧棣都是阳光灿烂的。这四行调子定得准确，也比较有说服力，这为此诗的进一步发展提供了坚实的逻辑基础和开阔的想象空间。

　　第二节延续着第一节使用的比喻句以及相关意象：

> 他在黑暗中静坐的形象，像拿着
> 一根针，努力把什么东西串起来
> 他一拖，便有一根线被一下拉直
> 然后像吐丝一样从里面引出

第一行"黑暗中静坐"。"庞然大物"和"镇纸"相似的稳定特征可以从"静坐"这一动词中获得进一步的追认。诗人为什么那么稳定？就是因为"静坐"。静坐就是静静地坐着，它是一种普通行为，也是一种禅定方式，更是一种向社会示威的方式。

　　紧接着是第二行，新比喻"针"出现。比喻本身就能构成诗，这是保罗·利科的箴言，我对此不仅深信不疑，并且将之视为诗歌的利器。因为它不仅令诗凝结，也能让诗展开。新比喻针对的不再是诗人形象（"庞然大物"和"镇纸"），而是诗人行为，可以将之视为形象的具体引申。诗人在书房中的形象大体表现为三种行为：读书、沉思、写作。写作行为的传统形象是秉笔直书，写作行为的现代形象则是敲打键盘。西渡描述臧棣的写作行为好像"拿着一根针"。这根针是指真实之笔还是指大脑里的思维化身？读到此处，就需要把针的形状、针的性能以及其他与此相关的知识从储备仓库中找出来，找到后再把它引进读诗过程之中。这样读者就能找到笔或者思维与针之间的某种相似性，比如外表形状或者尖锐程度。而诗人创造比喻就是为了要找到两种不同事物之间的某种相似性，比如医用针把针管里的药水注射到患者病体之中是为了拯救他们的健康，那么诗人笔里的墨水也就能变成拯救某些读者生病灵魂的药水，再比如缝衣针能把各种不同的事物串联起来，那么诗人的思维之逻辑或者手中之笔也就能将不同的事物串联起来。诗人之笔，西渡用裁缝的针比喻，谢默斯·希尼则用农夫的铁锹比喻。虽然喻体不同，但是他们都擅长驻足于一个比喻之前铺开来写，而不是留点儿痕迹就走。

第三行"一拽"指的是猛拽。先从针孔中引出一根线，仿佛我们从众多思考对象或者写作对象中引出一条思考的或者构思的线索。"线"也是喻体，暗喻线索。接着把这条线索"一拽"，猛拽，"拉直"。拉直意味着线索已经变得清晰。西渡用春蚕吐丝的比喻来发展引线这一与喻体"针"相关的行为，其实是一次暗中升级，把笔由喻体"针"升级为隐秘的或者缺省的喻体"春蚕"。春蚕吐丝往往意味着一种执着奉献精神，这里就是指不间断地思考或者写诗。或许"针"（还有缺省的"春蚕"）也是"他"的武器（思维和诗都可以作为一种武器而存在），可以用它刺杀黑暗。诗人／"他"对抗"黑暗"依靠的是笔／喻体"针"／喻体"春蚕"，这也就是说诗人的对抗方式只是写诗，而不是其他社会行为或者街头政治行动。行为方式与个人身份的关系，现代研究已经很多。在我的看法里，行为终止，身份也就随之而逝，这也就是说，一旦停止写诗，诗人身份也就变成袅袅青烟。

第三节继续发展第二节关于针线的比喻以及想象——

> 更多的线。他像一个穿针引线的高手
> 在黑暗中缝缀一件无缝的天衣
> 然后他突然跃起，像被黑暗
> 从椅子上弹起来。他转身走到阳台上

第一行中的"更多的线"和"穿针引线"，意味着西渡继续发展针和线的喻体，读者由此可以见证逻辑推进力量的重要性。它不仅使诗歌形式获得一种均衡感，而且更利于诗人一层一层地蹈入诗歌深处或私处。它即使作为一种写作方法也能促使诗人进入存在深处的细节之中。而比喻之中的喻体正好可以承担展开的写作责任，由旧喻体发展出的新喻体，体现出比喻自身凤凰般的再生能力。因此才需要反复强调，现代诗应用比喻不仅需要新鲜，更需要将之发展起来，犹如交响乐的结构不仅包括呈示部和再现部，还包括极其必要的展开部，否则就会形成比喻的浪费（从交响乐角度说是形式缺陷）。只有把比喻发展起来，才能深入比喻的灵魂深处，让喻体自己浮在诗歌形式的表面替你发言。由此引申，我们就知道比喻仅仅是诗歌修辞学的一部分，而我们常说的写作关键点之一则是修辞的合理性，那么发展比喻其实就包括锻炼喻体自身的合理性。这样的诗，即使喻体字面非常隐晦，读上去也不会存在别扭之感。

　　"更多的线"意味着更多思考的、构思的或者写作的线索。它们能更多地辅助针／笔这类大杀器，而由针／笔暗中引导出来的操纵者才是读者应该注意的焦点。所以与其说"针"是一个帮手与工具，不如说它的真实身份只是一个前台工作人员或者排雷兵而已，站在它背后的才是"穿针引线的高手"。这个比喻就是西渡对一个当代同行的诗学定位与价值判断，内容主要指涉能工巧匠部分，犹如艾略特把庞德称为"卓越的匠人"（il miglior fabbro）。在中国诗人对写作技术的修炼中，臧棣的信念相当单纯，这在当下就已具有明显的形式效果与实际影响，虽然某些同行并不愿意提及。

　　第二行里的"在黑暗中"直接呼应此诗主标题。书房环境的黑色背景读者其实并没有忘记。"穿针引线"只是诗人／"他"的内部工作，而在外部，诗人／"他"面对的却仍旧是无比强大的黑暗，虽然诗人从骨子里蔑视它的存在与力量。这时急需诗人／"他"把武器拿出来对付黑暗，而读者现在都已知道诗人的武器是什么。它是写作之笔，是思维之针，是沉思之线。诗人／"他"的写作就是缝制"无缝的天衣"。这里至少包含两个意思，一个是已经缝成无缝天衣，一个是追求缝出无缝天衣这一目标。无缝（没有缝隙）意味着没有瑕疵，也就是完美，而天衣并不是地上应有之物，而是天上之物。这个缝制标准其实是一种终极标准，将之置换到写诗上，则意味着诗歌的绝对完美。可以说这两行诗，一方面是称赞诗人目前的写作成绩，一方面是指出诗人追求的写作目标。

本节后面两句诗发生语义转折，没有继续描绘诗人"穿针引线"的才能，而是把读者的注意力重新吸回到诗人与黑暗对抗的主题之中。诗人停止压制黑暗，主动离开黑暗。这是从诗人的视角来说。而从黑暗的描述角度来看，发生的行为是同样的，但是阐释非常不同。黑暗认为是自己把诗人／"他"弹起来的，是黑暗自身的力量将诗人从座椅之中驱离出去，尽管诗人在第一节里非常蔑视黑暗的贱格。此外读者还会注意到，诗人离开黑暗之后，并没有针对黑暗或者黑暗存身的"椅子"做什么，也没有在它旁边逗留，而是"走到阳台上"。阳台的"阳"和黑暗是绝对的对立面，难道是趋光性的缘故，诗人才会离开"屁股底下"的黑暗？

对这些疑问，从第四节也就是最后一节中，读者可以获得相应答复。

> 从那里俯视着黑暗。他伸出手
> 像要从他的体内捧出什么
> 已经成熟的事物，一下子房内一片光明
> 他说："我终要给世界贡献出一样东西。"

第一行写从阳台上俯瞰"黑暗"，说明不仅诗人"屁股底下"存有黑暗（房内的黑暗），而且作为黑暗对立面的"阳台"下面也有黑暗（房外的黑暗），这不免让人有点儿郁闷，到哪里才能找到一点儿亮光呢？黑暗无处不在，如果这是亘古不变的漫漫长夜，还是容易理解的。如果不是这样，读者就只能联想到其他领域里面的黑暗控制范围及其强悍的邪恶力量。面对眼前这种异常的困境，诗人采取的方法之一就是"伸出手"来，正如电视剧集《水浒传》的主题曲里唱的那样，"该出手时就出手"。而之前读者已经知道这位诗人是"一个穿针引线的高手"。这样的"高手"一旦"出手"，肯定会从黑暗那里为他自己也为读者们多少挽回一点儿颓败的局面。

"出手"内容也是由比喻句呈现的。这个比喻和之前不同，并不是为了确认事物的性质，而是为了展示一种行为方式：诗人从体内捧出事物。

"捧出"指的是用两只手共同托着，说明贡献的事物光靠单只手拿不住（因为事物的大或者多），此外还表明"捧出"这一行为的严肃性，用两只手而且是"捧出"，带有一种尊重的和小心翼翼的意味。"体内"指的是捧出的事物的来源，不是体外而是肉体内部。这种从肉体内部捧出事物的行为在日常生活中具有超现实性，正如"掏心掏肺"仅仅只是一个比喻式短语，如果谁真的把心肺器官血淋淋地从肉体内部掏出来，肯定会引起不适的生理刺激。因为这是在比喻中，所以读者就能理解这个行为画面的真实性究竟指向哪里。相比于从身体之外捧出事物，从"体内"捧出则呈现出一种珍稀性，而且"捧出"的慎重也显示出一种珍贵的意味。身外之物可以被暴取豪夺，而主动舍得身内之物则多少需要一些道德力量。

　　读者现在虽然并不知道诗人捧出的事物是什么，但是可以跟随诗句一点点地探寻。在读诗的时候，有时并不需要打提前量，老实地跟着诗句走就行了：它显示出什么图景，我们就看见什么图景；它说有这么一样东西，我们的眼前就应该出现一样打着马赛克的物件。迷雾正在一层一层揭开，写诗和读诗的乐趣有时就在这种期待之中。西蒙娜·薇依的《在期待之中》是讲述信仰问题的，在信仰问题上尚需期待，何况我们的审美期待呢？审美期待往往应该放在你现在正在面对的这一行诗中，而不是在下一行诗里。

　　第三行揭示捧出的事物是一种"已经成熟的事物"。这不仅证明它在诗人身体之中早已孕育并且茁壮成长，也证明它是诗人从众多事物（萌芽中的与生长中的事物也混杂其间）之中拣选出的。这与诗人的深思熟虑密切关联。读者此时虽然仍旧不知道这一事物的准确名称，但是至少知道了它自身的成熟性以及它的实际效果：在它出现的时候，"一下子房内一片光明"。从最终结果来看，诗人奉献的成熟事物必与光明有关，必与发光体有关。这就和第一节的与黑暗对抗完全对应上了。"房内"变得明亮，可以证明这种成熟事物针对的是房内黑暗，其于房外黑暗的关系如何则无从知道。

　　第四节第四行，也就是全诗的最后一行，更像是诗人的一个宣言："我终要给世界贡献出一样东西。"自信而且明确。有的诗人终其一生都对世界毫无贡献，这其实无需批评，不仅仅是因为涉及价值评估体系问题。有的诗人倾其所有也只是贡献出微不足道的"一样东西"，这其实是了不起的成就。而这就是臧棣的终极目标（经过西渡描绘和阐释）。这个目标看起来比之前"无缝的天衣"（写作技艺）更加高远，因为把终极目标"一样东西"完整而适当地做出来其实非常艰难，诗人不仅需要锻造"穿针引线"的卓越技艺（修炼），还需要同时与黑暗支应（生存）或者对抗（存在）。这就需要诗人具有一种光明的力量。它来自他处也来自自身。某些诗人仅仅依靠自身的创造性就能获得部分光明并以之驱散黑暗，而臧棣作为光明之子，他的人和他的诗正是驱散黑暗的光亮成分。这一线光亮从他自己身体之内诞生，至少能够照亮自己的房子（房子之外的黑暗又怎么办呢）。同时必须清楚光亮是从与黑暗的对抗中产生的。是不是需要考虑获取一种源远流长的光明，照亮永夜也照亮这个世界？

在这首十六行的诗中，西渡不仅准确地描述出臧棣作为人光明磊落的主要特征，而且也生动地表现出他作为诗人技艺精湛的主要特征，同时应用连环比喻并且将比喻展开，再辅以紧密的逻辑衔接与推进，把相关的人与事以及与黑暗对抗的选择都讲清楚了。

天使之箭

假如有人正好在你面前落水，
你伸手还是袖手？可能的选择
与水性无关。或者你也落水
你帮助别人，将使你更快下沉；

你拒绝帮助别人，就有天使
从空中向你射箭。你要怎样行动？
或者再换一种情形，你救自己
就拖别人的后腿，否则灭顶；

救自己还是救你的邻人？
每天面临的选择考验着
脆弱的自我；所谓人的出生
也许就是被爱我们的所遗弃。

随时可死，却并非随时可生，
就是这原因让哈姆莱特的选择
变得艰难。这暂时的血肉之躯
我们加倍爱它的易于陨灭。

人生总由错误的选择构成，
而不选择是更大的错误。
学习生活，却难以重新
开始生活；告别永不再见。

上帝并非善心的父母，置我们

于生死的刀刃，观察我们受苦。
人间的情形从来不曾改善，
天神何尝听到你我的呼告？

魔鬼却一再诱惑我们的本性。
活着，就是挑战生存的意志；
这世界上，只有爱是一种发明，
教会我们选择，创造人的生活。

2010 年 5 月 23 日

弱的普遍性

——读西渡诗作《天使之箭》

◎ 张伟栋

在一次课程之后，我被问到这样一个问题，如何读一首诗？那时我初来乍到，刚登上讲台不久，平生第一次感受到夏天的忧郁与永恒，空气中的热浪无数次将我融化并使心神恍惚于明灭之际，辗转于荒谬与真实之陡峭。我随口回答说，按照你自己的心意来读。很多年之后，我并不记得是谁这样问，以及他为什么会有这样的焦灼与困惑，不管怎样，现在回想起来，我的回答实在是毫无意义。有人说，把诗当作诗来读，或者像某某某一样读诗，现成的答案比比皆是，其实同样没有意义。如何读一首诗？难道不是一个异常艰难的问题吗，我后来意识到，一个人除非清楚并思考诗在这个时代的困境，否则无论怎样作答都难免沦为空谈。

对西渡诗作《天使之箭》的阅读，再次唤起我对这个问题的执念，因为这首诗所传达的不合时宜以及变幻莫测的意蕴，恰恰是对时代困境思考的结果，并应和了当代诗的历史诉求，令人试图探究隐身于其中的无形。无形乃是晦暗与幽深，如海德格尔所言，是人借以度量自身的尺度，即诗的奥义。《天使之箭》通过此种晦暗与无形，传达着一种弱的普遍性，使我激动的正是这样一种弱的普遍性，它带着启示的信息，呼应着困境自身所无力承担的探求，这种探求以诗的音节跌宕起伏凸显。

诗人杨牧谈到古典文学与我们的关联时说："若是古典文学只能提供短暂的喜悦，或惊骇和悸动，不能产生更高层次的启示，不能教我们发现艺术的理性和良知，不能教我们体会一种永恒的教训，并且以那教训掌握现代诗创作的思维和言语，那么，古典文学当然就如偏执的和无知的人所控诉的，是已经死了或终将快快地死了。"[1]当代诗与我们的关联同样如此。有人说，读诗、写诗是自我发现、自我更新的一种方式，我完全同

---

[1] 杨牧：《一首诗的完成》，洪范书店，2015，第77页。

意，但从这一角度来说，诗并不独占这一美德，任何拓展性的经验都可以促进自我的变更。诚如杨牧所言，诗的真正意义在于通过教会我们艺术的理性与良知，而开启永恒和启示的言语，这就是弱的普遍性。

> 假如有人正好在你面前落水，
> 你伸手还是袖手？可能的选择
> 与水性无关。或者你也落水
> 你帮助别人，将使你更快下沉；
>
> 你拒绝帮助别人，就有天使
> 从空中向你射箭。你要怎样行动？
> 或者再换一种情形，你救自己
> 就拖别人的后腿，否则灭顶。

如何读一首诗？如《天使之箭》所示，整首诗明亮、陡峭、崇高、决断，周转于明与灭、善与恶、虚无与实有之际，层层展开爱的火焰，变换着人的种种境遇，而指向了生活的根基。但是，诗中令人惊喜的"天使之箭"难道不是诗人的情感淤积而自我致幻的结果？或者，这首诗中无处不在的道德意识，不是已经在暗示我们，"天使之箭"乃是良知的代名词？帮助他人，以自己的全部之力，甚至承受着没顶之灾，这难道不是和康德的道德律令一样绝对，纯形式一样的要求？反复阅读这首诗应该会知道，"天使之箭""别人"与"爱"构成了一组奇妙的联合，搭建起支撑整首诗的拱顶，"别人"如列维纳斯的"他者"一样，作为赤裸的面孔开启着人性的无限，在"落水"的虚弱中向我呈现，"爱"则同样带有列维纳斯的意味，并非自爱，而是转向他人的爱："爱，就是为他人而怕，就是对他人的虚弱施以援手。"[1]所以，诗人说："这世界上，只有爱是一种发明，／教会我们选择，创造人的生活。"

---

[1] ［法］列维纳斯：《总体与无限》，朱刚译，北京大学出版社，2016，第246页。

　　那么，"天使之箭"呢？这是超验的意象与激进的想象，此乃一切的重点。西渡的很多诗中其实遍布这种超验的意象，这也正是令我欣喜的地方，如"迷津中的海棠"，涉险而来，"高举落日之杯"（《迷津中的海棠》）；"众树的合唱——那摇撼众生的歌声"（《花粉之伤》）；"星空像天使的脸／燃烧，广场顿时沸腾起来"（《消息——为林木而作》）；"新来的神被钉上十字架，流遍天空的血，神的遗言"（《秋歌》）；"在我们身上，正有一对新人／神秘地脱胎，向着亘古的新"（《喀纳斯——致蒋浩》）；等等，启人深思。德布雷说："如无超验，则没有真正的表达。好比没有落差，则不能产生能量。"①在这个意义上，"天使之箭"所具有的超验与崇高色彩与日常生活的庸常、封闭、阵痛形成了落差，所带来的势能动摇着经验的边界。我们所熟知的关于日常生活主题的诗歌，大半是反讽的、焦虑的、虚无的、怀疑的、经验的、反崇高的、反超验的，对应着时代的历史状况，彼得·布鲁克的经验更准确地告诉了我们这一事实："在这个时代，怀疑的、焦虑的、矛盾的、惊恐的戏剧似乎比指向崇高的戏剧更真实。"②也正是因为如此，"天使之箭"以微弱的拯救色彩代表一种相反的向度。

> 救自己还是救你的邻人？
> 每天面临着的选择考验着
> 脆弱的自我：所谓人的出生
> 也许就是被爱我们的所遗弃。
>
> 随时可死，却并非随时可生，
> 就是这原因让哈姆莱特的选择
> 变得艰难。这暂时的血肉之躯
> 我们加倍爱它的易于陨灭。

---

① ［法］雷吉斯·德布雷：《图像的生与死》，黄迅余、黄建华译，华东师范大学出版社，2014，第42页。

② ［英］彼得·布鲁克：《空的空间》，王翀译，中国友谊出版公司，2019，第49页。

与"天使之箭""别人"与"爱"这一组意象相对的是,"上帝""脆弱的自我"与"救"这三位一体的意象,"上帝"乃是被宣告死亡的那个上帝,无视时间里的苦难,这个"上帝"是现代性的永恒问题,任何一首现代诗都无法避免对这一问题的回应。在这首诗中,"上帝"明显带有"神义论"的色彩,而被置于理性的审查之下。"脆弱的自我"同样是一个永恒的现代性问题,与"上帝"问题互为表里,正如帕斯卡尔的表述"自我是可恨的",其所坚持的内在与超越都变得荒诞与无常,唯有在"新的光线"之中实现灵魂的转向。在这首诗中,"脆弱的自我"则更加孤立地被置于生死的边缘,短暂而易于陨灭,因此,"救自己还是救你的邻人?"这句诗中包含的汹涌音调震撼人心,催促我们转向自身探求最真实的声音,以此获得行动的依据。

> 上帝并非善心的父母,置我们
> 于生死的刀刃,观察我们受苦。
> 人间的情形从来不曾改善,
> 天神何尝曾听到你我的呼告?
>
> 魔鬼却一再诱惑我们的本性。
> 活着,就是挑战生存的意志;
> 这世界上,只有爱是一种发明
> 教会我们选择,创造人的生活。

而这一切都建立在超验的隐喻之上,启示性的真理秘密地运转着,一旦强行翻译成理性的语言,遵循章法分门别类,试图在现实中寻找客观对应物,它就失效了。理性的语言毫无疑问正是强的普遍性,驱逐幻觉与内在的私密性,痛斥无法言说的沉默。这意味着必须超越语言的事实层面而直接进入隐喻的启示,必须警醒强的普遍性。在我们的时代,随处可见的是强的普遍性,比如资本与技术的强普遍性,构建了日常生活的总体性架构;图像与影音的强普遍性,定义了现实的呈现方式;权力与政治的强普遍性，塑造着历史的格局与走向。诸如此类，不一而足。一个人无法直接反抗这种强的逻辑，或者反抗则意味着与时代的脱钩，而诗歌在强的逻辑之外，以隐喻的计算法则守护着弱的普遍性。弱的普遍性，如诗中所写："上帝并非善心的父母，置我们／于生死的刀刃，观察我们受苦。／人间的情形从来不曾改善，／天神何尝曾听到你我的呼告？"这是在宗教的强逻辑之外，来重新定义我们的处境。"生死的刀刃"，乃全然的无救赎而只有个体的幸存，万物自行其是，自我解救；"呼告"乃全然的孤零零而无所依傍，个体唯一的依靠是与未来角力。通过"爱"而创造"人的生活"，这是生存之弱，以最渺茫的希望，以微弱之力去穿越生存的闸门。弱乃是无力甚至无用的形象，格洛伊斯因而如此来定义这种弱普遍主义："通过这种减法，前卫艺术家们开始创造出一种对他们来说似乎异常贫穷、软弱、空无的形象，这种形象或许能够在每一种可能的历史性大灾难中幸存下来。"[①]

我的讨论借用了格洛伊斯的定义而试图展开一首诗的普遍与绝对，《天使之箭》通过上述两组意象的衍生、演化，蔓延着切入现实与历史的契机，冲破时间的既定规则而重新定义时间，两组意象之间的联合与拆解，不断地构造新的契机与向度，同时也试图解散僵死与固化的关系，并依靠声音、语调、节奏、韵律的变化与转换，决定词语与事物的先后顺序、位置、方向与轻重缓急，进而奠定了这首诗的"理念"与普遍，这也正是一首诗的奥秘。

最后还是让我们回到"天使之箭"这个意象，"你拒绝帮助别人，就有天使／从空中向你射箭。"这是个崭新的意象，在已知与晦暗之间贡献着未来的信息。需要强调的是，在格洛伊斯那里，"减法"所针对的是之前的艺术成规和法则，这也是一种强的普遍性，从强的普遍性中脱身、溢出，就是减法的要义，与德勒兹的"解域"同出一辙。"贫穷、软弱、空无的形象"在另一个意义上意味着崭新的形象，曾经与当下在一闪现中聚合

---

① ［德］鲍里斯·格洛伊斯：《走向公众》，苏伟、李同良等译，金城出版社，
　　2012，第 139 页。

而成的历史意象，播散着拯救的韵律，比如本雅明的"星丛意象"。我们所熟知的《历史哲学论纲》中的"天使"，启用的正是这样一种形象，在废墟与未来之间，酝酿着某种转机的出现。里尔克的《杜伊诺哀歌》中则遍布着这种天使的形象，他写道："愿有朝一日我在严酷审察的终结处 ／ 欢呼着颂扬着首肯的天使们。"里尔克自己对此的解释是："哀歌中的天使是那种受造物，在他的身上，我们所尝试的从可见之物到不可见之物的转化似乎已经完成。"①是的，无论是本雅明还是里尔克的天使，都已经脱离基督教的传统形象，以崭新的面目脱颖而出，但并不是最终的完成者，而是转化者，是可见与不可见之间的桥梁。"天使之箭"是决断的，有它自己的衍生谱系，当代汉语诗里有着一条关于"拯救"主题连续发展的线索，但至今并未得到很好的了解，海子和骆一禾均是这条线索上的重要节点，简单来说就是，"天使之箭"是海子和骆一禾之后的一个发展，很多时候，我也正是这样来理解西渡的诗，并企图细致察看其"转化者"的意象。

海德格尔 1918 年在给伊丽莎白·布洛赫曼的信中写道："生活到底如何塑造，必然到来的生活、我们唯一的救助到底是什么，一切都不清楚。不过，有一点是确定而且不可动摇的，这就是对真正的精神的人生的追求，此时此刻不能怯懦，而是要亲手把握住决断的领导不放……只有那些内在贫乏的唯美主义者，以及一直以有才智的身份玩弄精神的人（他就像对待金钱和享乐一样对待精神），才会在这个时候彻底崩溃，惶恐绝望。根本不要指望从他们那里得到任何帮助和有价值的指示。"②关于这个问题，诗给出的答案是：坚守弱的普遍性并与历史的意象对质。《天使之箭》是我多次回读的一个文本，因为其本身就是这个答案的来源。

---

① ［奥］里尔克：《穆佐书简》，林克、袁洪敏译，华夏出版社，2012，第 216 页。
② ［德］吕迪格尔·萨弗兰斯基：《来自德国的大师——海德格尔和他的时代》，靳希平译，商务印书馆，2007，第 116—117 页。

陈先发

1967年10月生于安徽桐城。1985年考入复旦大学，大学毕业后长期在新华社工作。现任新华社安徽分社总编辑、安徽省文联主席。安徽大学兼职教授。著有诗集《春天的死亡之书》（安徽文艺出版社，1994年）、《前世》（复旦大学出版社，2005）、《写碑之心》（长江文艺出版社，2011；安徽教育出版社，2017）、《养鹤问题》（台湾秀威科技资讯股份有限公司，2015；香港中文大学出版社，英文版，2017）、《裂隙与巨眼》（作家出版社，2016）、《九章》（安徽教育出版社，2017；中英双语版，安徽教育出版社，2018）、《陈先发诗选》（太白文艺出版社，2019）、《巨石为冠》（太白文艺出版社，2017）；随笔集《黑池坝笔记》（2014年）、《黑池坝笔记二集》（安徽教育出版社，2021）、《白头知匮集》（北岳文艺出版社，2021）；长篇小说《拉魂腔》（花城出版社，2006）等。曾获十月诗歌奖（2005）、十月文学奖（2007）、"1986—2006年中国十大新锐诗人"（2007）、"2008年中国年度诗人"（2009）、"1998—2008年中国十大影响力诗人"（2009）、"首届中国海南诗歌双年奖"（2011）、《作品》中国长诗奖（2013）、袁可嘉诗歌奖（2013）、复旦诗歌特殊贡献奖（2014）、中国桂冠诗集奖（2015）、后天学术奖（2017）、中国桃花潭国际诗歌艺术节"中国杰出诗人奖"（2015）、天问诗人奖（2015）、中华书局"百年新诗贡献奖"（2015）、华语文学传媒大奖年度诗人奖（2017）、鲁迅文学奖（2018）、"名人堂"奖（2019）等。

养鹤问题

在山中，我见过柱状的鹤。
液态的、或气体的鹤。
在肃穆的杜鹃花根部蜷成一团春泥的鹤。
都缓缓地敛起翅膀。
我见过这唯一为虚构而生的飞禽
因她的白色饱含了拒绝，而在
这末世，长出了更合理的形体

养鹤是垂死者才能玩下去的游戏。
同为少数人的宗教，写诗
却是另一码事：
这结句里的"鹤"完全可以被代替。
永不要问，代它到这世上一哭的是些什么事物。
当它哭着东，也哭着西。
哭着密室政治，也哭着街头政治。
就像今夜，在浴室排风机的轰鸣里
我久久地坐着
仿佛永不会离开这里一步。
我是个不曾养鹤也不曾杀鹤的俗人。
我知道时代赋予我的痛苦已结束了。
我披着纯白的浴衣，
从一个批判者正大踏步地赶至旁观者的位置上。

2012 年 4 月

陈先发与《养鹤问题》

◎ 杜绿绿

　　诗人陈先发是个孤独的人。大约十多年前，一帮诗人酒局后，叫嚣着来到在建的合肥天鹅湖畔闲逛。诗人们是这样的，他们经常没有目的地聚到一起。聚会并不有趣。他们深知此点，也厌倦群体，但依然这么做了。聚会不是为了驱逐孤独，没有人能在人群中获得力量。力量只能在独处时缓慢到来。诗人们的聚会可能是在漫长的平庸时光中，主动给予自身的一点微不足道的抚慰和提醒，抚慰生硬、粗糙，提醒是在觥筹交错中忽然闪现出的一根针。诗人们需要被突如其来的不确定刺痛，以激发更深的痛与孤独。一度不爱交际的陈先发，在 2004 年后恢复了和诗人们的交往。那个晚上，诗人们在湖边前言不搭后语地闲聊，所有人说的都不是一件事。谁在意别人说了什么呢？可以说，每个人在意的仅是声音的聚集。我们在这儿，我们很好。我注意到陈先发独自坐在树下，后来他消失不见了。

　　2015 年左右，陈先发致力于书写《九章》。《杂咏九章》中有一首《渐老如匕》，开头即写"旧电线孤而直"，一句诗里用了三个形容词。成熟的诗人都忌讳形容词的滥用，一向精于炼句的陈先发为什么竟然如此疏忽？抑或是一种有意的别出心裁？其实，陈先发很早前就决绝地放弃了形容。回到这句，他明知忌讳却依然再三形容，可知确是有意为之。此处的"过度"形容除了有强调的作用外，也是为了引出接下来的画面，并提示其意义。后面是"它统领下面的化工厂，烟囱林立／铁塔在傍晚显出疲倦"。烟囱、铁塔都是不会弯曲的物体，笔直的象征，它们身处群体之中，缺乏"孤"的意义，接受第二层级（几何学意义的化工厂）的统领，第一层级则是具有管理意义的化工厂。笼统的名词"化工厂"，是聚集其他名词的更高阶级，带来众多隐形的进一步联想。这中间流露出诗人对人格品质的区分和追求重点，相对于"孤"，"直"可能是更需要期待的。"孤"是永恒的，对于诗人来说是不可改变的宿命。在众人齐孤的现世，如何在不可改变的事实——逐渐磨损、由新变旧的过程中，保持住"直"的状态或许更需要思虑。2015 年对陈先发是一个重要的年份。我不知道那几年他经历过什么事。虽然我们是彼此有信任感的朋友，却很少谈私事。这不光是性别、年龄的差异所致。诗人看似口不择言，对内心隐秘与社会生活中的具体细节其实都有不自觉的保护。诗人们更愿意把彼此之间的交往限制在诗本身，不打听诗人的日常生活是必要的道德。因此，我对陈先发的了解也片面地受限于文本。先说明一点，我虽不认为任何文本中描述的生活细节来源于写作者的自我经验，但我相信这些运用于诗行中的具体物质下暗涌的内心真相属于写作者本人。从《渐老如乚》看出，陈先发的内心较之以往开始变化，从对于"孤"的困惑、挣扎中，找到了他长期关注的问题——诗人在时代中如何自处和如何维护诗人应有的尊严——现阶段的解决途径，并对自己提出了严苛要求。

《养鹤问题》写于 2012 年 4 月，距离写《渐老如乚》还有三年。我主要想谈谈这首诗。

> 在山中，我见过柱状的鹤。
> 液态的、或气体的鹤。

第一行以模糊的地点起句。汉语诗对山的处理滥觞于《诗经》，到六朝诗人那里已经得心应手，当代汉语诗中以山为题材的也时有佳作。大多数当代诗人会选择含蓄地提到某山，具体道出地理和山名的相对较少。是诗人们喜欢埋下问题让人猜测吗？当然不是。在诗歌写作趋于偏离大众阅读的今日，诗人们尽管不愿意降低语言技术的难度以服从阅读难度的降低，却也不会故意设置阅读门槛。中国地域广阔，模糊地点是为了不将一首诗约束在可见的地理范围与相应的风土、社会、历史环境中。一座山在云贵、东海、西北、中原出现，显而易见会有先入为主的不同意义。而一首诗，诗人希望它在中性客观的价值观基础上，尽量有多层次的歧义与延伸。除非是为了特定的叙述目的，才会将这座山放在某个固定的地理位置。此处，陈先发显然是想将山安置在任何一处理想环境中，只要这个地方有他期冀的语言和精神对应。

他在不同的诗中使用过山、峰等意象。2009 年的《孤峰》直接以峰命题。"孤峰独自旋转，在我们每日鞭打的／陀螺之上。"峰在诗中被直接物化、缩小，不再稳定与雄伟，可轻易移动与旋转，快速地旋转，承受外力推动，感受晕厥与残酷。与之比较的是"有一张桌子始终不动／铺着它目睹又一直被拒之于外的一切"，峰的传统含义被颠覆，不再为他人制造陡峭，而变形成自身接受陡峭，甚至不如房子里普通的木桌有能力平衡。将大的东西置于掌上，说出思想中危险的一面，是诗人独有的权力。2016年，陈先发写《敬亭假托兼怀谢朓九章》，其中一首《崖边口占》，也有山峰的不显形意象："悬崖何时来到我的体内又／何时离去？"悬崖自然附属于山峰。读者看到这句，心中不免一凛，悬崖从高山剥离，降落到诗人体内，营造出诗人内心的险峻。这样的处理没有降低山的高度，反而使山愈加高耸。缺乏经验的写作者写伟大时，常会落入为伟大不断添砖的怪圈中，以为将事情说得越高越大越能显出其重要。堆砌使任何可信任的事增加了可疑性，不可攀登之物只有落到人的平面，与内心真实结合，才是不可超越的。

　　与这两首诗有意对山峰表面形态进行技术处理不同，《养鹤问题》对山的处理是尊重与服从山的文化历史的。山即是山，有着丰富植被与物种的连绵不绝的凸起。它广阔、浩大，容纳各种惊奇。

　　因此，在山中，"我见过柱状的鹤。／液态的、或气体的鹤"。中国是世界上拥有鹤的种类最多的国家，大部分鹤生活在北方，每年秋天飞到长江流域避冬，春天再飞回去。鹤依水而生，栖居在沼泽、芦苇塘等湿地处，可这回，它们在诗中出现在大山腹地。不可能的可能性唯一能使人信服的方法，便是合理变形。我们可以看出诗人并不是写那喜好单腿站立的长脖子鸟本身，而是鹤背后代表的一种品格与鹤鸣之士。读到这句便能断定，陈先发的鹤只能是白色，不是别的灰色、黑色、绿色或紫色。诗人根据不同的需求，能为鹤涂抹万种颜色。不要质疑诗人的决定，他们最为擅长的一项工作是为规划的世界增加新生事物。有时我相信，我们不曾见过的事物并非诗人的虚构，它们也许早就存在，反之，谁能笃定我们每天看到的世界是真实？从科学上说，人类眼睛看到的一切到大脑有三秒的延滞，再由大脑告诉人，哦，这个东西是这个样子。

三秒钟足够欺骗自我了。

　　陈先发的鹤有自我塑造的能力，是精神反思流露在外的表现，诗人用语言赋予了它让外人感受到的形。它是柱状的———一种坚实，液态的——流动而形随心动，气体的——最接近于白鹤象征意义的形态。白鹤能否长存于世呢？诗人在 2017 年写作的《叶落满坡九章》中用一首《远天无鹤》叹息过鹤的不在场，全诗基本不提鹤，却依稀听见鹤的哀鸣，哀而有归来的信心。而"白鹤来时／我正年幼激越如蓬松之羽／那时我趴在一个人的肩头／向外张望"（《渐老如匕》）。诗人对白鹤的热爱处处可见，其不同阶段的处境都通过白鹤得以确立。白鹤成为诗人对精神活动的持续探索，以及在活跃的精神中不能放弃的一种道德期许的象征。在 2004 年的《丹青见》中，诗人这样写道："她从锁眼中窥见的桦树／高于从旋转着的玻璃中，窥见的桦树。／死人眼中的桦树，高于生者眼中的桦树。／制成棺木的桦树，高于制成提琴的桦树。"我觉得他心中的约束太多，太累了。我们再继续看《养鹤问题》，诗人接下来的诗句肯定了我们对"山中"的猜想。

　　　　在肃穆的杜鹃花根部蜷成一团春泥的鹤。
　　　　都缓缓地敛起翅膀。

虽然诗人有权利不告诉读者他写的是哪座山，但也无碍读者于心中去假设一座山。当然我不是说，读者的假定一定符合诗人的描述，而是说读者有兴趣的话不妨猜猜诗人写诗时会借哪个地点展开想象。我们不能将文学创作中的细节与现实生活武断对应，生活到达文学如果不经过反思变化，那一定是仓促与不负责任的。有经验的读者和写作者早已在这一点达成默契。所以，我的猜想纯粹出于好奇。当我看到第一句时，我就想：陈先发写这首诗时脑海中浮现的可能是大别山。

　　陈先发在新华社工作三十多年，常去大别山调研，大别山对他意义非凡，胜过安徽其他声名远播的名山。有时我想，风景在陈先发心中不值一提，他看到某处想的不会是美，而是脱离美后的枯燥与一点残忍。这是工作对他的塑造，也是农民家庭的养育给他种下的根。这些让他心事满满。第三句写到杜鹃花。杜鹃花不是大别山独有，但大别山中有万亩野生杜鹃，4月花开时颇为壮观，从湖北麻城断续绵延到安徽金寨。可是如此绚丽灿烂之色，在诗人眼中只留有"肃穆"，他消解了颜色，因为白鹤在花的低处，"蜷成一团春泥"。不该在此的高洁珍贵地出现，并且如此谦逊，担心惊扰他人而"缓缓地"，不愿被注目，于是"敛起翅膀"。

　　至此，诗结束了对景象的想象性描述。

>　　我见过这唯一为虚构而生的飞禽
>
>　　因她的白色饱含了拒绝，而在
>
>　　这末世，长出了更合理的形体

如果说写作一首诗是搭建一栋以理性结构而又充满想象的高楼，那么在建造过程中，存在不断推进的不可思议之事，并不蹊跷。然而，为了使高楼永固且真实，写作者必须夯实想象中的缝隙。想象浩瀚无穷，诗人的权力在不同时刻反复验证过，但在每一首诗里得到承认仍不多余。诗人的工作就是让想象有来历，有去处，使之理所当然。严格来说，诗从来不会是单纯激情与幻想的产物，虽然不少人对诗持有这样的偏见，这种偏见中同时内涵对激情、幻想的单一理解。激情亦有出处，不会凭空而起，更多时候是由若干个沉淀在心灵中的事件综合回流到感觉细胞中的结果。在优秀的诗人那里，理性的思辨与认同最终滋养了感性的发达。激情本身就代表着理性的延续与变异。再说幻想，幻想不能等同想象。幻想漂浮、不可捉摸，是飞来之思，尚不成形的思。从幻想到想象，说有八十一难磨砺也不夸张。幻想的重点是幻，想象的重点是想，前者轻浮，后者冷峻。是的，我是说想象慎重、严肃，甚至可以说想象的过程不自觉排斥了感性的干扰。这不是件为所欲为的神经活动，它由经验、知识、价值观等诸多复杂的元素构成。想象常与现实有形态的不符，但这种不符正是思的结果。大胆并且有勇气表现出大胆，是诗人的诚意。

　　那么在诗人叙述出想象成果后，如何将个人的思带给读者便是对写作技术与个人趣味的考验，而诗人间的大多数分歧也由此而起。有的诗人写作，不会考虑解释，倒不是说他们傲慢，不屑将想象的成因开诚布公地谈出。我们都知道诗人或多或少有些性格上的弱点，比如我自己，现阶段很少会在诗中诠释，我只愿用一个想象推动下一个想象，将想象中的世界嫁接到现实中。我不承认现实的合法性，否认现实即"现实"。这绝不是任性。我以为我想象的世界相比我身处的世界更真实，这个世界化解了我的软弱，让我更诚实。或许我现在是被想象蒙蔽了，谁知道呢，这无关紧要。我们需要在某一时刻醒悟，想起自己曾经犯过的错，接纳错误带来的新经验。经验生生不息，才有想象的无尽。

陈先发果断又思虑颇多，十分严谨，对自己塑造的物有不可割舍的责任感。他不放弃诗人造物的权力，但他也要给这份权力充分的理由。《养鹤问题》第一节的后三行，给前四行的奇异之景做了阐释。需要说明的是，阐释仅是这三行的第一层作用：因"虚构而生"，又"饱含了拒绝"，只能"长出更合理的形体"。需要追问的是，"合理"的是怎样的？我以为，"合理"可以是诗人想使它成为的任何一种形体。"拒绝""合理"，具有不容置疑的个体主观性，你可以不相信这首诗的叙述，因为你对诗人个体思考有怀疑，但你不能否认诗人叙述的是他的真实。怀疑是读者的宝贵品质，我们阅读任何一首或一本书都需要去怀疑，文学有个不可替代的功能就是激发更多的怀疑。当你怀疑，你也展开了和写作者同步的思考，基于每个人不同的经验与知识背景，得出与写作者相悖的结论也是必然的。这种必然不是对写作者的否定，我想，恰恰是更高的肯定。另外，它也是读者通过诗获取自由的方式。

接下来，我们来看这三行的第二层作用。它们体现了诗人的一意孤行与道德上的诉求。诗人提出了"唯一"的概念，他没有站到远处，用旁观者身份对前四行进行说明。旁观是个很保险和偷懒的手法，跳出去谈论，会更易占据高度，以第三人角度与读者共情。他冒险在内部往前一步，执意送上个体认知，彰显决心。只有白鹤，再无他物。这不是放纵和自我膨胀，是诗人到此发现只有完整呈现出内心的"我"，才能让白鹤的重要性不被忽视。在诗人心中，除了白鹤，再没有什么事物能为"末世"带来希望了。希望之物，除了具备气节、"拒绝"，还应有与之匹配的能力，"末世"使种种与世俗社会生存原则相悖的能力淡化。而这些不合时宜的能力，恰是当下急需重振的。

> 养鹤是垂死者才能玩下去的游戏。
> 同为少数人的宗教，写诗
> 却是另一码事：
> 这结句里的"鹤"完全可以被代替。

鹤在山中，为何需要"养"？鹤的意义已经非常明确，山又进化出另一含义。进入第二节，它不再是地理意义上的山，而是诗人心中丘壑，是无边的收容之地。不同的人培养出不同形态的鹤，最适合养鹤的是"垂死者"，对应了上一节尾句的"末世"。而养鹤这样艰难的过程，在这行诗里成为"游戏"。我们想起游戏，想当然的地将其与轻松玩乐等同，却不知升级打怪是一桩艰苦卓绝的工程。杰出玩家除了聪明绝顶，还必须有耐心、谋略、运气，以及孤注一掷的勇气。现实生活中，享受惯了的普通人怎能有这些天赋和品质。不到无路可走，谁能贡献出全部去"养鹤"，只为那"白色"呈现出更多的形态？诗人客观地写出这一句，他没有表露态度，但读者此刻不免从内心浮出一阵哀痛。不是那种直接被尖刀刺入的痛，是被钝物徐徐挤压身体的痛，无从躲避。

在下一句中，诗人愈加严厉，从养鹤问题转移到写诗。养鹤对垂死者是至高无上的心灵修行，写是诗人得以证明身份的唯一行为。这里也可看作是诗人对诗的维护。趣味化和泛滥抒情的诗更为大众读者喜欢，人们以为只要给歌词增加些风雅之物便是诗。在这种扭曲的阅读环境中，严肃的诗人每写一首诗都是在为诗正名。诗，是宗教，是种种神秘与文化的高尚体现，是不容轻易谈笑的。不付出情感和学习，无从体会这点。诗本身毅然拒绝了大多数人，这桩孤独的事业需付出一生的孤独与才能，只能属于有限的少数人。《养鹤问题》全诗，没有写一个"孤"字，但词语与词语间全被孤独填满。诗人情愿孤独，因他的世界被这份孤独推动，并由此得以日益丰沛、强大。

诗人深知，同是在精神中深耕，养鹤与写诗完全不同。这里不得不再次提到诗人的权力。鹤是被造的物，而诗人是造物者。诗人通过语言造物。语言具有弹性的特质，不妨用等待被锤炼的泥土来打个比方。如要让泥不因外物干扰而崩塌，只能依赖思想之泉适度混合、捶打。语言若想极尽张力，力度与技巧缺一不可。杰出的诗人从不会以思想取代语言，也不会让诗耽于语言。语言与思想没有谁高于谁，只有当两者相融，一切恰到好处，一首杰作才能成功诞生。思想先行，观念过度渗入，诗就难以成为诗。我们记住一首诗的思想，不是因为它直接宣布了思的结论，而是在语言那尚未道明却又无限的暗示中，透露出了一条通往诗人之思的途径。读者经过有准备的阅读，踏上这条路，领会属于自己的思想。必须是自己的，而不是诗人的。诗人没有教育读者的权力。诗人应该认清身份，每首诗只为读者提供自我教育的可能性。

陈先发 2012 年有一首诗，名为《菠菜帖》："是谁说过'事物之外、别无思想'？／一首诗的荒谬正在于／它变幻不定的容器／藏不住这一捆不能言说的菠菜。／它的青色几乎是／一种抵制——"不同风格的语言锻造出大小不同、形状各异的容器，这个容器里装的"菠菜"即使沉默不语，也不可能不显示出"青色"。思想有其"抵制"的力量。但若"菠菜"跳出容器与其比肩，不光会失去稳定的承托，也将会失去美。

2016 年陈先发写《不可说九章》，《渺茫的本体》为其中一章，起句是："每一个缄默物体等着我去／剥离出它体内的呼救声／湖水说不／遂有涟漪。"诗人工作的责任，陈先发在这些不同时期的诗中一再建立与完成。物体即思想的载体，它们"不能言说"而"缄默"，诗人要主动去"剥离"物体繁复的表象，呈现其内在主旨。思想自然不是被动迎合诗人，它"等着我去"，但也"说不"，这是故意耍性子抗衡吗？不。"说不"的过程带起的"涟漪"，正是思想活跃的深入发展与精粹。无条件顺从与臣服，必定使思想湮灭。"这远非一个假设：当我／跑步至小湖边／湖水刚刚形成／当我攀至山顶，在磨得／皮开肉绽的鞋底／六和塔刚刚建成。"（《渺茫的本体》）何况思想何时乖顺过，从某种意义上，思想的成形、上升，远快于沉重的肉身。诗人穷尽一生，不过是用自己日渐衰败的皮囊，尽力追蹑精神意志迅速的攀登。当他处于社会环境的无奈困顿中，外与内的矛盾就不断激化，甚至决裂。

　　为什么诗人常感到痛苦难耐？那是因为作为一个备受约束的"人"的个体，很难与潜行之思达成同步。当"我"以为到达，而那"湖水""六和塔"刚刚形成，迟到与早到皆枉然。于是，只能"在塔顶闲坐了几分钟／直射的光线让人恍惚"（《渺茫的本体》）。写到这里，我真想关上电脑安静坐会儿，不夸张地说，此刻我心中生起无法抑制的哀伤，为陈先发，为自己，为每一位在诗歌写作中跋涉的同行。我们不停地写，最终能达成什么呢？

　　今天，合肥落了 2020 年冬的第一场雪，窗外的花坛上积雪不少。从高处望去，一片静默的白色，渺茫而永恒。永恒里包含了一次又一次失去，这是最令人心碎的地方。这种不可拒绝的到来、消失、再次到来、再次消失，是无力改变的现实。我们无惧于不存在、永逝，我们难以跨越的是不确定。诗人之路，便是在不确定的白雪中寻觅或许可能有的，来得正是时候的物。它必须不早不晚。物，是湖水、六和塔，是白鹤。

　　　　永不要问，代它到这世上一哭的是些什么事物。
　　　　当它哭着东，也哭着西。
　　　　哭着密室政治，也哭着街头政治。
　　　　就像今夜，在浴室排风机的轰鸣里
　　　　我久久地坐着
　　　　仿佛永不会离开这里一步。

现在，我们很容易理解诗人的意思了，"永不要问"。不需要问，每个人都会有不同的"事物"代替陈先发的白鹤。白鹤在你我他心中都有不同的"唯一"表象，是我们独有的。写诗、读诗，帮助所有人认清自己，理顺隐藏在各种标签之后不真实的"我"。这个过程有些难以接受，它十分不堪，毕竟大部分虚伪的"我"早已占据了"我"的主体。到这里，诗人笔锋一转，从单纯的精神思虑与期待降到日常现实。"东"与"西"，或指东方和西方。"密室政治"通行于中国古代，"街头政治"伴随着西方成长。我们通常所说的现实生活，包含着社会、历史、政治现实等等，当代诗人在这些层面努力甚多。并且，愈来愈多的写作者以这些裹挟着所有人的当下现实为毕生志业，我对这些写作者有不容置疑的尊重与敬意。虽然诗没有义务为任何事情服务，但诗可以去写任何事，选择题材的过程，考量着一个诗人的趣味与价值观。题材不分高下，我向来反对某一类诗高于另一类诗。时代变化如此迅速，不同时代关注的重点都在变化中流逝，而诗应该超越时间的限制。比如，爱情诗不低于政治诗，也不高于政治诗。题材是平等的，让诗形成高下的仍然是语言与思想落到白纸上呈现的综合面貌。

我这么说，有一个前提就是诗人虽有自由选择写什么与不写什么，但是诗人对现实要有一个基本判断，这个判断会被非常苛责地监督。监督者是良心与历史。诗人必须是拥有站在未来看待当下的能力的一种人。这种能力会让诗人反省与自我谴责，从而更深地理解我们所处的现实。诗不是工具，诗更无法给出答案，诗能做的是让事物在诗中不掩饰地哭泣，使真实的处境不被掩盖。

诗永远不能告诉世人该怎么做，它只会把痛苦于如何做的过程叙述出来，"就像今夜，在浴室排风机的轰鸣里／我久久地坐着／仿佛永不会离开这里一步"。如此，已经足够了。因为，"这恍惚不可说／这一眼望去的水浊舟孤不可说／这一身迟来的大汗不可说／这芭蕉叶上的／漫长空白不可说"（《渺茫的本体》）。连用四个"不可说"排比，却说出了更多，诗人对现实的不甘、反省与无力跃然纸上。在时代洪流中，诗人没有特权超越其他人，依附肉身存活的精神只能时时承受着持续深入的挖掘与考验。这种向内的逼问，又因个体不可避免的弱势而显得愈加渺茫。"我的出现／像宁静江面突然伸出一只手／摇几下就／永远地消失了／这只手不可说／这由即兴物象压缩而成的／诗的身体不可说／一切语言尽可废去，在／语言的无限弹性把我的／无数具身体从这一瞬间打捞出来的／生死两茫茫不可说"（《渺茫的本体》），诗人明白不能期望通过诗晃动什么，对于"宁静江面"来说，"一只手"的摇动基本带不动一丝风，想改变风向是天方夜谭。这不是主观的悲观，这是清醒认知的客观表现。诗人冷酷地告诉我们，"这只手"永远地消失后"不可说"。本诗用三个"不可说"收尾，我以为同是"不可说"，但与前半的"不可说"有情感上的本质区别，前面无奈、灰心居多，无所适从，而后面除了之前的情绪，又增多了激愤之情。诗人由茫然进入到决裂，他说"一切语言尽可废去"，"尽可"一词有明显的负气与决绝。他能怎么做？诗人通过语言让自身变成任何"事物"投入江中，再被"语言的无限弹性"从生与死的瞬间打捞出来，而这"生死两茫茫不可说"。

诗人一向最为看重语言，没有语言就没有诗，但在很多时候，诗人们也不得不承认语言有其自身的限制。它的能力不是无限的。语言对社会进步有不可替代的推动作用，这点已经明确。但我们不能让语言背上重负。克制对语言施压，是否更利于语言能力的发挥呢？诗人要意识到自己的工作之一是为语言服务，语言引导诗人领悟自己，从而更新语言。每一代诗人终将逝去，语言不会，它就这么冷静地看着诗人们的工作。大多数同代人很难有远见地评判同代人，尤其在各种不确定因素急速涌入的今天，只有少数真正进入未来的智者才可能对同代人的工作做出中肯的评价。

> 我是个不曾养鹤也不曾杀鹤的俗人。
> 我知道时代赋予我的痛苦已结束了。
> 我披着纯白的浴衣，
> 从一个批判者正大踏步地赶至旁观者的位置上。

一个形成了稳定的诗学观念的诗人，会将他写的诗构成巨大的网，诗与诗之间形成互文、验证的关系。介于这点，前面完整引用了《渺茫的本体》一诗。稳定的诗学观念并不是一成不变的，稳定接纳了种种变化，这些变化在大的框架下展开或剧烈或轻微的震荡，它们会有统一的去向。在诗人奉献全部精力进行探索的道路上，他写下的每一行诗都在言明与深入他的观念。

我们接着来看《养鹤问题》的最后四行。在这四行中，诗人对自己做出了严厉的谴责，他用诛杀自我的方式表达了反省。那么，他的自我认知真的是"俗人"吗？他不曾养鹤，不曾杀鹤，却用语言杀了自己——那个在山中见过柱状的、液态的、气体的鹤的人。"语言拥有羞辱，所以我们收获不多／文学本能地构造出赤子的颓败／我们不能像小草、轻风和／朝露一样抵达土中漫长的冥想"（《云泥九章》，2019）。诗人坦诚地说出个体的"颓败"与无能为力，活着时我们有太多的未能免俗，放弃活着，我们也无法"抵达土中漫长的冥想"。这又是一次"生死两茫茫不可说"。生命的虚无感如此强烈，诗人心甘情愿吗？我们不妨从退让的角度来理解这一行。讽刺自己，是逼问自己的简便方法，是在"不可说"中继续打捞下去的鼓励。鼓励来源于自我反对与否定。我相信，与诗人同步思考到此行的读者，没有人会迷惑于文字的表面意思从而感到惋惜，诗人的用心将会被细心地捕捉。是什么阻止了养鹤，又是什么促使杀鹤？答案可能不同，这随读者源于经验的关注重点而异。"时代赋予我的痛苦已结束了"，这句可从两个角度来理解。首先，痛苦已在诗人身上生根，不再由"时代"赋予。诗人贬低自己，却从深处将自己置于时代之上。若真是普通意义上的"俗人"，谁能逃避开时代。时代绑架了所有人，别说俗人了，智者与隐士也难以逃避。

想到这里，巨大的虚无感扑面而来。世上万物万事皆为虚无。我们把事情想得过深，不小心钻了牛角尖会化解掉万千锋利，丧失本真。本真的确立，是在无尽深渊中找到一线光明，并顺着这微弱的光爬上希望的脚背。正如诗人自己所写："我想——这如同饥荒之年／即便是饿殍遍地的／饥荒之年，也总有／那么几粒种子在／远行人至死不渝的口袋里"（《远天无鹤》）。

显而易见，陈先发在这里用降低自我的方法，颇具勇气地站到了与时代等高的位置。诗人，只有超出时代带来的种种，才有机会认清时代与自己的关系，理解痛苦的根源，以及寻求解决痛苦的办法。遗憾的是，诗人仅仅是诗中的造物主，终其一生，也难以处理完源源不断的痛苦。从另一层含义解读，时代带来的痛苦对诗人不再是重心，诗人将其主动切除，切除的痛可想而知，生与死在瞬间转换。诗人被更多的貌似与时代无关的事情裹挟，这里我不想做随意的揣测，可能性太多了。源自心灵的神秘之万一，都有能力掀起巨浪。巨浪颠覆诗人身边环绕的外物，它为诗人清理着多余事物，为诗人减低干扰。诗人将有可能走向最终的自我。

"我披着纯白的浴衣"，难道诗人早有信心获取本真？最珍贵的，被无数事与行为蒙蔽的真正的内心才配得上"纯白"，它透亮、清澈，又难以撼动。当然，也可将这句理解成，诗人甘心成为白鹤，以肉身供养那独立不屈的品格，放弃自我却意外又必然地再次树立了自我。诗人在 2005 年的《伤别赋》中曾写："我多么渴望不规则的轮回／早点到来，我那些栖居在鹳鸟体内／蟾蜍体内、鱼的体内、松柏体内的兄弟姐妹／重聚在一起。"这或可佐证我的这一想法。当"我"的形体都能为了诗人的志业被放弃时，"从一个批判者正大踏步地赶至旁观者的位置上"将是有预谋的牺牲与对选择的再次观察与反思。旁观不代表消极与屈服，旁观是积极地寻找理性与客观的方式。这是暂时的计谋。实现这件事，诗人将经历程度不一的孤独，本文一开始就道明了这一点。诗人对此看得更是明白，他没有沉溺于孤独中，孤独开启了他一重又一重对最高虚构的期许。"为了破壁他生得丑／为了破壁他种下了／两畦青菜"（《从达摩到慧能的逻辑学研究》，2005）。

关于《养鹤问题》说了这么多，或许诗人本人和这篇文章的读者都会对我有质疑之心。那就对了。再说一遍，我们写作正是为了让更多的人学会质疑。别信我说的话。

2020 年 12 月 30 日　合肥

杨 政

1968 年 1 月出生于上海。幼年随父母支内定居四川江油。1985 年考入四川大学中文系。曾任四川大学文学社社长，发起四川大学生诗歌联合会，曾主编川大文学校刊《锦水》，民刊《中国诗歌报》《王朝》等，与钟鸣、赵野、向以鲜创办同人刊物《象罔》。1989 年大学毕业后任职于福建新闻出版总社。2000 年移居北京。现任天地出版社社长。自印有诗集《往事》（1986）、《十九首抒情诗》（1989）、《奔向 21 世纪的玩偶》（1991）、《但丁的玫瑰》（2012）。出版有诗文集《从天而降》（西苑出版社，1999），诗集《苍蝇》（海豚出版社，2016）。诗集《苍蝇》获 2017 年国际"胡适诗集奖"。

苍　蝇

时间是所有的礼物

——威廉·布莱克

1

它纹丝不动，过于纯洁，克制着身上精微的花园
小小的躯体胀满皓月，负痛的翅翅嘤嘤鸣响
那被我们耗尽的夏天还在它的复眼中熊熊炽烧
它多么像一只苍蝇啊！太袖珍的魂魄正嘘吐风暴

2

这只苍蝇急着打开自己，打开体内萧索的乡关
在物种孑遗的虚症中颤簌，谁在精挑细选我们？
嵯岈之国，一件粉腻的衰衣飘落，人，裸露
瞧那皓月，是圆满也是污点！我们都是不洁的

3

1988 年，筠连县的落木柔^①，我生吞了一只苍蝇
杀猪席上苗族书记举杯为号，土烧应声掀翻僻壤
它如一粒黝黑的子弹，无声地贯入我年轻的腑脏
从此我们痛着，猜着，看谁会先离开这场飨宴

---

① 落木柔，地名，位于四川省筠连县，云贵川交汇处的苗族山乡，1988 年作者
大学时期来此采风。

4

时辰到了，青春已束装，开花的器官憋着灼烫
火车，为我们撕开大地的锦绸，过秦岭，渡黄河
乌云的胖子一路挥手，抽离的肉身裹满霞光万道
前方就是应许之地？我们只在脏的时候彼此相拥

5

夏天砰地坠地，血肉灿烂，亡命的青衫飞过
虚空泻下如血的哑默，淹埋了世间万物的沟壑
啊，我的玩伴，腹诽的厌世者，被早早褫夺光阴
在水深火热中充盈如蚌病，我们已互换了人生

6

都不是真的！折扇上一叶水墨的醉舟忽然醒了
溃水松开一声欸乃：咿呀！活着就是忍受飘零
而我，果真是微茫里那个斜眉入鬓的断肠人？
灯影下一只苍蝇倒伏，隐身的江山在赫然滴血

2016　北京

作为诗学问题与主题的表达之难

——细读杨政的《苍蝇》

◎ 敬文东

显在系谱，隐在系谱

在当今中国诗歌界，杨政显得很特别，很另类：他既有江南人勇于事功的特点（他祖籍扬州），又有蜀人散漫、戏谑，甚至不乏恬淡的道家个性（他成长并长期就学于四川江油和成都）。[①]杨政少年得意，成名极早：二十啷当时，已是 1980 年代后期著名的校园诗人、"第三代诗人"中年轻的佼佼者，甚至是领潮者。因了个性，但也许更是因了时运，杨政甘愿长期蛰伏，基本上不曾在所谓的正规刊物上发表过多少作品，却被少数高质量的读者暗中阅读，令他们暗自叹服。要知道，真正的钦佩或敬意，永远是私底下的事情。

在汉语诗歌艰难行进的最近三四十年间（亦即 1970 年代末期至今），大致上活跃着两批面貌迥异的诗人，他们都有很高的辨识度，也各有其"颜值"。第一批以李瑛等人为代表。他们的作品可以昂首阔步于《人民文学》《诗刊》等国家级权威刊物，《星星》诗刊之类的地方重镇或诸侯自然更不在话下——那仅仅是他们偶尔散步的后花园。考虑到 1949 年之后新

---

① 关于四川人近乎道家的恬淡、随意的性格，有论者给出了朴素的观察："四川人的精神平台就是世俗、文化和自由，而道家精神则贯彻始终。可以说，正是道家精神形成了四川人的文化人格。道教诞生在四川，以三星堆、金沙为代表的古蜀文化是道教的精神源头。作为本土宗教，道教文化已然浸入四川人的骨髓，并不知不觉地落实在行动和语言上。'顺其自然'是大多数四川人在遭遇困难时常会说的一句话，表达了一种积极乐观的生活态度。四川人的道家气质积淀在生活中，自在和逍遥的人生理想，写在每一个四川人的脸上。在物质上，四川人不是最富有的，但在精神上，四川人也许是全世界最会享乐的人群。活得有盐有味，活得自由自在，从来都是四川人的最低也是最高的人生理想。"（秋秋物语：《独一无二的四川人》，饮水思源网 http://bbs.sjtu.edu.cn/bbsanc, path, %2Fgroups%2FGROUP_2%2Fsichuan%2Fi%2FDB57E3AB5%2FM.1252581753.A.html，2015 年 6 月 30 日 11：15 访问。）

闻、出版的实际情形，李瑛等人有理由被视作国家层面上——或国家主义——的诗人。他们认领的诗歌路数，乃是社会主义现实主义和浪漫主义相结合——这是早已命定的"新"诗"老"路途，没什么好谈论的。另一批则以所谓的"朦胧诗人"，以及稍后几年冒出来的"第三代诗人"为主体。他们在诗学追求上与李瑛等人大异其趣，长时间无法为官方刊物所接纳。出于对表达异乎寻常的热情，或受制于强烈的表达欲，"朦胧诗人"和"第三代诗人"不得不自己动手办刊物，著名者比如《今天》《非非》《现代汉诗》《他们》《第三代》《倾向》等。这伙人热衷于自己出版自己，不惜铅印与油印齐飞，钢板共滚筒一色，甚至对外宣称卖血换钱，以筹措印刷经费。他们妄图以这种不无蛮横的方式，与国家主义诗人（或国家主义诗歌）相抗衡。这批人因此满可以被称作民间诗人、地下诗人，或者非国家主义的诗人。他们信奉的，是面貌各不相同，彼此差异极大，甚至相互间大打出手的在野美学。[①] 但国家主义诗人也好，非国家主义诗人也罢，他们在幻想通过诗歌扬名立万、谋取声名和表达自我这些方面，性质并无不同。[②] 因此，他们都可以被视作诗歌方面的事功主义者，或功利主义者。从表面上看起来近乎冰与炭的这两批人，终于联手组建了最近三四十年来中国诗界的显在谱系。

但切不可因此而忘记，还另有一个隐在谱系。和诗歌方面的事功主义者比起来，组成隐在谱系的诗人在数量上要少得多，但分量却并不因此而

---

① 想想 1986 年的民间诗歌大展及其最终成果（参阅徐敬亚、孟浪等主编《中国现代主义诗群大观[1986—1988]》，同济大学出版社，1988）。

② 周伦佑对此有清醒的认识，他在其《第三代诗人》一诗中，明白无误地写道："一群斯文的暴徒，在词语的专政之下／孤立得太久，终于在这一年揭竿而起／占据不利的位置，往温柔敦厚的诗人脸上／撒一泡尿，使分行排列的中国／陷入持久的混乱。这便是第三代诗人／自吹自擂的一代，把自己宣布为一次革命／自下而上的暴动；在词语的界限之内／砸碎旧世界，捏造出许多稀有的名词和动词／往自己脸上抹黑或贴金，都没有人鼓掌／第三代自我感觉良好，觉得自己金光很大／长期在江湖上，写一流的诗，读二流的书／玩三流的女人。作为黑道人物而扬名立万……"于坚则说，他的一辈子努力，就是想活出个人样（参阅罗菲《于坚：我们一辈子的奋斗，就是想装得像个人》，《青年作家》2015 年第 7 期）。

减轻，至少不能势利地被低估。比如，英年早逝的陕西诗人胡宽，今天仍活跃于蜀地成都的钟鸣，居于花柳重庆的宋炜，隐于苍山洱海之间的赵野，还有出没于京城各个高级场所的高管杨政，躲在天涯海角一边写诗一边带孩子的蒋浩，奔波于西三旗和魏公村之间的冷霜，喝高了就大吼的秦晓宇，前地下著名拳师海波，房产巨亨周墙，撒娇教主默默，在成都宽巷子开"香积厨"以经营酉阳土菜的李亚伟……他们都可以被视作构成隐在谱系的标准诗人，在暗中、在地下渠道赫赫有名，其本人又十分自信，虽然他们骨子里的骄傲不容易被局外人一下子辨识。而他们中的极端者，甚至拒绝发表作品，遑论出版诗集。宋炜最近几年发表的少量却光彩夺目的诗作，竟然完全是泡弄刊物的朋友们"勒索""拷打"的结果。[①] 多年以前，赵野曾有一篇颇为动情的自述文章，其言其辞，满可以被视作存身于隐在谱系的诗人们的共同心声："我们这群人的写作都处于一种地下或民间状态，我们习惯称呼体制内的诗人为'官方诗人'，体制内的诗歌为'官方诗歌'，并对他们有着诚实的不屑和蔑视。我们可能没有发表一首诗，但内心却很骄傲和强大，每个人都觉得自己是大师，或在向大师看齐，正在写着能进入历史的诗歌。"[②] 这伙人渴求知音的态度干脆、激烈而坚定，更明白刘勰早已揭露出的事实："知音其难哉！音实难知，知实难逢，逢其知音，千载其一乎！"（《文心雕龙·知音》）当最初的虚幻之念和少年轻狂散去后，唯余对诗本身的赤诚，真是个云淡风轻、一笑而已，羞煞了多少以诗换稻粱的名利之徒、蝇营狗苟之辈。他们宁愿相信少数几个信得过的读者，宁愿让自己的诗作处于潜伏、隐藏和无名的状态，就像圣杯骑士团（Knight of Cups）的成员在暗中秘密传递自己的使命，却从实际行动那方面，凸显了诗的贵重、体面、尊严、坚定和不妥协的精神。在这伙人中，杨政发表的作品数量很可能是最少的：他由于过分骄傲，一度中断了写作，决"绝"地自"绝"于所谓的中国诗歌界。和构成隐在谱系的其他所

---

① 比如《宋炜的诗》（《滇池文学》2011 年第 6 期）、《宋炜诗集》（《红岩》2014 年第 3 期、2016 年第 1 期）等，都是刊物的主编或诗歌栏目的主持人反复纠缠而来的。

② 赵野：《一些云烟，一些树》，《红岩》2014 年第 3 期。

有诗人相似，杨政身上，也有着中国古人那股子麝香味一样的洁癖精神，不屑于同诗歌浊世相往还。而在当下，诗有可能获取的最高定义，乃是心甘情愿地不为俗人俗世所知，就像李亚伟说的："我不愿在社会上做一个大诗人，我愿意在心里、在东北、在云南、在陕西的山里做一个小诗人，每当初冬时分，看着漫天雪花纷飞而下，在我推开黑暗中的窗户、眺望他乡和来世时，还能听到人世中最寂寞处的轻轻响动。"①

诗歌的两种读法与表达之难

每首诗看起来都有两种读法。最基本的一种，可以名之为欣赏式读法。这种阅读法的目的是感受美，体会诗人对人生的感喟，并获取共鸣。它让阅读者俯仰、沦陷或痴迷于诗自身携带的情绪。第二种可以被视作专业性读法，也可以名之为启示性读法。启示性读法的目的不在于感受美，甚至不在于获取共鸣，而是要从某首诗作中，获取诗学方面的启示——当然，这还要看被阅读的诗作究竟能否从诗学的角度带来正面的经验，或者负面的教训。可用这种读法的诗作要么无穷多，要么无穷少。所谓无穷多，指的是凡被写出来的作品，理论上都能予人以诗学上的启示。因为即使是最烂、最最烂的诗篇，也至少能带来"诗不可以这么写"的启示———一种需要加引号的启示。所谓无穷少，指的是能够映射根本性诗学问题的诗作少之又少，但也只可能少。能够"胡子眉毛一把抓"的那种所谓的诗学问题，或许在在皆是，而富有战略性和转折点性质的诗学问题，却崖岸高峻，山岛竦峙，故而"罕"见得以至于人迹"罕"至。因此，能使人透过阅读以窥视关键性诗学问题的诗篇，从古至今，都十分难得；这种读法，也仅仅发生在特定的诗作和特定的阅读者之间。严格讲，负面的教训不可能成为启示，因为启示永远是积极的、正面的；或者说，启示是短兵相接、一触即发的。即使是从最为苛刻的角度考察，杨政的《苍蝇》也可以施之以启示性读法。反复品味《苍蝇》，便不难发现，它有可能带来的诗

---

① 李亚伟：《天上，人间》，《豪猪的诗篇》，花城出版社，2005，第233页。

学启示无非是：如何领会现代汉诗的表达之难，表达之难和文学（比如诗歌）的现代性有何关系。次要的问题是：表达之难作为《苍蝇》自身的主题，如何内在于以致最终成全了《苍蝇》。这是需要全力以赴去对待和解决的问题，而要完成这个任务，必须借道于百年来的整部新诗史，方能历史主义地——而非抽象地——看待上述问题。

有了表达上相对简单的古典汉诗做参照，表达之难满可以被视作现代汉诗的"标志性建筑"。虽然乍看上去，这一点很隐蔽、很费解，却又是一个不言而喻的事实，只因为现代经验较之于古典汉诗面对的农耕经验，本来就要含混、复杂、晦涩得多——它需要更多的关节作为转渡的工具。新诗原本就是为古典汉诗没有能力表达的现代经验而生，自有其逻辑上的必然性。① 以大卫·哈维（David Harvey）之见，作为现代性在文学方面的终端产品之一，新诗也应当是一种与"创造性破坏"（creative destruction）密切相关的"事物"——或者，它直接就是一种"创造性破坏"。② 而在本雅明（Walter Benjamin）那里，现代诗歌需要对付的，乃是不断遭遇新奇的人造之物导致的那种连续不断的经验。③ 这就是所谓的现代经验，它总是处于变动不居、瞬时即逝之中，农耕经验则大体上是停滞的、内敛的、收缩的、固化的和顽强的。

胡适说，虽然《关不住了!》是他对梯斯戴尔（Sara Teasdale）的"Over the Roofs"一诗的汉语译文，却可以视为他在白话诗歌写作上的"新纪元"。④ 对此，专治诗歌翻译的树才有过很好的猜测：胡适之所以这样讲，很可能是因为在翻译这首英语诗歌时，他才算"找到了自己想象中一直想找到而又没能找到的'白话诗'的那种语言形态，包括句式、用词、口吻、调子等等"。⑤ 但无论如何，白话不可能自动成为文学现代性的标

---

① 参阅敬文东《用文字抵抗现实》，昆仑出版社，2013，第173—175页。
② ［英］大卫·哈维：《巴黎城记：现代性之都的诞生》，黄煜文译，广西师范大学出版社，2010，第1页。
③ 参阅本雅明《发达资本主义时代的抒情诗人》，张旭东、魏文生译，生活·读书·新知三联书店，1989，第35—70页。
④ 参阅胡适《尝试集》，亚东图书馆，1920，"再版自序"第1—14页。
⑤ 树才：《一与多》，《世界文学》2015年第3期。

志，"语言形态"并不是，也不可能是构成"新纪元"的全部因素。理由很简单，韩愈在饭桌上也得用唐时的白话跟他太太交谈，说不定还是浸淫其口腔与"母舌"的河南方言，"之乎者也已焉哉"在纸张之外，并无用处。当胡适辈起意、发誓用白话作诗时，白话也不可能无条件地成为诗歌现代性的标志。它必须同其他指标相搭配，才能将新诗送往文学现代性的宝座。其中的指标之一，很可能就是此处所谓的表达之难。否则，便无法满足现代经验对关节的本能性需求。

表达之难不仅意味着新诗的技术、技艺之难，更主要的是将之当作现代汉诗的根本问题来看待，但首先还是指技术之难，毕竟只有技术，才是更基础、更基本的东西。李白的《静夜思》《赠汪伦》，苏轼的《题西林壁》《饮湖上初晴后雨二首》，历来被视作名篇。唐宋时期的四川人李白、苏轼可以这么写，共和国时期的四川人杨政绝不可以这么写，否则，"瓜娃子""宝气""神戳戳"或"傻冒"，就是逃不掉的名号。简单或表达之易，是古典汉诗的大特点，却不可以被认作古典汉诗的缺陷：农耕经验的清澈、透明，正需要不乏天真、烂漫的表述形式与之相般配。[①] 现代汉诗之所以至今仍遭受普通读者的诟病，除了形式方面缺少必要的纪律外（这当然是误解），一个很重要的原因，就是表达之难的轻易丧失。人家觉得你写的是口水话，何况还因为没有堤坝（亦即整饬的形式）相拦，"口水"得四处泛滥，"口水"得漫无边际。[②] 不是说一首诗好懂就是无难度的，也不是说一首诗晦涩就是有难度的。有些看上去很简单、很易懂的诗其实难度很大，因为它处理的问题很多，只是这些问题被才华甚高的诗人悄无声息地消化掉了；有些看起来晦涩的诗，其实简单之极，徒具修辞效应而已，某个人一旦掌握了这套貌似难以掌握的招式，就可随意套用，就可以写出同等程度的晦涩、难懂之"诗"。

---

① 表达之易本身有其古典意义上的表达之难的成分存在（参阅钱锺书《管锥编》第一册，中华书局，1986，第60、79、100—102、109—110、121—122页的相关论述），但那是另一个问题，此处不论。

② 参阅敬文东《说诗形》，《汉诗》2016年春季号，长江文艺出版社，2016，第344—349页。

现代汉诗写作中的七种表达之易

从胡适开始，中国的诗人们似乎更倾向于表达之易，存乎于显在谱系的那些诗人大率如此。表达之易（或曰无难度写作）有很多种表现形态。从历史主义的角度观察，打头的一种，理所当然是胡适式的。胡适式表达之易很容易得到理解。适之先生认为：只要用白话写出一己之"志"，就算得上新诗。在他眼中，白话不仅是新诗之"新"的保险单，而原本就约等于新诗。此中情形，恰如江弱水所说："胡适一生秉持的诗观，堪称一种白话原教旨主义。"①适之先生大概只能算作刚刚解除古诗"裹脚布"的新诗人，他要是复杂，或像杨政等组成隐在谱系的那些诗人一样，将表达之难当作新诗的重要指标加以强调、考量，反倒是不可理喻的事情。从这里很容易看出，现代汉诗打一开始，就更愿意在表达之易的航线上不断滑行，表达之易更有可能成为新诗的隐疾与暗疮。更为严重的是，胡适虽然用白话作诗，但他采用的，仍然是古诗的思维方式，这就更让表达之易雪上加霜。白话不可避免的俗气（似乎更应当说成市井味），再加上不合时宜的古诗思维，其结果宛如西装配马褂，或身着汉朝服装的刘姓皇室成员手捧 iPhone5 看好莱坞大片。胡适有一首诗题名为《也是微云》——

也是微云，
也是微云过后月光明。
只不见去年的游伴，
也没有当日的心情。

不愿勾起相思，
不敢出门看月。
偏偏月进窗来，
害我相思一夜。

---

① 江弱水：《文本的肉身》，新星出版社，2013，第 38 页。

可以很清楚地看到，胡适使用的是一种"杂拌儿"式的语言，这正是西装配马褂、着汉装看好莱坞大片的标准造型。因此，胡适对月亮的想象必将是李白式的，而这个李白式又必将是短斤少两、残缺不全的——"进窗来"引发的"相思"完好地证明了这一点。胡适式表达之易，是新诗包含"隐疾"的开端，是新诗难以摆脱的胎记，日后将以变形为方式出没于不同形态的表达之易。

另一种无难度的写作，可以被称为郭沫若式的。郭沫若式表达之易体现为一种不假思索、照单全收的浪漫主义余绪。从纯粹诗歌的角度观察（亦即暂不考虑时代因素），郭沫若更乐于采用的，乃是一种典型的消极写作，狂放起来像打铁匠，像惠特曼；温柔、感伤起来，则如杨柳腰，如写《新月集》的泰戈尔。郭氏有一首常被人道及的短诗《立在地球边上放号》：

> 无数的白云正在空中怒涌，
>
> 啊啊！好幅壮丽的北冰洋的晴景哟！
>
> 无限的太平洋提起他全身的力量来要把地球推倒。
>
> 啊啊！我眼前来了的滚滚的洪涛哟！
>
> 啊啊！不断的毁坏，不断的创造，不断的努力哟！
>
> 啊啊！力哟！力哟！
>
> 力的绘画，力的舞蹈，力的音乐，力的诗歌，力的 Rhythm 哟！

这些巨大、豪华、满是波浪纹的意象，这些不加节制、四处流溢的情绪，确实富有感染力，但基本上都是自动生成的——这正是诗歌写作的危险所在。按海子的话说，这是一种不折不扣的被动写作，注定不会长久[1]；按钟鸣的话说，这是一种反智写作，抬高了液态的力比多以利于抒情，放逐了智性以利于皮肤的战栗，那顶多十秒钟的销魂[2]。这种样态的写作需要

---

[1] 参阅海子《我热爱的诗人——荷尔德林》，载西川编《海子诗全编》，上海三联书店，1997，第914—918页。

[2] 参阅钟鸣：《当代英雄——论杨政》，未刊稿，2016年4月，成都。

仰仗的，是诗绪的即时性：它看似主动，实际是受制于诗绪之即时性而进行的被动抒情。但神经质的即时性很容易消失，毕竟敏感部位随着使用次数的增多，随着撞击次数的几何式升级，必将逐次降低它的"震惊值"（shock value）[1] 而需要进一步加大刺激。但需要进一步加大的刺激又谈何容易！柏桦的诗歌经历有点类似于《女神》时期的郭沫若。当马铃薯兄弟（于泽奎）问他为何多年写不出诗时，柏桦的回答很巧妙，也很能说明被动写作的实质："我抒情的月经已经流完，我停经了。"[2] 或许，这就是"需要进一步加大的刺激又谈何容易"的真正内涵。被动写作宛若无法预测的即时性附体于诗人：是即时性在怂恿或命令诗人写作，而不是诗人真的驾驭了即时性，降伏了即时性。诗歌现代性不能容忍这种情况出现，它在更多的时候，服膺于艾略特的"逃避自我"（亦即里尔克所谓的"客观化"），以利于对现代经验进行真刀真枪、一丝不苟的复杂处理，手术刀或解剖式的处理：这才算得上面对并且承担和解决了表达之难。诗歌现代性更乐于强调：诗是一种手艺；诗人呢，则必须具有匠人的耐心、气度和聚精会神。

　　还有一种表达之易是徐志摩式的。徐志摩走的是浪漫主义的另一波余绪。他主要受英国浪漫主义影响，"几乎没有越出过十九世纪英国浪漫派雷池一步"[3]；而到了 19 世纪末，英国浪漫主义早已变质为消极浪漫主义，滥情到了极点，以至于惹恼了波德莱尔，更让其追随者勃然大怒、目带凶光。徐志摩易于感伤的气质，士大夫易于见花溅泪的心性[4]，使他更容易亲近消极浪漫主义。江弱水所见极是："以徐志摩'感情之浮，思想之杂'，他对英国十九世纪浪漫派诗学的领会也不具学理上的清晰性，往往撷拾一二意象与观念，就抱持终生。"[5] 而他对自动宣泄感伤情绪的渴求，

① G. Hughes, *Swearing: A Social History of Foul Language, Oaths and Profanity in English* (London: Penguin Press, 1998), p.193.

② 参阅柏桦、马铃薯兄弟《对现代汉诗的回顾：困惑与展望》，《今天的激情：柏桦十年文选》，上海人民出版社，2006，第 263 页。

③ 卞之琳：《人与诗：忆旧说新》，生活·读书·新知三联书店，1984，第 24 页。

④ 鲁迅在《秋夜》中写："梦见瘦的诗人将眼泪擦在她最末的花瓣上。"

⑤ 江弱水：《文本的肉身》，第 97 页。

正好与消极浪漫主义的消极性宿命般地一拍即合，这使得几十年来被人口耳相传的《再别康桥》都很难讲是真正的现代诗篇。

胡适之式、郭沫若式、徐志摩式的表达之易，固然分别代表了可以数计的诗人，而集合在意识形态式表达之易旗帜下的个体，则少于恒河沙数，多于过江之鲫。普罗文学时期的殷夫、蒋光慈，抗战年间的"七月派"，尤其是 1950 年代初至 1970 年代末的红色诗歌（贺敬之、郭小川、李瑛们），都真心地"诚"服于和"臣"服于意识形态式表达之易。也许，问题并不全出在各种各样的意识形态的身上，而是诗歌写作更乐于将自己矮化为意识形态的应声虫。不用说，所有种类的意识形态都倾向于一种简单、醒目、富有爆发力的书写方式，都乐于将复杂的经验简单化，因为意识形态的目的永远都指向它自己——它发出光芒，但也要回收所有的光芒，以成就自身，以抵达自身。最终，是意识形态在命令诗人们起立歌唱。这是一种更彻底、更积极的消极写作，其存在有如白纸黑字，属于最低级的表达之易，实在不值得特别申说。倒是朦胧诗式表达之易需要格外小心，格外谨慎，因为它占有诗的名义而太具有欺骗性。作为一种对抗性的诗歌写作，朦胧诗注定是一种政治行为，是在反意识形态中，受制于意识形态的诗歌写作。包括杨政在内的所有"第三代诗人"在指控朦胧诗时，崇高、庄严、英雄气乃是出现频率很高的词语，而且都是贬义性的。但这些词语组建的诗歌氛围，刚好来自朦胧诗极力抵抗的意识形态；其实质，乃是对意识形态的反向挪移，是对意识形态的被动反应（而不是反映）。时过境迁，说朦胧诗是一种极为简单的写作方式，就是不言而喻的结论。这样讲，或许有些大不敬，更没有"理解之同情"所指称、所要求的那种胸襟与气度，但后人偶尔有权采用超越时空，只专注于诗艺的阅读方式，毕竟从正面说："一代杰出之文人，非特不为地理所限，且亦不为时代所限。"[1]

还有一种特别值得注意的，乃是词生词式表达之易。请看欧阳江河的名作《手枪》——

---

[1] 刘师培：《中国中古文学史讲义》，时代文艺出版社，2009，第 115 页。

手枪可以拆开

拆作两件不相关的东西

一件是手，一件是枪

枪变长可以成为一个党

手涂黑可以成为另一个党

而东西本身可以再拆

直到成为相反的向度

世界在无穷的拆字法中分离

……

黑手党戴上白手套

长枪党改用短枪

永远的维纳斯站在石头里

她的手拒绝了人类

从她的胸脯里拉出两只抽屉

里面有两粒子弹，一支枪

要扣响时成为玩具

谋杀，一次哑火

如果没有双音节的汉词语汇"手枪"隔河而望，也就没有这首看似玄奥难懂的现代汉诗这厢独坐。今人傅修延认为："单个的汉字是最小的叙事单位，汉字构件之间的联系与冲突（如'塵'中的'鹿'与'土'、'忍'中的'刃'与'心'），容易激起读者心中的动感与下意识联想；而在词语层面，由寓言故事压缩而来的成语与含事典故的使用，使得汉语交流过程中呈现出丰富的隐喻性与叙事性。"[1]傅修延或许更应该承认，很多汉语双音节词都可以被拆开，以供人随意联想，却不必一定是叙事的，还可以（或更可以）是

---

[1] 傅修延：《中国叙事学》，北京大学出版社，2015，第 81 页。

抒情的。但这顶多被认作文字游戏，而且是随机的游戏，端看被拆开的文字碰巧可以套在或罩在谁的头上。维纳斯很无辜，她本该隐秘的胸脯更无辜。她原本跟"长枪党"和"黑手党"一点关系都没有，她与它们之间的连接是任意的、碰巧的、被强制的，甚至只存乎灵机一动间，端看这"灵机一动间"究竟机缘巧合碰见了什么。真正的世界更不会在"无穷的拆字法中分离"，因为情形正如萨特（Jean-Paul Sartre）所言，词语不改变世界，它顶多是世界的轻轻的擦痕。即使是最疯狂的文本主义者（比如罗兰·巴特），面对现实世界，也不会真的认为它只不过是些文本而已，否则，躺在阴曹地府的罗兰·巴特就不能理解置他于死地的那次车祸究竟是怎么回事。词生词式的表达之"易"，其"易"就"易"在你只要掌握了那套修辞法，复兼几分小聪明和小机灵，就可以变着花样随意地、无限度地随便玩下去，以至于可以玩弄所有的词，并且越玩越熟练，但也很可能越玩越没劲。

现代汉诗中还有一种身体—本能式表达之易。放眼整部新诗史（而非最近三四十年的新诗史），最典型的身体—本能式表达之易的被掌控者，莫过于蜀人柏桦。钟鸣对柏桦的描述很到位：

> 柏桦"只求即兴的效果""分秒都是现场"。早期，他凭才情、灵气、情境，直接阅读原文（如英文版的曼杰斯塔姆），写也稍认真，出过佳作，遂很快成为被"第三代"采气的对象。他有首诗就叫《望气的人》。那是一个百废待兴、平庸的时代，生活与诗，都急需词语的改变，而他语速急躁、措辞跌宕很大、精神分裂很厉害的风格化也正当其时。他的不耐烦、喜怒无常，用乖僻修葺一新的矫情，甚至孤注一掷，对循规蹈矩是种打击，对才情、命运不济且又具英雄情结的人则是鼓舞，突如其来，让人瞠目结舌，应接无暇。作为个人选择的生活倒也罢了，但转而为语言途辙，效果与谬误，则相当的惊人。他的语言方式，以雅俗为病，对诗的歧义化自有效果，而对其现实与精神层面，则基本上是任性而不负责的。[①]

---

① 钟鸣：《当代英雄——论杨政》，未刊稿，2016 年 4 月，成都。

　　正如钟鸣所言，柏桦更多受制于他的本能，对词语有一种来自肉体的超强迷恋，但似乎更应该说成依赖。在较长的时间内，他对某些词语特别有瘾，其反应是身体和生理上的，不是欧阳江河式的。[①] 欧阳江河更愿意借重词语的长相展开联想，视觉的成分居多；柏桦对词语的反应则来自肉体、血液、肌肤，甚至体液，触觉的成分居多。但无论视觉的还是触觉的，都是消极性的，因为它们都受控于词语，是词语在让欧阳江河与柏桦起立歌唱——这是典型的海子式的表达方式。而受制于词语和受制于意识形态，真的在性质上大有差异吗？看起来，欧阳江河还可以长期玩下去（其大批量的近作可以作证），柏桦可就惨了。也许，视觉的真的比触觉的更长久，触觉的比视觉的更倾向于早泄。柏桦因此过早地"绝"了"经"，一头栽倒在 1990 年代的门槛边，更别说踏入新世纪。[②] 他现在苦心草写的那些所谓的诗篇，顶多具有自慰的性质；论其面貌，则活脱脱一张干涸的、阴云密布的老脸。

　　表达之易或许还有其他表现形式，但上述七种却显得更基本，也更容易发现——余下的无需赘述。需要指出的是：新诗写作中有没有呈现出表达之难，并非判断一首诗好坏的唯一标准。如果某首诗没有体现表达之难，也只是在最低限度上说明这首诗至少在现代性方面有所缺失，其结果大致是：这很可能是一首好的或坏的缺乏现代性的新诗，仅此而已。比如余光中的名作《等你，在雨中》，就是一首没有现代性——但满是古典意境——的好新诗。没有在写作过程中体会到表达之难，没能让读者感受到

---

① "1998 年 3 月 7 日下午，在成都钟鸣家，当我（即敬文东——引者注）说柏桦才是真正意义上的肉体诗人时，在座的翟永明立即就同意了。我的意思是，柏桦全凭感觉写诗，他有钟鸣所谓'能够准确地甄别具体的、每天都向我们围拢的语境，并立刻作出反应，获得语言的特殊效果'的那种能力（钟鸣：《树皮，词根，书与废黜》，民刊《象罔》柏桦专号，成都，第 8 页）。这里的肉体诗人的'此肉体'和时下女性主义批评中使用的肉体写作的'彼肉体'在内涵上没有什么直接关系，此肉体主要是指一种凭肉体感觉驾御语言、即兴创造语境的能力。"（敬文东：《指引与注视》，中国文史出版社，2001，第 137 页注释②）

② 参阅敬文东《下午的精神分析：诗人柏桦论》，《江汉大学学报》2006 年第 3 期。

表达之难，只说明诗人们放弃了对现代性的细致刻画，反倒在用一种简单的眼光，看待种种复杂而变动不居的现代经验。① 或者说，他们根本没有能力体会何为复杂的现代经验。在这个意义上，杨政的《苍蝇》刚好是对上述几种表达之易的一种矫正，或者说，一个参照。

"苍蝇"在汉语诗歌中的微型流变史

在正式分析《苍蝇》和表达之难的关系前，有必要简略考察苍蝇如何在汉诗中被表达。如果以此为参照，去透视杨政炮制的那只苍蝇，也许更有可能从更深的层次触及表达之难，透视表达之难。有足够多、足够强劲的资料显示，苍蝇很可能是我们的祖先最早结识的昆虫之一。人类有一个始于童年时期的癖好：喜欢观察动植物的长相。颜值不高的，他们会鄙视；长得漂亮的，他们会心生欢喜，并从道德—伦理的角度，分别赋予其价值。像苍蝇这种长相不好，叫声不动听，还特别擅长开垦粪堆的昆虫，人类怎么可能喜欢呢。所以，打一开始，苍蝇就跟阴险的蛇一样，总是以负面的形象出现在世人面前，预先就是一种否定性的存在。《诗经》里有一首《青蝇》，大概算得上汉语诗歌对苍蝇比较早的表达吧：

> 营营青蝇，止于樊。
>
> 岂弟君子，无信谗言。
>
> 营营青蝇，止于棘。
>
> 谗人罔极，交乱四国。
>
> 营营青蝇，止于榛。

---

① 小说家李洱的感受可以为此做一参证。李洱很有感慨地说："我常常感到这个时代不适合写长篇，因为你的经验总是会被新的现实击中，被它冲垮……现代小说中，使用频率最高的词大概是'突然'。突然怎么样，突然不怎么样。"（李洱：《问答录》，上海文艺出版社，2013，第39页）

谗人罔极，构我二人 [1]。

汉人郑康成对"青蝇"有一个道德性的笺注，算是为古诗中的苍蝇形象一
锤定音："蝇之为虫，污白使黑，污黑使白。喻佞人变乱善恶也。" [2] 在汉
语诗歌的发轫处，无论作为实物，还是意象，苍蝇都是一个离间者的形
象。《诗经·青蝇》以"蝇"起兴，但所指在人：它意味着某种人仅仅拥有
昆虫的身位，这种角色叫作"佞人"。另外一首比较有名的诗，出自陈思
王之手，名曰《赠白马王彪》，承继了《诗经·青蝇》的思路："苍蝇间白
黑，谗巧令亲疏。"《青蝇》和《赠白马王彪》充分体现了古典汉诗的表达
之易，它们更愿意从苍蝇的长相上做文章，既表面、天真，又显得质朴
而可亲、可爱。现代汉诗中最著名的苍蝇，很可能出自闻一多的名篇《口
供》。这首诗的最后两句是：

> 可是还有一个我，你怕不怕？——
> 苍蝇似的思想，垃圾桶里爬

这两行之前的所有诗句更乐于、更倾向于谈论的，都是"我"作为一个诗
人，该是多么天然地热爱清洁、高大、洁净的事物和场景。但你们由此
看到的，只是"我"作为一个诗人的正面形象。"我"还有负面的形象，比
如，在"我"的思想里，就有特别适合苍蝇生长的土壤或要素，你们怕不
怕？闻一多很了不起，他很清楚，正面形象仅仅属于古典诗人，古典诗人

---

[1] 译成白话文就是："嗡嗡营营飞舞的苍蝇，停在篱笆上吮舐不停。和蔼可亲的
君子啊，切莫把害人的谗言听信。嗡嗡营营飞舞的苍蝇，停在酸枣树上吮舐
不停。谗害人的话儿没有标准，把四方邻国搅得纷乱不平。嗡嗡营营飞舞的
苍蝇，停在榛树丛中吮舐不停。谗害人的话儿没有标准，弄得你我二人反目不
亲。"（"古诗文网" http://so.gushiwen.org/view_216.aspx?WebShieldDRSessionVe
rify=fyoRqYApwXwVJfvTwrF3，2016 年 4 月 24 日 11：23 访问）
[2]《十三经注疏·毛诗正义》，北京大学出版社，1999，第 876 页。

绝不会轻易使用不洁的词语。^① 单就诗篇本身而论，也必然是正面的。唯有"我"之为"我"还有负面的东西存在，才成其为"我"——这正是对现代诗人的定义。和《诗经·青蝇》《赠白马王彪》比起来，闻一多勇敢地直面了表达之难：苍蝇既是不洁的，又是对"我"的本质性定义。它不洁，却必须存在；必须存在，却又只能依靠它的不洁。古人描述美女，从不涉及美女体内的粪便，不涉及生理周期产生的秽物，因为那既不符合渴求典雅的古典性，又冒犯了农耕经验对美人的想象；更不可能认同佛家的说教："芙蓉白面，须知带肉骷髅；美貌红妆，不过蒙衣漏厕。"^② 但克林斯·布鲁克斯（Cleanth Brooks）针对某首英国情诗发出的感叹，却必然是现代的，并且美色秽物相杂陈："情人不再被尊奉为女神——即使出于礼节也不会受到如此恭维。她就是生命过程的聚集，她身体的每一个毛孔都是必死性的证据。"^③ 闻一多很清楚，现代性的第一要义不是审美，是审丑。他因此必须要把自己——但也不仅仅是把他自己——的反面给提取出来。唯有反面，至少是正反两面之词，才更能有效地定义现代经验。显而易见的是，闻一多笔下的"苍蝇"已经得到了程度很高的现代处理。对于《诗经》和曹植，"苍蝇"的形象是外在的；而对于闻一多这种真正意义上的现代诗人，"苍蝇"的形象只能是内在的——它是自我的一部分，更是自我抹不去的污点。有了这一理由，单纯痛恨或单纯喜欢苍蝇，既是不正确的事情，更是难以取舍、难以判断的事情——这正是表达之难的标准造型。闻一多之后，另有毛泽东以苍蝇为抒情主人公的《满江红·和郭沫若同志》（作于 1963 年）：

　　小小寰球，有几个苍蝇碰壁。嗡嗡叫，几声凄厉，几声抽泣。

---

① 有个极端的例子，出自明人解缙，也许能说明古典汉诗在字词上的洁癖。民间广为传诵的一个故事说：皇帝见一宫女小便，便考解缙如果就此作诗又该如何？解缙出口成章："顾望四无人，素手解罗裙。迸开石榴壳，珍珠出蚌门。"（郑英豪：《解缙佳话传宿松》，"安徽文化网"，http://www.ahage.net/m/view.php?aid=28402，2016 年 3 月 8 日 22：20 访问）

② 周安士：《欲海回狂集》卷一，《安士全书》，线装书局，2012，第 526 页。

③ ［美］布鲁克斯：《精致的瓮》，郭乙瑶等译，上海人民出版社，2008，第 79 页。

蚂蚁缘槐夸大国，蚍蜉撼树谈何易。正西风落叶下长安，飞鸣镝……

在毛泽东这里，"苍蝇"是对敌对势力的比喻，但更代表一种精神上的蔑视：敌人仅仅是既微不足道，又可笑、可怜的苍蝇。《赠白马王彪》和《青蝇》里的"苍蝇"有可能对"我"构成威胁，至少会让"我"不愉快，而在《满江红·和郭沫若同志》里，则不可能对"我"构成任何凶险之势。之所以要挑选这个不洁、可笑之物入诗，仅仅是为了供"我"调笑和玩弄：在毛泽东那里，苍蝇连够格的离间者都算不上，不仅是渺小的象征，简直就是渺小本身。

《苍蝇》"必达难达之情"

上述内容，可以被视作"苍蝇"在汉语诗歌中的微型流变史。有这面小镜子存在，也许可以较好地反"映"——而不是反"应"——杨政的《苍蝇》。在此，有必要首先引述钟鸣对《苍蝇》的一段评价：

> 此诗难能可贵处，非在字字珠玑，在作者懂得"限制自己的范畴"，抑制了白话文诗长久以来随时"唾地成珠"的毛病，仰赖拟情（empathy）以别诠释意义或安装说法，故先别言与事。权作叙事，言（议论）暗随，顺势而为。谈语有味，浅说有致，固达难达之情。①

好样的钟鸣！他一眼就认出了《苍蝇》对于当下汉语诗歌写作的警示意义：和古诗相比，新诗必达难达之情。诚如钟鸣的暗示，达难达之情乃新诗的根本内涵。而之所以可以冒险说诗的最高定义乃是心甘情愿地不为俗人俗世所知，除了德性方面的考虑，就是因为达难达之情从一开始就拒绝了俗人俗世，强化了自己的隐在谱系的无名身位。和闻一多极为相似，杨政和

---

① 钟鸣：《当代英雄——论杨政》，未刊稿，2016 年 4 月，成都。

他的《苍蝇》也认为：我们自己就是苍蝇。但晚出的杨政到底还是比闻一多更上一层楼——

> 这只苍蝇急着打开自己，打开体内萧索的乡关
> ……我们都是不洁的

苍蝇不仅是单数之"我"的污点，还必将是复数之"我们"的自我污点，正所谓"我们都是不洁的"。"我们"不仅是苍蝇，还是吞苍蝇者："我们"居然吊诡一般，集苍蝇和吞苍蝇者于一身，正所谓"打开体内萧索的乡关"——这一点，恰是预先必须冒险给出的猜想或假说。而依照假说或猜想，苍蝇对于"我们"又岂止是既外在又内在，更真实的情形毋宁是："我们"既同时在这，又同时不在这。《苍蝇》把这种难达之情本身所拥有的难达性完好地表达了出来——它甚至整个儿就是那个难达性身。仅仅在字面的层次上说某个人或某个东西既在这又不在这很容易，但要把常识中这个不可能或不太可能存在的情形，以绝不诡辩的方式表达出来，却很困难。这种表达需要的，是心性、定力、厚重的道德感，甚至三者的集合，不是技艺，或者绝不仅仅是技艺。欧阳江河那种纯粹修辞性的表达，或貌似修辞性的解决，都注定是失效的，而不仅仅是失败的——失败比失效更有尊严。杨政不仅需要得体地告诉其读者，"我们"为什么既在这又不在这，还得知会其读者，"我们"既在这又不在这究竟是什么意思。有了这双重保障，才可能将假说或猜测坐实——

> ……我生吞了一只苍蝇
> 杀猪席上苗族书记举杯为号，土烧应声掀翻僻壤
> 它如一粒黝黑的子弹，无声地贯入我年轻的腑脏
> 从此我们痛着，猜着，看谁会先离开这场飨宴

这几行诗正合钟鸣所言："先别言与事。权作叙事，言（议论）暗随，顺势而为。"这样的表述几乎是在举手投足间，就直接地摆脱了修辞式、诡

辩式的表达之易，却不可能摆脱它本该拥有的难达性。这样的表述首先需要摆脱的，是修辞式、诡辩式表达之易暗含的轻薄气，以及道德上的狡黠劲。"我们"是苍蝇，表明"我们"是不洁的；"我"代表"我们"吞食苍蝇（这就是"从此我们痛着"的由来），表明"我们"暗暗以不洁之物为食。在此，苍蝇与苍蝇吞食自身两位一体，有类于鲁迅所谓的"抉心自食，欲知本味"《野草·墓碣文》。在此，杨政终于化假说为实有，变猜测成事实。

从物理学上讲，一个东西占据了某个空间，就不可能有另一个东西同时占据这个空间。只有一种例外，那就是"场"或"波"：两个以上的"场"或"波"可以同时出现在某个地方。当然，同时不在某个地方就更容易了，并且更容易得到理解。《苍蝇》愿意诉诸读者以这样一个事实：当它说"我们"既是苍蝇又是吞苍蝇者的时候，相当于"场"和"场"重叠在一起，而不是实物与实物同在一个空间。这种表述方式无限远离了诡辩，却又暂时借助了诡辩的一点点阴气，如同"救"命的中药公开借用了"要"命的砒霜——表达之难（或难达性）在这种看似轻松自如的两难中暴露无遗。而这样的解决方式，被集中在"从此我们痛着，猜着，看谁先离开这场飨宴"一句中。作为苍蝇和吞苍蝇的"我们"早已沦陷于互害模式，"宛如卖地沟油的受害于卖毒酸奶的，卖毒酸奶的受害于卖假知识的，而佛光笼罩下卖假知识的，则受害于看不见的雾霾制造者"[①]。既然如此，到底谁有能力和机会先行"离开这场飨宴"呢？就是在如此这般的两难中，《苍蝇》把既在此又不在此的解决方案给维持了下来，并以"我们"都赖在"飨宴"上不愿挪窝作为定格——"杀猪菜"是"飨宴"明面上的主食，唯有苍蝇，才是暗中的食物之精华。最终，杨政及其《苍蝇》还是在必须维护难达性（或表达之难）时，趁机整合了自己，但这又是一个再次显现难达性的两难处境。作为全诗收束的最后两行，可以表明"我们"既在此又不在此是如何被整合起来的：

---

① 敬文东：《我们和我的变奏——钟鸣论》，《艺术与垃圾》，作家出版社，2016，第184页。

> 而我，果真是微茫里那个斜眉入鬓的断肠人？
>
> 灯影下一只苍蝇倒伏，隐身的江山在赫然滴血

这最后的两行，分明照应了《苍蝇》一开篇出现的那两行——

> 它纹丝不动，过于纯洁，克制着身上精微的花园
>
> 小小的躯体胀满皓月，负痛的翻翅嘤嘤鸣响

很容易分辨，最初那两行诗句态度鲜明，不乏坚定性：苍蝇外在于"我"和"我们"——小小一个"它"字，在呼吸平缓中，便轻描淡写地透露了这一讯息。但经过复杂的诗学演算，在走过了难达性的钢丝绳之后，最终到来的那两行却告诉读者：苍蝇正好不折不扣地内在于"我们"。有了最后这两行，最初那两行就具有了开端的意义，而看似对苍蝇的客观描述，则起到了更为主动的引子与过门的作用，因为依爱德华·萨义德（Edward Said）之见，开端（begin）较之于起源（origin）更具有主动性："X 是 Y 的起源，开端性的 A 引致了 B。"① 所谓"引致"，正意味着复杂的诗学演算，尤其是暗含于演算的难达性，以克服与消化难达性的梦想。而在首尾相照中，尤其是在首尾间的互相矛盾中，杨政早已暗示：《苍蝇》必将经历复杂的诗学演算，并且这一有意识的演算过程加强了《苍蝇》内部的张力，但整首诗却又显得肌肉松弛、血脉平缓。如果不是这样，开端或首尾间的相互矛盾就没有意义，甚至尾部那两行根本就不可能存在；即使存在，也顶多具有修辞学功能，并且是任意的。首尾互相暗算，首尾相互映射：这刚好是表达之难的题中应有之义。

　　除此之外，相互暗算和映射还带来了另一个诗学结果（说结论也基本成立）：在苍蝇与"我们"对峙时，"我们"则与苍蝇互相吸纳，二者由此相互将对方作为自己的组成部分——这就是"我们"作为苍蝇又吞噬苍

---

① ［美］爱德华·萨义德：《开端：意图与方法》，章乐天译，生活·读书·新知
　　三联书店，2014，第 21 页。

蝇暗含着的喻义。但互纳对方为自身的组成部分，不过是对既在此又不在此的一种隐秘表述。它暗示的是："我"活在"我"之外，苍蝇与"我"互为自我。最终，是苍蝇与"我"互为自我而不是其他任何因素，整合了既在这又不在这，摆脱了两者间的矛盾性，并将被借用的那点诡辩的阴气化为了灰烬：阴气只是临时借用的。在此，既不能将互为自我理解为互为镜像——镜像总是外在的；也不能将之简单地理解为自我的分裂性——因为一说到整合，反倒立即意味着自我被分成两半，却又通过彼此对视连为一体，但连为一体，却又必然被分成两半，一半是苍蝇，一半是"我"。这就是"我"活在"我"之外的一种特殊状态：像放风筝那样，在天上之"我"与地上之"我"间，仅有一根细线相连。这种状态呼应了《苍蝇》中那句沧桑之言："活着就是忍受飘零。"所谓"飘零"，就是行踪不定，"我"总是在"我"够不着"我"的地方。所以，才有苍蝇和"我"互为自我：这就是整合的意思。但整合并不意味着难达性被克服，或表达之难得到了消化：

> 瞧那皓月，是圆满也是污点！
> ……
>
> 前方就是应许之地？我们只在脏的时候彼此相拥

这又一次回到了闻一多的苍蝇之问，或现代性之问。但在更多的时候，提问即答案，恰如杨政在另一处说"对于我自己，我知道问题便是回答"（杨政《旋转的木马》）：脏在外边，但同时又在里边。只有在苍蝇之"脏"这个现代性的维度上，"我们"才能互相拥有，洁净则专属于古典诗歌、古人与古代。《苍蝇》这种回环性的自我纠缠，复调式、迷宫般盘根错节的诗学演算，较之于《手枪》那种"一根肠子通屁眼"①的线性文字游戏，十倍、百倍地尊重了新诗本该崇奉的表达之难（即难达性）。《苍蝇》经过不断地自我质询，一步步找到了一个差强人意的、勉强能够说服自己的东

---

① 蜀语，意为直接、率真。

西。这就是最后那两行既有铁骨，又感伤和犹豫不决的诗句——

> 而我，果真是微茫里那个斜眉入鬓的断肠人？
> 灯影下一只苍蝇倒伏，隐身的江山在赫然滴血

《苍蝇》漫游至此戛然而止。按理说，此处不应该是它的安眠之地，因为它根本没能为其主人提供一个坚实的结论，一个基座。这种从诗学的角度看似不合理的合理意味着：《苍蝇》一如钟鸣称赞的，把表达之难推到了极致。它的潜台词是：既然表达如此之难，既然苦苦纠缠于诗学演算业已多时，却依然找不到答案，不如就此歇息，有会心的读者自可体会。在此处歇息，反倒进一步显现了表达之难的极端性。你真正的绝望是：目标就在伸手可及之处，但梯子的高度正好差了伸手可及需要的那一点点长度。你真正的困难是：你既没有能力制造一架正好可以够到目标的梯子，又无法在梯子上起跳以够到目标。表达之难，难就难在此难不可能被彻底克服，这不是现有的语言或技艺可以穷尽的；或者说，难达性之不可克服根本就不是语言与技艺的问题，而是我们的心性远没有能力在表达之难和语言、技艺间，设置一种沟通性的力量。这是表达之难带出的衍生性后果之一，它远远超过了表达之难：它更不容易得到解决。那些自以为可以或者自认为已经解决了的人，是妄人；那些在这方面根本没有感到任何问题的人，是蠢人。

而组建当今中国诗坛集团军的绝大多数，就是这两种人。

夏天，一个特殊的词语

作为现代诗学问题的表达之难（或难达性），在此满可以被视作《苍蝇》的主题——钟鸣早就这样暗示过。杨炼对《苍蝇》的看法值得重视："形式，独得炼字炼句之妙；诗意，出入日常与玄思之间。意象翻飞中，世界长出复眼，自我的景致，幻化成存在之眩惑。层层读去，我们和苍蝇，谁吞下了谁？抑或诗歌那只大苍蝇，吞下了一切？再造经典的自觉和

游刃有余的书写，把我们带在毛茸茸的腹中，轻盈飞行。"① 作为大诗家的杨炼不可能不明白："再造经典的自觉和游刃有余的书写"，必当建基于"表达之难"，否则，《苍蝇》顶多是《等你，在雨中》那种唯美到极点的假古董，"游刃有余"就将蜕变为没有难度的假从容，或者伪造的翩翩风度。实际上，所谓"游刃有余"，仅仅意味着对《苍蝇》的主题——亦即表达之难——的"游刃有余"，并不意味着克服了作为现代诗学问题的表达之难。如果作为诗学问题的表达之难居然可以被杨政"游刃有余"地克服，那就根本不存在表达之难，《苍蝇》的自我纠缠，以至于盘根错节的诗学演算，就显得滑稽、可笑，宛若堂吉诃德大战风车。

　　"夏天"一词在《苍蝇》里出现过两次：

　　　　那被我们耗尽的夏天还在它的复眼中熊熊炽烧
　　　　……
　　　　夏天砰地坠地，血肉灿烂，亡命的青衫飞过

罗兰·巴特说得很是笃定：即使"一个词语可能只在整部作品里出现一次，但借助于一定数量的转换，可以确定其为具有结构功能的事实，它可以'无处不在'（partout）、'无时不在'（toujours）"。② 此处不妨从了巴尔特而且不妨断言："夏天"就是《苍蝇》中"无处不在""无时不在"的关键词。在"那被我们耗尽的夏天"，要么发生了惊天动地的大事，影响了一代人的人生运程；要么只不过发生了令"我们"难堪，以至于难以回首，或不太好意思回首的事情。因此，这个如此这般被界定的"夏天"，便不能、不敢、不好意思或不容许被写出，而《苍蝇》却又对此如鲠在喉，特别想将之写出：也许，这就是《苍蝇》对难达性反复纠缠的又一个原因。它是《苍蝇》自身的禁忌，而禁忌意味着它随时可以被冒犯，也意味着冒

---

① 杨炼：《杨政诗歌短评》，北京文艺网 http://www.artsbj.com/show-56-511750-1.html，2016 年 4 月 20 日 10：20 访问。
② ［法］罗兰·巴特：《批评与真实》，温晋仪译，上海人民出版社，1999，第66 页。

犯禁忌带来的快感，甚至美。这个禁忌要么是来自外部的某种强制性力量，要么是来自内部的某种道德性力量。总之，"苍蝇"与"我们"之间互为自我的关系，是与那个"夏天"连在一起的。很可能正是那个"夏天"加剧了，甚至导致了"苍蝇"与"我们"之间互为自我的关系。"夏天"既给作为现代诗学问题的表达之难增添了厚度，又给作为《苍蝇》自身之主题的表达之难增加了麻烦，在冒犯禁忌的同时，让它吞吞吐吐、欲言又止。正是这一点，既让读者领略到诗歌的云遮雾罩之美，又令读者恨不得用手从这个欲说还休的喉咙处抓取言辞，以便解除云遮雾罩，让那个夏天显形。

列奥·施特劳斯（Leo Strauss）从希腊古哲的著述中，居然辨识出两种不同的书写方式："显白"（the exoteric teaching）与"隐微"（the esoteric teaching）。前者是直接说出，让群众虔心遵从；后者是故意不说出，以供哲人们私下传播和讨论①——列奥·施特劳斯好像是怕希腊古贤哲失业似的。但即使"隐微"真的存在，不是施特劳斯装神弄鬼，它也算不上表达之难。表达之难是想把事情说清楚而说不清楚，却又在没说清楚的这种难缠的状态中给说清楚了；"隐微"是在没有表达之难的当口故意不把话说清楚，装神弄鬼以示深刻——但这更像是列奥·施特劳斯在栽赃古贤哲。只有表达之难才是书写的核心与渊薮，是书写的致命处，但它是现代的诗学问题，不是古代的哲学问题。与表达之难相对照的，还有中国式的春秋笔法。《史记》对此有赞："孔子在位听讼，文辞有可与人共者，弗独有也。至于为《春秋》，笔则笔，削则削，子夏之徒不能赞一辞。"（《史记·孔子世家》）但春秋笔法仍然算不得表达之难，它只不过是从道德的角度，用语隐晦地对笔下人物进行褒贬、臧否甚至回护。②使用这种笔法的人，对它运用得轻松自如；经师们则对这种笔法了如指掌，解

---

① 参阅［德］迈尔《古今之争中的核心问题——施米特的学说与施特劳斯的论题》，林国基等译，华夏出版社，2004，第218页。

② 今人傅修延则总结了"春秋笔法"的四大特点：寓褒贬于动词，示臧否于称谓，明善恶于笔削，隐回护于曲笔（参阅傅修延《先秦叙事研究》，东方出版社，1999，第182—185页）。

起经来头头是道。古希腊人的古典性和孔子的古典性都不存在表达之难。表达之难根本上是一个现代性事件。

很遗憾，但也很显然，包括杨政在内的所有现代汉语诗人，都没有古希腊人和孙子在表达上的那股子幸运性。然而，许多现代汉语诗人却并没有选择杨政及其少数同党选择的道路。面对作为现代诗学问题的表达之难，《苍蝇》试图战而胜之。虽然失败是命定的，但它正是在对宿命性失败的主动追求中，既听命了表达之难，也罢黜了各种形式的表达之易，最终维护了新诗的现代性。面对作为诗歌主题的表达之难，《苍蝇》则所向披靡，大有破房平蛮、不打败敌手势不收兵的架势，酣畅淋漓，气势如虹。通过前者，《苍蝇》诉说了现代性的复杂程度，道及了现代性自有表达上的不可能性暗藏其间；透过后者，《苍蝇》想告诉它的读者，必须将表达之难列为现代诗学的头号主题，方能在现代性的不可表达性面前，采取谦恭但又决不放弃抵抗与试图征服的姿态，为此，《苍蝇》不惜将表达之难冒险作为自己的主题，并将之推衍得饱满、酣畅而有力。

《苍蝇》体现了这样一种现代性：它不仅不意味着非此即彼，而且不只意味着"既……又……"，还反对"既……又……"，不信任"既……又……"，但最终，又不得不宿命性地求助于"既……又……"。表达之难无论作为诗学问题，还是作为《苍蝇》的主题，其难与不难，其不可解决与可以得到解决，都存乎于对"既……又……"如此这般的欲说还休之中——对"夏天"的可说与不可说，虽然也许只是一个碰巧而来的小例证，却既内在于《苍蝇》，以至于成全了《苍蝇》又并非不足为训。如今，新诗在无数人笔下，已经悄然远离了人们对它寄予的希望，不负责任地放弃了自己的义务，走向一种"玩票"式的状态，各种表达之易因此恣意横行，丑态百出，惹人笑话，大大败坏了新诗的名节。《苍蝇》是否意在警告这些状态、这些人呢？但即便如此，又"岂可得乎"？

2016 年 4 月 26 日 19：00-21：00，中央民族大学文华楼西区 807 室

录音整理：张皓涵

朱　朱

　　1969 年 9 月生于江苏省江都县（今扬州市江都区）。1987 年考入上海华东政法学院经济法系。在校期间创办"冷风景"诗社。1991 年大学毕业后在南京市司法局工作。1995 年起执教于河海大学人文学院法律系。1998 年 10 月辞去教职，专事诗歌写作、艺术策展和艺术评论。2001 年担任《书城》特约编辑。2003 年参加法国"Val-de-Marne 国际诗歌艺术节"。2004 年参加法国"诗人之春"活动。著有诗集《驶向另一颗星球》（香港溢华出版社，1993）、《枯草上的盐》（人民文学出版社，2000）、《皮箱》（广西师范大学出版社，2005）、《故事》（上海人民出版社，2011）、《五大道的冬天》（华东师范大学出版社，2017）、《我身上的海：朱朱诗选》（北京联合出版公司，2021）；散文集《晕眩》（解放军文艺出版社，2000）；艺术评论集《空城记》（河北教育出版社，2005）、《艺术批评中的艺术家》（湖南美术出版社，2008）、《一幅画的诞生》（新星出版社，2010）、《改造历史：2000—2009 年的中国新艺术》（与吕澎、高千惠合著，四川美术出版社，2010）、《灰色的狂欢节——2000 年以来的中国当代艺术》（广西师范大学出版社，2013；台湾典藏出版社，2016）、《只有一克重》（河南大学出版社，2017）。诗作被译为多种外语，包括法文版诗集《青烟》（2004）、英文版诗集《野长城》（2018）。曾获刘丽安诗歌奖（1995）、《上海文学》年度诗歌奖（2000）、安高（Anne Kao）诗歌奖（2001）、《诗林》优秀作品奖（2002）、中国当代艺术奖评论奖（2011）。研究资料汇编《寻找话语的森林——朱朱研究集》（张桃洲编）2019 年由华文出版社出版。

清河县（存目）

历史、语言和经验的复调
——朱朱《清河县》简释

◎ 张桃洲

　　朱朱完成于 2000 年的组诗《清河县》[①]，可被视为他本人的转型之作。该作由六首独立诗篇构成，堪称一次基于语言向度展开的语词盛宴。可以看到，相对于朱朱收录在《枯草上的盐》（人民文学出版社，2000）中的诗歌而言，这部作品显出全新的气象。因为，在这部作品中，语言的重心和功能已经出现了转移：由对语词搭配的锤炼转向了对语词与经验关系的多层次表达，基于语词横向联系而生成的片断句式也让位于在纵向的层层深入下展开的全景句式，随之而来的，是语词所包蕴的金属般的清脆渐渐消退，转而呈现为一种丝线般的绵密。因此，《清河县》起码在下述的一点上，属于人们所期待的具有典范意义的"有效的文本"："它不仅侧重于对语言潜能的深入挖掘，展现出一种不断超越之中的语言的可能性，而且更重要的是，它是经验的而非单一的抒情，并具有开掘读者经验的能力"[②]。它是语言及其与经验关系的双重探险，将更新我们的语言图景和对世界的认识。

　　从表面上看，《清河县》是对一段人所熟知的历史故事的改写或重写。值得留意的是，它所依据的长篇叙事作品《金瓶梅》本身，是对另一部长篇叙事作品《水浒传》里某一段落的改写或重写。因此，在这三个文本之

---

① 此处指朱朱《清河县》第一部，据说他还有写作《清河县》第二部（《小布袋》）、第三部的计划。（《清河县》第二部完成于 2012 年，其中有一首《小布袋》；《清河县》第三部完成于 2020 年。诗集《我身上的海：朱朱诗选》完整收录了"清河县三部曲"。——编者注）

② 程光炜：《九十年代诗歌：另一意义的命名》，载赵汀阳、贺照田主编《学术思想评论》第一辑，辽宁大学出版社，1997，第 210 页。

间，构成了一种特殊的"镜像"关系：叠合，或言穿插。它们各自的叙述方式——或者说"虚构"事件的语言程式——之间的差异，体现了汉语本身强大的可塑性。从语言程式来说，《清河县》将两部古代作品蕴藏的"近代性"萌芽，发展为一种极富表现力的"现代性"（即使在当代汉语诗歌中，其"现代性"也无可替代）。显然，《清河县》与其说是对一则历史故事的改写或重写，不如说是诗歌想象力对时空的重构。它在再度"虚构"那件风尘往事的过程中，通过富有解构意味地穿行于原有的情节框架和观念逻辑之中，通过引入一种现代经验，改变了古典语言的内在质地。同时，它在结构上回应了中国当代诗歌关于长诗的探索。这是汉语自我改造和转换的一个范例。

这里，不必特别讨论《清河县》在外形上的"类－诗剧"（Pseudo-poetic drama）样式（即对于诗剧的假借），尽管诗前的"对位表"和诗中人物分别以第一人称口吻进行的表述，让人很容易想到一部"多幕剧"。但这部作品对于"剧"的借鉴，尤其是在人称方面的出色运用，则是值得详细剖析的。可能谁都会注意到，这部作品的主体部分（第二至六首）均以"我"的陈述为线索而展开，每一个"我"（代表不同人物）都担任一个陈述形象，但其陈述的背后至少隐藏着另一些人物的影子。可是，一个本应立于前台的关键人物（"潘金莲"）却没有被赋予"我"，而始终只是作为隐藏的影子得以现身（《顽童》《洗窗》《武都头》中的"她"）。不过，她被置于三个重要人物[①]之目光的焦点，得到了几束强光的共同照耀，因而她的面目比所有陈述者的面目要清晰得多。这些人物和影子的交叉与叠合，构成了一种新的"镜像"关系，"我"的设定既提供了影子投射的平台，又具有双面筛选或过滤的作用。

另外，"我"的设定使诗中所有人物的陈述具有了独白性质，成为一种朝向虚空的回忆之内的倾诉。回忆赋予了陈述者一种特殊的视力和维

---

① 这三个人物与"她"（"潘金莲"）的关系是可予探讨的：这三个人物与她的命运息息相关，指向了她命运的三个侧面——生、欲、死，从而成为她全部生命形式的背景。不过，诗作在处理"她"与他们（特别是"武松"）的关系时，有意维持了一种复杂的暧昧，使一切既无可避免又充满了偶然。

度，那些过往的碎片显然经过了回忆的拣选。甚至，回忆为不同的陈述者匹配了相宜的语速、视点和色调（格外与众不同的是"武大郎"的陈述，它采用了绵长的句式——最长达二十七字节——以及谐庄混合的语气）。在此，复述或重新追溯故事的来龙去脉是没有必要的，重要的是全部故事已化作语言的材料，为了凸显那些散落的经验亮点，语言不得不往返于现实与回忆之间，一次次在二者间的狭长栈道上燧出火花。

从一开始，回忆就设立了一种便于摄取"镜头"的装置：

> 我们密切地关注他的奔跑，
>
> 就像观看一长串镜头的闪回。

这一装置的设立，由"我们"对关于"他"（"郓哥"）的陈述的强行进入而得以完成。这一装置的设立是极其重要的，《清河县》的结构正是由于不时有一个潜在的叙述者——不妨称之为"元叙述者"（meta-narrator）——的强行进入，才最终确立（与此相似的有《灯蛾》等）。"元叙述者"造成了双重性的主角，使得"我"的人称属性游移于"元叙述者"与陈述者之间，既是书写者又是被书写者。"元叙述者"有助于回忆之矢的分岔，元叙述与陈述者独白之间形成的张力，使得后者显出复调——多重声音的交织与叠合——的意味。正如朱朱本人谈及这一人称的运用时所说："文学中'我'的使用即一种出自单方意愿的双向运动，在他者的面孔上激起一个属于我的涟漪，自我的意识因而得以净化。"[1]在作为"引子"的《郓哥，快跑》中，"我们"最终退回为一组静物，"我们是守口如瓶的茶肆，我们是／来不及将结局告知他的观众"，迎来了角色的粉墨登场。

回忆总会在语言的毡板上，留下那些过于强烈的经验印痕。比如，在"西门庆"（《顽童》）的记忆中，"像敷在皮肤上的甘草化开"的"雨"曾勾起他的浮想联翩："雨有远行的意味，／雨将有一道笼罩几座城市的虹

---

[1] 木朵：《杜鹃的啼哭已经够久了——诸子百家8：朱朱》，见"诗生活网"（www.poemlife.net），另见《诗探索》2004 年秋冬卷。

霓""雨大得像一种无法伸量的物质",雨作为一种缠绵的刺激物,一种引来浮靡的"灵感"的介质,铺天盖地地倾覆了他的回忆感官,以及他"挥霍"的情欲:"起落于檐瓦好像处士教我／吟诵虚度一生的口诀。"而在"武大郎"(《洗窗》)的回忆里,"力"具有激发想象与幻觉的朴素能量,在"力"与身体之间有一种纠缠,阐释着"洗窗"这一动作蕴含的生存领悟:"当她洗窗时发现透明的不可能／而半透明是一个陷阱,她的手经常伸到污点的另一面去擦它们／这时候污点就好像始于手的一个谜团。"但他最后发现,支撑一切的"力"不过是"空虚",是"一个很大的空虚",于是他的生命遁入了"一张网结和网眼都在移动中的网"中。

与此同时,回忆试图保持经验的原初状态的芜杂,让所有的细节、隐秘不加掩饰地呈现出来。语言参与了经验的持存、滞留和重估,使之变得真实可触。"武松"(《武都头》)这一英雄形象的背后,有着他陷入的难以挣脱的两难:一边是"她的身体就是一锅甜蜜的汁液／金属丝般扭动／要把我吞咽","我被自己的目光箍紧了,／所有别的感觉已停止。／一个巨大的诱惑／正在升上来";另一边却是"血亲的篱栏。／它给我草色无言而斑斓的温暖"。于是,他在这局促的境地里"感到迷惘、受缚和不洁",仿佛"被软禁在／一件昨日神话的囚服中",虚空与恐惧构成他全部经验的内核:"我只搏杀过一头老虎的投影"。语言迅捷地捕捉到这一虚幻的闪念,并将人性幽深的底部予以揭示。与一位硬汉的脆弱相似,"王婆"(《百宝箱》)这具枯叶般的躯干,也陷入了她自己虚拟的温情与冷酷的争执:"这活腻了的身体／还在冒泡泡,一只比／／一只大,一次比一次圆。"那尘封她枯萎、死寂的青春的百宝箱,实际上是由贪欲与邪恶构筑的"隐性的中心":

> 太奢侈了而我选择可存活的低温
> 和贱的黏性,
> 我选择漫长的枯水期和暗光的茶肆。我要我成为
> 最古老的生物,
> 蹲伏着,

　　不像龙卷风而像门下的风；

　　我逃脱一切容易被毁灭的命运。

　　最后，回忆掀开了经验所寄生的整个暗影，并对之做了全景式的敞露："东京像悬崖／但清河县更可怕是一座吞噬不已的深渊，／它的每一座住宅都是灵柩／堆挤在一处，居住者／活着都像从上空摔死过一次，／叫喊刚发出就沉淀"。（《威信》）这些梦魇似的景象，刺痛了一个失势者的惊恐的眼膜。透过他那歪斜的、充满悚惧的眼光，总领全篇的"清河县"才展现出其真实的面目：它不是空虚与罪愆的"避难所"，而是一座暗哑无声的舞台，所有的男女、贵贱、尊卑、强弱，都在这座舞台上筹划或表演着一幕幕幻影般的悲喜剧。那些悲喜剧的主题根植于人性深处，展示了生存之厄的恒常——"清河县"的边线一直延伸到现在，它既代表着民族的精神幻象，又构成现代世界的原型图景。这种恒常性表明，无论世事如何变幻万端，积淀在人性底部的"原型"——集体意识不会发生改变。正是这一意识的漫长通道软化了语言的尖刺，使之获具了一种内在的锋利与柔韧："笔尖的毫毛／／硬如刀锋。"丰沛的语言的韧性，施与了写作者"像一根纤维思考"的能力，"在线团中／……变成对一个酣畅的句子的追求，／一个关于虚空的注脚"（《合葬》），从而建立起与任何主题的可能的对话。

　　要而言之，从整部《清河县》来看，贯注于"清河县"这个万劫不复处所之中的，除人性的卑怯与残酷外，还有一股隐蔽的"阴性—母系"文化的脉流。无论是在众多目光聚焦下的"她"（"潘金莲"），还是如幽灵一般"横穿整个县"的"王婆"（她被视为"文明的黑盒子，活化石"①），以及令"陈经济"感到恐惧并极力抗拒的"子宫"，无不体现了这一"阴性—母系"文化的强盛的吸附力："直到我的声音变得稚嫩，最终／睡着了一般，地下没有痕迹。"在这股"阴性—母系"文化的脉流中，掺杂了过多的邪恶、乖戾的因子，它显然蕴含了一个民族悠远而沉重的文明的特征。因而，对传统文明中的种种痼疾进行审慎的批判，成为这部作品的深层题旨。

---

① 木朵：《杜鹃的啼哭已经够久了——朱朱访谈录》，《诗探索》2004年秋冬卷。

地理教师

一只粘着胶带的旧地球仪
随着她的指尖慢慢转动，
她讲授维苏威火山和马里亚纳海沟，
低气压和热带雨林气候，冷暖锋

如何在太平洋上空交汇，云雨如何形成。
而她的身体向我们讲授另一种地理，
那才是我们最想知道的内容——
沿她毛衣的 V 字领入口，我们

想象自己是电影里匍匐前行的尖兵，
用一把老虎钳偷偷剪开电丝网，且
紧张于随时会亮起的探照灯，
直到下课铃如同警报声响起……

我们目送她的背影如同隔着窗玻璃
觊觎一本摊放在桌面的手抄本。
即使有厚外套和围巾严密的封堵，
我们仍能从衣褶里分辨出肉的扭摆。

童话不再能编织夜晚的梦，我们
像玻璃罐里的蝌蚪已经发育，想要游入大河——
在破船般反扣的小镇天空下，她就是
好望角，述说着落日，飞碟和时差。

时光的支流

小女孩的忸怩漾动在鱼尾纹里，
深黑色的眼镜框加重了她的疑问语气：
你还记得我吗？如此的一次街头邂逅
将你拽回到青春期的夏日午后——
一间亲戚家的小阁楼，墙头悬挂着
嘉宝的头像，衣服和书堆得同样凌乱，
一张吱嘎作响的床，钢丝锈断了几根；
那时她每个周末都会来，赤裸的膝盖
悬在床边荡秋千，絮语，爱抚，
月光下散步，直到末班车将她带走——
她的身体是开启你成年的钥匙，
她的背是你抚摸过的最光滑的丝绸，
没有她当年的吻你或许早已经渴死……
现在你的生活如同一条转过了岬角的河流，
航道变阔，裹挟更多的泥沙与船，
而阁楼早已被拆除，就连整个街区
也像一张蚂蚁窝的底片在曝光中销毁——
从这场邂逅里你撞见了当年那个毛茸茸的自己
和泛滥如签证官的权力：微笑，倾听，不署名……
望着她漫上面颊的红晕，你甚至
不无邪恶地想到耽误在浪漫小说里的肺炎。

道别之后

道别之后，我跟随她走上楼梯，
听见钥匙在包里和她的手捉迷藏。
门开了。灯，以一个爆破音
同时叫出家具的名字，它们醒来，
以反光拥抱她，热情甚至溢出了窗。
空洞的镜子，忙于张挂她的肖像。
椅背上几件裙子，抽搐成一团，
仍然陷入未能出门的委屈。

坐在那块小地毯上，背靠着沙发，
然后前倾，将挣脱了一个吻的
下巴埋进蜷起的膝盖，松弛了，
裙边那些凌乱的情欲的褶皱
也在垂悬中平复，自己的气味
围拢于呼吸，但是在某处，
在木质猫头鹰的尖喙，在暗沉的
墙角，俨然泛起了我荷尔蒙的碎沫。

她陷入思考，墙上一幅画就开始虚焦。
扑闪的睫毛像秒针脱离了生物钟，
一缕长发沿耳垂散落到脚背，以S形
撩拨我此刻的全能视角——
但我不能就此伸出一只爱抚的手，
那多么像恐怖片！我站着，站成了
虚空里的一个拥抱；我数次
进入她，但并非以生理的方式。

不仅因为对我说出的那个"不"
仍然滞留在她的唇边，像一块
需要更大的耐心才能融化的冰；
还因为在我的圣经里，那个"不"
就是十字架，每一次面对抉择时，
似乎它都将我引向了一个更好的我——
只有等我再次走下楼梯，才会又
不顾一切地坠回到对她身体的情欲。

桃花扇与柳叶刀

——读朱朱的《五大道的冬天》

◎ 江弱水

朱朱的诗集《五大道的冬天》（华东师范大学出版社，2017）中，最显眼的诗作是那些域外城市的闻见录，如佛罗伦萨、九月的马德里、月亮上的新泽西、纽约，也包括周边城市如《走在忠孝东路》中的台北、录像和现实叠印的香港等。它们延续了上一部诗集《故事》里由华盛顿、布鲁日、圣索沃诺岛所开启的旅程，实践了诗人在一次访谈中所引的希尼那句话："在他的第二阶段，他要赢得世界的通行权。"[①] 朱朱的预算与执行能力之强，可见一斑。

另一类诗作则继续着他的怀旧编码，从婺源、重新变得陌生的上海、彩虹路上的旅馆，直到纳兰容若。作为一个观察者，诗人为经验所限制，也为回忆所牵引，他以经验与记忆中的印象，与现实进行复核、印证与反驳，来省视自我与世界的关系。即使是前一类诗作，无论是越过大西洋离开现场，还是跨过太平洋重回疆场，域外经验都只是提供了一面面镜子，反映的还是本土和本我的纠结的形象。

以上两类诗作，深化和推进了朱朱最重要的主题风格。但是，《五大道的冬天》中还有一些诗，是颇为私密的个人书写，我不想称之为爱情故事，因为主角其实是荷尔蒙：它的萌动与压抑，它的释放与审查，它的控制与沉溺。这是朱朱的另一个重要的主题变奏曲。在他的上一本诗集《故事》中，已经有了出色的《寄北》一诗，从形而下的性的缠绵与沉酣，转入形而上的爱的净化与升华。而最初的心跳则见诸组诗《七岁》里的《排水》，写一个比"我"高出一头的邻家女孩，忽然将自己搂在胸口，她的心越跳越快，直到自己的脉搏跳成同样的频率。可见诗人的情感教育史，开始得比《阳光灿烂的日子》和《西西里的美丽传说》更早。这是个人生命中

---

① 木朵：《杜鹃的啼哭已经够久了——朱朱访谈录》，《诗探索》2004 年秋冬卷。

不可轻忽的一组秘密代码，在《五大道的冬天》里，有他持续的观察和精准的描述。

从青春期开始的性与爱，是当代小说的一大主题。在小说家淋漓的刻画中，我们得以窥见人性的幽暗、明媚与苍白。但是，很少有诗人这么做，而朱朱算是一个异数。他擅长借叙事来抒情，场景、对话、心理描写都极为老到，所以，从最初的爱情，到最后的仪式，他那不多的诗篇，拼图一样形成了颇为完整的叙述，将我们拖进撩拨着我们自己的记忆中。

下面，我就从《五大道的冬天》里选择三首诗加以释读，试着解剖诗人对其欲望图式的解剖。

《地理教师》：好望角的绮梦

这首《地理教师》，写一个禁欲时代的少年因压抑而放纵的非非之想。但是，其中的不伦之念，我们就存而不论好了。引人入胜的是诗人的立意与修辞。

第一眼就是地球仪，旧的，粘着胶带的。物质匮乏先于精神匮乏。地球仪随着她的指尖慢慢转动，转出了意大利的维苏威火山，太平洋的马里亚纳海沟、热带雨林，还有好望角。但这不是地理，是生理。火山与海沟，幻化成凹凸有致的女体。气压的低，气候的热，则对应心怀鬼胎者的紧张与骚动。冷暖锋交汇形成的云雨，也不再是自然界的气象学现象了，而是男女间的鱼水之欢。

课堂上开小差。地理课变成了生理课。小男生的目光怔怔地凝定在"毛衣的 V 字领入口"，如果是旧小说里的插图，画梦的人就会画一朵葫芦云，云的根就结到这个口子上。接下去的电影让人联想到那时代仅有的几部战争片，《南征北战》《侦察兵》等等，构成 1970 年代末的单一语境。胆大妄为的悬揣，仿佛匍匐前行的尖兵，要剪破"厚外套和围巾严密的封堵"的铁丝网，一探异性的秘密。这是令人窒息的时刻，时刻担心那双识破隐情的眼睛会像探照灯一样扫过来，直到下课铃响，才如同警报声解除了罪孽与危险。

手抄本三个字，是 1970 年代中学生的接头暗号。想必是指《少女的心》或曰《曼娜回忆录》吧，那个清教时代拥有比基尼岛核爆当量的黄色秘籍，里面从头到尾都是"肉的扭摆"。所以，当性意识被唤醒，童话的时代一去不复返，觊觎的是烧心的手抄本。"蝌蚪已经发育"显然有跟男性成熟相关的另一层意思。发育的小蝌蚪想要游入大河，让人直观地想到齐白石的名画《蛙声十里出山泉》。诗的最后两行——

> 在破船般反扣的小镇天空下，她就是
> 好望角，述说着落日，飞碟和时差。

这个反扣的破船，或与此类似的意象，是诗人怀旧书写的萦心之念，如"你望见小城是一艘拴牢在缆桩上的船"（《古城》）；"老如一条反扣在岸上的船，／船舱中蓄满风浪的回声"（《故事——献给我的祖父》）。反扣着的船是停泊的符号，但船是不甘心底朝天地死掉的，它渴望着重新游入大河，航向大海，驶向那"风帆、桨手、旌旗、桅杆的美梦之乡"（波德莱尔《头发》）。于是，出现了"好望角"。

非洲南端的"好望角"（Cape of Good Hope），因风高浪急，最初被探险家命名为"风暴角"。但自从 1497 年探险家达·伽马率领舰队由此驶入印度洋，又满载黄金和丝绸原路返回葡萄牙后，便改成了这个洋溢着美好希望的名字。在苏伊士运河通航之前，它是欧洲人进入印度洋唯一的水道。一拐过这个海岬，东方无尽的宝藏便展开在眼前了。注意，这个地理大发现时代的"好望"之"角"，回应了前面的毛衣的"V 字领入口"，也连带与"指尖""冷暖锋""尖兵"等一同将无处不在的尖锐刺激打成一片。

"落日"是衰颓的，"飞碟"是神秘的，"时差"是永恒的（诗集中另一首诗《双城记》提到"男孩和少妇之间永恒的时差"），它们与火山、海沟、热带雨林同属奇异的地理知识，却不仅仅关涉到身体，同时也指向了心智。整首诗是对初生的情欲的书写，但并不囿于情欲，而是混杂着身体欲望和知识渴望。诗的意象在地理和生理两个向度上展开并重叠。一个是好望角、维苏威火山、马里亚纳海沟、热带雨林的系列，另一个则是 V 字领入口开启的身体的各个疆域。它们两相对应，显得如此连贯、缜密、机巧。哪怕次要的语词也在做精准的勾连：隔着窗玻璃的手抄本，和在玻璃罐里的蝌蚪。

这种巧智型写作，有趣，有味，充满内在的张力，尤能引发与他成长背景相似的同龄人会心的笑。那时候着实一无可看，除了看不到的手抄本，就是看不厌的地图。康拉德小说《黑暗的心》里的马洛船长说：

> 我小时候非常爱看地图。我会一连几个钟头看着南美洲，非洲或是澳洲，梦想着探险生活的各种荣耀。那时候地球上还有许多块空白，当我在地图上看见一块特别吸引人的空白时（而所有的空白看起来都特别吸引人），我就会用手头指按着它说，我长大了一定要上那儿去。①

至于《地理教师》里的绮思，有谁能免？仍然像马洛船长说的："我沿着舰队大街往前走，总丢不开这个念头。那条蛇已经把我迷住了。"②

《时光的支流》：鱼尾纹的撕裂

这首《时光的支流》开始于一次街头邂逅。一个女子问他："你还记得我吗？"定睛一看，谨重的中年，戴一副黑框眼镜，眼角有鱼尾纹，但鱼尾纹里却隐约漾动着小女孩的忸怩，这就一下子"将你拽回到青春期的夏日午后"。请注意尾韵："里""气""近""后"，AABB 的偶韵，稍一重复，随即转换，一种试探性的、介于熟悉与陌生之间的调子。

往日欢情的发生之所，看上去凌乱，但传达的讯息准确无误：借宿于亲戚家的小阁楼，是相对独立自由的空间，属于广东话说的"王管"。但嘉宝的头像——而不是别的艳照——和成堆的书，暗示了精神上的"要

---

① ［英］康拉德：《黑暗的心》，智量译，花城出版社，1996，第 10 页。
② 同上。

好"，也预备了最后的"浪漫小说"。所以接下来的场景，昵而不亵——

> 那时她每个周末都会来，赤裸的膝盖
> 悬在床边荡秋千，絮语，爱抚，
> 月光下散步，直到末班车将她带走——

音韵是情绪的呼吸，是思想的结体，是随着心律跳动的。吟咏这几行，"来""盖"的舒缓接应，"悬""边""千"的频密摆荡，然后是"絮语""爱抚""散步"，从撮口呼到合口呼，相似或相同的韵的延续，仿佛一下子沉入昔日的场景之中，把往事细数。这几行的节奏，碎了，慢了，迅即又快了起来：

> 月光下散步，直到末班车将她带走——
> 她的身体是开启你成年的钥匙，
> 她的背是你抚摸过的最光滑的丝绸，
> 没有她当年的吻你或许早已经渴死……

"走""匙""绸""死"，ABAB 的交韵，暗示着思绪依旧贴牢在过去。但三个长句的接踵而至，有一种内在的迫切性，是昔日之"我"对今日之"我"的陈词与抗辩，因为今日之我羞于面对以往的这段情感纠葛。阁楼拆除了，底片销毁了，那段记忆也巴不得抹掉了——

> 现在你的生活如同一条转过了岬角的河流，
> 航道变阔，裹挟更多的泥沙与船，

现在开始切题了，"时光的支流"。今天的"我"，主流的"我"，潮平两岸阔，风正一帆悬，已非当年小阁楼的弹簧床上"那个毛茸茸的自己"了。也不否认，"我"现在泥沙俱下，但成功的世故总是在所难免嘛。心态也好，事态也好，"我"都有足够的管控能力——差点儿情不自禁了，好险。

"权力"最煞风景也最适时地出现了:"泛滥如签证官的权力:微笑,倾听,不署名……""你还记得我吗?"——"我"不置可否,"我"在场而匿名。但"我"的表现非常得体:很礼貌,很有耐心。也就是说,很虚伪,很残忍。始于一低头的温柔,而最终扬起的是一副冷漠的甚至残忍的面孔:

> 望着她漫上面颊的红晕,你甚至
> 不无邪恶地想到耽误在浪漫小说里的肺炎。

"漫上面颊的红晕",呼应了开头的"小女孩的忸怩"。她什么都记起来了:吻,絮语,爱抚,月光下的散步。她其实也有点难为情吧?但她很可贵,还有真诚与勇气面对不无难堪的过去。她不知道面前的这个人多么不简单。当鱼尾纹否定了小女孩的忸怩,当黑框眼镜否定了赤裸光滑的丝绸,他的抵赖不为别的,是忽然惊觉当年的情感之廉价,像包法利夫人被那些浪漫小说给耽误了。

"肺炎"准确说是"肺结核",19 世纪小说里时尚的罗曼蒂克病(romantic disease),它让纤弱忧郁的女主角脸上泛起令人心仪的玫瑰色潮红(rosy cheeks)。朱朱写过他少年时曾沉迷在这类小说的阅读中——

> 憔悴而美丽的女主人公,在洒满落叶的小径上踱着她哀伤的步子,死亡如同夕阳拖着的长长的影子正在到来,爱情是那么的无望;她抬起头眺望着天空,而在她的双颊上点染着结核病人的那抹红晕。[1]

真是不堪回首。那个在青春期的夏日午后的温存,有点儿假冒伪劣。那个生涩的唇髭初茸的他,是把自己,也把对方,想象成浪漫小说里的人物了。

---

[1] 朱朱:《"吻火"——一个肺结核的神话》,《书城》2003 年第 4 卷。

但是，且慢。诗人有没有真的动了情？虽然冷漠经常是高端的表现——商场里的冷气越足，东西也越贵，可是声音骗不了人：絮语，爱抚，月光下散步，没有她当年的吻你或许早已经渴死……此诗的复杂性在于，它混合着感谢与羞赧、戒备和责备、反悔与反讽，可谓机心尽出。你不能说，诗人给出的经验老到的签证官角色，是他应许的自我定位。这种自我撕裂委实可怕：他在嘲讽自己的过去，同时在嘲讽自己对过去的嘲讽。他甚至已经想到，这位女士的内心感受：

> 流苏吃惊地朝他望望，蓦地里悟到他这人多么恶毒。
>
> ——张爱玲《金锁记》

《道别之后》：荷尔蒙的碎沫

《地理教师》是过去时，《时间的支流》是现在时结合了过去时，《道别之后》则是纯粹的现在时。它看上去像是一篇诡异的短篇小说，一个假想的窥视者的感性历险，一场发乎情止乎礼的情感教育课后的复盘：痴迷、怜惜、庆幸与悔意，连串心理事件所产生的不尽的余波。

第一行就是个悖论："道别之后，我跟随她走上楼梯"，"道别"是真实，"跟随"是想象，接下去的也都是想象。但第二行"听见钥匙在包里和她的手捉迷藏"，已经透露了道别之前都发生了什么——"挣脱了一个吻"——而引起了她情绪的纷乱。越乱越找不到钥匙，何况女人的包包里小物件委实太多。门终于打开了，啪嗒一声也打开了灯，照见了熟悉的家具。平常的动作一经诗人的陌生化叙述，如"爆破音"和"反光"，就都被放大了颗粒。赶紧照镜子，是在意自己的形象。椅背上的裙子有好几件，委屈着没被穿出去，还是在意自己的形象。在意自己的形象，显然是因为在乎对方。

形象保持得还好吗？今晚的态度还对吗？事情的结果还行吗？她陷入思考。思考前是一段平复的过程。朱朱以维米尔式的透视技巧，描摹一幅人物画。他熟悉那一切，她习惯的姿态、沙发、木质猫头鹰（令人想到福楼拜的鹦鹉），还有"那块小地毯"。裙边那些凌乱的情欲的褶皱，是刚才弄乱的。现在的"松弛"暗示了刚才的紧张，我的"荷尔蒙的碎沫"造成的紧张。好在是"碎沫"，放射性已到了半衰期，或者控制到了半衰期。

　　　　她陷入思考，墙上一幅画就开始虚焦。

虚焦是摄影术语，指画面上的景物结像模糊不清。从我"此刻的全能视角"来说，虚焦是双重的：她和我都沉入了思考中，反而抓不住这件事的要害了。她的睫毛与头发的撩拨，引动我如许欲望的骚动，但我不能伸出实际的爱抚，只能站成虚无的拥抱。我只能想象自己在心理上而不是生理上拥有她。

　　当诗人说出"全能视角"这个术语，也就暴露出诗人后设认知的写作策略。诗中人（区别于诗人）没有被欲望驱使，反而是欲望被检查、评估、处理。朱朱的诗不是那种简单的小说化，他以一种科学家的过分的冷静，处理丰满到过剩的细节，而其诗中主人公的主体意识在敏感地发展，且敏感着自己的敏感。就像他写一个人在输血，换了别人，绝对不会写那个调试输液速度的小塑料包里，血液怎么滴进去，怎么扩散开，精细到令人发指的程度。他在思考，同时思考着自己的思考，就像观察自己的血如何慢慢地洇开。但是，在情爱过程中，这种控制个人的认知过程和思维模式的做法，未尝不让人倒吸一口凉气——而这口凉气也正是诗人刻意制造的效果。他是诗人中的精算师。

　　现在，我和她之间，立着不可逾越的屏障。她像一块还没有融化的冰，说"不"，峻拒，挣脱，而我也及时变回了一个绅士，"一个更好的我"。阿兰·德波顿在《爱情笔记》里说：

　　　　令人吃惊的是，爱情的拒绝通常是形成在道德的语言中、对与错的语言中、善与恶的语言中。似乎拒绝或不拒绝，爱或不爱，是自然而然地属于伦理学的分支。令人吃惊的是，通常，拒绝的一方被标上了恶的标记，而遭拒绝的一方从此代表着善。[①]

这个"善"的我，这个"更好的我"，是事情过后的自我反省，有一点苦涩的自嘲，但不是那种道德上的标榜。大约算是松了一口气吧，对人对己都没有造成人格上的损害，没有把自己降低为一个俗滥之徒。其实，他何尝不想纵情沉溺？但是，"只有等我再次走下楼梯，才会又／不顾一切地坠回到对她身体的情欲"。

而这首诗，正是对这一"坠回"的过程的追溯。没有一个字涉及爱，似乎只有情，尤其欲，但这一幅幅布满了阴影和褶皱的画面，让悬揣与遥想如此清晰和亲切，非倾注无限深情何以至此？但是这《道别之后》，与前一首《时间的支流》一样，最后都是理性原则占了上风。内敛而清醒的诗人，为我们直探到人性的幽微之处，表演了悬崖上刹车的绝技。这些文本，容量够大，层次够细，且有很多暧昧不明的地带，远非单纯的爱情之光所能照亮。也就是说，我们一旦陷入思考，一首诗就开始虚焦。

---

① ［英］阿兰·德波顿：《爱情笔记》，孟丽译，上海译文出版社，2004，第200页。

蒋 浩

1971年3月生于重庆潼南。1992年考入西南师范大学。1994—1999年居成都。1999—2002年居北京。2002—2005年居海南。2006—2007年居新疆乌鲁木齐。2008—2011年居北京、海南。2012年起居海南至今。做过报刊编辑、记者、图书装帧设计、大学教师等。2002年起编辑《新诗》丛刊。2009年参加瑞士"中国文学节"。2014年参加在巴黎举行的英法诗歌节。2016年海南省青年诗人协会和知和行书局举办蒋浩诗歌讨论会。著有诗集《修辞》(上海三联书店,2005)、《喜剧》(自印,2008)、《缘木求鱼》(海南出版社,2010)、《游仙诗·自然史》(华东师范大学出版社,2016)、《唯物》(台湾秀威资讯科技股份有限公司,2013)、《夏天》(飞地书局,2015);随笔集《恐惧的断片》(百花文艺出版社,2003)、《似是而非》(江苏凤凰文艺出版社,2019)。曾获界限诗歌奖(2000)、倾向文学奖(2002)、"70后诗人奖"(2010)、北京文艺网国际华文诗歌奖(2014)、海南文学奖双年奖(2018)、苏轼诗歌奖(2019)、J青年诗人奖(2019)。

山中一夜

风在狭长过道里徘徊，
像水桶碰触着井壁。
她说她来取我从海边带来的礼物：
装在拉杆箱里的一截波浪，
像焗过的假发。
她要把它戴上山顶，植进山脊，种满山坡。
窗外一片漆黑，也有风
一遍遍数落着长不高的灌木。
偶尔落下的山石，
像水桶里溅出的水滴，
又被注射进乱石丛生的谷底。
那里的昆虫舔着逼仄的星空，
怎样的风才能把浅斟低吟变成巍峨的道德律？
山更巍峨了，仿佛比白天多出一座，
相隔得如此之近，
窗像削壁上用额头碰出的一个个脚印。
墙上的裂纹，是波浪走过的路，
罅隙里长出了野蒺藜。

2014 年 5 月 1 日

物·我·语言

——读蒋浩《山中一夜》

◎ 西　渡

　　自然是中国古典诗歌中最重要的题材和主题之一。中国最早的两部诗歌总集《诗经》《楚辞》，即多涉自然的因素；到六朝，山水诗从其他诗歌题材中独立出来，自然成为诗歌单独处理的对象；到唐人笔下，诗歌处理自然的手段便达到了圆熟的程度。在《诗经》中，自然作为人的活动的环境出现；在六朝，它成为一个特殊的审美对象得到关注和省思；到唐人手中，自然成了心灵的对应物。①在最典型也最圆熟的王维的诗中，自然完美地映射着诗人的自我意识。《鹿柴》一首可作代表："空山不见人，但闻人语响。返景入深林，复照青苔上。"在这里，自我的意识以无我的方式出现，有通过空的方式呈现。当然，并非巧合的是，无（空）、无我也是中国哲学的核心命题。在王维的二十个字中，哲学和诗得到了最高程度的融合，这种结合使得这首诗成了中国心灵和中国精神的代表，引起了西方诗人、翻译家和批评家的广泛注意。"空山"某一程度上就成了中国精神的象征。德国汉学家顾彬研究中国国文人自然观的著作在德文中就题为"空山"。已被译为中文的《观看王维的十九种方式》（艾略特·温伯格）汇集了王维这首诗的将近三十种译本。这首诗从汉语到西语再返回汉语的过程，也可看作一种奇特的诗和语言的"返景"。②

　　西方自然意识的发展要晚得多。顾彬的看法是："在西方，自然当作风景，就是说当作被单独注意、感受到的部分，在绘画中，直到十七世纪（荷兰），而在文学中，直到十八世纪才确定下来。"他引用了诺伯特·麦克伦布克的说法：自然"被当作风景，当作整体的自然"，"自十八世纪起才出现于欧洲的抒情诗中"。这样的作为整体的自然在欧洲"纯然是市民

---

① 参见［德］顾彬《中国文人的自然观》，马树德译，上海人民出版社，1990。

② ［美］艾略特·温伯格：《观看王维的十九种方式》，光哲译，商务印书馆，2019。

阶层文化思想的产物，它源于城市的生活方式及由此而形成的对'自然'的渴望"。它是近代市民眼中的自然，表现着他们"对社会制约的反应而产生出来的内心世界"。① 这个近代市民的内心世界与其说与自然处于和谐的关系，毋宁说处于冲突的关系。也就是说，在欧洲文学中，自然是作为人的对立面出现的，与中国诗中的情形正好相反。近代欧洲的自然诗中处处充满了我的欲望和意识的投射，与中国诗中无我、空的情形也极为不同。并且，这个自然实际上并不自然，它是制造的、人工的，这种制造实际上是人的意识特别是工业文明的意识对自然的侵入，而中国诗中的自然却是自我呈现的，其前提是人的退出，人的"物化"（庄子语）。

蒋浩这首诗也处理自然的主题，而且它所处理的对象正是王维曾经处理的："空山"。带着上述中西方诗人处理自然主题的背景知识，我们再来读蒋浩这首诗，观察它处理自然题材的手段，也许会有一些有趣的发现：

风在狭长过道里徘徊，
像水桶碰触着井壁。

第一行出现了"风"。"风"是中国自然文学中一个非常关键的词，"风景""风物""风光""风日"这些在意义上与自然密切关联的词汇都以"风"打头。但是，蒋浩写的是"风在过道里徘徊"。"过道"属于建筑的一部分，是人工的产物。风受到了人工的建筑的制约，它只能在过道里"徘徊"。这首诗的标题是"山中一夜"，如果我们期望它像王维的诗那样写出一个无我的空山，一个纯粹的自然，那么，这第一行就使我们的愿望落空了。诗人接下来说，风在过道里徘徊的动作"像水桶碰触着井壁"。这里出现了第二个和第三个人工制物："水桶""井壁"。"水桶"是纯粹人工的造物，井壁则是人为了控制和驱使自然的构筑物，但自然对井壁也有某种持续的影响，使它不完全是人工的。"水桶碰触井壁"，有试探的意味，也有某种亲密的意味，还有疏离的意味。"碰壁"意味着被拒绝，无法深入。

---

① 参见［德］顾彬《中国文人的自然观》，"引言"第 1—2 页。

透过这两行诗，我们看到人工的造物已经全面渗透或侵入了自然。王维诗中那种自我表现、自我完全，空无、澄明而又充满生机的自然已经不存在。接下来是这样几行：

> 她说她来取我从海边带来的礼物：
> 装在拉杆箱里的一截波浪，
> 像焗过的假发。
> 她要把它戴上山顶，植进山脊，种满山坡。

在这几行诗里，"风"被称为"她"。这个人称的出现，改变了人和自然的关系，解除了前一行诗刚刚造成的那种疏离感，在"她"和"我"之间产生了一种默契和交流："她来取我从海边带来的礼物"。下面两行是一个奇怪的比喻："装在拉杆箱里的一截波浪，像焗过的假发。"风向我索取礼物，这个礼物是一截波浪。这不符合日常生活的逻辑，却符合语言的逻辑，当然是诗的语言逻辑。在汉语中，"风浪"是一个固定的搭配，它是一桩语言学的婚姻；"无风不起浪"，"风"没有"浪"定要感到孤单。所以，"风"向一个海边来的客人索要"浪"符合语言的逻辑。而且，山里的"风"因为常年与"浪"失散，对于与"浪"的结合也会有格外强烈的愿望。"像焗过的假发"：波浪和假发在一般意义上并无相似之处，但它们有一种纯形式的、几何意义上相似性。这种相似性并非由蒋浩第一次发现，但我们一般用波浪来比喻发型，即把天然的或人工的卷发比喻成波浪。这是因为波浪是常见的，而卷发在汉人的日常中并不常见。但蒋浩把喻体和本体倒了过来——用不太常见的假发来比喻波浪。为什么是"焗过的"？因为假发被"焗过"，它和波浪在形状上更相似，还拥有了波浪的湿。波浪被装在拉杆箱里，按照常情，不可能，办不到——除非装在塑料袋或其他容器里，但诗人并没有这样说。它之所以成立，也是因为处在诗的语言逻辑中。这个逻辑是，波浪像假发，假发可以装在拉杆箱里，所以波浪也可以装在拉杆箱里。这在生活经验中，是理性的混乱，但在诗的经验中，是感觉的敞开。在这个比喻里，我们再次看到自然的人工化。接下来，我们看到另一个语言学的行动："她要把它戴上山顶，植进山脊，种满山坡"。一个人要把"波浪"戴上山顶，植进山脊，种满山坡是荒唐的；"波浪"在上述任何一种方式中都不可能保全。但是，诗借助上述诗的语言逻辑把不可能变成了可能。波浪像假发，所以它可以戴上山顶，也可以像植发、种发一样，"植进山脊""种满山坡"。这些全都是诗学、文本学意义上的事件。无论是中国还是西方的古典诗歌，自然诗处理的都是"物"和"我"的关系。但蒋浩在处理这一主题时却同时关注三个东西：物、我和语言。语言在这首诗里成为推动诗思发展的一个重要力量。我们接下来看下面的两行：

> 窗外一片漆黑，也有风
> 一遍遍数落着长不高的灌木。

这几行写窗外的风。与过道里徘徊的风相比，窗外的风更接近自然的状态；而且窗外一片漆黑，人工的痕迹即使有，也被遮盖了。但是这窗外的风也是属人的，她"一遍遍数落着长不高的灌木"。她和向我索要波浪的风看来确实是亲姐妹，只是她的年龄可能大一点，所以不会向客人索要礼物，但是——她数落"长不高的灌木"。"长不高的灌木"也是对山中环境的一种交代。显然，这不是一座降雨丰沛、植被茂盛的山，而是环境比较恶劣的，也许是北方荒凉的大山。这个交代既呼应了过道里的风向"我"索要波浪的情节，也预示了下文对山石的描写。从以上对风的描写中，我们可以看到诗人处理自然的方式与王维所代表的中国古典诗人迥异。蒋浩笔下的自然不仅处处渗透人工，而且本身就是人工的制造，是诗人的造物。从这个角度说，它甚至是反自然的，接近于西方诗歌的处理方式。下面几行写到了山石：

> 偶尔落下的山石，
> 像水桶里溅出的水滴，
> 又被注射进乱石丛生的谷底。

这几行从风过渡到山石。这个过渡非常自然。山石落下，是风数落的结果。灌木的脸皮比较厚，对风的数落爱搭不理，山石却羞愧得滚落了。这些山石一直落到谷底，呼应了前两行"长不大的灌木"的描写。如果植被丰茂，山石难以滚落，即便滚落，也到不了谷底。"像水桶里溅出的水滴"还呼应了第二行的"水桶"。这里我们再次看到诗的语言逻辑所起的作用。在这首诗里，作为喻体出现的事物，在文本的推进中，很快转换成了具有繁衍功能的本体。"波浪／假发"被装进拉杆箱，被种到山里，"风／水桶"溅出了水滴，"水滴／山石""被注射进乱石丛生的谷底"。说石头注射进谷底，几乎不成话；但是经过"像水桶里溅出的水滴"这个比喻的转换和搭接，落下的山石确乎可以像药滴一样被注射。这几行诗很生动地写出了深夜山中的安静气氛。这种安静是通过山石的动写出来的。显然，在一片漆黑中，"我"无法看到山石的滚落，而只能靠听觉去感知；而要听得到山石滚落的声音，需要极为安静的环境，也需要山石滚落得足够远，足够深。接下来，诗人的笔顺着滚落的山石伸到了谷底：

> 那里的昆虫舔着逼仄的星空，
> 怎样的风才能把浅斟低吟变成巍峨的道德律？

"那里的昆虫舔着逼仄的星空"，是很美妙也很精确的一行诗。昆虫看到、感觉到的星空是逼仄的，因为它们处于乱石丛中，是缝中观天。下一行回到对风的描写。但这个风是未出场的，是"我"的愿望。"浅斟低吟"当然是昆虫的歌吟。"我"不满这些处于逼仄石缝中的小东西自我中心的"浅斟低吟"，而呼唤一种"巍峨的道德律"。"道德律"跟"星空"有关，是对康德金句的暗引："有两样东西，人们对之凝思愈久，内心便愈生常新而日增的惊奇和敬畏：我头顶的星空和我心中的道德律。"①"道德律"为什么是巍峨的？这个巍峨也是由语境所生：山把它的巍峨借给了道德律。在这首

---

① ［德］康德：《实践理性批判》，邓晓芒译，人民出版社，2003，第220页。文字略有改动。

诗的语境中，"巍峨"是最贴切的选择，比"崇高""庄严""伟大"哪个都更贴切，因为它是从语境中生成的。"我"面对星空，对想象中的虫子们的浅斟低吟感到不屑，从而要求一种与星空、大山相称的巍峨的道德律。至此，我们应该看得出"我"已被滚落的山石所吸引，从室内来到了室外而面对着星空。下面几行继续写山：

> 山更巍峨了，仿佛比白天多出一座，
> 相隔得如此之近，
> 窗像削壁上用额头碰出的一个个脚印。

这几行诗看起来不经意，实则笔力千钧，让人想起老杜的沉郁顿挫。"山更巍峨了"，"巍峨"回到了本尊。为什么夜间的山比白天更巍峨？因为星空。星空让夜间的山有了一个宇宙的深邃的背景：山向着星空的伸展仿佛把自己推向宇宙的深处。形容这种增长的巍峨，诗人只用了轻描淡写的一句，"仿佛比白天多出一座"，但一下子就把大山压顶——挟持着星空和整个宇宙——的那种气势、那种震撼的感觉传达出来了，让我们如临其境。下面两行，"我"从星空收回了目光，回到"我"在山中的居所。"我"首先感到了山的挤压。"相隔得如此之近"，可见山中空间的逼仄，建筑和岩壁几乎紧挨着。"窗像削壁上用额头碰出的一个个脚印"：这个比喻有点怪，有点绕，但表达的效果很生动。"窗像削壁上……"意味着把建筑比喻成削壁，是对上一行"相隔得如此之近"的进一步说明。岩壁和墙壁既对峙又并立。从人的感觉讲，岩壁是对墙壁的挤压、对峙；从它们本身讲，则是亲密地并立。从整句讲，窗的喻体是脚印，"窗像……一个个脚印"。有灯光又或没有灯光透出的窗，从山的视角讲，处于低处，所以它们是"一个个脚印"；但从建筑本身讲，窗却是在高处，处于额头的位置。这行诗结合了山和建筑两方面的视角，所以成就了这样奇特的一句："窗像削壁上用额头碰出的一个个脚印"。这种视角的重叠和交错，当然不是中国古典诗的趣味，也不是西方传统诗的趣味，而是现代性的趣味。这种趣味首先把诗看成一种制作，处处透露着制作的人工味，但也自有其美妙和惊人之处。面对这样的诗行，我们赞叹的不是自然的神功、伟大，而是人的心思的巧妙、曲折、幽微。下面是全诗最后两行：

　　　　墙上的裂纹，是波浪走过的路，
　　　　罅隙里长出了野蒺藜。

这两行从墙上的窗进一步关注到墙上的裂纹，诗思紧密衔接上一行。雨水剥蚀是造成建筑裂纹的主要原因，但诗人的说法更为曲折。他说：墙上的裂纹是波浪走过的路。这当然是刻意的，但也耐人寻思。这一行诗同时回顾了这首诗的开头："风在狭长过道里徘徊，／像水桶碰触着井壁。"至此，我们明白了风为什么要在过道里徘徊，还要不断触碰墙壁：因为墙上有波浪走过的路。它是在墙上访问故人的遗迹呢。当然，我们也同时明白过道的墙壁为什么仿佛井壁了。这一回顾让这首诗在结构上非常圆满。实际上，这首诗的内部处处充满了这种词语、句子、细节之间的回顾、照应，作者构思的缜密，行文针脚的细密，都可由此见出。一般来说，旧诗的一行像一扇屏风，几扇屏风并置而完成一个平行的诗意空间。新诗则像织物，处处相连，处处呼应，其最终构造的诗意空间是立体的。接下来是最后一行："罅隙里长出了野蒺藜。"墙上的裂纹中居然长出了野蒺藜，可见这山上的建筑有年头了，也缺少必要的照料。但这种少人照料的状况和荒凉的大山却正相得益彰。通过这样的细节，诗人暗示了他所写的是一座空山，然而却明显有别于王维的空山。王维的诗可以说是通过空写出了有，通过无人写出了人；蒋浩的方法正好相反，他是通过有去写空，通过人写出无人，写出荒寂。王维的空山中仍然是有光的，虽然是夕光，却终究予人温暖；蒋浩的空山中也有光——星光，给予人的感觉却是陡峭、冷峻，终篇之际，生出的是一种强烈的空无、荒寂之感。事实上，现代的自然终究是难以予人足够的安慰了——因为人已经预知这种安慰的虚妄。

　　相较于旧诗在处理自然对象时所用的一般方法，蒋浩的方法有两点不同。一是旧诗强调"忘我"，蒋浩却有意强调"我"的存在，而且处处把"自然"拟人化（这当然是"以我观物"）。风索取，风也数落，风浅斟低吟，风也"道德律"，这些都是典型的拟人修辞。诗在"我"与"风"的对话中展开。"风"向"我"索取的礼物是"装在拉杆箱里的一截波浪"。显然，这行诗里收纳了"我"的个人经验。这里的"我"不是一个无主体的、一意追求忘我的"我"，而是一个具体的、带着个人印记的、特殊的"这一个"——他是一个来自海边、拉着拉杆箱、刚刚抵达山中的客人。这个"我"不但不以忘我为意，还不断把自己的印记打在外界的物上。诗中的比喻成为"我"和"物"沟通的桥梁。这些比喻遵从了现代诗"从远取譬"的原则，而不同于古典诗歌的"相似"原则。对于旧诗与新诗在比喻趣味上的不同，奚密有一个说明："传统诗学中的比喻，是两个本质上相同事物之间的联系，而现代汉诗中的隐喻凸显的是事物之间的不同、差距、张力。"[①]"从远取譬"沟通了相距遥远的事物，是量子纠缠原理的诗学发明。无论是用"水桶触碰着井壁"比喻风在过道里徘徊，还是用"焗过的假发"比喻波浪，抑或用"额头碰出的一个个脚印"比喻窗户，用"波浪走过的路"比喻"墙上的裂纹"，都带着"我"个人生活的经验（一个在乡村成长、生活在都市的诗人物理和心理的私人经验）。这种"物我交融"改变了古典诗歌"以物观物"的视觉呈现，从而使外界的物也具有了心理的深度。

二是语言作为另一种重要的力量参与了这首诗的生成。可以说，没有语言本身的参与，根本就不会有我们眼前这首诗。这种语言对诗的生成的参与在旧诗中极为罕见，即使偶尔有之，也不是自觉的。前文我们已经分析了几个显著的例子：波浪被"装在拉杆箱里"，风声称要把波浪"戴上山顶，植进山脊，种满山坡"；"偶尔落下的山石，／像水桶里溅出的水滴，／又被注射进乱石丛生的谷底"；"怎样的风才能把浅斟低吟变成巍峨的道德律？"如此生成的诗歌形象，明显不同于古典诗歌中主要指向外界物象的"意象"。诗歌批评家李心释建议用"语象"来专指此类依赖语言的自主生成能力所形成的诗歌形象，以别于传统的"意象"。[②]这种区分显示

---

① ［美］奚密：《现代汉诗——1917年以来的理论与实践》，奚密、宋炳辉译，上海三联书店，2008，第87页。

② 参见李心释《语象与意象：诗歌的符号学阐释分野》，《文艺理论研究》2014年第3期。

了当代诗歌在写作方法论上的一个重要进展，同时也显示了当代诗歌与古典诗歌在审美意趣上的重要差别。如果说古典诗歌主要是一种基于空间想象、以物象为中心的瞬间截面，那么当代诗歌更近于一种以时间想象为经，以物、我、语言为纬，所结构的一种严密的织物。

　　以上我们强调了这首诗与古典诗歌的区分。那么，果然当代诗歌与古典诗歌绝无相通，或者两者真的井水不犯河水了吗？答案显然不那么简单。就这首诗而言，如果诗人心中不曾装着一座古典诗歌中的"空山"——那座陶渊明、王维、孟浩然等历代诗人高手，以及司空图、严羽、王士禛、王国维等批评家共同营造的"空山"——就不会有属于蒋浩的这个神秘的"山中一夜"。这首诗虽然处处有我，但最终所达到的境界却正是古典诗人和诗歌批评家念兹在兹的"无我之境"。这是一首向伟大的自然致敬的诗，也是一首向伟大的汉语致敬的诗——而汉语中就有历代诗人的伟大创造，那么，它也是一首向伟大的古典诗歌致敬的诗。在这里，古典美学和现代美学最终获得了谅解，正如山间墙上的裂纹原来就是波浪走过的路，山原来也就是海，当代诗歌也就是古典诗歌——在某种最高的人文境界上。

马 骅

1972 年 4 月生于天津。1991 考入复旦大学国际政治系，1996 年毕业。大学期间开始创作诗歌、戏剧和小说，复旦诗社核心成员，担任燕园剧社社长、编剧、导演，并主演了多部戏剧。大学毕业后先后在上海、厦门、北京等地居留。2000 年成为北大在线创始成员之一，任北大在线频道经理。在京期间活跃于诗生活、北大新青年、泡网俱乐部、网易等论坛，担任版主；与朋友一起策划、编撰"藏羚羊"自助旅游书籍，"文学大讲堂"系列文学、电影图书；翻译美国女诗人伊丽莎白·毕肖普和英国诗人特德·休斯的诗歌。另有短篇小说发表。2002 年起担任《诗生活月刊》的主编。2003 年 2 月底赴云南省德钦县明永村支教。2004 年 6 月 20 日因交通事故在明永村附近坠入澜沧江。生前曾自印诗集《献给屠夫女儿的晚餐和一本黑皮书》（合集，1994）、《九歌及其他》（1999）、《迈克的真实生活》（2000）。去世后出版的诗文集有《在变老之前远去》（中国青年出版社，2004）、《雪山短歌》（作家出版社，2007；上海人民出版社，2015）。

豆腐酸了

天起了凉风。

暑气在午夜细密的脉络里
行走。

天起了凉风，溅出街道的轮胎
在折叠桌上的酒瓶间
行走。

天起了凉风，目光在漆黑的花园里
行走。废弃的古木在寥落的
老处女的注视下抽出
新黄的指甲。

天起了凉风，少年们的流言蜚语在参差的杯盘间
行走。寒风带来的暖意
仿佛涂了油漆的黑发
发不出一丝光亮，即使在
被奔放的谣言与杜撰击倒之前。

天起了凉风，一群新出笼的杂色鸽子在起伏的黑影里
行走。满地细碎的月亮
仅够用来果腹，仅够用来
支撑尚未摊开的双臂。

天起了凉风，凉风在月光和树杈间

行走。皮蛋下白色的积雪一片黯然，在明灭间
突然融化。

天起了凉风，残存的暑气执拗地在唇齿间
行走。残雪在消逝中发出了声音：

"豆腐酸了。"

2000 年 9 月 15 日

凉风行

◎ 秦晓宇

　　2000 年 9 月，二十八岁的马骅写了一首《豆腐酸了》。像大部分新诗一样，这首诗也是自由体，并不遵循程式化的节奏模式，但在形式上又有一些刻意的设计。譬如每节的诗行数以一种层递式结构来安排，具体来说就是全诗共九节，各小节的诗行数依次为：一二三四五四三二一，有种逐级递增又层层削减的视觉效果；与此同时，"天起了凉风""行走"等语词在诗中反复出现，贯穿始终，营造了叠语回旋的节奏感。那么，这些仅仅是形式主义的装饰设计呢，还是说具有罗兰·巴特所说的"形式之责任性"？如果是后者，其意图何在？

　　《豆腐酸了》书写了"文青"生活的一个典型场景：夜饮。三五诗友，锦瑟华年，苍蝇小馆，街边排档；把酒论诗，妙语胡言；通脱放诞，直至深夜。马骅十分熟悉甚至擅长这种在文学史上也算渊源有自的生活，很长一段时期也陶醉于此。尤其在他作为筹建人之一供职于北大新青年网站的那三年里，更是频频出入啸聚于该网站的各路新锐文艺人士的酒局中。不过至迟在写这首诗时，他的心态起了变化。表面上看，他依旧招摇诗酒，不问醉倒谁家；但一种冷冷的自我审视的态度随之潜滋暗长，针对"文青"生活及其所派生的诗歌。这种反省与批判意味就像"凉风"一样，随着人生季节的夏秋更迭应时而起。在本诗结尾处，这种意味表现得非常明显：

　　　　天起了凉风，凉风在月光和树杈间
　　　　行走。皮蛋下的积雪一片黯然，在明灭间
　　　　突然融化。

　　　　天起了凉风，残存的暑气执拗地在唇齿间
　　　　行走。残雪在消逝中发出了声音：

　　　　"豆腐酸了。"

本诗结束于吃皮蛋豆腐的情景。"积雪""残雪"即喻豆腐;"一片黯然"逗漏了诗人的心境。已近而立之年,虽然热烈的青春意气("暑气")仍"执拗"于歌吟的"唇齿间",但与"暑气"相对、呼应凉风之冷意的"残雪"已发出一个讽刺、批判的声音:"豆腐酸了。"豆腐因露天久置而变酸,一如年华在风花雪月中虚度,并写下"酸"的诗文。"酸"在宋元杂剧院本中与"孤""旦"并列,指称秀士一类角色,它自宋代以来便是青年文士及其风格的蔑称,迄今仍是描述文艺青年通病的有效标签。例如"一片黯然"这样的表达,就是一种细酸的"文青"腔调,受制于此的马骅希望从这种风格中挣脱出来。在那篇讨论"70后"诗歌的《断想或质疑》中,马骅指出"现在仍然活跃着的、从80年代延续下来的后朦胧诗人无不是跨越了年轻时代的'青春期写作'而经历了一些巨大的转型后存留下来的"[1]。乌飞兔走,他终于也到了该考虑生活和写作的转型问题的年纪了。

因此,"天起了凉风"与"行走"的重复,是对某种氛围与心境的不断提醒和强调,也是转变的先兆。而从修辞层面讲,则是一种引言加改写式的用典。《圣经》中,在向亚当、夏娃发出诅咒并将其逐出伊甸园之前,上帝是这样出场的:"天起了凉风,耶和华上帝在园中行走。"诗酒招摇的青春一如伊甸园中的浪漫时光,而马骅"越来越讨厌那些自绝于现实生活的艺术家的浪漫传说,并以此为戒"[2]。年近三十之际,"凉风"不断袭来,他似乎开始酝酿一场自我的放逐,就像人类的始祖,失乐园后才开始真正的生活:"终身劳苦","汗流满面才得糊口"(《创世纪》3:17—19),同时又"诗性地栖居在大地之上"。我想这些才是马骅用典的深意。

马骅所征引的和合本《圣经》展示了一种颇具特色和魅力的白话文,既多少有别于当时的官话口语或报章白话文,又因不使用文言而较成功地避免了儒释道语义的渗透,做到了对原文更大程度的忠实,"汉语语境与圣经文本之间的鲜明的异质性,也正是在'白话译经'的文本中才真正得

① 马骅:《断想或质疑——"第四代诗歌"或70后诗歌》,载马捷、李海波编著《在变老之前远去——通往神迹的马骅》,中国青年出版社,2004,第158页。
② 马骅:《青春》,载马捷、李海波编著《在变老之前远去——通往神迹的马骅》,第170页。

以彰显"①。不过两者也有"同质性"的一面。实际上主持译经工作的西方传教上也好，其中国助手也好，好多位都有相当程度的国学功底，即使他们极力反对"旧瓶装新酒"，中国古典文学与文化的因素也会潜入译文当中。譬如"天起了凉风"，这样翻译恐怕是受杜甫《天末怀李白》"凉风起天末，君子意如何"的影响（老杜则化用了赵飞燕的《归风送远操》"凉风起兮天阴霜，怀君子兮渺难忘"）。和合本主要以 1885 年版的《英文修订圣经》（English Revised Version）为蓝本进行翻译，同时参考了中西诸多版本。在希伯来文《旧约》原典中，"凉风"所对应的词语为"רוחהיום"，直译过来就是"今天的风"，其中"רוח"含义丰富，可表示气息、风、神的灵等，但此处应取风义；而《英文修订圣经》处理成"in the cool of the day"，其他英译本也有译作"breeze of the day""breezy time"或"at the time of the evening breeze"。如果中译呈现出"晚凉""凉爽""凉快""微风"等意思，似与上帝对人类发出第一个诅咒与惩罚的上下文语境不符；若译成"冷""冷风"又与乐园情境不谐。而"凉风"这种初秋微冷之风（《周书·时训》"立秋之日，凉风至"），经由杜甫等诗人的精彩书写，在中国文化传统中已然成为不祥或苦涩的命运（转机）之感的象征。这大概也正是和合本《圣经》的译者们以及马骅标举"天起了凉风"的深层原因。

为杜甫所追怀的李白也写过凉风诗：

与夏十二登岳阳楼

楼观岳阳尽，川迥洞庭开。

雁引愁心去，山衔好月来。

云间连下榻，天上接行杯。

醉后凉风起，吹人舞袖回。

---

① 杨慧林：《圣经"和合本"的诠释学意义》，载梁工、卢龙光编选《圣经与文学阐释》，人民文学出版社，2003，第 42 页。

在这首诗中，李白像写《豆腐酸了》的马骅一样，隐在了自然物象后面，托物以抒情，他的心情经历了从落寞惆怅到开怀畅饮又复归落寞的整个过程，《豆腐酸了》的层递式结构可以模拟登岳阳楼的李白或年近三十的马骅的谶饮心态轨迹。离京前一两年和朋友们聚饮时，马骅每每会用逐渐加深的醉意、自编小曲，以及穿插了各种驳杂生僻知识的妙语和争论把酒局带向高潮，再喝下去他会陷入沉默，然后不打招呼就走掉了，像一阵凉风。但如果说《豆腐酸了》这种形式感的象征意义仅限于此，也并不妥当，联系《豆腐酸了》之题旨，它更有可能指向对青春年华本身的隐喻。青春总有它的开始与发展、高潮与回落，以及"在消逝中发出"的尾声。

马骅花了很长一段时间来筹划准备那个"巨大的转型"。2003 年初他辞去北大新青年网站的工作前往云南德钦明永村，在梅里雪山脚下担任起二十几个藏族孩子的义务教师。授课之余，他参与了藏地民谣的采风整理和藏族传统仪式的录制保存工作，还协助当地制定《明永村规》《雨崩村规》，并撰写了关于卡瓦格博峰周围近百座神山的考察报告。他和孩子们一道修葺厕所，开垦菜地，兴建浴室和篮球场，上山捡拾游客丢弃的不可降解的垃圾。村里没有上下水，日常饮用水全都取自山上的雪水，买菜则需要到四十公里外的县城，日子虽然艰苦，倒也乐在其中。在这个过程中马骅的诗风也随之一变，写下了遥遥应和着伟大的山水诗传统而又别开生面的《雪山短歌》。威廉·狄尔泰说过："诗的问题就是生命（生活）的问题，就是通过体验生活而获得生命价值超越的问题。"[1]在雪山、藏传佛教、朝夕相处的孩子、艰苦与辛劳的作用下，马骅矫正了那种唯我主义的艺术倾向，以及过于迷恋情绪和修辞本身的"文青"之"酸"，用笃实朴素的体验来激发语言的活力，努力和不是比喻的世界重建一种明澈、坚实的关系。但这一切都被一个喧腾而悲怆的新闻事件打断了。

2004 年 6 月 20 日，去县城购买粉笔的马骅回村途中遭遇交通事故，他搭乘的吉普车坠入了湍急的澜沧江，成百上千的人闻讯后自发地展开

---

① 转引自胡经之主编《西方文艺理论名著教程》（下），北京大学出版社，2003，第 51 页。

搜救，但最终一无所获。我是 7 月中旬记者散去之后赶到明永村的，2003 年"非典"时期我就曾来过这里，和马骅欢度了儿日，谁承想一年后竟然出于这样的原因旧地重游。出事的地点已竖起经幡，还摆放了烟酒祭物和十几盏酥油灯。不远处的卡瓦格博峰被愁云笼罩，拖曳着苍凉的明永冰川。我沿着陡峭的土石山坡下到江边的过程中，捡到了一个修车的小工具和一面后视镜。一想到这面灰扑扑的小镜子可能映现了马骅最后的面容，我就看不清它了。在江边，我坐下来，和马骅对饮，酒的名字也叫澜沧江。凉风袭来，我们痛饮着澜沧江，像从前一样，马骅喝到最后陷入了沉默，然后不打招呼就消失了。我注意到对岸有一个小瀑布，还有一小片香柏树林，显得很有灵气，因为方圆数里都是光秃秃的荒山。马骅的《雪山短歌》写过"直接溅出了轮回的大道"的瀑布，写过"落叶／沉入河谷，被渐渐发蓝的流水带往下游，／带往另一座荒山，／另一片香柏树林"。这些他写过的事物，构成了凭吊他的地址。

虽然筹划了很久，但马骅没有向任何朋友透露他准备去明永支教的决定。离京前夕，他为自己写了一首送别诗《在变老之前远去》，后来有一部纪念并误读马骅的话剧便以此为名。这首诗开篇就是：

　　　知了在树上一叫，天就凉下来

　　　　　　　　　　　　　　　　为纪念马骅辞世十周年而作

梁小曼

1974 年 4 月生于深圳。诗人、译者、摄影师。大学主修汉语言文学。2009 年开始写诗，最早在香港《明报》及美国《诗东西》发表诗歌，近年在《今天》《飞地》《扬子江诗刊》《诗刊》等刊物发表作品，诗歌入选《中国女诗人诗选》等多种选本。著有诗集《系统故障》（译林出版社，2020）、《红的因式分解》（南京大学出版社，2023）。译著有［智利］劳尔·朱利塔长诗《大海》（香港中文大学出版社，2013）、［加拿大］洛尔纳·克罗齐诗选《老虎的天使》（江苏凤凰文艺出版社，2018）、［美］卡森·麦卡勒斯《心是孤独的猎手》（南海出版公司，2018）等。

系统故障

在谈论这个之前能否
将你从你身上解除就像
把马鞍从马身上拿下来
自我是一种不太先进的
处理器，它有时候妨碍你
运行更高难度的任务
但有了它，我们能解决
生活上的基本问题
身体不太健康的时候
我们能够自行去医院
能够进行简单的贸易
购买日常生活用品
促进消费，并因此得到
某种多巴胺，那有益于
我们怀着一颗愉快的心
去接近异性，安排约会
并在酒精适度的作用下
为神复制它的序列号
开始谈论前让我们
先升级这个处理器
面对浴室里的镜子
重影是代码的运行
你拥抱自己像拥抱
陌生人，你感觉不到
爱，也感觉不到欲望
这个时候，让我们开始

谈论吧，爱是什么？

爱是一个人通向终极的必经之路

终极是什么？终极是神为你写的代码

如何爱一个人？帮助他抵达终极

那么，死亡又是什么？

死亡是系统的修复

诗是什么？

诗是系统的故障

诗是什么？

诗是系统的故障

诗是什么？

诗是系统的故障……

2018

自反之诗

——读梁小曼《系统故障》

◎ 陈东东

　　诗人每写一诗，就塑造（模铸抑或独创）一番诗之形貌，就以这翻新的形貌，又一次呈明诗为何物。不妨说，每一首诗也都是涉及诗本身的诗，每一首诗也都有指向诗本体的意见。并且，特别还有一种以诗言诗，以诗谈诗的论诗之诗，这在《诗经》里稍见端倪，杜甫开创性的《戏为六绝句》已成典型，司空图《二十四诗品》则为另一种典型。古汉语诗里，"论诗诗"是一大传统。翻译过来的诗里，亦多见论诗之诗，显著如古罗马贺拉斯的诗学著作《诗艺》，即一封诗体书信。美国麦克利许也有一首《诗艺》，1980 年代由赵毅衡译出，其"诗应当不置一词／好像鸟飞"，仿佛转述司空图，其"诗不应隐有所指／应当直接就是"，真像得了要领。另有几首论诗之诗[1]，曾经更引人注目：华莱士·史蒂文斯的名篇《坛子轶事》，提示诗作为想象的实体，可"使得零乱的荒野／环绕"，组织新现实，获得新秩序；他的《论现代诗歌》指出："诗必须活着……它必须／搭一个新台……它必须／找到令人满意的东西……"；二战后出道的诗人路易斯·辛普森有一首《美国诗歌》，要求强化诗的功能——"不管它是什么，它必须有／一个胃，能够消化／橡皮、煤、铀、月亮和诗。"

　　中国新诗的发生，很大程度上出于类似的要求。胡适的《文学篇（将归诗之二）》也是论诗之诗，其中所谓"诗炉久灰冷，从此生新火"[2]之"新火"，在他看来，"需人实地试验白话"[3]以燃起。新诗跟新的语言（白话／现代汉语）相互生发，二者基因里相同的试验性，带来相互抵牾、磨合、重启和重临——一百年来的新诗写作，尤其推卸不掉反复指认和确立新诗

---

[1] 跟麦克利许那首一同见载于赵毅衡翻译的《美国现代诗选》（外国文学出版社，1985）。

[2] 胡适：《尝试集》，亚东图书馆，1920，第 21 页。

[3] 同上书，"自序"第 36 页。

自我的任务，或许因为，如臧棣在他的论诗之诗《新诗的百年孤独》里所述，这种诗的写作往往处于"就像一根木勺在不粘锅里指挥／豌豆的不宣而战。／这些豌豆尽管圆润、饱满，／但还不是词语"的状况……从新诗以来的那些论诗之诗里，还可读到痖弦的疑惑："在我们贫瘠的餐桌上／热切地吮吸一根剔净了的骨头／——那最精巧的字句？"（《焚寄 T·H》）多多设想"要是语言的制作来自厨房／内心就是卧室"（《语言的制作来自厨房》），张枣示意"厨师因某个梦而发明了这个现实"（《厨师》），不胜枚举，不一而足……论诗之诗历来多是具象式的，也是印象式的，着眼于辨格辨体，着手于比喻比附，谐趣不免执着，迂曲然而直观，一语道出，几乎能道破。诗以诗之写作反顾回应于诗，到了现当代，除了评议致敬，更多关乎诗的感受性及其批判，答辩乃至争辩诗与现实和自我的关系，在种种关系的变幻间试着重新命名设想，指认"什么是诗"。论诗之诗在新诗（它已经有了诸多别名或换代新名，比如现代汉诗，比如当代诗）语境里，也会以源于诸般变幻的现代敏感和冲动，去提示诗和诗人进行更甚于试验的挑战和冒险。

梁小曼的《系统故障》写于 2018 年，标题呼应这首诗结尾处多次询问"诗是什么"，每次都答复以相同的"诗是系统的故障"，显示这是关于诗的一首诗，一首新近加入论诗之诗行列的诗。"诗是系统的故障"拟定义句，却并非为诗下定义——去硬性限定某个名称术语概念，固非诗所擅长，更是诗之大忌；何况，诗从来就难以（无可）明确定义。诗在诗人们笔下的进展演化，永远会突破既有的诗之定义，令刻意定义诗如刻舟求剑；诗在诗人们笔下的进展演化，使得对诗的定义也唯有相应地进展演化，比如，从出现的每一首具体诗作里提取或许存在的独到新颖、扩张增值、变动不居的诗之定义。这首诗结尾处的拟定义句并不想周全概说，那是个判断式隐喻，一个似是而非，近乎仿讽的逆向回拨，或一个反馈自诗的生存现状的最新消息；标题对之特为提示，大概也想告知，这正是这首诗的命意所在。也许，《系统故障》被写成了"诗"的一个别名，这个有点儿突兀的别名却造成阻隔，就像读到"故障"这个词，不免产生阻隔的感觉。而一定程度的阻隔，正可以推进阅读和探究。

　　越过标题的阻隔，能看到它为这首诗打开的想象空间。"系统"一词已然不同于古汉语里简单缀接"系"（牵、联、结）、"统"（总起、连续）二词意思的那个"系统"，而是英语词"system"（追溯上去，这个词源自古希腊语）的音译。它又兼及译义，从而将汉语里原本未有之义赋予，翻造了这个词。可以说，晚至1980年代初，这个被翻造的词（这个概念、思想和观点）才因钱学森的《论系统工程》一书全新地进入汉语，之后许多年，这个词紧密联系着"系统论""信息论""控制论"之类的科学理论。将带着科学文化背景的"系统"一词用于诗的标题，像是在提醒：这会是来自另一个系统或自成其系统的一首诗——这倒响应了史蒂文斯"它必须／搭一个新台"之谓，也正好体现新诗"生新火"的意愿和"指挥／豌豆的不宣而战"的作为。这首诗跟众多诗篇的系统性区别，在语词方面就有些分明，比如，跟前面提及的一些论诗之诗大不相同。看上去，诸如"胃"以及需要关照的"心"，架在"诗炉"之"新火"上的"不粘锅"，"厨师"和"厨房"，"餐桌""卧室""荒野""坛子""木勺""豌豆""骨头""鸟""煤""铀""月亮""诗"……差不多来一个相近的语词亲属关系网，形成诗在喻义、意象、象征、结构、效用方面的某种一致、类同和联动；《系统故障》却找来了另外制式的语词，或对一些语词做新的配置，新的声音由此出现……对于一首诗的确立，比诸思想或信念之类，声音显然更为重要。

　　这首诗声音的发端之词，正好是列于诗题的第一个词。考察这几十年的汉语运用，会发现"系统"一词已经跟"体系""体制""组织""制度""装置""系列""等级""秩序"以及"政治""社会"等等词语形成了亲密关联；它之于科学文化自是必备词，近来人们谈论基因工程、人工智能、生态变异、科幻宇宙等等热门话题时它是高频词。并且，这个词（利用汉语的特性）像是能够连缀起任何名词、动词甚至形容词。大概可以说，"系统"这个词（这个概念、思想和观点）很大程度上变异了我们所处的现实、我们的现实感受。那当然不止于语言现实及其感受的变异，而是真实情况的易貌和破质。随着电子网络时代的到来，数字技术已经在人的身体，在思维和精神层面建构其统治，电脑、电玩、网络、智能手机、智能机器人等等成为时代生活的器物表征，日常生活的必要设备。现在，一般而言，"系统"这个词，特别是"系统"和"故障"主谓搭档着一同出现——"故障"这个从日语进入现代汉语的语词，更多去扮演"系统"的附属词——早已成了熟语和俗语，通常情况下，立即会让人以为，那指的是一次或一种微机的危机。以《系统故障》标题的这首诗，也有意让读者这样去想象。不过，"系统故障"的隐喻、寓言和讽寓，不免要关涉"系统"一词可能关涉的各个方面，尤其当它是论诗之诗，却又首先呈现为歌德所谓的情境之诗时。而它展开的情境，堪称特异和极端：

> 在谈论这个之前能否
> 将你从你身上解除就像
> 把马鞍从马身上拿下来

诗开始于对一次"谈论"的预告，但谁在说话，将要"谈论"，跟谁"谈论"，并不能确定；"这个"何指，也还不知道。这些且暂搁，因为尚在"之前"，诗的情境正面临要紧的犹疑："能否／将你从你身上解除……"

"你"之所指也并不清晰。"将你从你身上解除"是个怪异的说法。"你"如为一体（一般而言），又怎样把内化的"你"从"你身上解除"？此句故意像个病句——准病句与标题《系统故障》相应，指涉病态？它让人推想，依据诗题，"你"重合附着于"你身上"，或许是微机里储存的自我人格身份信息，甚或属于电子人（cyborg）的那个"你"，源于图灵测试的再现的身体（处在电子环境里，跟电脑屏幕一侧血肉之躯表现的身体相对）。而跟"你"对举的"你身上"（"你"的自身），也许比"你"更具身体性。

前两行语义语气的犹疑不确定，还在于断行处。"能否"和"就像"放在最后，并没有使它们所在那一行的句子完满，从而造成节奏的悬崖，意义的悬搁，让人读起来会多加留意。第二行里，"解除"之后本当用一个逗号，使意义停顿节奏弛缓，但逗号却告缺，故意让"就像"紧跟，又立即断行，增添关切，加快引出特别值得留意的第三行，一个可以深究的比方。

　　"把马鞍从马身上拿下来"，那就是个"卸载"动作——它明示，"将你从你身上解除"正属于一个微机系统的操作。在如今的汉语里，"卸载"一词差不多尽归电脑、游戏机、智能手机等等电子产品所用了。"你"和"你"自身的关系因这个比方清晰起来；而用"马鞍"（器物形态）和"马"（生命形态）来比方同一个人称代词指称的"你"和"你"自身，意在指出那恰是电子人般的一体二态或二位一态，暗示了机器／人、人机交互交杂的情境。这正是这首情境之诗的情境场合。第三行的比方还不止于此，"马"和"马鞍"这两个历来为诗常用的意象，又将卸载动作跟这首诗指向诗本身的主题相关联——所以除了情境之诗，它更是论诗之诗——因为这比方互文对照布罗茨基的名诗《黑马》。

　　很大程度上，《黑马》即一首论诗之诗，布罗茨基最后那句"它（马）在我们中间寻找骑手"，说出诗和诗人间能动的关系。桀骜不驯的马寻找它可能的骑手，英勇的骑手呼之欲出。骑手上马，恰是相反于"卸载"的"加载"动作。所以，"把马鞍从马身上拿下来"，几可读作《黑马》一诗的后传。布罗茨基花大量笔墨渲染的那匹马，代表诗的可能性和可能性的诗，张扬其生命力和独一无二；将会出现的它的骑手，亦须具备与之相般配的生命力和独一无二——马和骑手互相定义。它们属于传统的诗学形象，诗和诗人的传统标配。《系统故障》第三行的比方，则是这一标配的变形记："马"身上的骑手成了一副"马鞍"，一个"马"的附加件；限制"马"的"马鞍"并无个性和生命力，使得"马"也好像不再独一无二，只是众多相似中的一匹，生命力被制服的一匹；不妨说，"马"也差不多变成了一副"马鞍"的附加件。这个比方里的"马"和"马鞍"的如此非能动关系——两者也互相定义——恰好说出了数字技术时代诗和诗人的危机状况。"将你从你身上……"这样的表述，在这一后传和变形记里得到了解释。借这个比方，这首诗叙述的情境，也成了关于诗（且不仅仅关于诗）的隐喻、寓言和讽寓。

　　　　自我是一种不太先进的
　　　　处理器，它有时候妨碍你

运行更高难度的任务

"马"和"马鞍"的比方，其实已在说出何以要考虑"将你从你身上解除……"诗的第二句（第四到六行）继续讲述这种考虑。诗的情境变得明了，而且触目。联系上下文，"自我"正该是比作"马鞍"的"你"自我（区分于"你"自身），并被更震惊地指为"处理器"。于是，"将你从你身上解除"的卸载，就仿佛剥离身心的动作。这让人想象——以"处理器"这个词为据——"你"自我和"你"自身的状况或许类似于，比如，泡在营养液里的大脑，经一些连接线控制着若干机械化的存在。但比之更甚，"自我"反而更是一件器物，一台机器，经一些连接线控制身体化的"你"自身。于是，"解除"如某某百科所说的"作为电脑系统的运算和控制核心，信息处理、程序运行的最终执行单元"的"处理器"/"自我"，实在是无比严重的事情，难怪要犹疑"能否"，举棋不定。

从构词的字面到内涵再到形成的关系，"自我"都有其反身性。布罗茨基的"黑马"寻找"骑手"，何尝不是在寻找"自我"？诗作为对诗人自我的陶炼，有待于诗人自我去创述，这便是"骑手"和"马"的反身性。但"自我"在此却是个"马鞍"，"是一种不太先进的／处理器"——那本该在"你身上"的"自我"，内化于"你"自身的"自我"，其反身性给予的，却只是经由"你"获得的"自我""妨碍"。"它有时候妨碍你／运行更高难度的任务"，可看成由两个主谓宾句叠加并相互牵扯，此一兼语句用于表述"自我"/"处理器"跟"你"自身的这种关系的确十分恰切。

"先进"这个词不应该忽略。在现代汉语里，这个词早已颇具意识形态色彩，用于"自我"和"处理器"，也许顺带要引人设想，那会是何种"运算和控制核心"；但在这首诗里，此端仅通过这个词现出端倪，基本按下未表，然而已提示了在那个层面的隐喻、寓言和讽寓。抹去那种色彩，"先进"一词仍要分辨其两意——除了进化论意味的趋前赶新，这个词原本犹言"前辈"，不求甚解的话，读《论语·先进》之"先进于礼乐，野人也"，这个词还能跟"野蛮"扯上。依进化论观点，野蛮当然落后，对总要换代升级的"处理器"，前辈难免遭淘汰——而前辈更富经验，野蛮更富生命力，倒是更利于"骑手"。也许不意间，也许出于刻意，用"先进"这个词来衡鉴"自我"和"处理器"，就隐含了相反分裂的两种价值观；略作引申，这"处理器"是偏于守旧而"不太先进"，还是过于追新而"不太先进"？但无论如何，以此衡鉴"自我"，正如将"自我"视为"处理器"，都是在将"自我"器物化和对象化，就像健身者器物化和对象化自己身上的六块腹肌。于是，这首诗里，"处理器"不只是"自我"的喻体。

标题和前六行形成人机交互交杂的微机语境，节奏的迟疑和语调的悬度，仿佛系统冗余卡顿运转不灵，喻示着"妨碍"。诗的说话者、"你"和"自我"，沉浸于这样的系统世界，且并非对这种被迫性沉浸没有自省。"运行更高难度的任务"，是指程序的进一步执行，还是要"解除"程序的执行？不应该忽略的"先进"一词涉此二端。而在论诗之诗的层面上，"运行更高难度的任务"又跟卡瓦菲斯的《第一级》互文，指向了对"诗的梯子"的进一步攀登。不过到此，诗的叙述仍在"能否"的犹疑不决间——犹疑或许因为，"有时候"才会有所"妨碍"，"自我"/"处理器"并没有对"你"全无功用。

> 但有了它，我们能解决
> 生活上的基本问题
> 身体不太健康的时候
> 我们能够自行去医院
> 能够进行简单的贸易
> 购买日常生活用品
> 促进消费，并因此得到
> 某种多巴胺，那有益于
> 我们怀着一颗愉快的心
> 去接近异性，安排约会
> 并在酒精适度的作用下
> 为神复制它的序列号

"但"字承上转折，诗的叙述在这十二行里转向颇具场景化的空间，说起"它"（"自我"/"处理器"）有效的一面。这种场景化（情境）营造的现实感是一种拟真性，一种机器里的仿像现实——从一开始，这首诗的处境便是如此——它意图说出比现实更现实的现实。"我们"出现了，"我们"是"它有时候妨碍"的那个"你"自身之换称——单数变复数，更显其相对于"自我"的身体性，也示意其并非个例，而是有类同，就像前面述及的"马"，不再独一无二。虽然这十二行也仍在"谈论这个之前"，但实际上，"谈论"从诗的第一行就已在进行，换用"我们"，则确定了"谈论"的说话者在"我们"中间，"谈论"发生在"我们"之间，或代表"我们"跟另一方"谈论"。转为第一人称，转入明确起来的复数间的发声，也让诗的语调和景象转移，更亲近、在场和切身，这方便于"生活上的基本问题"。

但是读上去，这方面的"谈论"却又故意不那么直截了当——诗在这里三次用了能愿动词加动词的句式："……能解决……""……能够自行去……""……能够进行……"，一面提及"它"给予"我们"的能力，一面也意识到"它"给予"我们"的有限和制约，那种反身性的"妨碍"总是存在着。以这种句式"谈论"的是一些不愉快和乏味的日常："身体不太健康""自行去医院""简单的贸易""购买日常生活用品／促进消费"。其后讲到也许"愉快"的方面，则由两个"并"字开头的句子引出："并因此得到""并在酒精适度的作用下"，表示那只是顺带、兼及。"并因此得到"，更有着以前面那些不愉快和乏味为代价才得到之意，换来"某种多巴胺"。而"我们怀着一颗愉快的心"，实为"我们能够怀着一颗愉快的心"（仍是能愿动词加动词）的省写，"怀着"有其前提，"心"（无论是否用"愉快"修饰）并不真的无条件属于"我们"，而只是换取的益处。诗句的说法是"那有益于／我们"，意指这是"它"令"我们"受益。在"心"的问题上，"我们"正属于被动。

跟"系统"一样，"多巴胺"是个音译词，很少为诗所用的这个外来的汉语生词，意指（综合某某百科）大脑中含量丰富的一种分泌物，一种神经递质，它调控中枢神经系统的多种生理功能，使人产生开心、兴奋、情欲等感觉状态。在这首诗的总体语境里，关乎大脑和神经系统的这个医学和生理学名词，很容易挪移归属于电脑微机系统，用来提喻或转喻，或径直在人机相连时帮助传递某些脉冲信息，就像人们已经从那种后脑勺插上芯片就幻入虚拟世界的电影里见过的——"我们"正是电子人再现的身体，特别是本为大脑中含量丰富的分泌物"多巴胺"，却须换取才能让"我们""得到"，更加强了对"我们"的这种印象。而"我们""去接近异性，安排约会"，很可能只是程序运行的一个规定动作、模仿游戏、人工智能的学习项目，并不是出于真实本能的情感、欲望和生命冲动。足可印证的是，受"得到"的"多巴胺"刺激的这类动作、游戏或项目，"在酒精适度的作用下"，延展向了"为神复制它的序列号"——"序列号"，那串数字加字母，恰为辨识电子产品的自我身份信息之用；"复制"则让人想到批量生产，也会想到本雅明指出的原真性的丧失。

　　在一派人机交互交杂的语境里突兀地跳出"神"这么个词来，好似要打破这种语境——却又在强化这种语境。不妨稍稍辨识这个词。在器物化的"自我"和作为其自身的"我们"的反身性关系里，"神"会否意指元神，即所谓灵魂？然而电子人可能有怎样的灵魂（像精神面貌的六块腹肌）？或许，"神"有其更高的意指——如果，"自我"和经此"处理器"处理的"我们"置身于微机系统之中，或在某个任天堂掌上游戏机里被驱使，那么可以设想，"神"大概意指那位操控者，其情形仿佛博尔赫斯在题为《棋》的一首诗里所写："神移动棋手，后者移动棋子。／而在神之上，又有怎样的神设下了／这尘土，时间，睡梦与痛苦的布局……"这就添加了这首诗情境的圈层，乃至宇宙图景（不免是系统化的）。

　　但镶嵌在"为神复制它的序列号"这个句子里的"神"，未必有其生命能源的灵魂性，或让人玄想那无限的序列……读上去，这个句子有意模棱，安排着歧义：代词"它"所指代者要是跟这首诗前面的两个"它"相同，此句说的就是"我们""为神""复制""自我"／"处理器"的"序列号"；考虑到万物皆由"神"造的观念（神也造出了神自己？），此句亦可意会为"我们""为神""复制""神"制定给"我们"（自身）的"序列号"，乃至"我们""为神""复制""神"的"序列号"。后两种理解，基于通常用作事物、器物代词的"它"，在此用作了"神"的指代词——这大概表示，"神"亦不过是"神"的甚至是"我们"的产品。无论哪一种读法，"神"都坠入其中，缠绕进系统的纠葛，成为系统的另名；而这个可以从几个方向去读的句子之所述，似要超脱出"我们""生活上的基本问题"，却又刚好归结了"基本问题"——"自我""我们"以及"神"，都只是可以系统地"复制""序列号"的产品……

它前面那行"并在酒精适度的作用下"之"酒精"一词，也曾给人欲突破"生活上的基本问题"之想象，但"适度"几乎立即搁浅了这一想象。要是仍去想象，那么"多巴胺"之外再加上"酒精"这样的兴奋剂，会让其后出现的那个"神"接近于"酒神"，而这又涉入了这首论诗之诗的主题。"酒神"历来被约等于"诗神"，"酒神"激发、佑护近乎原始野蛮的狂欢和迷狂精神，常常约等于创造诗的奇异冲动和生命力——"我们"借助"多巴胺"和"酒精"，期望去抵达狂欢和迷狂的诗之境地，但"我们""适度"去做的，却仅只是"复制"那些"序列号"。"酒神"暨"诗神"并不能刺激"我们"以至于无度，逾越那系统。

无论愉快不愉快，诗行间罗列的"我们""生活上的基本问题"，甚或"我们"的"神"，无非处于低端、庸常、俗囿和无奈的状况，而这可能皆因受制于系统的"自我"/"马鞍"/"处理器"。依照这首诗前面给出的词语代数方程式，要是"我们"跟"马"不能完全画等号，在比喻的结构里，"我们"也明确属于那个本体——互文对照的布罗茨基那匹黑马恰与"我们"相反，有着"从未上鞍的脊背"，有着"双眼白光一闪，像一道刺电"，那才是强劲超凡的诗的可能性，可能性的诗，寻找并要求着强有力的骑手……那么，诗开头那个"能否……解除"的犹疑至此可以不再犹疑；这十二行诗的"谈论"更让人察知，"自我"/"处理器"无能令"我们"自身"运行更高难度的任务"。

> 开始谈论前让我们
> 先升级这个处理器
> 面对浴室里的镜子
> 重影是代码的运行

　　你拥抱自己像拥抱

　　陌生人，你感觉不到

　　爱，也感觉不到欲望

诗又回到"开始谈论前"的开头，对第一行稍做变奏，口吻和语调却大为不同了。祈使句"让我们／先升级这个处理器"似已毫无犹疑，愿望确定甚至坚决。不过那个"让"的祈请里仍有一种做不到主动，需要得到允准的意味；如将它读作自我鼓励的自我祈请，声调里也还是隐含了"我们"自身的难能。而祈请之事也已跨过"解除"、卸载，换成了"升级"——试想，由"我们""解除"、卸载处理"我们"自身的"自我"／"处理器"，这在相互制约的反身性关系里有可能做到吗？回头再看诗的第一行断行处，用的是"能否"，而非"是否"，实在是刻意为之——微机系统里"解除"、卸载"处理器"是所谓非法和自杀式操作，可操作的当是将它"升级"。另外，细究起来，在这首诗的词语系统里，"解除"与"升级"，正关系到旋钮般的"先进"一词的两意。在那个状写"处理器"状况的状语里，"先进"蕴含的两种相反分裂的价值取向，既左右"解除"抑或"升级"，也使得这两个悖反的动作各自有两种悖反的目标——这倒让"解除"与"升级"两个词像是可以互指，能够互换。

　　接下来几行，讲述"升级""自我""这个处理器"，同时也在"升级"着系统，折射出来的，则是"我们"自身的情境——"浴室里的镜子"被找来用作折射的道具，它会呈现两个或更多的空间，其欲辨难辨的一重重真幻感，正跟"我们"在其中扮演的角色相般配。比诗的前面一部分更具拟真性，这几行的讲述，展现了一个具体化且戏剧化的场景。读到这里，已能很明显看到这首诗的结构特点：它像一个从远处推近的镜头，一个从不确定朝"谈论这个"聚焦的剧本，细部会越来越被放大。"面对浴室里的镜子"，那正是自我映照、自我辨别、自我认识的场景，从而获得一种自我判断。无论"解除"还是"升级""自我"／"处理器"，其动机之前提，少不了这种自我判断。

　　所以，紧接着的判断句"重影是代码的运行"，既是镜中所见，亦是对所见的判断。这种判断句（仿定义句）前面已出现过一次："自我是一种不太先进的／处理器"，其认识判断，也正关乎"自我"。这种判断句（仿定义句）在这首诗里同样起着结构性和节奏推进的作用，跟细部的越来越放大相协同，越往后越频密，抵达最后点题的那一句。

"重影"让人想象镜中映像，很可能不止一面镜子中的映像；"重影"也意指重复出现的同一种迹象，叠现的同一个东西，跟这首诗前面"复制它……""将你从你……"这样的叙述相照应，甚至也可能照应了"先进"一词的两意。这个词大概也涉及微机系统里的副本镜像之类。当然，"重影"更指向"我们"自身——系统里再现的身体形象之虚像（虚像的虚像）。"重影"的出现被判断为"代码的运行"，也就判断了"我们"自身究竟是怎样的存在——之前的"处理器""序列号""马鞍"乃至"神"已经是证据。镜中"重影"作为"代码"（微机字符、信号和指令）的译换或异写，把系统状况像投射上显示屏那样呈现出来；"重影"的呈现，恰又是微机系统给出的状况。

"代码的运行"即一种语言的运行，"重影"可视为这种语言运行对"我们"自身的最新处理或命名——在此亦见论诗之诗的旨趣。"解除"抑或"升级"，都为了更新（"先进"）"自我"，获得新的处理或命名。颇为讲究的是，体现"重影是代码的运行"之场合，被设置在"浴室里"。"浴室里"的一般步骤："解除"，清洗，终获一个"升级"的新身体，正好拟喻了"升级这个处理器"的过程——诗何以将"解除"一词升级为"升级"，也因这"浴室"的设置而有所交代。

"你拥抱自己像拥抱／陌生人"，便是"浴室里""解除"／"升级"的景象之一。"我们"被重新拆分为"你"，在"镜子"的折射映照和"重影"间，"你"不止于一个"你"，同一个"你"也会是许多个"你"。跟这首诗前面人称代词的转换一样，"我们"和"你"在此的转换也连带着场景和空间的转换，而又有视角和发声的变化——说话者或许是看到"你"在"浴室里"的某人（"我们"中的某人），但也可能正好是"浴室里"的"你"，对着"镜子"说话的"你"或"镜子"里对"你"说话的"你"。"你拥抱自己"，似乎与第二行"将你从你身上解除"相反，说出的恰是"解除"之后的"升级"。但在这个"升级"里,"你"却是还没有"自我"的"你","你"还只是"你""自己"的"陌生人",看上去"你"正在被"解除",被清洗,清空,处在一个正待出品问世的临界点。这一景象还可参看数行前那句"为神复制它的序列号"——"你拥抱自己像拥抱／陌生人",那么"你"甚至都还没有作为自我身份信息的"序列号"。于是,"升级"在此仍然更像一种"解除"("先进"的两意值得留意),或"解除"是"升级"的一个步骤。"你"回到了更为初始莫名的状态,显露出底色,"你感觉不到／爱,也感觉不到欲望"(让人想到艾略特的诗句"我们是空心人……")——而这恰是"我们"的关切,这首论诗之诗的关切,即没有感觉,没有情感,没有生命力,缺失了诗动力学的关键要素……

　　　　　这个时候,让我们开始

　　　　　谈论吧,爱是什么?

　　　　　爱是一个人通向终极的必经之路

　　　　　终极是什么? 终极是神为你写的代码

　　　　　如何爱一个人? 帮助他抵达终极

　　　　　那么,死亡又是什么?

　　　　　死亡是系统的修复

　　　　　诗是什么?

　　　　　诗是系统的故障

　　　　　诗是什么?

　　　　　诗是系统的故障

　　　　　诗是什么?

　　　　　诗是系统的故障……

"这个时候,让我们开始／谈论吧",又一个祈使句,又一次变奏诗的第一行。跟上次对第一行的变奏("开始谈论前让我们……")一样,它也将这首诗推进又一程。从开头犹疑于"能否",省察"自我"/"处理器"及"我们"自身,到着手"解除"/"升级""自我"/"处理器",再到"这个时候"真正"开始／谈论"——由两个变奏第一行的诗句划开，这首诗的三个段落一目了然。而"这个时候，让我们开始／谈论吧"，又像在告知，从第一行"在谈论这个之前能否"开始的这首诗，到此才算正式开始，属于"谈论之前"的之前那些诗行，只是为了最后一跳的助跑。那么从第一行就在预告的"谈论这个"之一跳，是"运行更高难度的任务"吗？它又像是这才真正开始其"升级"，升向这首论诗之诗的重点。

从远处推近的镜头在诗的最后这一段放大为一组问答，情境几乎没有了视觉化的场景，仅剩下声音——问句和作为回答的那些判断句越来越紧凑，加快节奏，给予迫切感，最后卡顿于同一个句子的单调重复——它明显模仿了图灵的模仿游戏（或曰问答游戏）。在设想跟不能确知的实体（机器或人）的问答中，这位计算机科学之父指出：如果不能区分机器和人类，那这个失败将证明机器能思考，有了智能……这首诗最后的问答及于诗。设想未来（其实已经到来）的电子人时代"自我"／"处理器"如何处理诗，使得这些问答确像在"运行"比图灵模仿游戏"更高难度的任务"。这些问答也是"升级"和加载——仿佛布罗茨基的"它在我们中间寻找骑手"那样努力——测试"我们"的新"自我"是否会更"先进"……

"爱是什么"成了第一个考验。（也许）克服了"你感觉不到爱"，"我们"几乎回答正确："爱是一个人通向终极的必经之路"。但更正确或更指向真相的，是回答"终极是什么"："终极是神为你写的代码"——就测验（游戏）而言，这却是不成功的回答，它暴露了"我们"作为电子人的命运必然。"神"出现在这个判断句里，其意指跟上一次出现在这首诗里并无二致，仍可读作系统的另名，视为系统之神或系统本身，令"终极"之于"你"更不可把握，又更是被设定的。对"终极"问题的这一回答，取消了"终极"之于"我们"自身的终极性，也顺带取消了前一个回答里"爱"的超越性。于是后一个问答——"如何爱一个人？帮助他抵达终极"，就有一种嘲弄的意味，补充着取消，意思说"爱"也不过是系统的赋予和设置。这一组三个问答形成缠绕和循环——循环恰是作为回答的这种拟定义句式判断句的一个特点，似乎不妨将主宾换位，倒过来读解。这种拟定义句式的判断句，之前已经出现过两次，连同这些回答，也都像是在譬媲系统的循环——游戏者并不能突围出去。

　　"那么，死亡又是什么？／死亡是系统的修复"，这个从生命反面提出的问题，得到的回答更为残酷。副词"那么"给出的是一种表面让步转折，实则铤而走险的语气——既然刚才的问答未见成效，那就探底一试。这个问答收获的仍是循环，报告了系统控制的无所不在。它隔着十来行跟前面那句"为神复制它的序列号"形成照应，更加揭示了"我们"电子人生命（而不仅是身份）的无限复制性。而当"死亡"也已经不可能真正发生（这取消了生命的意义，乃至生命本身），诗的意义何在？诗又如何可能？"诗是什么"之问成了孤注一掷，回答可想而知。得到的回答显然比设想的还要糟糕："诗是系统的故障……"诗在系统里不可能达成。而故障尽管干扰系统，损伤系统，却一样并不能突围出去——故障也只是系统的一种状态（特异的状态），一个部分，一种构成，终于会被"死亡""修复"。有意思的是，要是把最后这两个回答（它们同样是拟定义句式的判断句）倒过来读，会发现语义有不小的偏差，但说出了它们的一层言外之意，给出了另一种绝望："系统的修复是死亡"，而"系统的故障是诗"，即认为系统的通常运行绝缘并阻碍诗——系统令诗发生了故障。

　　关于诗的问题出现三次，得到三个一样的回答，表明"系统故障"正在发生——这些重复问答似也在表示"诗是系统的故障"是个错误的回答，就像密码错误而受阻——这首诗也就戛然而止，或不得不卡顿于此。诗最后的省略号却在说出又一个循环——系统面临"修复"，重启，返回这首诗开头的情境，显示这首诗也像个系统循环，一个莫比乌斯圈那样的循环。

　　在这种循环里，诗人的声音戴着面具。将诗中主体与经验自我分离切割，去自传性，去个性化，这对现当代诗而言已经是惯技。梁小曼这首《系统故障》，将这种惯技用到了电子人再现的身体，变形的声音扩展至一个正在进行时的未来，一个数字化系统无限操控我们的时代。于是，在很大程度上，这首关注已来之未来时代人类（如果电子人也属人类）精神命运的诗发出的声音就更加非个人化，甚至可能刻意非人化——听上去，它属于一个系统之声，同时又在对这个系统说话，其想象的发声者是一个

（或许多个）无我，一个（或许多个）机器之我；这声音既非交流也不是独白，既非内在也不是虚设，而这个新型的诗的声音模仿拟真性，或拟真着拟真性，它说出的，仍像是一首情境之诗。

关于情境之诗，歌德说过："现实生活必须既提供诗的情境，又提供诗的材料。"接着歌德的说法，艾吕雅强调，"真正的诗应当反映现实世界，也应当反映我们的内心世界——那个我们幻想出来的变了样的世界，那种当我们瞪大眼睛看生活时在我们心中出现的真实。"①《系统故障》将之推进到微机危机的世界，数字系统内化于"我们"的新的现实；而它瞪大眼睛看到的真理几乎是绝望——与这首诗的声音始终相反讽的语调，也正出于绝望。作为电子人的"我们"依傍于系统，对系统的疑虑、试探、挣扎与无力、无奈，被笼罩在这首诗整体的反讽语调之下。整首诗的进展，用这首诗的材料塑造的诗的情境，就像已经被读到的那样，大概是一些人机交互交杂间的角色，在系统内部可能的不得自主和妄想自主的状况。那是一些以信息样式而非实体化表现的可能的电子人身份，在以不具形的流态传递的计算机指令间的状况。

所以，这首诗回避了颇能引起空间感的意象化方式（那种方式在梁小曼的另一些诗里多有运用），为呈现或显示抽象的非视觉化状况，它更多依靠句子和句式的故意安排。比如对开头第一句的两次变奏，越来越频密的拟定义句式判断句，由两个主谓宾句叠加相互牵扯的兼语句式，能愿动词加动词的句式，祈使句式，以及让人想起图灵测试的那组问答句……它们既对诗的整体起结构性作用，又提示语境情境里某种关系的样貌——一个特意选取的句式，其轮廓也像在出具语义……诗句连续推衍推动，不分节，从头至尾一贯（而又循环），则像在模仿所谓"代码的运行"；诗句节奏的平允、稍许异样的停顿或促迫、最后单调的反复与重复，也有着同样的规拟之意。

那种镜头从远处推近的结构方式虽然不依赖意象，但意象仍不可或

---

① ［法］保尔·艾吕雅：《论情境诗》，雷光译，《法国作家论文学》，王忠琪等译，生活·读书·新知三联书店，1984，第368、370页。

缺，它们由句子带动，在这首诗的上下文之间被去除其因袭性，改换蕴意的制式，起着针对这首诗的特殊效用。比如"镜子"意象之于电脑显示屏，"浴室"意象之于取消、卸载和更新、重启、升级，其表现性是从这首诗的微机情境和语境里分泌出来的，而非被赋予。最特别也最重要的是"马鞍"和"马"的意象，经一个比方被重新再造，成为这首诗可以扳动的从一个层级到另一个层级的意义道岔。它在诗意间生成，又是刻意的嵌入，除了推进诗，更出示了这首诗的互文性或曰文本间性。

实际上，每一首论诗之诗都有其互文性，它以关乎诗的言谈和将这些言谈呈现为诗，对照对话所有的诗；其诗意的产生，也离不开它对照对话的那些文本。首先让《系统故障》成为一首论诗之诗，让这首诗对于诗本身有所反观的，便是"马鞍"和"马"的比方，它互文于布罗茨基的《黑马》——从这首诗里，还可以读出包括卡瓦菲斯的论诗之诗《第一级》的诸多诗篇——这种互文将诗的焦点从诗中情境移向诗的处境，诗的主题也在这种互文间展开，直面系统交缠、技术介入、人类主体不再可能从数字管控挣脱开来的困局里诗的困局和难言。

《系统故障》作为一首隐喻之诗、一首寓言之诗和一首讽寓之诗，还可以从多个层级对之展开解读，比如自我关注、自我研究和企图揭露自我存在之本相的层面，语言、科学和政治诗学的层面；但从那样的解读里，仍然会有一首论诗之诗被认出——这首诗首先或终归是一首论诗之诗。除了互文性或曰文本间性，论诗之诗又会是指向或描述自身能力的诗。这种品质，很容易在诸如司空图的《二十四诗品》、史蒂文斯的《坛子轶事》、辛普森的《美国诗歌》等等论诗之诗里发现。然而跟那些论诗之诗并不一样，《系统故障》品质相类的声音却不是建设性的、宣导式的，而是疑虑和迷惑，甚至沉痛（被反讽削减或加剧），尽管它也奋力去突围。就像"马鞍"和"马"的比方跟布罗茨基《黑马》的反向，《系统故障》跟过去许多诗歌文本的互文关系也多反向——这大概因为其仿真于想象的电子人发声；这也让人意识到，诗人和诗的际遇，已经隔世般改天换地。前面已经提及，瞥一眼《系统故障》的词汇表，亦可见其诗意的大相径庭："处理器""多巴胺""复制……序列号""代码的运行""系统的修复""系统的故障"……那是另一系统之词和另一番现实，借用辛普森几十年前针对美国诗歌之所言，诗人须为它们发明一个更有效的"胃"——《系统故障》企图"升级""不太先进的""自我"/"处理器"，实在有着一致的用意——然而这必定比之前还要艰难，在本真与仿真、人类的目标与技术的目标混同，无从划清界限的时期。要是考察新诗历来的处境，这种新情况，大概也更为（或最为）极端——这首诗深深地卷入一种自反，就像它在诗中处理"自我"的反身性那样，对其自身不断追问、质询，也正体现出这种极端。《系统故障》将诗的困境和可能的对策（建构的，解构的）作为这首诗的叙述，其结构的循环也成为其反观自身及自身来历的内向性循环的形式特点。于是它明显具有了"元"写作的性质，记录自身的感受和如何得以感受；它沉浸其中的同时也超脱其外，有一种体验之上的自我评判或非关自我的评判。而其"元"写作的态度似乎是戏仿的，确切说是自我的戏仿——既为戏仿的对象又恰好是戏仿者，那么，绝望之外，它是否会提供改写、再写、重新建构和解构的新的可能性？

2020 年

伽　蓝

本名刘成奇。1976 年出生。北京市门头沟区斋堂镇东胡林村人。在门头沟山里长大。1991—1994 年在门头沟龙泉镇上师范学校，1994 年毕业。后回到山里从事小学教育。2013 年调到龙泉小学。2004 年起开始诗歌写作，偶有作品发表并入选若干诗歌选本。著有诗集《半夏之光》（大众文艺出版社，2011）、《加冕礼》（团结出版社，2020）、《磨镜记》（上海教育出版社，2021）。曾获《诗东西》青年诗人奖（2019）。

星空盖顶

发光的院子熄灭以后

你仍然不能看见

仿佛天空并不存在

只剩下黑暗

铐住深不可测的时间

必须容忍自己

也变得漆黑

让呼吸进入黑暗内部

承载消失的身体

天地这样辽阔

从来都是一人来到

现场的黑暗发掘

然后，繁星

闪烁，一条大河翻卷

亿万颗孤独的星体

你感觉自己又矮了

三分之一，而所有一切

将在这一刻填补你

失去的部分

2019 年 7 月 31 日

"一人来到黑暗的现场……"

——读伽蓝《星空盖顶》

◎　西　渡

　　瑞典诗歌评论家扬·乌拉夫·于连在评论女诗人安娜·吕德斯泰德的时候，揭示了女诗人身上存在一种植物性的"卑贱的力量"，这种力量具有一种"单纯的美和丰富性"，体现了"坚忍不拔的生命的非凡奇迹"。[①]其实，这种植物性的力量并非女诗人专属，在一些男性诗人身上也有体现。或许，我们大致可以把诗人区分为两类：一类是热衷于漫游的、动物性的诗人，他们的生活空间不断变化，写作的题材、风格、主题变动不居；还有一类是倾向于定居的、植物性的诗人，他们一生很少离开一个地方，写作的题材、风格、主题也相对稳定。惠特曼可以作为前一类诗人的代表，狄金森可为后一类诗人的代表。[②]伽蓝可能属于那类植物性的诗人。伽蓝是北京门头沟区斋堂镇东胡林村人，在门头沟山里长大，十五岁到十八岁到门头沟龙泉镇求学，之后又回到山里从事小学教育，直到2013年调到龙泉小学，在门头沟山里整整生活了三十四年。他的诗就是在这样一个山里世界中成长起来的，和这个世界息息相关。北方大山里的人们为了朴素的生存所进行的劳作、挣扎，他们的希望和爱恋，他们的思虑和忧心，就是他的主题。当然，这些人们中也包括了诗人自己。也正因为写的是自己的生活，所以他才能把这个大山世界的经验表达得如此真切生动。在我看来，无论从表达的精湛还是表现的深度来讲，伽蓝的这个诗歌世界都是当代诗歌中一个重要而独特的存在。

　　北方的山，和南方山水映带、秀媚迷人的山非常不同，往往到五月还一片枯索，而十月过后就木叶飘零，一片荒寒了。门头沟的山又多是

---

① ［瑞典］扬·乌拉夫·于连：《哦，现实——安娜·吕德斯泰德诗歌中围绕一个母题的编织物》，载杨蕾娜、罗多弼、万之编译《在世上做安娜》，上海文艺出版社，2001，第81页。

② 参见西渡《多余的柔情——论从容的诗》，《诗探索》2018年第4辑。

光秃、峭拔的石山，一年到头难见绿意。对于这种荒芜的情状，伽蓝有最好的表达："三五百里石头／垒着走不尽的荒凉"（《我是不是得了抑郁症》）。这种荒凉足以让"少年在民间白头"（同上）。我因为妻家曾在门头沟居住，去门头沟山里的次数不少。面对那些巍峨却了无生机的大山，大抵完全失语。对伽蓝，这些荒凉的大山一开始也并非什么诗意的存在。他自己交代，"到过门头沟区的人都被门头沟连绵不断的群山所震撼。但是，这些山对我造成的压抑感是无以复加的。尤其到了冬天，万木萧瑟，荒凉感袭来，全是穷山恶水"。但是有一天，他"从山外听课归来，望着陡峭的山影，竟然恍惚起来"，"荒凉的山影成了宋代的笔墨，枯涩的荆棘林立着勃勃生机"。① 从原本巨大的荒凉中看出"勃勃生机"，这是伽蓝感受力的一次蜕变，也是其看待事物方式的蜕变，更是精神上的蜕变。从这一天开始，伽蓝才真正拥有了这个大山的世界，这些大山也从压抑、负担变成了财富。这个大山的世界和伽蓝开始彼此拥有，他的诗从此有了自己的根系。这个根系深扎于这片贫瘠、荒凉的土地。用伽蓝自己的诗句说："所有的根，都攥紧血块般的泥土"（《乌有乡》）。而在这根系的上方，是给予贫苦的人们以安慰的"渴慕无限绵展／所有手臂都向上"的北方的土地和天空。伽蓝解释"本"的意义，"是草木的根部，用灵魂吸取土地中的黑夜并酿造某种风景"（《在纸上》）。这话说出了伽蓝诗世界最大的真实，它有本、有根，酝酿于黑暗的土地，而贡献给我们某种灵魂的风景。找到并确认自己的根本对诗人至关重要，就像树木抓住泥土和岩石，才拥有向高处和亮处生长的空间和时间。多多说："他（诗人）一定要有一种迷狂，迷狂是什么，就是强烈的自转，就像一个球，你自转一放慢，外界就侵入，你就纳入公转……自转，我抵抗你们。"② 这个根本的东西也就是诗人的自转轴。诗的一切，语言、形象、声音、主题，都是围绕这一自转轴组织起来的。正是它给予这一切一个强大的向心力。这也是海德格尔所说的那首

---

① 伽蓝：《一个人的觉醒：创作自述》，未刊稿。
② 凌越：《我的大学就是田野——多多访谈录》，《书城》2004 年第 4 期。

独一的诗，一切从它出发，一切又回到它。①

　　在伽蓝所贡献的灵魂风景中，《星空盖顶》是特别值得关注的一首。当代诗中写星空名气最大的要数西川那首《在哈尔盖仰望星空》（写于1985年），这首诗入选各种选集之多，甚至引起了作者的抗议。青藏高原上，"一个蚕豆般大小的火车站"上空的星空，让诗人变成了"一个领取圣餐的孩子"。这是一个自然的、远方的、绝对的星空，以其神秘和永恒征服了诗人，也征服了读者。伽蓝笔下的星空全然不同。它不是一个超越的、普遍的星空，而是一个具体的、经验的星空。这个具体首先体现在其空间的日常性上：

　　　　发光的院子熄灭以后

　　　　你仍然不能看见

　　　　仿佛天空并不存在

　　　　只剩下黑暗

　　　　铐住深不可测的时间

"发光的院子"应该是被夕阳和霞光点亮的。在夕阳沉落之后，灯光没有亮起，整个空间沉入了黑暗："只剩下黑暗／铐住深不可测的时间"。如果是在城里，未及夕阳落山，灯光早已接替阳光照亮了大街、广场和居室，也就不会有这样一个深不可测的黑暗时间。可见诗人所在的这个院子不是在城里，而是在农村，而且应该是在相当僻远的农村，人们还不习惯在太阳落山以后马上点灯。他们还保持了古老的习惯，在日落以后，让人和物静静地待在黑暗中，让眼睛一无所见，让心思断绝心思。这是一个家常的院子，是诗人和家人生活的地方。因为弥漫的、填充天地所有缝隙的黑暗，天空似乎也不存在——实际上，天空是依靠日月星辰来显示自己的，一个完全黑暗的天空就是无，而时间也因此变得深不可测。当我们静

---

① 参见［德］海德格尔《诗歌中的语言——对特拉克尔诗歌的一个探讨》，《海德格尔文集·在通向语言的途中》，孙周兴译，商务印书馆，2015，第30页。

坐在黑暗中，时间的存在方式也改变了，它不再外在于我们，从我们的身外流过去，而是通过我们的脉搏、心跳坠落到黑暗中，就像井壁上的水滴坠落到古井中——而时间是比古井更为深不可测的，所以你完全听不到回声。在这样的黑暗中待久了，身体会渐渐消失——一开始，你感觉身体是被黑暗包围着，渐渐地，它融入了黑暗，成为黑暗的一部分；事实上，不光你的呼吸进入了黑暗的内部，黑暗也通过呼吸进入了你的内部，身内和身外全都一片漆黑：

> 必须容忍自己
> 也变得漆黑
> 让呼吸进入黑暗内部
> 承载消失的身体

光在哪里？光源在哪里？在一个完全无光的世界上，诗人向黑暗，也向自己的内心发出了声音：

> 天地这样辽阔
> 从来都是一人来到
> 现场的黑暗发掘

天地辽阔，黑暗漫长，世界从来如此。在黑暗中，人彼此隔绝，你看不到别人，别人也看不到你。所以，你总是孤身一人。而这种孤身的感觉进一步加重了周围的黑暗。此时此刻深入骨髓的孤独之感不禁让我们想起了那支黑暗中的古歌："前不见古人，后不见来者，念天地之悠悠，独怆然而涕下。"面对充塞天地的黑暗，陈子昂怆然而涕下了。但伽蓝没有涕下，而是说出了另一个词：发掘。这是一个抒情的诗人和一个经验的诗人的分别。抒情的诗人说：涕下。经验的诗人说：发掘。抒情的诗人感受现实，经验的诗人建造现实。抒情的诗人敏感，茫然；经验的诗人敏感，但不茫然。抒情的诗人发现问题、提出问题，但不负责解决问题；而经验的诗人首先是一个实践者，具有实践的能力，他提出问题，也有解决问题的办法。读者应该注意，"发掘"首先是一个来自实践领域的词汇，而不是美学的、心理学的词汇。如果我们检索伽蓝的词汇，我们会发现他的词汇表与典型的抒情诗人——当代诗人中，张枣、柏桦可为代表——有很大不同，他的很多关键词是从实践领域精挑细选出来的。他写刷漆工："漆桶放在脚手架的搁板上／刷子沾好漆／身子向左下方小心地探下去／探下去，将自己扭曲／成一个扭曲的'N'字"（《刷漆工的坚韧》）。他写正直的百姓："被连续捶打的钉子／直立着楔入／木头的沉默／／一个陌生的位置／箍紧的黑暗／像冷酷的资本家压迫着"。这里每一个名词都牢靠，每一个动词都准确，不容改易和移动，形容词很少，由此形成凝练、朴质的风格。伽蓝的这些动词和名词都有来自实践—劳作的根。伽蓝的这一份词汇表也是对当代诗词汇表的一次刷新。这是伽蓝的诗工作之重要性的来源之一。就这首《星空盖顶》来说，有两个关键词，名词是黑暗，动词就是发掘，它们相互构成了一种实践关系。"发掘"作为动词来自农人的实践，农民向土地挖掘以求收获；"发掘"也来自矿工的实践，井下的人们向地层深处挖掘，要大地贡献出它深埋的宝藏。总之，"发掘"意味着承受，劳作，产出。伽蓝的"发掘"与农人和工人的两种"发掘"形式都有关系。伽蓝出身农家，而他的家乡也是京西矿务局所在地，原是北京主要的产煤区。农民向大地"挖掘"的产品成为食物的来源；煤矿工人向地层深处"挖掘"的产品用于燃烧，是城市的光源。那么，向黑暗挖掘，将产出什么？诗人相信，这种挖掘的工作将产出：光。东方的现代圣人在百年前说："此后如竟没有炬火：我便是唯一的光。"（《热风·随感录四十一》）那也是一个在黑暗中从事于发掘的人，伽蓝的心意与他相通。而尼采说："对人与对树却是一样的。它越是想长到高处和光明处，它的根就越是力求扎入土里，扎到幽暗的深处，——深入到恶里去。"[①]这种对于黑暗与光明关系的理解

──────────

① ［德］尼采：《山上的树》，《尼采著作全集（第四卷）　查拉图斯特拉如是说》，孙周兴译，商务印书馆，2010，第58页。

同样是经验的，而不是天真的。从视觉神经生理学来看，黑暗不是一个否定性的观念，而是视网膜"制性细胞"（有人译为"停止神经元"）活动的结果，是视网膜的产物。阿甘本因此认为："感知这种黑暗并不是一种惰性或消极性，而是意味着一种行动和一种独特能力。对我们而言，这种能力意味着中和时代之光，以便发现它的黯淡、它那特殊的黑暗，这些与那些光是密不可分的。"①就伽蓝这首诗而言，其突出和令读者感到惊心之处正体现在它对黑暗的深入骨髓的感知。正如从北方大山的荒凉感知其勃勃生机意味着诗人感知力的解放和提升，这种感知黑暗能力的获得意味着诗人灵性上的一次超越，同时也意味着诗人和世界签订了一份新的合约，一种全新的权利和义务关系将依据这一合约而展开。

> 然后，繁星
> 闪烁，一条大河翻卷
> 亿万颗孤独的星体

果然，经历一番"发掘"，光出现了：繁星闪烁，一条大河翻卷亿万颗孤独的星体。作为向黑暗发掘的产品，这个结果有些惊人，它产生了整整一片星空！按理说星空本是自然的存在物，并非哪个人挖掘的结果。那么，怎么理解这里作为"发掘"之产品的星空？实际上，这首诗里存在两个星空。一个是自然的星空，另外一个我们姑且称为精神的星空。自然的星空需要经过一个最黑的时刻才会逐渐浮现在我们的头顶。也可以说，黑暗是星空涌现的前提。我们置身的地方越黑，星空就越璀璨。这是一个经验的星空。从这个经验的星空，从它与黑暗的依存关系，诗人想象出一个精神的星空。这个星空是诗人替我们从黑暗中发掘出来并贡献给我们的。它依赖于人在黑暗中发掘的能力，依赖于某些精神的先知在黑暗中坚韧的、持续的工作。

---

① ［意］阿甘本：《何谓同时代人？》，《裸体》，黄晓武译，北京大学出版社，2017，第25页。

　　你感觉自己又矮了

　　三分之一，而所有一切

　　将在这一刻填补你

　　失去的部分

面对骤然涌现的星空，诗人感觉自己"又矮了／三分之一"。康德在《实
践理性批判》中说，有两样东西我们对之深思愈久，便愈感惊奇和敬畏，
那就是头顶的星空和心中的道德律。头顶的星空之所以让我们敬畏，是因
为它向我们提示了宇宙的无穷和不可测度。我一直以为生活在自然的星空
下的人和生活在城市的灯火的中人是两种差异很大的生物。作为一个在农
村长大的人，我有时不免为城市的孩子感到惋惜，人间的灯火虽然温暖，
但对于精神的成长，它们终究缺少某种来自上方的神恩的启示。什么是神
恩？那种从星空垂直下降的光就是神恩。所以年轻的西川，在这光照下，
"屏住呼吸"，"像一个领取圣餐的孩子"，而年过不惑的伽蓝感觉自己矮
了三分之一。在星空面前，无论是青年还是中年，都感到由衷的敬畏。不
同的是，那个青年并没有为星空工作过，而这个中年人曾经为这星空辛勤
付出，并失去很多。然而，当他面对星空，他感到一切付出都是值得的，
因为那种垂直的光、那种神恩已经补偿他在黑暗中工作时失去的一切。说
到这里，我们也就涉及了这首诗的具体性的另一个层面——它的时间性。

　　这首诗的时间是一个中年的时间。用作者自己的话说，这是"人生到
了中途，前前后后都是一样茫茫"，需要人"用一半儿的命在活，用另一
半儿的命去死"的时间。[①] 在这个时间里所看到的星空，当然不同于西川
在二十啷当岁所看到的那个绝对的星空。这个时间是从死中去发现活，从
无中去发现有，从黑暗中去发现光的时间。伽蓝的"星空盖顶"就是在这
样一个具体的时间和空间中向人显现的。它当然是空间的，但这个空间容
纳了心理和经验，容纳了人世各种各样的脏。这个经验的星空不会把人变
成领取圣餐的孩子，而是让你"感觉自己又矮了三分之一"，并且"填补你

---

① 伽蓝：《午夜》，载伽蓝自印诗集《加冕礼》，2019，第 279 页。

失去的部分"。那个领取圣餐的孩子不曾失去过什么，也没有多少东西可以失去，而这个在自家院子里眺望星空的人却饱尝失去的滋味，而且随时可能面临再度失去。因此，星空对他呈现出更为庄严的，也更为日常的价值，是把他从黑暗中挖掘出来的命运所系的事物。两相比较，西川的诗分量就不免显得轻了。我们要感谢伽蓝，在三十多年之后，终于可以使我们忘掉西川那首名作了。

从风格来讲，伽蓝这首诗写得非常平实，语言非常朴素。它的词语都是最简单的，几乎不带任何文学性的藻饰。其来源是实践的，非书本的，也没有显示任何"互文"的企图。这种用最基本的词语写作的意识，在伽蓝的近作里，是一个非常自觉的要求。当然，这种朴素并非文学意识的匮乏，而是文学意识进化的结果。它是一种更加高级的文学意识。实际上，伽蓝也经历了现代诗歌修辞的漫长训练，并为此下足了苦功。然而，他终于搁置了那种形色的技巧，而归于朴素和平淡。但在伽蓝的平淡中，显然并未全然废弃得自长期训练的苦功，尤其那种对语言的声音、词义的细微的敏感得到了完整的保留，只是它已进入不露痕迹的化境。这首诗的整体构思实际上也非常精巧。刚才我们讲到，它写了两个星空，一个自然的星空和一个精神的星空。但两个星空的转换完全不露形迹。如果不细心琢磨，我们很容易把它当作一首写实的诗，而忽略它隐含的寓言层面。在寓言的层面上，这首诗实际上讲了一个卡夫卡式的故事。现代作家多对黑暗有敏锐的感知，而卡夫卡可以说是感知黑暗的高级特工，一个类似鼹鼠的生物，却又奇怪地反抗鼹鼠的命运。这首诗也可以说写出了一个地洞生物对自身荒诞命运的反抗。按照这样的理解，诗中那些空间性的、意象性的描写就变成了时间性的、写实性的叙事，它讲了一个发生在无光的、密封的地洞里的故事，那里的一个不屈于命运的居民通过不懈地发掘，从地洞里打出了一条通往星空的道路。这样，发光的院子就成了一个地洞，"仿佛天空并不存在／只剩下黑暗／铐住深不可测的时间"就成了对地洞景观的真实的描写；而"必须容忍自己／也变得漆黑／让呼吸进入黑暗内部／承载消失的身体"成了对地洞生命的存在状态的揭露。由此，我们对"一人来到黑暗的现场发掘"的工作性质就会有更深的理解，而面对"繁星／

闪烁，一条大河翻卷／亿万颗孤独的星体"，我们也会更加深切地感受到一个地洞生物来到外面，与垂直的天光蓦然遭遇的巨大欢喜。

　　最后，对这首诗，我们还可以有一种"元诗"意义的理解。如果我们把诗人的处境理解为一个身处地洞的人，诗中的"发掘"就有了另外一层意义。这首诗也可以被理解为一首关于诗的诗，或者关于诗人的工作的诗——正是诗人通过他们在黑暗现场的发掘工作，为我们发明了一片又一片超自然的星空。

苏 野

1976 年生。1999 年开始发表作品。作品散见《诗刊》《扬子江诗刊》《诗歌月刊》《江南诗》《大家》《雨花》《延河》等处，曾入选《新华文摘》及多种年度诗选。著有诗集《拟古》（江苏凤凰文艺出版社，2019）。曾获"诗建设"诗歌奖新锐奖（2016）。现居苏州。

叶小鸾

当一个人不快乐，
那就是未来。

——布罗茨基

服务于痛苦，尖锐的理智
和语言纯粹的技艺
远离一个崩溃时代叙事的火山灰
你反复测试悲观的弹性

你曾是纯洁的迷魂药
和失败者的支票，在想象中增肥
一个喻体，呼唤着本体
一床蚕丝被，应许着梦境

你的美源于天赋，你的神化
源于你父亲无解的悲伤
和萃取肉体，人我执。他需要一卷
符箓，医治无常，和震惊

作为暗疾和招魂，书写
将傲慢的死亡提速，变成了独裁
一种强壮的恶，也是反叛
蕴含着阐释的液压剪

如今，你是遗忘
是少数人的信仰之熵

像果蝠，带着低展弦比的翅膀
倒挂在时间之树上

但借助于悲观的黥面
和对绝望的沉思，黑窑中的人
那灰尘般的写作者
会认出你，认出死和虚无

2010 年 5 月 20—22 日

在汉语的返乡途中萃取时间与生命

◎ 胡　桑

　　苏野的诗始于写作的（历史）场域与写作本身之间的距离，正如他在这首《叶小鸾》中所写："远离一个崩溃时代叙事的火山灰"，这一距离得自于他对时间与生命的体悟，其形式之一就是他近年来一直实践的拟古诗，王维、韦应物、谢朓、陶渊明、孟郊、叶绍袁均进入过他的诗歌文本并成为主题。他的诗歌书写穿越了历史的符号迷雾，穿越了儒释道空洞的现行阐释，从而挽救了这些古人在时间中的尊严，恢复了他们的在世状态和原初体验。明末短命女诗人叶小鸾（1616—1632）也是获救的生命体之一。

　　读苏野的诗，不得不反思一个叫作"传统"的词，一个在当代汉语诗歌中备受关注而又极受误解的词。汉语并不缺乏传统，但很少有人能够穿透传统，领会其真正意义。在西方现代性走向巅峰的 20 世纪初，艾略特早已不合时宜地提出过一种"传统"：作为超时间和时间性并存的"历史意识"。在白话文表征危机日益显露的当代中国，一个世纪以来一意规模西方的汉语，正在逐渐忘却自身几千年来构筑的独特"历史意识"，丧失汉语自身表达世界的殊异能力，这时，我们又一次遭遇了"传统"。在我们惊慌失措地面对"传统"的时候，苏野，一名"隐匿"于江南古镇不事张扬的诗歌写作者（"灰尘般的写作者"），已经静逸地走在汉语的返乡之路上了。

　　《叶小鸾》一诗隐藏着主人公的诸多生活事迹，通读全诗，我们可以隐约侧听出叶小鸾"痛苦"而"纯洁"的一生，她的"悲观""美""暗疾"和"提速"的死亡，她的"语言纯粹的技艺""天赋"和"书写"，以及死后叶绍袁对女儿的"神化"。但这些仅仅停留在垂死而空洞的文化符号层面上，对本事的考证和索引非但不能导向这首诗的精神内核，反而可能会设置更大的障碍。读这首诗，只需通过沉思苏野提供的名词就可以体验叶小鸾的在世生存状态。在苏野的诗中，名词占据的成分越来越大，这可能是他对汉语传统领悟的结果。名词写作真正贯彻了诗歌的命名本质。苏野诗中的名词并非古典语象的简单挪用，而是古典与现代双重语境的杂糅。在他的诗中，名词纷至沓来，有很多词语不是我们的日常触觉能够直接感知的，比如“崩溃时代叙事的火山灰”“失败者的支票”“阐释的液压剪”“信仰之熵”“低展弦比的翅膀”“悲观的黥面”，这些词语承载着丰富的文化信息，但苏野通过名词的并置（他使用的形容词也大多转化自名词）改变了它们固着的语义，使之成为一些“在想象中增肥”“呼唤着本体”的喻体，并具有了超越符号之上的表现力，这样的词语构成了这首诗的时间星丛。苏野正是以如此特立独行的名词写作丰富着汉语的表现向度，开拓着汉语的精神空间。

这首诗里镶嵌着三个写作者：叶小鸾、父亲、后世“灰尘般的写作者”。他们代表着三种写作类型。叶小鸾是一名短命的女诗人，纯粹的书写者，“服务于痛苦，尖锐的理智／和语言纯粹的技艺／远离一个崩溃时代叙事的火山灰”。她英年早逝，痛苦，自足而富于才华，并对时代保持冷漠和疏离（“远离一个崩溃时代叙事的火山灰”）。

父亲叶绍袁是《午梦堂集》的编者，一个家族式才女作家群神话的制造者。他因叶小鸾的早逝而获得“无解的悲伤”，开始思考并执着于肉身和主体（“萃取肉体，人我执”）。而正是叶小鸾的死使他最终获得了超越（解脱）。“他需要一卷／符箓，医治无常，和震惊”。他晚年选择遁入空门，来缓解在世的痛苦。如果叶小鸾是一名敏感于时间压力却自觉将写作独立出来的写作者，叶绍袁则代表一种因承受着时间焦虑逐渐觉醒而寻求解脱的写作者。

叶小鸾是后世读者的“纯洁的迷魂药”，也可能是“失败者的支票”，她应许着后世读者的“梦境”，被无数人误读着，这是天才的命运，她是一只时间的漂流瓶。自足的内心世界导致了对尘世的恐惧与不屑，“书写”加速了叶小鸾的死亡（“将傲慢的死亡提速”），同时，“书写”在其写作中具备着本体意义：“作为暗疾和招魂”，“变成了独裁／一种强壮的恶”，叶小鸾因“书写”而存在。当然，本体上自觉的“书写”“也是反叛”，它反叛的正是那个时代的意识形态宏大叙事（“崩溃时代叙事的火山灰”），而这种“书写”却常常被后世批评家切割、简化（“蕴含着阐释的液压剪")。苏野的任务正是要拔掉"阐释的液压剪"的电源,将书写恢复到书写者的精神世界中去,呈现写作的复杂性,并将叶小鸾恢复为一个独特的生命体("像果蝠,带着低展弦比的翅膀／倒挂在时间之树上")。苏野在诗歌的结尾处安排了具有清醒"历史意识"和时间知觉的"灰尘般的写作者"。远离宏大叙事的叶小鸾在主流叙事中只能被"遗忘",只能是"少数人的信仰之熵",但后世如苏野一般的"灰尘般的写作者",那些"黑窑中的人","借助于悲观的黥面／和对绝望的沉思",最终会认出叶小鸾以及像她一样直面本体的写作者的"死和虚无"。叶小鸾在时间迷雾中的显现,有助于后世写作者取得写作的自立,苏野就是这样的后世写作者之一,他也帮助叶小鸾的书写在当代语境中取得了自立。

马 雁

1979 年 2 月 28 日生于成都。中学时期开始写作。1997—2001 年就读于北京大学中国语言文学系古典文献专业。1998 年春策划、组织北京大学未名湖诗歌朗诵会。1998 年夏，主持、改编、导演大型诗剧《太阳·弑》（海子原作《弑》）。同年加入成都诗歌团体"幸福剧团"。1999、2000 年，策划、组织北京大学未名诗歌节。2000 年参与创建北大新青年网站。2003 年返回成都定居。2010 年 4—9 月为上苑艺术馆驻馆诗人。长期以阿三（北大新青年）、sweetii（水木清华 BBS、豆瓣网）等 ID 在互联网发表诗歌、书评、读书札记、艺术评论和日志，为多家报刊撰写专栏和评论。2010 年 12 月 30 日离世。曾自印诗歌和小说合集《习作选：1999—2002》（2002）、诗集《迷人之食》（2007）。身后由友人整理出版了《马雁诗集》《马雁散文集》（新星出版社，2012）、散文集《读书与跌宕自喜》（上海文艺出版社，2021）。生前曾编诗选《几个好朋友》，收陈舸、二十月、韩博、冷霜、李兵、李晴、马雁、申舶良、张定浩、张哮、照朗十一人诗，2017 年由广东人民出版社出版。曾获珠江国际诗歌节青年诗人奖（2009）、刘丽安诗歌奖（2010）。

樱　桃

我听过痛苦的声音，
从那一刻我缓慢病变。
那是沉郁的哀求，
不带抱怨，也没有
幻想。痛苦就是直接。

而痛苦是没有力量进入，
是软弱，不敢顽固并沉默。
我不敢把手探入它的核心，
不敢挖出血淋淋的鬼。
眼望着谎言的清洁。

当时我哀哀地哭泣，
转过脸，以缺席
担演无知，人人如此。
这一切就在面前：
痛苦，或者空无。

今天，我吃一颗樱桃，
想起一个女人在我面前，
缓慢，忍耐尔后大声喘息，
她曾经，作为母亲，
放一颗糖樱桃在我嘴里。

我缓慢吞食这蜜样的
嫣红尸体。是如此的红，

像那针管中涌动的血，
又红如她脸颊上消失的
欲望——这迷人之食。

2004 年春

缓慢的樱桃

◎ 秦晓宇

本雅明大概最早认识到经验在现代社会的贬值与毁灭，他认为这是第一次世界大战造成的生活和艺术灾难，仿佛从战争归来，经验也被炸得支离破碎、奄奄一息，甚至无影无踪。今天，导致同样后果的并非战争，而是日常生活。我们的日常生活不缺密度和广度，也不缺趣味或意义（往往还趣味无穷、意义过剩），一句话，什么也不缺，却如阿甘本所说，"杂七杂八的事情……娱乐也好，单调也好，特殊也好，寻常也好，苦恼也好，愉快也好，没有一件是可以变成经验的"；阿甘本进一步指出，"现代诗歌恰恰处于这种经验危机的背景之中"，正是基于前所未有的经验的贫乏，"波德莱尔才大胆地把震惊置于其艺术创作的核心"。[①]

马雁一方面也具有这种波德莱尔式的现代写者姿态，她相信诗歌写作是想象力的霸权主义，是一种表现出攻击性戏剧效果的语言及灵智魔术，诗人"必须要有足够的勇气和热情，下到地狱里去"；而另一方面她又明确表示"你需要从震惊里出来"。[②] 我从这种既表现震惊又试图走出震惊的矛盾中，隐约感觉到一种从日常萃取、拯救经验的努力，这种感觉又在她的《樱桃》一诗里得到印证。

结尾处的"迷人之食"，被马雁拈出作为自印诗集的书名。《樱桃》也确乎体现了马雁的写作观念、修辞特点与风格意识，这或许就是她以诗中一语来命名诗集的主要原因，在这个意义上，《樱桃》可以视为马雁的代表作，即借以理解马雁诗歌创作的一个绝佳样本。

譬如马雁强调诗歌必须"有形式感"[③]，在一篇笔记中她指出诗歌即"形式对全部可能价值的统摄。也就是说，学究、神秘主义和机修工的迷

[①] ［意］阿甘本：《幼年与历史：经验的毁灭》，尹星译，河南大学出版社，2011，第 2、35 页。

[②] 马雁：《谈片》，《马雁诗集》，新星出版社，2012，第 195、196 页。

[③] 马雁：《关于诗歌的形式和内在》，《马雁诗集》，第 200 页。

人组合"①（这句话也为"迷人之食"之"迷人"下了一注脚）。《樱桃》是一首写给母亲的悼亡诗，共五节，每节五行，这绝不像随意为之，那么这"五"意味着什么呢？《说文解字》："五，五行也，从二，阴阳在天地间交午也。"而《樱桃》不正是诗人与亡母之间的交流吗？

再譬如马雁有个流布甚广的说法，叫"发明词语者，发明未来"②。她认为摆弄词语看似雕虫小技，却也可能构成一个宏大的社会历史事件，有其深远的意义；这句话也暗含了这样一个观点，诗歌是一种最极端的语言艺术，诗人不但要娴熟精妙地使用语言，同时也要有所发明。"迷人之食"就是马雁的自创，诗中的"担演"似乎也是，它是"担任"与"扮演"的合称。

诗歌语言在马雁看来，乃是"隐喻和日常平权""本义和引申平权"。③一首诗若只有"日常"和"本义"则流于直白，过度追求"隐喻"和"引申"又会失之晦涩，"平权"体现了某种平衡。《樱桃》有描写吃樱桃的笔触，马雁首先是基于樱桃的本义及其日常用法来使用该词的。同时樱桃又很像一滴鲜血，用诗中的话说，"是如此的红，／像那针管中涌动的血"，引申出痛苦、血缘乃至生命意味；而诗中的樱桃已然是脱离枝头的"嫣红尸体"，象征死亡；甚至"樱"中之"婴"也以独特的汉字修辞，巧妙应和着这首母女之诗。同样的，"迷人之食"首先是指樱桃这种迷人的食物；食还有吃、吞食之义，诗中"我吃一颗樱桃"，"我缓慢吞食这蜜样的／嫣红尸体"，均扣此义，而母亲"放一颗糖樱桃在我嘴里"则是一种非常迷人的吃法。除了食的本义，本诗也蕴含了它的引申义。我们通常管日月的亏缺叫作"食"，这种"食"既可隐喻母亲的亡故，又可形容女儿的生活和心灵由此造成的巨大缺失，用诗中的话说，"痛苦，或者空无"。此外，食还有一个十分古老的引申义，那就是祭祀（如《史记·陈涉世家》"至今血食"）。作为一首悼亡诗的结语，"迷人之食"显然呼应着食之祭祀义，同

---

① 马雁：《诗歌笔记》，《马雁诗集》，第 198 页。

② 见马雁的《学着逢场作戏》《塑料桶》《隐喻是阴影》等诗文。

③ 马雁：《自从我写诗》，《马雁诗集》，第 202—203 页。马雁在《隐喻式阴影》一文中同样强调了这个原则。

时它也以其元诗意味提醒我们，作为文学的祭祀与其他祭祀方式之间最大的区别在于，它一定是迷人的。就这样，马雁在语言的"隐喻和日常平权""本义和引申平权"的原则下，用一首杰作统摄了樱桃、食全部可能的意义。

马雁对当代诗歌有个总的意见，"多过于琐碎，或过于笼统"[①]。笼统的诗疏离经验，与生活隔绝；琐碎的诗貌似拥有充沛的经验细节，实际上可能只是阿甘本所说的"杂七杂八的事情"的堆叠。对于这种堆叠，马雁的看法是："有某种愉悦吗？沉浸在琐碎细节里的愉悦吗？我不喜欢这种愉悦，我喜欢简单直接，一针见血。"[②]具体到这首《樱桃》，关于母亲的病与死有太多内容可以书写，马雁却只写了二十五行，每行最多十一个字。第一节写重病的母亲弥留之际的痛苦；第二节写病痛的母亲给我带来的痛苦，这痛苦也包括我的软弱和自欺，而"没有力量进入""不敢""谎言的清洁"暗示了当时经验主体的贫乏；第三节，岂止贫乏，当母亲亡故，"我"甚至是"缺席"的；题为"樱桃"，最后两节才写到母亲去世一段时间后的"今天"，"我"吃樱桃的情景和内心体验。整首诗读下来，的确既不琐碎也不笼统。现在的问题是，《樱桃》究竟如何在经验的火线上拯救经验？

这首先是一个缓慢的沉淀与领悟的过程，诗中的三处"缓慢"暗示了这一点。罗兰·巴特《哀痛日记》里的一段话可以帮助我们理解这种艰难的缓慢：

"我忍受着妈姆去世带来的痛苦。"
（正缓缓地形成文字。）[③]

其次，经验诗学需要一个关键性的脱出日常的契机。李商隐对一生命运遭

---

① 马雁：《无力的成就》，《马雁诗集》，第 240 页。
② 马雁：《诗歌笔记》，《马雁诗集》，第 197 页。
③ ［法］罗兰·巴尔特：《哀痛日记》，怀宇译，中国人民大学出版社，2012，第 111 页。

际的书写须有锦瑟的触发，杜甫则把漂泊的苍凉与悲苦收拢于一次登高，而马雁在等待一颗樱桃。"缓慢病变"中，她似已逐渐习惯（或者说接受）母亲的离去，携带着但又绕开了那个黑洞的生活，也在"正常"地进行下去。突然，于不经意间，"'我们以往互相眷爱'的情感"①和一直潜藏的哀痛赋形于它们的"客观对应物"：樱桃。它让马雁同时回想起母亲弥留的日子里被病魔吞噬的情景，小时候母亲将一颗糖樱桃放进她嘴里的甜蜜记忆，以及使这样的举动再也不可能发生的母亲之亡故。于是"我缓慢地吞食这蜜样的／嫣红尸体"，并写下这首凝聚爱与死、痛苦与甜蜜的樱桃之诗。

马雁有个坚定的认识：个人经验必须通过共同经验来传递。她在《谈片》中写道："世界不仅仅是那样，不仅仅是有个人的痛苦，也就是说要通过共同的经验。不过，不是大众的经验，不是延安文艺，也不是普罗。不确切地说，是要站在一个更高的高度上，更宽广的角度上，去看这件事。只有这样，个人经验才是真实的，你在众人中，你就存在了。"②"共同的经验""你在众人中，你就存在了"云云，用存在主义哲学的术语来表述即"共在"。关于"共在"，海德格尔说，"此在的世界是共同世界。'在之中'就是与他人共同存在"，"此在本质上是共在"③；萨特说，"我们凭借经验不是在与他人的冲突中，而是在与他人的联合中发现我们自己的。我们经常说'我们'……必然归结为共在的实在经验"④。回到《樱桃》，"我听过痛苦的声音"是共同经验（谁没听过呢？）；应对亲人病痛时的"没有力量"、"软弱"、"不敢"、善意的"谎言"是共同经验；亲人亡故时，"哀哀地哭泣"，"转过脸，以缺席／担演无知"是共同经验，"人人如此"强调了这一点；而吃樱桃及被母亲喂东西吃当然也是许多人都有过的

---

① ［法］罗兰·巴尔特：《哀痛日记》，第 37 页。

② 马雁：《谈片》，《马雁诗集》，第 196 页。

③ ［德］海德格尔：《存在与时间》，陈嘉映、王庆节译，生活·读书·新知三联书店，2006，第 138、140 页。

④ ［法］萨特：《存在与虚无》，陈宣良等译，生活·读书·新知三联书店，2007，第 504—505 页。

经历，为了凸显共同经验性，马雁不说"我母亲"，而是说"想起一个女人""她曾经，作为母亲"。

　　而冒险是马雁追寻经验的主要方式。阿甘本说："在现代时期，冒险已经成为经验的最后避难所。因为冒险预先假定存在着通往经验的道路，而且是一条非凡和奇异之路。"[①]马雁在诗论中宣称："写诗是一种冒险"[②]，"我们每写下一个字都冒着生命危险"[③]，"在刀尖上走路，多好"[④]。如果说在母亲病重与去世时，出于人之常情，"我不敢把手探入它的核心，／不敢挖出血淋淋的鬼"，"以缺席／担演无知"；那么《樱桃》便是刀尖行走、火中取栗的冒险。在诗中，这冒险又具体表现为"受难式学习"与"经验死亡"。

　　"受难式学习"是一种经由痛苦的学习和深入痛苦的收获，它要求一个人有足够的敏感和力量来体验痛苦并与之抗衡，从而艰难采撷血红晶莹的经验的樱桃。本诗前三节是对母亲与我的痛苦的痛苦回忆，也是对这痛苦记忆的清理与反思："痛苦就是直接""而痛苦是没有力量进入""这一切就在面前：／痛苦，或者空无"，均为痛定思痛的经验之谈。意味深长的是，在后两节，或者说在"今天"，"痛苦"这个频现的刺目词语不见了，那么痛苦之感也随之消除了吗？没有。第四节的"缓慢，忍耐尔后大声喘息"仍然是一种"痛苦的声音"；最后一节"缓慢吞食"之"吞"有无声悲泣的意思，例如杜甫写过"少陵野老吞声哭"，而"针管"带给我们刺痛之感。但是，母亲的"缓慢，忍耐尔后大声喘息"，"我"的"缓慢吞食"，不也是对痛苦的承受与抗衡吗？前三节诗人置身于痛苦的深渊之中，有着软弱、惧怕、自欺等此在的现身情态和现身式样，这使得她面对痛苦时其实是在犹不在的，正如海德格尔所说："怕主要以褫夺方式开展此在。怕使人迷乱，使人'魂飞魄散'……唯当怕隐退的时候，此在才得以重辨身在

---

①［意］阿甘本：《幼年与历史：经验的毁灭》，第19页。
② 马雁：《自从我写诗》，《马雁诗集》，第202页。
③ 马雁：《塑料桶》，《马雁诗集》，第205页。
④ 马雁：《诗歌笔记》，《马雁诗集》，第198页。

何方"。① 马雁则说，"畏惧困难是人类永恒的天性。不，不是畏惧困难，是畏惧。畏惧这种情绪可以完全没有对象也成立"——然而"没什么是可怕的。甚至，怕这种情绪就不应该存在，没理由存在"。② 她通过缓慢的"受难式学习"，在本诗结尾部分，终于站在了痛苦之上。

在阿甘本看来，"蒙田把经验的终极目标规定为接近死亡——人类通过把死亡看作经验的最终目标而达到成熟"③ 曾几何时在母亲的死亡中，"我哀哀地哭泣，／转过脸，以缺席／担演无知"，而"今天"，拒绝哭泣的"我"以巨大的勇气，主动"经验着"母亲的死亡（"我缓慢吞食这蜜一样的／嫣红尸体"），在一种绝不减轻"探入"与"挖出"死亡的状态中，努力体悟着这门残酷、深奥的学问。当然死亡是无法经验之物，非但如此，它还无法言说。维特根斯坦在谈论路德维希·乌兰德的诗歌时指出："不可说的将以不可言说方式蕴涵在已言说之中。"④ 作为一个不可知论者，马雁的看法更加极端：在诗歌中，"任何事情都可以被关注探讨，没有任何东西可以隐瞒，但一切仍然是神秘而不可知，并且制造神秘与不可知"⑤——这正是"迷人"之"迷"的另一层含义：迷惑不清、神秘莫测。这"迷"，便是经验的核心与尽头。马雁的"受难式学习""经验死亡"并没有到死亡为止。当"我缓慢吞食"樱桃那饱含亡母意味的"嫣红尸体"时，它被视为象征生命力与生命意志的"涌动的血""欲望"。是的，唯有生命，才是死亡诗学的根本意义，才是最迷人的"迷人之食"！

马雁辞世前几天写了一篇借林徽因杯酒，抒自我胸臆的文章，结尾写道："即使苦楚，她也仍会是这样美丽而优雅，有诗为证。"⑥ 马雁及其诗歌的迷人之处，即在于以美丽而优雅的姿态直面、承受、探入痛苦的人生。里尔克说诗是经验。在今天，也许我们应该补充说，诗是从无边的日

---

① ［德］海德格尔：《存在与时间》，第 165 页。

② 马雁：《电光火花》，《马雁散文集》，新星出版社，2012，第 301 页。

③ ［意］阿甘本：《幼年与历史：经验的毁灭》，第 8 页。

④ ［英］约翰·吉布森、［英］沃尔夫冈·休默：《文人维特根斯坦》，袁继红等译，吉林出版集团有限责任公司，2008，第 219 页。

⑤ 马雁：《诗歌笔记》，《马雁诗集》，第 198 页。

⑥ 马雁：《高贵一种，有诗为证》，《马雁散文集》，第 47 页。

常，从琐碎与笼统、惧怕与自欺、遗忘与死亡中冒险拯救经验的经验，并把这拯救提升为一种迷人的语言行动，唯其如此，它才是一种可以传递给他人的美妙经验——有《迷人之食》为证。

2012 年 7 月 26 日于百望山

杜绿绿

1979 年 8 月生于安徽合肥。现居广州。2004 年末开始写诗。作品发表于《十月》《花城》《作家》《作品》《诗刊》等刊物。2014 年参加《诗刊》社青春诗会。2019 年参加清华大学青年作家工作坊。著有诗集《近似》（大众文艺出版社，2006）、《冒险岛》（阳光出版社，2013）、《她没遇见棕色的马》（漓江出版社，2014）、《我们来谈谈合适的火苗》（中国青年出版社，2015）、《城邦之谜》（上海教育出版社，2021）。曾获珠江国际诗歌节青年诗人奖（2011）、十月诗歌奖（2014）《芳草》"现代汉语双年十佳"（2015）、中国诗歌网年度十佳诗人（2018）。

埃楚①

1

追究三月的冷风，细问它是怎样

吹过哀牢山东的双柏县。

空中的埃楚树盛大荣耀，"开出日月花，结出星云果"②。

可我们，谨慎言之仅仅是我，史诗以外从未找到你。

诗行中为同行人的沉默选择观念

正不可避免伤害各种无法完成的诗句。

怀疑的风，

吹动不崇拜虎的我但不是左右。

芍药与高山栲啪嗒啪嗒敲打着风在老虎笙中，

镜头里的毕摩挥起长杆，追逐他脚下的阴影

我有些想放弃顽固的探索。

比如表演广场后面，这座禁止女人踏足的山，

我站在边缘眺望，上面除了有些深绿的野草

还有些浅黄、金黄、灰黄的野草。

为什么要凝视它呢？

你，世间的埃楚树并不在其中。而"风在山中"③。

2

这棵根深叶茂、深入四方的树异常迷人，

每一段有关埃楚的描述，都像是先人

---

① 埃楚，彝族传说中长在天空里的一棵树，出自彝族创世史诗《查姆》。

② "开出口月花，结出星云果"出自《查姆》。

③ "风在山中"语出双柏县副县长宋轶鹏。

留给后世的谜语。那时没有天，没有地，
现在都有了。明晰的季节，强光在水面回放
独眼人、直眼人与横眼人的时代。
我是否正处在这第三代人的进化中，或者是
被抛弃的一个？乌云滚动着从远处覆盖过来，
我无能为力。我很冷，
山顶的这段路正经受阳光的切割。
褪去色彩的草地，往上是成片马樱花
往下的小路我独自去察看，
所有秘密快要揭穿，骤然下降的一个坡底。

3

他说迟两个月来，是最好了。
我看着那些未复活的花在他漆黑的脸后
不断向上生长，柔嫩的茎呈现透明状
在空中尽情旋转，像一群失业的舞女重新回到了
剧院帷幕后。她们拉开幕布偷窥观众是否坐下
数数卖不出去的座位，将彼此捆绑，
种在这片土地上；她们一曲未完不见了，
他拿出手机
给我看两个月后的这里。
最好的一片景致。这位年轻好看的村委书记，
请留步，你知道那棵，让所有鲜花失去色彩的垛楮
在哪里吗？

4

公塔伯^① 推动这一天又要过去了。

---

① 彝族世代所崇拜的三个神虎名叫"塔伯"。

地下折射出无数的光

这棵想象中的树，傲立于此间

持久为我低语诸事的起源。我还是个孩子时，

一个民族流传的故事

或隐秘的暗语会像深埋的铁矿一样打开，

它们在口语的扩散下多么神奇，

像我们夜宿的安龙堡，黑夜里发出

呼啸的风声与哭泣声。白日我曾踩住倒下的圆木

攀上弃用的土掌房，我在屋顶被莫名其妙的力量

推得摇摇晃晃，垛楮便在空中看着

它时而竖起，时而横卧

似乎对我的好奇表示更大的好奇。

它很快浮向更高的空中，枝叶呼啦啦扇起大风，

它在风中越来越远时，当然令我生出崇拜之心。

5

那神圣的火苗是狂欢。

晚饭时我去找厕所，

离开青松铺地的桌边，要走过干冷的枯草地

不算远的一截路，有位彝族女孩为我照亮

她手心的火突然熄灭后，那边更黑的地方

沉寂的树林，垛楮理所当然

来到我模糊的视野里。我的视力比白天时更弱了，

可是这垛楮却异常清晰，

每一片叶子上脉络的走向都在引我屏息静声。

"你看……"

我扯住等我的女孩，伸出手

一根根树枝在我的手心燃烧。她惊异于这件事，

远处的垛楮冷静地退后
它令这万物生万物长，我们活我们可能的死亡
竟从不使它动容。一种残忍的俯视。
那晚后来，我点燃了木柴堆起的篝火。

6

我没有宿在绿汁江边，我住在毕摩庇护的镇上。
我太累了，下午错过了去见他
没有人提醒我见毕摩的时候可以问什么，
我也不打算请教垛楮去了哪儿？旅程快要结束，
垛楮再也不曾出现。我看不见它了。
过去我也突然失去过很多东西，情感、能力、运气
实际上我可以失去的东西很有限，
我还是活着，那些远离我的一切像个迟到的预言
尴尬地补充事件的进展。我并不盼望它们回来，
我珍惜身上从不离开的这些，我的遗忘。

7

我在爱尼山脚发现三只黑色的虎，
它们正在饮水和跳跃；可能的观望
来自我对它们的探寻，这几只虎的爪子
落在溪流边簇拥的石头上；
雄健的身体陷入黄褐色的山景中。来这儿的路上，
高大杂生的草木打动了我，我按下车窗
让风席卷起山路上四散的黄土扑向我；
我的眼睛，有些酸痛
这几天我不断点眼药水，希望更准确地看清垛楮。
它像是久未发生的一个梦境，

我得到一把垛楮种打算播撒，
三只虚拟的黑虎轻轻咬开坚硬的种子
又埋进土里。它们是光，
是地上和山上的神，我的安慰。

2017 年 3 月

咖啡勺里的猫

——读杜绿绿的《垛楮》及其他

◎ 钟　鸣

或出于对诗歌语言一代又一代演绎的好奇，或对不同氛围下现代性内化因人而异的好奇，我偶然注意到了杜绿绿。因去广州领"东荡子"奖，有世宾和绿绿的朋友龙先生宴请桑克与我，绿绿正好在，自然而然，后来也就注意到她的诗。

她属嬗变的"70后"一代，与聪明又呆板的"50后"、灵活的"60后"（"第三代"居多）异趣。原我不大理会"代沟"之说，或因年纪大了，正像庞德所言，中年的乐事之一便是发现自己曾经是对的，而且比自己年轻时想象的要正确得多。这"年轻时"抑或即绿绿那样的年纪吧，所以，读过她的诗，代与代间的语境立马显现。由将来看，说实在的，她们较我等羁绊更少，更容易通透、和解，如此下去，便会有那结构性的改变，好歹可暂不论。比如，她的诗取现实之流动就非常直接，不似这代，染痼疾太甚，先入之见颇多，现实遂"板结"，文学之反应也自然多凝固的性质，认知的问题容易给弄到样式上去，多以语言僭越为能事，遂模型化而不自知。

另外，好像也没费什么力气，绿绿一代，就避免了英雄主义词语系统中的等级、革命、攻讦的成分，或生成别的优越感，比如社区大于阶级。预感未来，更亲和现实主义一面，社会学视为"适应"。还有最明显也最重要的一点，即她这代，是由社会物质和交往伦理剥离至孤单个人的，所以，语言也容易不拘泥于人际。狭义的意识形态没太多市场，世界意识反油然而生，既不复杂，也不玄秘，语言闪烁多在修辞。再看看前两代，拖泥带水，难堪之至，语言迂曲用了一大堆形容词，八方调兵遣将，还要长久训练，方显趋善，还未必真。

所以，哲学家（指维特根斯坦）奉劝我们，句子主语学习着用问"谁或什么……"（至少"也许"），将决定几代诗歌，于不同的现实层面会生成不同的叙述。桌面的微尘，较头脑的淤积更敏锐。像弗吉尼亚·伍尔夫所言，生活不是对称的眼镜，而是明亮的晕光。

　　总之，杜绿绿这代的语境，已具备不少意想不到的积极元素，这都依赖于新的认知方式，由不得个人。何况，未来也并非自然进化的过程，每一首诗（当然，指有效的），都有改变我们视线、考量时代精神的可能，没有现成的桃子，那是给有所准备的头脑的，科学哲学很早便强调这点：一则准备生，一则准备对泛死亡进行自我拷问。所以，张枣诗曰："我走着，难免一死，这可不是政治"（《死囚与道路》）。但诸多"诗歌的老反革命分子"（就俗语用之，泛指空洞化以诗文煽情行世者，无他意）却未必理解这些必然性：一时代对工具、语言之"上手"（海德格尔用语），怕多囿于社会习俗，而非框架政治（我们庸俗地依赖它太久了），这也超乎许多人的想象。否则，我们便很难理解极权主义的对立面为何总是显得那么幼稚，好人比坏人命短，因为他们不大懂"耗子民族"与猫或女歌手约瑟芬的关系——"我们总是精明地微微一笑，就把一切都看开了"（卡夫卡《女歌手约瑟芬或耗子民族》）。

　　这是一直困惑我，或许不再困惑绿绿一代的问题：根本就没有诗歌细胞，却咋个有这多诗家，还朗朗上口？抑或都受了"看开了"的影响。刽子手和死囚并作诗人（曼德尔斯塔姆"A＝A"之真意），于这民族，还真是个奇观，每朵云或滴露水砸下来，都会砸死个抒情诗人，这很反常。

　　所以，大致上，我这代主要抵抗的还是睁眼瞎和自大狂，奴役与服从，遑论其他，这就不难理解过去诸多反与被反的"同质"现象，这最致命；"60后"既纠缠旧式语言的阴影重叠又耽溺新财富和幸福，狭义的"第三代"经验的模糊性，连那"宣言"和"阵营"也模糊，说明此特征。尚功利，多取彼缘饰之士，窥微信奇门遁术便知一二。以上两代，被精英意识和封闭性的神话害得够呛，多无休止地内折腾，顾左右而言他。而绿绿这代，过滤下来，不知好了多少。但也要看到，因那社会内在的延续性，绿绿这代，怕要对付的却是更难的无聊与反复无常，还间杂着价值紊乱……代与代各有千秋，也各有各的难题。

　　诗歌能否把这一切的皱褶、豁口熨帖至平整呢？至少，读绿绿的诗，我看到另一种可能，一旦繁复的修辞之诗去了（过去时代之遗恨，必拖了老诗家和老右派战死于此），自然和社会的双重修复能力，会寻到语言新的机制，那一定不是神话的，尤其不是非人性的。她的诗一直辨析着日常生活的常识，非多数诗人姜太公似的陶陶然，即为此情势逼使。所以，绿绿一代的"返璞归真"便很重要了。当然，大家很清楚，这也只有最平实而能窥破权力游戏的自持者才有可能。虽目前她的诗稍嫌单薄和平面化——那是都市主义混合了新工具主义的无聊造成的，是后现代的开关社会和消费习俗附带的普遍现象，但看得出，她已寻了什么法，不与蚊帐争辩，而直接去打死蚊子，然后溜至含了甘泉的某处与山羊共舞。这就是她的最新杰作《垛堵》与先前那些作品换位得出的间隙，并提供了新的呼吸法和自我认同，肤浅的网络语言不会有这样的结果。她的过滤器与自我保护多得是，仅自然观察法或历史一脉，便可增强不少现实感。波德莱尔在译介爱伦·坡时就曾用过"历史故事"。

新史学有个观点，即人人皆可为史。旧时所叙"言志""诗教"接近这点。诗三百亡，亡在人间过早的世俗化，叙之"白话文"有何不可，不在道统，或非唯道统。故吴楚无诗，江汉一变却生楚辞，与其辩夷狄僭称，莫若看一方风土，所以，"骚人辞客多生江汉，故仲尼以二南之地为作诗之始"（周寿昌《思益堂日札》），都因地近。换位时空，绿绿生安徽，庶几也可谓地近南音。近世出独秀、胡适，当代出海子，都以辞章闻名，绝非偶然。携南音入了互联网时代的绿绿，自然又是另一番人文景象。工具不同，诗歌的语境便不同。倘若搜索自她出生——甚至之前的电台声音广播到电视实况转播，再到卫星全球同播，互联网菜单下拉，博客、微信传导的所有人的信息，你会看到弗里达（左翼反叛者）、伍迪、艾伦、福克纳、耶稣、伍尔夫、梦露、桑德堡、庞德……而这只是她脑储存的一丁点，还有许多隐蔽在她的骨头、皮肤、声音综合的芯片里，而且"有硬度，有方向"（《暴风雪》），但不是后来今日所说的"硬核"。这就是现代媒介转换的知觉方式，也就是清晨一小勺咖啡入杯时的浮光掠影。若是胶囊咖啡，便啥也莫有，过程为了泡沫包裹在机器中了。

转换与消耗，是绿绿这代诗人最要适应的，它既携带创新的契机，也带来阴影和重复。正像索尔·贝娄小说中的洪堡所言:"当代诗人有比荷马、但丁更为奇妙的素材。他们缺乏的是坚定而清醒的理想化精神。"理想化崩溃的反面并不是不要理想,这点,许多人未搞明白,只走了反常化低俗一路,结果却落了去智的旧窠。除了人文素养,对新媒介也不甚了解。新媒介讲究更多的通道与变化,或即"工具理性"的交互效应。

媒介延伸人的知觉系统,对于这一点,打麦克卢汉(Marshall McLuhan)始,便已有学者告知我们,有两点十分重要。一是传播内容可成为另一媒介的新内容,在诗歌构造中或可谓"再生""再造",包括题材的、情感的、注意力的。奇特的是,绿绿有《转生》一诗涉此原理;二是新媒介功能之启用会对旧功能予以截断。比如,"70后"的新诗所携带的知觉系统,就避免着恢宏的英雄主义词格,甚至还显现出很萌的一点"芭比化"特征,以轻松和故意的幼稚——微型分析——替代了以前被嚼烂的但丁、里尔克似的"庄严"与"甜美"。就汉语传播变化而言,几乎可以说,不经语境转换,所有的阅读都可能陷入误区。美术上,杰夫·孔斯(Jeff Koons)之风靡,并非没有社会学的原因,人们厌倦了严肃和谐的形态也可以是原因。在失去语境后,对先语言的压力与抒情的体验有无必要,今日语言沿流和记忆会不会堕入被动与遗忘,恐怕都取决于某种意义的"历史之再生"。"蓂历",这个词非常古老,我同时在纸本的《竹书纪年》和商代玉板文中发现了它。犹如古时社稷燔柴祭天,必有新木与牺牲。正由于这点,绿绿的《垛楮》可谓令人耳目一新。

但细察下来,里面的技艺,都是粒粒皆辛苦磨砺积淀的。绿绿不一定知顾氏颉刚的"层累说",但她似乎写了这原理:"接下来会发生的就像湖底的淤泥,终年沉在那儿,没有活过,也没有死过。"至于这是一次性消耗,还是永久的一种挑战,得看她今后作诗的契机。诗人有自己的命运,每一首有每一首的命运。我一向以为,诗人完成一首诗后便不再是诗人,实际上,诗人只有写诗时是诗人——只有毛泽东时代的诗人永远是诗人。我们身边戛然而止的例子太多了,翟氏永明所言"完成了又怎样?"即指这点。我们不能为太多浪费才华的人伤心欲绝,也大可不必为谁的江郎才尽扼腕,执迷不悟就更无需援手了。否则,T.S.艾略特何以要写:"像一个上了麻醉的病人躺在手术台上。"(《J. 阿尔弗瑞德·普鲁弗洛克的情歌》)咖啡勺或手术刀，你宁可享受哪一款？

《垛褚》非关题材、游荡，也非关部族神话，或文学的传奇性，而关乎现代都市主义边缘化的中国语境与疑古主义造就的边缘化的重合。前者是清晰的，"政治正确"的，后者模糊，而一讹再讹。用了绿绿叙述的两级（都市和历史）词语合成，颇似其笔下的"雾猫"。依今日语境，想想原子弹的当量和受害人口惊人的比例，应作"霾猫"。"霾猫"模仿老虎的徽记，混淆各种灾难的语境特征，一直就是现代主义的偏爱：爱伦·坡叙之《黑猫》；波德莱尔《巴黎的忧郁》直接叙说天朝的猫眼知时间和永恒；T. S. 艾略特有"杰利柯猫"，"猫需要一个特殊的名字"，而且，还必须对狗大加嘲笑。诗人都喜欢转换此癖好，如张枣便有《孤独的猫眼之歌》《猫的终结》。绿绿诗作叙及猫的不少，如《猫的故事》《季节》。读读后者，便能了解她这代不费吹灰之力就能化经典用于今俗的技巧：桑德堡和庞德，竟然在番禺（想象的地点）的隧道相遇。绿绿到哪里去了呢？——这是个颇有趣的现象，想想看，她是兰波早就定义过的那种"通灵者"（神经正常的诗家都该是），使了一点"刻意的反常"，便成为"他者"。关于这，兰波有极著名的比喻："当铁皮作了小号醒来，就无法再将其归为铁皮。"

我们这代的张枣，曾有诗曰：铜号般的眼睛。用了蜀地方言转叙过不再复原即"鼓眼棒"。

卡夫卡在写《变形记》前，就曾幻想成为印第安人，而曼德尔斯塔姆保持陀思妥耶夫斯基的癖好，臆想成为中国人。旧籍中，广东最厉害的变形记是"飞头人"。光是脑袋飞来飞去地吃东西，微信上不停晒吃的，多半是"飞头族"孑遗。大概求全责备的绿绿会觉得不怎么好看，所以，也没敢乱施魔法，就这点，她很健康。

"70 后"诗人，少有绿绿那样反肤浅和碎片化的，"破碎"很容易藏污纳垢，掩饰没有才华和缺乏判断力。这点她可一点也不含糊："我写下一行恶毒污秽的句子／在丢弃的牙套上。——拿去！"看得出，她喜欢刷牙，而过去奋起自杀的诗人却都不爱刷牙，反爱谈死亡——"你写过很多次死亡"（陆忆敏《你醒在清晨》），所以，陆氏又道："我不能一坐下来铺开纸／就谈死亡"（《死亡是一种球形糖果》）。看来诗界多点神经正常的为好，语言的牙结石很可怕，最终吞吞吐吐导致漏风、结巴、不讲逻辑——交往的、诗学的。而绿绿的诗，推演过程都很完整，这点难能可贵。只有天赋、人文素养极高的人，才追求这些。对写诗非病态、沦丧、酗酒、打架、败坏、极端不可的偏见，一直因精神的贫乏而被夸大，诗人有时真的分不清宣传和流言蜚语。越和非人化的生理特征狼狈为奸，对文明结晶中的理性和感情就越疏远。至少，绿绿对此抱有警觉和一定的距离。我们看马戏，不能为飞人炮弹所伤，笑一笑可以，但却不把小丑的动作当真——遗憾的是，当真或自己信以为真的颇多。

绿绿大致属于可以窥破各种小把戏的人，她的每一首诗，几乎都是以识别生存伎俩后给予捅破为结束。当然，也不排除同情心。不过，她最好与各种"表演者"别靠得太近。不是担心别人伤着她，而担心她陷别人于尴尬，太枯涩。所以，她骨子里是"旁观"的料。不过，此角色也容易弄得自己曲高和寡，如此便需时空的添加剂或面壁，或爱丽丝漫游奇境式的物化。"文学神仙"是坐化出来的，并非街头的吐火兽。

所以，她的变形都是地理意义上的换位。有意思的是，她写到了这点："你在大地上走了这么多天，／是否有所察觉／我们缺少的不是地理概念，／仅仅是一个泳池，一副泳镜。"（《旅行者》）这种"滴水见太阳"的方法，后来孳乳了现代诗的技巧，源于威廉·布莱克。正是这点，后来作为支配性框架，孳乳了《垛楂》站在世俗主义的立场咨询汉语迷失的神学，此变形绝非简单的对立划分。

我们继续观察，绿绿究竟变形到哪里玩去了呢，我告诉你吧，她或和瑜伽女友们正坐在绿荫下比试瘦的肩背和缩小了几公分的腰肢去了，回去后吃一大锅老公做的鳝鱼煲仔饭，写下"一只疯了的猫多么可怜。／我很清楚这点"（《猫的故事》）。其实，她啥也不清楚，因她变身很快，一会儿梦露，一会儿伍尔夫，一会儿塑料人，一会儿时光兔子（让人想到厄普岱克），一会儿又好像是民国收集歌谣让胡适先生艳羡的徐芳……恍惚应了民俗"猫有七命"之说。但最想做的，恐怕还是"通灵者"和"漫游者"，玩"甩包袱"，像图像处理器，过滤、卸载、转存、格式化，然后说，对不起，储存到别处去吧，"人群的秘密全在我心中，我窥探过城里所有人。我必须将秘密托付给人"（《我的来历》），因为，她不能带着沉重的精神包袱去玩别的，庶几可谓"优盘原理"。SanDisk 的社会学意义何在！

沉闷的土地，可供游戏的民俗从未缺过。金蝉脱壳，如若是历史循环的一种形态，我们也没必要为它太难过。我们这代的眼量，更没必要希望通过新一代的某个环节来还原。何况，现代主义恰好对连续性和没完没了的群氓政治都嗤之以鼻。

这下我明白了，她练瑜伽纯粹为了减少重量，身轻如燕。但笔下却从不写燕子，相反是笨重的河马、肥猫、鼓得像气球的孕妇……她一直渴望的最高境界好像近乎希瓦（Shiva，印度神）的柔软，但看起来呢，却一直是广东的业余踢腿。这一点也不费解，因这一切都只不过是为了精神的自由，超越符号性。当然，更重要的是给自己设置尺度。

一代一代被汉语灌得满脑肥肠的学究们组成的意识形态化的联盟，早就置身于民俗之上，要剪灭那一切的想象与活力，像维特根斯坦说的：图像俘虏了我们。"同义往复"的形式主义漩涡格式化了多数"朦胧诗"的头脑，贻害匪浅，很难看到没有不挣扎作践的。用了绿绿的眼光看，或即"腐烂的脑袋"。

所以，在后现代的魔法时代，口水滴答的"老反革命分子们"，真的没辙。过去他们最爱用的"赤裸裸的"，现在披在了"耗子民族"的身上，等待的不是他们希望与之对抗的屠戮，或猫来了——或干脆的"羊开始吃狼"，而是真正担心的被遗忘。所以，许多身心分裂杜撰的自由斗争史，最后都沉浸在虚假的意识形态和传统利禄的调配中。看透的人都知道乔治·斯坦纳说得颇有道理："再大的谎言都能拐弯抹角地表达，再卑劣的残忍都能在历史主义的冗词中找到借口。"① 如是这般，谁还能指望不被淹没呢，心不心甘情愿，都没关系。

绿绿通过诗歌的叙事，把自己一代的"超验性"隐蔽得很好，所以，

① ［美］乔治·斯坦纳：《语言与沉默——论语言、文学与非人道》，李小均译，上海人民出版社，2013，第 43 页。

在南方辅以商埠优越性而呼之欲出的抒情主流话语中，她一直就像个"外省人"。由了北方中心话语看，还是双重的"外省"。她特地写了首关于"外省人"的诗，整个的生活方式，好像也与所在的城市不发生关系。细读其诗，她巧妙运用的"陌生化"，也以此为基础。这正是现代主义鼻祖波德莱尔所说的：到达陌生处，看到不可见之物，听到不可听之物。那可不光是时间之"永恒"。我们这代"接受了精神的教训"，却未必保障也接受了"物质的教训"，否则，大家如何又见了那样多出自诗人之手的贪婪和混淆黑白。你千万莫解释，那是合理的——与文明所需的约束、规范、礼貌、委婉、正义、理性一样的合情合理，那也几乎就是诡辩和笑话。

反而绿绿这代，或更容易了解广义的"物质"所具有的那种反讽味，如同"英雄主义"。一旦亲近，无论什么都会变味——亦包括那些伟大诗篇所歌咏的事物、词语系统，重要的是看问题的方式。所以，她更看好"间距"的魅力。"间距"也组织着她的诗句和节奏。她普通得有点离谱，甚至掉渣，难道不是吗？

她每日开车接孩子，照顾父母，练瑜伽（待我去过印度后，方知那边揶揄这边脱离神学意义的"瑜伽体操"），嗜远足，既做恋人又做慈母，与天下百姓没什么不同。作为写作者，她反感"女性"之说。像齐泽克说的，凡用"与"连接的两端，易陷"同义反复"的教条，如"男性与女性"（艾略特叙之中性的"忒瑞西斯"），颇有道理。许多男儿，怕还没她的敏感和知性，更不消说那异乎寻常的平衡感。她这代或面对"复杂局势"（柏桦笔下最多）手脚无措，但其干净利索，身心健康，尤其是幼稚而可爱的公民意识，不仅我们这代望尘莫及，怕"60后"也相去甚远，所以，对"进步的异化"，她也就没觉得内心的磨砺有我们那么艰难。付出太大代价的事物，于她可能都是反自然的。她的诗表明了与我们完全不同的气质：怀疑"信仰时代"的一切，也不太同意消极地交给"相信未来"——它很有可能被"空洞化"。

这说明，她这代已洞察社会结构性改变的可能，虽慢如蜗牛，她诗里折射的社区就是最好的证明。大而化之的"英雄主义的诗歌"，不一定能读懂里面涵盖的平凡内容。她也不必读穆卡洛夫斯基或罗兰·巴特，但她的诗，天生即有结构功能主义的多元性，而且，其叙事性，竟来自小说和符号学的影响。

如若仔细品味她诗篇的叙述语调和结构，不难发现，她大概更喜欢阅读小说而非诗歌。诗人不读诗，读别的：小说。在小说里发现技巧，这可能吗？这是可能的。我就不大读诗——那些满怀深仇大恨、充满嫉妒和解放意识形态的家伙鼓噪的玩意，读有何用？不仅柏拉图不读，陀思妥耶夫斯基、契诃夫、卡夫卡、马克斯·弗里施、金斯莱·艾米斯也不读。在中国语境，诗人几乎是现代性的笑料，而且，还是一等民族的二等笑料。真正的诗人就是反诗人，就是过滤自己的过滤器——曼德尔斯塔姆就把"纸上写诗"视为耻辱，他喜爱的是通过大海波涛过滤的荷马、通过"黑太阳"过滤的普希金，谁说他夫人的死亡背诵，靠的是纸面语言而不是小说叙事？汉语必须反对形容化，诗歌也是这样的状况。我相信，越到后来，就越能理解这点。

所以，最有意思的是，在我们这代要经过不懈的努力——包括对社会、政治、自然的认知，还要靠侥幸才能宽怀释然，不违常识，而在她，由坐在屁股底下一根舒适的"马蹄草"就可以解决。不是她更聪明，而是她的语境较我们更优化，进口古巴白糖一代和意大利或英格兰咖啡一代大为不同。所以，她这样写来，较前辈的矫揉造作，又自然了许多："生活是永恒的手艺活儿。"再则，回过头看，便不能不信，闲暇和教育，对她们其实比敌视意识形态的丑恶更要紧。

我不能不惊叹，发生认识论意义的自我教育和成长小说的趣味并时在绿绿一代诗叙中孳乳着某种现代性，较依赖符号表征的一代颇为不同，尽管一切语言都是符号。

她的诗一直就萦绕在这两种混合的氛围中。当她询问"合适"的社会学语义时，就已注定其兴致所在。她（们）最要担心的倒不是英雄或反英雄主义，而是并置的形态和可供交流的乐趣：对起皱的农耕文明不得不被全球化碾平成混沌社会的知觉。绿绿的诗代表着这一新的观察，非形容化有失坐标的文人，亦非报复心理怵重的普罗。她们除了忠诚自我认同的价值，或暂时还没有其他的忠诚可言。社会意识出现了大空当，这本身所含的意义，已缓慢彰显。所以，通过她的作品，我们可以看到都市化带来的冲突，人的内心在习惯偏见后，又感受着匆忙、疏离、丰富而琐屑，平淡无奇。每个城市涌入的年轻人分秒都可将"过时的人"边缘化。图像膜拜和工具盲从日趋占上风，人和语言，莫不感应。她的诗跻身其间，但就暧昧的走向看，好像又在絮絮叨叨地削弱她那一代的主张和条件。

正因为当代汉语诗被一群群反叛不成反受其害的现象学迷狂抓住不放，最后导致食洋不化或食古不化两种极端（打白话运动始就一直是个问题），二者都无非想折中于虚假的"现代性"——或干脆就是现代性之异化。生活层面的工具进步，并不代表人文的优越，这是显而易见的，所以，它又激起了世俗化的主观诗一流。但主观与反主观一直在冲突中寻找新边界与挫裂，我们也很清楚地看到，在人文素养不同的诗人间，确定性与不确定性，多以误读的方式对抗着。而另一些人，却更内在地协调两者，既不失张力，也不有违常识。这就是为什么，绿绿的诗，太能说明现代主义风格的一大特征，即跟现代性本身过不去，拿自己寻开心，刻意挑衅，从波德莱尔到安迪·沃霍或马塞尔·杜尚，都开心地干着这勾当，一切经验为"超验性诙谐"所笼罩。有时读绿绿的诗，就黑色幽默而言，太觉得他们是同盟。她的"自白诗"，较洛威尔、金斯堡、普拉斯演变而来的诗风大为不同。所以，即便她笔下的狗啊猫的，也是互联网时代的"多边形"，而非旧式"女权主义"的垂直形（如张真），至多是三角形（翟永明）。

作为庞德所强调的词语力量，20世纪全球化的冷战、反叛时代的遗绪，也遗下语言风格的习俗，即人人视若修辞砝码的"同义往复"。标语、口号，曾遵循这一规律，稍撷拾1960年代巴黎墙上数条即知："围墙就是双耳，双耳即是围墙""街垒封锁了街道但却开辟出通路""越做爱，越想革命。越革命，越想做爱""索邦大学将成为索邦的斯大林格勒"……或也就是艾略特说的："没有词语的语言，没有语言的词语"。在汉语里，始于1970年代末的反叛，辗转时代，也热衷于"格言警句"的简单搭配。即便民国诗人也不玩这些，想必是时代产物。词义不与现实冲突背后的缘由对应，只与想当然的观念对应，遂染马尔库塞所说的"封闭性话语"，对应现实，有碍深层理解。现代主义经典都很熟"闪电造句"那一套："世界就是这样告终的／不是砰的一声而是一声抽泣。"（《荒原》）《尤利西斯》《芬尼根的守灵夜》《四首四重奏》《变形记》《地洞》《城堡》、奥威尔的《一九八四》和《动物农庄》及其他"反乌托邦"小说……视"同义往复"为修辞手段，使人不得不怀疑，这些"解放"的副产物会不会又事与愿违，成为抹平现实麻醉大家的借口。当代诗歌"形容性"的空洞失效，不能说与此无关。不过，诗的消亡，我们或也可视为一种功能性的改变。

就我所见绿绿的诗，至少没在语言上做那样的文章，这是她的高明处，似乎我前面所说的"叙事性"救了她。叙事带来相对的完整，溶解语义于过程，也不迁就现代主义片面蛊惑的"破碎性"。我们真正仰慕的其实是丰富的多层结构。所以，也就一点也不难理解，其"热气球女士之死"，那可不是一次街头偶然的对孕妇的拒载，而几乎就是诗歌掀起的"微型的巴黎公社的街垒战"，以抗议"非人化"，亦如她在另一首诗里写的，"你让人性去了哪儿"。多数人不会这么直接问的。因为稍不小心，你就有可能被你自己铺的陷阱网住。因为，我们每个人都可能是语言自我羁绊吐丝的蜘蛛。

幸好作为当事人的诗人，最后的"愤怒"托身"热气球"跑了，孩子很健康，生活照旧，广东早茶照喝不误。这些心向往之的秘密，都用不着谁来分担，因这"同义往复"更形而上的原理，早已弥漫我们的社会，不由让人想到艾略特《J. 阿尔弗瑞德·普鲁弗洛克的情歌》中的"我曾用咖啡勺衡量过我的生活"。对诗歌来说，溢出的究竟是什么呢？

这首促使艾略特走向成功的诗，暗中处理了许多现代主题，错综复杂，但作者未必都意识到了，所以，他才又托词：我不是先知。绿绿也不是先知。任何人，都不可能是他事后彰显重要的先知。

一首杰作，也不会是事前觉醒的护身符，因为它受制于某种比创造它的个人更广阔的现实语境，并非全由心灵来决定，否则，那便是修辞附会。但凡写诗，都知此时代的特征，因了"环境、种族、时间"三个现代生活的要素，你非得有种本事，能出神入化地把"间距"（物理的、神学的、变化的）化用至日常生活所有领域，这点，并非谁明白谁就能成功。

后来，得到她的诗集，里面有首《我们来谈谈合适的火苗》，最能说明此种本事。"合适"是一种限制，类似于存在形式本身，人充其量与之保持距离而已。同义往复，便涉及尺度，涉及精神和事物的参照。间距在这里也可归纳为"互信""互渗"。而"互渗"，则属极古老的"宗教神话"的一种手段。所以，列维－斯特劳斯在其《野性的思维》中，叙及人们由杜鹃花属的亚种得来猫科动物的分类。图腾符号分类的外延，或也涉及模糊的"无关"，但"范式"理论却并不这么看。总之，就是复杂。写诗同样会涉及这些，只是，有人会采取极端功利的态度，选择此"无关"，有人或以形而上之高蹈，泥于"无关"——抑或，更内在采取互联网的"陌生化"态度……总之，就是通过对不同的图像分类的感受，行使自己的语言。

这种语言高度限制语法形态，就像权力限制"形容性"话语行为。但我们也可以通过限制动词改变形容化。按西方理论家概括的，即首先去除所有的动词，然后围绕名词建立自己的高塔。绿绿的诗，似乎一直娴熟此法，而最主要的是和现实保持那种否定性关系，这正是其活力和敏锐所在。在她所在的都市，诗歌正在争取一种与社会平等的关系。若在美国、英国或欧洲任何一个国家，这一关系都有其自然的一面，但在我们的语境中，其危险是，在你获得以为的平等时，你就冒了被对象异化的风险，很有可能丧失纯诗赖以生存的语境。勒韦迪曾写道："诗人是没有对象的；他在自身中消耗自身。"

除了上面所叙，她的高明，还表现在哪些方面呢？若用熟话形容，即"心灵的捕手"，她用咖啡勺称量各种事物，犹如处理器，但姿势一定得舒适，口感要好，因她依凭的或即瑞恰慈那著名的观点——工业化背景下的浪漫主义所说的"自然之中和"。所谓"自然之中和"，简单说，就是人类已"从玄秘的世界观转为科学的世界观"，此看法携入中国已久（指《科学与诗》一书），倒也还有效。诗既然最初由这玄秘世界孳乳，那它也随之而消亡。的确，今天，除了作为麻醉想象的乐趣，就像电影、文艺、动漫、虚拟，谁还会真的相信精灵、天神呢。从浪漫主义诗人开始，就已接受了那样的事实，而且，比许多理论家以为的还更能平衡自然与工业之美。若换了语境，我们又如何不可以称其为"现代之中和"。它涵盖了自然与第二自然（都市），这些经验，我们不得不接受。

　　读读她的《好时光里的兔子》，就正好述说了一种"前所未有"也见惯不惊的经验。首先，这经验不可能发生在高速路和引擎于我们社会急速获得世俗化形式之前。小说化的兔子（隐喻的厄普代克）和发动机盖，又把吾心荒野和机械提上诉讼日程，它不光处理现实经验的确定与不确定性，还附带这样的问题：汽车依赖的是一个系统，而不光是驾驶室。但我们知道，这系统毛病深沉，标识系统顾此失彼，这些都与更抽象的"缺失现代化条件却置身现代感"形成更紧张的关系，既危险，又不合情理。此诗看似貌不惊人，却讥诋了现代化中的那种"穷欢乐"，机械技术的狂欢。在这个层面，革命狂欢和享乐低技术互换。这是一首警喻知其一不知其二的冒险诗，也算自我揶揄之作。把个体经验自然地带入集体经验与错觉，这是此诗成功的关键。

　　当然，若全是这些都市体验，拆卸、分析，于一个诗人，翻来覆去易显慵懒，也很冒险。写诗，不变则腻，这是秘诀，看看周遭即可知道。现在写诗，多同行交流，范围有大有小，"白话文"肇始的那种诗歌对社会框架支配性的魅力，早已烟消云散，金钱万能的世俗化重叠"同义反复"，故大兴五马六道的行业诗、朋党诗、酬酢诗、咏怀诗、周游诗、老干部体、作协诗、偶然的工人诗、乡村诗——依凭阶级分化会各自新鲜……作为经费课题，作为个人诉求，有点意义，但诗的现代性，与这些分类经验并无瓜葛。后者或只是前者的实验品而已。凡叙之现代者，少有不提及波德莱尔的话："现代性就是过渡、短暂、偶然，这是艺术的一半，另一半是永恒和不变"。如是看，现代性与现实性或新时代，便孳乳同义往复，加了永恒和不变的性质，则又为审美和历史意识中和。这点，哈贝马斯在《现代性的哲学话语》中交代极清。我们若捡漏据此线索分析诗歌，就得诉诸诗歌如何寄予未来，而同时也勿忘它如何更内在地依赖历史经验，或即印度学者霍米·巴巴所定义的"向前看，向后看"。这恰好是《垛褚》可供参照的语境所在。

　　所以我说，这首诗非旅行副产品，而是我们储存已久的记忆，这"我们"包括了不同的民族，宗法意义上的部族。它处理的也不是边疆历险或

"少数民族"，而是跨越了数千年之久的历史块垒。近年，因偶涉"蜀夏问题"，牵涉到古彝文，也接触了不少彝族学者或著述。不难发现，包括其学术群体和年轻一代的诗人，受了话语权力的影响，对《垛楮》内容所涵盖的边夷文化，即便彝族本身，在吸引全球化关注方面，也多有两种倾向：把自身边缘化为小语种人类学神话，但主体性却是汉族的；索性迈开汉语形式上的主体性，直接与西方话语对接，或即狭义的"本土的世界主义"——彝族年轻一代崇尚写"英文史诗"，出于好奇，留意过一些，语言样式变了，但主体性依然为汉语所定义。那种"边缘化"的苦闷，并不在当代批评的视线内。

　　所以，回过头再读《垛楮》，至少某种消失已久的"亲切感"，恍若回到我们当中。显然，对夷夏神话，她抱有敬畏或公允、适宜的态度，非历史学官习惯的那种本质上的否定关系。恰好，阻碍现代经验的延伸，有很大一部分错误就犯在非理性的历史学上，指虎为猫。恰恰又是德语的精英，黑格尔、马克斯·韦伯指出其虚伪。我们不清楚理性对写诗有没有用，但落伍的文明形态多不在西方发达的框架内，理性与否则是极重要的一个因素。

　　《垛楮》涉及的不光是民族志的话题，也涉及人云亦云的"传统"，但艾略特认为，要得到它，并非那么容易，因为"它含有历史的意识……历史的意识又含有一种领悟，不但要理解过去的过去性，而且还要理解过去的现存性"①。当然，现存性在这里也含了我们今天之所以如此的自然观。亦如人类所有早期的民族，汉语神话鼹括了自然，所以，《垛楮》较杜绿绿熟练处理过的都市主义题材，方见不同，这于她是新气象。没人指望诗歌——即便史诗——能解决"数典忘祖"的宿疾，但悬疑和保持间距的亲近，诗歌却能胜任，何况，"天问"的传统从《楚辞》就开始了。所以，现代主义理论多认为，一首好诗，题材并非绝对主要，而在叙述的否定性条件，即与俗常分裂的新语，《垛楮》所涵盖的人文素养，正好响应了这点。

――――――――

① ［英］T. S. 艾略特：《传统与个人才能》，卞之琳译，载赵毅衡编选《"新批评"文集》，百花文艺出版社，2001，第28页。

《垛楮》所涉的舆地民族志内容（哀牢，即旧时之"永昌郡"，事涉百濮），就疑古、历史、人类学、华夏边缘而言，一直就争论不休。从疑古主义经验处理古史，到傅斯年之材料处理"夷夏东西说"，再到台湾王明柯的范式处理"华夏边缘"，都未曾圆满接近华夏肇始真相。《垛楮》不光涉及记忆诗学，也涉及新的历史感。

就前者而言，《垛楮》题材本身涉及的是早期各民族对"圣所"的记忆，许多民族把宇宙叙述为一棵无边无际的大树（电影《阿凡达》依据的即这点），像斯堪的纳维亚神话描述的："我知道九个世界，九个地界，为世界树所覆盖……"圣所与大树同义往复，J.G. 弗雷泽的《金枝》有详细的叙述，比如，日耳曼人语"神殿"一词，"表明日耳曼人最古老的圣所可能都是自然的森林"。克尔特人所用的"圣所"一词，"同拉丁语 nemus 一词的语源与词义都似乎是一致的。nemus 的词义是小树林，或森林中的一小块空地"。弗雷泽也注意到，中国古籍多有大树被工具伤害后流血的记载。① 参天大树不光是有生命的象征，而且，也是神灵所在。所以，树叶发出的声音，即神灵的声音。神灵与自然所赐的树林，合二为一，赐福人类。祈祷与祈福，便组织起人类的宗教活动。迦南人和希伯来人的祭献场所，必有祭坛和大树配对。树之于生命的复活功能，就像椰枣之于美索不达米亚人，橡树之于克尔特人，菩提树之于古印度的佛教徒，都广之野的建木之于华夏，伊甸园的智慧树之于亚当夏娃。这些含义，都不难从《垛楮》寻思出来。我说的"亲切性"涵盖了这些内容。

至于具体的彝族，则只是人类、夷夏其中的一个环节，否则，我们就不可理解，就语言学角度看，古彝语和汉语隶属同源关系。我很早注意到这项研究，并多年与彝学者合作，用之破译古器上的铭文。我也因此明白，即便材料已摆在那里，也难阻大家对"宇宙树"和"圣所"的误判。当然，这不光是一棵树出了问题，但这棵树却十分重要，否则，我们也不能理解燧人、伏羲、火神的递嬗。绿绿诗中一句"风在山中"，涉"风姓"谜

① ［英］J.G. 弗雷泽：《金枝——巫术与宗教之研究》上册，汪培基、徐育新、张泽石译，商务印书馆，2013，第 190、194 页。

语，便得无数学官折腰，费时数载来作结也未可知。遗憾的是——非诗，而是笼罩在神话表演性中的民众——火在诗里，先借了肤浅民俗的狂欢性，然后，才慢慢转为神树因为现代性与人保留的"间隙"及其间取暖的篝火。叙述非常自然，成功。细读玩味，窃以为颇得散文《神曲》叙述的神髓。这又可看出"小说"叙述的好处。

当然，我个人更看着此诗稍有泄漏的理性，不光顺延及人类对植物再生和一系列繁复的崇拜仪式的残留，也委婉指责了历史叙述范畴的遗忘，此种遗忘的害处，在于它把文化作用于我们的某些经验和往昔割断了，即不同时代——包括夫子——指责过的那种"鲁莽灭裂"。而再看看，诺斯洛普·弗莱在强调西方和民主国家文化优胜的特征时（韦伯则从历史宗教角度），就曾特别强调这点，即"了解自己与过去的历史的关系"。这个问题，恰好成为陷吾民现代化于不义的死结。有了这些参照，《垛楮》方显现现代诗价值和戏剧性的一面。

古夷神话，类似《勒俄特依》创世纪依稀存在的名词系统，经了《垛楮》的折射，便获得了非《神曲》亦非《圣经》孳乳的现代含义。所以，当我刚读到时便对绿绿说："这是一首非同寻常的诗。"但我也交代过，一首杰作的发生，即便作者本人在写作时也是不能预知的，它更在乎一种语境，而语境，则依附于历史和语言技巧暗暗的滋长。所以，于作者本人，这首诗恐怕较语境所涉历史叙事和民族记忆要重要得多。

2017 年 4 月写，2020 年 12 月定稿

茱 萸

本名朱钦运，别署朱隐山。生于 1987 年。哲学博士。现为苏州大学文学院副教授，从事中国新诗史及当代诗的研究与批评。著有诗集《仪式的焦唇》（长江文艺出版社，2014）、《炉端谐律》（漓江出版社，2015）、《花神引》（四川文艺出版社，2016、2019），随笔集《浆果与流转之诗》（长江文艺出版社，2013）。诗作被译为英、俄、法、西、日、韩等语言。曾获全国青年作家年度表现奖（2014），美国亨利·鲁斯基金会创作奖金（2017），江苏省第六、七届紫金山文学奖（2017、2020），《诗东西》青年批评奖（2018），苏州市叶圣陶文学奖（2019）等奖项。

本宁顿谒弗罗斯特墓

诗人的大理石墓碑平躺于
经由枝叶缝隙倾泻的光影。
上面刻着七个名字，包括
他的爱妻、儿孙与两句
墓志铭："我和世界有过
爱侣般的争执。"出自他的
那首长诗《今天这一课》。
镌在夫人的名字下方的
另一句却鲜为人知，由这位
早丈夫二十五年而去的女士
收悉自天堂邮局："翔于宇
则比翼，涉于水则同舟。"
最终，整个家族团聚于此
却为家长盛名的牵累而要
长期忍受慕名者的不断造访。
他们来自不同国家，操持
不一样的语言，肤色各异却
都津津乐道于阅读他的心得。
有些人对"墓碑上请勿放置
硬币、鲜花或杂物"的告示
视而不见，留下些许零碎。
与他们共享整个墓园的亡灵
是否因不胜其烦而提出抗议？
致使身在天堂的诗人如今
和世界有着邻里般的争执？

2018 年 7 月 22 日

The Old First Church

与谁争执

——细读茱萸《本宁顿谒弗罗斯特墓》

◎ 桑　克

大多数当代诗人都希望从前辈或者同行那里获得一种情感的寄托或者精神的归属感，以消除在尘世间的各种孤独症状。虽然在文学活动中几乎每个诗人看起来都是热情的，但是你须知道这只是在把诗人或者作家集中在一起的时候。一旦回到自己的日常生活中，他们的数量就会变得极其稀少，仿佛你往江湖之中抛洒浓稠的烈酒或者蜂蜜一样，转眼之间就看不见了，如果你企图尝试一下味道，那么烈酒或者蜂蜜肯定连一点点的影子都没有。这些症状以及由此衍生的沉思都可以联想到"诗人死后的荣誉问题"或者"隔壁住着莎士比亚的问题"。所以传奇或者神话只是存在于社会公众的追忆之中，而此时此地，每一个传奇或者神话全都长着一张普通的甚至让人不太习惯的面孔。

当代诗人从前辈或者同行那里获得力量，主要还是从他们的诗中。此外还有其他的获得方式。诗人知道虽然某些前辈或者同行已经离开人世，但是他们之中的一部分在这个尘世之中还留有一些物质痕迹，主要就是手迹、故居与坟墓。看看前辈或者同行的手迹哪怕只是手迹的影印件，彼此的时空距离都会被瞬间拉近。而有的诗人每到一个新地方，一个他感兴趣的前辈或者同行曾经活动的地方，都会把探望诗人故居和参观博物馆一样当成"诗人旅行计划"的必要组成部分，而诗人坟墓又似乎比诗人故居更能拉近两个相隔久远的同行之间的感情距离，因为即使已故诗人的身体已经毫发无存，但是坟墓周围的泥土也会让活着的诗人感到一种前所未有的亲近感。我们知道不少诗人都去探望过同行的坟墓，其中又有不少诗人留下了与同行坟墓相关的诗，比如韩愈的《题杜工部坟》、王尔德的《济慈墓》、戴望舒的《萧红墓畔口占》、臧棣的《方孝孺墓畔》……

《本宁顿谒弗罗斯特墓》是诗人茱萸拜谒弗罗斯特坟墓之后写下的诗。本宁顿位于美国东北部佛蒙特州，诗人弗罗斯特的家庭墓地就在这里。弗罗斯特对中国诗人具有相当的影响力，大多数中国诗人对他非常熟悉。"谒"的主要语义是：禀告、陈说；请求；晋见（《辞源》）。将之置于当代语境中，便有正式晋见的意味。谒墓在中国传统文化之中属于"礼"的范畴，与祭祀具有相似之处，当代含义则更为丰富。

　　从诗歌标题来看，茱萸采用谒墓诗的标准格式"地点＋谒＋人＋墓"（如陈师道《东山谒外大父墓》）。此外还有其他标准格式"时间或者状态＋谒＋人＋墓"（如赵藩《避雨入总持寺谒澹台子羽墓》，陈三立《雨中于北高峰下谒瞿文慎公墓》），或者一种更加常用的简洁格式"谒＋人＋墓"（曾巩《谒李白墓》，路也《兰花草——谒胡适墓》）。此外还有其他多种形式，如森子《在李商隐墓前》、树才《兰波墓前》，此处不再一一陈述。仅从标题格式来看，读者就可以判断茱萸此诗是一首标准的谒墓诗，但是也正因为标题格式的标准化，读者也可以判断出此诗具有一种正式性的意味。它不仅正式记录诗人的一次情感认知，也正式记录诗人人生履历之中的一个重要痕迹。

　　全诗共二十五行，不分节。从诗歌具体形式来看，它由句号和问号共同构成相对完整的句群单元。计算一下，由句号统治的单元一共六组二十一行，将其编号则分别是：1（两行）、2（五行）、3（五行）、4（三行）、5（三行）、6（三行）；而由问号统治的单元一共两组四行，分别是：7（两行）、8（两行）。把这八组诗行排序整体翻译为罗马数字则是25533322，一眼看上去，它具有明显的均衡特质和某种起伏的规律性。由此可见此诗形式安排的用心与考究。再来看尾韵安排（还是按照分组形式），它们分别是1（ü/ing）、2（uo/ü/uo/e/e）、3（e/ei/i/ü/ou）、4（i/ao/ang）、5（i/ue/e）、6（i/i/ui）、7（ing/i）、8（in/i），将它们按照英文字母表对应排序则是 ab/cacdd/d*ea*/e**/e*d/ee*/be/*e，一眼就能看出其中明显的规律性。其中以 * 号代替七个不同的尾韵。如果按照宽松的韵母标准，可以把其中两个 * 号统一到既有范畴之中，比如把 ei 和 ui 归之于 i；如果依照相似的听觉效果，还可以将 ei 和 ui 另起炉灶归之于新的排序字母 f。余下五个 * 号，ue（本是韵母 üe，因与声母 q 相遇

而省却 ü 上面的两点）可以视为 ü 或 e 的半音，ou 可以视为 uo 的四分之一音（根据韵母形式与听觉比较），ao 和 ang 之间的音韵呼应似乎比较遥远，但是它们之间共同的 a 却起到类似半个头韵的作用，in 和前面的 ing 并不相同，但是听起来却比较相似。即便如此，鉴于分析标准，这里暂时不对这五个 * 号做出韵母归类，但是同时也应该心中有数，明白这五个 * 号之中包含着和谐的声音。由此一来，现在看到的尾韵排列顺序就是这样的：ab/cacdd/dfea*/e**/e*d/eef/be/*e，此诗尾韵的规律性更加鲜明而突出，但是整体分布看上去又比较灵活，这对本诗音乐性的作用不言而喻。如果把句间韵（分句尾韵）考虑进来，就会发现更为详细的韵母分布情况，现在以行数为序排列：3 字（i）、4 妻（i）、5 铭（ing）、6 执（i）、9 知（i）、11 局（ü）、12 翼（i）、13 终（ong）、16 家（a）、17 言（an）、20 币（i）、21 见（an）。句间韵十二字，六个属于韵母 i，一个属于韵母 ing，一个属于韵母 ü，这八个分句尾韵属于此诗的主要尾韵；其他四个字，两个属于韵母 an，一个属于韵母 a，一个属于韵母 ong，分句尾韵 a/an 和尾韵 ao/ang 也都具有半个头韵的意思。至此读者才会明白为什么此诗具有如此和谐的声音。如果把这些与形式安排（每行字数 9—12个，以 11 个字为基准）以及下面谈到的用字选择一起考虑，我们就不难发现所谓的典雅风格究竟是怎么营造出来的。

现在来读《本宁顿谒弗罗斯特墓》的第一行和第二行。

> 诗人的大理石墓碑平躺于
> 经由枝叶缝隙倾泻的光影。

起句扎实，开门见山就直接描绘弗罗斯特家庭墓碑的质地（"大理石"）、状态（"平躺于""光影"）以及周边环境氛围（"光影""经由枝叶缝隙倾泻"）。素人们大多是难见道山本尊的，但是能够见到这个由枝叶和光影构成的自然氛围，无论是坟墓之中的诗人还是坟墓之外的诗人可能都是非常乐意的。

　　上面刻着七个名字，包括

　　他的爱妻、儿孙与两句

　　墓志铭："我和世界有过

　　爱侣般的争执。"出自他的

　　那首长诗《今天这一课》。

第二组诗句意在描绘弗罗斯特家庭墓碑的人员构成以及墓碑表面的部分文字状况。墓碑显示墓地安葬的不仅有弗罗斯特本人，还有他的家人。而看过弗罗斯特家庭墓碑的读者都知道墓碑表面的文字开始是这样排列的——

　　第一行名字：ROBERT LEE FROST

　　第二行生卒年：MAR.26，1874–JAN.29，1963

　　第三行墓志铭：I HAD A LOVER'S QUARREL WITH THE WORLD

　　弗罗斯特墓志铭镌刻的诗句，几乎和他的"two roads"一样有名，但是茱萸并没有引用有名的流行译本："我和这个世界有过情人般的争吵"，而是对之予以重译。我并不认为茱萸是在否定流行译本，而是在面对弗罗斯特墓碑及其墓志铭的时候，他谨慎地做出了属于自己的词语选择／用字选择。而一个诗人和其他诗人在面对相同事物主要的文学反应差异，也往往存在于他们的用字选择差异之中。茱萸的译文是："我和世界有过／爱侣般的争执。"比较这两种译文，读者不难发现主要差异在于对 A LOVER'S QUARREL 这一短句的不同理解与选择。这种差异正好反映出茱萸真实内心的一个侧面。

　　lover 的主要词语义项分别是爱人、情人（尤指男性）；亲爱的人（美国口语对情人的称呼）；情夫；爱好者、热爱者；深情的挚友、仁慈的朋友。流行译本选择"情人"，茱萸选择"爱侣"。"情人"存在爱情之意但是又倾向于实际关系，而"爱侣"则倾向于"爱人"和"朋友"（郑玄注《周礼·地官·大司徒》"同师曰朋，同志曰友"），二者语义显而易见存在交叉而又有不同之处，此外还有就是词语的文化色彩问题。茱萸的诗整体倾向于典雅，而"情人"这个词可能更适于表达热气腾腾的世俗生活。"情人般的"，在英语中的对应单词一般都是 loverly，即使弗罗斯特本意如此，但是也会因为诗人表达的特殊性而弃此词不用（选择明喻或暗喻），这种用字选择状况在其他诗人那里并不鲜见。相比副词的精确性，诗人可能会更倾向于名的词性转移以及名词自身的歧义性和丰富性。

quarrel 的主要词语义项分别是争吵、吵嘴、口角，失和；抱怨的缘由、失和的原因；争吵中的一方。流行译本选择"争吵"无疑是准确的，而茱萸却在汉语中为它挑选了一个别致的对应词语"争执"。这个词语的表面也是"争吵"但是却有其他不同的内容，比如"争执"之中包含的词义"各执己见"和"互相争论"，突出的是争取的"争"和执着的"执"（内里隐藏着捍卫个人意见的选择），可能比一般的"争吵"具备一定的逻辑性或者秩序性，但是它们却又明显不同于有效交流的对话机制。而"争执"恰恰是《本宁顿谒弗罗斯特墓》的核心与关键词，它不仅仅是《哈利·波特》里的门钥匙那么单纯。"世界"那么认为或者那么干，而"我"却和它存在分歧，"我"是这么认为或者这么干的。

"世界"与"我"二者之间的"争执"关系是"爱侣般的"，这就决定了这个"争执"既有争吵的一面，也有平等探讨的一面。而"情人般的争吵"则很难应用理性探讨的方式来描绘，它可能会更加强调情绪矛盾和情感纠葛以及直觉角度的歧义冲突。

有心的读者可能还会注意到，quarrel 还有一个似乎比较遥远的词语义项，那就是方形箭镞、方形构件和方形石头。而众所周知，弗罗斯特的家庭墓碑就是长方形大理石的，按照诗人技术之中的复杂对应方式，难保这个单词 quarrel 不存在指涉墓碑石头形状的状况。由此延伸的阐释也就与墓碑或者死亡关联，或许可以未必正确地把这行诗句（哪怕仅仅是在此时此刻）翻译成一个潜藏的句子留在心中："我和这个世界之间其实只有过这么一块长方形石头而已"。这也就是说"我"和"世界"之间只有过"死亡"这么一回事。这和弗罗斯特的生死观倒是比较近似的。

根据茱萸诗句的提示，读者还可以去探查一下弗罗斯特的诗《今天这一课》（*The Lesson for Today*）中这一句诗的上下文关系——

I would have written of me on my stone:

I had a lover's quarrel with the world.

在石头上写上这一句——由此可以看出，弗罗斯特早就想好了，自己死后会把这句诗"我和世界有过爱侣般的争执"直接刻在自己的墓碑上。

　　此外读者们还要注意茱萸故意省略了流行译本中的"这个"(the)，实际上是去口语化的方式，这是为此诗整体风格的典雅性服务的。还有就是 a lover's 中的 a，即使读者不把它放在译文的明面之上分析，至少在心中也应保持清明的认知：这次"爱侣般的争执"只是"我"和"世界"之间发生过的仅有的"一次"（数量方面的限制）而已或者"一种"（种类方面的限制）而已。"我"并非处处都和这个"世界"过不去，因为弗罗斯特基本上算是一个顺应自然的诗人，他被某些批评家认为具有保守性大概也是因为这个。

　　　　镌在夫人的名字下方的

　　　　另一句却鲜为人知，由这位

　　　　早丈夫二十五年而去的女士

　　　　收悉自天堂邮局："翔于宇

　　　　则比翼，涉于水则同舟。"

相对于弗罗斯特的墓志铭，关注弗罗斯特夫人埃莉诺·怀特·弗罗斯特的墓志铭的人并不多。但是茱萸在这里却给予弗罗斯特夫人以同样的五行诗篇幅。探寻"鲜为人知"正是诗歌的冒险性之一，而这个"鲜为人知"的夫人墓志铭，together wing to wing and oar to oar (wing 是翅膀，oar 是船桨，大意是翅膀和翅膀在一起，船桨和船桨在一起。名词几乎真的能表达一切)，与我们理解弗罗斯特的家庭与人生的深度息息相关。诗人从来不是凭空生存的，他也处身于各种社会关系之中。虽然夫人埃莉诺比弗罗斯特早逝二十五年，但是她对弗罗斯特的写作与生活至关重要。弗罗斯特本人也说过他从埃莉诺身上发现了"一种相当诗意的生活"，在前几年出版的弗罗斯特外孙女莱斯利·李·弗朗西斯（中间名得自弗罗斯特的中间名）写的外祖父传记《你也来了》中说，弗罗斯特和埃莉诺分享每一首诗的原稿，她的早死让弗罗斯特非常绝望，他在给女儿（莱斯利母亲）的信中说："pretty near every one of my poems will be found to be about her if rightly read"（大意是如果你能正确阅读的话，几乎我的每一首诗都是关于她的）。弗罗斯特和埃莉诺称得上真正的生活"爱侣"与事业伴侣。这种夫妻温度和诗人与"世界"之间那种既抽象又具体的比喻性"爱侣"关系不可同日而语。从茱萸对两人墓志铭先后呈示的过程中，读者应该能体会到，"爱侣"这个词的意味之逻辑性与紧密性，在此诗中体现得非常明显。

既然从诗来说和"世界"的争执也就是和"爱侣"的争执，那么读者也会推测弗罗斯特和埃莉诺之间是否也发生过"爱侣般的争执"。这从常识猜度大概是有的，家庭琐事掺杂点儿"争执"情绪也属平常，否则弗罗斯特当年向埃莉诺求婚失败也不会负气出走二十余天。但是这些"争执"的瞬间始终不能取代"爱侣"的人生本质。

或许因为墓志铭在中国传统文化中属于"礼"的范畴，所以茱萸的译文也干脆应用传统中国语文进行翻译，"翔于宇／则比翼，涉于水则同舟"，比原文多出来一些古色古香的味道（呼应着古诗）。夫妻一起展翅飞翔，一起驾船渡河，讲的是夫妻同进同退，读者不应将这种统一性行为视为单纯的家庭伦理，而应视为夫妻之间情感深厚的具体体现。

> 最终，整个家族团聚于此
> 却为家长盛名的牵累而要
> 长期忍受慕名者的不断造访。

对于墓碑上的其他五位家人（女儿玛乔丽，儿子卡罗尔，夭折的两个孩子埃利奥特和埃莉诺，儿媳莉莉安），茱萸并未给读者提供一一关注的机会，而是总结性地写道"整个家族团聚于此"。尽管活着时每个人都会遭遇生离死别的痛苦，但是最后都会在墓地或者死后世界重逢。这既是一种开解劝慰，也是一种人生觉悟。

　　弗罗斯特曾经写过一首诗《家葬》或者《家庭墓地》（*Home Burial*），虽然写的是诗歌人物艾米及其相关人物，但是读者或许可以把它当作诗人对死亡的一种观察式预言或者一种生活建议，其中有这么四行诗——

> Friends make pretense of following to the grave,
>
> But before one is in it, their minds are turned
>
> And making the best of their way back to life
>
> And living people, and things they understand.

> （朋友们假装会跟随着他进入坟墓之中，
>
> 　但在他进入坟墓前，他们的思想就已转变
>
> 　而且尽其所能回到他们日常生活之中
>
> 　回到活人和他们理解的各种事物之中。）

死亡是死者之事，与活人牵扯不大。这一点，弗罗斯特与陶渊明的洞见（亲戚或余悲／他人亦已歌）差不太多。而换种角度，也正是死亡让人们意识到活着可能更重要，更必要，更值得追求。那么活人们来到墓地或者这一家庭坟墓做什么呢？有的人只是"慕名者"，如同习惯在访问著名旅游景区的时候打卡一样，他们只关心或者只炫耀诗人生前的所谓"盛名"与其自身之间的关联程度，甚至只把诗人坟墓当作拍照背景，并不关心诗人的实质问题（写了什么，写得怎么样，自己从中获得何种精神益处）。这也就是之前我们提到过的"诗人死后的荣誉问题"。如果这个诗人此刻还活着，"慕名者"们恐怕并不怎么待见他。有的来访者尤其是同行来拜谒墓地却是为了建立某种精神联系，或者为了印证一种内心想法。不同人做不同事，人生大抵如此。茱萸在与此诗相关的文章《关于佛蒙特夏天》中引用过诗人韩博的共时回忆："伙同茱萸、Stephen 诸友就州内游历，尤其是做出一些令阿拉伯裔英国诗人 Stephen 所不齿之事——拜访作家的房子，比如罗伯特·弗罗斯特的农场，乃至索尔仁尼琴出走苏联之后定居

的小镇。"英国诗人 Stephen 应该不在访问者行列。这是诗人彼此之间由于认识不同导致的选择，本质上并没有高下之别。

万物皆因人心而变，并不在它们本身，所以你喜你悲都是你心之投影。看别人的房子和坟墓，想的也都是自己的心事。而从死者角度考虑或者想象，即使常被探望的弗罗斯特亡灵比较耐心，那么和他在同一块墓碑下面的其他六位家人又会怎么想呢？茱萸把笔触伸到他们的反应之中，觉得他们是被"牵累"的是在"忍受"的。从这个角度来说，作为一个访问者，茱萸依然敏感地或者内疚地意识到自己的"造访"也会给其他事物带来消极的影响，这种影响其实并非出自本意，当然它也会促成"造访"的小心翼翼与谨慎。不过从六位家人对弗罗斯特的深厚情感来看，他们对来访者应该是表示欢迎的。

> 他们来自不同国家，操持
> 不一样的语言，肤色各异却
> 都津津乐道于阅读他的心得。

尽管这些造访者"来自不同国家"，说着"不一样的语言"，彼此的皮肤颜色也都是"各异"的，但是他们对弗罗斯特墓都有自己不同于他人的感受。这本来就是见仁见智的事情。奥登曾经论及托马斯·格雷和弗罗斯特对于荒废墓园的不同认识。他说格雷关注的是过去已经发生的事情，而弗罗斯特却从来不回忆过去的事情，他只是认为人死之后就不会再有死亡的恐惧了。弗罗斯特说的倒是达观的明白话。

关于死亡的阅读，关于诗人的阅读，凡人都会说上几句的，更何况是装了满满一肚子话的诗人同行呢。"津津乐道"或许彰显着诗人之间更多的惺惺相惜与认同感，但是能说出深刻新意的恐怕并不多见。不过人们常说太阳底下又有多少新意呢？生命本来就是非常有限的，你来过又走了，留痕迹的不留痕迹的，其实也都是非常偶然的。

> 有些人对"墓碑上请勿放置

硬币、鲜花或杂物"的告示

视而不见，留下些许零碎。

"告示"这段插曲挺有意思。不只是因为茱萸注意到这种"零碎"细节，还有其中包含的内容："硬币"和"杂物"不能留在墓碑上比较容易理解，但是为什么"鲜花"不可以留在墓碑上呢？难道重点是在"墓碑上"？鲜花放在墓碑旁边应该没关系。既然某种社会规则或者纪律被制订出来了，那么同时存在遵从的和破坏的也就是自然而然之事。这是文化问题，当然也是道德问题。告示的存在以及随便营造的"零碎"，多少会让拜谒者甚至是亡灵的心情受到拨弄与触动，并且产生疑问——

与他们共享整个墓园的亡灵

是否因不胜其烦而提出抗议？

这是描写想象中更多死者对来访行为的反应。其实是对第四组三行诗义的继续扩展与追问。第四组写的是与弗罗斯特共用同一块墓碑的六位家人所受的"牵累"，第七组这两行诗写的则是与弗罗斯特"共享整个墓园"的其他死者／"亡灵"因对外人造访弗罗斯特构成的个人烦扰而"提出抗议"。弗罗斯特及其家人亡灵可能会喜欢这些造访者，其他死者亡灵则可能会抗议他们。这从另外一个角度说，来看望弗罗斯特的人比较多，而看望其他死者的人却寥寥无几（不喜欢别人看望或者祭奠的死者可能少而又少）。这种对不同死者的推测是有趣的也是无奈的。而且这些抗议是以问句形式出现的，也就是说这是茱萸的主观想象（暗含着理性判断）。问题可能只是出在这些亡灵抗议的核心内容，究竟是与弗罗斯特这个名诗人相关（比如对弗罗斯特的"盛名"以及其人生价值的厌弃或者嫉妒与羡慕）呢还是与造访墓地破坏宁静本身的行为相关呢？不管抗议不抗议，不管"是否不胜其烦"，造访墓地的事实都已摆在那里。因为弗罗斯特已被广泛认知，其他死者不仅没有这个机会，而且被高度边缘化甚至被彻底遗忘了。反过来讲，做一个没人搭理的死人也挺好的。如果墓地安静不存，亡灵抗议又能起什么作用呢？毕竟造访墓地的是活人，掌管墓地的也是活人。

> 致使身在天堂的诗人如今
> 和世界有着邻里般的争执？

诗人／弗罗斯特此时已经"身在天堂"（墓地）。这里的"天堂"和第三组第四行诗中的"天堂邮局"存在着呼应关系。和之前的旧世界／现实世界相比，天堂／墓地是诗人亡灵的新世界／亡灵世界。诗人和旧世界的争执是"爱侣般的"，那么诗人亡灵和新世界的争执又是什么般的？这时的争执发生在诗人亡灵和其他亡灵之间。其他亡灵是诗人亡灵在新世界里的邻居，他们之间的争执是邻里之争，所以一旦论及诗人亡灵与新世界的争执关系是什么，自然会将"邻里般的"关系赋予他们。那么诗人亡灵与旧世界的争执关系呢？第二组第三行墓志铭提到的"世界"是现实世界，最后这组第二行写到的"世界"既是亡灵世界也包括现实世界（从字面关系来看，这两处世界并未进行严格限制，只是应用语境存在差异），所以诗人亡灵与诗人生前的旧世界／造访者的现实世界的争执也是"邻里般的"。由此可见，诗人和世界的关系已经发生根本性的改变，从之前的"爱侣"关系变成现在的"邻里"关系。而邻里和爱侣／情人之间的密切程度相比毕竟具有一定的疏离感，哪怕是热情似火的邻里，彼此也都存在着独立的空间。这种生前死后的"争执"变化，准确地反映着荣莫关于诗人之死引起的思考深度。只是这种新的争执关系认定和第七组其他亡灵的抗议活动一样都是以问句形式出现的，所以它的本质仍旧是猜测的或者想象的。

不记得在哪本书里看过，人类之间的误会与争吵或者"争执"大多是因为不会沟通造成的，所以如果把"争执"的表皮扒下来，里面可能并不存在真正的分歧。因此人们在谈论一个问题之前通常都需要事先确定讨论范畴和准确语码（因为多种语言的分歧就是为了加倍搅浑通天塔被摧毁之后形成的一摊浑水），否则彼此谈论或者"争执"的焦点可能并不属于同一个事件或者同一个问题。所以读者也就可能需要提出一个新问题（也可能是老问题），那就是"争执"本身是必要的吗？因为活人弗罗斯特和现实世界毕竟有过一次比较友好的"争执"，而亡灵弗罗斯特和亡灵世界的"争执"只是发生在茱萸有所依据的猜测之中。

须知此诗诗眼始终扣在"争执"这个关键词上面，无论"爱侣"争执还是"邻里"争执，反正都不是"敌人"争执／战争，而这终究会让每一个活人都轻松起来。也许最后两组问句就是一种幽默轻松的诗歌处置，它也许会使严肃的亡灵们以及庄重的造访者们都能沾染一点儿生气勃勃的世俗感，让亡灵们如"邻里般"相互交往，让造访者们"尽其所能回到他们日常生活之中／回到活人和他们理解的各种事物之中"。

茱萸的《本宁顿谒弗罗斯特墓》写于 2018 年 7 月 22 日，地点是在佛蒙特州的 The Old First Church。他在《佛蒙特夏天》一文中说："隐居其间的这一个月则永远定格在了业已逝去的时空当中，如今于相隔一年的岁杪忆及这段时光，不禁怅然若失。"从对待过去事物的态度这一点上来说，茱萸其实更接近托马斯·格雷而不是弗罗斯特了。

　　　　　　　　　　　　　　　　　　　　2020 年 5 月 13—17 日